Mord vor Ort
Die besten
deutschen Krimis
vom Allgäu bis Sylt

Michael Bresser
Martin Springenberg

Die Sau ist tot

Die Sau und der Mörder

Zwei Münsterlandkrimis
in einem Band

Mord vor Ort
Die besten
deutschen Krimis
vom Allgäu bis Sylt

Andrea Wildgruber und
Lothar Strüh für die Inspiration

Steffi und Marten; Angela,
Anabel und Ben in Liebe

Umwelthinweis:
Dieses Buch wurde auf chlorfrei gebleichtem Papier gedruckt.
Die Einschrumpffolie – zum Schutz vor Verschmutzung –
ist aus umweltverträglichem und recyclingfähigem PE-Material.

Ungekürzte Lizenzausgabe
der RM Buch und Medien Vertrieb GmbH
und der angeschlossenen Buchgemeinschaften

Einbandgestaltung: Christina Krutz Design, Riedstadt
Einbandfotos: Arco Images/H. Reinhard (Schwein),
Shutterstock/c. (Schild)
Satz: Pinkuin Satz und Datentechnik, Berlin
Druck und Bindung: GGP Media GmbH, Pößneck
Printed in Germany 2012
Buch-Nr. 125461

Die Sau ist tot

I

D*ie Welt ist alles, was der Fall ist.*
War dann auch alles der Fall, was die Welt war? Was war überhaupt die Welt und was der Fall? Kriminalfall oder Fall wie in *Der Dativ ist dem Genitiv sein Tod*, dieser Anekdotensammlung zur Reinhaltung der deutschen Sprache?

Langsam merkte ich, dass der ungewöhnlich warme Maimorgen für philosophische Anstrengungen nicht geeignet war. Nach einem ausgiebigen Frühstück hatte ich es mir mit dem *Tractatus logico-philosophicus* und mit einem leckeren König der Biere im Wohnzimmersessel bequem gemacht und versucht, Wittgensteins Ausführungen über die Grenzen des Sagbaren nachzuvollziehen. Meine Gedanken schweiften aber umher, und jeder gelesene Satz produzierte flüchtige Assoziationen, die einen Moment lang meine Aufmerksamkeit fesselten, dann aber wie Kometen am Sternenhimmel verglühten. Mittlerweile drehten sich meine Reflexionen schon um das Mysterium der Bestsellergeburt.

Ein zaghaftes Klopfen an der Haustür befreite mich vom weiteren unproduktiven Herumspintisieren.

»Immer nur herein! Es ist offen«, rief ich, erfreut über die Unterbrechung.

Meine Besucherin unterschied sich deutlich von den Puppen, die in Marlowes Büro aufliefen. Sie mochte vierzig Kerzen auf der letzten Geburtstagstorte ausgeblasen und Letztere dann allein verspeist haben. Ihre Oberarme hatten den doppelten Umfang meiner Oberschenkel, und ich wandelte nicht auf dünnen Stelzen durch die Gegend. Auch der restliche Körper entsprach dem barocken Schönheitsideal. Rubens hätte sich beim Anblick des zarten Persönchens vor Vergnügen auf die Schenkel geklopft. In dem neongelben Jogginganzug wirkte sie wie ein kostümierter Zirkuselefant. Die pinkfarbenen Nike-Turnschuhe rundeten das Bild harmonisch ab.

»Sie wünschen?«

»Sind Sie Herr Nannen? Der Privatdetektiv?« Überraschenderweise schmeichelte das warme Timbre ihrer Stimme meinen Ohren.

»Ganz recht, Frau …?«

»Eckolt. Kirstin Eckolt.«

»Nehmen Sie bitte Platz.« Immer galant, auch wenn ich um meine Möbel fürchtete.

Unter lautem Schnaufen ließ sie sich auf einem Stuhl nieder. Damit waren definitiv alle Bakterien auf der Sitzfläche vernichtet.

»Sie wohnen ja auf einem schönen Bauernhof«, eröffnete sie das Gespräch. »Als gebürtige Buldernerin kannte ich natürlich Ihren Onkel Hugo, den Organisten. Gut hat er nicht gespielt, aber inbrünstig. Ein lieber Kerl. Schade, dass er schon so früh von uns gegangen ist.«

»Gott hab ihn selig«, murmelte ich und lehnte mich zurück. Wir schwiegen andächtig.

Vor fünfzehn Monaten war ich aus meiner Heimatstadt Essen ins ländliche Buldern, einem kleinen Kaff im Münsterland, gezogen. Dort angekommen, hatte ich feststellen müssen, dass ich nicht nur einen heruntergekommenen Bauernhof, sondern auch ein Schwein, acht Kaninchen, einen Organistenjob in der Kirche und ein Vakuum an häuslicher Elektrizität geerbt hatte. So musste Hiob sich bei der Prüfung durch den Teufel gefühlt haben. Mein persönlicher Satan hatte damals Hugo Simon geheißen. Erst nach erfolgreichem Abschluss meines ersten Mordfalls und unzähligen Streitgesprächen mit Handwerkern hatte Santa Claus mir zwei Tage vor Heiligabend Elektrizität unter den Tannenbaum gelegt. Seitdem konnte ich revolutionäre Gegenstände wie Fernseher, Trockenrasierer und Glühbirnen nutzen. Auch der Kühlschrank machte nun Sinn.

»Was liegt Ihnen auf dem Herzen?«, riss ich uns aus den wehmütigen Erinnerungen.

»Im Grunde weiß ich gar nicht, ob das etwas für Sie ist. Die Polizei hat nämlich die Ermittlungen schon so gut wie abgeschlossen. Pfarrer Wilpert hat mich an Sie verwiesen. Seit der Firmung haben wir ein besonders enges Verhältnis.«

Erstaunlich, dass mein kirchlicher Arbeitgeber mich empfohlen hatte, denn die engsten Freunde waren wir weiß Gott nicht. War die sonntägliche Orgelei anscheinend doch mal für was gut.

»Überlassen Sie das meinem fachmännischen Urteil. Ich weise niemanden ab, der Hilfe braucht«, schlüpfte ich in die Rolle des barmherzigen Samariters.

»Nun gut«, räusperte sie sich. »Mein Schwiegervater ist gestern ermordet worden. Jemand hat ihn in seinem Haus erschlagen. Mit der bronzenen Uwe-Seeler-Statue, die ich ihm zum 60. Geburtstag geschenkt hab. Ist das nicht schrecklich?«

»Mmh«, murmelte ich.

»Drei Mal hat der Täter zugeschlagen. Ich hoffe nur, der Arme musste nicht lange leiden.«

»Mein herzliches Beileid.«

»Danke. Aber wissen Sie, wir standen uns nicht sehr nahe. Mein Mann Wolfgang ist schon seit Jahren mit seinem Vater verkracht.

Man traf sich nur noch bei Geburtstagen und anderen offiziellen Anlässen«, seufzte sie. Na ja, eigentlich war es mehr ein Schnaufen. Das sie auch noch mehrmals wiederholte.

»Warum interessiert Sie dann sein Tod?«, hielt ich das Gespräch in Gang, bevor sich meine Wohnung in ein Dampflokdepot verwandelte.

»Meine Schwägerin Christa Kerner wird von der Polizei verdächtigt. Sie sitzt sogar in Untersuchungshaft. JVA Dülmen, wo sonst nur Gesocks weggesperrt wird. Christa ist nicht nur meine Schwägerin, sondern auch meine beste Freundin. Durch sie habe ich Wolfgang kennengelernt.«

»Unser Freund und Helfer nimmt doch niemanden grundlos in Untersuchungshaft«, ließ ich den erfahrenen Schnüffler raushängen.

»Jemand hat anonym die Polizei verständigt. Als die Beamten am Tatort eintrafen, fanden sie Christa über die Leiche gebeugt. Muss schrecklich für sie gewesen sein; das ganze Blut.«

»Warum war Frau Kerner dort, und wie heißt der Verstorbene überhaupt?«, zeigte ich mich als aufmerksamer Zuhörer.

»Entschuldigen Sie, ich bin noch ganz durcheinander. Mein Schwiegervater heißt Franz Eckolt. Um auf den ersten Teil Ihrer Frage einzugehen: Christa macht ein paar Mal in der Woche bei ihm sauber, und gestern war solch ein Tag.« Sie räusperte sich.

»Was lässt Sie an Frau Kerners Täterschaft zweifeln?«, ließ ich mir die Vorfreude auf einen Mordfall nicht anmerken.

»Herr Nannen, ich kenne Christa seit fünfundzwanzig Jahren. Zum einen wäre sie nie im Leben fähig, jemanden zu töten. Zum anderen hatte sie als einziges Kind ein gutes Verhältnis zu ihrem Vater. Es gibt noch eine Schwester. Mit siebzehn ist sie von zu Hause abgehauen, weil Franz ihre Beziehung zu einem zwanzig Jahre älteren Mann missbilligt hat. Ein Jahr später kam sie wieder angekrochen und bettelte um Geld. Da ihr Mann lieber Sozialhilfe kassierte als zu arbeiten, herrschte schnell Ebbe in der Haushaltskasse. Franz hat sie nur ausgelacht. Um wieder auf Christa zu sprechen zu kommen: Welches Motiv sollte sie haben?« Ziemlich redselig, die Kleine.

»Und, gibt es ein Motiv?«

»Nein, natürlich nicht. Die Polizei behauptet, dass sie das Erbe schneller einstreichen wollte, als die Natur es vorgesehen hat.«

»War Herr Eckolt vermögend?«, klopfte ich das nach Eifersucht zweithäufigste Motiv ab.

»Ich glaube schon. Immerhin hat er ein florierendes Bauunternehmen geleitet, bis er sich zur Ruhe gesetzt hat.«

»Und wie schaut es mit Frau Kerners Finanzen aus?« Immer die verdammten Moneten.

»Sie bezieht eine Witwenrente. Ihr Mann hatte letztes Jahr einen tödlichen Schlaganfall. Sie ist zwar nicht auf Rosen gebettet, kommt aber gut über die Runden.«

Das versprach ein interessanter Fall zu werden. Mehr

Verdächtige und Motive als Bürger, die vor Feiertagen Fressalien aus dem Aldi karrten, als wollten sie die komplette Sahelzone aufpäppeln.

»Wer kommt denn Ihrer Meinung nach als Täter in Frage?«, versuchte ich einen leichten Einstieg.

»Keine Ahnung. Vielleicht weiß Christa mehr.« Nun gut, schließlich musste auch ich was leisten für mein Geld.

Weitere Fragen fielen mir nicht ein. Nachdem ich einen Vorschuss von fünfhundert Euro kassiert hatte, verabschiedete ich sie.

Als die Dampflok meinen Bahnhof verlassen hatte, machte ich drei Luftsprünge. Endlich Abwechslung von der Schlüssellochspannerei.

Ein gutes Stichwort, schließlich musste ich erst den aktuellen Fall abschließen. Das hieß: Abschlussbericht schreiben und Honorar einsacken. Eine gewisse Frau Rateiczek hatte mich letzte Woche beauftragt, ihren mutmaßlich treulosen Gatten zu überwachen. Das »mutmaßlich« hatte sich schnell als »tatsächlich« entpuppt.

Ich klemmte mich hinter die antike Schreibmaschine und brachte zu Papier, wann und wohin ich dem Ehemann gefolgt war und mit wem er sich getroffen hatte. Das Pikante an diesem Fall war, dass Georg Rateiczek, Vorstandsvorsitzender einer Möbelhauskette, die Hotelbettenbelastungstests mit der besten Freundin der Ehefrau durchgeführt hatte. Shit happens.

Den Bericht stopfte ich zusammen mit der Rechnung in einen Umschlag. Dazu noch zwanzig Fotos, auf denen die beiden ebenso viele Positionen des Kamasutras durchexerzierten. Just als ich überlegte, ob ich die Post mit der Übermittlung beauftragen sollte, vernahm ich draußen Motorengeräusche. Hier ging es ja zu wie im Taubenschlag.

Die Taube hörte auf den Namen Karin Schumann und war meine Nachbarin, was angesichts der Tatsache, dass ihr Biogemüsehof und mein Kotten zwei Kilometer auseinanderlagen, einiges über die Bulderner Infrastruktur aussagte.

Unser Verhältnis war von einigen Hochs, aber genauso vielen Tiefs geprägt. Momente romantischer Zweisamkeit wechselten sich in schöner Regelmäßigkeit mit Situationen ab, wo wir heftigst aneinanderrasselten.

Bei aller Sympathie musste ich aber konstatieren, dass Karin ein Faible für absolut schreckliche Klamotten hatte. Böse Zungen behaupteten, dass die Amis mutmaßlichen El-Kaida-Terroristen Fotos von Schumanns Outfit unter die Nase hielten, um sie zum Reden zu bringen.

Heute hatte sie sich besondere Mühe gegeben; wahrscheinlich stand gleich ein Videodreh bei der amerikanischen Botschaft an: Das rote Trägershirt und die weißen Hot Pants konnte man zwar grundsätzlich durchgehen lassen, nicht aber in Verbindung mit den silbernen Gummistiefeln, die in der Sonne blitzten. Offensichtlich war sie sich der blendenden Wirkung der Treter bewusst, denn ihre braunen Augen wurden durch eine Pilotensonnenbrille geschützt.

»Hallo, schöne Frau, was treibt dich zu mir?«, war ich trotzdem hocherfreut über den Gast.

»Hi, Dieter. Hast du heute Zeit?« Oh, wollte sie mir einen Heiratsantrag machen mit den Flugtickets für Vegas in der Tasche?

»Um was geht's denn?«, hütete ich mich vor einer übereilten Zusage.

»Ich bin ein wenig in Schwulitäten« – wohl doch keine Hochzeit in nächster Zeit –, »drei von den Leuten, die mir bei der Spargelernte helfen, hatten heute Morgen einen Autounfall, und da wollte ich fragen, ob du mir helfen kannst.«

Verdammter Mist! Soweit ich mich erinnerte, hatte ich weder polnische Vorfahren noch zählte ich zum Club der Hartz-IV-Supporter. Was sollte ich also auf einem Spargelfeld?

»Würde ich gerne, aber leider habe ich gleich einen Kliententermin«, hatte ich mich spontan entschieden, Frau Rateiczek persönlich zu beglücken, anstatt eine Briefmarke auf den Umschlag zu kleben.

»Und danach, oder vielleicht morgen?«, schob sie ihre Sonnenbrille auf die Stirn und blickte mir tief in die Augen.

»Direkt nach dem Termin muss ich mich in einen spektakulären Mordfall stürzen. Ein Dülmener Rentner ist brutal ermordet worden«, ließ ich mich nicht erweichen. »Aber warte, ich habe eine Idee. Hol dir 'ne Coke aus dem Kühlschrank und lass mich ein Telefonat führen.«

Eine Viertelstunde später war ein Trupp osteuropäischer Spargelstecher auf dem Weg von Essen nach Buldern. Ein Anruf bei meinem alten Kumpel Piotr, einem nicht ganz koscheren Schrotthändler aus Steele, hatte genügt, um die dörfliche Entwicklungshilfe anzuleiern.

»Na, was denkst du jetzt über die Großstädter?«, spielte ich auf Schumanns Vorurteile mir gegenüber an, nachdem ich sie über ihr Glück unterrichtet hatte.

»Du bist ein Schatz, auch wenn ich dir die Mordfallstory nicht abnehme.«

»Es kommt noch besser: Ich kenne bereits den Täter!«

»Ehrlich? Wer denn, einer aus der Gegend?«, hing sie gebannt an meinen Lippen.

»Nee, aus Hamburg. Uwe Seeler war's.«

»Und das Opfer Franz Beckenbauer, oder wie?«, waren Karins Mundwinkel um Meter nach unten gerutscht. Warum konnte ich auch nie meine Klappe halten?

»Tschüs, ich muss jetzt los. Wir sehen uns«, schob sie die Brille auf die Nase und nach draußen ab.

»Du kannst dir ja überlegen, wie du dich revanchierst«, rief ich dem silbernen Blitz hinterher.

»Kannst dir ein Kilo Spargel abholen, zum Vorzugspreis«, kletterte Karin in ihren Toyota. Und weg war sie.

Jetzt konnte ich endlich den Ehebrecherfall abschließen. Schnell in Schale geschmissen und meinem Wagen als Ziel Dülmen zugeflüstert. Es war zwar kurz nach eins, aber Frau Rateiczek hatte nicht den Eindruck erweckt, als würde sie regelmäßig Mittagsschläfchen halten.

Besagte Lady wohnte in einer Villa am Stadtrand. Bei meinem Antrittsbesuch hatte ich die Grundstücksfläche auf zehntausend Quadratmeter taxiert. Als ich jetzt das Gelände durch das gewaltige Eisentor betrachtete, musste ich meine Schätzung revidieren. Das Anwesen war mindestens doppelt so groß.

Ich betätigte die Klingel. Nach einer halben Minute vernahm ich ein Knacken, und eine männliche Stimme fragte, was ich wolle. Ich nannte meinen Namen und beantwortete die Fragen. Kurz darauf stiefelte ich den Kiesweg entlang, der zum Hauptgebäude führte.

Auf der Hälfte der Strecke verfluchte ich mich dafür, keine Marschverpflegung mitgenommen zu haben. Ärgerlich auch, dass ich keine Abnutzungsgebühr für meine Schuhsohlen in Rechnung gestellt hatte.

Während ich die zweitausend Stufen zum Eingangsportal erklomm, öffnete Frau Rateiczek die Tür. Der beschwerliche Weg hatte sich gelohnt: Ihre Kleidung war den sommerlichen Temperaturen angepasst, was hieß, dass das zartgrüne Kleid mit Stoff geizte, insbesondere beim Dekolleté. Trotzdem musste es in etwa so viel gekostet haben wie mein kompletter Kleiderschrankinhalt. Ihre dunkelbraunen Haare waren hochgesteckt. Um den Hals baumelte eine Kette, für die der so genannte Durchschnittsbürger ein Jahr malochen musste, Weihnachtsgeld inklusive. Die edlen Sandalen erlaubten einen Blick auf perfekt lackierte Fußnägel, natürlich in Kleidfarbe. Ich sollte sie mal mit Karin Schumann bekannt machen.

»Einen wunderschönen Tag, Frau Rateiczek. Ihr Auftrag ist abgeschlossen«, zog ich den Umschlag aus der Jackentasche.

»Sehr erfreulich. Ich hoffe, Sie können ein positives Ergebnis vorweisen«, präsentierte sie strahlend weiße Zähne.

»Kommt drauf an, was Sie unter einem positiven Ergebnis verstehen«, spielte ich den Ball zurück.

»Das ist doch offensichtlich, oder sehe ich wie eine Frau aus, die sich vor Liebe nach ihrem Mann verzehrt? Aber kommen Sie doch herein.«

Ich folgte der Aufforderung und marschierte hinter der Frau her, die sich nicht vor Liebe nach ihrem Mann verzehrte. Tolle Aussicht. Ihre verführerische Art zu gehen hatte Klasse, und ihr wohlgeformter Hintern ließ auf viele Aerobicstunden schließen. Das Einzige, was nicht zum Gesamtkunstwerk passte, war der Nachname.

»Wie lautet eigentlich Ihr Mädchenname?«, versuchte ich das Bild wieder rund zu machen.

»Dohmen, Sabine Dohmen.« Jawoll, ging doch.

»Gefällt mir besser.«

»Mir auch. Und wenn in dem Umschlag das ist, was ich vermute, werde ich auch bald wieder so heißen«, ließ sie nicht den Hauch eines Zweifels an ihren Absichten aufkommen.

Mittlerweile hatten wir das elegante Wohnzimmer erreicht und ließen uns in ausladende Ledersessel fallen. Sabine betätigte eine Klingel, die auf dem Glastisch stand.

Sofort tauchte ein livrierter Bursche auf, verbeugte sich und wartete auf Anweisungen. Dohmen tat ihm den Gefallen, indem sie einen Brieföffner und Champagner verlangte.

»Ist Ihr Mann nicht daheim?«, betrieb ich Smalltalk.

»Wenn er zu Hause wäre, würde er nicht so viel Geld verdienen. Wenn er nicht so viel Geld verdienen würde, hätte ich ihn nicht geheiratet und würde mich jetzt nicht von ihm scheiden lassen. Jede Minute, die er im Büro verbringt, erhöht die Alimentenzahlungen.« Die wunderbare Welt der oberen Zehntausend.

»Sie haben eine gesunde Sicht der Dinge. Ich denke genauso, nur hatte ich bisher nicht das Glück, eine reiche Frau zu finden, von der ich mich scheiden lassen kann. Aber bald wird ja eine frei«, wagte ich mich vielleicht eine Spur zu weit vor.

»Ich würde die Hoffnung nie aufgeben. – Ah, da kommt der alkoholfreie Champagner«, erlaubte sich mein attraktives Gegenüber einen vornehmen Scherz.

Der Butler, dessen Vorfahren in den Sümpfen Louisianas gelebt haben mussten, schenkte das Blubberwasser ein und stellte die Gläser auf den Tisch; den Brieföffner überreichte er seinem Frauchen.

»Vielen Dank, Alfons.« Na ja, nach Louisiana hörte sich der Vorname nicht an.

»Das wäre dann alles, du kannst gehen.« Was musste ich tun, um auch mal solche Worte sprechen zu dürfen?

»Jetzt kommt der große Augenblick«, wiegte sie andächtig den Brieföffner in der Hand, »auf diesen Moment habe ich lange gewartet.«

Mit feierlicher Miene schnitt sie den Umschlag auf. Den Bericht und die Rechnung ließ sie unbesehen auf den Tisch fallen; sie interessierte sich nur für die Schnappschüsse. Ihr Teint wurde um einige Stufen blasser, als sie erkannte, mit wem ihr künftiger Exmann das Bett geteilt hatte.

»Diese miese Schlampe. Ständig heult sie mir vor, wie sehr sie darunter leidet, nicht verheiratet zu sein, und dann das!« Nur nicht die Contenance verlieren, kleine Lady.

»Ich mach mich jetzt vom Acker. Die Rechnung liegt dort. Auf Wiedersehen, war nett, Ihre Bekanntschaft gemacht zu haben.«

»Warten Sie.« Sie fischte sich die Kostenaufstellung heraus und überflog sie. »Neunhundertzweiundachtzig Euro und siebzig. Was halten Sie davon, wenn ich das Honorar erhöhe; sagen wir auf tausendfünfhundert Euro? Jetzt kann ich es mir ja leisten«, hatte sie sich erstaunlich schnell von dem Schock erholt.

»Für derartige Vorschläge liebe ich meine Klienten«, machte ich aus meinem Herzen keine Mördergrube.

»Klient. Das hört sich viel zu anonym an. Nennen Sie mich einfach Sabine.« Ein paar Schmuddelfotos, und schon wurde man von der High Society geduzt. So einfach war das.

»Was hältst du von einem gemeinsamen Abendessen?

Könnte ganz unterhaltsam werden. Du bestimmst Zeit und Ort, ich zahle«, kloppte ich sofort Köpfe auf die Nägel.

»Ich ruf in den nächsten Tagen an, darauf kannst du dich verlassen, aber jetzt muss ich erst mal alle Räder bezüglich meiner Scheidung in Bewegung setzen. Und darauf stoßen wir an.«

Wir erhoben die Gläser und prosteten uns zu. Sie ließ den Schampus in einem Zug in ihrem wundervollen Körper verschwinden. Nachdem ich mit leichter Verzögerung das Zeug ebenfalls verstaut hatte, stand ich endgültig auf. Ich verspürte wenig Lust, ihrem Angetrauten in die Arme zu laufen.

»Ich zisch jetzt ab. Viel Vergnügen heute Abend.«

»Das werde ich haben, verlass dich drauf. Ich werde die Bilder vergrößern lassen und überall aufhängen.«

Schweigend gingen wir zur Haustür, und nachdem wir uns die Flossen geschüttelt hatten, machte ich mich auf zu meinem Wagen.

Das hatte sich gelohnt. Tausendfünfhundert Euro und ein Abendessen mit einer reichen Sahneschnitte für vier Tage Routinearbeit.

Zu Hause mistete ich die Ställe aus. Es ließ sich nicht leugnen, dass ich die Viehpflege in den letzten Tagen hatte schleifen lassen. Den Kaninchen schien dies jedoch nichts ausgemacht zu haben, denn sie mümmelten vergnügt am Löwenzahn und straften mich ansonsten mit Missachtung. Sorgen hingegen bereitete mir mein Schwein Wilpert. Wilpert rührte seinen Trog nicht an, sondern lag regungslos in der Ecke. Da meine Kenntnisse in Schweinepsychologie und -physiologie nicht mal als rudimentär bezeichnet werden konnten, war ich mit einer Diagnose natürlich restlos überfordert. Falls die Sau ihren Hungerstreik fortsetzen sollte, musste ich wohl oder übel professionelle Hilfe holen. Ich nahm mir vor, am Abend erneut nach Wilpert zu sehen und mir erst dann den Kopf zu zerbrechen. Nur nichts überstürzen.

Da davon auszugehen war, dass ich in den nächsten Tagen vollauf beschäftigt sein würde, gönnte ich mir eine prophylaktische Ruhepause. Ich schob eine Scheibe der Beasts Of Bourbon in den CD-Schacht, mixte den passenden Drink und genoss auf der Couch den australischen Blues samt Tex Perkins' Raucherstimme.

2

Als Pilawa gerade seine Ratekandidaten begrüßte, schaute ich erneut nach Wilpert. Auch wenn ich anfangs wenig begeistert gewesen war, dass ein Schwein zur Erbmasse gehörte, war es mir im Laufe der Zeit ans Herz gewachsen. Somit hoffte ich insgeheim, dass es mich wieder quietschfidel angrunzen würde.

Pustekuchen! Die Sau lag bewegungslos in der Ecke und streckte alle viere von sich. Ihr Futter hatte sie auch nicht angerührt; mehr als ungewöhnlich. Als ich sie mit der Taschenlampe anleuchtete, zuckten ihre Beine, oder wie das bei Schweinen heißen mochte, unkontrolliert herum. Okay, das zeigte mir zumindest, dass sie noch unter den Lebenden weilte, aber gesund sah das nicht aus.

Ich zückte mein Handy und rief Lukas Hektor an. Er

war zwar von Haus aus Tischler, hatte aber ein goldenes Händchen bei kranken Tieren. Aus diesem Grund war er stets erste Wahl bei den Bulderner Bauern, wenn es um Tierheilung ging, weshalb er damit deutlich mehr verdiente als mit seinen instabilen Möbeln.

Eine halbe Stunde später stand er auf der Matte. Die nur noch an den Seiten seines Kopfes sprießenden Haare waren akkurat über die kahle Stelle in der Mitte gekämmt. Der Größte war er nicht. Wenn er sich auf die Zehenspitzen stellte, reichte er mir knapp bis zur Brust. Zudem war er spindeldürr, sodass sich sein Gewicht mit Sicherheit verdoppelte, wenn er das neue Telefonbuch vom Postamt abholte.

Lukas kratzte sich über das unrasierte Kinn, nachdem er Wilpert einer eingehenden Untersuchung unterzogen hatte.

»Tja, das sieht nicht gut aus. Die Ohren sind hoch aufgestellt und der Schwanz ist gestreckt. Außerdem sind die Vorder- und Hinterläufe …« – jetzt wusste ich endlich, wie die Beine bei Schweinen hießen – »steif nach hinten gestreckt. Die Diagnose ist eindeutig.«

»Was ist es?«, fühlte ich mich plötzlich ein wenig benommen.

»Wundstarrkrampf. Die Bakterien müssen durch die kleine Wunde am Rücken in den Körper gelangt sein.«

»Tetanus bei Schweinen? Das hab ich ja noch nie gehört«, konnte ich es einfach nicht glauben.

»Du hast recht: Diese Erkrankung ist bei Schweinen extrem selten, aber ein Irrtum ist ausgeschlossen. Vielleicht gehst du damit in die Münsterländer Geschichtsbücher ein«, grinste er mich an.

»Und, was können wir dagegen tun?«, war mir nicht nach Scherzen zumute.

»Wenn ich das wüsste, würde ich in Cambridge Vorlesungen halten, anstatt hier in der Einöde zu versauern. Tetanus ist tödlich. Wahrscheinlich wird Wilpert morgen nicht mehr unter uns weilen«, hatte er zumindest das Grinsen aus dem Gesicht verbannt.

»Was soll der Scheiß? Da fliegen die Menschen zum Mond, und du willst mir erzählen, dass du ihr nicht irgendwas gegen Tetanus verabreichen kannst?« Lukas sollte doch besser wieder seinem ursprünglichen Handwerk nachgehen und Schränke für Halbblinde mit schlechtem Geschmack tischlern.

Der Doc zuckte nur mit den Schultern: »Tut mir unendlich leid, aber das Schicksal hat sein Urteil über deine Freundin gefällt.«

Zur Geisterstunde, der Wecker zeigte exakt 00:01 Uhr an, erwachte ich aus einem traumlosen Schlaf.

Hatte ich da ein Geräusch gehört?

Ich lauschte angestrengt, vernahm aber nur das Ticken der Wanduhr, die Onkel Hugo mir vermacht hatte. Aber normalerweise wachte ich nie grundlos mitten in der Nacht auf.

Ich musste der Sache auf den Grund gehen.

Mit Jogginghose und Sweatshirt bekleidet kontrollierte ich die Wohnräume: nichts. Immer noch beunruhigt, stiefelte ich zu den Ställen. Als ich den Strahl der Taschenlampe über Wilpert gleiten ließ, zuckten wieder die Vorder- und Hinterläufe. Armes Mädchen.

Wie in Trance kletterte ich in die Box und kniete mich neben sie. Plötzlich wurde mir bewusst, dass ich ihren Kopf streichelte. Ich blickte in ihr Gesicht und glaubte, ein leichtes Lächeln zu erkennen, was einen dicken Kloß in meinen Hals zauberte.

»Mein Schatz, morgen kommt Hilfe. Lukas findet bestimmt was.« Keine Antwort, noch nicht mal ein schwaches Grunzen.

»Was soll ich denn ohne dich machen? Du bist doch der Seniorchef hier.«

Ein heftiges Zucken durchlief Wilperts borstigen Körper, dann bewegte sie sich nicht mehr.

Die Sau war tot.

Im Haus genehmigte ich mir einen vierfachen Whiskey und rauchte eine Filterlose. Dann hatte ich die nötige Bettschwere, um wieder einschlafen zu können.

Nach einer unruhigen Nacht rief ich Lukas an; es war halb sieben. Mit fester Stimme teilte ich ihm mit, dass Wilpert den Löffel abgegeben hatte. Wenig später stand der Veterinär auf der Matte.

»Wo ist die werte Verstorbene? Hast du sie im Haus aufgebahrt?« Über die Qualität seiner Witze ließ sich wie gesagt trefflich streiten.

»Lass mal gut sein. Komm mit!«

Wir spazierten zum Schweinekoben. Der kleine Mann beugte sich über Wilpert und unterwarf sie einer zweisekündigen Musterung.

»Dein Mitbewohner ist im Schweinehimmel. Wenn du willst, übernehme ich die Entsorgung.« Ein gewisser Pragmatismus ließ sich ihm nicht absprechen, Mitgefühl schon.

»Quanta costa?«

»Sagen wir vierzig Euro, und Wilpert bekommt ein erstklassiges Begräbnis. Du musst dir nicht mal die Hände schmutzig machen.«

Ich gab ihm die Kohle, dann luden wir das Schwein auf seinen Anhänger, was gar nicht so leicht war. In Ermangelung von Streuselkuchen tranken wir zwei Klare auf den Todesfall. Während ich vom Fenster aus den Trauerzug von dannen ziehen sah, wurde mir mein Glück erst so richtig bewusst: Von nun an würde ich ein paar Hunderter pro Jahr für Schweinefutter sparen! Darauf trank ich einen dritten Korn und stürzte mich in die Arbeit.

3

Der Dülmener Knast offerierte mir stolz seine Fassade, die sich aus einer fünf Meter hohen Betonmauer und Kilometern von Stacheldraht zusammensetzte. Ein nahezu einzigartiges Konglomerat aus gotischer und neoklassizistischer Baukunst. Direkt über dem schweren Eisenportal war ein Wachturm angebracht. Der aus einer Öffnung entweichende Zigarettenqualm ließ darauf schließen, dass ein Staatsdiener sehnsüchtig darauf wartete, flüchtende Kinderschänder erschießen zu dürfen.

Ich klopfte ans Tor und sofort wurde eine Klappe zur Seite geschoben.

»Ja, bitte?«, starrte mich ein finsteres Augenpaar an.

»Dieter Nannen. Frau Christa Kerner erwartet mich«, schob ich meine Visitenkarte durch die Luke.

»Warten Sie, ich überprüfe das.«

Wenig später wurde ein Riegel zur Seite geschoben und die Tür geöffnet. Der Beamte unterzog mich einer flüchtigen Leibesvisitation und führte mich anschließend über den Gefängnishof und durch nicht enden wollende Gänge. Dreimal stoppten wir den Marsch, weil Gittertüren auf- und wieder zugeschlossen werden mussten. Schließlich geleitete mich der Wächter in einen Raum und ließ mich mit einem »Warten Sie bitte« zurück.

Die Innenausstattung des Zimmers war exakt so, wie man sie aus einschlägigen Krimiserien kannte: ein Tisch, zwei Stühle, ein Aschenbecher. Das einzige Fenster des Raumes war vergittert. Ich ließ mich auf einem Stuhl nieder und zählte meine Finger. Wenig später hallten Schritte durch den Gang und die Tür wurde aufgestoßen.

»Sie haben zehn Minuten.«

Christa Kerner wurde in den Raum geschoben. Der Wärter verließ uns und schloss von außen ab. Wir waren allein.

»Haben Sie was zu rauchen?«, blickte Christa mich wie ein scheues Reh an.

Ich befreite eine Schachtel Camel aus der Jackentasche und legte sie auf den mit Brandlöchern übersäten Tisch. Kerner zog eine Zichte aus der Box und ich entzündete ein Streichholz. Nachdem ich ihr Feuer gegeben hatte, stellte ich mich kurz vor und berichtete von der Engagierung durch Kirstin. Sie sprach kein Wort, sondern konzentrierte sich darauf, möglichst viel Qualm in die Lunge zu saugen.

Das Gefängnis war nichts für sie, so viel stand fest. Die dauergewellten Haare klebten strähnig am Kopf und das Blut staute sich in den Augen. Ich hatte Sorge, dass sie gleich platzen und den Boden in einen schmierigen roten Ozean verwandeln würden. Beim Casting für den Horrorschocker »Die Nacht der qualmenden Toten« hatte mein Gegenüber heute allerbeste Chancen.

Die dürren Finger zitterten, als sie die Zigarette zum

Mund führte. Laut Kirstin musste Christa um die vierzig sein. Heute sah sie aus wie sechzig.

»Herr Nannen, ich werde verdächtigt, meinen Vater umgebracht zu haben. Ich habe ihn vorgestern tot in seinem Haus gefunden und kurz darauf bin ich verhaftet und in eine Zelle gesteckt worden.« Nanu, die Dame konnte ja richtig sprechen.

»Warum war die Polizei so schnell am Tatort?«

»Irgendein anonymer Anruf. Helfen Sie mir, ich bin unschuldig – ich habe Vater über alles geliebt – so eine wahnsinnige Idee – ich ihn umgebracht – holen Sie mich hier raus – ich stehe das nicht durch.«

»Ganz ruhig, meine Liebe.«

Während der letzten gestammelten Sätze hatte sie die Kippe regelrecht im Aschenbecher zerfetzt. Ich entzündete eine neue und reichte sie ihr.

»Bitte beruhigen Sie sich. Wann genau soll Herr Eckolt ermordet worden sein und vor allen Dingen: Worauf begründet sich der Verdacht, dass Sie die Täterin sind?«

»Ich habe meinen Vater vorgestern Mittag um halb zwei in seinem Wohnzimmer gefunden; brutal erschlagen. Überall dieses Blut. Hätte ich nicht gewusst, dass es Daddy ist, hätte ich ihn nicht erkannt. Mein Gott, Paps – tot – ermordet – er konnte doch keiner Fliege was zuleide tun …«

»Könnten Sie sich bitte etwas zusammenreißen, sonst wird das nichts.« Schließlich saß sie nicht auf dem elektrischen Stuhl.

»'tschuldigung, ich bin nur so … Ich schaue jeden zweiten Tag bei ihm vorbei. Er ist ziemlich gebrechlich und da greife ich ihm etwas unter die Arme. Das hilft auch mir ein wenig, vor einem Jahr ist nämlich mein Mann gestorben, und bis dahin habe ich nur für ihn gelebt. Wie kann jemand so heimtückisch sein, einen alten schwachen Mann zu ermorden? Er hat niemanden gestört, hat immer für seine Familie gesorgt …«

»Frau Kerner, uns bleiben noch zwei Minuten. Was soll Ihr Motiv sein?«

»Man hat mir nichts gesagt. Ich wurde verhört und durfte anschließend meine Schwägerin anrufen. Das war's.«

»Haben Sie eine bestimmte Person in Verdacht?«, wiederholte ich die Frage, die ich schon Kirstin gestellt hatte.

»Aus der Familie war es definitiv niemand. Wir haben ihn alle geliebt. Ich weiß nur, dass ein Makler ein Auge auf sein Haus geworfen hatte und Vater zum Verkauf überreden wollte.«

»Sein Name?«

»Irgendetwas mit P. Lassen Sie mich nachdenken.« Währenddessen wurde das Türschloss entsichert. Die Zeit war um.

»Poszilny. Fred oder Bernd Poszilny, ich bin mir nicht ganz sicher. Sein Büro muss in Münster sein, wenn ich das richtig aufgeschnappt habe.«

Mittlerweile war der Wärter eingetreten: »Die Zeit ist um. Frau Kerner, würden Sie mir bitte folgen?«

»Ich will nicht wieder zurück. Herr Nannen, finden Sie den Mörder, ich flehe Sie an. Holen Sie mich hier raus!«

»Verlassen Sie sich drauf. Mich zu engagieren war eine kluge Entscheidung«, konnte ich mir ein wenig Eigenwerbung nicht verkneifen.

Ich schob Zigarettenschachtel und Streichhölzer über den Tisch. Gierig griff sie danach und ließ beides im Anstaltskittel verschwinden.

»Auf Wiedersehen. Ich komme bald wieder«, versuchte ich ihr etwas Mut zu machen.

»Vergessen Sie nicht: Sie sind der Einzige, der mir noch helfen kann«, fiel sie schon auf meine Werbesprüche herein.

Der Rückweg gestaltete sich wenig abwechslungsreich. Der Beamte sprach kein Wort und ich tat es ihm nach. Als das Portal hinter mir ins Schloss fiel, atmete ich tief durch. Freiheit war doch was Feines.

Auf der Rückfahrt schob ich einen Entombed-Silberling in den CD-Schacht und ließ das Gespräch Revue passieren. Für mich stand hundertprozentig fest, dass die liebe Christa unschuldig war, und zwar nicht, weil ich auf leidende Witwen oder blutunterlaufene Augen abfuhr, sondern weil andernfalls meine Beauftragung keinen Sinn ergab. Wäre sie wirklich schuldig, hätte sie kein Geld für einen Schnüffler verschwendet, sondern die Moneten lieber in einen guten Anwalt investiert. Zudem war ihre Verzweiflung alles andere als geschauspielert. Und dann noch der anonyme Anruf; das roch stark nach einem abgekarteten Spiel.

Als Entombed gerade den *Left Hand Path* besangen, traf ich zu Hause ein. Schnell in Arbeitsklamotten geschlüpft und den Langohren einen vitaminreichen Fitness-Salat kredenzt. Dann mistete ich zum letzten Mal in meinem Leben einen Schweinestall aus. Nach einer ausgiebigen Dusche komponierte ich aus grober Leberwurst, Butter und zwei Pumpernickelscheiben ein ländliches Dinner und spülte alles mit frischer Landmilch runter. Danach schwenkte ich auf Whiskey um und führte mir eine halbe Stunde Wittgenstein zu Gemüte: Lui dachte, dass die Welt in Tatsachen zerfiel. Eine Tatsache drängte sich bleiern wie ein Narkotikum in mein Bewusstsein:

Knastluft machte müde. Daher legte ich das Buch zur Seite und haute mich in die Falle.

4

Nach satten elf Stunden Schlaf und zwei Schüsseln Cornflakes tippte ich Kirstins Adresse in den nicht vorhandenen Navi und düste los. Unterwegs stoppte ich an einer Telefonzelle, um die Adresse des Maklers herauszufinden.

Trotz des ungewöhnlichen Nachnamens waren immerhin sechs Poszilnys aufgeführt. Doch nur einer war Makler; er hatte sogar eine mehrzeilige Anzeige abgedruckt. Allerdings hieß er nicht Fred oder Bernd, wie Christa gemutmaßt hatte, sondern Gerd. Ich riss die Seite aus dem Telefonbuch und bestieg wieder meine Schrottkiste.

Nach kurzer Suche erreichte ich die Eckoltsche Residenz, einen rötlich verklinkerten Bungalow, auf den nachträglich ein Dach gesetzt worden war. Das Grundstück war von einem weiß gestrichenen Jägerzaun eingegrenzt. Im Vorgarten mussten vor kurzem Sträucher rausgerissen worden sein, denn die großen Löcher in den sorgfältig geharkten Beeten durften kaum als Fallgruben für Kaninchen gedacht sein. Als einzigen Überlebenden konnte ich einen Fliederbusch ausmachen, der einsam in der Ecke sein Dasein fristete. Bald würde er aber wieder Gesellschaft bekommen, denn just in dem Moment, als ich das Gartentor öffnete, bog die Dame des Hauses in

Gärtnerkluft um die Ecke, die Schubkarre mit vier Rhododendronsträuchern bestückt. Trotz des Schweißes, der ihr in Hektolitern übers Gesicht strömte, erkannte sie mich sofort.

»Hallo, Herr Nannen. Wie Sie sehen, bringe ich den Garten auf Vordermann. Das schöne Wetter zwingt einen ja förmlich dazu. Aber deswegen sind Sie bestimmt nicht gekommen. Sie haben noch Fragen, stimmt's?« Eine wahre Intelligenzbestie.

»Korrekt. Sollen wir dafür nicht besser reingehen?«, schwebte mir ein etwas intimerer Rahmen vor.

Kirstin parkte die Schubkarre neben dem größten Loch und streifte die Gummihandschuhe ab.

»Natürlich. Ich gehe schnell hintenrum und mach Ihnen auf.«

Ich durchquerte den Vorgarten, erklomm drei Granitstufen und wartete vor dem Eingang. Nachdem ich sämtliche Fasern der Holztür bis in die letzte Feinheit studiert hatte, öffnete die Hobbygärtnerin.

»Entschuldigen Sie die Wartezeit, aber ich habe mich noch umgezogen.«

Sie trug nun hautenge Bluejeans, die ihren dicken Hintern gut zur Geltung brachten, und eine Bluse, die leider nicht konsequent bis oben zugeknöpft war; ob versehentlich oder absichtlich, wollte ich besser nicht wissen. Immerhin bot sie nicht das gleiche Farbenspiel wie vorgestern.

Gemeinsam passierten wir die Diele und gelangten ins Wohnzimmer. Beim Blick durch den Raum konnte ich nur mühsam einen Pfiff unterdrücken. In der linken Ecke lud eine imposante Couchlandschaft in dunkelbraunem Leder zum bequemen Verweilen ein. Der massive Marmortisch erweckte ebenfalls nicht den Eindruck, als wäre er beim Trödel erstanden worden. Auf der mir gegenüberliegenden Seite fehlte die Wand. Ihren Platz nahm ein riesiges Fenster ein. Frau Eckolt ließ die Rollade ein Stück herunter, damit uns die Sonnenstrahlen nicht blendeten, und deutete mit der Hand auf den Sessel. Das ließ ich mir nicht zweimal sagen.

»Darf ich Ihnen etwas zu trinken anbieten?«, mimte sie die gut erzogene Gastgeberin.

»Irgendwas mit Koffein.«

Als Kirstin verschwunden war, um meinen Getränkewunsch zu befriedigen, inspizierte ich den Rest. Die zum Fenster blickende Wand wurde komplett von einem weiß lackierten Bücherregal vereinnahmt, dessen rechte Seite mit den Romanklassikern der Weltliteraturgeschichte und einer vierundzwanzigbändigen Dudenausgabe bestückt war. Ich erhob mich und nahm Goethes *Faust* vom Bord: eine Attrappe. Wen wollten diese Pseudobildungsbürger beeindrucken?

Die linke Regalhälfte war mit Computerbüchern gefüllt. Neben der Tür präsentierte sich die Audio-Video-Sektion; alles High End natürlich. Dementsprechend umfangreich war die CD-Sammlung. Ob die Hüllen auch nur mit Luft gefüllt waren?

Just als ich das überprüfen wollte, erschien die Hausherrin, auf dem Tablett ein frisch gebrühter Kaffee, ein Glas Orangensaft, ein Aschenbecher und eine Schachtel Cartiers. Nachdem sie den Kaffee ohne Knigge-Verstoß vor mir platziert hatte, zog sie eine Zichte aus der Packung, was mich gentlemanlike dazu veranlasste, ihr Feuer zu geben. Damit sie sich nicht unbehaglich fühlte, steckte ich mir auch eine an. Jetzt konnte ich endlich die Befragung starten.

»Gehen wir sofort in medias res«, begann ich und ignorierte anschließend ihren fragenden Gesichtsausdruck. »Ich habe Frau Kerner gestern im Gefängnis besucht, durfte mich aber nur kurz mit ihr unterhalten. Leider musste ich die Hälfte der ohnehin knappen Zeit dafür verwenden, sie zu beruhigen, denn der Knastaufenthalt geht ihr gehörig an die Nieren. Sie war dermaßen aufgelöst, dass ich fast nichts aus ihr rausgekriegt habe. Jetzt hoffe ich natürlich, dass Sie mir weitere Informationen geben können.«

»Nur zu, fragen Sie, selbst wenn es Stunden dauert. Ich werde alles dafür tun, Christa aus dieser schrecklichen Lage zu befreien.« Solche Kooperationsbereitschaft war ich gar nicht gewohnt.

»Könnten Sie mir zunächst etwas über die Familie des Verstorbenen erzählen?«, fing ich mit einer leichten Frage an.

»Franz hat zwei Töchter und einen Sohn; seine Frau ist schon vor Jahren gestorben. Die eine Tochter haben Sie bereits kennengelernt, die andere wohnt mit ihrem Mann in Duisburg. Christas Mann hatte im letzten Juli einen tödlichen Schlaganfall. Leider sind sie kinderlos geblieben«, seufzte Kirstin.

»Und der Sohn ist Ihr Mann«, folgerte ich haarscharf.

»Genau. Wolfgang und ich haben zwei Kinder, einen vierundzwanzigjährigen Sohn und eine einundzwanzigjährige Tochter, Heiko und Thekla. Helga Siepert hat einen Jungen. Trotz seiner missratenen Eltern ist er ganz okay.«

»Warten Sie bitte. Wer ist Helga Siepert?«, drosselte ich etwas das Tempo.

»Oh, habe ich das noch nicht gesagt? Helga ist die zweite Tochter, die mit diesem Asozialen in Duisburg lebt.«

Ich zauberte Notizblock und Kugelschreiber aus dem Jackett und fertigte eine Skizze an.

»Wenn ich Sie richtig verstanden habe, müsste diese Aufstellung die Verwandtschaftsverhältnisse wiedergeben. Haben Sie noch Ergänzungen?«

Ich erfuhr, dass die Eltern des Verstorbenen vor dem Dreißigjährigen Krieg bei einem Autounfall gestorben waren; ein Besoffener hatte sie frontal erwischt. Sein Bruder Wilhelm residierte im Dülmener Altenheim.

»Jetzt die obligatorische Frage nach den Feinden. Wer profitiert vom Tod Ihres Schwiegervaters oder hegt sonstige Animositäten?«

Kirstin schlürfte etwas Orangensaft und erweckte dabei den Anschein, als ob sie ihr Gehirn regelrecht zermarterte. Das Ergebnis stand jedoch in keinem Verhältnis zur Anstrengung: »Mir fällt niemand ein.«

»Da Sie vorhin den Bekanntenkreis angesprochen haben. Kennen Sie Leute, mit denen Ihr Schwiegervater verkehrt hat?«, wollte ich die Flinte nicht so schnell ins Korn werfen.

»Ich glaube, Christa kann Ihnen da besser helfen. Ich weiß nur, dass er sich regelmäßig mit einem anderen Rentner getroffen hat. Franz war nämlich passionierter Schachspieler. Die beiden haben immer nachmittags begonnen und bis tief in die Nacht vor dem Brett gesessen.«

»Kennen Sie seinen Namen?«, stellte ich eine meiner Ansicht nach nicht allzu schwierige Frage.

»Leider nicht. Ich habe nur mitbekommen, dass er ebenfalls im Dülmener Seniorenheim lebt. Wilhelm kann bestimmt weiterhelfen.«

Bevor ich weitere Enttäuschungen erlebte, wollte ich das Gespräch lieber beenden: »Vielen Dank, ich habe

Ihre Geduld lange genug strapaziert. Jetzt werde ich Sie nicht länger von der Gartenarbeit abhalten.«

»Wie ich schon sagte: Sie dürfen mich so lange aufhalten, wie Sie wollen. Die Aufklärung dieses schrecklichen Verbrechens ist ja wohl wichtiger als die beschissenen Sträucher; entschuldigen Sie die Ausdrucksweise.«

Ich schickte den Rest Kaffee auf die Reise in die dafür vorgesehenen Organe und ließ mich zur Tür bringen. Dann machte ich mich vom Acker, bevor ich noch beim Eingraben helfen musste.

5

Auf dem Weg nach Münster steuerte ich meinen Lieblingstürken an und ließ mich von Koch und Ober verwöhnen. Nachdem ich mein Gebiss mit einem Zahnstocher von Schafskäse- und Olivenresten befreit hatte, honorierte ich das vorzügliche Essen und den tadellosen Service mit einem üppigen Trinkgeld.

Jetzt war ich gerüstet für einen Maklerbesuch. Die Lessingstraße 57 war ein typisches Bürogebäude; vier Stockwerke hoch und viel Glas. Gerd Poszilny war nicht der einzige Mieter, außer ihm residierten dort Ärzte, Notare und ein Masseur. Ich ließ die Drehtür rotieren und beauftragte den Lift, mich in die dritte Etage zu befördern.

Eine ruckelige Fahrstuhlfahrt später studierte ich Gerds Vorzimmer, das in postmoderner Kargheit eingerichtet war. Die Wände zierten Hochglanzfotografien der angebotenen Objekte, die allesamt im gehobenen Preissegment angesiedelt waren. In der Raummitte standen ein geschwungener Schreibtisch und ein Drehstuhl. Auf diesem saß eine Blondine, deren modische Kurzhaarfrisur perfekt mit dem Interieur harmonierte. Sie starrte konzentriert auf einen Computermonitor und ließ sich nicht im Geringsten durch meine Anwesenheit stören.

»Guten Tag«, machte ich mich bemerkbar, und tatsächlich: Sie schaute hoch.

»Entschuldigen Sie bitte, ich habe Sie gar nicht kommen hören. Wie kann ich Ihnen helfen?«, sagte sie ihr Sprüchlein auf.

»Belkert; Robert Belkert. Ich bin auf der Suche nach einem Haus«, war auch ich um einen außergewöhnlichen Spruch nicht verlegen.

»Da muss ich Sie leider enttäuschen. Herr Poszilny befindet sich momentan in einem Meeting und anschließend hat er eine Grundstücksbesichtigung. Ich weiß, dass Ihre Zeit sehr kostbar ist, aber würde es Ihnen etwas ausmachen, morgen noch einmal vorbeizukommen? Ich könnte Ihnen einen Termin gleich um neun geben«, wollte sie mich abwimmeln. Hatte wohl keine Ahnung, wie viel Kohle Robert Belkert auf der hohen Kante hatte.

Mit genervter Miene griff ich mir einen Prospekt und blätterte darin herum. Mit sechs Richtigen und einem zusätzlichen Millionenkredit war die erste Tilgungsrate kein Problem. Poszilnys Klientel musste sich aus Ölscheichen und Fußballspielern rekrutieren.

»Ist das alles? Gartenhäuschen kauf ich lieber im Baumarkt.« Mal testen, ob ich den werten Makler wirklich erst morgen zu Gesicht bekommen würde.

Sofort kam Leben in die unterkühle Schreibkraft: »Was Sie hier sehen, ist nur ein Bruchteil unseres Angebots. Aber warten Sie doch einen Augenblick, vielleicht ist das Kundengespräch ja schneller beendet als geplant.«

Nach dem vergeblichen Versuch, mir Kaffee oder Sekt anzudrehen, verschwand sie im Nebenzimmer; nur wenige Augenblicke später kehrte sie mit zwei Männern im Schlepptau zurück.

»Auf Wiedersehen, Herr Fuhrmann. Wir treffen uns am Fünfzehnten im Jachtclub, und viele Grüße an die werte Frau Gemahlin.«

Der Größere der beiden ließ sich hinauskomplementieren, nachdem sie sich gegenseitig auf die Schultern geklopft hatten. Der andere, ein schlanker Endvierziger in einem sündhaft teuren Maßanzug, wandte sich mir zu: »Herzlich willkommen, Herr Belkert« zeigte er mir seine perfekt überkronte Kauleiste und hielt mir fünf Finger mit drei Ringen hin: »Wenn Sie die Liebenswürdigkeit besäßen, mir in mein Büro zu folgen.« Ich besaß die Liebenswürdigkeit, sowohl seine manikürte Flosse zu schütteln als auch seinem Wunsch zu entsprechen. Die Faltenlandschaft im solariumgeschmorten Gesicht erinnerte mich an einen Sommertag auf Teneriffa. Die hervorstehenden Geißbrassenaugen vervollständigten sein kanarisches Flair.

Poszilny öffnete die Tür und ließ mir den Vortritt. Dieses Büro hätte ich auch gerne besessen. Die massiven Tropenholzmöbel waren funktional und strahlten gleichzeitig Gemütlichkeit aus – ein nahezu unmöglicher Spagat. Die Klimaanlage sorgte für eine angenehme Raumtemperatur und unsere Schritte dämpfte ein geschmackvoller Perser. An den Wänden hingen Drucke von Gauguin; sahen nicht wie Flohmarktware aus. Alles in allem schienen die Immobiliengeschäfte nicht schlecht zu laufen.

Poszilny nahm hinter dem Schreibtisch Platz, ich davor.

»Tut mir leid, dass Sie warten mussten, aber ich bin zurzeit sehr eingespannt.«

»Ich hätte mir einen Termin geben lassen sollen«, mimte ich den Generösen. Damit waren genug Höflichkeiten ausgetauscht.

»Wie Ihre Sekretärin schon berichtet haben dürfte, möchte ich ein Haus erwerben.«

»An was hätten Sie denn gedacht? Yvonne sagte, Sie seien von den Objekten im Vorzimmer wenig angetan gewesen.« Warum er bei dieser Frage mit dem Auge zwinkerte, wollte mir nicht so recht einleuchten, aber vermutlich lernte man das in der Maklerschule. Vielleicht hatte er aber auch nur eine seltene Augenkrankheit.

»Herr Poszilny. Ich bin Geschäftsführer der Cargo Trading GmbH. Wir vermitteln Warentermingeschäfte. Ihnen als erfolgreichem Geschäftsmann muss ich sicherlich nicht erzählen, dass sich diese Branche zurzeit einer über alle Maßen erfreulichen Konjunktur erfreut.«

»Sicherlich.« Schon wieder dieses Augenzwinkern.

»Ich benötige daher ein Domizil, das sowohl einen angemessenen Komfort bietet als auch *state of the art* ist. Schließlich kann ich meine Geschäftspartner schlecht in einem Reihenhaus empfangen«, haute ich ordentlich auf die Kacke. Und siehe da: Jetzt fing auch mein Auge an zu zucken.

»Verstehe. Seien Sie beruhigt: Wir haben etliche Objekte im Angebot, die Ihr Wohlwollen finden dürften.«

Er zog eine Schublade heraus und förderte einige Fotos zutage. Nachdem ich sie oberflächlich studiert hatte, schüttelte ich den Kopf: »Diese Gebäude befinden sich ausschließlich in Münster.«

»Ich nahm an, dass Ihr Unternehmen dort seinen Sitz hat und Sie nicht weit von Ihrem Arbeitsplatz entfernt wohnen möchten.«

»Ich arbeite zwar in Münster, ziehe für mein Privatleben jedoch eine ländlichere Gegend vor. Neulich bin ich durch ein entzückendes Städtchen gefahren; Dülmen.«

»Kein Problem, Herr Belkert, kein Problem.«

Er zauberte drei weitere Fotos hervor, aber keine der Villen lag an der Straße, wo Franz mit Uwe Seeler gespielt hatte.

»Mmh, leider alles nicht das Richtige.« Ich war aber auch ein schwieriger Kunde. »Wie stehen denn die Chancen, dass dort in absehbarer Zeit etwas frei wird? Ich habe mich wirklich in dieses Städtchen verliebt.«

»Ich bedaure. Trotz meiner erstklassigen Beziehungen ist mir nicht bekannt, dass in dieser Gegend Grundbesitz zu verkaufen ist. Man kann zwar nie wissen, aber muss es denn unbedingt Dülmen sein?«, bekam Poszilny allmählich schlechte Laune.

»Ich bestehe darauf. Wenn ich zwei Millionen lockermache, muss es mir schon zusagen, oder sind Sie da anderer Ansicht?«, passte sich meine Laune der seinigen an. Frappierend, dass unsere Augen wieder völlig zuckfrei waren.

»Was halten Sie davon: Ich notiere mir die Adressen und schaue mir die Häuser mal vor Ort an. Häufig sieht es in natura ja anders aus als auf diesen Schnappschüssen«, machte ich ein Friedensangebot.

Mit diesem Vorschlag konnten wir beide leben. Gerd überließ mir die Bilder und packte seine Visitenkarte dazu.

»Falls Sie doch noch ein interessantes Objekt hereinbekommen, dürfen Sie mich unter folgender Nummer anrufen«, kritzelte ich Robert Belkerts Handynummer auf einen Zettelblock in Schweinchenform, der auf dem Schreibtisch lag. Für diese Fälle hatte ich extra ein zweites Handy angeschafft, auf dem nur die Belkert-Anrufe eingingen.

Nachdem auch dies erledigt war, verließen wir zusammen das Gebäude, da er jetzt seinen Besichtigungstermin wahrnehmen musste. Draußen schüttelten wir uns die Pfoten, dann trennten sich unsere Wege.

Diese Spur hatte sich als Blindgänger erwiesen. Es bestand zwar die Möglichkeit, dass der Makler Eckolts Haus abreißen und das Grundstück als Bauplatz für einen Wolkenkratzer nutzen wollte, doch hielt ich dies angesichts der Dülmener Infrastruktur für unwahrscheinlich. Außerdem war seine Angebotspalette derart umfangreich, dass er für ein weiteres Objekt kaum zum Mörder werden musste.

Ich hob mein linkes Handgelenk: kurz vor fünf. Zu früh, um Feierabend zu machen, zu spät, um nach Duisburg zu gondeln und die Jet-Set-Familie Siepert zu besuchen. Eckolts Bruder Wilhelm und der Schachpartner schienen mir eine gute Adresse, den Arbeitstag beschaulich ausklingen zu lassen.

6

Das evangelische Altenhilfezentrum befand sich in einem großzügig angelegten Park direkt in der Dülmener Innenstadt. Ein Schild am Wegesrand klärte mich auf, dass die grüne Oase 1848 von Herzog Alfred von Croy angelegt worden war. Schien nicht gerade unter Geldmangel gelitten zu haben. Für den riesigen Lustgarten mussten viele Kartoffeln – ich konnte mir nicht vorstellen, dass es hier andere Reichtümer gegeben hatte – ins europäische Ausland gekarrt worden sein.

Ich wunderte mich, dass weit und breit kein Schloss zu erblicken war, erfuhr aber von einer weiteren Informationstafel, dass dieses während des letzten Krieges zerstört und nicht wieder aufgebaut worden war.

Das Einzige, was in dieser märchenhaft schönen Umgebung störte, war das Altenheim, ein vierstöckiger roter Backsteinbau, der schon äußerlich eine Aura von Alter und Verfall ausstrahlte.

Nach diesem Informations-Overkill war ich froh, als ich mich in Schwester Kunigundes Büro auf einen Stuhl pflanzen konnte, der leider so hart war wie der Gesichtsausdruck meines Gegenübers. Verstärkt wurde ihre strenge Miene durch das schwarze Diakonissenkostüm und einen prächtigen Damenbart. Reflexartig stöberte ich in meiner Jackentasche nach einem Rasierer.

»Lassen Sie mich raten: Mutter oder Vater sind geistig weggetreten und wir sollen sie beaufsichtigen«, wählte sie eine freundliche Eröffnung. In meiner Blauäugigkeit hatte ich nicht mit einem solchen Tribunal gerechnet.

»Meine Eltern sind tot«, Verzeihung Paps, Verzeihung Mum, »ich möchte zu Wilhelm Eckolt.«

»Ich habe Sie noch nie hier gesehen. Sie wollen dem alten Herrn doch nicht etwa ein unseriöses Geschäft anbieten?«, wurde ihr Gesichtsausdruck noch härter, wenn das überhaupt möglich war.

»Mein Besuch ist rein privater Natur.« Ich musste dringend über mein äußeres Erscheinungsbild nachdenken, wenn man mich für einen windigen Vertreter hielt. Aber vielleicht hatte die kontrollwütige Schwester nur schlechte Augen. Die würden dann auch zu ihren Manieren passen.

»Sie müssen meinen Argwohn verstehen«, gab sie sich plötzlich versöhnlicher. »Es gibt genug Betrüger, die sich die Rente unserer Bewohner unter den Nagel reißen wollen. Zudem hat Herr Eckolt so gut wie nie Besuch. Der Einzige aus seiner Verwandtschaft, der sich blicken ließ, war sein Bruder. Aber der ist leider verstorben.« Um dies auch visuell zu unterstreichen, bekreuzigte sie sich. Sollte mir recht sein, solange wir nicht zusammen beten mussten.

»Ich weiß. Seine Nichte hat mich mit der Aufklärung des Mordes beauftragt. Ich bin Privatdetektiv.«

»Ich wusste nicht, dass er ermordet wurde. Falls Sie jedoch unseren Wilhelm verdächtigen, muss ich Sie enttäuschen. Er sitzt im Rollstuhl.« War das jetzt ein Anflug von Humor oder meinte sie es ernst?

»Ich wollte mich nur zwanglos mit ihm unterhalten.«

Schwester Kunigunde erhob sich: »Folgen Sie mir.«

Wir marschierten durch blassgrün gestrichene Gänge, die nach Bohnerwachs und Urin rochen. Ein bulliger Pfleger mit einem halben Schrottplatz im Gesicht schob eine grau melierte Dame an uns vorbei.

Zu allem Überfluss winkte sie mir auch noch zu: »Einen wunderschönen Tag, Herr Schröder.«

»Einen noch schöneren wünsche ich Ihnen, Frau Merkel.« Wie immer extrem schlagfertig, der gute Nannen.

Die Rollstuhlfahrerin lächelte geschmeichelt und bewies dabei, dass dritte Zähne nicht mehr für jeden erschwinglich waren: »Sie Schelm. Ich bin doch nicht Frau Merkel. Gestatten, Sabine Christiansen ist mein Name.«

Sie rollte weiter. Schwester Kunigunde blickte mich strafend an.

»Damit eines klar ist, junger Mann. Auch wenn einige unserer Bewohner verwirrt sind, dürfen Sie noch lange keinen Schabernack mit ihnen treiben.«

Ich gab mir den Anschein von Zerknirschtheit und wies auf meine Unerfahrenheit im Umgang mit Senioren hin. Mittlerweile waren wir am Ende des Korridors angelangt. Aus dem letzten Zimmer drang lautes Gekeife.

»Pass auf, du Idiot! Es nützt meinen kaputten Beinen bestimmt nichts, wenn du sie mit deinen Wurstfingern zerquetschst.«

»Aber Schwester Kunigunde hat gesagt …«

»Was die alte Schabracke absondert, interessiert mich einen feuchten Furz. Wenn du nicht sofort den Sittich machst, bekommst du meinen Stock zu spüren, du Arschgeige!«

»Herr Eckolt?«, wandte ich mich an meine Begleiterin.

»In der Tat. Einer unserer schwierigsten Bewohner. Mir hat er sogar Zimmerverbot erteilt. Er behauptet steif und fest, ich würde seine Socken stehlen. Viel Vergnügen.« Mit diesen Worten ließ sie mich allein.

»Herein, wenn's kein Pinguin ist«, erhielt ich als Antwort auf mein Klopfen.

Ich öffnete die Tür. Wilhelm war Kojaks Zwillingsbruder, so viel stand schon mal fest: Sein kahler Kopf glänzte wie eine Billardkugel, nur der obligatorische Lolly fehlte. Er saß vor einem Tisch, auf dem eine Pralinenschachtel, eine Bildzeitung und eine Zigarrenkiste standen. Seine Füße steckten in einer Wanne Wasser, ein blutjunger Pfleger war damit beschäftigt, Eckolts Beine einzureiben.

»Wenn Sie der neue Kaplan sind, der mir gegen eine kleine Spende einen Platz im Himmel verspricht, können Sie sich gleich verziehen!«, giftete er mich an.

»Entzückend! Ich heiße Nannen, bin Privatdetektiv und habe mit Gott nichts am Hut.« Auf einen Kommentar bezüglich seines überaus freundlichen Umgangstons verzichtete ich zunächst, denn schließlich wollte ich ja noch was aus ihm rauskriegen.

»Privatdetektiv; so, so.«

Er blickte auf den Pfleger herab: »Siehst du nicht, dass ich Besuch habe? Mach gefälligst die Tür von außen zu und such dir einen anderen Dummen, der sich von dir malträtieren lässt!«

Mit einer drohenden Gebärde schwang er seinen Stock, der auf der Sessellehne gelegen hatte. Das ließ sich der Junge nicht zweimal sagen und verdünnisierte sich. Falls Franz ein ebenso angenehmer Zeitgenosse wie Wilhelm gewesen war, waren die Aversionen von zwei Dritteln seiner Sprösslinge durchaus verständlich.

»Zivildienstleistende, arbeitsscheues Gesindel!« Da musste ich ihm ausnahmsweise beipflichten. Schließlich hatte ich selbst dieser Berufsgruppe angehört.

Nach dem Abitur hatte ich meinen Zivildienst auf einem Bauernhof in Bottrop abgeleistet. Das Besondere an dieser Einrichtung war, dass dort lernschwache Jugendliche und geistig Behinderte eingesetzt wurden. Die etwas Fitteren unter ihnen hatten die Rinder und Schweine gefüttert und die Ställe ausgemistet, die schwereren Fälle den Hof gefegt. Man sollte jetzt zwar annehmen, dass ich während dieser Zeit genug gelernt hatte, um meinen geerbten Kotten professionell bewirtschaften zu können, aber weit gefehlt: Während der fünfzehn Monate hatte ich mich meist im Stroh ausgeruht, während die anderen malochten. Ich hatte nur sicherstellen müssen, dass sie sich nicht gegenseitig Schüppen oder Mistgabeln über den Schädel zogen und dass sie rechtzeitig zur Toilette gingen. Ab und zu, insbesondere bei der Strohernte, hatte ich aber mit anpacken müssen. Zu dieser Zeit hatte ich dann auch den Entschluss gefasst, niemals den handwerklichen Berufsweg einzuschlagen, sondern lieber Betriebswirtschaft zu studieren und einen auf Sesselfurzer zu machen. Dies hatte ja auch bestens funktioniert, bis ich im letzten Jahr aus dem Betrieb meines Schwiegervaters gefeuert worden und in die tiefste Provinz zwangsverzogen war.

»Ich nehme an, Sie kommen wegen Franz«, unterbrach Wilhelm meinen gedanklichen Ausflug in die Historie.

»Ganz recht. Christa und Kirstin haben mich beauftragt, den Mörder zu fassen.«

»Die eine ist fett und bescheuert, die andere nur bescheuert. Auf jeden Fall tut mir Christa kein bisschen leid. Soll sie doch im Knast verrecken. Sie hat sich bei meinem Bruder immer nur eingeschissen. Selbst als ihr Mann im Sterben lag, hat sie Franz lieber die Böden gescheuert, als dem Gatten einen schönen Lebensabend zu bereiten. Dabei wollte mein Bruder ihre ständige Bemutterung überhaupt nicht.« Sollte ich irgendwann mal unter zu viel guter Laune leiden, wusste ich nun, an wen ich mich wenden konnte. Der alte Knacker war unerträglich.

»Und worauf gründet sich Ihre positive Meinung in

Bezug auf Kirstin Eckolt?«, bot ich ihm die Chance auf die nächste Hasstirade.

»Ich sehe, Sie kennen meinen Neffen Wolfgang noch nicht. Ein aalglatter Scheißkerl. Eine Frau, die so einen Drecksack heiratet, kann man nur verachten. Wolfgang hat nichts als Weiber und Moneten im Kopf. Ich möchte wetten, dass er, wenn sie die Wäsche im Garten aufhängt, sich im Wohnzimmer von seiner Sekretärin einen blasen lässt.«

»Wie standen Sie zu Franz?«, hatte ich eigentlich schon keine Lust mehr.

»Der war in Ordnung. Er mochte seine Kinder genauso wenig wie ich.« Das Ganze schien ja sehr ergiebig zu werden.

»Haben Sie einen Verdacht, wer Ihren Bruder umgebracht haben könnte? Motive scheint es genug zu geben.« Wurde mal Zeit, dass Wilhelm neben seinen menschenfeindlichen Aussagen auch mal einen vernünftigen Ansatzpunkt lieferte.

»Wolfgang weint seinem Vater keine Träne nach, aber warum sollte er ihn umbringen? Er hat mehr Geld, als er ausgeben kann. Christa fällt auch weg; sie kann keiner Fliege was zuleide tun. Bleiben die Sieperts, über sie haben wir noch nicht gesprochen. Er ist Dauerarbeitsloser, sie eine gottverdammte Schlampe. Ihnen würde ich am ehesten einen Mord zutrauen. Franz hat Helga verstoßen, als sie die Pissnelke geheiratet hat. Sie sind immer pleite und haben meinen Bruder jahrelang angepumpt. Ich schätze, sie stehen schon in den Startlöchern für die Testamentseröffnung.«

Na super. Franz Eckolt lag mit seiner kompletten Verwandtschaft im Clinch. Das wusste ich bereits von meiner Auftraggeberin.

»Sagt Ihnen der Name Poszilny was? Ein Münsteraner Makler.«

»Fehlanzeige, junger Mann. Außerdem bin ich jetzt müde. Sagen Sie im Schwesternzimmer Bescheid, dass ich ins Bett gebracht werden will. Sie sollen mir aber nicht wieder diese Memme schicken.«

»Eine letzte Frage. Ihr Bruder soll mit einem Ihrer Mitbewohner Schach gespielt haben.«

»Otto Baumeister, so ein Intellektuellenheini. Ist mir ein Rätsel, was Franz an dem gefunden hat. Zimmer 240.«

Ich verabschiedete mich. Als ich halb zur Tür hinaus war, fragte er mich, ob ich nicht die Sockendiebin jagen wolle. Meine Antwort bestand aus einem herzhaften Lachen.

7

Ich befand mich in einer ausweglosen Situation. Mein König wurde von zwei Läufern und einem Turm bedroht; nicht zu vergessen die Dame, die mich durch die Gegend hetzte.

»Das war's dann wohl.«

Otto Baumeister lehnte sich zurück und zog an seiner Zigarette. Die Schachpartie hatte ganze sechs Minuten gedauert.

Otto – er hatte mir sofort das Du angeboten – war von ganz anderem Kaliber als Wilhelm. Der flotte Mittsiebziger war promovierter Germanist. Auch Aussehen und Körpersprache waren mit denen der meisten anderen Heimbewohner nicht zu vergleichen. Die dunklen vollen Haare waren ordentlich zur Seite gescheitelt. Seine feinen Gesichtszüge erinnerten an Hermann Hesse. Auch die Kleidung war tadellos. Müsste er überraschend eine Rede vor den Vorstandsvorsitzenden der DAX-Unternehmen halten, würde er outfitmäßig keine Probleme bekommen. Nadelstreifenanzug, weißes Hemd mit goldenen Manschettenknöpfen und eine Krawatte, die von erlesenem Geschmack zeugte. Wie er mir mit kerzengerader Haltung gegenübersaß, hätte er gut in ein englisches Schloss gepasst.

Ottos Lebensabendgeschichte war nicht ungewöhnlich: Nach dem Tod seiner Frau vor zehn Jahren hatte er vom Staubsaugen und Fensterputzen schnell die Nase voll gehabt und war ins Altenheim gezogen. Zudem hatte er sich neue Bekanntschaften von dem Ortswechsel versprochen, doch der Schuss war gründlich nach hinten losgegangen. Die meisten Heimbewohner konnte man nicht mehr als Menschen bezeichnen. Sie schliefen, bekamen Nahrung eingetrichtert und schieden diese aus. Die einen waren halb verrückt, die anderen von Hass zerfressen. Wie Wilhelm.

Wir kamen auf Franz zu sprechen.

»Ich habe ihn zufällig kennengelernt, als er seinen Bruder besucht hat. Dabei hat er erwähnt, dass er passionierter Schachspieler sei. Also trafen wir uns regelmäßig zum Gefecht. Im Laufe der Zeit haben wir uns schätzen gelernt.« Während der Ansprache stellte er die Schachfiguren wieder in die Anfangsposition und machte den ersten Zug.

»Was war er für ein Mensch?«, zog ich ebenfalls einen Bauern nach vorne.

»Franz war ein absoluter Moralist. Das war wohl auch der Grund, warum er mit seinen Kindern nicht klarkam. Ich kenne die drei zwar nur aus seinen Erzählungen, aber dieser Wolfgang muss das größte Ekel sein, das seine Füße auf unseren Planeten gesetzt hat. Franz verglich ihn immer mit Diederich Hessling aus Heinrich Manns *Untertan*. Nach oben buckeln, nach unten treten.

Wolfgangs Kinder stehen dem Vater in nichts nach. Heiko studiert Informatik, ist Mitglied im Golfclub und fährt Porsche. Ferner ist er im Vorstand der Dülmener Jungen Union. Seine Schwester Thekla studiert Betriebswirtschaftslehre im dritten Semester. Obwohl sie dumm wie Bohnenstroh ist, hat sie die meisten Klausuren mit Auszeichnung bestanden. Franz' Begründung für das gute Abschneiden wirst du sofort unterschreiben, wenn du Thekla kennengelernt hast.«

»Die Genossen will ich mir morgen zu Gemüte führen.« Mittlerweile waren wir schon beim fünften Zug und ich hatte noch keine Figur verloren.

»Weißt du etwas über einen Gerd Poszilny?«, zog ich meinen Läufer quer über das Brett.

»Wer soll das sein?«, bot Baumeister mir zum ersten Mal Schach.

»Ein Makler aus Münster. Franz soll sich vor seinem Tod mit ihm getroffen haben.« Nannens König ging wieder auf Wanderschaft.

»Ich erinnere mich dunkel. Vor ungefähr einer Woche traf ich Franz äußerst aufgeregt an. Er sagte etwas von einer riesigen Schweinerei; ein Makler aus Münster sei darin verwickelt. Mehr wollte er mir nicht sagen. Zwei Tage später habe ich ihn noch einmal getroffen. Weil er diese Angelegenheit nicht mehr erwähnte, dachte ich, sie hätte sich erledigt.«

Ich berichtete Otto von Christas Verdacht und meinem Besuch bei Poszilny.

»Hört sich doch vielversprechend an. Ich glaube, du bist auf einem guten Weg.« Sprach's und eliminierte meine Dame. Ich zog den Turm drei Felder nach rechts, was ich für eine durchaus gelungene Aktion hielt, konnte ich ihn so doch im nächsten Zug festnageln.

»Jetzt haben wir aber genug über diese unerfreuliche Geschichte geredet. Ich habe Bierdurst. Lass uns einen heben gehen«, überraschte mich der gebildete Senior mit Trinkerslang.

»Wo soll's denn hingehen?«, konnte ich mich für den Vorschlag schnell erwärmen.

»Nicht weit von hier gibt's eine nette Kneipe.« Er stand auf, zog seinen Mantel an und setzte mich im Vorbeigehen matt. »Schwing die Hufe.«

Wir wanderten durch die mittlerweile leeren Gänge.

»Und, haben Sie etwas herausgefunden?«, blickte Kunigunde an der Pforte von ihrem Strickzeug auf.

»Bei Herrn Eckolt fehlen wieder Socken.«

»Kein Respekt vor älteren Damen. Otto, lass es nicht zu spät werden, ja?«, wandte sie sich an meinen Kompagnon.

»Zu Befehl, meine Teure.«

Baumeister führte mich zum *Sailor's Pub*, seinem Stammlokal, das tatsächlich nur wenige Schritte vom Altenheim entfernt lag. Wie nicht anders zu erwarten, war der Schuppen mit Rettungsringen, Ölleuchten, Schiffsmodellen und Postern von Segelregatten ausstaffiert. An den Wänden gab es nicht eine Stelle, die nicht mit nautischem Kram vollgepflastert war. Von der Größe her hätte der Laden locker in mein Wohnzimmer gepasst. Die kreisrunde Theke war exakt in der Mitte des Schankraums angebracht. Bis auf zwei Bierbäuche – einer weiblich, einer männlich – und den Wirt war das Etablissement gästefreie Zone. Nichtschwimmer und Hochwassergeschädigte trauten sich wahrscheinlich nicht hierher.

»Rolf, mach mal zwei Köstritzer fertig und zwei Schwimmflügel für meinen Kollegen«, schoss Baumeister einen richtigen Kracher ab. Wir ließen uns auf zwei Pollern an der Theke nieder. Hätte mich nicht gewundert, wenn er seine Kneipe gleich fluten würde, doch der blaue Fliesenboden verfehlte auch ohne Wasser nicht seine Wirkung.

Besagter Rolf war ein Fall für sich. Er war mindestens zwei Meter groß, sodass er aufpassen musste, nicht die Flaschen vom Hochregal zu stoßen. Als würde seine natürliche Länge nicht schon reichen, hatte er noch eine blaue Kapitänsmütze obendrauf. Die restliche Kleidung war auf die Kappe abgestimmt; ein gestrandeter Seemann in Dülmen.

»Wird gemacht, Otto. Ich bin Rolf Zurhausen«, hielt er mir die Hand hin.

»Dieter Nannen«, trug ich zum Gespräch bei und schüttelte seine knochige Pranke. »Statt des Köstritzers hätte ich lieber ein normales Pils«, wollte ich meine Geschmacksknospen nicht Amok laufen lassen.

»Selbstverständlich. Ich kann Schwarzbier auch nicht riechen, ist aber zurzeit total in«, machte er sich sofort beliebt.

»Hi, Otto. Wen hast du denn da Nettes angeschleppt?«, quatschte die aufgeschwemmte Blondine los. Wahrscheinlich war sie gar nicht übergewichtig, sondern hatte nur drei Rettungsringe unter ihre dreißigfarbige Bluse gestopft.

»Das ist Dieter, ein Freund von mir.«

Heidi zwinkerte mir mit aller verfügbaren Erotik zu, was ehrlich gesagt nicht viel war. »Endlich wird einem hier mal was Vernünftiges geboten«, lächelte sie mich an, wobei sie ein lückenhaftes Gebiss präsentierte. Zur Happy Hour konnte sie sich Sardinen reinsaugen, ohne die Zähne auseinanderzunehmen.

»Lass gut sein, Heidi«, ließ ihr Nachbar deutlich hörbar seine Finger knacken. Damit war der Flirtversuch beendet; nicht zu meinem Leidwesen.

»Was ist, Dieter, sollen wir 'ne Runde kickern?«, schlug Otto vor. Ich blickte mich um, und tatsächlich: Am anderen Ende existierte ein kleiner Nebenraum, den ich übersehen hatte.

»Immer, alter Schwede.« Wir schnappten uns die Drinks und schwammen rüber. Selbstverständlich war es kein normaler Kicker, sondern dort spielten Matrosen gegen Bordsteinschwalben. Als ich einen Euro in die Kiste warf, war ich froh, dass tatsächlich Bälle und keine Makrelen herauskamen.

Während wir die Kugeln knallen ließen – Otto war deutlich besser als befürchtet, konnte aber gegen meine in Jugendheimen erworbenen Fähigkeiten in keiner Weise anstinken –, versuchte ich Baumeister noch ein bisschen auszuquetschen, aber ohne Erfolg. Er wusste nichts.

Nach fünf Biereinheiten hatte ich keine Lust mehr. Da Otto ziemlich müde war, bedurfte es keiner großen Überredungskunst, die Nordsee zu verlassen. Ich geleitete ihn zum Altenheim und versprach zum Abschied, ihn auf dem Laufenden zu halten. Dann machte ich mich auf den Heimweg und betete, dass ich nicht der Küstenwache begegnete.

8

Am nächsten Morgen, eigentlich war es noch Nacht, wurde ich durch lautes Poltern an der Tür geweckt. Fünf Uhr, verriet mir der Blick auf den Wecker. Keine Bürozeit. Ich drehte mich zur Seite und zog die Decke über den Kopf. Leider hämmerte es unaufhörlich weiter. Übelst gelaunt kroch ich aus den Federn, schlüpfte in den Bademantel und öffnete schlaftrunken die Tür.

»Moin, moin«, grinste Stefan Jahrknecht über alle vier Backen. Er steckte in einem grauen Arbeitsanzug, dessen geöffneter Hosenstall einen ungestörten Blick auf zartrosa und quittenbraun gemusterte Bermudashorts erlaubte. Der Junge war geistig minderbemittelt an der Grenze zum Schwachsinn, liebte mich aber abgöttisch. Nur der Teufel wusste den Grund.

»Mir leid tun mit Wilpert«, ließ er seine bratpfannengroße Pranke auf meine Schulter prasseln und versuchte, mich ungeschickt in den Arm zu nehmen, wobei er auf meinem unbeschuhten Fuß herumtrampelte. Ich verkniff mir den Schmerzensschrei.

»Kondolenzbesuche erst ab neun«, knurrte ich und schob ihn aus der Tür.

»Nicht verstehen tu«, blieb Stefan stehen. »Damit du nicht so weinen müssen, ich hab Geschenk.« Er grinste selig, während in der Ferne ein Hahn den nahenden Morgen ankündigte.

Erst jetzt sah ich es. Am Pfosten des Hoftors war ein Ferkel angebunden, das sich vergnügt den Rücken am rauen Holz rieb.

»Was ist das?«, fragte ich entgeistert und rieb mir

sicherheitshalber das letzte Schlafkorn aus den Augen. Kein Irrtum möglich, es blieb ein Ferkel.

»Das ist Pedder, genannt nach dein Freund Grabowski«, nickte Stefan mit leuchtenden Augen. »Damit du nicht so viel weinen tun musst«, schlug er mir wieder auf den Rücken.

»Das kann ich nicht annehmen«, wehrte ich vehement ab. »Bring das Schwein dahin zurück, wo du es herhast.« Mit diesen Worten schob ich ihn über die Schwelle, schlug die Tür zu und begab mich wieder in die Horizontale.

Zwei Stunden später studierte ich bei zwei mit Käse garnierten Zwiebelbrötchen und einer Tasse Kaffee die Morgenzeitung. In Dülmen hatte jemand »A liebt S« auf die Rathausmauer gesprüht. Entrüstete Leser forderten härtere Strafen für Graffitisprayer und mehr Polizeipräsenz. Mehr war in der Welt nicht passiert.

Ich zog mich an und lief nach draußen, um den Kaninchen das übliche Frühstücksbüfett, bestehend aus pissenlit au gramen délicieux – Banausen würden es als Gras mit Löwenzahn bezeichnen –, zuzubereiten. Stefan war zwar weg, Pedder jedoch nicht. Als das Ferkel mich entdeckte, quiekte es entzückt und wedelte mit dem Schwänzchen. Meinen Kumpel verfluchend, band ich das Tier los, das mich sofort beschnüffelte. Obwohl sein Gestank gegen jede Bestimmung der Genfer Konvention verstieß, war es eigentlich ganz niedlich. Der plötzliche Anflug von Zuneigung verschwand allerdings sofort, als der Kleine einen schönen Haufen auf den Hof setzte. Da es unter Durchfall litt, bekamen meine Schuhe und die Hosenbeine etliche dunkelbraune Spritzer ab.

Bevor das Viech mein komplettes Anwesen zuschiss, geleitete ich es in die Stallungen. Als höflicher Mensch stellte ich Pedder zunächst den Kaninchen vor, aber irgendwie wirkten sie desinteressiert. Nur das Grünzeug, das ich ins Gehege warf, wurde gewürdigt. Nachdem ich das Ferkel in Wilperts alte Box gesteckt und mich freundlich vom achtköpfigen Tierbestand verabschiedet hatte, konnte ich nach Hosenwechsel und Schuhputz endlich meinem eigentlichen Beruf nachgehen.

Heute standen die Sieperts auf der Speisekarte, was einen Abstecher nach Duisburg-Bruckhausen erforderte. Nicht schlimm. Obwohl ich mittlerweile im Münsterland heimisch geworden war, lagen meine Wurzeln eindeutig im Ruhrgebiet. Die manchmal schroffe, aber herzliche Direktheit der Ruhrpötter war mir definitiv sympathischer als die nervenden Tratschattacken der Dörfler. »Lange nicht Ihr Auto gewaschen, Herr Nannen«, »Wann heiraten Sie endlich? Die Klara von Bauer Steinmann wär doch was für Sie« oder Schlimmeres.

Da Siepert hauptberuflich die Bundesagentur für Arbeit schröpfte, bestand eine hohe Wahrscheinlichkeit, ihn daheim anzutreffen. Anschließend wollte ich meinen Kumpel Peter Gurkennase Grabowski besuchen, den Namenspaten für meinen neuen Mitbewohner. Er hatte einige Wochen nichts von sich hören lassen und war immer für einen unterhaltsamen Nachmittag gut. Als Letzten setzte ich Wolfgang Eckolt auf meine To-do-Liste. Mal schauen, ob er wirklich ein so unangenehmer Zeitgenosse war, wie Otto und Wilhelm behaupteten. Am Ende des Tages würde ich in jedem Fall Licht ins Dunkel des Familiengestrüpps der Eckolt-Sippe gebracht haben, so viel stand fest.

Nach einem Telefonat mit meiner Auftraggeberin besaß ich die Adresse der Computerfirma und einen Termin beim Gatten um achtzehn Uhr. Ich bestieg meinen Golf und düste die Autobahn in Richtung Süden. Nach Abschluss dieses Falles war ein neuer Wagen fällig, denn bei den Temperaturen erwies sich die defekte Lüftung als Transpirationsmotor für den gequälten Detektivkörper. Während im Radio eine Jungchristin die innovative Nachricht verkündete, alle Lebewesen seien Gottes Geschöpfe, klebte nur eine Hand am Lenkrad, mit der anderen wischte ich den Schweiß von der Stirn, um nicht in Salzlake zu ertrinken.

Duisburg-Bruckhausen, eingekesselt zwischen der A 42 und der Thyssenkokerei, besaß den Charme der Johannesburger Slums. Mangels anderweitiger Perspektiven pendelten die Berufswünsche der Schüler hier zwischen Zuhälter und Drogendealer. Alternativen gab es in dieser urbanen Tristesse keine, da bei der Bewerbung um einen Ausbildungsplatz allein die Postleitzahl die sofortige Absage garantierte.

Nach drei Einheiten kostenloser Sauna parkte mein Wagen vor einem rußfarbenen Mietshaus. Ein ortskundiger Dönerverkäufer hatte mir den Weg zur Plutostraße verraten, wo die Siepert'sche Behausung lag. Auf dem Bürgersteig spielten vier Jungen Fußball mit einer Bierdose. Zwei weitere Büchsen dienten als Torpfosten. Als mir die Pille vor die Füße rollte, dribbelte ich aufs Tor zu und verlud den Keeper.

»Nicht schlecht, Opa«, rückte ein Ghettobrasilianer seine Baseballkappe zurecht.

»War früher Linksaußen beim MSV«, ließ ich den Dickmatz raushängen.

»Laber keinen Scheiß, Alter«, spuckte er auf den Asphalt. »MSV ist uncool, Schalke ist der Bringer. Die werden Meister.«

Ich ließ ihn seinen Utopien nachhängen. Wer war ich, dass ich seinen Traum zerstören musste?

»Klar. Wisst ihr, wo die Sieperts wohnen?«, wechselte ich vom Sportlichen ins Geografische.

Ein Zwölfjähriger, Hose in den Kniekehlen mit einem zart sprießenden Schnäuzer über dem fast zahnlosen Mund, baute sich vor mir auf.

»Was willst du von meinen Alten?«, rotzte auch er auf den Boden.

»Nannen von der Lottogesellschaft. Deine Eltern haben einen Sechser gelandet und ich will den Scheck überbringen«, ließ ich meiner Fantasie freien Lauf.

»Ei, Kevin, dann kannst du dir die Puma-Schuhe krallen. Endgeil«, tönte einer der Kicker vom obligatorischen Ausspucken begleitet. Damit war endgültig bewiesen, dass die Lamas entgegen landläufiger Meinung nicht aus Peru stammten, sondern aus Bruckhausen.

Kevin hatte es auf einmal eilig. Die Sieperts wohnten nur einen Block vom Fußballplatz entfernt. Die pompöse Eingangshalle war mit Werbeprospekten von Lidl und Aldi gepflastert. Durch ein nach Urin duftendes Treppenhaus kraxelten wir in die vierte Etage. Vor einer Eisentür, bei der der graue Anstrich größtenteils abgeblättert war, stoppte Kevin und drückte auf die Klingel, die nur noch vom Kabel gehalten wurde.

»Watt is?«, hallte eine weibliche Reibeisenstimme durch die geschlossene Tür und ließ weiteren Lack abbröckeln. Aus der Wohnung nebenan fluchte jemand lautstark in einer unbekannten Sprache.

»Hier ist ein Kerl vom Lotto. Wir haben gewonnen.«

»Echt?«

Sesam wurde geöffnet und machte den Blick frei auf eine Frau in einem angeschmuddelten gelben Kleid, das kürzer war als die dunklen Stunden in der Mittsommernacht. Die pinkfarbenen Lockenwickler im platinblond gefärbten Haar harmonierten perfekt mit den bläulichen Krampfadern ihrer Beine. Strümpfe waren bei dieser Ästhetik natürlich fehl am Platz.

»Lotto?«, schnippte sie die Asche von der selbst gedrehten Zigarette auf den vergilbten PVC-Belag des Treppenhauses.

»Helga!«, brüllte plötzlich ein männliches Wesen aus dem hinteren Teil der Wohnung. Ein-Wort-Sätze schienen »in« zu sein in diesem Viertel.

»Ein Mann vom Lotto«, krakeelte sie zurück. »Wir haben gewonnen, sagt der Köttel«, strafte sie mich sofort Lügen.

»Moment.« Jemand hievte sich ächzend von einem Sofa oder Sessel hoch. Dabei wurde etwas Gläsernes umgestoßen, das auf dem Boden zerbrach. »Ich krieg die Krise«, fluchte er. Beim nächsten Besuch würde ich Ohropax mitnehmen, der Konversationston der Sieperts stand der Dezibelemission eines Motörhead-Konzerts in nichts nach.

»Darf ich reinkommen?«, ließ ich wahrscheinlich den ersten freundlichen Satz in dieser Etage los.

»Klar, Mann«, lächelten die drei kariösen Stumpen in ihrem Mund. »Kippe?«, hielt sie mir einen Tabakbeutel hin.

»Ich darf im Dienst nicht rauchen«, schuf ich einen neuen Paragraphen im Betriebsverfassungsgesetz. Wer wusste, welche Virenkolonien in dieser Bruchbude auf Opfer lauerten. Den nächsten Besuch würde ich im tiefsten Winter machen, wenn ich ohne Gesichtsverlust Handschuhe tragen konnte.

Ich bewunderte gerade die auf den nackten Flurputz

gepappten Pin-up-Girls und Motorräder, als ein behaarter Schrank um die Ecke bog; an den Füßen blaue Adiletten, um die Sperrmüllteppiche nicht zu verschmutzen. Sein von Alkoholika und fettreicher Kost gestählter Körper steckte in einem grünen Nike-Sportanzug. Der Zigarettenqualm konnte leider sein Mundwasser Marke Jägermeister nicht übertünchen. Beim nächsten Besuch also neben Ohropax auch noch Wäscheklammern für den Riecher einstecken. Sein Kopf war bis auf den Sechswochenbart und die wuchernde Nasenbehaarung kahl. Im Gegensatz zu den Straßenfußballern schien er aber MSV-Anhänger zu sein, denn die Vereinsinitialen waren in krakeligen Lettern auf den Hinterkopf tätowiert. Wahrscheinlich vom Hausmaler der Justizvollzugsanstalt Hamborn.

»Was lässt du den Kanacken rein? Wir spielen überhaupt kein Lotto«, grunzte Karl seine Allerliebste an.

Dabei beäugte er mich misstrauisch. Wahrscheinlich witterte er in mir einen Angestellten der Bundesagentur für Arbeit, der die Korrektheit seiner Angaben auf dem Stützeantrag kontrollieren wollte.

Er stopfte einige Haare zurück, die aus dem bis zum Bauchnabel geöffneten Hemd fliehen wollten. Hielten wohl den Gestank nicht aus.

»Kannste dich ausweisen?«, hauchte mir Kalle seinen hansapilsgeschwängerten Atem ins Gesicht. Kein gutes Zeichen für den weiteren Gesprächsverlauf, dass er beim Du angelangt war.

»Ihr Sprössling muss mich falsch verstanden haben. Reizender Junge übrigens. Ich bin Privatdetektiv und soll den Mord an Ihrem Schwiegervater aufklären.«

»Geh spielen, Kröte«, warf Karl seinem Sohn einen Blick zu, der den Koloss von Rhodos in die Flucht geschlagen hätte. Wahrscheinlich folgte bei Missachtung seiner Anweisungen eine Belehrung mittels der Adiletten, denn prompt fiel die Tür mit lautem Krachen ins Schloss.

»Knall die verfickte Tür nicht so zu!«, brüllte Helga dem Kleinen hinterher, während Karl nur grunzend seine Zigarette in eine rot schimmernde Vase schnippte.

Er winkte mir, ihm in einen anderen Raum dieses Vierzig-Quadratmeter-Klos zu folgen. Das Wohnzimmer war jedoch eine bittere Enttäuschung: Anstatt einer Steigerung zum Flur wurde hier nur das Niveau gehalten. Auf einem mit Plastikfolie abgedeckten Tisch tummelten sich die Überreste vom Frühstück. Auf drei Tellern schwammen abgeschnittene Brotkrusten in Mayonnaiselachen. Das Stillleben wurde durch zwei leere und eine halb volle Bierflasche zur ausgewogenen Komposition komplettiert. Die in gelben Farbpunkten ertrinkenden Rosenornamente auf der Tapete wirkten leicht impressionistisch, wenn man irgendwas Nettes über dieses Rattenloch sagen wollte. Es störten vielleicht die Löcher in den Wänden, die mit antiken Exemplaren der Bildzeitung zugestopft waren. Manche waren allerdings auch neueren Datums, wie ich an der Überschrift »Wir sind Papst« erkennen konnte. Eine tiefgläubige Familie.

Vorsichtig ließ ich mich auf dem von Zigarettenasche angegrauten Sofa nieder. Siepert fläzte sich in einen braunen Ohrensessel vor den laufenden Fernseher. Eine angeblich zwanzig Jahre alte Brünette mit der Optik einer Vierzigjährigen versuchte gerade mit Hilfe einer kugelrunden Moderatorin zu klären, ob Marvin Dustin von Pascal, Knut oder Waldemar gezeugt worden war. Keiner der drei. Siepert röchelte enttäuscht.

»Mach die Kiste aus«, säuselte er liebevoll seiner Dulzinea zu; natürlich in der üblichen Lautstärke.

Helga tat wie geheißen. Musste Liebe doch schön sein! Karl ergriff die halb volle Bierflasche und nahm einen tiefen Zug. Dann gurgelte er, schluckte und rülpste.

»Wat hasse gesagt? Schnüffler?«, führte er das Gespräch auf höchstem intellektuellen Niveau fort.

»Wie bereits erwähnt, soll ich den Mord an Franz Eckolt aufklären«, wagte ich die Bildung eines komplizierten Satzkonstrukts.

»Muss dich enttäuschen, Alter«, grinste er hämisch. »Hab mit den Geldsäcken nichts zu schaffen. Als Helga und ich geheiratet haben, war finito. Kapierste? Keiner kannte sie mehr. Nur weil ich ein ehrlicher Malocher und kein Sesselfurzer bin«, ereiferte er sich.

»Zichte!«, brüllte er, woraufhin Helga aus der Küche wackelte und ihm eine Selbstgedrehte in den Mund steckte. Ich kam mir wie in einem dieser schlechten holländischen Filme vor, aber die Sieperts steckten die Flodders locker in die Tasche.

»Was arbeiten Sie?«, wurden auch meine Sätze immer kürzer.

»Nix zurzeit. War auf Thyssen, danach auf'm Bau. Keine Chance. Umschulung zum Bürokaufmann hab ich nicht gekriegt. Hab zwar das Gehirn dafür, bin aber zu alt, meint der Wichser vom Arbeitsamt«, seufzte er.

»Schade, bei einem so hellen Kerlchen wie Ihnen«, konnte ich mir nicht zu bemerken verkneifen, aber Karl war ironieresistent.

»Wer könnte Ihrer Meinung nach als Täter in Frage kommen?«, rechnete ich nicht ernsthaft mit einer vernünftigen Antwort.

»Jeder von dieser verlogenen Brut. Kohle bis zum Abwinken, aber gönnen sich nicht das Gelbe unter den Fingernägeln«, verhunzte er die Redensart. »Dem Wilhelm trau ich's am ehesten zu«, schob er noch nach.

»Der Mann sitzt im Rollstuhl«, erklärte ich die Visite im Geiste endgültig als gescheitert.

»Franz und Wilhelm waren früher Partner in dieser Baubude. Plötzlich war Wilhelm Knall auf Fall raus. Alle haben sich gewundert. Auf jeden Fall haben sich die beiden danach nicht mal mehr mit dem Arsch angeguckt. Wenn Sie mich fragen, hat Wilhelm in die Firmenkasse gelangt«, quetschte er die Zigarette in den überquellenden Ascher.

»Wie steht's denn um Ihre Finanzen?«, bohrte ich nach, wenn wir schon über Moneten redeten. »Wie im Buckingham-Palast sieht's hier nicht gerade aus.«

»Willst du mich ansaugen, Arschloch? Denkst du vielleicht, der verkackte Eckolt vermacht uns auch nur einen Cent? Der pisst doch auf Leute wie uns.« Mittlerweile waren wir im tiefsten Sprachkeller angelangt.

Trotz des immensen Alkoholpegels und seiner Körperfülle erhob er sich erstaunlich schnell und schwankte mit nicht gerade freundlicher Mimik auf mich zu. Zeit für den Rückzug. Ohne mich zu verabschieden, sprang ich vom Sofa und hastete in Richtung Ausgang. Dabei hatte ich Karls Beweglichkeit unterschätzt. Mit einem Bein bereits im Flur, erhielt ich einen Schlag auf den Hinterkopf, dass im linken Ohr Beethovens neunte und im rechten die fünfte Sinfonie erklang. Dabei hatte ich den alten Ludwig noch nie leiden können. Ein grauer Schleier legte sich auf meine Augen, meine Beine versagten ihren Dienst und ich schlug auf den siffigen Boden. Mein Unterbewusstsein registrierte nur noch, dass ich hochgehoben und die Treppe runtergeschleift wurde.

Anschließend wechselten wir mehrere Male die Richtung, bevor ich auf einem sandigen Untergrund abgelegt wurde. Das Radio im Kopf dudelte gerade *Für Elise*, als die Trompeten von Jericho ertönten.

9

»Wach auf!«

»Je regrette, Monsieur«, blieb ich lieber im französichen Traumlandbistro.

Plötzlich war mein Gesicht feucht. Kein Café au lait, sondern übelster Fusel. Ein bärtiger ungewaschener Typ in zerlumpten Klamotten beugte sich über mich. Ein weiteres Mitglied der Siepert-Sippe?

Da er mir aber die Wange tätschelte, schien keine Gefahr von ihm auszugehen.

»Dachte schon, du wärst hinüber«, murmelte er. »Der Schnaps war meine letzte Hoffnung, dich wach zu kriegen. Nimm einen Schluck.«

Das zottelige Männchen hielt mir einen Flachmann mit einer dunkelbraunen Flüssigkeit hin. Ich leerte ihn in einem Zug, was mein Wohlbefinden jedoch nicht sonderlich steigerte. Sofort rebellierte mein Magen wie Castro gegen das Batista-Regime.

»Was für ein Gesöff ist das?«, stieß ich keuchend hervor.

»Selbstgebrannter von einem Kumpel. Weckt Tote auf, deshalb hat er ihn *Lifesaver* getauft«, nickte mein neuer Freund stolz.

»Wo bin ich?«, bat ich um Aufklärung.

»Hab dich in einer Hofeinfahrt gefunden. Dachte, du wärst von den verdammten Nazis geklatscht worden. Hab dich sofort in meine Unterkunft gebracht. Ich bin übrigens Markus.«

Die so genannte Unterkunft war eine Wolldecke am Rande eines Schrottplatzes. Als Dach diente der strahlend blaue Bruckhausener Himmel. Markus' Habseligkeiten, ein paar zerfallene Schuhe, Plastikbesteck und diverse Schnapsflaschen, logierten in einem Einkaufswagen von Edeka.

»Dieter«, stellte ich mich vor. »Vielen Dank für die Hilfe.« Während der Tippelbruder seinen Wagen nach flüssigem Nachschub durchsuchte, kontrollierte ich den Inhalt meines Portemonnaies. Alles so, wie es sein sollte. Ich drückte ihm zwanzig Euro in die Hand, wehrte die drohende Umarmung ab und begab mich mit brummendem Schädel auf die Suche nach meinem Fahrzeug.

Fünf Minuten später hatte ich es gefunden. Ich ließ mich in den Sitz fallen und befühlte meinen Hinterkopf. Da hatte Siepert mir ein schönes Ding verpasst. Der Schädel war auf das Zehnfache des normalen Umfangs angeschwollen. Zumindest musste ich keinen Beethovenklängen mehr lauschen. Dafür transponierte eine Death-Metal-Band Rimsky-Korsakovs *Hummelflug* in sämtliche Tonarten.

Ich blickte auf die Uhr: nicht mal drei, also genug Zeit für einen Abstecher zu Grabowski. Nach dreißig quälenden Kilometern über die A59 und A40 war ich endlich in Essen-Kray.

Seine neue Hütte in der Eckenbergstraße kannte ich noch nicht, daher war ich sehr gespannt. Konnte zumindest nicht schlechter sein als die alte Bruchbude in Steele.

Die Gegend sah genauso einladend aus wie Bruckhausen. Schien heute meine Tour de Drecksviertel zu sein.

Den Golf stellte ich am Straßenrand ab und hoffte, die Karosserie später am gleichen Ort wiederzufinden. Über krumm und schief verlegte Waschbetonplatten vorbei an ungepflegten Büschen und zertrümmerten Straßenleuchten gelangte ich zur Hausnummer 19. Peter erstaunte mich immer wieder: ein Studentenwohnheim aus den Siebzigern, Fenster waren Mangelware. Stammte eigentlich irgendwas Gutes aus diesem Jahrzehnt?

Von einem Fahrstuhl, in dem das komplette Telefonverzeichnis Nordrhein Westfalens verewigt war, ließ ich mich in die fünfte Etage befördern und klopfte mangels Klingel gegen die Tür. Ein dunkelhäutiges Mädchen, Anfang zwanzig, öffnete mir.

»Ich möchte zu Grabowski. Wohnt der hier?«, rechnete ich eigentlich mit einem Nein.

Doch weit gefehlt: »Ah, Peter, it's for you«, rief sie mit afrikanischem Akzent in die Tiefen der Wohnung.

Wenige Sekunden später stand Gurkennase auf der Schwelle. Plateauschuhe, knallgelbes Hemd und ungewaschene halblange Haare. Er hatte sich nicht verändert.

»Mensch, Dieter. Schön, dich zu sehen. Darf ich dir Mary aus Tansania vorstellen. Ich versteh sie zwar nicht besonders gut, aber sonst ist sie top«, grinste er wie ein Honigkuchenpferd.

»Was zum Henker machst du in einer Studentenbude?«, konnte ich es immer noch nicht fassen.

»Komm erst ma rein, alte Zecke.«

Wir spazierten durch einen Flur, der mit Postern von Wir sind Helden, Juli und Silbermond geschmückt war. Die winzige unaufgeräumte Küche ließen wir links liegen und betraten eine rund zwanzig Kubikmeter umfassende

Konservendose, die mit einer Matratze und leeren Bierflaschen erschöpfend ausgestattet war. Erinnerte frappierend an Peters alte Hütte.

»Hock dich hin, Stühle müssen wir noch besorgen. Mannmannmann, du stinkst ja wie eine Kornbrennerei«, stellte Grabowski naserümpfend fest. Gewagter Kommentar, bei dem Mief hier.

»Bier?« Er hatte sich wirklich nicht verändert.

»Nein, jetzt noch nicht. Hatte heute einen harten Tag«, lehnte ich ab. »Schieß los, was hast du hier zu suchen?« Vorsichtig bettete ich mein Hinterteil auf die Matratze, wobei ich versuchte, mich nur auf die trockenen Flecken zu setzen.

»Lange Geschichte«, hob Grabowski an.

»Die Kurzfassung. Habe gleich noch einen Termin und wollte nur schauen, ob du noch lebst.«

»Noch ist das richtige Wort«, seufzte er. »War wieder mal knapp bei Kasse. Die Automaten hatten mich schamlos betrogen. Genau wie die Weiber, sach ich dir. Jedenfalls konnte ich die Miete nicht mehr bezahlen. Aber Not macht bekanntlich erfinderisch.« Es folgte eine bedeutungsschwangere Pause, um mich auf die Folter zu spannen.

»Spuck's aus«, tat ich ihm den Gefallen.

»Du kennst doch den Strich an der Stahlstraße. Hatte ein wenig Notstand und hab die letzen Kröten zusammengekratzt. Bin dann bei Alexia gelandet. Südländischer Typ und nicht größer als eine Parkuhr. Tja, und während wir vor uns hin knallen, labert sie mich regelrecht voll: Ihr Lude wäre das Allerletzte und würde sie nur vermöbeln. Wie ich so bin, hab ich ihr meinen Schutz angeboten. Sofort hat sie zwei weitere Puppen angeschleppt und ratzfatz war ich im Nutten-Business.

Dass die beiden Ladys gleich dageblieben sind und ich für die Nummer nichts löhnen musste, versteht sich natürlich von selbst«, klopfte er vor seinen Hosenstall und fuhr sich dabei mit der Zunge über die Lippen. Höchst erotisch.

»Bravo, bravo«, klatschte ich Beifall.

»Hab in Katernberg ein Zimmer gemietet, wo die drei dann für mich gearbeitet haben. Im Schichtdienst. Fuffzig Prozent für sie, fuffzig für mich.«

Mein Gott, war der Kerl blöde. Er schlitterte von einer Scheiße in die nächste, und das garantiert ohne Lerneffekt. Ich kannte mich zwar in der Zuhälterei nicht besonders gut aus, wusste aber zumindest, dass die dort geltenden allgemeinen Geschäftsbedingungen deutlich härter waren als in der Floristikbranche.

»Dann steht der Ferrari ja bald vor der Tür«, zwinkerte ich ihm zu, obwohl ich mir die Pointe bereits denken konnte.

»Eine Woche lang bin ich tatsächlich in Geld geschwommen«, stöhnte Gurkennase, »dann hat Lorik sie ausfindig gemacht. Jetzt wohn ich hier, bis die Luft wieder rein ist. Dieser Dreckslude hat geschworen, die Scheiße aus mir rauszuprügeln, hat Lexi gesagt«, setzte er die Bierflasche an und füllte sie zur Hälfte mit Luft.

»Immerhin, die Getränkepreise bei den Studis sind günstiger als in der Kneipe, und die grillen hier jeden Tag. Lad mich immer selbst ein. Von den heißen Miezen ganz zu schweigen«, stießen seine Mundwinkel fast an die Ohren.

»So groß kann deine Angst nicht sein, wenn du schon wieder ans weibliche Geschlecht denkst«, schlussfolgerte ich. »Aber brauchst du hier nicht einen Studentenausweis?«

»Mir doch egal. Letzte Woche ist ein Mädel Knall auf Fall ausgezogen. Davon hab ich Wind bekommen, weil meine kleine Mary hier kennt den Joe vom Flüstereck, und der kennt Pete, mit dem ich einmal pro Monat um die Häuser ziehe. Musste nur ein Vorstellungsgespräch absolvieren. Meine intellektuelle Art hat sie sofort überzeugt.«

Auf meinen erstaunten Blick hin ließ er sich dann doch noch zu einer kleinen Ergänzung herab: »Na ja, sie sprechen kaum Deutsch.«

»Viel Glück«, wünschte ich, denn das würde er brauchen. Es klopfte und Mary schlüpfte ins Zimmer.

»Peter, you can help me bei meine Studien in Deutsch, can't you«, lächelte sie den König von St. Pauli an.

»Natürlich, Schätzchen. Dieter, die Pflicht ruft. Wenn du einen Job für mich hast, sag Bescheid. Es wird langsam knapp, denn übernächste Woche muss ich die Miete abdrücken«, rieb er Daumen und Zeigefinger aneinander.

»Klar«, nickte ich, froh, von weiteren grabowskinischen Katastrophen verschont zu bleiben. »Angenehmen Tod noch.«

Mittlerweile fühlte sich mein Kopf besser an, also schritt ich gut gelaunt zum überraschenderweise unversehrten Auto. Bereits nach fünf. Um Wolfgang Eckolt zu erwischen, musste ich kräftig Gas geben. Glücklicherweise waren die Autobahnen trotz Feierabendverkehr nur mäßig voll, sodass ich fast pünktlich am Firmengebäude eintraf.

Eckolt residierte in einem mit bunten Schindelplatten verzierten Turm. Die Klingelbeschriftungen wie »Finance Ltd. Wales« oder »Moneymaker Luxemburg« wirkten arg vertrauenerweckend. »Megabyte Eckolt« stellte in der illustren Gesellschaft den Höhepunkt an Seriosität dar. Der Lift brachte mich zum Büro. Auf mein Klingeln öffnete ein hochgewachsener Mann, gut einen Kopf größer als ich und mit der Figur eines durchtrainierten Triathleten. Die roten Haare waren mit dem 6-Millimeter-Rasierer frisiert. Aus der Vogelperspektive musste er wie ein wandelndes Streichholz aussehen.

»Wir waren für achtzehn Uhr verabredet«, spannte er sofort ein zartes Band der Sympathie. »Ich bin nur geblieben, weil meine Frau unserem Gespräch eine Bedeutung beimisst, die ich beim besten Willen nicht erkennen kann«, fügte er frostig hinzu. »Außerdem stinken Sie wie ein Bierzelttisch beim Oktoberfest. Ekelhaft«, setzte er noch einen drauf.

Na ja, ich war heute Schlimmeres gewöhnt, sodass ich nicht in Tränen ausbrach. Ich stellte mir Kirstin neben Wolfgang vor. Musste wie Pat und Patachon aussehen. Die schrille Krawatte war wohl als Konzession an die flippige Computerbranche gedacht. Der konservative Zweireiher passte besser zu seiner Persönlichkeit.

»Ich bin zwei Minuten zu spät. Kein Anlass, die Welle zu machen«, knurrte ich zurück.

»Stellen Sie Ihre Fragen und dann Abflug«, versetzte er meiner Hoffnung auf eine Busenfreundschaft einen weiteren Dämpfer.

Gemeinsam schlenderten wir in den Vorraum. Großformatige Poster zeigten die neuesten Computermodelle, die laut Slogan individuell für den Kunden angefertigt wurden. Dazwischen Drucke von Keith Haring, die jede zweite Firma besaß. Weit schien es nicht um die Innovationskraft von Megabyte Eckolt bestellt zu sein. Auf der einen Seite befand sich eine Theke, hinter der die Telefonanlage montiert war, auf der anderen ein anthrazitfarbener Tisch, um den dunkle Ledersessel gruppiert waren. Dort machten wir es uns bequem. Zumindest ich, denn Eckolt berührte mit seinem Hintern nur die Sesselkante und wippte hin und her, als ob die Hämorrhoiden in seiner Hose den Kickboxmeister ermittelten.

»Meine Sekretärin hat Feierabend, sodass ich leider nichts anbieten kann«, schaute er demonstrativ auf seine Rolex.

»Wer könnte Ihren Vater auf dem Gewissen haben?«, wählte ich die obligatorische Einstiegsfrage.

»Keine Ahnung. Höchstens Christa«, quetschte er desinteressiert zwischen den makellosen Zähnen hervor.

»Warum?«, passte ich mich seinem Wortschwall an.

Diesmal überlegte er wenigstens, allerdings nur kurz. Entsprechend informativ war das Resultat. »Was weiß ich? Geld? Das Haus? Vielleicht ist sie verrückt geworden und hat Vater für Hitler gehalten, den sie ausschalten muss? Suchen Sie sich was aus. Ich habe seit Monaten nicht mit ihr gesprochen. Sie war am Tatort. Klappe zu, Affe tot«, schlug sein Ton ins Aggressive um.

»Vielleicht versucht nur jemand Ihrer Schwester was in die Schuhe zu schieben, aber das scheint bei Ihrer ausgeprägten Geschwisterliebe eh egal zu sein.«

»Ticken Sie noch ganz sauber? Was geht Sie das an?«, erhob sich Eckolt drohend von der Sesselkante. »Unsere Unterredung ist beendet. Sie verschwenden nur meine Zeit und mein Geld. Sie sind entlassen«, gestikulierte er wild vor meinem Gesicht herum.

Was für ein Tag. Mir war, als ob eine Violine leise die Ouvertüre von *Fidelio* zu spielen begann. Das hatte noch gefehlt.

»Ich bin von Ihrer Frau beauftragt worden«, entgegnete ich kalt. »Nur sie kann mir den Auftrag entziehen.«

»Das wird sie, Nannen, das wird sie. Und jetzt raus!«

»Eine Frage noch: Kennen Sie einen Makler namens Poszilny? Er soll sich in der letzten Zeit mehrmals mit Franz getroffen haben.«

»Po-was? Nein, noch nie …«

»Schatzi, wir müssen los«, platzte plötzlich ein weibliches Wesen in unsere erfüllende Konversation. Kirstin hatte dreißig Kilo abgenommen, die Haut gelb gefärbt und ihre Augen auf Mandelform umoperieren lassen.

»Einen wunderschönen guten Abend, Frau Eckolt«, flötete ich mit einem breiten Grinsen.

»Was? Nein, ich bin Hong Guang Ho, eine …«

»Du Idiotin«, funkelte Wolfgang das Mädchen wutentbrannt an.

»Wollen Sie uns nicht bekannt machen?«, amüsierte ich mich königlich.

»Frau Ho, eine Geschäftspartnerin aus Taiwan«, log er ebenso unverschämt wie hilflos.

»Sind Schatzi oder Idiotin in Taipeh die gebräuchlichen Anreden unter Kollegen?«, ließ ich Wolfgang nicht von der Leine. »Nun gut, ich denke, ich habe genug gesehen. Einen zauberhaften Abend noch.«

Als ich mich aus dem Sessel hochkatapultierte, packte Wolfgang meinen Arm.

»Wenn Sie Hong Guang gegenüber Kirstin mit nur einem Sterbenswörtchen erwähnen, massakriere ich Sie. Das schwöre ich beim Grab meines Vaters«, drohte er melodramatisch. Wahrscheinlich zu viele Chuck-Norris-Streifen gesehen.

Da mein heutiger Bedarf an Auseinandersetzungen übererfüllt war, streifte ich seine Hand ab und verließ grußlos die Geschäftsräume. Noch im Treppenhaus hörte ich die beiden Turteltauben lautstark Liebesschwüre wie »Arschloch«, »Schlampe« und »Schwanzloser« austauschen. Jetzt nach Hause und bei einigen Bierchen entspannen.

Das tat ich dann auch.

Nach drei Flaschen Köpi wollte ich gerade in die Dusche steigen, als das Handy klingelte.

»Nannen.«

»Otto hier. Hast du was herausbekommen?«

Ich berichtete ihm von meinem erfolgreichen Tag.

»Mir ist noch was eingefallen. Hast du Franz' Haus schon nach Hinweisen durchsucht? Soweit ich weiß, hat er Tagebuch geführt. Hatte früher literarische Ambitionen, die aber durch den beruflichen Stress im Sande verlaufen sind.«

Da hätte ich auch selbst draufkommen können, ärgerte ich mich.

»Ich wollte gerade los, aber trotzdem danke für den Hinweis«, ließ ich mir den Fauxpas nicht anmerken. »Ist dir eigentlich irgendwas von einem Streit der Eckolt-Brüder zu Ohren gekommen? Siepert hat behauptet, dass Wilhelm die Firma bestohlen hat.«

»Keine Ahnung, da musst du Wilhelm persönlich fragen. Aber du glaubst doch nicht im Ernst, dass er was mit dem Mord zu schaffen hat? Du hast ihn doch gesehen.«

Bei der Vorstellung, wie Wilhelm mit einer Bettpfanne bewaffnet in seinem Rolli die Dülmener Straßen unsicher machte, mussten wir beide lauthals lachen.

Nach Ende des Telefonats entschied ich mich gegen die Dusche, kleidete mich wieder an und bestieg den Golf. Eckolts Haus gehörte zwar zu Dülmen, lag aber rund vier Kilometer vom Stadtkern entfernt. Ich suchte mir in der Dunkelheit einen Wolf, da die meisten Wege auf Straßenschilder verzichteten. Dafür waren sie gepflastert mit Hinweisen auf Krötenwanderungen und Tempo-30-Zonen. Als ob Trecker schneller führen.

Schließlich blickte ich durch ein gusseisernes Tor auf ein altes Fachwerkhaus, umgeben von einer Rasenfläche und einer Birkengruppe. Eine mindestens drei Meter hohe Steinmauer, auf der Efeu und wilder Wein wucherten, umzäunte das Landgut. Musste bei Tageslicht idyllisch aussehen. Für eine Person schien es mir ein wenig überdimensioniert zu sein. Eine Etage umfasste sicherlich zweihundert Quadratmeter. Da hatte Kerner einiges zu putzen gehabt.

Das Tor war natürlich verschlossen. Dies änderte sich auch nicht, als ich dagegentrat. Dafür schmerzte jetzt nicht nur mein Schädel.

Blieb mir also nichts anderes übrig, als meine Bergsteigertalente zu testen, für einen Flachlandtiroler ziemlich gewagt. Drei abgebrochene Fingernägel später hatte ich die Mauer an einer günstigen Stelle erklommen; auf der anderen Seite befand sich ein Komposthaufen. Ich stieß mich ab und landete zwischen verfaulten Tomaten und verrottendem Gras.

Dies wirkte sich nicht positiv auf meine Klamotten aus. Schnell den gröbsten Mist abgeklopft und durch den Garten zur Vordertür. Versiegelt.

Auf der Rückseite fand ich eine Treppe, die in den Keller führte. Auch diese Tür war versiegelt. Allerdings lag hier die Plakette auf dem Boden. Anscheinend war nicht jeder so gesetzestreu wie meine Wenigkeit. Die grobe Eichentür war nur angelehnt. Jemand hatte ein Brett herausgebrochen und durch die Lücke den Riegel zur Seite geschoben.

Kaum hatte ich den stockfinsteren Raum betreten, stolperte ich schon: Das Brett, verriet mir mein Tastsinn.

Ich überlegte kurz. Wenn sich der andere Eindringling noch im Haus aufhielt, musste er mich spätestens nach diesem Krawall gehört haben. Ich lauschte angestrengt, aber bis auf den einsamen Ruf einer Eule war nichts zu vernehmen.

Meinem sprichwörtlichen Nannen-Schwein vertrauend, betätigte ich den Lichtschalter. Das war auch bitter nötig, denn im Dunkeln hätte ich mich zigmal auf die Nase gelegt, bei diesem Chaos. An Heizungsrohren, eingelagerten Kartoffeln, einem Mountainbike und einem Fitnessraum mit integrierter Sauna vorbei schlich ich bis zur Treppe ins Erdgeschoss.

Ich löschte das Licht und wartete, bis sich meine Augen an die Dunkelheit gewöhnt hatten. So leise wie möglich stahl ich mich die zwölf Holzstufen empor, konnte aber ein gewisses Geknarze nicht vermeiden. Die Tür zur Wohnung war nur angelehnt. Behutsam öffnete ich sie einen Spalt.

Milchiges Mondlicht fiel durch die Rollladenritzen, sodass ich nach kurzer Gewöhnungsphase grobe Umrisse erkennen konnte. Mein Zippo erhellte die Feinheiten. Ich stand in der Küche. Eckolt schien ein Pedant gewesen zu sein. Auf der Arbeitsplatte lagen Trockentücher und Kochwerkzeuge, exakt an den Tischwinkeln ausgerichtet. Wie in einem Museumshaus. Auf der Fensterbank verdorrte eine Ginkgo-Pflanze.

Wo bewahrte er das Tagebuch auf? Ich tippte auf Wohn- oder Arbeitszimmer. An der Holzvertäfelung des langgezogenen Flurs hingen etwa fünfzehn Bilder, die für meinen laienhaften Kunstverstand alles andere als preiswert aussahen. Die Mischung war jedenfalls bunt: einige Surrealisten und Expressionisten bis hin zu einem Marienbildnis aus der Barock-Ära. Auch moderne Künstler befanden sich in der Galerie. Eine Lithographie von Uma Thurman vom Düsseldorfer Künstler Daniel Marré war wirklich gut. Wie gesagt, eine bunte Mischung.

Am Ende des Flurs machte ich plötzlich eine Entdeckung, die mir nicht gefiel: Durch den Türschlitz fiel Licht. Ruck, zuck löschte ich das Feuerzeug, pirschte voran und legte ein Ohr ans Holz. Nichts. Ganz langsam schob ich die Mahagonipforte auf. Das geräumige Wohnzimmer roch nach altem Mann, war aber so leer wie die Bulderner City nach neunzehn Uhr. Gott sei Dank. Auf einem Sekretär stapelten sich haufenweise Papiere. Mit energischen Schritten trat ich vor, um den Fund zu inspizieren. Dann gab's den nächsten Schlag auf die Rübe.

10

Mittlerweile konnte ich mir Bewusstlosigkeitsaufwachexperte auf die Visitenkarte drucken lassen. Kein großer Unterschied zum morgendlichen Aufstehen. Nur die begleitenden Kopfschmerzen hinterließen einen faden Beigeschmack. Zur Regenerierung gab es diesmal allerdings keinen selbst gebrannten Fusel, sondern dünnen Automatenkaffee. Mein Retter war auch kein Penner, sondern die Dülmener Polizei in Gestalt meines Intimfeindes Ludger Reichert.

Bereits bei meinem ersten Fall hatte mir der hinkende Dorfsheriff mit dem Kaiser-Wilhelm-Gedächtnisschnäuzer aus reiner Boshaftigkeit permanent Knüppel zwischen die Beine geworfen. Dass ich stets elegant ausgewichen war, hatte ihn nur noch mehr zur Weißglut getrieben. Letztendlich war er dank meiner Aufklärungsarbeit sogar befördert worden, doch der Begriff Dankbarkeit fehlte im Reichert'schen Wortschatz.

Man hatte mich halb tot in Eckolts Wohnung aufgegriffen und statt zum Arzt zur baufälligen Wache gefahren. Statt eines weichen Bettes und einer liebreizenden Krankenschwester musste ich mit einem knochenharten Hocker und einer Polizistenkarikatur vorliebnehmen. Immerhin hatte er mir einen Kaffee angeboten, obwohl ich mir nicht sicher war, ob dieses Gesöff nicht Teil seiner Psychoterrorstrategie war. Er nippte an seiner Tasse und verzog angewidert das Gesicht. Auch er schien kein Freund des Automaten zu sein.

»Ich fasse Ihre Aussage zusammen: In Ihrer Eigenschaft als Detektiv haben Sie Franz Eckolts Haus aufgesucht und eine aufgebrochene Tür entdeckt. Als Sie der Sache auf den Grund gehen wollten, sind Sie niedergeschlagen worden.« Sein süffisanter Ton ging mir gehörig auf die Nerven.

»Korrekt«, bestätigte ich, ohne lügen zu müssen.

»Schwachsinn. Wer sucht schon spätabends ein fremdes Haus auf, um nach dem Rechten zu sehen? Nicht mal ein Bekloppter wie Sie. Es sei denn, Sie wollten sich ein paar Wertgegenstände unter den Nagel reißen. Natürlich ist es seltsam, dass Sie anonym angezeigt worden sind, aber die Fakten sprechen für sich. Sie sind der einzige Verdächtige, und das Brechen eines Polizeisiegels stellt ein schweres Vergehen dar. Einbruch ein noch schwereres. Mit Ihrem Gewerbeschein wird sich der Richter den Arsch abwischen«, kündigte Hinkebein markig an.

»Noch mal zum Mitschreiben, Meister: Das Siegel lag bereits am Boden. Ich bin nur meiner Bürgerpflicht nachgekommen«, antwortete ich gereizt.

»Das sagen Sie. Das kann man glauben oder nicht.«

»Wie wär's, wenn Sie die Fingerabdrücke überprüfen und diese mit denen vergleichen, die Sie nach Eckolts Tod gesichert haben.« Musste ich eigentlich immer die Polizeiarbeit erledigen?

»Viel Aufwand, um Ihren Arsch zu retten. Aber ich will Mensch sein. Das erledigen wir morgen«, gab sich Ludger gönnerhaft. »Bis dahin bleiben Sie in Polizeigewahrsam.«

»Sie wollen mich wegen Siegelbruchs in den Knast stecken?«, hatte ich schon bessere Jokes gehört.

»Und wegen Einbruchs. Sie nennen keinen plausiblen Grund für Ihre Anwesenheit am Tatort, weil Sie sich auf die Schweigepflicht berufen. Ihr Recht. Meine Pflicht ist es, Gesetzesverstöße zu ahnden und Verbrechen aufzuklären. Auch wenn ich Sie gut leiden kann«, fügte er hämisch hinzu.

»Und den Schlag hab ich mir selbst verpasst? Denken Sie nach, Mann.«

»Letzte Woche bin ich auf der Treppe ausgerutscht. Da hatte ich auch einen Brummschädel. Was soll das also beweisen?«, grinste er.

Es war zwecklos. Reichert wollte mich in eine Zelle stecken und ließ sich durch nichts davon abbringen. Also setzte ich meinen Willi unter das Protokoll und bezog meine neue Behausung.

Die Einrichtung spartanisch zu nennen, wäre ein Euphemismus. Eine Metallpritsche, ein Waschbecken und ein Toilettenkübel. Um mir jede Möglichkeit zu nehmen, mein irdisches Dasein freiwillig zu verkürzen, wurden mir Schlüssel, Schnürsenkel, Gürtel und Zigaretten weggenommen.

»Ich sorge mich nur um Ihre Gesundheit«, konnte sich Reichert einen weiteren blöden Kommentar nicht verkneifen. Ich war kurz davor, ihm an die Gurgel zu springen, aber das hätte den Aufenthalt hier nur verlängert. Nachdem mir Schnauzbart eine gute Nacht gewünscht und das Licht gelöscht hatte, ließ ich mich auf der knochenharten Pritsche nieder. Ein Alternativprogramm gab es auch nicht. An Schlaf war jedoch nicht zu denken. Zum einen piesackte mich ein stetiges Schädelbrummen, zum anderen fiel mir die Anpassung an das Hotel mit unterster Servicekategorie schwerer als erwartet.

Um mich ein wenig abzulenken, ließ ich die vergangenen Tage Revue passieren. Bisher hatte ich nur meine Zeit und Kirstins Kohle verschwendet. Ottos Idee mit der Hausdurchsuchung war die erste vielversprechende Aktion gewesen. Doch es schien ein kosmisches Gesetz zu bestehen: Wer Eckolts Hütte betrat, landete im Knast. Erst Kerner, jetzt ich. Doch während Christa nur Pech gehabt hatte, war ich durch Stümperei in diese Situation geraten. So ein Anfängerfehler würde mir nicht noch mal unterlaufen, das schwor ich mir.

Bis auf die Tatsache, dass ich nicht allein in Eckolts Bude gewesen war, hatte ich nichts vorzuweisen. Zwischen Poszilny und Franz war bisher keine Verbindung zu erkennen. Gerd hatte sowohl Kirstin als auch Christa ins Spiel gebracht. Genauso gut hätten sie mir Eckolts Briefträger präsentieren können. Der besaß vielleicht auch ein Motiv. Ich musste dringend herausfinden, ob Franz einen postbotenaversiven Köter hatte.

Die Sieperts waren Asoziale vom Feinsten. Bei Karls Gewaltpotenzial traute ich ihm am ehesten zu, mich niedergeschlagen zu haben. Andererseits: Krokodilgehirne besaßen die Größe einer Haselnuss. Da Sieperts Denkapparat bei Aktivierung aller Zellen bis zu dieser Dimension aufgebläht war, dürfte er maßlos überfordert sein, mich in einen Hinterhalt zu locken. Trotzdem musste ich ihn im Auge behalten, denn ganz koscher war der Knabe nicht.

Dann Mister Megabyte. Dass er nicht in Jubelstürme ausgebrochen war, als ich zufällig die deutsch-asiatische Liaison entdeckt hatte, war verständlich. Aber ging der Mord am alten Franz auf seine Kappe? Wusste ich doch nicht.

Blieb noch Otto Baumeister. Schließlich hatte er mich dort hingeschickt. Oder vielleicht doch Christa? Vielleicht aber auch die Mafia. Franz war Schiedsrichter gewesen und hatte Spiele verpfiffen. Aus Angst vor der Aufdeckung hatte ihn die Wettmafia umgelegt. Oder er war selbst Mitglied der Wettmafia gewesen und vom Paten höchstpersönlich mundtot gemacht worden. Oder er hatte weitere Wettskandale publik machen wollen und war vom DFB eliminiert worden.

Der Knast übte keinen guten Einfluss auf mich aus, so viel stand fest. Also musste mein primäres Ziel lauten: Raus hier!

Aber wie?

Mein dörfliches Netzwerk reichte bei weitem nicht aus, um Reichert unter Druck zu setzen. Pfarrer Wilpert würde ein Ave Maria für meine verlorene Seele beten, aber das war's auch schon. Amen.

Schließlich musste ich doch eingenickt sein, denn plötzlich stand Schwester Kunigunde vor mir. Zu Tode erschreckt ließ ich eine Bierflasche auf ihren Kopf krachen. Daraufhin zauberte sie eine Socke unter ihrer Soutane hervor und prügelte damit auf mich ein. Als ich blutüberströmt zusammenbrach, trat Otto in Seemannskluft aus seinem Zimmer und rief mir nicht allzu freundlich »sechs Uhr dreißig, aufstehen!« zu.

Verstört rieb ich mir die Augen und stellte erleichtert fest, dass ich mich nicht im Altenheim, sondern im Knast befand. Bei dem Ruhestörer handelte es sich auch nicht um Baumeister, sondern um Reichert. Dieser stellte wortlos einen Teller mit zwei Scheiben Toast und einem Klecks Pflaumenmus auf den Boden, dazu eine Tasse, in der ein Teebeutel schwamm. Nach einem vorsichtigen Schluck bestätigte ein Blick aufs Schild meine Geschmacksnerven: Kamillentee.

»Hau dir den Wanst voll. Die nächste Mahlzeit gibt's um drei«, verstand er sich ausgezeichnet auf Häftlingsmotivation.

Um etwas für meine Gesundheit zu tun, würgte ich nur eine Scheibe Brot runter und ließ den Rest stehen. Als ich gerade sinnierte, ob mir das Pflaumenmus bei der Flucht helfen konnte, kehrte der Cop zurück.

»Hat's geschmeckt?« Offensichtlich wollte er nicht nur das Geschirr abholen, sondern auch noch ein Schwätzchen halten.

»Wo ist Hartmann?«, verlangte ich nach seinem Chef, der eigentlich ganz in Ordnung war.

»Der hat Urlaub«, grinste Ludger gehässig. War ja klar.

»Mir steht ein Anruf zu. Auch wenn Sie sich aufführen, als wollten Sie's unbedingt aufs Cover des Amnesty-International-Reports schaffen.«

»Nie um einen flotten Spruch verlegen, der Herr Detektiv. Aber von mir aus, ich hol dich gleich ab.« Mit diesen Worten humpelte er mit dem Geschirr hinaus.

Unter dem Begriff »gleich« schienen wir unterschiedliche Zeitspannen zu verstehen, denn nach zwei Stunden hockte ich immer noch auf der Pritsche. Da mich der ständige Blick auf die kahlen Wände langweilte, vertrieb ich mir die Zeit, indem ich meine CD-Sammlung im Geiste durchging. Ich war gerade bei Heinos größten Hits angelangt – einem Geschenk meiner Patentante Heidrun aus Österreich zum fünfundzwanzigsten Geburtstag –, als Reichert mich erlöste und in sein Büro führte.

»Sexhotline oder Telefonseelsorge?«, biss er genüsslich in ein reichhaltig belegtes Körnerbrötchen.

Ihn ignorierend suchte ich im speckigen Telefonbuch die relevante Nummer und drückte acht Ziffern.

»Sabine Dohmen«, meldete sich eine sexy Stimme.

»Dieter hier. Wie wär's heute mit Essengehen?«, fiel ich mit der Tür ins Haus.

Das nötigte Reichert sogar, von seiner Zeitung aufzublicken.

»Prima, heute passt gut«, tönte es durchaus erfreut aus dem versifften Hörer.

»Ist aber nicht so einfach«, schilderte ich mit wenigen Sätzen die aktuelle Lage. »Kannst du mir helfen?«

»Kein Problem«, lachte sie. »Polizeipräsident oder Anwalt?«

»Such dir was aus, Hauptsache, ich komm hier raus«, sah meine Zukunft gleich rosiger aus. »Darf man schon gratulieren?«, mimte ich Interesse, wenn sie schon so nett war.

»Am 22. Juni haben wir ein Date mit dem Scheidungsrichter. Deine Fotos sind mein Ticket ins Glück. Ich stehe also in deiner Schuld. Bis heute Abend dann.«

Wir legten auf und Reichert brachte mich zurück in die Zelle.

»Hab heute keinen Termin beim Haftrichter bekommen, du musst dich also gedulden«, fummelte er zu allem Überfluss auch noch an seinem Riesenschnäuzer herum. Gib einem kleinen Mann Macht. Guantánamo war nichts dagegen. Aber ich hatte ja Sabine.

Die Tristesse des Tages wurde nur durch das Mittagessen unterbrochen. Zerkochter Wirsing mit fettigem Rindfleisch, ein Gourmetschmaus erster Güte, zubereitet von Reicherts Frau. Da er mit ihren Kochkünsten bestens vertraut war, schob er sich einen saftigen Döner rein.

Gegen vier öffnete sich die Zellentür erneut. Ich rechnete schon mit Streuselkuchen, aber weit gefehlt: »Mitkommen, Ratte«, wurde ich liebevoll begrüßt. »Das wird dir noch leidtun.«

Im Büro erwarteten mich ein Kerl in meinem Alter und Theo Hartmann, beide sichtlich verärgert. Der Unbekannte hatte etwa meine Statur, war braungebrannt und wischte sich beständig den wirren Pony aus der Stirn. Augenscheinlich mein Rechtsverdreher.

»... und Sie haben meinen Klienten ohne den Hauch eines Beweises in Haft genommen. Dabei sollte selbst dem dümmsten Dorfpolizisten klar sein, dass Herr Nannen hier das Opfer, in gewissem Sinn sogar das zweifache Opfer darstellt. Erst wird er vom wahren Täter halb totgeprügelt und anschließend ist er der Willkür dieses Knallchargen ausgeliefert. Ich werde meinem Mandanten raten, dieses hinkende Abziehbild eines Polizisten zu verklagen und eine Dienstaufsichtsbeschwerde einleiten zu lassen. Vom Verdienstausfall ganz zu schweigen.« Das war ganz großes Kino, was mir hier geboten wurde.

Ohne einen Mucks holte Reichert Gürtel, Schlüssel, Schnürsenkel und Kippen aus der Schublade. Konnte einem fast leidtun, aber nur fast.

Währenddessen versuchte Hartmann zu beschwichtigen: »Herr Lindner, es handelt sich um ein großes Missverständnis, und ich werde alles in meiner Macht Stehende tun, um es aus der Welt zu schaffen. Deswegen bin ich auch sofort aus Stockholm zurückgekehrt«, schossen Dolche aus Theos Augen in Reicherts Brust. »Guten Tag, Herr Nannen. Mir ist diese Angelegenheit sehr unangenehm.«

Er wandte sich an seinen Untergebenen, der wie ein Häufchen Elend in der Ecke stand. »Es ist doch wohl offensichtlich, dass Herr Nannen nur seiner Bürgerpflicht nachgekommen und dabei in eine Falle gelockt worden ist. In diese Richtung ermittelst du, aber pronto!«

»Aber …«

»Keine Diskussion! Und jetzt entschuldige dich!«, schnitt er Reichert das Wort ab.

»'tschuldigung«, murmelte Hinkebein eingeschüchtert.

»Akzeptiert. Hand drauf und die Geschichte ist vergessen.«

Theo winkte dem zögernden Reichert energisch zu, sich dieses großzügige Angebot nicht entgehen zu lassen. Mit einem dicken Grinsen zerquetschte ich seine Pfote.

»Dann darf mein Mandant jetzt gehen«, stellte Lindner mit dem arroganten Lächeln des Siegers fest.

»Natürlich«, beeilte sich Hartmann.

Wir erhoben uns. Als ich zur Tür hinauswollte, hielt mich Theo fest.

»Ich wusste gar nicht, dass Sie Frau Rateiczek und den Polizeipräsidenten kennen. Bestellen Sie ihr bitte einen schönen Gruß. Sie dürfen Reichert nicht für voll nehmen.«

»Halb so wild«, kannte meine Generosität keine Grenzen. Da ich noch oft mit der Polizei zu tun haben würde, wollte ich keinen Aufriss veranstalten. Falls Hartmann tatsächlich aus dem Urlaub geholt worden war, war sowieso genug Feuer unterm Dach.

Vor der Wache hielt ich noch einen kurzen Plausch mit Klaus Lindner. Überraschenderweise entpuppte er sich als Duzer, offenbar war er so eine Art Nigel Kennedy der Anwaltszunft. Und da mir Rebellen aller Art sympathisch sind, bestand ich ausnahmsweise nicht auf der förmlichen Anrede.

Klaus hatte vor zwei Jahren das zweite Staatsexamen gebaut und war als Sozius in die väterliche Kanzlei in Münster eingestiegen. Vor sechs Monaten hatte er die Fesseln gelöst und sich in Dülmen selbständig gemacht. Herr Rateiczek war ein bedeutender Auftraggeber. Wie klein die Welt doch war.

Auf dem Rückweg – um mein Glück perfekt zu machen, chauffierte er mich noch zum Wagen – entdeckten wir zahlreiche Gemeinsamkeiten in Bezug auf Musik und Literatur und verabredeten für die nächsten Tage die Besichtigung seiner Plattensammlung und Bibliothek. Bei Eckolts Haus wechselte ich das Fahrzeug; Klaus düste sofort weiter.

Auf ihn warteten Vertragsprüfungen, auf mich Viehfütterungen und eine Mütze Schlaf zur Regeneration des geschundenen Körpers.

Die Mütze hatte einen Umfang von zwei Stunden. Trotz der durchlebten Strapazen fühlte ich mich danach fit und ausgeschlafen. Ein Detektiv hatte neun Leben oder wie das Sprichwort hieß. Der erste Gang führte zum Telefon. Ich dankte Sabine für die prompte und effiziente Hilfe und erkundigte mich, ob es bei der Verabredung blieb. Blieb es. Wir einigten uns auf den Deutschen Hof in Dülmen. Bizarrer Name für ein chinesisches Restaurant, aber wahrscheinlich sollte den misstrauischen Dörflern durch den traditionellen Namen die Scheu vor der fremdländischen Küche genommen werden.

Die nächsten Schritte führten ins Badezimmer. Voller Wohlwollen betrachtete ich mich im Spiegel. Für jemanden, der zweimal zusammengeschlagen worden war, sah ich verdammt attraktiv aus. Nach einer ausgiebigen Dusche kam der Dreitagebart unters Messer. Dann ab in den besten Anzug, Strick umgebunden und gut gelaunt nach Dülmen.

Zur vereinbarten Zeit betrat ich das Restaurant. Bis auf die roten Lampions an der Decke und die süßlich quengelnde Musik wirkte das Interieur typisch deutsch. Schwarz lackierte Holztische mit Palmenschirmchen und anthrazitfarbene Stühle gaben dem Ganzen sogar eher ein Jugendcaféflair.

Da Sabine sich an die in anderen Zeiteinheiten gemessene weibliche Pünktlichkeit hielt, ließ ich mich vom Kellner in eine Ecknische führen, orderte ein Helles vom Fass und studierte die Speisekarte. Man lernte nie aus, wurden einem doch immerhin sechs verschiedene Zubereitungsmöglichkeiten für Schwalbennester angeboten.

»Guten Abend, Dieter.« Sabines Stimme zitterte ein wenig, als sie an den Tisch trat, aber wahrscheinlich bildete ich mir das nur ein.

»Hallo«, antwortete ich einfallsreich.

»Entschuldige die Verspätung«, brachte sie den am häufigsten von Frauen artikulierten Satz über die Lippen.

»Kein Problem. Gut siehst du aus«, fuhr ich die nächsten schweren Rhetorikgeschütze auf.

»Ganz deinerseits.« Die Unterhaltung war an Emotionalität und Esprit nicht zu überbieten. Die nächsten Minuten steckten wir unsere Näschen in die Speisekarte.

Bevor wir weitere sinnentleerte Phrasen absondern konnten, tauchte der Ober auf und entzündete die Kerze, die ein süßliches Aroma verströmte: »Haben Sie Ihre Wahl getroffen?«

Ich entschied mich für Pekingente mit scharfer Sauce, während Sabine gebratene Hummerkrabben mit Soja und Bambussprossen orderte. Bis zum Eintreffen der Speisen berichtete ich von den Erlebnissen im Polizeigewahrsam, woraus sich ein witziges Gespräch entwickelte, natürlich auf Reicherts Kosten. Dann wurde das Essen serviert. Hervorragend. Als Dessert wählten wir Whiskey on the rocks.

»Sollen wir noch zu mir fahren?«, machte Sabine sich beliebt, nachdem wir das zweite Malzgetränk geordert hatten.

»Sind Herrenbesuche in deiner Situation nicht riskant?«, fragte ich pro forma.

»Keine Sorge. Mein künftiger Exmann amüsiert sich in Paris«, winkte sie lächelnd ab. »Wahrscheinlich bumst er sich gerade die Champs-Élysées entlang.«

Was sollte ich dazu noch sagen? Wir killten die Drinks, die Rechnung killte mein Barvermögen, dann sattelten wir die Pferde und ritten los.

Abends erschien die Villa Rateiczek noch malerischer als tagsüber. Haus und Park wurden von Scheinwerfern in wechselnden Farben angestrahlt. Was für ein Spektakel. Als wir den Kiesweg betraten, ergriff Sabine meine Hand.

»Wer bekommt die Hütte?«, machte ich aus meiner Neugier keine Mördergrube.

»Mit Sicherheit ich«, sagte sie im Brustton der Überzeugung. »Ich habe nämlich keine Lust, aus der Nähe eines solchen Adonis wie dir wegzuziehen.« Dabei kniff sie mir in den Hintern. Das ging einem mit Komplimenten nicht gerade überschütteten Privatdetektiv runter wie Öl. Ich bedankte mich mit einem geschmeidigen Kuss. Dann hatten wir es eilig, ins Haus zu kommen.

Auf die Briefmarkensammlung verzichteten wir; es ging direkt ins Schlafzimmer. Dort ließen wir es zunächst ruhig angehen, legten dann einen Zwischenspurt ein, um anschließend auf die Marathonstrecke zu wechseln.

Gegen eins schlummerte Sabine glücklich ein. Ich lag noch eine Weile wach und suhlte mich in meinem momentanen Hoch. Endlich Schluss mit dem unfreiwilligen Zölibat. Zufrieden schlief auch ich ein.

Um sieben stand ich auf, hinterließ eine kurze Nachricht und juckelte nach Hause.

II

Im Kastanienweg 45 tauschte ich den Anzug gegen Arbeitskleidung und stiefelte zu den Ställen, wo Pedder mich grunzend und quiekend begrüßte; hatte sich schon gut eingelebt, der Kleine. Weniger Mist als sein Vorgänger Wilpert produzierte er allerdings nicht. Die Karnickel waren da pflegeleichter. Schnell die wenigen Köttel entfernt und zur Feier des Tages Cuni-Crispi-Prestige-Kaninchenfutter serviert, wobei sich die Frage stellte, welches Prestige ich damit gewann. Die Zusammensetzung klang eher nach Sportlernahrung als nach Tierfraß, aber den Langohren schien es zu schmecken. Zurück in der guten Stube, schob ich mir zwei Mortadellastullen zwischen die Kiemen und leerte eine halbe Kanne Kaffee.

Als ich auf dem Weg zum Badezimmer einen Blick auf den Wandkalender warf – ein Werbegeschenk des Westfälischen Fremdenverkehrsvereins, auf dem die zwölf bedeutendsten Persönlichkeiten des Münsterlands abgebildet waren; ich war noch nicht dabei –, musste ich mit Schrecken feststellen, dass ich um ein Haar einen wichtigen Termin verschwitzt hätte.

Früher hatte ich Sonntage immer gemocht. Dies hatte sich geändert, als ich nach Buldern gezogen war. Der hiesige Pfarrer Wilpert, das Bulderner Pendant zu einem japanischen Sumoringer und Namenspate für mein verstorbenes Schwein, hatte mich direkt nach meiner Ankunft als Organist für die Sonntagsmessen engagiert. Da die Dorfbewohner zwar wenig religiös, dafür aber kirchlich eingestellt waren, hatte ich zugesagt. Mit dem Pastor und seinen Schäfchen durfte man es sich nicht verscherzen.

Die Taktik war aufgegangen, hatte mir die Nebenbeschäftigung doch die Sympathien der hiesigen Bauern gesichert und so manchen Kirchenmitarbeiterrabatt beim Kauf von Schweinefutter, Kartoffeln und anderen Agrarprodukten beschert. Der Priester war zwar geiziger als ein holländischer Caravanurlauber, aber immerhin war mein Salär im Laufe der Zeit aufgestockt worden: vom spirituellen Gotteslohn auf materielle zehn Euro. In Wilperts Augen war zwar Ersterer durch kein Geld der Welt aufzuwiegen, aber theologische Logik verschloss sich mir profanem Laien wie ein Buch mit hundert Siegeln. In den letzten Wochen hatte ich jedoch auf die opulenten Einnahmen verzichten müssen, da mich deutlich lukrativere Aufträge zur Sonntagsarbeit gezwungen hatten.

Nachdem ich meine Hände mit Kernseife vom Wurstfett befreit hatte, studierte ich bis neun Uhr die Biographie Baudelaires. Dieses Genie wäre heutzutage vollkommen verkannt worden und als Hartz-IV-Empfänger beim Pariser Gegenstück zur Nürnberger Agentur gelandet. Die Gnade der frühen Geburt. Dann war es Zeit, die Kutsche für den Kirchgang einzuspannen.

Mit mir trudelten bereits die ersten Gottesdienstbesucher ein. Sensationell, welche Schätze die Dörflerinnen aus den Schränken kramten und auf dem klerikalen Catwalk präsentierten.

»Hallo, Dieter. Dich hab ich ja eine Ewigkeit nicht mehr hier gesehen.« Inga, jüngster Spross vom Hersteller meiner Frühstücksmortadella, hatte sich zwischen mir und dem Kirchportal aufgebaut. Sie war süße sechzehn und wäre vor zehn Jahren der Traum meiner schlaflosen Nächte gewesen. Volle Lippen, top Figur und ein Blick, der sogar Schwule zu einem Abstecher ans hiesige Ufer verleiten konnte.

»Arbeit, du weißt schon. Dafür werde ich dich heute mit einem besonderen Orgelvorspiel verwöhnen. Buxtehudes d-Moll-Präludium hat schon zig Generationen in Ekstase versetzt.«

»Cool«, strahlte sie mich an. »Letzte Woche hat ein Messdiener gespielt. Der war nicht halb so gut wie du« – sie machte eine bedeutungsvolle Pause – »und sah nicht im Entferntesten so gut aus.«

Geschmack hatte sie, das musste man ihr lassen.

»Hallo, Dieter.« Karin Schumann hatte sich zu uns gesellt.

»Was machen die Aushilfskräfte?«, erinnerte ich sie an meine Großtat.

»Läuft wie geschmiert. Und um mein Glück perfekt zu machen, orgelst du heute noch. Auch wenn ich das nur ungern zugebe, spielst du um Klassen besser als der Hans in den letzten Wochen.« Seit gestern musste ich eine noch charismatischere Aura besitzen, bei dieser Anhäufung von Komplimenten.

»Und ich sehe viel besser aus«, nahm ich die nächste Schmeichelei vorweg.

»Dieter, wie er leibt und lebt. Du hast nichts von deiner Borniertheit eingebüßt«, lachte Karin.

»Stammt von Inga«, schob ich den schwarzen Peter weiter.

»Unterstützt du den eitlen Gockel noch in seinem Größenwahn? Er schwebt doch sowieso schon fünf Meter über uns Sterblichen«, warf Karin der Metzgertochter einen ironischen Blick zu.

»Stimmt doch. Knackiger Hintern, Augen so blau wie ein Bergsee und Haare wie ein griechischer Gott«, witterte diese ihre Chance.

Die Försterromane, oder was das Schätzchen sonst an Lektüre konsumierte, wurden immer schlechter, auch wenn sie nur ein wenig übertrieben hatte.

»Danke für die Blumen. Hast du einen Musikwunsch?«, wandte ich mich wieder an die für mich interessantere Schumann. »Wie wär's mit *Enjoy the Silence* von Depeche Mode?«

»Und was ist mit meinem *Buxtehude*?«, sah Inga ihre Felle davonschwimmen.

»Kommen Sie mit, Nannen. Ich muss Sie dringend sprechen.« Wilpert.

Ein huldvolles Winken an meine Groupies, dann

folgte ich dem dicken Mann in die Sakristei. Mit lautem Keuchen ließ er sich auf einen Stuhl fallen.

»So geht das nicht. Wo waren Sie? Ich habe Sie zum Orgeln angestellt. Dreimal hintereinander gefehlt. Und das auch noch unentschuldigt«, japste er böse.

»Im Arbeitsvertrag ist mein Recht auf Urlaub verankert. Diesen habe ich an den letzten Wochenenden in Anspruch genommen. Wenn es Ihnen nicht passt, kündigen Sie mir doch«, konterte ich ungerührt.

»Wollen Sie mich zum Narren halten? Sie haben ja nicht mal einen Arbeitsvertrag«, blaffte er mich fassungslos an.

»Eben. In einem Rechtsstaat ein Unding«, drohte ich ihm grinsend mit dem Zeigefinger, was ihn nur noch mehr aufregte.

»Wann Sie Urlaub haben, entscheide immer noch ich. Und Ihnen kündigen? Das würde Ihnen wohl so passen. Denken Sie dran: Sie begehen eine große Sünde, wenn Sie mich und die heilige Kirche im Stich lassen.« Obwohl er das »o« in »große« auf gefühlte drei Minuten dehnte, konnte ich mit dieser Schuld leben.

»Sie kennen meinen Beruf, und Verbrecher heiligen den Sonntag leider nicht. Durch die Ahndung von Verstößen gegen die Gebote fünf bis sieben dürfte die kleine Verfehlung gegen Gebot Numero drei legitimiert sein, oder sehen Sie das anders?«, zeigte ich mich bibelfest.

Man konnte förmlich sehen, wie seine grauen Zellen rotierten. Wahrscheinlich waren die Priester auf der Uni nur mit komplexen Exegesen gequält worden, während praktische Theologie den Doktoranden vorbehalten war.

Schließlich schüttelte er den Kopf und seufzte tief:

»Vielleicht habe ich etwas überreagiert. Aber ich warne Sie! Der Allmächtige sieht, wenn Sie ohne triftigen Grund der Messe fernbleiben, und dann ist Ihnen ein Platz im Fegefeuer sicher. So, jetzt muss ich meinen Talar anlegen.«

»Was ist mit dem Liederzettel, Hochwürden?«, erinnerte ich ihn an seine Pflichten.

»Ja, ja. Was Sie immer mit Ihrem Liederzettel haben«, stöhnte er und zog ein verknittertes Stück Papier aus der Tasche. Zumindest hatte ich ihm angewöhnen können, seine Wünsche auf der Schreibmaschine zu tippen, denn seine Handschrift ließ selbst Graphologen verzweifeln und hatte schon zu einigen Komplikationen beim Gottesdienst geführt.

»Lied hundertzwanzig ist zweimal aufgeführt«, merkte ich an.

»Dann spielen Sie es zweimal. Das hat liturgische Gründe, die ein Laie nicht versteht«, raunzte er mich an.

Da Wilpert zu keiner weiterführenden Diskussion aufgelegt schien, begab ich mich auf die Empore. Die Orgel, ein völlig maroder Koffer mit fast unifarbenen Tasten, hatte ich »Hiroshima« getauft. Erstaunlicherweise war der akustische Output deutlich besser als die Optik. Zur Eröffnung wählte ich das melancholisch verträumte Stück *Enjoy the Silence*, ein lieber Gruß an Karin.

Die Messe verlief reibungslos beziehungsweise fast reibungslos. Als ich Lied hundertzwanzig erneut anstimmte, ging ein Raunen durch die Gemeinde. Nicht meine Baustelle.

Zum Auszug spielte ich den *Buxtehude*, denn enttäuschte Frauen waren mir ein Gräuel. Nach getaner Arbeit holte ich beim Küster die zehn Euronen ab und hielt

Ausschau nach meinen Fans. Inga kletterte gerade mit ihren Eltern in einen Benz; Karin musste bereits nach Hause gefahren sein, denn ihr Toyota glänzte durch Abwesenheit. Mir hätte klar sein müssen, wie vergänglich Ruhm war. Ich lächelte in mich hinein und sah auf die Uhr: halb elf. Ran an die Schüppe.

12

Ein blonder, braungebrannter Jüngling mit metrosexueller Pseudopunkfrisur öffnete die Tür. Auf dem Arm prangten Tribal-Tattoos. Wahrscheinlich war er gestern mal eben in den brasilianischen Busch gejettet, um sie sich vom Medizinmann persönlich stechen zu lassen.

Nachdem er mich unverhohlen von oben bis unten gemustert hatte, rümpfte er die Nase: »Wir kaufen nichts.«

Vorhin hatte man mir ein hohes Maß an Attraktivität attestiert, jetzt hielt man mich für einen Staubsaugervertreter.

»Ist deine Mutter da? Ich habe nämlich keine Lust, hier meine Zeit zu verschwenden«, entschied ich mich sowohl für eine schnelle Ansage als auch fürs Du.

Sein Gesicht nahm einen leicht verwunderten Ausdruck an.

»Ich bin der Privatschnüffler, den Mama engagiert hat«, klärte ich ihn auf.

»Wir essen gerade zu Mittag. Du kannst in einer

Stunde noch mal vorbeikommen«, zeigte er null Respekt vor dem Alter. Die Ähnlichkeit mit seinem Vater war frappierend; vom Scheitel bis zur Sohle ein Gentleman.

»Wer ist an der Tür, Heikolein?«, rief Kirstin aus dem Hintergrund.

»Dieser Schlüssellochspanner.«

»Warum bittest du ihn nicht herein?«

»Warum bittest du mich nicht herein, Heikolein?«, konnte ich mir ein Grinsen nicht verkneifen.

Ehe der bornierte Affe etwas entgegnen konnte, hatte ich die Wohnung betreten und stiefelte schnurstracks ins Esszimmer. Die gesamte Familie war um den Mittagstisch versammelt. Das brünette Mädchen im eng anliegenden Body, das gerade Teller mit Broccoli- und Bratenresten übereinanderstapelte, musste Thekla sein.

Wolfgang starrte mich wütend an, knüllte die Stoffserviette zusammen und wandte sich an seine bessere Hälfte: »Ich halte es wirklich nicht für nötig, diesen Schnüffler in den polizeilichen Ermittlungen rumpfuschen zu lassen. Die Behörden kommen auch ohne ihn zurecht.« Mannomann, ich war ja mächtig beliebt bei den männlichen Eckolts.

»Das haben wir doch ausführlich diskutiert. Im Gegensatz zu dir liegt mir etwas an deiner Schwester. Herr Nannen wird den Mörder finden. Ich weiß nicht, was du gegen ihn hast.«

»Ich traue der Polizei einfach mehr zu als diesem Schnüffler.«

Eckolt ging mir auf die Nerven: »Mir ist schleierhaft, warum Sie ein so negatives Bild von mir haben, schließlich habe ich extra wegen dieser Sache meinen Taiwanurlaub storniert«, zwinkerte ich ihm freundlich zu.

»Ich muss in die Firma. Morgen ist das Meeting mit dem CEO«, schob er seinen Stuhl zurück.

»Treff ich dich nachher auf dem Golfplatz?«, wandte er sich an Heiko.

»Ich check das durch, Dad. Aber ich denke, das geht okay.« Und weg waren die beiden.

»Musst du nicht zur Uni, Thekla?«, wollte Kirstin das übrig gebliebene Trio auf ein Duo reduzieren.

»Heute ist Sonntag, Mutter.« Nun gut, das war ein gewichtiges Argument.

»Dann musst du bestimmt in deinem Zimmer lernen.«

Endlich verstand sie den Wink mit dem Lattenzaun. Beim Abgang warf sie mir einen Blick zu, der meinen Hormonhaushalt gehörig durcheinanderwirbelte. Aber Business ging vor.

»Das ist doch der Beweis, dass Christa unschuldig sein muss«, kommentierte Kirstin meinen ausführlichen Zwischenbericht.

»Wie man's nimmt. Für die Polizei beziehungsweise die Staatsanwaltschaft reicht das nie und nimmer. Wenn man den Vögeln den Mörder nicht auf einem silbernen Tablett serviert, sehe ich schwarz für Frau Kerner.«

»Wie wollen Sie weiter vorgehen?«, stellte sie eine berechtigte Frage. Leider hatte ich nicht die geringste Ahnung.

»Ich habe natürlich einen Plan, aber das Gelingen hängt von absoluter Geheimhaltung ab.«

»Mir können Sie doch vertrauen. Ich bin verschwiegen wie ein Grab.«

»Davon bin ich überzeugt. Wenn ich Ihnen aber die nächsten Schritte verrate, sind Sie eine Gefahr für den Mörder, und niemand weiß, wie er reagieren wird.«

Damit gab sie sich zufrieden. Ich musste versprechen, vorsichtig zu sein, dann durfte ich gehen.

Da ich zurzeit wirklich auf dem Schlauch stand, fiel mir nichts Besseres ein, als nach Hause zu fahren und dort auf den Geistesblitz zu warten.

Ich gammelte im Sessel vor mich hin und grübelte. Sämtliche verfügbaren Kreativitätsanreger hatte ich schon bemüht: Kaffee, Bier, Whiskey, doch die Eingebungen blieben aus. Mittlerweile waren Hugo Race' *Goldstreet Sessions* zum dritten Mal durchgelaufen. »*The ghosts of the jets write comments in the skies*«, riet mir Hugos warme Stimme wie ein weiser Priester dem Beichtenden. Doch der Blick in den aquamarinblauen Bulderner Himmel sorgte für eine bittere Enttäuschung: Kein Kondensstreifen mit Lösungshinweisen zu erblicken. Hatte der australische Sänger als Prophet versagt? Mitnichten, mein Handy klingelte, und zwar das Belkert-Handy.

»Belkert«, informierte ich den Anrufer, dass er die richtige Nummer gewählt hatte.

»Poszilny hier« – welch Überraschung –, »Sie sind ein Glückspilz! Soeben ist ein interessantes Objekt auf den Tisch geflattert.«

»Welche Straße?«, wollte ich nicht unnötig seine und vor allen Dingen nicht meine Zeit verschwenden.

»Waldstraße 30.« Franz Eckolts Haus!

»Die kenne ich, eine wirklich schöne Gegend«, ließ ich mir die Überraschung nicht anmerken.

»Was halten Sie von einem Besichtigungstermin? Es wird mir eine Ehre sein, Ihnen das Anwesen zu präsentieren.«

»Heute Abend habe ich Zeit. Passt Ihnen neunzehn Uhr?«, gab ich sofort Butter bei die Fische.

»Sieben passt mir ausgezeichnet.«

Er verabschiedete sich und legte auf.

Das war eine Falle, aber »no risk, no fun«, wie man so schön sagte, schließlich war ich Schnüffler und kein Mitarbeiter im städtischen Katasteramt. Nein, ich musste da unbedingt hin.

Da ich noch etwas Zeit zu vertrödeln hatte, griff ich mir Wittgenstein. *Denn die Gesamtheit der Tatsachen bestimmt, was der Fall ist und auch, was nicht der Fall ist.* Damit hatte er zweifellos recht. Allerdings gab er mir keinen Tipp, was die Gesamtheit der Tatsachen im Eckolt-Fall betraf. Philosophie war nur bedingt alltagstauglich.

Um halb sechs steckte ich meine Knarre ein und brach nach Dülmen auf. Es wäre grob fahrlässig gewesen, nicht früher als vereinbart am Treffpunkt zu sein, denn ich musste mit dem Schlimmsten rechnen.

Meinen altersschwachen Golf parkte ich hinter Eckolts Haus, kletterte über die Mauer und landete wieder im Kompost. Ich wollte gerade meine Hosenbeine säubern, als ich aus den Augenwinkeln etwas Metallisches in der Sonne blitzen sah. Sofort hechtete ich hinter eine mächtige Zeder. Keine Sekunde zu spät, denn der Komposthaufen wurde durch zwei Kugeln aufgelockert. Der Schütze musste einen Schalldämpfer benutzt haben, denn gehört hatte ich nichts. Da musste Poszilny wohl etwas verwechselt haben, denn an einer Parzelle auf dem Friedhof war ich nicht interessiert.

Verdammte Scheiße, jetzt war guter Rat teuer. Blitzschnell sondierte ich das Terrain, denn so schnell wollte ich den verblichenen Wilpert nicht wiedersehen. Der Schütze lauerte links von mir und war ziemlich weit enfernt, falls das Glitzern tatsächlich von der Waffe hergerührt hatte, wovon ich ausgehen musste. Rechter

Hand waren stabile Holzkisten vor die Mauer gestapelt. Somit würde ich nur wenige Sekunden benötigen, um über die Einfassung zu gelangen. Auch standen dort weitere Zedern, die es dem Drecksack erschweren würden, mich zu erwischen.

Ich nestelte die Waffe aus dem Halfter und gab zwei Schüsse in Richtung des Pistoleros ab. Dann spurtete ich los. Die Kisten erreichte ich ohne Zwischenfälle; die Bäume sorgten dafür, dass mein Fluchtweg komplett im Schatten lag. Beim Hochklettern splitterte wenige Zentimeter unter mir das Holz. Ich drehte mich blitzschnell um und gab einen Schuss in die Richtung ab, in der ich den Scheißkerl vermutete. Das Ergebnis wartete ich nicht ab, sondern sprang sofort auf die letzten beiden Kisten. Eine weitere Kugel strich an meinem Kopf vorbei. Ich ließ mich jedoch nicht beirren und kletterte auf die Mauer. Dann nahm ich alle Kraft zusammen und setzte zum Sprung an.

Meine Zehen hatten gerade den Mauersims verlassen, als mich ein stechender Schmerz im linken Oberschenkel aufschreien ließ. Der Schweinehund hatte mich doch noch erwischt. Ich landete direkt hinter einer Buchsbaumhecke und sofort färbte sich der Rasen rot. Doch es blieb keine Zeit, mich um die Wunde zu kümmern, denn ich vernahm Schritte auf der anderen Seite der Mauer, die sich schneller näherten, als mir lieb sein konnte. Die Schmerzen ignorierend, rappelte ich mich auf und sprintete los.

Mit der Zeit, die ich für die Strecke zu meiner Blechkiste benötigte, hätte ich mich problemlos für die olympischen Laufwettbewerbe qualifizieren können.

Am Wagen angekommen, riss ich die Fahrertür auf, rutschte auf den Sitz und betätigte den Anlasser. Mein guter alter Freund sprang schon beim dritten Startversuch an.

Im Rückspiegel erkannte ich, wie mein Verfolger von der Mauer sprang. Leider wurde ich von der Sonne geblendet, sodass ich ihn nicht erkennen konnte, aber das war auch nicht nötig, denn es stand wohl außer Zweifel, um wen es sich handelte.

Ich hatte es geschafft.

Dachte ich zumindest, aber plötzlich barsten Heck- und Windschutzscheibe mit einem fürchterlichen Knall. Vergeblich versuchte ich den Glassplittern auszuweichen und drückte das Gaspedal bis zum Bodenblech durch.

Dann war ich außer Reichweite, vorausgesetzt, mein Jäger hatte nicht auch noch Raketenwerfer im Gepäck.

Als mein Gehirn gewahr wurde, dass ich nur knapp dem Tod entronnen war, meldete sich mein Bein zu Wort. Ich brauchte dringend einen Arzt, der die Wunde versorgte. Die Blutlache konnte ich später aufwischen.

Die Zeitspanne von Eckolts Grundstück bis zum Arzt waren die längsten zwanzig Minuten meines Lebens. Ich hatte den Fahrersitz so weit wie möglich nach hinten geschoben und mein verletztes Bein ausgestreckt neben den Pedalen platziert. Jetzt, wo die Adrenalinschübe nachließen, jagte mir die Kugel in schöner Regelmäßigkeit Schmerzwellen durch den Körper. Unvorstellbar, dass ich gerade noch mit dem verletzten Bein das Kupplungspedal getreten hatte; jetzt ließ mich allein der Gedanke daran aufstöhnen.

Die Strecke nach Brücken legte ich im zweiten Gang zurück und verfluchte die Autoindustrie, dass sie nicht ausschließlich Automatikwagen herstellte.

Schließlich erreichte ich Dr. Rudolphs Praxis. Vor nicht allzu langer Zeit hatte ich den Mörder seiner

Tochter aufgespürt. Er würde mich ohne Fragen behandeln.

Ich hupte und wartete, wartete und hupte. Dann hupte ich erneut, um die Wartezeit zu verkürzen. Auch das Warten ohne Huperei probierte ich aus. Als es mir zu langweilig wurde, drückte ich erneut auf die Hupe, denn mathematisch gesehen war die reine Wartezeit umso kürzer, je öfter ich hupte.

Leider kam ich nicht dazu, weitere »Hupen/Warten«-Theorien aufzustellen, denn die Arztfrau erschien in der Eingangstür und schaute mit grimmigem Blick herüber. Da sie jedoch wie angewurzelt auf der Schwelle stehen blieb, musste ich die Hupe ein weiteres Mal malträtieren.

Endlich begriff sie und kam in Richtung Golf geschritten, rasant wie eine Schneckenschule auf Klassenfahrt. Nach sieben Tagen war sie an der Fahrerseite angelangt. Ich kurbelte das Seitenfenster herunter und teilte ihr mit, dass ich kurz vor der Bewusstlosigkeit stünde und mich nur die starken Schmerzen davon abhielten.

Als sie das Blut und die verantwortliche Quelle entdeckt hatte, kam Leben in Irene Rudolph. Wie von der Tarantel gestochen sprintete sie zum Haus und kam wenig später mit ihrem Mann zurück. Dramaturgisch perfekt genehmigte ich mir eine Ohnmacht.

13

Ich erwachte auf einer Matratze, die mit einem Seidenlaken bezogen war. Das übrige Bettzeug war ebenfalls aus reiner Seide. So musste sich eine Raupenlarve fühlen, kurz bevor sie aus dem Kokon schlüpfte. Es war stockfinster.

Wo war ich?

Die Erinnerungsversuche scheiterten kläglich; einfach zu viele Schläge auf den Hinterkopf. Ich schlief wieder ein.

Beim nächsten Aufwachen lachte die Sonne durchs Fenster. Jetzt wusste ich auch, wo ich mich befand: in Babsis Dachgeschossbude. Das Zimmer der ermordeten Arzttochter war seit meiner letzten Inspektion kaum verändert worden. Von einem Konzertplakat grinste mich der gute alte Grönemeyer an, und auch die CDs von Pur und Robbie Williams konnte ich vom Bett aus gut erkennen. Nur die satanischen Devotionalien, die Babsi damals gehortet hatte, waren entfernt worden.

Mein Jackett war über einen Stuhl drapiert. Da man die grüne Schale in Kleeblattform auf dem Nachttisch mit viel gutem Willen als Aschenbecher deuten konnte, fingerte ich meine Zichten aus der Jackentasche und steckte mir eine an. Dabei dachte ich noch einmal an den Rudolph'schen Mordfall, bei dem es Berge von Leichen gegeben hatte, obwohl die Geschichte ganz harmlos mit Schulschwänzerei begonnen hatte. Obwohl dies damals mein erster Auftrag als Privatdetektiv gewesen und ich mehrfach an meine Grenzen gestoßen war, hatte ich diese blutige Geschichte aufgeklärt.

Ich drückte die Zigarette aus, schlug die Bettdecke

zurück und studierte mein Bein. Es war am linken Oberschenkel bandagiert. Gernot Rudolph verstand sein Handwerk, denn genau dort war ich getroffen worden. Der Bewegungstest fiel positiv aus und Schmerzen verspürte ich auch nicht. Offensichtlich hatte Dr. Rudolph das Betäubungsmittelgesetz im vollen Umfang ausgeschöpft.

Nun kam der Moment, in dem angeschossene Romanhelden immer aufschrien und schmerzverkrümmt auf die Schlafstatt zurückfielen: das Aufstehen. Ich erledigte es, wie es reale Detektive taten, die allen Härten des Lebens trotzten. Ohne eine Miene zu verziehen, schwang ich mich aus der Koje und marschierte einige Schritte. Es war durchaus hilfreich, dass ich noch immer nichts spürte. Ich musste zwar mein Bein etwas nachziehen, doch das lag einzig und allein an der dicken Bandage.

Bei der Überprüfung meiner Gehfähigkeit passierte ich einen Spiegel und warf einen Blick hinein. Ich gefiel mir lange nicht so gut wie gestern. Dies lag jedoch nicht an den Pflastern, die die Glassplitterwunden im Gesicht verdeckten. Auch nicht am Wickel, der den Oberschenkel umspannte. Nein, es lag an dem rosa gesprenkelten Nachthemd, das meinen Körper verhüllte. Höchste Zeit, Irenes Negligé gegen eigene Sachen einzutauschen.

Als ich mich wenig später mit Jeans und T-Shirt vor dem Spiegel postierte, befand ich mein Erscheinungsbild für ausreichend, das Schlafzimmer zu verlassen. Die Hose hatte zwar ein Loch und schmierige dunkelrote Flecken, doch schließlich wollte ich mich nicht um einen Vorstandsposten bei E.ON bewerben. Ich zog das Sakko über, hängte den Ballermann um und trat auf den Gang.

Die Treppe hinunter ins Wohnzimmer bereitete mir keine Probleme, mehr hingegen der Läufer, der am Fuß der Stufen lag. Ich rutschte aus und schlug der Länge nach hin.

»Herr Nannen!«, blickte mich ein entsetztes Augenpaar an. Dieses gehörte Frau Rudolph, die offensichtlich durch das Poltern aufgeschreckt worden war.

»Guten Morgen«, rappelte ich mich auf und fragte nach dem Doc.

»Gernot stattet gerade seine Hausbesuche ab. Er hat aber ausdrücklich befohlen, dass Sie strikte Bettruhe halten. Also schleunigst zurück in die Federn.«

»Ich bin Ihnen beiden wirklich sehr dankbar, aber als Freiberufler bekommt man Krankheitstage nicht bezahlt. Somit bleibt mir nichts anderes übrig, als wieder an die Arbeit zu gehen.«

»Wie Sie wollen, schließlich sind Sie erwachsen. Darf ich Sie wenigstens noch zum Frühstück einladen? Wenn Sie schon so unvernünftig sind, sollen Sie zumindest was im Magen haben.« Allmählich fühlte ich mich wie bei Muttern.

Sie marschierte in die Küche, ich hinterher. Während ich am heißen Kaffee nippte, verfrachtete sie den Kühlschrankinhalt auf den Tisch und schüttete Croissants und Roggensemmeln in einen Brotkorb. Als die Fressalien vor mir standen, gab ich meine Zurückhaltung auf. Frau Rudolph schaute zufrieden zu, als ich ein Brötchen mit Blutwurst im Mund verschwinden ließ.

»War es schwierig, die Kugel aus dem Bein zu holen?«, inspirierte mich der Belag.

»Sie haben Glück gehabt, es war nur ein Streifschuss. Nichtsdestotrotz haben Sie viel Blut verloren, und es ist unverantwortlich, schon wieder durch die Gegend spazieren zu wollen.«

»Ich laufe nur bis zum Auto und fahre dann auf direktem Weg nach Hause. Schließlich warten dort meine Tiere auf Futter. Ich könnte es nie übers Herz bringen, sie Hunger leiden zu lassen. Erst recht nicht, da ich selbst so vorzüglich gefrühstückt habe.«

Die Nannen'sche Fauna hatte die besorgte Arztfrau anscheinend versöhnlich gestimmt. Wurde auch Zeit, dass sich die Viecher mal nützlich machten.

»Was ist überhaupt passiert? Muss ja eine schreckliche Sache gewesen sein«, verlangte sie eine kleine Märchenstunde.

»Ein hochbrisanter Fall. Ein alter Mann ist bestialisch ermordet worden und der Täter schreckt vor nichts zurück.«

»Machen Sie denn trotzdem weiter?«, blickte sie mich bewundernd an.

»Wenn ich so leicht aufgeben würde, hätte ich damals nicht den Mord an Barbara aufgeklärt. Herumfliegende Kugeln sind halt Berufsrisiko.« Mein Gott, war ich ein toller Hecht.

»Jetzt muss ich aber los. Wenn Sie wieder einmal Hilfe benötigen, scheuen Sie sich nicht, mich anzurufen.«

Irenes Angebot, mir eine Hose ihres Mannes zu leihen, schlug ich aus. Sie begleitete mich zur Haustür.

Als ich die Einfahrt hinunterblickte, offenbarte sich ein kleines Problem: Mit meinem Wagen konnte ich unmöglich fahren. Ich hatte ganz vergessen, dass der Killer, nennen wir ihn mal Gerd Poszilny, die Scheiben zerstört hatte.

Nach kurzer Beratung chauffierte Irene mich zu einer Dülmener Autowerkstatt. Die Mechaniker staunten nicht schlecht, als sich ein zerschürfter und zerschossener Privatdetektiv aus dem Wagen quälte. Nach der obligatorischen Preisfeilscherei einigten wir uns, dass sie meinen Golf abschleppen und reparieren würden. Für die Übergangszeit mietete ich einen dunkelgrünen Passat, natürlich mit Automatikgetriebe.

Nachdem ich Frau Rudolph zum dreißigsten Mal versichert hatte, dass ich problemlos fahren konnte, trennten sich unsere Wege.

Während der Rückfahrt überlegte ich, ob Kirstin beziehungsweise Christa wohl in Ohnmacht fielen, wenn sie die zusätzlichen Kosten auf dem Spesenkonto fänden. Egal, ließ sich sowieso nicht ändern.

Gegen Mittag traf ich auf dem Nannen'schen Gut ein, immer noch schmerzfrei. Den VW parkte ich so nah wie möglich am Hauseingang. Als ich gerade ausgestiegen war und den Wagen verriegelt hatte, wurde die Tür aufgerissen.

»Was wollen Sie?«, blaffte mich ein Kerl an, den ich noch nie zuvor gesehen hatte.

Hatte mein Kopf durch die unzähligen Schläge so großen Schaden genommen, dass ich halluzinierte, oder hatte ich versehentlich den falschen Hof angesteuert?

»Ich glaube eher, dass mir diese Frage zusteht. Sehen Sie zu, dass Sie verschwinden, aber ein bisschen plötzlich«, hatte ich mich entschieden, dass es der richtige Hof war.

Meine blutverkrustete Hose und das zerfetzte Gesicht zeigten Wirkung. Ruck, zuck sprang die Gestalt ins Haus zurück und verriegelte die Tür. In welchem Film war ich hier gelandet? Konnte sich maximal um ein C-Movie handeln.

Gemächlich legte ich die zehn Meter bis zum Eingang zurück und polterte gegen das Holz.

»Machen Sie auf!« War das zu fassen? Ich verlangte Einlass in meine eigene Hütte.

»Weiche von mir, Satan!« Erst Schlüssellochspanner, dann Staubsaugervertreter und jetzt der Teufel höchstpersönlich; eine steile Karriere.

»Ich wohn hier, du Sackgesicht! Wenn du nicht sofort aufmachst, gibt's was aufs Maul!«, verschärfte ich ein wenig den Ton.

»Ich habe meine Seele der Heiligen Dreifaltigkeit verschrieben. Du kannst mich nicht in Versuchung führen. Weiche von mir, Satan!«

Allmählich wurde es mir zu bunt. Ich schlich ums Haus und fand das Schlafzimmerfenster unverschlossen. Leise kletterte ich durch die Öffnung und bewegte mich vorsichtig in Richtung Wohnzimmer.

Mit gezücktem Revolver betrat ich den Raum und fixierte von hinten meinen Gast, der wie besessen die Tür mit Möbeln verbarrikadierte.

»Und jetzt stellen wir alles wieder zurück.« Um der Aufforderung Nachdruck zu verleihen, entsicherte ich die Waffe mit einem lauten Klicken.

Sofort schnellte die Gestalt herum und glotzte mich mit verzerrter Miene und gekreuzten Fingern an: »Ich habe keine Angst vor dir. Christus wird mich retten. Heilige Maria Mutter Gottes, gebenedeit sei dein Name …«

»Hör auf, du verdammter Idiot! Wer bist du und was hast du hier zu suchen?«

»Wo ist Hugo? Hat Luzifer ihn geholt? Ich hab ihn gewarnt, dass er seinen Lebensstil ändern soll, aber er hat nie auf mich gehört. Wo ist er?«, redete die seltsame Figur mit wirrem Blick auf mich ein.

»Tot.«

»O Gott. Tot. Der Herr sei seiner Seele gnädig.« So viele Bekreuzigungen innerhalb kürzester Zeit hatte ich noch nie gesehen. Konnte sich glatt bei *Wetten, dass …?* anmelden.

»Pass genau auf, was ich jetzt sage, denn ich werde mich nicht wiederholen: Entweder du verschwindest, oder du siehst Hugo schneller wieder, als dir lieb sein kann.«

Mein Gegenüber beäugte mich, als ob ich einen Schaden hätte und nicht er.

»Hast du mich verstanden?« Ein Gespräch mit Stefan war ja ein Genuss dagegen.

»Wann ist Hugo gestorben?«, entspannte er sich allmählich.

»Letztes Jahr. Ich habe seinen Hof geerbt. Das sollte an Infos reichen. Jetzt hau endlich ab!«

»Das geht nicht.«

»Wieso?«

»Ich bin Schäfer und besitze eine Herde von siebenunddreißig Schafen. Ich ziehe mit den Tieren durch ganz Europa. Hugo hatte mir versprochen, dass ich sie auf seiner Wiese grasen lassen kann, wenn ich in der Gegend bin. Und dass ich für diese Zeit bei ihm wohnen darf.«

Jetzt redete er wie ein normaler Mensch. Daraus sollte einer schlau werden. Ich schätzte ihn auf fünfunddreißig. Man konnte ihn durchaus als hübsch bezeichnen; halblange schwarze Haare, die zu einem Pferdeschwanz zusammengebunden waren, feine, fast weibliche Gesichtszüge und kein Gramm Fett auf den Rippen. Er trug einen grünen Mantel, eine grüne Hose und grüne Socken. Die dazugehörigen grünen Wanderschuhe standen neben dem Kamin. Trotz der sommerlichen Temperaturen hatte er ein Feuer entfacht.

»Wie lange musst du bleiben?«, sank mein Blutdruck allmählich wieder auf den normalen Wert.

»Nur zwei oder drei Tage, dann geht's weiter.«

»Okay, aber verschone mich mit Bibelzitaten.«

»Was meinst du damit?« Ich gab auf.

Selbstverständlich lag mein Einlenken nicht im Nannen'schen Samaritertum begründet, sondern hatte handfeste Motive: Ich konnte meinem Gast die Viehpflege aufbrummen. So brauchte ich meinen Tagesablauf nicht nach der Fütterungszeit zu richten. Außerdem mussten die Boxen ausgemistet und Holz gehackt werden. Das Dach des Schuppens war an einigen Stellen undicht. Wenn das immer noch nicht reichte, konnte er die Ratten fangen, die sich im Stall tummelten.

»Darf ich was für dich tun, quasi als Dankeschön für die Gastfreundschaft?«

Er konnte Gedanken lesen. Also schnell die Liste heruntergeleiert.

»Der Kühlschrank steht da hinten, Bier ist im Keller. Jetzt muss ich aber meinen Schädel ins Kissen drücken. Adios.«

Mit diesen Worten ließ ich ihn stehen und frequentierte das Bett. Keine zehn Sekunden später betrat ich das Reich der Träume, und zwar ohne vorher Schäfchen zu zählen.

14

Als ich wieder erwachte, zeigte der Wecker 18:23 Uhr an. Ich schlurfte ins Badezimmer und warf zwei Aspirin ein; rein prophylaktisch. Da ich mich noch scheute, den Verband zu lösen, verzichtete ich auf eine Dusche. Ich entfernte die Pflaster und wusch mich oberhalb der Taille. Nachdem ich in frische Sachen geschlüpft war, fühlte ich mich wie neugeboren.

Gut gelaunt marschierte ich ins Wohnzimmer, wo mich ein erloschenes Kaminfeuer erwartete. Dafür hingen Kruzifixe und Heiligenbildchen an den Wänden und als Krönung thronte eine Marienstatue auf dem Tisch. Sie wurde von zwölf brennenden Kerzen umrahmt.

Die Tür ging auf und der Schäfer trat ein: »Entschuldige, falls ich dich beim Beten gestört habe. Ich wollte der Gottesmutter auch gerade huldigen.«

Mit diesen Worten fiel er auf die Knie und murmelte Gebetssprüche. Das war eindeutig zu viel für meine Nerven. Ich schrie: »Pack deinen Krempel zusammen und verschwinde«, und verließ die Kapelle.

Draußen sprang ich in den Passat und ließ den Motor beweisen, was in ihm steckte.

Was nun?

Ich verspürte nicht den geringsten Funken Lust, heute noch am Fall zu arbeiten. Für einen weiteren Abend mit Sabine fehlte mir die Kraft, und der Gedanke an eine Schachpartie mit Baumeister ließ mich auch nicht frohlocken.

Schließlich entschied ich, den Abend bei ein paar gepflegten Bieren im »Fröhlichen Landmann« ausklingen zu lassen. Die Bulderner Dorfkneipe konnte einen Flipper und sogar einen Billardtisch vorweisen. Vielleicht fand sich unter den Gästen einer, der mit einem Billardprofi das Queue kreuzen wollte.

Meine Kiste stellte ich zwischen einen roten und einen blauen Golf, die natürlich nicht gegen meinen Automatikpassat anstinken konnten. Die Kneipe war gut besucht. Der Flipper, der zweifellos in den Siebzigern topmodern gewesen war, wurde von einem bulligen Typen malträtiert, der das Ding regelmäßig tilte. Der Billardtisch war ebenfalls besetzt. Dort stümperten zwei Endzwanziger herum, die sich schon auf die schmächtigen Schultern klopften, wenn einer die weiße Kugel traf. Neben diesen Hochleistungssportlern hatten sich nur wenige Gäste in dieses Etablissement verirrt. Die fünf Männer im gesetzten Alter passten auf, dass der Tresen nicht umkippte.

Ich gesellte mich dazu und orderte die Spezialität des Hauses: Pils vom Fass. Nachdem ich einen tiefen Schluck genommen und mir den Schaum vom Mund gewischt hatte, stach mir jemand von hinten in den Rücken.

»Der Herr Nannen. Was treibt den berühmten Privatdetektiv in diese bescheidene Lokalität? Ist der Wirt vielleicht ein Perverser, der unzufriedene Gäste im Hinterzimmer mit Spargelstangen foltert? Muss ich jetzt um meine Ernte fürchten?«

Ich brauchte mich nicht umzudrehen, denn Stimme und Humor ließen keinen Zweifel daran aufkommen, wer hinter mir stand. Trotzdem tat ich es.

»Die Karin! Schon die Ställe ausgemistet, oder lässt du die Vierbeiner im Dreck ersticken, während du den Thekenturnern schöne Augen machst?«

»Im Gegensatz zu deinem Viehzeug haben meine Tiere ein schönes Zuhause und werden liebevoll umsorgt. Außerdem brauchen sie auch nicht zu befürchten, kaltblütig ermordet zu werden.«

Wilperts Ableben hatte sich verdammt schnell herumgesprochen.

»Die Arme ist ohne mein Zutun in den Schweinehimmel aufgestiegen, wenn das bei ihrem Gewicht überhaupt möglich war. Wahrscheinlich war das Futter vergiftet, das ich bei dir gekauft hatte.«

»Gekauft? Geschnorrt, meinst du wohl.«

Diesen Schlagabtausch konnte ich nicht gewinnen, deswegen wechselte ich das Thema: »Ich mach dir einen Vorschlag: Ich gebe einen aus, und du erklärst mir, worauf man beim Spargelkauf achten muss.«

»Ich lass mir von dir keinen ausgeben. Wenn du scharf darauf bist, dein Portemonnaie zu erleichtern, dann zocken wir um die Drinks.«

»Einverstanden, aber Wettstricken oder Königshäuserraten sind nicht meine Baustelle.« Heute war ich aber auch so was von galant.

»Ich hatte eher an eine Partie Billard gedacht«, zeigte Karin sich trotz des Machospruchs gnädig. Wenn sie unbedingt meine Biere bezahlen wollte, war ich der Letzte, der sie davon abhielt.

Schumann latschte zum Billardtisch und redete mit den beiden Bewegungslegasthenikern. Gut gelaunt kehrte sie mit der Meldung zurück, dass wir nur noch ein Spiel abwarten mussten, bevor wir an der Reihe waren. Besagte Partie zog sich jedoch über eine halbe Stunde hin, weil weder der eine, ich nannte ihn im Geiste »Schwach«, noch der andere, den ich »Kopf« getauft hatte, die Kugeln nur annähernd in die Nähe eines Lochs brachte. Vielleicht spielten sie auch absichtlich so miserabel, um mit zwei Euro den kompletten Abend finanzieren zu können.

Schließlich wurde doch die erste Kugel versenkt. Da es die schwarze Acht war, konnten wir endlich die Queues einkreiden und mit der Schlacht beginnen.

Das erste Spiel gewann ich souverän, die nächsten fünf verlor ich haushoch. Als Karin die schwarze Acht über drei Banden einlochte, war mir die Lust am Billardspielen endgültig vergangen. Zudem machte sich der verletzte Oberschenkel bemerkbar.

»Glückwunsch, Schätzchen. Da muss ich wohl zu Kreuze kriechen, auch wenn es natürlich eine große Leistung ist, einen Krüppel zu bezwingen.«

»Haben sie den Granatsplitter in deinem Kopf immer noch nicht entfernt?«

Leicht übertrieben humpelte ich zur Theke und ließ mich ächzend auf einen Barhocker fallen. Karin pflanzte sich neben mich, natürlich mit Dauergrinsen im Gesicht.

»Was möchtest du trinken?«, wollte ich die Spielschulden sofort begleichen.

»Etwas Teures, damit du richtig bluten musst. Erwin, du hast doch diesen schweinegeilen irischen Single Malt. Davon nehm ich einen doppelten mit Wasser.«

Ich orderte das Gleiche und wir prosteten uns zu.

»Was war das vorhin mit dem Krüppel?«, ging die Biobäuerin mit Verspätung auf meine Bemerkung ein.

»Ich bin gestern angeschossen worden«, deutete ich auf mein Bein.

»Angeschossen? Und dann rennst du in der Gegend rum? Du hast sie doch nicht alle.«

»Erstens bin ich Privatdetektiv, und zweitens habe ich gestern eine schöne Bandage bekommen, die immer noch blütenweiß ist.«

»Du hast den Verband noch nicht gewechselt? Los, aufstehen.«

Ich hatte kaum Zeit, die Getränke zu bezahlen, so schnell wurde ich aus dem Lokal gezerrt.

Wenn ich Schumanns Entsetzen über den nicht gewechselten Verband und ihre Hast, mich aus der Kneipe zu befördern, richtig deutete, wollte sie mich in neue Leinentücher wickeln. Sie schien sich tatsächlich Sorgen um mich zu machen. Ich hatte schon früher vermutet, dass unter der rauen Schale ein weicher Kern steckte, aber nun wurde dieser Verdacht zur Gewissheit. Karin Schumann, die hübscheste, aber zugleich tougheste Frau in Buldern, wollte dem miesen Schnüffler und Schnorrer Dieter R. Nannen den Verband wechseln. Ich kniff mich ein paar Mal, um mich davon zu überzeugen, dass ich nicht träumte.

Mit atemberaubender Geschwindigkeit erreichten wir den Biogemüsehof. Kaum hatte sie ihren Wagen geparkt, stürzte sie heraus und öffnete meine Fahrertür.

»Ich bin sehr wohl in der Lage, ohne fremde Hilfe auszusteigen und zu laufen. Du kannst also die Schubkarre in der Tenne lassen.«

»Mit Schussverletzungen spaßt man nicht«, hörte sie sich allmählich wie meine Mutter an, wenn sie mir im Winter einen Schal andrehen wollte.

»Vielen Dank, Schwester. Im Falle meines Ablebens kannst du mich verbrennen lassen und mit der Asche deine Felder düngen. Das wird eine Ernte!«

Ich schob ihren Arm beiseite und marschierte geschmeidig auf die Eingangstür zu. Als Preis zahlte ich heftige Schmerzattacken, die mit jedem Schritt stärker wurden. Wortlos gelangten wir ins Wohnzimmer.

»Zieh deine Hose aus! Ich hole Salbe und Verbandszeug.«

War ich froh, dass ich heute Boxershorts trug, sonst hätte die Bäuerin keine Chance gehabt, sich auf meine Verletzung zu konzentrieren. Als ich aus der Jeans geklettert war und mich aufs Sofa fallen gelassen hatte, kam Karin zurück.

»Schmerztabletten?«, sparte ich unnötigen Atem.

Sie warf mir eine grüne Schachtel zu. In Sekundenschnelle hatte ich zwei Pillen aus der Plastikummantelung befreit und im Körper verstaut.

»Der Verband ist durchgeblutet.« Ein roter Fleck mit einem Durchmesser von zwei Zentimetern? Exakt diese Frage stellte ich ihr, aber Karin ließ sich nicht beirren und wickelte die Bandage fachmännisch ab. Ab und zu musste ich die Zähne zusammenbeißen, denn die Aspirin wirkten noch nicht.

»Hübsche Unterhose.«

»Im Moment wäre es mir lieber, wenn du dich auf mein Bein konzentrieren könntest. Ich weiß, dass die alleinige Bewirtschaftung eines Bauernhofs manche Wünsche unerfüllt lässt, aber momentan fühle ich mich nicht in der Lage, das zu halten, was der Inhalt eines gewissen Kleidungsstücks verspricht.«

Das gab's doch nicht: Die nette Nachbarin bekam einen roten Kopf.

»Der gute alte Nannen. Selbst im Angesicht des Todes reißt er Witze.«

Um den Wahrheitsgehalt ihrer Worte zu erhöhen, riss sie das letzte Stück Verband mit einem Ruck ab. Gott sei Dank besaß ich eine flinke Zunge, sonst hätte ich sie in diesem Augenblick durchgebissen.

»Was der Killer nicht geschafft hat, bringst du zu Ende. Gib zu, dass du mit ihm unter einer Decke steckst.«

»Solange ich nicht mit dir unter einer Decke stecken muss«, kam es postwendend zurück.

»Ist es im Münsterland üblich, aufgestaute Aggressionen an wehrlosen Privatdetektiven auszulassen?«, hielt ich den schmucken Dialog in Gang.

»Nur an Privatdetektiven, die sich pflegen lassen, aber

nicht erzählen, wie sie zum Pflegefall geworden sind.« Die weibliche Neugierde brach sich doch immer wieder Bahn.

»Was sagt dir der Begriff ›Schweigepflicht‹?«, bemühte ich die abgelutschteste aller Ausreden.

»Die gilt für Priester, Ärzte, Rechtsanwälte und Privatdetektive, die nicht Dieter Nannen heißen.«

Na gut, Karin hatte das Stillen ihres Wissensdurstes verdient, darum erzählte ich in groben Zügen von den bisherigen Ereignissen. Die Szenen, in denen ich niedergeschlagen oder auf mich geschossen wurde, wurden nur geringfügig ausgeschmückt. Die vermutete Identität des Killers verschwieg ich jedoch. Zwischendurch linste ich immer wieder zu ihr hinüber; sie schien schwer beeindruckt.

Am Ende des Rapports waren die Wunde gesäubert und der neue Verband angelegt.

»Wie willst du weiter vorgehen?«, schmiedete sie meine Zukunftspläne.

»Darüber habe ich mir noch keine Gedanken gemacht«, log ich, denn ich hatte keine Lust, Karin da mit reinzuziehen.

»Hältst du mich auf dem Laufenden?«

»Selbstverständlich. Wie könnte ich einer so bezaubernden Frau einen Wunsch verwehren?«, raspelte ich eifrig Süßholz. Wer wusste, wozu es gut war.

Mit frischer Bandage und frischem Mut ließ ich mich von ihr hinausbegleiten. Ich kletterte in meine Karre und blickte zur Haustür. Sie war bereits geschlossen. Als ich gerade den Zündschlüssel umdrehen wollte, fiel mir ein, dass ich etwas vergessen hatte. Ich stiefelte zum Haus zurück und drückte auf die Klingel. Karin öffnete.

»Vielen Dank für alles. Du bist ein Schatz.«

Ihr Lächeln begleitete mich die gesamte Rückfahrt.

Es war ein Uhr, als ich den Passat auf meinen Hof lenkte. Im Haus brannte Licht. Hoffentlich hatte der fromme Schäfer nur vergessen, vor dem Schlafengehen die Beleuchtung auszuschalten, denn für einen weiteren Disput war ich zu erschöpft.

Diese Hoffnung erfüllte sich nicht. Der Hirte fläzte sich im Sessel und las Sicks Akkusativ-Traktat, das ich mit einem Stapel anderer Schmöker für die Pfarrbibliothek vorgesehen hatte.

»Umfangreiche Büchersammlung, kann ich nur sagen. Ich habe mir erlaubt, in diesem wirklich einzigartigen Werk zu lesen. Wie pointiert er ein so dröges Thema wie Grammatik abhandelt, nötigt mir Respekt ab.«

»Ludwig Reiners Stilfibel hat vor vierzig Jahren weniger Aufsehen erregt, ist aber um Universen besser. Mich hat Sicks typisch germanisches Zeitgeistprodukt zu Tode gelangweilt«, konnte ich mir eine passende Antwort nicht verkneifen.

»Wo sind Kreuze und Heiligenbildchen hin?«, wechselte ich das Thema.

»Ich versteh nicht ganz, wovon du redest«, kam es lapidar zurück.

Entweder halluzinierte ich oder ich hatte einen hochgradigen Schizo vor mir.

»Was soll der Bullshit? Hast du vielleicht vergessen, dass du vor nicht allzu langer Zeit eine Marienstatue angebetet hast?« Unter einem schlechten Kurzzeitgedächtnis hatte ich mir bisher doch eine leicht längere Zeitspanne vorgestellt.

»Das wäre eines der letzten Dinge, die ich machen würde.«

So kam ich nicht weiter.

»Wie heißt du?«

»Ewald Potthoff.«

»Dann lass mal ein paar Schwänke aus deinem Leben hören, oder willst du jetzt lieber schlafen?« Schließlich sollte man doch wissen, mit wem man die Nacht verbrachte.

»Ich bin noch nicht müde, aber viel zu erzählen gibt es nicht. Ich bin 1971 in Bottrop geboren und habe nach dem Abi Anglistik und Philosophie studiert. Obwohl ich mit Auszeichnung bestanden habe, bekam ich keine Anstellung. Brotlose Kunst halt. Ein Freund hat mir eine Stelle bei einer kleinen Holzschnitzerei verschafft. Als der Laden drei Jahre später pleiteging, bin ich nach Frankfurt gezogen und habe mich mit diversen Handlangerjobs über Wasser gehalten. Küchenjunge in einer Großkantine und Möbelpacker waren noch die angenehmsten darunter.«

»Und in einer Frankfurter Bahnhofskneipe hast du dann Hugo Simon kennengelernt«, ließ ich den messerscharfen Verstand des Privatschnüfflers durchblicken.

»Korrekt.« Na ja, ein wenig mehr Bewunderung hätte es schon sein können.

»Wie bist du an die Schafe gekommen?«, ließ ich mir meine Enttäuschung nicht anmerken.

»Ein Geschenk von dem Kumpel, der mir damals den Job bei der Holzschnitzerei verschafft hatte. Ein richtiger Aussteiger; das Leben mit den Schafen war für ihn der Inbegriff von Freiheit. Nach einem schweren Bandscheibenvorfall hat er mir die Vierbeiner angeboten. Warum nicht, habe ich mir gedacht, und seitdem ziehe ich mit den Tieren durch die Lande.«

»Kann man denn davon leben?«

»Ich stelle keine hohen Ansprüche. Außerdem besitze ich durch das Nomadenleben Freunde in ganz Europa, bei denen ich eine warme Mahlzeit und Futter für meine Schafe bekomme. Aber jetzt genug von mir. Hast du Lust, ein bisschen von dir zu erzählen?«

»Wenn's dir nichts ausmacht, verschieben wir das auf morgen. Ich bin hundemüde.«

»Gute Nacht.« Allzu betrübt war er nicht.

»Dito.« Und weg war ich.

In der Nacht wurde ich durch ein Geräusch geweckt. Obszöne vier Uhr. Ich rieb mir den Schlaf aus den Augen und schärfte meine Sinne. Meine Ohren meldeten nichts, dafür erkannten meine Augen ein flackerndes Licht, das unter dem Türspalt hindurchdrang.

Es half alles nichts; ich musste der Sache auf den Grund gehen. Die Tür zum Wohnzimmer war angelehnt. Ich öffnete sie einen Spalt und sah das knisternde Kaminfeuer. Jetzt reichte es mir. Ich riss die Tür auf und erkannte Ewald, wie er vor einem Poster kniete, das einen alten Mann mit weißem Bart zeigte, der Blitze auf zusammengekauerte Menschen vor einem goldenen Kalb schleuderte. Potthoff geißelte sich mit einer Rute, »Moses, errette mich von meinen Sünden« heulend.

Benommen taumelte ich ins Schlafzimmer zurück und stellte mir die Frage, ob ich gestern nicht doch am Kopf getroffen worden war. Um zügig wieder einzuschlafen, zählte ich Schafe.

15

Bedingt durch die erlittenen Strapazen erwachte ich erst um kurz vor zehn. Selten hatte mich ein Tag physisch und psychisch so geschafft wie der gestrige. Ich schlüpfte in die Klamotten und verließ das Haus. Meine Hoffnung, dass der Hirte weitergezogen war, wurde im Keim erstickt, als ich auf den Hof trat. Immerhin machte er sich nützlich, denn ich hörte ihn im Stall hämmern und sägen.

In Buldern-City erstand ich Brötchen, Aufschnitt, Kaffee, Zigaretten und drei Tageszeitungen. Ich hatte mir vorgenommen, erst ausgiebig zu frühstücken und anschließend alle Fakten im Mordfall Eckolt zusammenzufassen und auszuwerten, um die nächsten Schritte festzulegen.

Zurück auf meinem Kotten, ließ ich mir von Ewald versichern, dass er mindestens bis zum Nachmittag im Stall arbeiten würde. Beruhigt schob ich mir die Brötchen zwischen die Kiemen, dann begann ich mit der Arbeit.

Zunächst die Zeitungen. Als Erstes fischte ich mir den *Dülmener Kurier* heraus. Ich musste einige Seiten blättern, bis ich auf eine kleine Meldung stieß: »*Der Mörder von Franz Eckolt ist offensichtlich gefasst. Auf Nachfrage des DK gab Kommissar Hartmann von der Dülmener Polizei bekannt, dass der mutmaßliche Täter am Tatort verhaftet worden sei. Über Namen oder Motiv machte er keine Angaben. Recherchen des DK ergaben, dass Franz Eckolt vermögend war und sich Gemälde von unschätzbarem Wert in seinem Besitz befanden. Das bestätigt unsere These, dass der Ermordete einen Einbrecher auf frischer Tat ertappte und dabei getötet wurde.*«

Das war mehr als dürftig. Auch die anderen Zeitungen beschränkten sich auf die üblichen Phrasen. In der *Dülmener Postille* war sogar ein Leserbrief abgedruckt: Im ersten Abschnitt stellte der Autor die gewagte Theorie auf, dass Franz einen Killer angeheuert hätte, weil er homosexuell war und die Entdeckung seiner Neigung fürchtete. Der zweite Teil machte dann heftigst gegen Schwule und Lesben Front, was in dem Vorschlag gipfelte, sämtliche »Falschgepolten« so lange Spargel stechen zu lassen, bis sie geheilt waren. Wenn der Leserbrief mal nicht von Schumann stammte.

Bis auf diesen interessanten Blick in die Abgründe der menschlichen Psyche boten die Revolverblättchen nichts, also ab in den Papierkorb damit.

Jetzt musste ich auf die ermittelten Fakten zurückgreifen. Zunächst schien es angebracht, den Kreis der Verdächtigen einzugrenzen. Als Obersten schrieb ich meinen derzeitigen Hauptverdächtigen ins Notizbuch: Gerd Poszilny. Laut Christa wollte sich der Makler Eckolts Haus unter den Nagel reißen, das Franz aber auf keinen Fall verkaufen wollte. Poszilny hatte demnach ein Motiv. Auch Otto Baumeister hatte von einer riesigen Schweinerei im Zusammenhang mit dem Makler gesprochen. Außerdem war es Poszilny gewesen, der mich zu Eckolts Grundstück gelockt hatte, wo ich nur mit viel Glück dem Kugelhagel entkommen war. Ganz klar: Poszilny war meine Nummer eins.

Kirstin Eckolt und Christa Kerner waren zwei Naivchen, denen ich nicht zutraute, einen Mord zu begehen. Sie konnte ich getrost von der Liste der Verdächtigen streichen.

Thekla Eckolt war eine frühreife Studentin, die ihre Schönheit skrupellos auszuspielen wusste, wenn man

Otto Glauben schenken konnte. Über Heiko wusste ich noch weniger. Wenn Franz tatsächlich so vermögend war, wie überall kolportiert wurde, besäßen Heiko und Thekla zumindest ein Motiv. Doch dieses Motiv hatte jedes Mitglied der Sippe und zugleich wieder nicht, denn offensichtlich hatte sich der alte Eckolt mit jedem seiner Kinder überworfen. Meiner Meinung nach hätte er seine Moneten eher einem Dülmener Wildpferd vererbt als seiner Familie.

Nicht vergessen durfte ich natürlich Otto Baumeister. Er hatte sich regelmäßig mit Franz getroffen und war bisher der einzige mir bekannte Freund des Toten. Vielleicht hatte er darauf spekuliert, in Eckolts Testament als Haupterbe eingesetzt worden zu sein.

War zwar weit hergeholt, aber da ich schon Wildpferde hatte kotzen sehen, suchte ich die Nummer des Dülmener Altenheims heraus. Sekunden später hatte ich Kunigunde an der Strippe.

»Nannen hier.«

»Wenn Sie das nächste Mal einen unserer Bewohner entführen, sorgen Sie bitte auch dafür, dass er nicht sturzbetrunken das ganze Haus zusammenschellt«, wurde ich gewohnt freundlich empfangen.

»Otto müsste durchaus in der Lage sein, auf sich selbst aufzupassen. Ich möchte Sie auch nicht lange von der Arbeit abhalten; nur eine Frage«, wollte ich das Telefonat kurz halten. »Es geht um letzte Woche Montag, den 30. Mai. Könnten Sie mir sagen, ob Herr Baumeister zwischen zwölf und vierzehn Uhr im Heim gewesen ist?«

»Wieso wollen Sie das wissen?« Kursierte unter Schwestern ein Verhaltenskodex, der das explizite Nerven von Privatdetektiven vorsah?

»Es geht um den Mordfall Eckolt«, blieb ich sachlich.

»Verdächtigen Sie etwa unseren Herrn Baumeister?«, drang ein unterdrücktes Glucksen an mein Ohr.

»Ich klappere gerade alle Alibis ab, ganz gleich ob ich jemanden für verdächtig halte oder nicht. Ich gehe natürlich stark davon aus, dass ich durch Ottos Namen gleich einen dicken Strich machen kann.«

»Dann bin ich beruhigt. Um auf Ihre Frage zurückzukommen: Montags gibt es bei uns, wie an jedem anderen Tag, um halb eins Mittagessen. Das dauert in der Regel bis Viertel nach eins.«

»Sind Sie sicher, dass er an diesem Tag dabei war?«, stocherte ich nach.

»Ja, definitiv. Zum einen habe ich beim Essen an seinem Tisch gesessen. Das Pflegepersonal nimmt seine Mahlzeiten immer zusammen mit den Bewohnern ein, müssen Sie wissen. Zum anderen hat um halb zwei eine kleine Festlichkeit stattgefunden. Zwei Damen haben ihren achtzigsten Geburtstag gefeiert und Herr Baumeister hat zu diesem Anlass ein Gedicht vorgetragen. Goethes »Heideröslein«, wenn Sie es genau wissen wollen.«

»Sie machen mich glücklich, Schwester.«

»Wollen Sie nicht wissen, wo sich Wilhelm Eckolt zur Tatzeit aufgehalten hat?«, bewies die Oberschwester ein gehöriges Maß an Humor.

»Franz ist erschlagen und nicht überfahren worden. Vielen Dank, auf Wiederhören.«

Ich legte auf und kehrte zu meinen Aufzeichnungen zurück.

Die Sieperts waren die Nächsten. Ihnen traute ich den Mord auch nicht so richtig zu. Sie waren schlichtweg zu faul. Karl erhob sich nur zum Bierholen oder Pissen von der Couch. Außerdem waren die Sieperts mit Sicherheit zu einfach strukturiert, um Christa Kerner als Sündenbock auszusuchen und sie in die Falle laufen zu lassen. Also ab mit ihnen ans Ende der Liste.

Der letzte Verdächtige war zugleich ein schwerer Brocken: Wolfgang Eckolt. Er hatte eine Geliebte und wollte mir den Fall entziehen. Beides war verständlich. Aber ich sah keinen Berührungspunkt zum Mord. Welches Motiv sollte er haben? Er besaß mehr Schotter als eine Kiesgrube, war also auf das Erbe nicht angewiesen. Andererseits hatte es zwischen Vater und Sohn in der Vergangenheit heftige Meinungsverschiedenheiten gegeben, aber keiner wusste warum. Wolfgangs Vergangenheit musste dringend durchleuchtet werden.

Nach Durchsicht der Notizen gelangte ich zu dem Schluss, dass Gerd Poszilny nach wie vor der Hauptverdächtige war, und das mit Abstand. Eine Beschattung erschien mir ein probates Mittel zu sein. Da er mich offensichtlich aus dem Weg räumen wollte, würde dies auch meine Lebenserwartung drastisch erhöhen.

Ich packte den Krempel zusammen, leerte den überquellenden Aschenbecher und kochte Kaffee, den ich in eine Thermoskanne füllte. Dann die Kanone und Camus' *Der Fremde* geschnappt und ab nach draußen. Momentan fühlte ich mich auch fremd im eigenen Haus. Vielleicht zeigte Albert mir einen Ausweg aus der Hirtenfalle.

Der Schäfer saß auf dem Stalldach und kittete die undichten Stellen. Ich winkte ihm zu. Als ich die Autotür aufschloss, fiel mir ein, dass ich meine Allzwecktasche vergessen hatte. In ihr waren alle Utensilien verstaut, die man als erfolgreicher Privatdetektiv benötigte. Ich kehrte noch einmal ins Haus zurück.

Als ich wieder auf den Hof hinaustrat, sah ich Potthoff am Auto stehen.

»Kommst du heute Abend um zehn zum gemeinsamen Beten?« Jekyll war wieder zu Hyde mutiert.

»Warte nicht auf mich. Ich besuche die Abendvesper im Münsteraner Dom; es wird also spät.«

Eines war bombensicher: Heute würde ich meinen Kotten nicht vor Mitternacht betreten.

16

Die Sonne hatte ihren Zenit bereits überschritten, als ich neben Poszilnys Bürogebäude parkte. Ich stieg aus, lief zur nächsten Telefonzelle, kramte mein Notizbuch aus der Jackentasche und suchte die Nummer des Maklers heraus.

»Immobilienagentur Poszilny«, meldete sich die Tippse.

Ich legte eine Hand vor den Hörer.

»Kramer hier. Ist Gerd zu sprechen?«

»Im Meeting, aber vielleicht kann ich weiterhelfen.«

Das reichte mir: Poszilny war im Büro. Ich legte auf, kehrte zum Wagen zurück und nahm meine Beschattungslektüre zur Hand. Leider wies Mersaults Schicksal keine Parallelen zum gestörten Hirten auf.

Auf Seite 34 rotierte die Drehtür und spuckte Poszilny nebst Sekretärin aus. Ich warf das Buch auf den Rücksitz.

Gerd war wie immer exzellent gekleidet: hellgrauer Anzug, weißes Hemd und lila Krawatte. Yvonne trug ein orangefarbenes Kostüm, wobei sich die Rocklänge an die sommerlichen Temperaturen angepasst hatte. Wäre auch eine Schande gewesen, die wohlgeformten Beine unter Stoff zu verbergen.

Das Duo Infernale kam auf mich zu, dann klaubte der Makler den Autoschlüssel aus einem Aktenkoffer und schloss die Wagentür eines hellbraunen BMW auf. Beide klemmten sich auf die Vordersitze; Männe links, Frau rechts.

Sechs Minutenzeigerumdrehungen später erreichten wir die Münsteraner Innenstadt. Da ich einen Abstand von fünfzig Metern hielt, war ich zu einigen gewagten Überholmanövern gezwungen, um nicht über dunkelrote Ampeln brettern zu müssen.

Nach zehn Minuten nervenaufreibender Fahrt hielten die beiden vor einem Schuppen namens Club Venus. Ich parkte in gebührendem Abstand und wartete, bis sie den Laden betreten hatten. Dann ließ ich den Passat in der Sonne zurück und spazierte ebenfalls zum Gebäude.

Der Club lag im Parterre eines dreistöckigen Eckhauses. Die Fenster waren mit schwarzer Folie zugeklebt. Von der Eingangstür grinsten mich splitternackte Mädchen aus Silberfolie verführerisch an.

Ich marschierte zum Wagen zurück und zog ein Jackett und einen Schlips über, die ich als Beschattungsprofi immer mitführte. Da Nannen mit Jackett und Krawatte immer noch als solcher zu erkennen war, stülpte ich mir eine hässliche Perücke über, die mich zehn Jahre älter machte. Ein Oberlippenbart rundete das Bild ab. Jetzt sah ich aus wie Magnum für Arme.

Wenig später fummelte ich an einer weiblichen Brust herum. Da hatte sich einer aber ein besonders lustiges Klingelschild ausgedacht. Nur mit absoluter Selbstbeherrschung konnte ich die Finger wieder lösen. Als Belohnung öffnete sich die Tür, und Popeye, allerdings ohne Pfeife und Spinatdose, glotzte mich an, als ob ich gerade seinen Busen betatscht hätte.

»Ihre Mitgliedskarte bitte.«

»Hab ich nicht. Ich will ein paar Scheine loswerden. Die Schelle war ja vielversprechend.«

»Bitte folgen Sie mir«, presste er humorlos zwischen den herpesbefallenen Lippen hervor.

Durch einen schummrig beleuchteten Flur gelangten wir in einen mit Plüschsofas vollgestellten Raum, in dem sich getunte Mädchen angeregt mit nobel und weniger nobel gekleideten Herren unterhielten. Der überwiegende Teil der Animierdamen ernährte sich mit Sicherheit von Glasnudeln. Gerd und Yvonne konnte ich nicht entdecken.

Der Hüne geleitete mich in ein Büro so anheimelnd wie ein Pornokino nach Filmende. Der dunkelgrüne Teppich war versiffter als eine S-Bahn in den Abendstunden, und die Motive auf den billigen Schmuddelfotografien an den Wänden waren so abgegriffen wie die Lehne des Besucherstuhls. Hinter dem Schreibtisch aus Kirschbaumimitat schob eine ältere Dame einen Stapel Papiere zur Seite und blickte mich freundlich an.

Wenn der Begriff »Puffmutter« auf jemanden zutraf, dann auf sie. Die Lady brachte dreißig Kilo mehr auf die Waage als eine durchschnittliche Pommesbudenbesitzerin, was durch das wallende, khakifarbene Gewand nur unzureichend kaschiert wurde. Zudem war sie in mehrere Schminktöpfe gefallen und hatte anschließend in Kölnisch-Wasser-Fässern gebadet. Ich hatte mich stante pede verknallt.

»Wen bringst du uns Nettes, Tommilein?«, brummte

ihre voluminöse Stimme, die manchen Bariton an der Mailänder Scala neidisch gemacht hätte.

»Der Herr möchte Mitglied werden.«

»Gut. Abflug.« So war das im Horizontalgewerbe: kurze, präzise Ansagen.

Tom verschwand lautlos, während ich mich auf dem beigefarbenen Sitzmöbel niederließ.

»Sie wollen also bei uns Mitglied werden, Herr …?«

»Groscher. Georg Groscher«, half ich ihr auf die Sprünge.

»Ich bin Gitta«, füllte sie währenddessen ein Kärtchen aus.

»Das ist Ihr Mitgliedsausweis. Sie brauchen ihn nur, wenn unser Freund und Helfer sich für unsere Partys interessieren sollte. Als Neukunde kommen Sie in den Genuss unseres Schnupperangebots; Massage und Drinks zum halben Preis.«

Nachdem ich mich mit den Geschäftsbedingungen einverstanden erklärt hatte, drückte sie auf eine antiquierte Schalttafel, die am Schreibtisch festgeschraubt war. Zehn Atemzüge später schwebte ein Mädchen in den Raum, dessen Geburtsland nicht weit von Thailand und dessen Geburtsjahr nicht weit vom Berliner Mauerfall liegen konnte.

»Das ist Judy, eine unserer Besten. Viel Spaß mit ihr.«

Besagte Judy ergriff meine Hand und führte mich in die zweite Etage. Vom Flur gingen acht Zimmer ab; wir betraten Raum Nummer zwei. Das Mobiliar war übersichtlich: ein frisch bezogenes Metallbett Marke *Jailhouse Fuck*, das auf einem abgewetzten Flokati stand. An der Decke war ein Spiegel angebracht, in dem sich eine komplette Fußballmannschaft beim Vögeln bewundern konnte, vorausgesetzt, er wäre seit dem Wunder von Bern gereinigt worden. Die Wände waren mit kopulierenden Paaren verziert. Als Beleuchtung diente eine schummerige Lampe aus dem 95er Ikea-Programm, die auf ein Sperrholztischchen geschraubt war.

Judy, die bisher keine Silbe gesprochen hatte, wies mich mit einer Handbewegung an, die Klamotten abzulegen. Ich öffnete den obersten Hemdenknopf, schlug mir dann vor die Stirn und sagte ihr, dass ich mein Geld im Auto vergessen hätte. Sie zog eine Flebbe und legte sich gelangweilt aufs Bett.

Im Flur war weit und breit keine Menschenseele zu sehen. Kurz ging ich im Geiste die einzelnen Geschosse durch. Im Parterre hatte ich Poszilny nicht erblickt. Da sich das Bumsareal über die ersten beiden Etagen erstreckte, wollte ich erst mal den dritten Stock anchecken.

Leise schlich ich die Treppe hoch. Wo im zweiten Stock der Flur begann, erwartete mich im dritten eine verschlossene Tür. Neugierig wie ein Paparazzo vor der Beckham'schen Villa spannte ich durchs Schlüsselloch. Soweit ich erkennen konnte, bestand das komplette Dachgeschoss aus einem einzigen Raum. Poszilny und Yvonne entdeckte ich an einem Tisch am anderen Ende des Zimmers. Der Makler entnahm gerade seinem Aktenkoffer einige Geldscheinbündel, die er einem Chinesen überreichte, der von rechts ins Blickfeld getreten war. Danach schüttelten sich alle die Flossen.

»Abflug«, murmelte ich Gittas Vokabular adaptierend vor mich hin, schlich die Treppe runter und verschwand wieder in Judys Zimmer. Diese lag nackt auf dem Bett und versuchte sich an einem lüsternen Gesichtsausdruck, der aber tüchtig misslang. Ich teilte ihr mit, dass ich nur zwanzig Euro gefunden hatte, und drückte ihr den blauen Schein in die Hand.

Das war doch mal eine flotte Nummer gewesen. Ich verließ Judy und lenkte meine Schritte nach unten. Das Immobilienduo bemerkte ich sofort. Die beiden stießen gerade an der Theke mit dem Chinamann an. Niemand beachtete mich, als ich den Raum durchquerte.

Vor der Eingangstür reinigte Tom mit einem Springmesser die Fingernägel.

»Ich hoffe, Sie haben sich amüsiert«, machte er einen auf Konversation.

»Die Puppe war so gut, dass ich eine Woche nicht mehr pissen kann«, passte ich meine Sprache dem Niveau des Etablissements an.

»Das freut mich«, gewährte er einen tiefen Blick in sein Innerstes.

Zurück im Passat, ließ ich die letzte halbe Stunde Revue passieren: Poszilny machte in einem Puff Geschäfte mit einem zwielichtigen Kerl aus Fernost. In dem Club arbeiteten Asiatinnen, die mit Sicherheit noch keinen Führerschein machen durften. Judy war beileibe nicht die Jüngste gewesen.

Das war doch mal eine heiße Spur. Gerds Büro, schoss mir durch den Kopf, zumal der Zeitpunkt günstig war. Die beiden würden sicherlich noch einige Zeit die Schampuskorken knallen lassen.

Ich ließ siebzig Pferdestärken ihre Arbeit verrichten und stellte gut gelaunt das Radio an. Ein lokaler Sender spielte gerade die neueste Slayer-Auskopplung, was mehr als erstaunlich war, denn kommerziell ging anders. Auch wenn ich mich anfangs darüber gefreut hatte, dass *God hates us all* aus den 15-Watt-Autoboxen dröhnte, stellte sich schnell Ernüchterung ein. Slayer fehlte einfach die frühere Klasse. Die Amis hatten mich seit meiner Jugend begleitet, doch in gleichem Maße, wie Kerry Kings Haare dünner geworden waren, hatte offenbar ihre Inspiration nachgelassen. Mittlerweile hatte der Gitarrist eine Glatze.

Nichtsdestotrotz gab ich sie mir einmal pro Jahr live, denn auf der Bühne waren sie eine Macht und zockten weitestgehend ihre Klassiker. Ich konnte mich noch gut an mein erstes Slayer-Konzert erinnern, im zarten Alter von dreizehn, auf der South-Of-Heaven-Tour. Nach hartem Kampf mit meinen Eltern durfte ich zusammen mit zwei älteren Kumpels in die Essener Grugahalle, korrekt ausgestattet mit Vokuhilafrisur und aufgeklebten Tattoos. Gleich nach der Einlasskontrolle hatte mir ein besoffenes Tier in den Nacken gekotzt. Summa sumarum mussten in der Halle um die hunderttausend Jahre Knast versammelt gewesen sein.

Als die Götter zu einem bombastischen Intro die Bühne enterten, war es um mich geschehen. Der Sänger und Bassist Tom Araya war an Coolness nicht zu überbieten, und die beiden Gitarreros und der Drummer entwickelten einen Höllendruck. Ich hatte es irgendwie in die erste Reihe geschafft und ordentlich die Rübe kreisen zu lassen. Hammer!

Dass nach dem Konzert meine Kumpels unauffindbar waren, ich deswegen mit Bus und Bahn nach Hause zuckeln musste, aufgrund diverser Alkoholika mehrfach die falsche Linie wählte und somit quasi direkt vom Konzert zur Schule torkelte, um eine wichtige Mathearbeit zu schreiben, hatte dieses Ereignis zusätzlich unvergesslich gemacht. Die Klausur war überraschenderweise mit einer Fünf bewertet worden, wegen der ich dann eine Ehrenrunde drehen durfte, aber das war es wert gewesen.

Mit Tränen der Rührung in den Augen drehte ich die

Anlage bis zum Anschlag auf und ließ meinen Fuß das Gaspedal kitzeln.

Um sieben verordnete ich meinem Auto erneut eine Rast vor dem Maklerbüro. Sein Fahrer rüttelte unterdessen an Poszilnys Tür, die wider Erwarten nicht abgeschlossen war. Das Vorzimmer war so leer wie Bierkästen nach einem Grabowski-Besuch.

Frohen Mutes trat ich ein und wurde voll erwischt. Ich ging zu Boden.

»Bin noch nicht zum Trockenwischen gekommen.« Eine nicht mehr ganz taufrische Lady in einem blauen Kittel steckte ihre Nase aus Poszilnys Büro.

»Das ist ja lebensgefährlich«, rieb ich meinen schmerzenden Hintern.

»Ach was, stellen Sie sich nicht so an«, wischte sie mit einer unwirschen Handbewegung alle Anschuldigungen aus dem Raum.

»Der feine Herr ist nicht da, hat Feierabend. Was haben Sie hier zu suchen?« Handelte es sich bei der Reinigungskraft um Yvonnes Mutter?

»Ich wusste nicht, dass der Laden schon geschlossen hat«, blieb ich trotz der pampigen Art freundlich.

»Jetzt wissen Sie es.« Die Chance, dass wir beide heiraten würden, sank sekündlich. Da sie keine Anstalten machte, mir hochzuhelfen, erhob ich mich aus eigener Kraft. Ohne mich zu verabschieden, verließ ich das Büro. Gut, dass ich meine Kostümierung noch nicht abgelegt hatte. So konnte mich die Putze wenigstens nicht identifizieren.

Schräg gegenüber entdeckte ich eine Besenkammer, aus der die Cleaning-Managerin ihre Utensilien geholt haben musste. Der Schlüssel steckte. Na ja, war sie halt selbst schuld. In einer Krimskramskiste fand ich Klebeband und Paketschnur. Dermaßen ausgestattet postierte ich mich hinter der Bürotür und zählte meine Atemzüge.

Beim siebenhundertachtundsechzigsten wurde ich erlöst; ein Wagen schob sich auf den Flur, während seine Fahrerin quer durch alle Tongeschlechter »Horch, was kommt von draußen rein« pfiff. Als meine Freundin den Flur betrat, packte ich sie von hinten und drehte ihr die Arme auf den Rücken.

»Ein Wort und du hast zum letzten Mal einen Staubsaugerbeutel gewechselt.«

Ehe sie besagtes Wort von sich geben konnte, hatte ich ihr vorlautes Mundwerk mit Klebeband versiegelt und die Arme fachgerecht verschnürt. Dann stieß ich sie in die Besenkammer, fesselte auch ihre Beine und verschloss die Tür. Jetzt stand einer ungestörten Durchsuchung nichts mehr im Weg.

In Gerds Büro setzte ich mich hinter den Schreibtisch und vor den Computer. Durch meine frühere Betriebswirttätigkeit war ich alles andere als ein Laie auf dem EDV-Sektor. Der Desktop-PC war recht ordentlich ausgestattet: Pentium-4-Prozessor, 17-Zoll-Flatscreen, Disketten- und CD-ROM-Laufwerk; ein Brenner war natürlich auch vorhanden.

Professionell betätigte ich die On-Taste. Kein Passwortschutz. So blieb mir das Eintippen von Susi, Schatzi oder Lassie erspart. Dann die Enttäuschung: Die Festplatte enthielt ausschließlich Anwendungsprogramme einer unbekannten Computerbude namens Microsoft, aber keine Benutzerdateien. Also hatte Poszilny seine Geschäftsdaten extern gespeichert.

Ich zog den vorsorglich eingesteckten Bund mit Dietrichen heraus und widmete mich dem Schreibtischschloss. War der Makler wirklich so naiv, diese Billigteile als wirksamen Schutz anzusehen? Das Entkorken einer Weinflasche beanspruchte mehr Zeit als das Knacken dieser Schlösser.

Nach wenigen Sekunden konnte ich die erste Schublade herausziehen. Der Inhalt war ein Paradies für Büromaterialfetischisten, aber uninteressant für Dieter Nannen. Das zweite Fach enthielt Tempos und Aspirin.

In der untersten Lade wurde ich fündig. In einem schmucken Plexiglaskasten befanden sich rund fünfzehn CD-ROM, die leider nicht beschriftet, sondern nur durchnummeriert waren. Ruck, zuck verschwand Numero uno im Laufwerk.

Eine Excel-Datei mit dem suspekten Namen »XXX.xls« weckte meine Neugier. Ein Doppelklick zauberte eine schmucke Tabelle mit Unmengen an fernöstlichen Namen auf den Bildschirm. Sehr interessant.

Da ich jederzeit damit rechnen musste, dass die Putzfrau Krawall schlug, schnappte ich mir eine leere CD aus der Schublade und ließ Nero mal wieder Rom in Brand stecken.

Als der Kopiervorgang zu neunzig Prozent abgeschlossen war, veranstaltete jemand einen Heidenlärm im Flur. Wer das wohl war? Mit trommelnden Fingern wartete ich den Rest ab, steckte den Silberling ins Jackett und richtete alles wieder so her, wie ich es vorgefunden hatte.

Der Krach kam wie erwartet aus der Besenkammer. Meine Gefangene polterte mit den Fäusten gegen die Tür und schrie wie am Spieß. Entweder war die Putzfrau eine Enkelin Houdinis oder ich sollte mich schleunigst zu dem Trainingskurs »Professionelles Fesseln und Knebeln für Privatdetektive« anmelden.

Übers Treppenhaus gelangte ich ins Freie und verdeckte wenig später den Fahrersitz mit meinem Körper. Das war ja noch mal gut gegangen.

Bombig gelaunt rollte ich heimwärts. Mit der CD besaß ich das Ticket zur Lösung des Falles. Ein Meilenstein im Eckolt-Projekt. Auf halber Strecke legte ich auf einer wenig befahrenen Landstraße einen kurzen Stopp ein, um die Tarnkleidung wieder im Kofferraum zu verstauen. Als Dieter Nannen gefiel ich mir deutlich besser.

Schwere Wolken verdunkelten allerdings mein sonniges Gemüt, als ich an meinen Mitbewohner dachte. Wann wollte er noch mal den Himmel kontaktieren? Also um zehn die Schlafzimmertür abschließen und die Lauscher auf Durchzug stellen. Manche Probleme lösten sich, wenn man sie ignorierte.

Die Überlegungen erwiesen sich als redundant, denn Karins Möhre parkte vor meinem Palast. Den Hirten konnte ich nirgends erblicken, aber das Stalldach hatte er bestens repariert, wie eine Kurzüberprüfung ergab. »Jetzt sitzt ihr auch beim heftigsten Regen im Trockenen. So sorge ich für euch«, klärte ich die Stallbevölkerung auf. Doch Pedder quiekte nur genervt wie ein pubertierender Teenie bei der Frage nach den Hausaufgaben. Undankbares Viech.

Als ich mich dem Wohnhaus näherte, vernahm ich inbrünstigen Gesang. Mit leichter Schadenfreude malte ich mir aus, wie Potthoff meiner Nachbarin mit seinen Lieblingschorälen das Schmalz aus den Ohren blies. Oh Haupt voll Blut und Wunden.

Dann der Schock: Statt einer Ewald'schen Solistenvorstellung jubilierte ein Duett dissonant um die Wette. Potthoffs Brummelbass und Karins Quietschsopran harmonierten wie Schwarzenegger und der Predator in einer Telefonzelle. Das musikalische Inferno komplettierte die desaströse Songauswahl. »*Ich muss durch den Monsun. Hinter die Welt. Ans Ende der Zeit, bis kein Regen mehr fällt. Ich muss durch den Monsun.*« Tokio Hotel. Da hätte ich jeden Psalm vorgezogen.

Auf der Stelle wünschte ich mir Sindbads Zauberteppich, der mich express in ein japanisches Zenkloster beförderte, um meine Sehnsucht nach Stille zu befriedigen.

Da die bunt gemusterte Webware zu lange auf sich warten ließ, schritt ich mutig voran und fand die Trommelfellsadisten in der Küche.

Meine Laune sank auf den Erdmittelpunkt, als ich die Situation überblickte. Auf dem Tisch befanden sich drei Flaschen meines schweineteuren 88er Bordeaux. Zwei davon leer. In der Mitte des Tisches lachte mich ein Teller mit Spargelüberresten an. Daneben Hüftfetzen vom Hirsch, den ich für besondere Gelegenheiten im Gefrierfach gehortet hatte. Die Teller vor Potthoff und Karin hingegen waren bis auf die Bratensaucenreste leer. Der appetitanregende Essensduft blähte meine Zornesader auf das doppelte Ausmaß.

Die Räuber saßen vis-a-vis am Küchentisch und hielten sich gegenseitig Gläser mit Rotwein vor den Mund. Beim fröhlichen Gläsertausch floss allerdings nur die Hälfte des roten Golds in die Münder; der Rest verschönerte Tisch und Parkett. Hallo! Eine Flasche dieses Gesöffs kostete einen Fuffi.

»Diiidiii«, grölte Schumann euphorisch. »Schön, dass du kommst. Feier mit«, sie pausierte, um das korrekte Wort aus den Windungen des alkoholbenebelten Großhirns herauszusuchen, »uns«. Hicks. Sie versuchte aufzustehen, konnte aber ihre Bewegungen nicht mehr koordinieren und sank wieder auf den Stuhl. Potthoff musste mir verschwiegen haben, dass er auch als Sanitäter gearbeitet hatte. Selbstlos leistete er Erste Hilfe und stützte Karin, wobei sich seine Hand in Richtung ihres Hinterns vortastete. Karin packte sie und platzierte sie auf dem Rücken.

»Ich heiße Dieter«, entgegnete ich frostig. »Zufrieden mit Speis und Trank?«

Ewald nickte heftig: »Klar, Alter, alles supi.«

Karin riss die Augen weit auf und gestikulierte wilder in der Gegend herum als die Hauptschulaufsicht beim morgendlichen Entwaffnungsritual.

»Es-ischt-alles-ganz-anders-als-es-aussieht.« Die Pause nach jedem Wort betrug gute fünf Sekunden.

»Isch wollte dir den Spargel vorbeibringen, den isch dir versprochen hab. Da ischt Ewald vom Stalldach runtergekommen und hat gemeint, der wird schlecht. Und du würdest dich freuen, wenn wir schon gekocht haben, wenn du nach Hause kommscht.«

Potthoffs Kopf wackelte zustimmend, wobei sein Pferdeschwanz über Karins Gesicht streifte, was hysterische Kicherattacken bei der Biobäuerin auslöste.

»Waldi, dasch kitzelt.«

»Und um zehn wollt ihr beten?«, spielte ich auf Potthoffs Hobby an in der Hoffnung, etwas Normalität, hahaha, in die heitere Gesellschaft zu bringen.

»Beten?«, fragten meine Gäste wie aus einem Mund.

»Zur Heiligen Maria oder zum Pontifex. Was weiß ich, wem du deine kosmischen Botschaften sendest.«

»Alter«, hob Potthoff den Zeigefinger. »Jetzt wirst du aber komisch.«

»Was erzählst du da? Komm, Didi, feier mit. Der Ewald singt so toll«, kreischte Karin in dionysischer Ekstase. »Mach uns noch mal den Fred.«

»Fred?«, fragte ich der Verzweifelung nah.

Potthoff grinste geheimnisvoll: »Meine Glanznummer.«

Mit einem Anflug von Bedauern entfernte er seine Hand von Karins Rücken und begann sein Shirt mit der lasziven Berechnung eines Profistrippers auszuziehen. Eifersüchtig bemerkte ich Karins bewundernden Blick, der tastend über Potthoffs Muskelarchitektur wanderte. Dieser schwang jetzt wild die Hüften wie Elvis nach Genuss eines Speed-Ecstasy-Cocktails. Dabei brummte er *»I'm too sexy for my love, too sexy for my love. Love's going to leave me. I'm too sexy for my shirt too sexy for my shirt. So sexy it hurts.«* Er näherte sich langsam meiner Nachbarin und posierte wie Herkules nach dem Sieg über den Höllenhund Kerberos. Dabei ließ er gekonnt seinen Bizeps anschwellen. Karin starrte den blökenden Adonis wie hypnotisiert an. Als ihre zarten Finger den hirtlichen Oberarm zu befühlen begannen, reichte es mir.

»Viel Spaß beim Feiern. Ich tu mir das nicht länger an«, knurrte ich, doch keiner hörte mich. Aber wozu aufregen? Es war nur eine Frage der Zeit, wann Ewald sich in sein Alter Ego verwandeln würde. Dann würde eine andere Party abgehen.

Fluchtartig verließ ich mein Haus. Wohin jetzt? Warum nicht ins Billerbecker Kino?

Die Filmauswahl fiel nicht schwer, da nur ein Streifen angeboten wurde. Eigentlich waren es zwei, denn im Vorgriff auf den in Kürze erscheinenden Zombiefilm *Land of the dead* von George Romero präsentierte das Billerbecker Kinocenter die beiden Klassiker *Night of the living dead* von 1968 und den zehn Jahre später auf die Menschheit losgelassenen zweiten Teil *Dawn of the dead.*

Als ich es mir mit Popcorn und Cola bewaffnet im Kinosessel bequem gemacht hatte und die ersten Szenen über den Bildschirm flimmerten, kamen sofort Kindheitserinnerungen hoch. Im zarten Alter von dreizehn hatte ich nämlich damals zusammen mit Grabowski den zweiten Teil, in dem die Untoten in einem Kaufhaus wüteten, in irgendeinem Essener Jugendzentrum gesehen.

Damals hatte man es noch nicht so gehabt mit der Freiwilligen Selbstkontrolle, die heutzutage dafür sorgte, dass alle Filme mit Gewaltszenen entweder nur von Erwachsenen mit einwandfreiem polizeilichem Führungszeugnis und absolviertem Antiaggressionstraining konsumiert werden durften oder vorher zwecks Jugendfreigabe zwei Drittel herausgeschnitten wurden.

Erstaunlicherweise zeigte das Billerbecker Lichtspielhaus die ungekürzten Fassungen, sodass es ein wirklich netter Kinoabend wurde. In der Pause wurden im Foyer warme Blutwurst im Brötchen und Bloody Mary, wahlweise alkoholisch oder spritfrei, kredenzt. Netter Einfall, auch wenn die Kombination gewöhnungsbedürftig war. Die rund hundert Besucher, von denen ich einigen nicht im Dunkeln begegnen wollte, waren auf jeden Fall schwer begeistert.

»Den Schuppen muss ich mir merken«, und als ich den Kinopalast gegen halb zwei verließ, brabbelte ich »*when there's no more room in hell, the dead will walk the earth*« vor mich hin. Auf dem Weg zum Auto lauerte hinter jeder Mülltonne ein Zombie, der mir ans Leder wollte. Durch exzessiven Gebrauch des Revolvers und einiger Kung-Fu-Tricks schlug ich mich zum Passat durch. Nachdem ich Rückbank und Kofferraum gecheckt hatte, konnte ich endlich Gas geben. Nur durch absolute Selbstbeherrschung schaffte ich es, während der Rückfahrt das Zittern in meinem Körper zu bändigen und den Wagen sicher heimwärts zu steuern.

17

Elf Achtung-Wildwechsel-Schilder später erreichte ich meinen Kotten in der Hoffnung, dass das Techtelmechtel beendet war. Im Haus brannte kein Licht, was aber noch nichts zu bedeuten hatte. Ich schloss die Tür auf, betrat die Stube und drückte auf den Lichtschalter. Nichts.

Entweder hatte ein Kurzschluss die Stromversorgung lahmgelegt oder die Heilige Maria hatte Potthoff geflüstert, dass Elektrizität Teufelswerk sei, und dieser daraufhin sämtliche Sicherungen zerstört.

Ich holte eine Taschenlampe aus dem Stall – Pedder und die Kaninchen rührten sich nicht – und machte mich auf die Suche nach dem Schäfer.

Ich entdeckte Ewald, kaum dass ich das Wohnzimmer betreten hatte. Er kniete vor der Marienfigur. Auf den ersten Blick sah es aus, als wäre er bei seinem tausendsten Vaterunser eingenickt. Ein zweiter Blick belehrte mich eines Besseren: Von seinem Kopf war nicht viel übrig. Nach der Menge der Gehirnmasse zu urteilen, die an der Statue klebte, musste er mit einer großkalibrigen Waffe ins Jenseits geschickt worden sein. Jetzt nahm ich auch den süßlichen Geruch des Todes wahr.

Ich hatte Schwierigkeiten, mich von diesem grotesken

Bild zu lösen; dann stürmte ich aus dem Haus, sprang in den Wagen und düste los.

Denk nach, Nannen! Falls ich die Polizei verständigte, musste ich mit einem erneuten Knasturlaub rechnen. Am besten erst mal zu Schumann und gucken, was mit ihr los war.

Obwohl ich Sturm schellte, rührte sich nichts. Über die unverschlossene Tenne gelangte ich ins Haus, wenig später entdeckte ich die Biobäuerin. Sie lag vollständig angezogen auf dem Bett und schnarchte. Gut, sie war in Sicherheit, also wieder ab nach draußen.

Jetzt die CD verstecken. Im Handschuhfach fand ich einen Umschlag, beschriftete ihn mit meinem Namen und der Bitte um Aufbewahrung, stopfte den Datenträger hinein und steckte die brisante Post in ihren Briefkasten. Dann weiter nach Billerbeck, wo ich die nächstbeste Bar ansteuerte. Die Preise waren zwar hoch, aber dort hatte ich zumindest meine Ruhe.

Ich war überzeugt, dass ich an Stelle des Schäfers liegen sollte. Der Killer, den ich aus Vereinfachungsgründen Gerd nannte, wusste mit Sicherheit, dass ich allein lebte. Beim Betreten des Hauses hatte er mich vor der Statue knien gesehen und einfach abgedrückt. Ewald hatte bestimmt nur den Kamin entzündet und auf sonstige Lichtquellen verzichtet, sodass einer Verwechslung Tür und Tor geöffnet waren.

Diesmal hatte er genauer gezielt als bei seinem ersten Versuch, doch sein Ziel hatte er wieder nicht erreicht. Was war ich froh, dass Karin offenbar schon vorher nach Hause gegangen war.

Jetzt musste ich erst einmal meinen eigenen Kopf aus der Schlinge ziehen. Es blieb mir nichts anderes übrig, als die Cops zu verständigen. Wenn es hart auf hart kam, konnte sich bestimmt jemand aus dem Kino an mich erinnern. Mit der Blutwurstverkäuferin hatte ich ein wenig geflirtet und einem knutschenden Pärchen war ich nach einer Pinkelpause heftig auf die Füße getreten. Das musste reichen.

Ich bezahlte den Kaffee, den ich kaum angerührt hatte, und begab mich auf die Heimreise.

Dort erwarteten mich zwei Bullenschaukeln, eine davon mit eingeschaltetem Blaulicht. Ich sprang aus dem Wagen und latschte ins Haus. »Was ist hier los?«, spielte ich die Unschuld vom Lande.

»Der werte Herr Nannen. Sehr zuvorkommend von Ihnen, dass Sie uns schon wieder eine Leiche präsentieren. Die letzte liegt schließlich erst ein Jahr zurück«, starrte Ludger Reichert mich mit giftigem Blick an.

»Ich grüße Sie. Könnten Sie mich bitte aufklären, warum ich einen so starken Grünschimmer vor Augen habe?«, riskierte ich eine dicke Lippe.

»Vorsichtig, Nannen, ganz vorsichtig. Sie sind beileibe nicht in der Situation, hier die Fresse aufzureißen.« Dazu zwirbelte er seinen monströsen Schnäuzer und stellte sich dabei wahrscheinlich vor, dass ich das wäre.

Ich schob mich an Reichert vorbei und blickte auf den Toten. Er befand sich in der gleichen Stellung wie vor einer Stunde. Nur konnte ich jetzt die Sauerei besser erkennen, denn das Licht brannte wieder.

Mein Magen zog sich zusammen, aber ich behielt die Popcornreste bei mir, um die Schweinerei nicht noch zu vergrößern.

Ein junger Polizist verfügte jedoch über weniger Selbstbeherrschung. Er kotzte sich über dem Spülbecken die Seele aus dem Leib.

»Aber nachher alles schön sauber machen«, mimte ich den Gestrengen. Er zuckte kurz hoch, setzte den oralen Auswurf dann aber fort.

Als ich den Blick weiter durch den Raum wandern ließ, entdeckte ich auf einem Stuhl einen etwa vierzigjährigen Mann, den ich bisher übersehen hatte. Er trug Handschellen und weinte hemmungslos.

»Wer ist das?«, fragte ich Reichert.

»Der Täter. Bisher haben wir nur rausbekommen, dass er ein Bekannter des Ermordeten ist.«

Das musste der Kollege sein, mit dem Potthoff weiterziehen wollte. Er hatte sich einen denkbar ungünstigen Zeitpunkt für seine Ankunft ausgesucht.

»Hat er bereits gestanden?«, heuchelte ich Interesse.

»Nein. Wir haben einen Anruf erhalten, dass hier ein Schuss gefallen sein soll. Daraufhin sind wir natürlich sofort los und haben diesen Mann gefunden, als er gerade das Haus verlassen wollte.«

»Wer hat angerufen?«, war ich nun ehrlich interessiert.

Reichert schwieg.

»Also anonym. Finden Sie es nicht seltsam, dass in dieser gottverlassenen Gegend dieser Mister X exakt zur richtigen Zeit hier vorbeikommt, um den Schuss zu hören?«

»Damit das klar ist: Sie sind der Letzte, der mir vorschreiben dürfte, wie ich die Ermittlungen zu führen habe. Ich persönlich würde lieber Sie ins Kittchen stecken.« Die geheimen Gelüste des Ludger R. aus D.

Ich hielt mich zurück. Potthoffs Freund war natürlich unschuldig, aber besser er wanderte in den Knast als ich. In diesem Zusammenhang fiel mir ein, dass ich morgen bei Christa vorbeischauen musste, denn schließlich konnte ich mir nicht erlauben, durch Auslassen eines Höflichkeitsbesuchs mein Honorar zu gefährden.

Gleichzeitig wusste ich aber, dass die Moneten nicht der einzige Grund waren, warum ich Eckolts und Potthoffs Mörder zur Strecke bringen musste. Diesmal war ich persönlich betroffen.

»Wer ist der Tote und was hatte er hier zu suchen?«, riss der Bulle mich aus meinen Gedankengängen.

»Der Tote heißt laut eigenen Angaben Ewald Potthoff; den Ausweis habe ich mir nicht zeigen lassen. Er zieht mit seinen Schafen durch die Lande. Er und mein Erbonkel sind Freunde gewesen. Mein Onkel hatte ihm wohl versprochen, dass er für die Dauer seines Aufenthalts hier wohnen kann. Als Philanthrop habe ich mich an Hugos Versprechen gehalten. Diesen ganzen Heiligenkram hat Potthoff mitgebracht.«

»Ein sehr frommer Mensch«, bekreuzigte sich Reichert.

»Der eine sammelt Jesusbildchen, der andere spielt mit der Modelleisenbahn«, erlaubte ich mir einen dezenten Hinweis auf Reicherts Steckenpferd.

»Wo waren Sie zur Tatzeit?«, ließ er sich nichts anmerken.

»Dazu müsste ich wissen, wann er das Zeitliche gesegnet hat.« Immer auf der Hut, der alte Nannen.

»Der Arzt meint, es kann nicht länger als drei Stunden zurückliegen. Genaueres erst nach der Obduktion.«

»Ich habe mir im Billerbecker Kino zwei Zombiefilme reingepfiffen. Die Vorstellung dauerte von zehn bis halb zwei. Danach habe ich noch in einer Bar einen Absacker getrunken.«

»Allein?«, kam es reflexartig.

»Nee, zusammen mit drei Puppen. Ich wollte sie

flachlegen und habe sie deshalb in einen Horrorfilm geschleppt.«

»Das ist dürftig.«

»Prüfen Sie es nach. Gehen Sie mir nur nicht allzu sehr auf die Nerven, denn sonst muss ich wieder meinen Anwalt anrufen«, spielte ich auf seine jüngste Niederlage an.

»Sie bornierter Affe. Passen Sie nur auf, dass Sie nicht als Nächster Ihr Gehirn verspritzen. Das würde dann sicherlich meine Quote ungeklärter Mordfälle erhöhen.«

»Vielen Dank für die Blumen.« Reichert und ich würden in diesem Leben keine Freunde mehr werden.

Mittlerweile waren die Leiche und Potthoffs Kumpel weggeschafft worden. Als der letzte Bulle meine Hütte verlassen hatte, riss ich alle Fenster auf und begann widerwillig mit den Reinigungsarbeiten. Die klebrige Statue landete im Mülleimer. Die Heiligenbildchen ereilte das gleiche Schicksal. Nachdem ich die Hütte in einen passablen Zustand versetzt hatte, verzog ich mich ins Schlafgemach. Drei nach vier, wollte mir der Wecker weismachen.

18

»Guten Morgen. Hier spricht dein Wecker. Aufstehen.« Neun Uhr. Erstaunlich, dass ich nach dem gestrigen Blutbad so gut geschlafen hatte wie die Gemeinde bei Wilperts Predigten, aber der Zustand völliger Erschöpfung hatte Körper und Geist anscheinend auf Stand-by-Modus geschaltet.

Da ich die letzten Tage hauptsächlich im Auto verbracht hatte, brauchte ich dringend etwas Bewegung. Ansonsten musste ich bald wie Nero Wolfe meine Fälle aus dem Sessel heraus lösen, allerdings ohne einen cleveren Laufburschen wie Archie Goodwin.

Daher joggte ich die zwei Kilometer bis zur Dorfmitte und suchte die Münsterländer Backstube auf. Enttäuscht stellte ich fest, dass meine Lieblingsverkäuferin Maggie heute ihren freien Tag hatte. Die hübsche Mittzwanzigerin, die mehr Metall im Gesicht hatte als mancher Heimwerker in seiner Werkstatt, versorgte das Nannen'sche Viehzeug nämlich kostenlos mit altem Brot.

Stattdessen bediente Frau Köppenkastrop, die Bäckersgattin. Die Dame mittleren Alters, deren Vornamen ich bis heute nicht ergründet hatte, trug einen nicht zu ihrem Alter und der momentanen Mode passenden Bubikopf. Zudem zeigte sie Individualität durch ein Monokel, das dauernd runterfiel. Dabei war sie so kurzsichtig, dass sie eine in die Pupille implantierte Brille benötigt hätte.

Warum sie mich nicht leiden konnte, entzog sich meiner Kenntnis. Wahrscheinlich lag es an meinen fehlenden Fremdsprachenkenntnissen, denn während sie mit den Eingeborenen Platt küren konnte, musste sie bei mir aufs Hochdeutsche zurückgreifen.

»Freut mich, Sie zu sehen, Herr Nannen«, begrüßte sie mich säuerlich, während sie ihr Monokel ins Auge klemmte.

»Ich habe Sie im Laden entdeckt und bin magisch angezogen worden«, log ich lächelnd.

»Wer's glaubt«, nörgelte sie. Als positiv denkender Mensch wertete ich das Zucken ihrer Mundwinkel als Lächeln. Das musste sie aber noch üben.

»Was haben Sie denn mit dem armen Schäfer gemacht?«, fragte sie neugierig. Holla, das ging aber schnell.

»Woher wissen Sie davon?«, fragte ich verdutzt.

»Die Bärbel Brüggemann ist doch die Schwester von der Gisela Reichert, der Frau des Dülmener Polizisten. Sagen Sie bloß, Sie kennen die Bärbel nicht!«, entrüstete sie sich.

»Ich muss passen«, gestand ich.

»Jedenfalls hat Gisela die Bärbel heute früh angerufen und ihr die schlimme Geschichte erzählt. Und ich habe sie erfahren, als ich Brötchen zu Bärbels Ausdruckstanzgruppe in der Kirche gebracht habe. Da waren Sie Tagesgespräch«, klärte sie mich über die Bulderner Kommunikationskanäle auf.

»Es war alles ganz anders«, tischte ich ihr die ungefilterte Originalversion auf und übertrieb dabei ein wenig meine Opferrolle im gefährlichen Ränkespiel.

»Drei Flaschen Meister Proper sind für die Reinigungsarbeiten draufgegangen. Ziemlich kostspielig für einen mittellosen Detektiv«, setzte ich einen fulminanten Schlusspunkt.

»Sie Armer«, konnte sich selbst die harte Bäckersfrau vor Mitleid nicht mehr halten.

»Wenn das Ihr Onkel Hugo wüsste, würde er sich im Grab umdrehen. Ich erinnere mich noch, wie er mit seinem Hollandrad durchs Dorf gefahren ist und alle freundlich gegrüßt hat. Dass sein schönes Haus jetzt Schauplatz solcher Gräueltaten ist.«

Man sah ihr an, dass sie heftig überlegte, an wen sie diese Story zuerst weitertratschen sollte.

»Jedenfalls möchte ich ein Vollkornbrot und die Reste von gestern«, kam ich auf den Anlass meines Besuchs zurück.

»Gerne«, seufzte sie, noch immer sich am furchtbaren Schicksal des Schäfers labend. »Über die Brotreste müssen wir aber reden. Ich habe schon mit Maggie geschimpft. Es kann nicht angehen, dass sie die umsonst herausgibt. Ist schließlich gutes Brot«, wechselte sie rasant von emotionaler Betroffenheit zu geldgeilem Geschäftssinn.

»Aber heute will ich Ihnen die Schätzchen noch mal umsonst mitgeben«, war ihr offensichtlich aufgegangen, dass man mir nach dieser Katastrophe nicht zu viel zumuten durfte.

»Ich weiß Ihre Großzügigkeit zu schätzen«, bedankte ich mich artig. Gleichzeitig schwor ich mir für die Zukunft, die Bäckerei nur noch zu betreten, wenn Maggie hinter der Theke stand. Aus Vorfreude auf das Frühstück legte ich den Rückweg in Rekordzeit zurück. Dabei spielte sicherlich auch eine Rolle, dass mich jeder Passant mit seltsamen Blicken zu mustern schien. Hat er oder hat er nicht? Ich konnte ihre Gedanken förmlich hören.

Zu Hause braute ich mir eine Kanne Kaffee und füllte meinen Magen. Durchs geöffnete Fenster erblickte ich ein Rotkehlchen, das auf der Wiese nach Nahrung suchte. Dieses pittoreske Bild hemmte meine Arbeitslust. Warum nicht in einer Hängematte die Fauna und Flora meines Gartens studieren, statt sich mit Ermittlungen zu stressen? Eine Fliege hatte aber etwas dagegen und war nicht von meiner Stirn zu entfernen. Nach jedem Schlag in ihre Richtung flog sie auf, um nur kurz darauf erneut auf dem Nannen'schen Flughafen zu landen.

Die Natursehnsucht war so schnell verschwunden, wie sie gekommen war. Ehe ich mich vom Münsterländer Ungeziefer piesacken ließ, konnte ich besser Christas Beichtvater spielen. Ich stellte mich auf dramatische

Berichte über karge Gefängniskost und unfreundliche Wärter ein.

Ich hätte mein Geld als Hellseher verdienen sollen, denn als ich eine Stunde später Kerner gegenübersaß, liefen ihr bereits wieder die Tränen in amazonasähnlichen Sturzbächen über das faltige Gesicht und durchnässten die Anstaltskleidung. Ein Bild des Jammers.

»Holen Sie mich hier raus, ich halt das nicht mehr aus. Stellen Sie sich vor: Die Zelle hat nur sieben Quadratmeter, hab ich genau nachgemessen. Bitte helfen Sie mir, sonst werde ich noch verrückt«, bettelte sie. Natürlich tat sie mir leid, aber hexen konnte selbst ich nicht.

Genau dies sagte ich ihr. »Die Polizei hat sich auf Sie als Täterin eingeschossen, und es braucht bei diesem komplizierten Fall einfach seine Zeit, den Mörder festzunageln. Schließlich reden wir hier nicht über Fahrraddiebstahl. Aber die Spuren werden immer heißer«, versuchte ich mich in seelischer Aufbauarbeit und unterrichtete sie über den aktuellen Stand der Dinge.

»Dieser Makler wollte Sie umbringen und hat bestimmt auch Ihren Kollegen getötet. Dann ist doch sonnenklar, dass er Vater auf dem Gewissen hat«, schlussfolgerte sie ein wenig naiv.

»Uns fehlen Motiv und Beweis. Ich kann ihm weder den Anschlag auf mich noch den Schäfermord nachweisen«, zog ich ihr sofort den Zahn.

»Aber ich besitze auch kein Motiv. Ich habe Daddy geliebt«, verstand sie die Welt nicht mehr.

»Die glauben, dass Sie auf das Geld scharf sind. Wissen Sie eigentlich, wie viel Sie erben?«, fragte ich.

»Keine Ahnung. Geld hat mich nie interessiert«, beteuerte sie. Damit wäre sie die Erste, die ich kennen würde.

»Wissen Sie, wer mit der Vollstreckung beauftragt

ist?«, versuchte ich zumindest etwas Brauchbares aus ihr herauszukitzeln.

»Das müsste Herr Kranich aus Dülmen sein. Er hat für Vater alle juristischen Dinge geregelt«, kam es wie aus der Pistole geschossen.

Es konnte nicht schaden, die finanziellen Nutznießer des Toten festzustellen. Vielleicht lieferte das Testament ein entlastendes Moment, das mir half, meine Klientin freizubekommen.

Die Zeit war um. Mit dem Versprechen auf ein baldiges Wiedersehen verabschiedete ich mich.

Draußen rief ich übers Handy die Auskunft an und brachte Kranichs Nummer in Erfahrung. Das folgende Telefonat brachte nur die Erkenntnis, dass die Kanzlei zurzeit nicht besetzt war; Kranich war bestimmt zu Tisch.

Dann erst mal zu Schumann, vielleicht konnte sie weiterhelfen. Inzwischen müsste sie ihren Rausch ausgeschlafen haben.

Karins Toyota stand vor dem Haus. Sie selbst fand ich in einem Zelt, wo sie damit beschäftigt war, die Arbeit ihrer Spargelstecher zu kontrollieren.

»Gute Arbeit, Miroslav«, lobte sie einen bärtigen Riesen, der freundlich nickte und wieder in Richtung Feld abschob.

Die graue Arbeitsjacke stand meiner Nachbarin im Gegensatz zum sonstigen Farbenrausch gar nicht schlecht. Die pinkfarbene Stretchhose sah hingegen mehr als verboten aus. Ein Wunder, dass der Spargel sich bei diesem Anblick nicht selbst schälte und in den Kochtopf sprang. Viele Leute behaupteten ja, dass Pflanzen eine Seele besäßen, aber das hier war der Gegenbeweis.

»Hallo, Dieter, schön, dich zu sehen«, reagierte sie durchaus erfreut auf meine Stippvisite.

»Und, wieder nüchtern?«, fragte ich sarkastisch.

»Nie wieder Alkohol!«, verdrehte sie die Augen. »Mein Kopf fühlt sich an wie ein Heißluftballon. Warum bist du gestern so schnell abgehauen?«

»Es schien mir, als wolltet ihr lieber allein sein«, machte ich einen auf Mr Diskret.

»Toll, Dieter. Du kannst dir nicht vorstellen, was passiert ist, als wir allein waren«, stöhnte sie.

»Was denn?«, fragte ich unbeteiligt.

»Nun«, murmelte sie verlegen, während sich ihr Teint rot färbte. »Ewald wurde etwas zudringlich.«

»Versteh ich nicht. Du hast ihm doch keine Hoffnungen gemacht. Zumindest nicht, was ich gesehen habe.«

»Nein, überhaupt nicht. Wir haben uns nur freundschaftlich unterhalten. Hast du ja gesehen«, blickte sie mich prüfend an. Ich ließ mir nichts anmerken.

»Ich hab ihm gesagt, er soll das lassen. Auf einmal hat er seine Augen verdreht. Ich, Maria Magdalena, wäre eine Hure, hat er gebrüllt. Dann hat er mir eine Ohrfeige verpasst.«

»Hätte ich gar nicht von Ewald gedacht«, murmelte ich scheinheilig.

»Hab mich natürlich revanchiert«, empörte sie sich. »Weißt du, was er gesagt hat? ›Geißele mich, Gestalt des Himmels. Ich bin der Unwürdigste der Unwürdigen.‹ Da wurde es mir zu dumm und ich bin abgezischt. Vollkommen irre, der Mann. Den Kerl will ich nicht mehr wiedersehen.«

»Das wirst du auch nicht, versprochen«, erzählte ich haarklein, was passiert war. Alles in allem nahm sie es relativ gefasst auf, wahrscheinlich eine Folge des Restalkohols. Leider hatte sie nichts Verdächtiges gehört oder gesehen. Als sie gegangen war, war Ewald offenbar quicklebendig gewesen, eher sogar ein bisschen zu lebendig.

»Gestern habe ich vom Essen ja nichts abbekommen und mein Magen knurrt bedenklich«, wechselte ich das Thema

»Aha«, grinste sie frech. »Tagelang bekomm ich dich nicht zu Gesicht, aber wenn der Kühlschrank leer ist, treibt dich die Sehnsucht zu mir.« Sie legte die Stangen in die Kiste zurück und stemmte die Hände in die Hüften.

»Und, ist da was zu machen?«, unterstrich ich die Frage mit einem deutlich hörbaren Magenknurren. »Außerdem bist du ja wohl nicht ganz unschuldig am mangelnden Innenleben meines Kühlschranks.«

»Schon gut. Irgendwas hast du an dir, dass ich dir nicht lange böse sein kann«, stöhnte sie.

Wir latschten in die Küche, wo ein Berg Spargel vor sich hin kochte. Im Nachbartopf nahmen einige Pellkartoffeln ein Wärmebad, auf der Arbeitsplatte lag bratbereit ein mariniertes Steak.

»Das nenne ich einen Zufall«, freute ich mich. »Ich brauche was zu Beißen und hier gibt's mein Lieblingsessen.«

»Hast du Sie noch alle?«, stieß mein Humor auf wenig Gegenliebe. »Anstatt höflich zu fragen, tust du so, als würde ich mich hier nur für dich verlustieren.«

»Bleib mal geschmeidig, war doch nur Spaß«, wollte ich das Festessen nicht gefährden. »Die letzten Tage waren ziemlich hart, von der Gefängniskost ganz zu schweigen. Ich weiß gar nicht, wann ich die letzte vernünftige Mahlzeit gehabt habe. Wahrscheinlich muss ich erst wieder lernen, mit Messer und Gabel zu essen.«

Wenn mich nicht alles täuschte, war in Karins Augen

für einen kurzen Moment eine Spur von Mitleid zu entdecken gewesen. Schnell noch den Dackelblick aufgesetzt, um die fürsorglichen Gefühle zu verstärken. Mit Erfolg.

»Tut mir leid, wenn ich dir unrecht getan habe. Aber dieser fordernde Ton erinnert mich an den Beginn unserer Bekanntschaft: Karin, kannst du mir Schweinefutter borgen? Karin, kann ich mir deinen Wagen ausleihen? Karin, kannst du mir Geld pumpen?«

Das war maßlos übertrieben. Während der schwierigen Eingewöhnungszeit in Buldern hatte sie mir zwar ein wenig mit Schweinefutter ausgeholfen, aber das war es auch schon gewesen. Okay, wegen der Rostlaube hatte ich auch einmal angefragt, mir aber postwendend eine deftige Abfuhr eingefangen. Geld hatte ich nie verlangt. Gut, es hatte einige Tage gedauert, bis ich die Schulden abbezahlt hatte, aber letztendlich hatte ich anstandslos gelöhnt, inklusive der Reparatur eines Rasenmähers, den mein Erbonkel demoliert hatte.

Nun wollte ich aber endlich spachteln und nicht streiten. »Das war damals eine harte Zeit, und ich werde nie vergessen, wie du mir geholfen hast.«

Das saß. Sie tätschelte meine Hand, holte ein zweites Steak aus dem Kühlschrank und ab in die Pfanne damit.

»Bis das Essen fertig ist, schaue ich mir dein Bein an«, schrie sie gegen die Brutzelgeräusche an.

»Nicht nötig«, winkte ich ab. »Ich bin völlig schmerzfrei, und das ohne Tabletten.«

»Keine Widerrede. Ohne Gesundheitscheck kein Essen«, duldete sie keinen Widerspruch. Da ich der Drohung nichts entgegenzusetzen hatte, wiederholten wir die lästige Prozedur: alten Verband abwickeln, Zähne zusammenbeißen, Wunde säubern, Zähne zusammenbeißen, neuen Verband anlegen.

»Du hast gutes Heilfleisch«, erkannte Karin an. »Beim nächsten Mal wird ein Pflaster reichen.«

»Schon seit Jahren predige ich die heilende Wirkung von Junk-Food und Koffein«, tönte ich. »Endlich wird diese Theorie am lebenden Objekt bestätigt. Vielleicht sollte ich auf Wunderheiler umsatteln, ist mit Sicherheit nicht so riskant wie das Schnüfflerbusiness.«

»Auch ich habe eine Theorie«, konterte Madame lachend. »Sie basiert auf einem konstant schrumpfenden Gehirnvolumen bei gleichzeitigem Missbrauch der Stimmbänder. Auch diese Hypothese ist heute bestätigt worden.«

»Hack ruhig auf mir rum, kleine Lady«, stöhnte ich gekünstelt. »Immer drauf auf den alten Nannen.«

Wir machten uns über die Speisen her. Eines musste man ihr lassen: Sie kochte hervorragend. Das Steak war keine Sekunde zu lang in der Pfanne geblieben und der Spargel zerschmolz auf der Zunge. Während unsere Gaumen frohlockten, berichtete ich nochmals von den Turbulenzen der letzten Nacht. Karin hörte zum zweiten Mal gespannt zu und warf mir bewundernde Blicke zu. Diese mutierten jedoch in blankes Entsetzen, als ich den Silberling in ihrem Briefkasten erwähnte. Sofort ließ sie Messer und Gabel fallen. Eine Schande, der Teller war doch noch halb voll.

»Hab ich das richtig verstanden? Du bestiehlst einen zweifachen Mörder und besitzt die Dreistigkeit, die Diebesbeute in meinem Briefkasten zu lagern?«, funkelte mich ein pechschwarzes Augenpaar böse an.

Ehrlichkeit zahlte sich selten aus.

»Hast du vielleicht bedacht, dass dieser Schwerverbrecher Wind davon kriegen und mich für eine Mitwisserin halten könnte?«, verdoppelte sie die Lautstärke. »Kannst du mir vielleicht mal sagen, wie ich jetzt abends einschlafen soll? Hä?« Mittlerweile konnte man Karins Konversationston durchaus als Schreien bezeichnen.

»Entspann dich«, versuchte ich die Wogen zu glätten. »Keiner weiß von dir, außerdem beschütze ich dich.« Allerdings musste ich zugeben, dass Karins Argumentation nicht so ohne weiteres von der Hand zu weisen war.

»Mich beschützen? Du kannst ja nicht mal auf dich selbst aufpassen«, zeigte sie auf meinen Oberschenkel. Dann zog sie mich am Ärmel in Richtung Haustür, obwohl ich noch gar nicht aufgegessen hatte. Ruck, zuck hatte sie den Umschlag aus dem Briefkasten gefischt und mir vor die Füße geschleudert.

»Bevor dieser Makler nicht hinter Gittern ist, will ich nichts mehr mit Ihnen zu tun haben. Und vergessen Sie eines nicht, Herr Privatdetektiv: Wir sind uns nie im Leben begegnet«, bekräftigte sie diese Aussage mit einer saftigen Ohrfeige. Autsch.

Ich vermied, über meine Wange zu streichen, und hob stattdessen den Umschlag auf. Ohne ein weiteres Wort – es wäre sowieso zwecklos gewesen – stiefelte ich nach draußen. Mit einem lauten Krachen wurde die Tür hinter mir zugeschlagen.

Da hatte ich einen großen Topf Scheiße angerührt, kein Zweifel, aber es war nun mal so, wie es war. Musste ich halt in den nächsten Tagen versuchen, die aufgerissenen Gräben wieder zuzuschütten. Mittlerweile hatte ich Übung darin.

Zumindest konnte ich jetzt weiterarbeiten. Ein Computer musste her, was leichter klang, als es war.

Mein Kumpel Grabowski war professioneller Arbeitsloser und Alkoholiker. Bei ihm einen Computer zu finden war so wahrscheinlich, wie den Papst in einem Swingerclub anzutreffen, eher noch unwahrscheinlicher. Falls es mal einen PC in Form eines Flaschenöffners geben sollte, konnte ich auf Gurkennase zurückgreifen, aber keine Sekunde früher.

Stefan Jahnknecht beherrschte weder das kleine Einmaleins noch das Abc, also war kaum damit zu rechnen, dass er seine Miniaturtreckerbausätze oder Mistgabeln bei E-Bay erstand.

Die Auswahl meiner Freunde war dem 21. Jahrhundert nicht angemessen, musste ich konstatieren. Nun gut, wozu gab es Internetcafés?

Als ich gerade die Adresse der Dülmener Surfbude in den nicht vorhandenen Navi hacken wollte, kam mir eine Idee: Klaus Lindner verfügte mit Sicherheit über einen PC, und es konnte auch nicht schaden, sich den ländlichen Staranwalt warmzuhalten. Abgesehen davon freute ich mich auch auf ein Wiedersehen.

Gedacht, getan: schnell die Adresse im Notizbuch nachgeschlagen und nach Dülmen gezuckelt.

Die Kanzlei lag mitten in der Innenstadt. Im Erdgeschoss des dreistöckigen Hauses versuchte ein kleines Sportgeschäft, die neuesten Turnschuhmodelle und aktuellen Fußballtrikots an den Teenie zu bringen. Warum nicht kurz reingehen und nachschauen, ob das neue BVB-Auswärtsshirt schon zu haben war? Der Laden war gut gefüllt, allerdings wurde mehr inspiziert als gekauft. So hatte das Personal eher die Funktion von Museumswächtern als von Verkäufern. Kein Wunder bei den Preisen. Das Trikot gab es auch nicht, also wieder raus.

Die Klingelschilder zeigten, dass Klaus im ersten Stock seinen Geschäften nachging und im zweiten wohnte. Ich kraxelte das lichtdurchflutete Treppenhaus hoch, die Tür zum Büro stand offen. Eine brünette Sekretärin, um die dreißig, die Haare zum Dutt hochgesteckt, ließ schnell die *Brigitte* in der Schreibtischschublade verschwinden, als Dieter Nannen plötzlich vor ihr stand, und justierte die verrutschte Nickelbrille. Durch diese wurde ich dann kritisch gemustert. Dabei sah ich doch blendend wie immer aus.

»Guten Tag. Haben wir einen Termin?«, machte sie sich sofort beliebt.

»Was Sie angeht, keine Ahnung. Was Ihren Chef angeht: Ich habe keinen, denke aber, dass er trotzdem ein wenig Zeit für mich erübrigen kann«, kehrte ich Mister Wichtig heraus.

»Herr Lindner empfängt ausschließlich nach vorheriger Terminierung«, erklärte sie dem Computermonitor. »Vor nächster Woche Montag, siebzehn Uhr, ist leider nichts mehr frei.«

»Was halten Sie von folgendem Vorschlag«, wurde es mir zu bunt. »Sie melden mich schleunigst bei Klaus an, und ich werde mir ihm gegenüber die Frage verkneifen, ob Frauenblättchen zur juristischen Fachlektüre gehören.« Von Jahr zu Jahr wurde es schwieriger, allein mit Freundlichkeit erfolgreich durchs Leben zu wandeln.

»Wen darf ich melden?«, fragte sie kälter als ein Eskimoschwanz beim Nacktbaden. Eine leidenschaftliche Affäre würden wir beide wohl nicht starten, aber zumindest parierte sie nun.

»Dieter Nannen, er weiß Bescheid«, war ich wieder die Liebenswürdigkeit in Person.

»Ein Herr Nannen will Sie sprechen«, hatte sie sich endlich bequemt, die Gegensprechanlage zu bedienen. »Ohne Termin!«

Die Antwort schien ihr nicht zu behagen, denn die Mundwinkel gingen noch weiter nach unten: »Okay, ich schick ihn rein.«

Zu mir gewandt: »Durch die Tür, dann links.«

Ich folgte der Anweisung und betrat einen Flur, wo Klaus mir bereits mit ausgestreckter Flosse entgegeneilte.

»Schön, dich wiederzusehen. Wie läuft das Geschäft?«

Dabei betraten wir sein Büro, ein heller Raum mit Ausblick aufs Rathaus. Der hochmoderne alufarbene Schreibtisch war mit Akten und Ordnern übersät. Obendrauf thronte ein Pizzakarton Größe XL, der nur noch einige einsame Oliven enthielt.

»Muss, und selbst? Sieht aus, als ob du Stress hättest«, entgegnete ich mit Blick auf den Schreibtisch.

»Eine spannende Sache, aber fast unmöglich«, ließ er einen tiefen Seufzer vom Stapel. »Mein Mandant hat mit diversen gestohlenen EC-Karten einen Bankautomaten erleichtert. Schuldig wie Kahn bei der WM-Finalniederlage 2002. Allerdings ist sein Vater Direktor der besagten Sparkasse und ich soll nun seinen Filius da rauspauken. Wenn ich es tatsächlich schaffen sollte, darf ich sämtliche anwaltliche Dinge für diese Filiale regeln. *Falls* ich es schaffe«, seufzte er noch tiefer. »Dass mein Mandant auf den Videoaufzeichnungen einwandfrei zu identifizieren ist, macht die Sache nicht leichter. Aber genug gejammert: Was treibt dich hierher? Musst du zurück in den Knast?«

»Nee, eine Nacht reicht. Ich brauche nur einen PC«, trug ich meine läppische Bitte vor.

»Wenn's mehr nicht ist«, wies er grinsend auf den Schreibtisch, wo zwischen den Aktenordnern die neueste Kreation der japanischen Hightech-Branche hervorlugte.

»Wofür brauchst du die Kiste? Willst du eine Liste der Leute erstellen, die dich lieber im Bau als auf freier Wildbahn sehen?«, scherzte er.

Ich ließ ihn in knappen Worten an den letzten vierundzwanzig Stunden des Dieter Nannen teilhaben.

»Ich möchte nicht mir dir tauschen«, bekundete Klaus sein Mitgefühl. »Hoffen wir, dass dich die CD weiterbringt.«

Er ließ seine Finger über die Tasten gleiten, kurz darauf erschien die Datei, die ich schon bei Poszilny auf dem Schirm gehabt hatte. Nachdem wir alles ausgedruckt hatten, wollte ich mich schon verabschieden, doch dann fiel mir noch etwas ein: »Kannst du vielleicht was über Eckolts Erben in Erfahrung bringen? Ein gewisser Kranich ist der Testamentsvollstrecker.«

»Das ist illegal, mein Freund«, runzelte er die Stirn.

»Und wie schaut's mit der Legalität eines weiteren Mordes aus?«, kam sofort der Konter.

»Nun ja«, seufzte Lindner, »geschriebenes Gesetz und Rechtsempfinden liegen häufig meilenweit auseinander. Ich kenne Gerhard, bezweifle aber, dass er mir helfen wird. Er hat nämlich etliche Prozesse gegen meinen Vater verloren. Aber vielleicht hat sich die Lindner-Aversion nicht auf mich übertragen.«

Sprach's und ließ sich von Miss Unfreundlich mit der Kranich-Kanzlei verbinden.

»Klaus Lindner am Apparat, guten Tag. Stellen Sie mich bitte zum Kollegen Kranich durch. Ja, ich warte gerne. Danke.«

Er goss sich ein Glas Wasser ein und leerte es zur Hälfte.

»Guten Tag, Herr Kranich. Klaus Lindner hier.«

»…«

»Ich hätte auch nicht gedacht, dass Schwertfeger freigesprochen wird, aber in dubio pro reo. Glückwunsch. Es geht um Folgendes. Ich arbeite als juristischer Berater der Dülmener Sparkasse. Vor wenigen Tagen hat eine gewisse Christa Kerner einen Kreditantrag über fünfzigtausend Euro gestellt. Als Sicherheit hat sie ihren Anteil an Franz Eckolts Erbe angegeben. Jetzt interessiert mich natürlich, ob da wirklich was dran ist, um die Formalitäten zu beschleunigen.«

»...«

»Vielen Dank. Sie haben einen Gefallen bei mir gut. Wiederhören.«

Lindner legte auf.

»Du hast Glück. Er hat heute einen Mandanten freibekommen, auf den niemand einen Cent gesetzt hätte. Nach meinem Gerichtstermin werde ich bei ihm vorbeifahren.« Jaja, der Anwaltsklüngel.

Ich gab ihm meine Mobil- und Festnetznummer und wünschte ihm viel Erfolg vor Gericht. Als meine Hand bereits die Klinke umklammerte, kam mir ein weiterer Geistesblitz: »Bist du an einem lukrativen Fall interessiert? Vielleicht erreichst du was auf juristischem Weg.«

»Worum geht's?«, hatte ich offensichtlich seine Neugierde geweckt.

»Hol die Kerner aus dem Knast. Die hat einen Pflichtverteidiger, der sich keinen Millimeter zu viel bewegt. Über das Finanzielle brauchst du dir keine Gedanken machen, die Eckolts schwimmen in Geld.«

Lindner überlegte, aber nur kurz.

»Okay, ich werde bei ihr vorbeischauen. Versprechen kann ich aber nichts«, nickte er.

Dann war es wirklich Zeit zu gehen. Ich bedankte mich und verließ Büro, Gebäude und Dülmen.

Zu Hause machte ich es mir mit den Ausdrucken auf dem Sofa bequem. Die Excel-Tabelle bestand aus fünf Spalten und etlichen Zeilen. In der ersten Spalte war das jeweilige Datum eingetragen. Die zweite und dritte Spalte enthielten Buchstaben oder Namenskürzel, Spalte vier fernöstliche Namen, zumindest sah es für mein Laienauge so aus. Die letzte Rubrik war mit Beträgen ausgefüllt. Ich blätterte die Zettel durch: Der kleinste Wert betrug fünftausend, der größte vierzigtausend Euro. Dafür musste ich eine Menge entlaufene Dackel einfangen.

Ich nahm mir wieder die erste Seite vor. Das erste Geschäft datierte vom dreizehnten Januar letzten Jahres, also vor knapp siebzehn Monaten. In Spalte zwei war »King« notiert, in Spalte drei »W.E.«. In der nächsten Spalte waren drei asiatische Namen aufgeführt, »Kim (17)«, »Chop (15)« und »Kwai (16)«. Als Betrag waren fünfunddreißigtausend hinterlegt.

Die nächste Zeile war bis auf Datum, Mädchennamen und Betrag identisch. In der darauffolgenden Zeile stand »Louis« statt »King« und »G. P.« anstatt »W. E.«. So ging es weiter.

Man musste kein Genie sein, um die Kürzel zu entschlüsseln. Ich war wie vor den Kopf geschlagen: Der zwielichtige Makler und Wolfgang Eckolt steckten unter einer Decke. Sie mussten irgendwann entdeckt haben, dass es lukrativere Geschäftsmöglichkeiten als Immobilien oder Computer gab. Aber normale Puffs schienen nicht gewinnträchtig genug zu sein; warum sich also nicht auf Minderjährige aus dem Fernen Osten spezialisieren? Wahrscheinlich dienten die offiziellen Firmen nur zum Waschen der Prostitutionsgelder.

Doch wie passte Franz Eckolt in die Geschichte?

Zumindest tappte ich nicht mehr im Dunkeln, sondern konnte den Scheinwerfer voll auf Gerd Poszilny und Wolfgang Eckolt richten. Ich hatte zwar für den Mord weder Motiv noch Beweis, aber mit dem Wissen um den Mädchenhandel hatte sich meine Position deutlich verbessert.

Das war doch schon was!

19

Just als ich eine Flasche Wasser aus dem Keller holen wollte, klingelte das Telefon. Eine Autofahrt später stand ich erneut in der Anwaltskanzlei. Lindners Assistentin war diesmal die Freundlichkeit in Person und bot mir sogar einen Kaffee an. Da ich befürchten musste, dass dieser mit unheilvollen Inhaltsstoffen versehen worden war, lehnte ich ab und ging direkt durch zum Büro.

Klaus wedelte freudestrahlend mit einigen Faxseiten herum. »Dein Testament.«

»Hut ab«, zollte ich ehrliche Anerkennung.

»Kranich wollte sich natürlich nicht die Finger schmutzig machen. Er hat das Dokument auf dem Schreibtisch liegen lassen, während er sich Sushiröllchen besorgt hat. Ich also zum Faxgerät damit und hier ist das Resultat. Allerdings hat er jetzt einen Gefallen bei mir gut. Vielleicht werde ich irgendwann mal auf deine Dienste zurückgreifen«, grinste er.

»Eine rasche und diskrete Aufklärung ist garantiert«, zitierte ich meinen Werbeeintrag bei den Gelben Seiten.

»Aber niemand darf die Papiere zu Gesicht bekommen, sonst ist Kranich seine Zulassung los«, machte Klaus sich in die Buxe.

»Ich brauche es nur durchzulesen, dann kannst du es vernichten«, nahm ich ihm seine Ängste. »Aber du hast bestimmt schon einen Blick drauf geworfen?«

»Juristisch einwandfrei«, kam Lindner mit einer Info rüber, die mich in etwa so interessierte wie die Platzierungen bei der Bulderner Bauernolympiade.

»Wer erbt wie viel?«

»Lies selbst«, drückte er mir die Blätter in die Hand. »Kerner ist keineswegs die Alleinerbin. Trotzdem wird es nicht leicht, sie aus dem Knast zu holen«, runzelte er die Stirn.

»Wahrscheinlich geht es gar nicht ums Erbe«, klärte ich ihn auf. »Die neuesten Indizien deuten in eine andere Richtung.«

Ich unterrichtete ihn über den Dateieninhalt, dann studierte ich Eckolts Vermächtnis. Nach dem üblichen juristischen Kauderwelsch gelangte ich an die interessanten Fakten. Sie waren auch nicht durch Fachvokabular verwässert, da sie Franz' letzten Willen wörtlich wiedergaben:

»Meine Töchter Kirstin und Helga verweise ich auf den Pflichtteil, da sie ihre nichtsnutzigen Männer gegen meinen Willen geheiratet haben. Der Rest des Vermögens geht zu einem Drittel an Christa Kerner und zu jeweils einem Sechstel an Heiko Eckolt und Thekla Eckolt, schließlich können meine Enkel nichts für ihren missratenen Vater. Meine Bibliothek, die Bilder und das letzte Drittel vermache ich Otto Baumeister. Einen Freund wie ihn findet man nur einmal im Leben.«

Das Vermögen war auf satte zwei Millionen Euro taxiert. Somit besaß Kerner nicht als Einzige ein Motiv, denn auch für den Pflichtteil musste eine alte Frau lange stricken.

»Darf ich dich für deine Bemühungen zu einem Drink einladen?«, fragte ich Klaus, nachdem ich die wichtigsten Sachen im Kopf gespeichert hatte.

»Ein anderes Mal gern, aber im Moment bin ich mit Arbeit zugeschüttet. Ich brauche noch einen kreativen Einfall für den Sparkassenräuber. Aber aufgehoben ist nicht aufgeschoben.«

Ich erhob mich aus dem Sessel und ließ mich von Lindner zur Tür begleiten.

»Sag Bescheid, wenn sich was Neues ergibt. Ich brenne vor Neugier«, gab er mir mit auf den Weg.

»Sicher, denk dran, dich um die Kerner zu kümmern«, erinnerte ich ihn. Dann hieß es Abschied nehmen.

Draußen haute mich der Temperaturwechsel fast aus den Socken; als hätte mich Scotty in Sekundenschnelle aus der Antarktis direkt in die Sahara gebeamt. Ein kaltes Bier musste her, um den erhitzten Detektivmotor wieder auf Betriebstemperatur zu kühlen.

Als ich mich in den Verkehr einfädelte, stieß ein grauer Datsun aus einer Parklücke. An und für sich wenig spektakulär, aber der Wagen war mir schon während der Hinfahrt aufgefallen.

Wurde ich etwa verfolgt?

Da der Fahrer immer ein bis zwei Autos Abstand hielt, konnte ich nicht erkennen, wer an meinen Hinterreifen klebte. Egal, ich sah nicht ein, warum mich der Verfolger vom verdienten Bier abhalten sollte.

In einer Seitenstraße wurde ich fündig: zwei einladend aussehende Bars direkt nebeneinander. Meine Wahl fiel auf die Wirtschaft mit dem sinnigen Namen *Die lustigen*

Zwei. Mein Verfolger quetschte sich fünfzig Meter hinter mir in eine Parkbucht. Ich verließ das Auto und betrat die Kneipe.

Die Kühle im Innern ließ mich zunächst frösteln, doch nach kurzer Zeit hatte ich mich an das nordeuropäische Klima im Schankraum gewöhnt. Durch das Mosaik der Fenster fiel buntes Licht auf die ansonsten dämmerige Szenerie. An einer Wand war eine überdimensionierte Reklametafel festgedübelt: drei Ritter, die vor irgendeiner Burg Westfalenbräu süppelten.

Ich umkurvte den massiven Holztresen und ließ mich an der Bar nieder, mit freiem Blick auf die Eingangstür. Außer mir befand sich nur ein kahlköpfiger Opa mit rotem Zinken und nikotinbefleckten Fingern in dem Gastronomietempel. Er schien wie die mit Bierpfützen besudelten Tische zum Inventar zu gehören.

»Wo ist der Wirt, oder handelt es sich hier um einen Selbstbedienungsladen?«, verwickelte ich den Thekenturner sofort in ein intellektuelles Gespräch.

»Willi, Kundschaft!«, versuchte dieser zu schreien, aber mehr als ein erbärmliches Krächzen kam nicht heraus.

Willi jedenfalls schien auf die Stimme konditioniert zu sein, denn wenig später tauchte ein beleibter Endvierziger hinter der Theke auf. Lustig sah an ihm höchstens die blaue Latzhose aus, sein genervter Gesichtsausdruck ließ darauf schließen, dass die Kneipe kurz vor der Schließung wegen Reichtums stand.

»Bitte« war seine einzige Äußerung, wobei mir nicht klar war, ob es sich dabei um eine Frage oder eine Aussage handelte. Ich hatte eine farbenfroh gestaltete Cocktailkarte entdeckt, die man in diesem Besoffskiparadies gar nicht vermutet hätte. Drei Euro pro Getränk war konkurrenzlos günstig.

»Einen Caipirinha«, wies ich auf die entsprechende Abbildung.

»Rohrzucker ist aus«, knurrte Willi und steckte sich eine Roth-Händle an.

»Dann nimm normalen Zucker«, schlug ich vor.

»Geht nicht, ist nicht stilecht. Also?« Wollte dieser Fatzke meine Laune verderben?

»Dann einen Dreamlover«, zeigte ich mich von der flexiblen Seite.

»Hab weder Milch noch Bailey's«, grinste er hämisch. Litt er vielleicht unter Euroallergie?

»Welchen Cocktail kannst du überhaupt zubereiten?«, wurde mein Ton gereizter.

»Sex on the beach ist kein Problem. Macht neun Euro.«

Der glatzköpfige Opa grinste permanent, als ob ihm der Jägermeistergeist persönlich erschienen wäre.

»Wieso neun?«, wies ich auf die fett gedruckten Preise.

»Drei Euro nur in der Happy Hour«, griente er breiter als die Grinsekatze aus *Alice in Wonderland.* »Täglich zwischen eins und zwei.« Dabei pochte er mit seinen Fettfingern auf einen klein gedruckten Passus, den ich selbst mit einer Lupe nicht entdeckt hätte. Ich stand kurz davor, ihm mitzuteilen, dass er mit seinen Getränken die Gaststube putzen sollte.

»Gut«, knurrte ich zwischen den Zähnen hervor. »Ein Sex on the beach.«

»Wie der Herr wünschen«, grinste er. Anschließend kippte er eine kleine Menge Wodka in ein Bierglas und steckte ein blau gepunktetes Sonnenschirmchen hinein.

»Bitte«, haute er es vor mir auf die Theke.

»Moment«, fragte ich entnervt. »In einen Sex on the

beach gehören noch Orangen- und Cranberrysaft sowie Pfirsichlikör. Sonst hätte ich puren Wodka bestellen können, der kostet nur die Hälfte.«

»Das andere Zeug ist aus«, knurrte er. »Aber Wodka ist die Essenz des Cocktails. Und natürlich die Deko«, deutete er auf das Schirmchen. »Bestellt ist bestellt. Prost.«

»Prost«, schloss sich der Glatzkopf an und legte zu allem Überfluss auch noch vertrauensvoll einen Arm um meine Schulter. »Isch habe geträumt«, hauchte er mir seinen Pilsatem ins Ohr. »Was denn?«, fragte ich, während ich das Getränk in einem Zug runterkippte. »Von einem Land, wo man unter Wacholderbäumen liegt und Fluppen in den Mund geflogen kommen. Kennscht du dasch?«

Ich schob den Arm beiseite und warf einen Fünfer auf die Theke.

»Stimmt so. Ich werde deinen Schuppen weiterempfehlen«, verabschiedete ich mich, ohne auf seinen Protest einzugehen.

Draußen prallte ich wieder auf die Hitzemauer, aber immer noch besser als das kühle Drecksloch in Gesellschaft eines Halsabschneiders und eines Irren.

Ah, der graue Datsun stand noch immer dort. Der Fahrer durfte gut geschwitzt haben, wenn er keine Klimaanlage hatte. Da das Baujahr zwischen 70 und 75 lag, rechnete ich nicht damit. Ich öffnete das Handschuhfach und beförderte meinen Revolver auf den Beifahrersitz. Dann fuhr ich los. Der Datsun folgte mir treu.

In der Kneipe hatte ich mir einen Plan zurechtgelegt. Kurz vor Münster gab es ein Waldstück, das sich ideal als Hinterhalt eignete. Dort hatte ich im Winter letzten Jahres im Rahmen eines extrem spannenden Auftrags Georg und Christian fotografiert, zwei Jugendliche, die gegen den elterlichen Willen ihren Trieben dort freien Lauf gelassen hatten. Und das im väterlichen Auto. Nach dem folgenden Donnerwetter waren sie allerdings keine Heteros geworden, sondern in eine Kölner WG gezogen. Gut, dass ich vorher kassiert hatte.

Eine Viertelstunde später hatte ich die Stadtgrenze passiert und einen halben Kilometer vor dem Ziel trat ich das Gaspedal durch. Der Datsun befand sich zweihundert Meter hinter mir. Nach einer langgezogenen Rechtskurve bog ich in einen Waldweg ein und stellte den Passat in einer Schneise ab. Schnell die Kanone geschnappt, aus dem Auto gehechtet und hinter einer uralten Eiche versteckt.

Mein Schatten ließ nicht lange auf sich warten. Als das Motorengeräusch erstarb, riskierte ich einen kurzen Blick: ein schmächtiger Typ, auf dem Schädel einen Sonnenhut. Das Gesicht war leider immer noch nicht zu erkennen. Als er die Tür zu meinem Wagen öffnete und sich hineinbeugte, war meine Zeit gekommen. Geduckt schlich ich zum Passat, wobei der Sandboden meine Schritte dämpfte. Der Sombreroträger inspizierte gerade das Handschuhfach. Eine günstigere Gelegenheit würde es kaum geben.

»Suchst du was Bestimmtes?«

Noch bevor sich der Unbekannte umdrehen konnte, zog ich ihm den Revolverknauf über den Schädel. Mit einem schmerzvollen Stöhnen taumelte er gegen die Beifahrertür und rutschte wie in Zeitlupe nach unten. Den Überraschungseffekt nutzend, riss ich dem schlaffen Sack den Hut vom Kopf: Heiko Eckolt.

Mit jedem hatte ich gerechnet, aber nicht mit dem Vogel. Nachdem ich die erste Verblüffung verdaut hatte, besann ich mich aufs Wesentliche. Während die Kanone auf seinen Magen zielte, durchsuchte ihn meine freie Hand nach Waffen. Die Ausbeute war dürftig; nur ein Schweizer Taschenmesser.

Warum schnüffelte mir der Affe hinterher? Waren ihm die Asta-Partys zu langweilig geworden oder machte er einen Feldversuch für seine Diplomarbeit? Einige gezielte Fragen würden Licht ins Dunkel bringen, aber dafür musste er zunächst mal aus dem Reich der Träume zurückkehren. Nichts leichter als das: Ein paar Mal mit der flachen Hand links und rechts, und schon schüttelte er sich und richtete seinen glasigen Blick auf mich.

»Nannen«, krächzte er.

»Wie er leibt und lebt.«

Oha, im sicheren Gefühl der Überlegenheit hatte ich Heiko unterschätzt. Ein Tritt ins biologische Zentrum meiner Familienplanung war die Strafe. Aua. Ich riss mich zusammen und zog ihm erneut den Knarrengriff über den Kopf. Benommen sank er wieder auf den Moosboden, blieb aber bei Bewusstsein.

»Warum schlagen Sie mich?«, kam es weinerlich aus dem blutenden Mund.

Zart besaitet und dumm, eine Kombination, die ich liebte. Ich drückte ihm den Revolver in den Bauch.

»Die Knarre war ein Sonderangebot, die geht leicht los. Also: Warum bist du mir nachgefahren?«

»Ich Ihnen nachgefahren?«, offenbarte er masochistische Züge. »Ich will hier Pilze sammeln.«

Dreimal verirrte sich meine Hand in seine gerötete Visage.

»Spuck's aus!« Der pochende Schmerz im Unterleib ließ langsam nach, ganz im Gegensatz zu meiner Wut.

»Sind Sie einem Schimanski-Tatort entsprungen?«,

spuckte er Blut und einen Zahn aus. »Mann, Sie sind ja der letzte Proll.«

Manche lernten es nie. Ein Tritt in die Nieren war die logische Konsequenz.

»Schon gut. Ich geb alles zu. Ich bin hinter dir her.«

»Seit wann duzt du mich? Haben wir zusammen Schweine gehütet?«, trainierte ich auch mein linkes Bein.

»Ich bin hinter Ihnen hergefahren, weil ich sehen will, was Sie für Ihr Geld leisten«, stammelte er. »Meine Mutter hat mir verraten, wie viel Sie kosten. Ich will nur rausfinden, ob Sie's wert sind.«

»Laber nicht rum. Die Wahrheit«, musste ich meine Meinung revidieren. Ein Warmduscher war er wirklich nicht.

»Das ist die Wahrheit«, beteuerte er.

Trotz weiterer Streicheleinheiten blieb er bei seiner Behauptung. Er log zwar, dass selbst Pinocchio neidisch geworden wäre, aber für ergiebigere Informationen hätte ich ihm ein Ohr abschneiden müssen. So weit wollte ich nicht gehen, schließlich handelte es sich um den Sprössling meiner Auftraggeberin.

»Bin ich es wert?«, stellte ich die Abschlussfrage.

»Was?«

»Mein Geld.«

»Leck mich am Arsch, du Sackgesicht.«

»Du duzt mich nicht«, belohnte ich den Kommentar mit einem Leberhaken. Den Jungen hatte Kirstin ganz schön verzogen. Unmöglich, die erzieherischen Defizite der letzten zwanzig Jahre in zwanzig Minuten auszugleichen, auch wenn ich mir redlich Mühe gegeben hatte.

Schnell die Zündkerzen rausgedreht und in den Wald geschleudert, wobei keine Himmelsrichtung benachteiligt wurde. Ich hatte zwar nichts mehr vor, was Heiko nicht sehen durfte, aber ein bisschen Schikane war nie verkehrt.

»Sie sind ein Schwein, Nannen«, versuchte er sich die Stellen zu merken, wo die Kerzen gelandet waren.

»Richtige Anrede«, bemerkte ich freundlich, während ich meine Karre bestieg und mich vom Acker machte.

Zurück in der Heimat, versorgte ich zunächst die Kaninchen und Pedder und belohnte mich anschließend mit einem kühlen Pils. Auf der Terrasse genoss ich im Liegestuhl den Ausblick auf die Braun- und Ockertöne der umliegenden Felder. Der Augenschmaus erfreute mich allerdings nur wenige Sekunden, weil sich ein quälender Gedanke aus dem Unterbewusstsein hochschob und sich im ganzen Kopf breitmachte: Neben den beiden Morden hatte ich weitere siebenunddreißig Probleme: Potthoffs gottverdammte Schafe. Die Fluktuation beim Viehbestand kam mir atemberaubend vor. Reduktion durch Wilperts Verscheiden, Zuwachs durch Pedder und nun Vervielfachung durch die Wollknäuel. Hatte ich nichts Besseres zu tun, als mich um drei Dutzend Schafe zu kümmern? Das Universum schien anderer Ansicht zu sein.

Ein weiteres, deutlich schwergewichtigeres Problem tat sich auf: Poszilny musste mittlerweile mitbekommen haben, dass er den Falschen umgelegt hatte. Es war naiv zu glauben, dass er jetzt Ruhe geben würde. Momentan stank mir die Detektivspielerei gewaltig. Warum hatte ich damals nicht als Knecht auf Schumanns Biogemüsehof angefangen, anstatt den Privatschnüffler zu mimen? Die einzige Gefahr dort waren die Insekten, die sich über das ungespritzte Obst und Gemüse hermachten.

Aber Lamentieren half jetzt auch nicht weiter. Ein Ortswechsel war angesagt.

Da sich der überwiegende Teil meiner Aktivitäten sowieso in Münster abspielte, war es keine schlechte Idee, sich dort einzuquartieren. In der Anonymität der Großstadt, zumindest für hiesige Verhältnisse, konnte ich problemlos untertauchen.

Schnell waren Kleidung und Waschzeug in zwei Sporttaschen verstaut; die Ausdrucke steckte ich ins Jackett. Nachdem ich sicher war, nichts vergessen zu haben, bestieg ich den Passat und brauste los.

20

Auf der Suche nach dem richtigen Unterschlupf quälte ich mich durchs Münsteraner Einbahnstraßengewirr und erlegte um ein Haar zwei radelnde Studenten. Das Hotel meiner Wahl trug den originellen Namen *Zur Post*, obwohl ein kleiner Briefkasten auf der gegenüberliegenden Straßenseite das Einzige war, was diese Namensgebung rechtfertigte. Vorsichtshalber parkte ich den Passat drei Blocks weiter und legte den Weg zum Hotel zu Fuß zurück.

Der fünfzigjährige Rezeptionist schien eine Eisenstange verschluckt zu haben und seine Bewegungen waren eckig wie die eines Roboters. Allerdings wirkte alles ein wenig aufgesetzt, als gehörte das zu seiner Rolle.

Nachdem ich mich als Frank Ringmann aus München eingetragen hatte, wurde er gesprächig: »Was führt Sie nach Münster, Herr Ringmann?«

»Geschäfte«, hielt ich mich knapp, um die Konversation abzukürzen.

»München ist ja eine so tolle Stadt«, schwärmte er. »Waren Sie schon in der neuen Allianz-Arena? Gigantisch. Ich habe drei Jahre in München gearbeitet. Im Steigenberger. Fantastisches Hotel. Davor war ich in Wien. Ach, diese Wiener, ein ganz eigenes Völkchen. Tolle Leute. Aber wissen Sie, wo es mir am besten gefallen hat?«, blickte er mich durchdringend an, als hätte ich seinen Lebenslauf intus.

»Sydney?«, riet ich lustlos. Waren wir hier bei *Wer wird Millionär?*

»Wie kommen Sie auf Sydney?«, antwortete er erstaunt. »Nein, hier in Münster. Entgegen landläufiger Meinung sind die Westfalen ein lebensoffener und freundlicher Menschenschlag. Als ich 1978 …«

»Ich bin ein wenig in Eile«, würgte ich ihn ab. »Geben Sie mir bitte den Zimmerschlüssel.«

»Selbstverständlich. In welchem Feld tätigen Sie Ihre Geschäfte?«

Wenn er nicht gleich den Mund hielt, musste ich mir eine andere Bleibe suchen. Der Knabe war unerträglich.

»Landwirtschaft«, antwortete ich in Ermangelung einer besseren Antwort.

»Oh-oh, dann macht Ihnen der EU-Bürokratismus sicherlich schwer zu schaffen.« Hatte der Vogel keine Frau, die er zuschwallen konnte?

»Da können Sie einen drauf lassen. Guten Abend noch«, lenkte ich meine Schritte weg von ihm und ließ mich vom Lift in die zweite Etage befördern. Zum Glück war der stumm.

Wenn Wien und München so toll gewesen waren, fragte ich mich, warum arbeitete er dann in diesem Frikadellenpuff? Das Zimmer müffelte so stark, als wäre es zum letzten Mal während der Wiedertäuferzeit gelüftet worden. Die knallgelbe Tapete passte zwar zum Hotelnamen, führte aber ohne Sonnenbrille zur völligen Erblindung. Immerhin einen gewissen Charme besaß der historische Briefkasten neben der Zimmertür, in den die Gäste Wünsche oder Anregungen werfen konnten. Vielleicht sollte ich mich beschweren, dass die Kiste völlig schief an die Wand gedübelt worden war.

Was wurde mir noch für meine schwer verdienten Mücken geboten? Ein Bett, gefertigt aus dem Holz der Arche Noah, auf dessen Matratze die Tiere während der Sintflut genächtigt haben mussten, zumindest die Elefanten und Nilpferde. Des Weiteren ein furnierter Eichenschrank sowie ein Tisch respektive Stuhl aus der gleichen Baureihe. Letztere Möbel konnte man durchaus als extravagant bezeichnen, hatten doch alle Beine eine unterschiedliche Länge. Die Mikadoweltmeisterschaft fand hier bestimmt nicht statt.

Der winzige Fernseher sollte einsamen Herzen Trost spenden. Fernab der Heimat und allein? Kein Problem. Nur den weltweit einzigen Schwarz-Weiß-Fernseher einschalten und schon war man der glücklichste Mensch auf der Erde. Dann die Überraschung: Ein Zettel verriet, dass man gegen Aufpreis sechs Pornokanäle empfangen konnte. Das war doch was: sich für fünf Schleifen Filme wie »Harry Popper und die Kammer des Schleckens« oder »Pedder Pans Zauberflöte« reinziehen, und das sogar in Schwarz-Weiß. Da konnte ich meine Kohle ja gleich in Wilperts Klingelbeutel werfen.

Über dem Bett hing ein Ölgemälde, auf dem eine scheckige Kuh eine sonnendurchflutete Allee entlangtrottete. Für fünfzig Mäuse war die Geschmacksverirrung zu haben. Andersrum würde ein Schuh draus werden: fünfzig Steine für den, der das Teil mitnahm.

Nachdem ich das Fenster mit einem fürchterlichen Quietschen aufgerissen hatte, streckte ich mich auf der Matratze aus. Zunächst gab es noch etwas zu erledigen: Da ich meinem Hof aus verständlichen Gründen bis auf weiteres fernbleiben wollte, brauchte ich eine Pflegekraft für das Viehzeug. Karin Schumann konnte ich nach dem Zwischenfall knicken. Ich durchforstete im Geiste die Lebensläufe potenzieller Tierpfleger mit geringen Lohnforderungen und gelangte relativ schnell zu Stefan Jahnknecht. Der Bulderner Dorfdepp arbeitete ja sowieso auf einem Bauernhof, die Versorgung von einigen Tieren mehr würde da kaum ins Gewicht fallen.

Also Handy ans Ohr. Nach dem vierten Läuten hatte ich Stefans Mutter an der nicht vorhandenen Strippe.

»Jahnknecht hier«, flötete sie.

»Dieter Nannen, guten Tag. Ist Stefan da?«, flötete ich zurück. Bei so viel beschwingter Fröhlichkeit würden wir noch das erste Bulderner Musikantenduo gründen.

»Der Herr Nannen. Von Ihnen habe ich seit Ewigkeiten nichts mehr gehört«, schwang ein Hauch von Kritik in ihrem Mezzosopran. »Stoffel denkt schon, Sie hätten ihn vergessen.«

»Wir haben uns erst vor wenigen Tagen getroffen«, konnte ich diesen Vorwurf nicht auf mir sitzen lassen. »Ansonsten ersticke ich im Moment in Arbeit. Da bleibt leider keine Zeit für intensive Kontaktpflege.«

»Davon hab ich in der Zeitung gelesen. Sie sind ja ein richtig berühmter Detektiv«, schmeichelte sie beeindruckt.

»Sie übertreiben«, gab ich mich bescheiden. »Ist Stefan da? Der Akku ist gleich leer.«

»Einen Moment. Er ist gerade vom Pflügen nach Hause gekommen.«

Im Hintergrund hörte ich, wie sie mit meinem Kumpel schimpfte: »Wie oft habe ich gesagt, du sollst die dreckigen Stiefel ausziehen, bevor du die gute Stube betrittst.« Darauf folgte unverständliches Gemurmel. »Nimm nicht meine Fehler als Entschuldigung für deine«, schrillte Frau Jahnknecht. Eine traute Familienidylle.

Als die Aktienkurse meines Mobilfunkbetreibers wieder um einige Prozentpunkte gestiegen waren, durfte ich endlich Stefans melodischer Stimme lauschen: »Hallo, Dieter. Wie geht's Pedder? Du musst nicht mehr weinen tun wegen Wilpert, oder?«, zerfloss er in Empathie.

»Sei gegrüßt. War eine gute Idee, mir das Ferkel zu schenken«, log ich wie ein Berufspolitiker. »Wie geht's?«

»Ganz gut. Tue Feld umpflügen. Ganz schön warm gestern und heute«, gewährte er mir Einblick in sein Leben auf der Überholspur.

»Ich möchte dich um einen Gefallen bitten. Könntest du in den nächsten Tagen meine Tiere versorgen? Ich bin bis Ende der Woche auf Geschäftsreise.«

»Wie geht es die Kaninchen? Sind jetzt Freunde mit Pedder?«, fokussierte er sich ganz auf den animalischen Mikrokosmos.

»Machst du's?«, fragte ich etwas ungeduldig. »Ich weiß jedoch nicht, was die Schafe bekommen.«

»Das sein deine Schafe?«, schnaufte er beeindruckt. Für andere Menschen stellten Ferraris, Villen oder Kreuzfahrten im Nildelta Statussymbole dar, für Stefan Tierbesitz. »Hab sie heute Morgen gesehn auf Wiese. Brauchen höchstens etwas Heu am Abend. Ich komme mit Trecker von Onkel Steinmann und bring Futter mit«, war er vor ehrlicher Begeisterung kaum zu halten.

»Das ist nett. Die Kaninchen bekommen Löwenzahn, aber wem erzähl ich das«, fiel mir ein Stein vom Herzen.

»Weiß ich doch«, kam es beleidigt zurück. Wie konnte ich nur an seinem agrarökonomischen Wissen zweifeln? »Wo bist du in Moment?«

»In einem Münsteraner Hotel. Wenn gleich die Verbindung weg ist, darfst du dich nicht wundern. Mein Akku ist so gut wie leer. Nochmals vielen Dank, du hast einen gut bei mir«, bedankte ich mich.

»Schon wissen, was wir tun können als Dank«, lachte er glucksend.

»Spuck's aus«, war ich zu allen Schandtaten bereit.

»Wir können in Zoo in Münster gehen und …«

Ich drückte die Off-Taste. Es war aber auch eine Krux mit den Mobiltelefonen. In den wichtigsten Momenten versiegte der letzte Tropfen Elektrizität.

In den Allwetterzoo wollte er, prost Mahlzeit. Als Kind war ich gezwungen worden, mich jedes Jahr durch diesen Ort zu quälen. Entweder mit meiner Mutter, der Schulklasse oder dem Sportverein. Bis ich das Alter erreicht hatte, in dem ich meine Ausflugsziele eigenverantwortlich bestimmen durfte, war ich dort mit jedem Tier per du gewesen.

Aber warum nicht? Da ich mein Leben nicht für Viehfütterungsaktivitäten riskieren wollte, musste Stefan ran. Fünfzig Tierleichen wollte ich auch nicht auf dem Gewissen haben. Alles in allem ein guter Deal.

Hoffentlich sah der Killer genau hin, wenn Stefan dort herumtapste. Aber da Jahnknecht im Hellen die Tiere fütterte und wir auch nicht zwingend als eineiige Zwillinge durchgingen, brauchte ich mir um sein Wohlergehen wohl keine Sorgen zu machen. Mit dieser Gewissheit verließ ich das Hotelzimmer und besorgte an einem Kiosk einen Sechserpack Tuborg.

21

Zurück auf meiner Bude – den Schwätzer an der Rezeption hatte ich höflich ignoriert –, ließ ich mich mit einer Bierdose auf der Matratze nieder und riss die Lasche auf.

Drei Verdächtige hatten sich herauskristallisiert: Eckolt senior und Poszilny sowie neuerdings auch Heiko nach seiner professionellen Beschattungsaktion. Aber wie nun weiter vorgehen?

Der Alkohol schien meine Gehirntätigkeit zu beflügeln, denn bereits nach wenigen Minuten kam mir eine gute Idee, zumindest hielt ich sie dafür: Ich würde das Trio Infernale einen Tag lang überwachen und auf Fehler hoffen. Wenn dieses Vorgehen keine Resultate brachte, musste ich mir halt etwas anderes einfallen lassen.

Einziges Problem: Ich war nicht die heilige Trinität und konnte nicht alle gleichzeitig verfolgen. Doch mein biergedoptes Hochleistungshirn lieferte rasch die Lösung: Otto Baumeister war mit Sicherheit heiß darauf, sein tristes Rentnerdasein gegen das exotische Detektivbusiness einzutauschen. Der andere Aspirant war Gurkennase. Früher hatte er sich selbst – wenig erfolgreich – im Detektivgeschäft versucht, besaß also zumindest rudimentäre Erfahrungen mit der Materie. Seine finanziellen Probleme gepaart mit dem albanischen Zuhälter im Nacken machten ein Ja nicht unwahrscheinlich.

Ich warf einen Blick auf die Armbanduhr: kurz vor elf. Genau die richtige Zeit, um die beiden über ihr Glück zu informieren.

»Seniorenresidenz Dülmen. Sie sprechen mit Schwester Wilhelmine«, wurde ich leicht ungehalten begrüßt.

»Könnte ich bitte Herrn Baumeister sprechen? Es ist dringend«, legte ich einen verzweifelten Touch in meine Stimme.

»Zu dieser nachtschlafenden Zeit? Er ist bestimmt schon zu Bett gegangen«, zeigte sie sich erwartungsgemäß wenig begeistert.

»Jens Baumeister, sein Neffe. Es handelt sich um einen Notfall. Tante Esther liegt im Sterben. Ich übernehme die volle Verantwortung, wenn Sie Onkel Otto wecken müssen«, legte ich eine Schüppe an Mutlosigkeit und Verzagtheit drauf.

»Sie haben Glück, ich sehe ihn auf dem Gang«, kam es ungleich sanfter aus dem Hörer. »Raucht wieder eine dieser scheußlichen Zigarren. Herr Baumeister, Ihr Neffe ist am Telefon. Und bitte machen Sie dieses stinkende Ungeheuer aus«, tadelte sie meinen Kollegen, ohne die Muschel vom Mund zu entfernen.

Heutzutage schien jeder außer mir auf der Provisionsliste der T-Com zu stehen, denn es dauerte länger als die Zeitspanne zwischen Adams Erschaffung und dem Jüngsten Gericht, bis sich der Rentner endlich meldete.

»Baumeister, was gibt es?«, drang es vorsichtig an mein Ohr.

»Dieter hier. Entschuldige die kleine Lüge«, begrüßte ich ihn. »Hast du Lust, mich bei der Detektivarbeit zu unterstützen? Ein Überwachungsauftrag. Morgen früh geht's los, daher ruf ich noch so spät an.«

Otto reagierte wie erwartet: ekstatischer als weibliche Teenager beim Anblick von Robbie Williams. Mein Glück kannte an diesem Abend keine Grenzen, denn er verfügte sowohl über einen Führerschein als auch über einen Bekannten, der ihm einen Wagen leihen konnte.

»Wem soll ich mich an die Fersen heften?«, konnte er es gar nicht erwarten.

»Heiko Eckolt. Eine schwierige Aufgabe, die nur du meistern kannst«, schmierte ich ihm Honig um den imaginären Bart.

Da er den Studenten nicht persönlich kannte, gab ich ihm eine detaillierte Personenbeschreibung, die Adresse der Eckolt'schen Villa und meine Handynummer. Otto schlug vor, abends einen Bericht vorzulegen. Eine gute Idee. Bevor ich von seinen Fragen gelöchert wurde wie der Tell'sche Apfel, bedankte ich mich, teilte ihm noch den Namen mit, unter dem ich im Hotel abgestiegen war, und klickte das Gespräch weg.

In der Hoffnung, dass Grabowski sein Handy nicht versetzt hatte, tippte ich seine Nummer in die Tasten. Just als ich wieder auflegen wollte, ließ eine alkoholgeschwängerte Stimme mein Trommelfell erzittern.

»Üzügün hier. Ich nix verstehen«, krakeelte er los. Den Hintergrundsgeräuschen nach hielt er sich in einer Kneipe auf. Welch Überraschung.

»Was ist los? Hast du eine türkische Kneipe eröffnet?«, stellte ich mich auf eine weitere grabowskinische Kapriole ein.

»Gott sei Dank, du bist es nur. Nein, ich musste umziehen. Dieser Dreckslude hat mich doch tatsächlich aufgespürt. Hat gleich seine Brüder mitgebracht. Du kannst dir nicht vorstellen, wie ich die Beine in die Hand genommen hab. Bin nach Dortmund geflüchtet. Ede, der Wirt vom *Schilder-Eck*, schuldet mir noch einen Gefallen. Wohne jetzt bis auf weiteres im Hinterzimmer«, brachte er mich auf den neuesten Stand.

»Interesse, schnelles Geld zu verdienen?«, kam ich sofort zur Sache.

»Immer«, kam es wie aus der Pistole geschossen. »Wie viel?«

»Hundert«, zeigte ich mich von der großzügigen Seite.

»Fünfhundert«, feilschte er wie auf einem ägyptischen Basar.

»Achtzig«, ließ ich mit mir handeln.

»Zweihundertfünfzig«, halbierte er seine Forderung.

»Sechzig.«

»Okay, dann hundert. Was muss ich machen?«, hatte er endlich kapiert und kapituliert.

»Eine Beschattung. Hast du eine Karre?«

»Klar, Sprit geht aber extra«, versuchte er ein paar Cent rauszuschlagen. Nicht verkehrt bei den Benzinpreisen.

»Meinetwegen. Wann kannst du in Münster sein?«

»Wieso Münster? Ist deine Bulderner Bruchbude eingestürzt?«, gluckste er vor sich hin.

»Ich hab jetzt keine Zeit, meine Biographie zu rezitieren«, ließ ich mich erst gar nicht auf ein längeres Gespräch ein. Schließlich hatte ich, was ich wollte. »Also, wann kannst du hier sein?«

»Heute auf keinen Fall. Zu viel intus.«

»Du hast immer zu viel intus. Also morgen früh, spätestens um halb acht«, entschied ich kurz entschlossen.

»Du tickst wohl nicht sauber«, prallte meine Terminplanung erwartungsgemäß auf heftigen Widerstand. »So früh hat mich Mom nicht mal für den Kindergarten geweckt.«

»So früh wirst du auch nie wieder hundert Kröten verdienen. Aber wenn du lieber auspennen möchtest …«

»Schon gut«, stöhnte er. »Ich werde da sein.«

Ich gab ihm die Hoteladresse und den falschen Namen. Nach der erneuten Ermahnung zur Pünktlichkeit legte ich auf. Da ich das Telefon schon in der Hand hatte, beauftragte ich den Weckdienst für morgen früh. Zum Glück wurde dieser Auftrag von einer maulfaulen Dame und nicht vom gesprächigen Portier entgegengenommen, sodass die Aussicht auf ein paar Stunden Schlaf durchaus realistisch war.

Das war's für heute. Ich zog mich aus, rauchte am offenen Fenster eine Gutenachtzigarette und hüpfte in die Federn. Der Tag war doch ganz okay gewesen.

22

Punkt sieben erfüllte der Weckdienst seine Pflicht. Ich reckte und streckte mich und verordnete meinem verspannten Körper zwanzig Liegestütze und dreißig Situps, um die Blutzirkulation auf Trab zu bringen. Dann ging's in den Frühstücksraum. Dort erwarteten mich ein gutes Dutzend mit Blumen dekorierte Tische und es duftete verführerisch nach Kaffee und frischen Backwaren.

»Guten Morgen«, näherte sich ein jugendlicher Bediensteter. »Womit kann ich dienen?«

»Ein Ei, zwei Scheiben Toast und Käse. Vielen Dank.«

Nachdem er Zimmernummer und Namen erfragt hatte, zockelte er los und kehrte zwei Zigarettenlängen später mit der Bestellung zurück. Mittlerweile hatte ich richtig Kohldampf, was ein Fehler war. Der Kaffee war anorektisch ausgedünnt und das Ei konnte nicht länger als eine halbe Minute gekocht worden sein. Lecker. Der leichentuchweiße Toast machte das Bild dann richtig rund. Und dafür sechs Euro fünfzig, eine Frechheit.

Um mich von diesem Schweinefraß abzulenken, dachte ich an Grabowski. Es war nämlich bereits acht und Gurkennase war weit und breit nicht in Sicht. Er war zwar die Unzuverlässigkeit in Person, aber bei dem in Aussicht gestellten Honorar hatte ich fest mit seinem pünktlichen Erscheinen gerechnet.

»Hat es gemundet?«, ging der Kellner auf Konfrontationskurs, denn der nur marginal angerührte Teller sprach eine deutliche Sprache.

»Sie sollten darauf ein Patent in Texas anmelden. Dieses Gourmetfrühstück als Henkersmahlzeit und Sie sparen die Stromkosten für den elektrischen Stuhl«, musste er sowohl für das schlechte Essen als auch für Grabowskis Verspätung büßen.

»Tut mir leid, wenn's Ihnen nicht geschmeckt hat«, stammelte er verschüchtert. »Ich bin Auszubildender im ersten Lehrjahr. Da kann man doch mal einen Fehler machen.«

»Schon in Ordnung«, ließ ich Gnade vor Recht ergehen. »Aber jetzt möchte ich gern den Rest von dem Spülwasser genießen.«

Kaum hatte ich ausgesprochen, stand der geschwätzige Rezeptionist bei uns.

»Einen wunderschönen guten Morgen, mein lieber Herr Ringmann. Hat es Ihnen geschmeckt?«, begrüßte er mich überschwänglich.

»Ich habe bereits Ihrem Stift mitgeteilt, dass ich diesen Müll nicht einmal meinem Schwein zumuten würde«, konnte ich endlich mal den Richtigen zusammenpfeifen.

»Marvin, Marvin«, blickte er kopfschüttelnd erst auf

meinen Teller, dann auf den Azubi. »Sie bekommen natürlich sofort ein neues Frühstück«, wandte er sich an mich.

»Keine Zeit«, winkte ich ab und vergrößerte die Distanz zwischen meinem Hintern und der Stuhlsitzfläche.

»Einen Moment bitte«, hob der Schwätzer die Hand. »An der Bar sitzt ein exzentrisch gekleideter Herr, der nach Ihnen verlangt.«

Graf Boski!

»Seien Sie nicht zu streng mit dem Kleinen«, verabschiedete ich mich und marschierte in Richtung Bar. Von weitem konnte ich bereits Peters Organ vernehmen:

»Und ich sag dir, Alter. Sieben nackte Studentinnen in der Kiste und der alte Grabo mittendrin. Ich lass mich jetzt immatrilumieren oder wie das heißt.«

Gurkennase saß vor einem Glas mit einer goldbraunen Flüssigkeit und lachte schallend, während der Barkeeper gelangweilt den Tresen polierte. Grabowski sah wie immer umwerfend aus. Der Oberkörper steckte in einem knallroten Hemd mit weißen Rüschen wie Gary Glitter zu seinen besten Zeiten, falls er je welche gehabt hatte. Die ungewaschenen Haare waren zu einem Pferdeschwanz zusammengebunden, was bei einem kleinen Mädchen niedlich ausgesehen hätte. Bei ihm wirkte es, als hätte sich Gunter Gabriel für den Christopher-Street-Day maskiert. Vor allem in Kombination mit der roten knallengen Jeans.

Ich stand kurz vor der Verzweiflung. Ein Punk als Papst hätte weniger Aufsehen erregt als Peter in seinem Outfit. Ideal für eine Beschattung.

»Komm, trink einen mit«, freute er sich über meinen Anblick.

»Du sollst arbeiten und nicht saufen«, konnte ich nicht glauben, dass ich jemals solch einen Elternspruch über die Lippen bringen würde.

»Piano, Amigo«, wiegelte mein Adjutant ab. »Ohne ein paar Promille in der Birne läuft mein Körper unter Betriebstemperatur. Du könntest auch einen Schluck vertragen, um wieder locker zu werden.«

Er winkte den Barmann herbei: »Schieb meinem Kumpel einen doppelten Whiskey über die Theke, aber zackig. Und mir auch.«

Bevor ich ablehnen konnte, stand das Gesöff vor mir. Ich kippte es in einem Zug runter.

»Du bist zu spät. Deine Unzuverlässigkeit geht mir auf den Zeiger«, verfehlte die Alkdröhnung die beabsichtigte Wirkung. Mittlerweile klang ich wie ein kompletter Elternsprechtag.

Peter legte den Zeigefinger an die Schläfe, als dächte er nach: »Moment, wollte ich was von dir oder umgekehrt? Statt eines demütigen Dankeschöns saugst du mich an, als hätte ich deinen verdammten Bauernhof abgefackelt.«

»Schon gut«, musste ich ihm recht geben. »Ich bin etwas gereizt.«

Sofort hob er die Hand, um Nachschub zu ordern. Das war mir dann doch zu viel.

»Es reicht. Noch ein Drink und du musst die Beschattung auf einem Schafsrücken absolvieren. Soweit ich weiß, gibt es dafür keine Promillegrenze.«

»Spaßbremse«, stöhnte Gurkennase auf. »Krieg ich wenigstens ’ne Kippe?«

Um ihn auf ein euphorischeres Energielevel zu hieven, hielt ich ihm meine Camel-Schachtel hin. Ruck, zuck war die Packung um fünf Stäbchen leichter, wovon vier in seiner Hemdtasche und eins im Mund landeten.

»Bin knapp bei Kasse«, grummelte er entschuldigend. Anschließend gab er weitere Anekdoten aus dem Studentenalltag zum Besten. Ich streute einige pseudointeressierte Floskeln wie »gibt's nicht«, »wirklich« und »lecko mio« ein, sodass ihm nicht auffiel, dass ich nur halb zuhörte.

Nach gefühlten acht Stunden unterbrach ich das Geseier: »Wir müssen los. Du heftest dich an Poszilnys Fersen und lässt ihn nicht mehr aus den Augen«, ließ ich den Arbeitgeber raushängen.

Ich gab ihm eine Kurzversion der letzten Ereignisse, die Beschreibung des Maklers und seine Adresse.

»Ist ja gut«, grunzte Grabowski. »Auf jeden Fall haben Tinas Ohren ganz …«

»Schwing deinen Arsch in die Karre!«, zischte ich. »Bis heute Abend will ich dich nicht mehr sehen.«

Grabowski schwieg beleidigt, verzog sich aber. Ich musste noch bleiben, um die sechs Whiskeys zu bezahlen.

23

Vor Eckolts Villa positionierte ich mich zwischen einem Mercedes und einem BMW in der Hoffnung, dass meine Rostlaube nicht weiter auffiel. Nur eine Minute später trat Wolfgang in Begleitung seines Sprösslings aus dem Haus. Trotz der Entfernung konnte man gut erkennen, dass Heikos Auge ein hübsches

Veilchen zierte. Sollte sich besseren Umgang suchen, der Bursche.

Während Heiko einen roten Porsche aus der Garage holte, wühlte Papa in der Einfahrt in einem Aktenkoffer. Dann düsten die beiden los; ich hinterher. Zeitgleich scherte ein weißer Fiesta aus einer Parklücke, dessen Fahrer wie wild die Lichthupe betätigte. Ich starrte in den Rückspiegel und erkannte Otto, der sich mit Sonnenbrille, Schlapphut und Trenchcoat getarnt hatte. Eindeutig zu viele Bogart-Filme gesehen, schüttelte ich den Kopf und hob die Hand zum Gruß, sodass er nicht weiter um meine Aufmerksamkeit buhlen musste.

Recht schnell merkte ich, wohin der Trip führte: zu Wolfgangs Büro. Eine Viertelstunde durch den Dülmener Berufsverkehr später wurde meine Vermutung zur Gewissheit. Nach einer Chicago-Wende kam der Porsche auf der anderen Straßenseite zum Stehen und Heiko betrat das Gebäude, während Senior einen Audi aufschloss, der zwei Plätze weiter abgestellt war. Bevor ich die Verfolgung aufnahm, warf ich einen Blick in den Rückspiegel. Otto hatte eine filterlose Zigarette in den Mundwinkel geklemmt und nahm einen Schluck aus einer Whiskeyflasche. Jetzt brauchte er nur noch eine Wumme aus dem Fenster baumeln zu lassen, um das Klischee zu vervollständigen. Warum um alles in der Welt war ich mit solchen Deppen gestraft?

Wolfgang legte einen zackigen Zahn vor und ließ mein Gaspedal frohlocken. Zum ersten Mal freute ich mich über rote Ampeln, denn so konnte ich immer wieder den Abstand verringern. Der Ausflug führte uns nach Sprakel, zu einem kleinen Stadtteil im Norden Münsters. Wir flogen an einem Biotop für Wasservögel vorbei, passierten den Ortskern, der noch kleiner als der Bulderner war, und landeten schließlich vor einem schmuddeligen Lokal namens Kiepenlümmel, das nicht recht in die kleinbürgerliche Atmosphäre des Örtchens passen wollte.

Eckolt sprintete zur Wirtschaft, als ob er spät dran wäre. Mit deutlich geringerem Tempo folgte ich und riskierte einen Blick durch die Frontscheibe. Bis auf Wolfgang und einen platinblonden Mann um die vierzig mit Billy-Idol-Frisur war der Raum leer. Der Unbekannte trug einen schwarzen Ledermantel und hatte die Ohren mit so vielen Goldringen behängt, dass sie im Wind klingeln mussten. Vielleicht konnte er damit sogar die Melodie von *Rebel Yell* oder *Flesh For Fantasy* erklingen lassen. Sein blasiert arroganter Gesichtsausdruck und die leicht hervorstehenden Augen machten ihn noch sympathischer.

Wolfgang blätterte gerade ein Bündel mit Geldscheinen durch. Offensichtlich zufrieden, ließ er die Moneten im Koffer verschwinden und zog einen Schnellhefter heraus. Es folgte ein munteres Tauschen; ich geb dir ein Schriftstück und du gibst mir ein anderes zurück. Einer schien einen Witz gemacht zu haben, denn beide lachten schallend.

Das Aktenstudium war schnell abgeschlossen, dann wurden die Hände geschüttelt und Billy Idol zog sein Portemonnaie aus der Tasche und winkte zum Wirt herüber. Zeit für den Abflug.

Nächste Station war die Innenstadt. In Bahnhofsnähe kam der Audi vor einem Club namens *Exotic Paradise* zum Stehen und sein Besitzer verschwand im Innern.

Just als ich Camus wieder zur Hand nehmen wollte, wurde die rechte Wagentür aufgerissen und der Bezug des Beifahrersitzes verdeckt: Grabowski.

»So kreuzen sich unsere Wege, Alter.«

»Was machst du denn hier?«, blaffte ich ihn mit gedämpfter Stimme an.

»Arbeit, was sonst. Zuerst hatte dein Kumpel eine Hausbesichtigung in Dülmen mit zwei Schimmelgreisen. War so spannend wie die Warterei beim Sozialamt. Dann ist er hierher gefahren. Lässt sich bestimmt einen blasen«, lief ihm das Wasser im Mund zusammen.

»Eckolt ist auch da drin. Wohl kaum ein Zufall«, konnte ich mit seiner Theorie nichts anfangen.

»Was nun? Arsch plattsitzen oder einen heben gehen?«, wandte er sich bereits wieder seinem Lieblingsthema zu.

»Wir warten. Schließlich werden wir nicht fürs Saufen bezahlt.«

Peter grummelte etwas in seinen Bart und gab dann weitere Episoden aus der Studenten-WG zum Besten. Als Bonus folgten Geschichten aus Tausendundeiner Nacht, die er jedoch ins Essener Zockermilieu verlegte. Mit ihm als strahlendem Helden.

»Ich würde zu gerne wissen, was die beiden zu bequatschen haben«, überlegte ich laut. »Aber reingehen ist nicht drin. Die kennen mich.«

»Aber mich nicht«, deutete mein Kumpel ausnahmsweise mal die Lösung eines Problems an.

»Und wie stellst du dir das vor?«, musterte ich sein Outfit. »Mit diesen Lumpen kommst du nicht mal über den Zebrastreifen.«

»Gib mir deine Hose und Jacke. Dann seh ich aus wie ein Sesselfurzer, der in der Mittagspause eine Nummer schieben will«, war Peter vor Einfällen nicht mehr zu retten.

Gar nicht schlecht. Einen Trottel wie ihn würde niemand für einen Spitzel halten.

»In Ordnung. Im Kofferraum liegt eine zweite Garnitur.«

Unter lautem Geschnaufe zog er sich auf dem Rücksitz um und ließ sich anschließend begutachten. Mit meinen Klamotten sah er nur unwesentlich besser aus; von wegen Kleider machen Leute. Aber den Puffbesucher nahm man ihm sofort ab.

»Das muss reichen«, drückte ich ihm einen Hunni in die schwitzige Pranke. »Heute Abend erstattest du Bericht.«

Mit einem dreckigen Grinsen stopfte er den Geldschein in die Hosentasche, verließ meine Luxuskarosse und stiefelte zum *Exotic Paradise.* Als er hereingelassen wurde, fuhr ich zum Hotel zurück, um mich für ein paar Stunden aufs Ohr zu hauen.

»Warum verdammt habe ich das Handy nicht ausgeschaltet?«, stellte ich mir die am nächsten liegende Frage, als mich das verdammte Bimmeln aus den süßesten Träumen riss.

»Was ist?«, brüllte ich in den Hörer. Immerhin hatte ich zwei Stunden geschlafen, wie ein Blick auf die Uhr verriet.

»I-i-ich stecke in ei-ei-einer klei-klei-nen-nen Kle-kle-kle-mme«, stotterte Grabowski. Kannte ich gar nicht von ihm.

»Brauchst du einen Logopäden, oder was?«, kochte ich immer noch auf hundertachtzig.

»Nein, eher die Sparkasse«, hatte er zumindest die Stotterei abgelegt. »Ich brauch Kohle. Sofort.«

»Bist du bescheuert? Hundert Euro müssen doch wohl für eine Nutte reichen!«, wurde ich immer ungehaltener. Da weckte mich dieser Penner und bettelte um Geld.

»Hat es auch«, wurde mein Aushilfsschnüffler immer kleinlauter. »Aber die Typen haben hier im Hinterzimmer ein kleines Kasino, da konnte ich einfach nicht widerstehen. Ohne hundert Mücken komm ich hier nicht lebend raus.«

»Deine verdammte Spielsucht«, fluchte ich. »Sieh zu, wie du da wieder rauskommst.« So weit kam es noch, dass ich seine Laster finanzierte.

»Diesem Poszilny gehört der Schuppen. Ich kann nur hoffen, dass die nicht deinen Aufenthaltsort aus mir herausprügeln«, offenbarte Grabowski plötzlich seine hässliche Seite. In der Klemme kannte er keine Freunde.

»In einer Stunde bin ich da«, resignierte ich. Über Sanktionen konnte ich später nachdenken. »Sind die beiden noch da?«

»Keine Angst, die sind weg. Bis gleich. Und danke.«

»Ich hoffe, du bist bis dahin verreckt!«, schrie ich ins Handy, aber die Verbindung war schon tot.

Immerhin schadete mir diese Eskapade nicht finanziell, denn zufälligerweise betrug Grabowskis Honorar exakt hundert Euro. Dieser Gedanke verringerte meine Wut, aber nur ein wenig.

Nach dem Genuss einer Radioreportage über steigende Reinigungskosten für die Beseitigung der Taubenscheiße in der Münsteraner Innenstadt traf ich am Puff ein. Auf mein Klingeln öffnete ein Hüne mit nach hinten gegelten Haaren und tonnenweise Gold um Hals und Handgelenk. Auch der dunkle Zweireiher konnte den verlorenen Boden nicht wettmachen. Nun gut, mit George Clooney hatte ich auch nicht ernsthaft gerechnet. Schade, denn mit ihm hätte ich mich über die Schweinezucht unterhalten können. Wenn ich mich nicht irrte, besaß er nämlich ein Hängebauchschwein.

»Guten Abend«, riss mich der Typ, der statt eines Schweins wahrscheinlich einen Pitbull zu Hause hatte, aus meinen Gedanken. »Wir haben gerade wieder einen Schwung geiler Weiber reingekriegt. Die warten nur darauf, mal richtig rangenommen zu werden. Oder Sie ziehen sich erst mal unsere Show rein. Die ist ein echter Hammer!«

»Spar dir die Sprüche. Ich bin wegen eines Kumpels hier. Seine Piepen sind versehentlich in meinem Portemonnaie gelandet«, war ich an Coolness nicht zu überbieten.

»Ach so«, wusste er offensichtlich sofort, wer gemeint war. »Dann schwing mal die Hufe.«

Ich folgte ihm durch einen schummrig beleuchteten Gang. Aus kleinen Deckenlautsprechern säuselte dezente italienische Popmusik – oder war es Poppmusik? –, und an den Wänden hingen Fotos von luftig bis gar nicht bekleideten Damen, die sich um eine Stange wanden. Im Vergleich zu diesen Schnappschüssen war sogar die Raufasertapete erotisch.

Vor der letzten Tür verordnete er seinen Krokostiefeln eine Ruhepause und ließ seine Knöchel gegen das Holz krachen.

»Herein, herein«, quietschte eine hohe Stimme. Dies war das Signal für den Türsteher, sich zu verdrücken.

Ich trat ein und sah als Erstes Grabowski, zusammengekrümmt auf einem roten Plüschsessel. Blut lief von der rechten Schläfe herunter und versaute mein Ersatzsakko.

Ein glatzköpfiger Kerl mit einem Brustkorb wie Stallone zu seinen besten Zeiten stand breitbeinig hinter ihm. Diese Puffterrier mussten irgendwo geklont werden, denn er trug ebenfalls einen dunklen Zweireiher, hatte aber die Ärmel hochgekrempelt. Sehr apart. Auf dem Unterarm war in grünen Lettern »Für immer Imke« eintätowiert. Das Handgelenk zierte ein Goldkettchen, was sonst.

Hinter dem Schreibtisch thronte ein kleines Kerlchen mit gezwirbeltem Bart, der mir seine parfümierte Hand entgegenstreckte. Goldene Ringe zierten alle zehn Finger, im linken Ohr steckte ein Diamant.

Auf dem Regal hinter ihm waren diverse Dildomodelle ausgestellt, an der Wand hingen Peitschen, Handschellen und Dessous aus Lack und Leder. Für jeden Geschmack was dabei.

»Ich bin Patrick, das ist Udo«, wies er auf das Anabolikamonster. »Gerade palavern wir mit deinem Kumpel über den Begriff Zahlungsmoral. Erst pimpern und zocken, dann leere Tasche. Das haben wir gar nicht gern.«

»Gar nicht«, brummte Udo und ließ die rechte Faust gegen Grabowskis Schläfe krachen. Der Verschluss vom Goldkettchen musste ziemlich stabil sein.

»Ich hab das Geld«, zückte ich das Portemonnaie und ließ einen grünen Lappen auf den Schreibtisch fallen. Als der Wicht den Schein musterte, fiel ihm die Kinnlade runter.

»Da hast du dich aber tüchtig verzählt, hä? Bearbeitungsgebühr und Zinsen vergessen, oder was?« Das Gequieke war nicht auszuhalten.

»Vergessen, hä!«, grunzte Udo, der Patricks Echo zu spielen schien. Das war mir egal, jeder hatte andere Vorbilder, doch der Schlag gegen mein Kinn war alles andere als angenehm.

»Wie viel?«, stöhnte ich, während ich mit der Hand meine Kauleiste untersuchte.

»Schon besser, Freundchen«, lachte Patrick. »Udo!«

Mister Universum riss mir die Geldbörse aus der Hand und leerte sie komplett aus. Zweihundertdreißig Euro.

»Passt genau«, rieb sich Patrick die Hände. »Arbeitest wohl als Buchmacher, oder wie hast du das so flott ausgerechnet?«, stießen seine Mundwinkel fast an die Ohren.

Nur Udo lachte. Grabowski schwieg angstvoll und bewegte sich nur, um das Blut aus dem Gesicht zu wischen. Auch mir war nicht nach Unterhaltung zumute.

»Verpass den Pennern noch einen Denkzettel und dann weg mit dem Pack«, hatte der Zwerg offensichtlich Spaß an der Sache gefunden.

Als Udo ausholte, um den Worten seines Bosses Taten folgen zu lassen, trat ich ihm gepflegt in die Eier, aber entweder war er völlig schmerzresistent, oder da war nichts, was wehtun konnte, denn er grunzte nur kurz und knallte mir einen vor den Latz. Das tat richtig weh. Weitere Tritte folgten, die ich aber kaum noch wahrnahm. An der Schwelle zur Bewusstlosigkeit hörte ich Patrick fiepsen: »Lass ihn, der war ja kooperativ. Nimm dir noch den anderen vor und dann schaff sie raus.«

Den Geräuschen nach zu urteilen wurde nun Grabowski durch die Mangel gedreht. Minuten oder Stunden später – ich kriegte mein Zeitgefühl nicht mehr auf die Reihe – wurde ich an den Füßen gepackt und nach draußen geschleift. Bald darauf wurde ein wimmerndes Etwas neben mir abgelegt.

»Nächste Mal benimmt ihr euch«, ließ Udo eine gewisse Aversion gegen unsere Muttersprache durchblicken. Dann waren wir allein.

Der Dreckskerl hatte uns wie zwei Müllsäcke in den Hinterhof geworfen. Der Boden war gepflastert mit Zigarettenkippen, Bierdosen und gebrauchten Kondomen. Von Abfalltrennung schien man hier nicht viel zu halten.

Und ich Idiot hatte mich über das Hotelzimmer beschwert.

Nach gefühlten drei Tagen war ich in der Lage, mich aufzurappeln. »Grabowski, aufwachen!«, röchelte ich in Peters Richtung. Keine Reaktion, es sei denn, man wollte sein Gestöhne als solche bezeichnen. Ich musterte ihn genauer: Bis auf die Platzwunde am Kopf konnte ich keine äußerlichen Verletzungen erkennen. Zudem hatte er im Gegensatz zu mir den großen Vorteil, dass er eigentlich nicht abgefuckter aussehen konnte als normalerweise.

Da ich verschwunden sein wollte, bevor uns die Müllabfuhr einsackte, griff ich meinem Kollegen unter die Arme, obwohl ich große Lust verspürte, ihn hier verrotten zu lassen. Unter Mobilisierung der letzten Kraftreserven gelang es mir, das wimmernde Bündel zum Auto zu schleppen und auf der Rückbank zu deponieren. Gut, dass es ein Leihwagen war.

»Scheiße, tut das weh«, kehrte Grabowski allmählich unter die Lebenden zurück.

»Selbst schuld«, hätte ich ihn am liebsten noch mal vermöbelt. »Was hast du rausgekriegt?«

Aus seinem Mund kam nur ein gequältes Stöhnen.

»Sprich lauter. Ich versteh dich nicht«, fuhr ich ihn an.

»Nichts«, jammerte er. »Nichts hab ich rausgekriegt. Und dafür diese Qualen. Die Typen sind doch nicht dicht. Der Laden gehört Poszilny und Eckolt. Oh Mann, diese Schmerzen«, hielt er sich den Magen. »Das hat mir jedenfalls Lulu erzählt, nachdem ich sie so richtig rangenommen habe. Oh, tut das weh.«

Mir ging es auch nicht berauschend, doch verkniff ich mir irgendwelche Schmerzenslaute, die sowieso keinen interessierten. Der Tag hatte sich richtig gelohnt. Von einem Luden zusammengeschlagen und keinen Deut schlauer als gestern. So machte der Beruf Spaß.

Als ich Gurkennase in den Aufzug zerrte, kam mein Hotelfreund angesprintet, in der Hand einen Umschlag.

»Herr Ringmann. Das hat ein Herr Baumeister für Sie abgegeben. Er hat gesagt, die Akten wären topsecret und ich dürfte nicht mal meiner Frau davon erzählen. Ansonsten wären wir in Lebensgefahr.« Der panische Touch in seiner Stimme gefiel mir. »Dabei bin ich überhaupt nicht verheiratet. Ich muss schon sagen, so was ist mir selbst in Wien nicht vorgekommen.«

»Er hat ein wenig übertrieben«, beruhigte ich ihn. »Er ist mein Vermieter mit Hang zum Theatralischen. Es geht dabei nur um die letzte Nebenkostenabrechnung.«

»Puuh«, fiel dem Portier ein Steinbruch vom Herzen. »Geht es Ihrem Freund nicht gut?«, gewann nach überstandener Todesangst die Neugier wieder die Oberhand. »Wohl zu tief ins Glas geschaut«, nickte er wissend.

»Nur eine kleine Auseinandersetzung mit einer Bande Jugendlicher. Ich lass ihn heute bei mir übernachten. Setzen Sie's auf die Rechnung«, hatte ich so viel Bedarf an einem Gespräch wie ein Beduine an einem Sandkasten.

»Kein Problem. Nirgendwo ist man vor diesen Halbstarken sicher. Glauben, sie können sich bei uns wie die Hottentotten aufführen«, nickte er verständnisvoll, aber eckig wie ein Android. »Ich sag Ihnen, als ich in München …«

»Helfen Sie mir, ihn aufs Zimmer zu bringen?«

Tat er. Dabei gab er eine Story nach der anderen zum Besten, die alle nicht der Wiedergabe wert waren. Ich drückte ihm einen Fünfer in die Hand und wünschte eine gute Nacht. Danach bettete ich Peter auf eine Wolldecke, die ich im Kleiderschrank gefunden hatte. Dass sie extrem nach Mottenkugeln stank, bekam er eh nicht mit. Ohne ein weiteres Wort schloss er die glasigen Augen und schlief auf der Stelle ein.

Da ich mich ebenfalls müde und zerschunden fühlte, legte ich Ottos Bericht in die Nachttischschublade und mich ins Bett.

24

Um halb acht schlug ich die Augen auf und war sofort hellwach. Mein erster Blick galt Grabowski. Ich hätte wissen müssen, dass die Zusammenarbeit mit ihm in einer Katastrophe enden würde. Gurkennases gestrige Tagesleistung konnte sich wahrhaft sehen lassen: Honorar verzockt und ein paar vors Gesicht gekriegt – Hut ab!

»Los, aufstehen!«, schüttelte ich ihn, bis er endlich die Augen öffnete.

»Ja, Susi, ich werde dich heiraten. Auch wenn du entsetzlichen Mundgeruch hast.«

»Grabowski, wach auf!«

»'tschuldigung, hab geträumt«, ließ er einen kräftigen Rülpser los.

»Zieh dich an. Ich bring dich zum Wagen.« Je schneller ich das wandelnde Chaos loswurde, desto besser.

»Immer mit der Ruhe. Hast du was zu trinken?« Selbst wenn Peter sich einer plastischen Totaloperation unterziehen würde: An diesem Satz würde ich ihn immer erkennen.

»Du bekommst eine Flasche, wenn wir am Auto sind.«

Sofort kam Leben in ihn. Innerhalb weniger Sekunden war er aufbruchbereit. Eine Dreiviertelstunde später erreichten wir seine Kutsche. An einem Supermarkt hatte ich einen Stopp eingelegt und eine Pulle Bourbon für ihn und eine Stange Camel für mich erstanden. Ich drückte ihm den Fusel in die ungewaschenen Flossen und wünschte eine gute Heimreise.

»Was ist mit der Kohle?« Nur nicht aufregen, Nannen, nur nicht aufregen.

»Die ist dort«, deutete ich auf den Puff. »Von mir bekommst du keinen Cent, ganz im Gegenteil: Ich bekomm noch Kohle von dir. Den Sprit habe ich nur spendiert, weil wir alte Kollegen sind und ich dich nicht ohne Frühstück nach Hause schicken will. Jetzt hau ab!«

Peter sah die Zwecklosigkeit seines Unterfangens ein. Er öffnete den Schraubverschluss der Flasche, nahm einen großen Hieb und quälte sich aus dem Passat.

»Vorher umziehen. Deine Klamotten sind im Kofferraum.«

Als auch das erledigt war, konnte ich zum Hotel zurückfahren.

Zurück in der Nobelsuite, kramte ich Baumeisters Bericht aus dem Nachttisch. Ich riss den sorgfältig zugeklebten Umschlag auf und zog drei mit Bleistift beschriebene Blätter heraus. Dann ging's an die Lektüre.

OTTO BAUMEISTER
Beschattungsauftrag Nr. 1
Beschattete Person: Heiko Eckolt
Auftraggeber: Dieter Nannen

08:01 Uhr – Posten bezogen vor Grundstück von Wolfgang Eckolt (Vater der zu beschattenden Person); Dülmen, Meisenweg 17.

08:46 Uhr – Korpulente Frau (ca. 90 kg; 1,65 m) verlässt das Haus mit braunem Einkaufskorb. Vermutung: Mutter des Zielobjektes tätigt Einkäufe.

09:05 Uhr – Zu beschattendes Objekt verlässt das Gebäude; bekleidet mit weißer Leinenhose und hellblauem Hemd; Sonnenbrille von Carrera. Steigt in einen roten Porsche. Wird begleitet von etwa 50-jährigem Herrn (dunkelblauer Anzug, weißes Hemd, blaue unifarbene Krawatte). Vermutung: Vater des Zielobjekts. Steigt ebenfalls in den Porsche. Verfolgung aufgenommen; Fahrt führt in Richtung Münster. Während der Fahrt entdecke ich Dieter Nannen, der offensichtlich zweiten Mann beschattet. Gebe mich unauffällig zu erkennen.

09:23 Uhr – Roter Porsche stoppt vor einem Bürogebäude in Münster. Beide Männer steigen aus. Zu beschattendes Objekt betritt das Gebäude; zweite Person steigt in einen Mercedes und fährt davon (Dieter Nannen nimmt die Verfolgung auf). Ich warte zunächst im Auto, gehe nach zehn Minuten zum Haus und studiere die Firmenschilder. Im vierten Stock entdecke ich »Megabyte Eckolt«. Halte Verfolgung für zu riskant und setze mich wieder in den Wagen. Niemand betritt oder verlässt den Komplex.

10:50 Uhr – Zu beschattendes Objekt verlässt das Haus, steigt in den Porsche und fährt los. Ich folge.

10:59 Uhr – Stopp an einer Buchhandlung. Zielperson kehrt nach fünf Minuten mit drei Büchern unter dem Arm zurück. Auf dem oberen Buchdeckel steht »Windows XP«. Mehr ist nicht zu erkennen.

11:15 Uhr – Zielobjekt an einer roten Ampel verloren, doch an der übernächsten Kreuzung wieder eingeholt.

11:44 Uhr – Eintreffen an einem Golfclub in der Münsteraner Peripherie. Zu beschattende Person geht mit den Büchern ins Clubhaus. Ich folge. Zehn Personen halten sich im Gebäude auf. Ich falle nicht auf. Zielobjekt sitzt allein am Tisch und studiert die Bücher. Macht sich Notizen auf einem Stenoblock.

12:28 Uhr – Ein etwa zwanzigjähriger Mann (ca. 1,80 m; 75 kg; weiße Hose; rotes Poloshirt) setzt sich zu Zielperson an den Tisch. Kurze Diskussion. Bin zu weit weg, um Einzelheiten zu verstehen. Glaube aber mitbekommen zu haben, dass es um eine Informatikvorlesung geht.

12:41 Uhr – Zweite Person verlässt den Tisch und das Clubhaus. Zielobjekt liest weiter und macht Notizen.

13:05 Uhr – Zu beschattende Person räumt Sachen zusammen und macht Anstalten, bezahlen zu wollen. Ich stehe auf, um vor ihm draußen zu sein.

13:08 Uhr – Zielobjekt verlässt Clubhaus und steigt in den Wagen. Fährt in Richtung Münster-Innenstadt.

13:30 Uhr – Zu beschattende Person hält an einem Nobelrestaurant in der Buchenallee. Restaurant trägt den Namen »Münsteraner Hof«. Ich beobachte aus dem Wagen, wie Objekt sich an einem Fensterplatz niederlässt und die Speisekarte studiert. Da Zielperson neben einem älteren Herrn, der zwei Plätze weiter speist, der einzige Gast ist, fürchte ich meine Enttarnung und bleibe deshalb im Wagen. Habe Zielobjekt optimal im Blick.

13:39 Uhr – Kellner stellt eine Flasche Rotwein auf den Tisch.

14:10 Uhr – Kellner serviert Rumpsteak mit Pommes

frites und grünem Salat. Zu beschattendes Objekt sitzt gesamte Zeit allein am Tisch.

14:46 Uhr – Zielperson steht auf und verschwindet im hinteren Teil des Restaurants.

14:49 Uhr – Ich überlege gerade, ob ich folgen soll, als Objekt das Restaurant verlässt. Vermutung: Zu beschattende Person war auf der Toilette. Zielperson fährt weiter. Ich nehme die Verfolgung auf.

15:15 Uhr – Stopp an einer Kneipe namens »Zum Goldenen Bären«. Da gemischtes Publikum und gut besucht, folge ich. Zu beschattendes Objekt sitzt allein an einem Ecktisch, ich nehme am Tresen Platz. Von dort aus optimale Beobachtung möglich. Zielperson wartet anscheinend auf jemanden, schaut immer wieder zur Tür. Raucht eine Zigarette (Marke Dunhill) nach der anderen. Äußerst nervös.

16:02 Uhr – Mann (etwa 1,75 m groß; schlank; ca. 45 bis 50 Jahre alt; dunkelblauer maßgeschneiderter Armani-Anzug; dunkelblonde halblange Haare; mehrere Ringe an den Fingern) betritt das Lokal und setzt sich zu Zielperson. Scheinen keine guten Freunde zu sein. Mann überreicht einen Umschlag (DIN A4; braun; ohne Beschriftung). Zu beschattende Person blickt kurz hinein, faltet Umschlag zusammen und steckt ihn in die Hosentasche. Anderer Mann steht auf und verlässt die Gaststätte. Es wurde kein Wort gesprochen. Zielperson hat nichts an den anderen Mann übergeben.

16:05 Uhr – Beschattungsobjekt steht auf und verlässt das Lokal. Ich warte zehn Sekunden und folge. Sehe gerade noch, wie Porsche aus der Parklücke herausfährt. Nehme Verfolgung auf. Zwei Straßen weiter habe ich ihn eingeholt.

16:13 Uhr – Verlassen Münster Richtung Dülmen.

16:25 Uhr – Zu beschattende Person verlässt Landstraße und fährt in einen schmalen Waldweg. Ich kenne die Gegend und weiß daher, dass der Weg nach hundert Metern zu Ende und nur noch für Fußgänger passierbar ist. Stelle meinen Wagen fünfzig Meter weiter an den Straßenrand und schleiche durch eine dichte Tannenschonung zum vermutlichen Aufenthaltsort des Zielobjekts. Komme gerade rechtzeitig, um zu beobachten, wie der Inhalt des Umschlags verbrannt wird. Um Zielperson später nicht zu verlieren, trete ich Rückzug an und sitze im Wagen, als der Porsche vorbeifährt.

17:10 Uhr – Zu beschattendes Objekt erreicht Wolfgang Eckolts Grundstück, verlässt das Auto und geht ins Haus.

18:30 Uhr – Niemand hat das Gebäude betreten oder verlassen. Beende die Beschattung.

Otto Baumeister

PS:

Bin zum Waldweg zurückgefahren. Habe Brandrückstände untersucht. Ergebnis: Einige Schnipsel lassen darauf schließen, dass es sich um Fotos und Negative gehandelt haben muss. Zu verschmort, um zu erkennen, was auf den Fotos abgebildet war. Beweisstücke sind beigelegt.

Ich schnappte den Umschlag und schüttete ihn aus. Tatsächlich fielen drei Schnipsel heraus. Ich testete meine Augen und hielt die Fetzen unter die eingeschaltete Nachttischlampe. Otto hatte recht: Auf diesen verkohlten Stückchen war nichts, aber auch gar nichts zu erkennen.

Also ab damit in die Rundablage. Dann steckte ich

mir eine Zichte an und zweckentfremdete eine Bierdose als Aschenbecher.

Baumeister hatte einen präzisen Bericht abgeliefert. Bis auf Heikos Sockenfarbe und die Marke der Seife, die er auf der Restauranttoilette benutzt hatte, war alles aufgelistet.

Den gestrigen Vormittag hatte Eckolt junior mit der Lektüre von Fachliteratur für sein Informatikstudium verbracht. Da Lernen bekanntlich hungrig machte, hatte er das Hungergefühl auf die wirksamste Weise bekämpft: Er hatte gegessen. Jetzt folgte der interessante Teil: Heiko hatte sich mit einem Mann getroffen, den Otto nicht kannte. Für mich bestand jedoch kein Zweifel, um wen es sich bei dem Kerl handelte: Gerd Poszilny!

Nun stellte sich die nicht unwichtige Frage, was auf den Fotos zu sehen war, die der Makler überreicht hatte. Entweder war der kleine Eckolt ebenfalls im Bordellgeschäft tätig oder die Fotos hatten nichts oder nur am Rande mit Gerds lukrativem Nebenerwerb zu tun.

Möglichkeit Nummer eins hielt ich aus zwei Gründen für unwahrscheinlich: Zum einen hatte Heiko nicht das Format für derartige Geschäfte, zum anderen sprach Ottos Bericht dagegen. Wenn ich seiner Beobachtungsgabe vertraute, waren sich Heiko und der Makler alles andere als freundlich gesinnt. Ein dritter Punkt fiel mir ein: Hätte der Umschlag geschäftliche Dinge enthalten, die für Heiko bestimmt waren, hätte Wolfgang ihn einfach daheim übergeben können. Das war mit Sicherheit unauffälliger als das konspirative Treffen in der Kneipe.

Die zweite Möglichkeit hielt ich nur deshalb für wahrscheinlicher, weil sie weniger unwahrscheinlich war. Üblicherweise dachte man bei Fotos, die in einer Kneipe übergeben wurden, an Erpressung. Doch womit hatte der Makler Heiko erpresst, und was hatte dieser als Gegenleistung erbracht, um in den Besitz der Fotos zu gelangen? Geld?

Und wie passte der alte Franz in diese Geschichte? War er hinter die Machenschaften des Maklers gekommen? Dafür sprachen seine Treffen mit Poszilny und seine Andeutungen Otto gegenüber, dass er einer riesigen Schweinerei auf der Spur war. Dagegen sprach nichts. Christas Vermutung, Poszilny hätte sich Eckolts Hütte unter den Nagel reißen wollen, hatte sich als falsch erwiesen.

Je intensiver ich über den Fall nachdachte, desto stärker beschlich mich das Gefühl, dass ich in eine Sackgasse geraten war. Selbst wenn ich definitiv wusste, wer die beiden Morde und den Anschlag auf mich verübt hatte, fehlten die Beweise.

Es gab nur eine Lösung: Ich musste das Versteckspiel beenden und den Stier bei den Hörnern packen.

25

Der Blick aus dem Fenster zeigte einen bewölkten Himmel. Entschlossen legte ich das Schulterhalfter um und zog das Jackett drüber. Dann noch schnell die verschmorten Negative aus dem Papierkorb gefischt und zusammen mit den Computerausdrucken in die Innentasche gestopft.

Der Blick auf den Stadtplan offenbarte, dass mein Ziel

weniger als zwei Kilometer entfernt war. Somit testete ich die Qualität meiner Sohlen und legte den Weg per pedes zurück.

Dreitausend Schritte später hatte ich mein Ziel erreicht. Ohne anzuklopfen trat ich ein.

»Sie?«

»Nehmen Sie die Hand von der Gegensprechanlage, Schätzchen«, entschied ich mich gegen eine höfliche Begrüßung.

Die Waffe in meiner Rechten überzeugte sie. Mit einer Handbewegung bedeutete ich der Kleinen, aufzustehen und langsam auf die zweite Tür zuzugehen. Dort angekommen, riss ich die Tür mit einem Ruck auf und stieß die Puppe hinein. Da ich den Fuß vor ihren gestellt hatte, stolperte sie und prallte vor den Schreibtisch.

»Sie?«

»Hände über den Kopf und nach vorne kommen.« Diesen Satz wollte ich schon immer mal in der Praxis anwenden.

»Was geschieht, wenn ich Ihre Aufforderung ignoriere?«

»Dann fehlt in meiner Trommel eine Kugel«, verlegte ich mich aufs Martialische.

»Sie bluffen doch nur«, gab er sich betont lässig.

»Keiner hat mich das Gebäude betreten sehen, und niemand wird sehen, wie ich es verlasse. Sie entscheiden, ob mit gutem oder schlechtem Gewissen.« Meine Güte, hatte ich vor kurzem *Der Pate* gesehen?

Die Schweißperlen auf Poszilnys Stirn rührten sicherlich nicht vom schwülen Wetter her. Das leise Summen der Klimaanlage ließ einen anderen Grund vermuten.

Mit Verspätung erfüllte der Makler meine Forderung und hob demonstrativ gelangweilt die Hände in die

Höhe. Ich schloss die Tür ab und ließ den Schlüssel stecken. Als Erstes unterzog ich ihn einer Leibesvisitation. Bis auf die Knoblauchfahne war er unbewaffnet.

Mit der Kanone bedeutete ich ihm, sich neben seine Tippse zu setzen, die sich gegen den Schreibtisch gelehnt hatte. Ein schönes Pärchen.

»Waren Sie mit meinem Immobilienangebot unzufrieden oder was bezwecken Sie mit dieser Show?« War Poszilny todesmutig, frech oder einfach nur blöd? Egal, das Resultat war das Gleiche: ein Schlag mit dem Revolverknauf vor die rechte und mit der Faust vor die linke Wange.

Gerd sah mich überrascht an und bei Yvonne öffneten sich die Schleusen. Ich trat zurück, schnappte mir einen Stuhl und ließ mich darauf nieder.

»Können wir uns jetzt vernünftig unterhalten oder wollen Sie den Perser mit Ihrem Blut ruinieren?«, blieb ich meinem rohen Stil treu.

»Ich weiß nicht, wovon Sie reden.« Ein harter Brocken.

Zweimal musste ich noch meinen Platz verlassen, bevor er endlich Kooperationsbereitschaft signalisierte: »Okay, okay. Was wollen Sie wissen?«

»Wer ist neben Ihnen und Wolfgang Eckolt noch ins Puffgeschäft involviert?«, startete ich mit einer leichten Frage.

»Wie können wir uns vernünftig unterhalten, wenn Sie mir Fragen stellen, mit denen ich nichts anzufangen weiß?«, schaute Gerd mich ungläubig an.

Gegen Schläge schien er immun zu sein, deshalb zog ich den Computerausdruck aus der Tasche und ließ ihn in seinen Schoß fallen.

»Wie sind Sie an diese Unterlagen gekommen?«, traten

seine Augen fast aus den Höhlen, nachdem er die Seite überflogen hatte.

»Unerheblich. Fakt ist, dass ich sie habe. Die zugehörige CD ist bei einem Anwalt unter Verschluss.«

Er zerknüllte das Blatt und schleuderte es gegen die Fensterscheibe.

»Das beweist gar nichts.«

»Hören Sie genau zu! Bei jeder Datei kann man unter Eigenschaften nachlesen, wer sie wann erstellt hat«, gab ich den Computerexperten. »Dann brauchen die Bullen nur noch die Daten mit Ihren Kontobewegungen zu vergleichen und …«, ließ ich den Satz unvollendet. »Außerdem habe ich gestochen scharfe Fotos, wie Sie einem Chinesen in Ihrem Puff Geld übergeben. Ich denke sehr wohl, dass der Ausdruck ›Beweis‹ den Tatbestand trifft.« Gut gemacht, Nannen.

»Wollen Sie Geld von Gerd? Sind Sie ein Erpresser?«, schaltete Yvonne sich auf einmal ein.

»Hab ich dich um einen Kommentar gebeten, Schätzchen? Feil dir die Fingernägel oder zupf an deinem Rock rum, aber ich will keinen Mucks von dir hören, kapiert?«

Anscheinend klang ich wirklich böse, denn sie zog verängstigt die Knie hoch und fing erneut an zu flennen.

»Wollen Sie uns erpressen?«, wiederholte der Makler die Frage seiner Angestellten. Ein eingespieltes Team.

»Schluss jetzt! Sie wissen genau, warum ich hier bin. Ihre Bordellgeschäfte interessieren mich einen Dreck. Meinetwegen können Sie damit weitermachen, vorausgesetzt, Sie sind nicht der Mörder von Franz Eckolt.«

»Ich kenne keinen Franz Eckolt. Ist er ein Verwandter von Wolfgang?«, mimte er immer noch den Ahnungslosen.

Da ich noch einige Trümpfe in der Hand hielt, blieb ich ruhig.

»Es gibt mehrere Personen, denen Franz von den Treffen mit Ihnen berichtet hat.«

»Dieser Eckolt ist tot, wenn ich Ihre Andeutungen richtig verstanden habe. Meine Anwälte werden sich vor Freude die Finger reiben, den Ermordeten post mortem als unzurechnungsfähig erklären zu lassen.«

»Außerdem hat seine Tochter Sie aus dem Haus des Toten kommen sehen«, fuhr ich unbeirrt fort.

»Ist das diese, wie heißt sie noch gleich ... Christa Kerner? Die sitzt im Knast, soviel ich weiß. Ihre Zeugen jagen mir wirklich eine Heidenangst ein.«

»Woher kennen Sie ihren Namen?«, begab ich mich auf das Niveau der Dreiminutenkrimis, die in der Wochenendbeilage des Dülmener Kuriers abgedruckt waren.

»Ich pflege das außergewöhnliche Hobby, beim Frühstück die Zeitung zu lesen«, grinste der Makler über alle vier Backen. »Herr Nannen, Sie verkennen die Situation. Was ich hier erzähle, hören Sie und Yvonne. Ich könnte jetzt beschwören, Ihre Schwester gebumst zu haben, aber wen kümmert's?«

Ich sprang auf und knallte ihm meine Faust gegen den Schädel. Nicht weil er meine Schwester beleidigt hatte – schließlich war ich Einzelkind –, sondern weil er mich so siegessicher angriente und viel zu glücklich aussah.

Das Ergebnis waren schmerzende Knöchel für mich und eine Ohnmacht für ihn.

»Wecken Sie ihn wieder auf!«, herrschte ich die Heulsuse an.

»Wie soll ich das machen?«, wischte sie sich mit dem Handrücken die Tränen aus dem Gesicht.

»Was weiß ich. Wachküssen oder Wasser in die Visage kippen.«

»Wir haben kein Wasser. Nur Cognac und Champagner.«

»Ja dann los. Aber keine Heldentaten. Meine Laune wird immer schlechter.«

Sorgfältig darauf bedacht, jede falsche Bewegung zu vermeiden, ging Yvonne zur Minibar und kehrte mit zwei Flaschen Cognac zurück.

»Los!«

Der Inhalt der ersten Flasche landete im strapazierten Maklergesicht. Nichts. Erst nach der Hälfte der zweiten Flasche kam wieder Leben in den Sausack. Er schüttelte sich wie ein Köter nach einem Regenguss, begleitet von einer heftigen Hustenattacke.

»Wieder an Bord, Poszilny?«, fuhr ich ungerührt fort.

»Yvonne ... Nannen ... was soll das?«, war er noch ein wenig desorientiert.

»Das sind die Spielregeln«, wandte ich mich an ihn. »Ich werde gleich einige Fakten präsentieren und Sie stricken daraus eine glaubwürdige Geschichte. Passt mir irgendwas nicht, werde ich andere Saiten aufziehen. Vielleicht fang ich auch mit dem Flittchen an.«

Yvonne blickte nicht einmal hoch. Der schnapsgetränkte Makler nickte nur.

»Kommen wir nun zu den Tatsachen: Den Mordanschlag auf mich haben Sie verübt. Sie haben sich ja nicht allzu viel Mühe gegeben, unerkannt zu bleiben. Außerdem habe ich den Anruf aufgezeichnet, mit dem Sie mich zu Eckolts Haus gelockt haben. Zusammen mit der Aussage zweier Nachbarn, die die Schüsse gehört haben, kann man Ihnen daraus einen dicken Strick drehen. Meine letzte Information ist, dass Heiko Eckolt mich verfolgt hat, und das bestimmt nicht, weil er auf meinen Wagen scharf war. Jetzt sind Sie dran.«

»Sie garantieren mir, dass die Geschäfte nicht ans Tageslicht dringen, wenn ich Ihnen den Mörder liefere?«, versuchte er zu feilschen.

»Ich will den Fall hier und heute abschließen. Mit Fall meine ich den Mord an Franz Eckolt. Falls Sie keinen Namen ausspucken, lass ich Ihren Laden auffliegen. Message angekommen?«

»Ihre Schnüffelei hat mich nervös gemacht«, legte er endlich los. »Ich habe die Aufdeckung der Geschäfte befürchtet und lag damit ja auch nicht verkehrt. Also musste ich handeln.«

»Franz musste ebenfalls etwas entdeckt haben. Deswegen haben Sie versucht, ihn zu töten, bei ihm jedoch erfolgreicher als bei mir.«

»Nicht ganz. Der Alte hatte sich gewundert, wie Wolfgang mit seiner Computerklitsche ein solches Vermögen anhäufen konnte. Daraufhin hat er ihm hinterhergeschnüffelt und ist dabei auf mich gestoßen. Die Witzfigur wollte mich anzeigen. Ich habe ihm Geld angeboten, viel Geld, aber er hat mir nur ins Gesicht gespuckt. Natürlich habe ich mit dem Gedanken gespielt, ihn umzulegen, doch ein anderer war schneller.« Er legte eine bedeutungsschwangere Pause ein.

»Raus mit der Sprache. Wer hat Franz umgebracht?«, tat ich ihm den Gefallen.

»Heiko natürlich.«

26

Ich lehnte mich zurück und prüfte seine Story. Nach reiflicher Überlegung konnte ich nichts finden, was dagegen sprach. Allerdings war der Immobilienfuzzi alles andere als unschuldig.

»Womit haben Sie Heiko erpresst, damit er die Drecksarbeit für Sie erledigt?«, hielt ich unsere Unterredung für noch lange nicht beendet.

»Ich habe Ihnen den Namen des Mörders genannt und damit meinen Teil der Abmachung erfüllt«, schaute er mich kalt an. »Hauen Sie ab!«

»Immer schön geschmeidig bleiben«, schwenkte ich die Pistole in Yvonnes Richtung. Dies schien sie aber nicht weiter zu belasten. Sie lehnte wie paralysiert am Schreibtisch; ihre Augen fixierten einen Punkt an der Decke, als würde sich dort gleich Aladins Geist manifestieren und sie auf dem Teppich ins Reich von Tausendundeiner Nacht entführen; Hauptsache, weit weg von mir.

»Wir sind noch nicht fertig und die Spielregeln haben sich nicht geändert. Wenn mir eine Antwort nicht passt, gibt's eine Bleivergiftung.« Während der markigen Worte zog ich die angeschmorten Negative aus der Jacke.

»Das sind die Fotos, die Sie Heiko gestern gegeben haben. Er hat sie zwar abgefackelt, war aber wohl etwas schlampig.«

»Sie verblüffen mich, Respekt. Aber warum weiter bohren? Sie haben Ihren Mörder. Ich weiß, dass Sie mich im Bau sehen wollen, aber auch ich bin Profi. Sie können nichts beweisen.«

»Mir ist völlig egal, wer in den Knast wandert. Hauptsache, ich erledige den Auftrag. Dass Sie mich niedergeschlagen und mir eine Kugel verpasst haben, lässt sich mit ein wenig Schmerzensgeld wiedergutmachen.«

»Ich hab Sie nicht niedergeschlagen. Das war Wolfgang.«

»Aber Sie waren ebenfalls dort«, sagte ich, obwohl es mich gar nicht interessierte.

»Nein. Wir mussten sichergehen, dass der alte Knacker nichts aufgeschrieben hatte, und zufälligerweise sind Sie zeitgleich aufgetaucht. Seien Sie froh, dass ich nicht dabei gewesen bin, sonst wären Sie bereits das Festtagsmenü für die Ratten in Eckolts Keller.« Klang plausibel.

»Kommen wir auf die ursprüngliche Frage zurück. Wegen dieser läppischen Schnappschüsse hat der kleine Eckolt seinen Großvater getötet?«

»Offensichtlich zeigen die verschmorten Fetzen weniger, als Sie behaupten. Diese Bilder wurden im Club gemacht. Heiko hat sich nämlich regelmäßig mit meinen Schäfchen vergnügt, und zwar mit den jüngsten. Die Publikmachung der Fotos hätte sich nicht allzu gut in seinem Lebenslauf gemacht, finden Sie nicht?«

»Warum der Aufwand?«, versuchte ich meinen Ekel nicht zu zeigen.

»Warum wohl? Als Druckmittel gegen Wolfgang natürlich. Das Geschäft ist knallhart. Je mehr man gegen seine Partner in der Hand hat, umso ruhiger kann man nachts schlafen. Die Fotos hatte ich für den Fall gemacht, dass Wolfgang irgendwann querschießen würde. Als das Problem mit dem alten Knacker auftauchte, konnte ich zwei Fliegen mit einer Klappe schlagen. Ich habe Eckolt beseitigen lassen und aus Heiko einen Mörder gemacht. Ein Freund von mir hat auf Video aufgezeichnet, wie

Heiko das Haus seines Opas kurz vor dem Mord betreten und nachher wieder verlassen hat. Da war es nicht weiter schwer, dem kleinen Pisser die Schnappschüsse abzudrücken.«

»Und dann hatten Sie noch Glück, dass Christa Kerner aufgetaucht ist.«

»Mit Glück hatte das nichts zu tun. Glauben Sie im Ernst, dass ich mich vorher nicht schlaugemacht hätte? Mein Freund hatte genaue Instruktionen, die Bullen zu verständigen.«

»Nicht schlecht. So haben Sie denen sofort einen Täter geliefert. Trotzdem konnten Sie Heiko jederzeit ans Messer liefern; Ihr Druckmittel gegen Wolfgang blieb also erhalten.«

»Exakt«, fasste er sich kurz.

»Wolfgang weiß also weder, dass Heiko Stammgast im Puff war, noch, dass er ein Mörder ist?«

»Richtig. Bisher hatte ich keine Veranlassung, an seiner Loyalität zu zweifeln.«

»Dann her mit dem Tape, auf dem Heiko zu sehen ist«, wollte ich das momentane Hoch nutzen.

»Nein.«

»Poszilny. Ich habe die Waffe und damit das Sagen. Also?«

»Die Kassette ist nicht hier, sondern bei meinem Kumpel. Der ist aber ein anderes Kaliber als ich«, spuckte er fast triumphierend aus.

»Hat er auch einen Namen?«, stellte ich die naheliegende Frage.

»Wenn ich den nenne, bin ich tot. Sie fuchteln hier zwar auch mit der Waffe rum, aber ich glaube nicht, dass Sie mich erschießen werden. Mein Kumpel hingegen würde mich kurzerhand zu Fischfutter verarbeiten.«

Nun gut, ich hatte, was ich wollte. Heiko würde sowieso gestehen, wenn ich ihn mir zur Brust nahm.

Time To Say Goodbye.

Nicht ganz: »Kommen wir zum Schmerzensgeld. Die Kugel, die Sie mir verpasst haben, muss schließlich abgegolten werden.«

»Yvonne!« Trotz des apathischen Eindrucks schien die Angesprochene das Gespräch verfolgt zu haben, denn sie trottete zum Tresor und kehrte mit zehn Hundertern zurück. Musste sie halt noch mal den Weg auf sich nehmen, um die Summe zu verdoppeln. Was man nicht im Kopf hatte, hatte man in den Beinen. Poszilny schien der finanzielle Aderlass nicht zu belasten.

Jetzt gab es nichts mehr, was mich noch hier hielt. Also riss ich die Telefonleitung aus der Wand und fesselte die beiden damit. Gerds schickes Hemd wurde kurzerhand zum Knebel umfunktioniert.

»Ich werde nachher veranlassen, dass Sie befreit werden. Anonyme Anrufe liegen im Trend, hab ich gehört. Falls Sie irgendwann auf die Idee kommen sollten, mich aus dem Weg zu räumen, denken Sie daran, dass bei meinem Anwalt Unterlagen deponiert sind, die Ihnen das Genick brechen werden.« Ich war ein wenig in der Zwickmühle: Mir war klar, dass Gerd mich am liebsten beseitigen wollte, aber der angeblich genau dokumentierte Mordversuch auf den beliebten Privatdetektiv gepaart mit der Excel-Datei musste reichen, um ihn davon abzuhalten. Außerdem konnte er nicht wissen, was ich sonst noch gegen ihn in der Hand hatte. Als pragmatischer Mensch würde er mich in Ruhe lassen, da war ich sicher.

Ich verzichtete auf einen Abschiedsgruß – sie hätten ohnehin nichts erwidern können – und verließ das Büro.

Zweimal den Schlüssel umgedreht, denselbigen unter die Fußmatte gesteckt und übers Treppenhaus nach draußen. Zwei fette Spinnen, die im Erdgeschoss fleißig ihre Netze sponnen, waren die einzigen Lebewesen, die mich hätten identifizieren können. Ich spekulierte auf ihre Verschwiegenheit.

Auf dem Weg zum Auto rechnete ich im Geiste mein Honorar aus. Das Ergebnis gefiel mir. Stellte sich nur die Frage, wer mich bezahlen würde. Streng genommen war Kirstin Eckolt meine Auftraggeberin, aber ich würde mit Sicherheit Probleme bekommen, wenn ich berichtete, dass der eigene Sohn ein Mörder war, und danach die Begleichung der Rechnung forderte. Nein, für die monetären Dinge war Christa Kerner die richtige Adresse. Aber eins nach dem andern.

Im Wagen wählte ich einen Radiosender, der passable Musik durch den Äther schickte, und machte mich auf den Weg nach Dülmen.

27

Eine Viertelstunde später hatte ich den Passat vor dem Eckolt'schen Anwesen geparkt. Auf dem Bürgersteig spielten zwei Mädchen Gummitwist. Die Vögel in den Gärten zwitscherten unschuldige Sommerlieder und die Rasensprenger verschafften dem trockenen Grün eine Abkühlung.

Im Vorgarten registrierte ich aus den Augenwinkeln, dass die Rhododendronbüsche ihren Platz in den Beeten gefunden hatten. Aufs obligatorische Warten nach dem Klingeln war ich gefasst. Allgemein wurde angenommen, dass Privatdetektive die meiste Zeit im Auto saßen, um irgendwelchen Verdächtigen hinterherzuspionieren. Meine Theorie besagte jedoch, dass der wesentliche Teil eines Schnüfflertages auf Fußmatten verbracht wurde.

»Hallo, Marlowe«, wurde sehr schnell geöffnet, was zeigte, dass es keine Regel ohne Ausnahme gab. Thekla trug eine rote Bluse, die ihre Reize mehr unterstrich als verhüllte. Das war es dann auch an Kleidungsstücken.

»Hast du Zeit, einen Fall zu übernehmen?«, flötete sie weiter.

»Für Gedächtnisschwund in Bezug auf Namen sind Neurologen zuständig, nicht Privatdetektive.«

Sie blickte mich verdutzt an, ließ sich aber nicht aus der Fassung bringen.

»An Gedächtnisschwund leide ich nicht. Ich bin doch erst einundzwanzig.« Dazu klimperten die Wimpern im Takt ihrer Stimme. »Weißt du, ich bin auf der Suche nach der großen Liebe. Suchst du sie für mich?« Wenn sie nicht bald mit der Klimperei aufhörte, würde sie morgen einen hübschen Muskelkater haben.

»Ruf mich in zwei Tagen an, ich hab jetzt keine Zeit«, kanzelte ich sie ab. »Ist dein Bruder da?«

Ohne die Antwort abzuwarten, schob ich mich an ihr vorbei. In der Diele kam mir Kirstin entgegen. In der Hand hielt sie eine Illustrierte, von der mir die Schlagzeile »Stuhl tötete hundertzwanzig Menschen: Wer ist der Nächste?« ins Auge stach.

»Haben die Stühle die Jagdsaison eröffnet?«, ließ ich einen wahren Kracher vor dem Herrn los.

»Wie?«, war der Groschen noch nicht gefallen, aber das hieß ja jetzt auch Cent.

Als sie meine Anspielung endlich verstanden hatte, machte sich ein verlegenes Lächeln auf ihrem Gesicht breit.

»Man darf diesen Mist ja nicht glauben. Obwohl die Geschichte der Hausfrau aus Bochum, die Roy Black auf Mallorca gesehen hat, sehr interesssant ist. Roy hat ihr erzählt, dass sein Tod nur ein Reklamegag der Plattenfirma war.«

Sie nickte nachdenklich.

»Aber Sie sind bestimmt nicht gekommen, um sich über den besten Sänger aller Zeiten zu unterhalten. Lassen Sie uns ins Wohnzimmer gehen.«

Nachdem wir es uns auf der Ledergarnitur bequem gemacht hatten und eine Flasche Bier vor mir stand, musste ich unweigerlich zur Sache kommen.

»Ich wollte eigentlich nicht mit Ihnen reden, sondern mit Heiko. Ist er hier?«, verspürte ich großes Unbehagen vor den kommenden Minuten.

»Er ist schon seit heute Mittag weg. Kann ich Ihnen weiterhelfen?«

Ich überlegte, ob ich ihr die Wahrheit erzählen sollte. Nach Abwägung von Pro und Kontra entschied ich mich dafür; erfahren würde sie es so oder so.

»Der Fall ist gelöst. Ich weiß, wer Ihren Schwiegervater ermordet hat. Sie bekommen selbstverständlich einen detaillierten Abschlussbericht.« Gar nicht so leicht, zur Sache zu kommen.

»Das ging aber flott. Raus mit der Sprache: Wer war's?«, hing sie gebannt an meinen Lippen.

»Wie bereits gesagt: Der schriftliche Bericht steht noch aus. Die Ermittlungen sind erst vor wenigen Minuten abgeschlossen worden.« Verdammt. Ich musste doch nur einer Mutter beichten, dass ihr einziger Sohn minderjährige Thaimädchen gebumst und aus Angst vor der Bloßstellung seinen Großvater erschlagen hatte.

»Nun sagen Sie schon, wer meinen Schwiegervater auf dem Gewissen hat«, wurde sie allmählich ungeduldig, und das zu Recht.

»Ihre Schwägerin ist unschuldig. Sie war nur zur falschen Zeit am falschen Ort«, brachte ich es noch immer nicht heraus. Erst mal einen Schluck Bier.

»Wie soll ich das verstehen?«

Dann gab ich mir den entscheidenden Ruck und berichtete alles der Reihe nach, wobei sie mich nicht ein Mal unterbrach.

Als ich geendet hatte, sprang sie auf: »Das soll ich glauben? Sie besitzen die Frechheit, hier reinzuplatzen und mir zu erzählen, mein Sohn wäre ein Mörder. Das haben Sie sich doch aus den Fingern gesogen. Mein Heiko. Ein so lieber Junge. Alle Professoren prophezeien ihm eine goldene Zukunft. Bei Frauen hat er auch großen Erfolg. Da hat er es doch wohl kaum nötig, in ein Bordell zu gehen. Seinen Großvater hat er auch geliebt. Sehen Sie her!«

Sie stürzte zu einer Kommode, schnappte sich ein gerahmtes Foto und hielt es mir triumphierend unter die Nase. Es zeigte einen älteren Herrn – wahrscheinlich Franz – mit einem blond gelockten Jüngelchen im Kindergartenalter auf dem Schoß.

»Sieht so ein Mörder aus? Sie sind doch krank!«, pochte sie auf den Knaben und zerbrach dabei fast das Glas.

»Frau Eckolt. Auch der Kannibale von Rothenburg soll ein süßes Kind gewesen sein. Außerdem scheinen Sie das Video zu vergessen. Heikos Anwesenheit im Haus Ihres Schwiegervaters zur Tatzeit ist unwiderlegbar dokumentiert.«

Langsam schien sich die Erkenntnis, dass ich die Wahrheit sagte, ihren Weg zu Kirstins Gehirn gebahnt zu haben, denn jetzt imitierte sie die Niagarafälle. Es war sinnlos, das Gespräch fortzuführen. Sie hatte erfahren, was zu erfahren war. Jetzt musste ich mich um den missratenen Junior kümmern.

»Wissen Sie, wo Heiko sich im Augenblick aufhält?«

Ich musste dreimal nachfragen, bis ich ihrem Wimmern Wörter wie Golfplatz, Tennisclub und Parteizentrale entnehmen konnte. Ich erhob mich und machte mich auf die Suche nach seinem Zimmer. Kein Problem für einen brillanten Schnüffler wie mich.

Heikos Dachgeschossbude war äußerst karg eingerichtet. Es gab keine Poster an den Wänden und CDs konnte ich auch nicht entdecken. Das zwei Meter breite Metallbett und der Kleiderschrank aus der gleichen Kollektion waren nicht auf dem Trödel erstanden worden. An der linken Seite waren drei Regale angedübelt. Das obere beherbergte zahlreiche Pokale, wobei sich Tennis und Golf ungefähr die Waage hielten. Die beiden anderen Bretter waren mit Computerbüchern vollgestopft. Der zugehörige PC stand auf dem Schreibtisch, ein netter Desktop mit Flatscreen. Laserdrucker und Scanner durften natürlich auch nicht fehlen. Ebenfalls auf dem Schreibtisch entdeckte ich das, wonach ich suchte: ein Adressbuch in edlem Leder. Wahrscheinlich ein Relikt aus vergangenen Tagen, denn bei dem Equipment zählte mit Sicherheit auch ein Blackberry zu seiner Ausrüstung. Die Adressen der drei Lokalitäten waren schnell gefunden. Ich notierte die Anschriften auf einen Megabyte-Eckolt-Zettelblock und weg war ich.

Auf der Treppe kam mir Thekla entgegen. Sie musste besonders hitzeempfindlich sein, denn jetzt hatte sie sich auch noch ihrer Bluse entledigt. Ihr BH aus Seidenspitze hatte erhebliche Mühe, den Inhalt zu bändigen.

»Noch immer keine Zeit für eine neue Klientin, Marlowe?«, trieb sie ihr Spielchen weiter.

»Einstein hat festgestellt, dass Zeit und Raum relative Kategorien sind. Da ich persönlich aber zu der Auffassung neige, dass die Zeit linear verläuft, kann ich nur wiederholen, dass ich dich momentan nicht im Terminkalender unterbringen kann.«

Mit diesen Worten ließ ich sie zum zweiten Mal an diesem Tag stehen. Ich hörte noch, wie sie mir etwas hinterherrief. Es klang wie: »Bist du schwul, Nannen?«

Zumindest war ihr mein Name eingefallen.

28

Das Büro der Jungen Union lag in Dülmen und damit am nächsten. Falls ich Heiko dort nicht anträfe, musste ich wohl oder übel zum Golfplatz oder Tennisclub nach Münster gondeln.

Die Parteien hatten ihre Zentralen in Rathausnähe eingerichtet. Das gesuchte Lokal lag zwischen einem Schuhladen und einer Apotheke. An dem mit Gardinen verhängten Fenster hing eine Liste mit den Aktivitäten der Jungpolitiker: Rhetorikkurse, Doppelkopfabende und Wanderfahrten in die Mark Brandenburg.

Kaum dass ich das Büro betreten hatte, stürmte ein dynamisch wirkender Mittzwanziger auf mich zu. Er trug einen blauen Zweiteiler und ein weißes Hemd, auf dem ein Button mit der Aufschrift »Deutschtests für Moslems« prangte; um den Hals baumelte eine rosa gesprenkelte Krawatte.

Leider handelte es sich nicht um Heiko.

»Was kann die stärkste Partei Deutschlands für Sie tun?«

Sah ich wie einer der hiesigen Bauerntrottel aus, der sich über die niedrigen EU-Milchsubventionen beschweren wollte?

»Bin ich hier richtig? Junge Union?«

»Ganz recht, der Herr. Was ist Ihr Begehr?«

Den Rhetorikkurs schien mein Freund nicht besucht zu haben. Vielleicht sollte er auch zum Deutschtest.

»Ich bin Vater einer dreijährigen Tochter und suche für meine Kleine einen Kindergartenplatz«, wollte ich mal testen, wie gut der Verein wirklich war.

»Wie Sie sicher in der Zeitung gelesen haben, kämpft die Junge Union mit allen zur Verfügung stehenden Mitteln für die Einrichtung neuer Kindergärten«, spulte er sein Politikergewäsch runter.

»Ich kann nicht lesen«, ließ ich sein schmieriges Lächeln gefrieren. »Also, meine kleine Jaqueline muss unbedingt von der Straße weg. Und da dachten Cindy, das ist meine Frau, und ich, dass wir sie am besten in den Kindergarten schicken. Die Junge Union ist doch der Kindergarten der CDU, richtig? Ich zahle auch sofort den Mitgliedsbeitrag«, zückte ich mein Portemonnaie.

»Ich fürchte, da liegt ein Missverständnis vor«, sah mich mein Gegenüber hilflos an.

»Ich habe nicht den Eindruck, dass Sie fähig sind, meiner Tochter einen Kindergartenplatz zu verschaffen. Ist Heiko da? Er weiß, wie man solche Sachen deichselt«, war ich mittlerweile gelangweilt.

»Leider nicht. Er ist schon seit einer Woche nicht mehr hier gewesen.« Wieder eine Stunde meiner kostbaren Zeit verschwendet.

»Da kann man nichts machen. Schönen Tag noch«, drehte ich mich um und verließ die Stätte der hohen Politik.

Auf dem Weg zum Golfclub verfuhr ich mich. Dieser lag nämlich auf der Parkallee, aber dummerweise hatte ich im Stadtplan die Parkstraße herausgesucht. Wohl früher zu viel Monopoly gespielt. Statt grüner Parklandschaft fand ich die Pflegestation der Caritas vor. Die einzige Gemeinsamkeit der beiden Örtlichkeiten war, dass sie sich in der Peripherie von Münster befanden. Leider war die Caritas im Norden, der Golfclub im Süden Münsters angesiedelt. Laut fluchend warf ich die neue Motörhead-CD ein und drehte die Anlage voll auf: *Inferno*.

Pünktlich zum letzten Song erreichte ich das Clubgelände. Als ich meine Blechkiste zwischen einen Porsche und einen Ferrari stellte, musste ich mir die Augen reiben. Mir gegenüber parkten zwei weitere Passats, und zwar grün-weiß lackiert.

Am Eingang begrüßte mich ein livrierter Bediensteter: »Ich darf Sie herzlich willkommen heißen. Leider haben wir momentan geschlossen.«

Ich zückte meine Bankkarte und hielt sie dem Portier für eine Viertelsekunde unter die Nase.

»Nannen. Meine Kollegen erwarten mich.«

»Treten Sie bitte ein. Eine schlimme Sache, nicht wahr?«, redete er in Rätseln.

»Bitte informieren Sie mich in aller Kürze! Die Zentrale hat mich zwar hierher geschickt, aber natürlich nicht gesagt, was los ist«, ließ ich den frustrierten Beamten raushängen.

»Jemand hat unseren hoffnungsvollsten Spieler erstochen, noch dazu am dreizehnten Loch.«

»Sein Name?«, setzte ich nach.

»Heiko Eckolt, wer sonst. Sie scheinen sich in der Golfszene nicht auszukennen, nicht wahr?«

Das durfte doch wohl nicht wahr sein. Kurz vor dem Höhepunkt meiner Karriere hatte jemand die Frechheit besessen, meinen Garanten für Ruhm und Wohlstand umzubringen.

»Haben meine Kollegen den Täter bereits verhaftet?«, ließ ich mir die Überraschung nicht anmerken.

»Nein, der ist unerkannt entkommen. Heiko wollte einige Löcher spielen. Eine halbe Stunde später hat ihn ein anderes Clubmitglied in einer Blutlache auf der Dreizehn gefunden. Mehr weiß ich leider nicht, da müssen Sie schon Ihre Kollegen fragen.«

»Die Zentrale muss sich in der Wagennummer geirrt haben. Ich arbeite nämlich in der Rauschgiftfahndung und bin für Tötungsdelikte überhaupt nicht zuständig. Denen werd ich was geigen«, machte ich kehrt und lief zum Parkplatz zurück. Ohne Rücksicht auf die Straßenverkehrsordnung brauste ich zu Poszilnys Büro.

Der Schlüssel lag noch immer unter der Fußmatte. Das reizende Pärchen fand ich so vor, wie ich es zurückgelassen hatte. Gerd wollte etwas sagen, verursachte aber nur ein Geräusch wie ein Kleinkind, das seinen Spinat ausspuckt.

Ich hob die Hand zum Gruß: »Wollte nur nachsehen, ob alles im grünen Bereich ist.«

Jetzt konnte ich die beiden auch freilassen. Schnell Yvonnes Fesseln gelockert und weg war ich.

Mein Passat empfing einen ratlosen Nannen. Wer außer Poszilny sollte ein Interesse daran haben, Heiko ins

Totenreich zu befördern? Wie ich die Fakten auch drehte und wendete, mir fiel kein potenzieller Täter ein. Es sei denn …

Eine abstrus anmutende Idee machte sich in meinem Schädel breit. Es gab jemanden, der durchaus ein Motiv hatte, Heiko von der Erdoberfläche verschwinden zu lassen. Um die These zu verifizieren, musste ich nach Dülmen. Dort würde sich herausstellen, ob ich den Fall endlich abschließen konnte oder mich weiter mit der Eckolt-Sippe herumschlagen musste.

29

Der Freitag neigte sich dem Ende entgegen, als ich am Fliederweg 34 Sturm schellte. Die Geschäfte hatten vor zwei Stunden die Kassen gestürzt, und die braven Familien saßen vor der Glotze und bewunderten *Siska*, der innerhalb einer Stunde die raffiniertesten Mörder zur Strecke brachte. Keiner würde glauben, dass in ihrer Nachbarschaft genau dasselbe geschah. Innerhalb weniger Tage hatte ich drei Kapitalverbrechen aufgeklärt und würde gleich einen Mörder bei der Polizei abliefern.

Ich vergewisserte mich, dass mein Revolver in der Jackentasche steckte. Tat er. Etwas anderes hätte mich auch gewundert, schließlich hatte ich schon ein Dutzend Mal nachgefühlt.

In Zeitlupe wurde die Tür geöffnet.

»Guten Abend. Schön, Sie zu sehen«, wurde ich freundlich begrüßt.

»Ich war gerade zufällig in der Gegend«, log ich. »Wollen Sie mich nicht hereinbitten?«

»Natürlich. Treten Sie bitte ein.«

Wir betraten eine mit selbst geknüpften Teppichen ausgelegte Diele. Ansonsten enthielt der Raum einen Spiegel und eine Garderobe.

Das Wohnzimmer war mit pseudoantikem Trödel zugestellt: griechische Götterstatuen aus weißem Marmor und bunter Porzellankitsch. An den Wänden hingen Berglandschaften, die perspektivisch völlig falsch dargestellt waren. Dies lag jedoch weniger an der Experimentierfreude der Maler, sondern an Talentmangel.

Hier wäre der Ratgeber »Feng Shui gegen das Gerümpel im Alltag« dringend nötig gewesen. Gut, dass ich nicht an Klaustrophobie litt.

Ich pflanzte mich auf einen Art-déco-Stuhl neben einen die Zimmerdecke anheulenden Porzellanhund.

»Was darf ich Ihnen anbieten?«

»Gegen einen Kaffee hätte ich nichts einzuwenden«, verspürte ich tatsächlich so etwas wie Koffeinmangel.

»Habe ich leider nicht im Haus. Wie wäre es mit Wasser oder Apfelschorle?«

Ich entschied mich für Wasser.

Als das Getränk vor mir stand, kam ich sofort zur Sache: »Wann sind Sie aus dem Gefängnis entlassen worden?«

Kerner überlegte kurz: »Heute Mittag. Ich bin Ihnen so dankbar, dass Sie mich aus dieser Hölle befreit haben«, strahlte sie mich an. »Wenn Papas Erbe freigegeben wird, können Sie mit einer hübschen Belohnung rechnen.«

»Ich habe nur meinen Job gemacht«, gab ich mich bescheiden. »Umso schmerzhafter ist es, Sie in den Knast zurückschicken zu müssen.«

Für eine Sekunde weiteten sich ihre Augen vor Angst, dann schlug sie einen aggressiven Ton an: »Was soll das? Noch alles in Ordnung im Kopf?« Zudem fummelte sie exzessiv an ihrer mit Modeschmuck behangenen Kette rum.

»Was haben Sie heute nach Ihrer Entlassung gemacht?«, passte ich mich der höheren Lautstärke an.

»Was geht Sie das an?«, beknetete sie die Kette immer hektischer. Wenn das so weiterging, konnten wir gleich die unechten Perlen in der Trödelvernissage suchen. »Zuerst bin ich bei Kirstin vorbeigefahren und habe mit ihr meine Freilassung gefeiert. Danach bin ich shoppen gewesen. Im Knast war das Angebot ein bisschen beschränkt. Warum interessiert Sie das?«, spielte sie immer noch die Unschuld vom Lande.

»Erzählen Sie keinen Mist«, wurde ich allmählich wütend. »Ich werd Ihnen ein bisschen auf die Sprünge helfen: Nachdem Sie gegen zwölf aus der Haft entlassen worden sind, sind Sie tatsächlich zu Kirstin gefahren. Sie haben aber dort keineswegs gefeiert, ganz im Gegenteil: Kirstin war völlig aufgelöst. Als Sie erfahren haben, dass Heiko Ihren Vater erdrosselt hat, haben Sie rotgesehen.« Ich machte eine kleine Kunstpause, um einen Schluck Wasser zu nehmen. »Völlig in Rage, haben Sie sich dann auf die Suche nach Heiko gemacht. Leider haben Sie ihn vor mir gefunden.«

»Ich werde Sie unserem Kindergarten als Märchenonkel empfehlen«, versuchte sie einen auf witzig zu machen, auch wenn ihre Körpersprache andere Signale sendete.

»Ein Caddie hat Sie identifiziert. Sie sind ihm aufgefallen, weil er Sie nicht kannte, hat Sie dann aber für den Gast eines Mitglieds gehalten«, konfrontierte ich sie mit der Wahrheit. Tatsächlich hatte ich noch einmal beim Golfplatz vorbeigeschaut und dem Personal Christas Foto unter die Nase gehalten.

Christas Augen begannen feucht zu schimmern; der Widerstand war gebrochen.

»Er hat meinen Vater kaltblütig ermordet, nur um seinen Wohlstandsarsch zu retten«, zischte sie. »Als Kirstin mir die Wahrheit gebeichtet hat, ist mir schwarz vor Augen geworden. Dieses verzogene Dreckschwein. Auf dem Golfplatz hab ich ihn zur Rede gestellt. Ausgelacht hat er mich. Was hätte er mit dem senilen Knacker zu schaffen? Ob sein Opa abkratzen oder in Ochtrup ein Kuheuter platzen würde, käme ungefähr aufs Gleiche raus. Da hab ich einfach zugestochen.« Sie schnappte erst mal nach Luft. »Können Sie mich verstehen?«, kam sie dann auf die Mitleidstour.

»Meine Meinung tut hier nichts zur Sache. Sie haben einen Menschen getötet und gehören in den Knast. So einfach ist das.« Nannen, der harte Hund.

»Sie haben keine Beweise«, wechselte sie wieder die Taktik.

»Abgesehen vom Caddie, der Sie identifiziert hat, gibt es auch noch die Mordwaffe. Ich habe Ihre Schwägerin angerufen und sie in der Besteckschublade wühlen lassen. Was meinen Sie, was fehlt?«, blickte ich sie ausdruckslos an. »Richtig, Frau Kerner, ein Brotmesser. Solinger Stahl. Genau das gleiche, das in Heiko steckt.«

Als ich mich vorbeugte, um mich nach dieser tollen Beweisführung mit einem Schluck Wasser zu belohnen, sprang Christa urplötzlich auf und schnappte sich den Feuerhaken, der neben dem Kamin hing.

»Sie werden mich nicht verraten. Eher bring ich Sie auch noch um!«, kreischte sie hysterisch und fuchtelte mit dem Haken wild über ihrem Kopf herum.

Unbeeindruckt ging ich ihr entgegen, knallte ihr einen vor den Latz und entwand ihr die Eisenstange.

»Beruhigen Sie sich. Das macht alles nur noch schlimmer«, redete ich sanft auf sie ein. Das schien zu wirken, denn sie ließ sich niedergeschlagen auf die Couch fallen.

»Packen Sie Waschzeug, Unterwäsche und was Sie sonst noch brauchen zusammen!«, riss ich sie aus der Lethargie.

Anstatt einer Antwort zeigte sie auf einen schwarzen Lederkoffer, der neben einem Nussbaumsekretär stand; offensichtlich noch vom vorherigen Gefängnisaufenthalt. Ich nickte ihr aufmunternd zu und schleppte als vollendeter Gentleman den künftigen Hausstand zum Auto.

Während der Fahrt bearbeitete ich sie, sich freiwillig zu stellen. Zum einen hatte ich keine Lust auf stundenlange Verhöre. Zum anderen konnte man nie wissen, ob die gesammelten Beweise tatsächlich hieb- und stichfest waren.

»Wenn Sie sich stellen und ein Geständnis ablegen, sind Sie mit Lindners Unterstützung in ein paar Monaten wieder draußen«, riet ich ihr.

»Wirklich?«, zweifelte sie zu Recht. Also weiter mit der Massage: »Bei dieser Sachlage wird selbst der hartherzigste Richter Ihre Situation verstehen.«

»Wenn Sie meinen«, gab sie endlich fatalistisch auf.

Die Frontseite des Dülmener Polizeigebäudes war in tiefstes Dunkel gehüllt. Trotz des schlechten Vorzeichens hoffte ich jemanden anzutreffen. Glück gehabt. Die Eingangstür war offen. Ich schob die willenlose Kerner in Richtung des Büros, aus dem Reicherts Stimme drang.

»... und dann sagt dieser Schmierpunk: Zeigt mir euern Ausweis, damit ich weiß, über wen ich mich beschweren muss. Tja, da hat Guido wohl den Ausweis mit dem Ellenbogen verwechselt, und zack, war die Nase Matsche.«

»Und, hat er geflennt?«, fragte ein mir unbekannter Kollege amüsiert.

»Dazu war er zu stolz«, lachte Hinkefuß hämisch. »Als er aber die Rückbank vollgeblutet hat, haben wir ihm eine Anzeige wegen Randalierens aufgedrückt. Den Spaß war mir die Reinigungsarbeit wert.«

Beide wieherten dreckig. Schade eigentlich, dass ich das Plauderstündchen unterbrechen musste, denn ich hätte gerne noch weitere Geschichten aus dem Polizeialltag gehört. Ohne anzuklopfen traten wir ein.

»Guten Abend, die Herren«, war ich der Inbegriff an Freundlichkeit.

»Nannen! Wissen Sie eigentlich, wie spät es ist?«, pochte Reichert auf sein Rolex-Imitat. »In vier Minuten ist Dienstschluss. Wenn Sie weitere Leichen melden wollen, kommen Sie morgen wieder. Da bin ich unterwegs in den Schwarzwald.«

Der andere Bulle, ein sonnenstudiogebräunter Kerl in meinem Alter, nickte eifrig.

»Mit einem Toten kann ich leider nicht dienen, aber dafür mit einem Mörder«, wies ich auf die paralysierte Christa.

»Wir haben den Kerl, der den Schäfer umgelegt hat«, winkte Reichert ab. »Er beteuert zwar nach wie vor seine Unschuld, aber es ist nur eine Frage der Zeit, bis er gesteht.«

»Guidos Ellbogen löst die verklemmteste Zunge, nicht wahr?«, konnte ich mir ein Grinsen nicht verkneifen.

Reichert lief rot an und suchte nach dem passenden Konter. Das dauerte mir aber zu lange: »Haben Sie von dem Mord auf dem Münsteraner Golfplatz gehört? Heiko Eckolt aus Dülmen wurde dort heute Nachmittag erstochen.«

»Ja und, was haben wir damit zu tun?«

»Hier ist die Täterin«, deutete ich auf Christa. »Sie stellt sich freiwillig. Wenn Sie jedoch bereits Dienstschluss haben, kann man nichts machen. Dann werde ich sie in Münster abliefern. Die Beamten dort haben bestimmt nichts gegen eine kleine Erfolgsmeldung einzuwenden«, drehte ich mich um und ging in Richtung Tür.

»Einen Moment, ich habe davon gehört«, hatte Ludger offensichtlich seine Sprache wiedergefunden. »Ich kann mir die Sache ja mal anhören.«

Dann startete die übliche Routine: Nachdem Reichert sich telefonisch über die Fakten informiert und Kerner gestanden hatte, wurde ich zwei Stunden lang ausgequetscht. Dabei erläuterte ich ausführlich, warum Heiko zuerst seinen Großvater ermordet hatte und dann auch noch mich aus dem Weg räumen wollte, was ja dann bekanntlich in Potthoffs Tod gipfelte. Stimmte zwar nicht, war aber deutlich einfacher. Als Begründung für den Mord gab ich Habgier an: Eckolt junior hatte auf ein dickes Erbe spekuliert. War zwar äußerst dünn, aber Reichert gab sich damit zufrieden. Von Vorteil war natürlich, dass Heiko nicht mehr widersprechen konnte.

»Gute Arbeit«, glaubte ich meinen Ohren nicht zu trauen, »auch wenn Sie verdammt viel Glück hatten.«

Den Spruch über Glück und Tüchtigkeit verkniff ich mir und hob die Hand zum Gruß. Bye-bye, Polizei.

Die Autouhr zeigte eins. Nachdem ich Sixteen Horsepowers Low Estate vom Handschuhfach in den CD-Player befördert hatte, ließ ich bester Laune den Motor an.

30

Es war ein angenehmes Gefühl, im eigenen Bett und nicht auf der durchgelegenen Hotelmatratze aufzuwachen. Ich genoss die Sonnenstrahlen, die mein Gesicht kitzelten, die singenden Vögel, deren Melodien durchs geöffnete Fenster drangen, und den typischen Landgeruch. Hätte mir das jemand vor zwei Jahren prophezeit, hätte ich ihn für verrückt erklärt. Der Stadtmensch Dieter Nannen schlummerte in einem Bauernbett bei Jauchegestank. Aber wenn man stramm auf die dreißig zuging, war ein gewisser Hang zur Häuslichkeit vielleicht unumgänglich.

Doch allzu lange hielt die entspannte Ruhe nicht vor. Zu viele Gedanken jagten durch meinen Kopf.

Auch wenn Kerner hinter Gittern saß, war die Geschichte noch nicht ausgestanden. Schließlich fehlte der wichtigste Teil: die Entlohnung.

Von Christa und Kirstin war kein Geld zu erwarten. Die eine weilte im Knast, die andere hatte Schwägerin und Sohn verloren. Letzterer war zwar ein Mörder, aber früher waren Überbringer schlechter Nachrichten hingerichtet worden. Daran hatte sich bisher nichts geändert; zumindest hatte unser letztes Treffen darauf hingedeutet. Nun war Eckolt junior auch noch tot, was meine Position nicht verbesserte.

Die Dankbarkeit der Damen würde sich also in engen Grenzen halten. Andererseits war natürlich klar, dass die harte Arbeit bezahlt werden musste. Schließlich war ich nicht die Wohlfahrt.

Wolfgang Eckolt! Kirstin gegenüber hatte ich seine schmierigen Geschäfte mit keinem Sterbenswörtchen erwähnt. Das sollte ihm den einen oder anderen Euro wert sein.

Die Vorfreude auf den Geldregen ließ mich aus dem Bett springen. Jeans und T-Shirt übergeworfen und erst mal gemütlich gefrühstückt. Die Leberwurststullen und der aromatisch duftende Kaffee schmeckten heute noch besser als sonst.

Was war noch zu erledigen? Schafe loswerden und Hotelzimmer räumen. Zudem musste ich mich bei Otto und Klaus für die Unterstützung bedanken und die Unstimmigkeiten mit Karin aus der Welt schaffen.

Bezüglich Otto, Klaus und Karin kam mir eine grandiose Idee: Warum nicht von meinem Honorar eine Fete schmeißen? Ich hatte ohnehin noch nicht meinen Einstand in Buldern gegeben. Die Gästeliste war schnell zusammengestellt: Neben dem Trio würde ich noch Stefan Jahnknecht und Sabine Dohmen einladen. Grabowski durfte natürlich auch nicht fehlen. Problem Nummer eins war somit gelöst. Zur Lösung von Problem Nummer zwei rief ich die Dülmener Polizei an.

»Polizeidienststelle Dülmen, Reichert«, meldete sich mein Busenfreund.

»Einen wunderschönen guten Morgen. Wie geht's?«, begrüßte ich ihn überschwänglich.

»Bis vor drei Sekunden fühlte ich mich blendend. Jetzt hingegen …«

»Ich dachte, Sie würden im Schwarzwald Kuckucksuhrenfälscher jagen«, unterbrach ich ihn.

»Verschoben. Ich kläre gerade eine Mordserie auf«, ließ er den Dickmatz raushängen.

»Da Sie mir Ihre nächste Beförderung zu verdanken haben, können Sie mir sicherlich eine Frage beantworten«, nahm ich ihm den Wind aus den Segeln.

»Schießen Sie los«, kam die nicht unfreundliche Antwort vom hinkenden Cop.

»Wann kommt der freundliche Herr frei, den Sie irrtümlich verhaftet haben?«

Reichert überhörte die Spitze geflissentlich: »Aufgrund der fortgeschrittenen polizeilichen Ermittlungen und Ihrer gestrigen Aussage wird er in wenigen Minuten aus der Haft entlassen werden. Wieso interessiert Sie das?«

»Als einsamer Kämpfer für Moral und Gerechtigkeit bereitet es mir Bauchschmerzen, wenn unschuldige Menschen im Knast sitzen. Würden Sie ihm bitte ausrichten, dass er bei mir vorbeischauen soll? Ich habe ein Geschenk für ihn.«

»Mach ich. Sonst noch was?«, wurde er allmählich ungeduldig.

»Das war's. Einen schönen Tag noch.« Wir legten auf.

Jetzt musste ich mich dem verwaisten Viehzeug widmen. Ich stürzte den Rest Kaffee hinunter und stiefelte zu den Ställen. Stefan hatte ganze Arbeit geleistet. Nicht nur, dass die Ferkel- und Kaninchenverschläge komplett ausgemistet waren, nein, er hatte auch noch Stroh besorgt und in die Ecke gestapelt. Daneben standen zwei riesige Kunststofffässer, die mit einem Aufkleber versehen waren: »Färkelfuter«. Musste ich gleich im Fremdwörterlexikon nachschlagen, was das bedeutete.

Pedder quiekte entzückt, als er seinen Ziehvater entdeckte. War aber auch wirklich ein süßes Kerlchen. Für die nannenlose Zeit entschädigte ich ihn mit einer Extraschüppe Färkelfuter. Die Kaninchen fitschten ängstlich in die hinterste Ecke, als ich meinen Kopf hineinsteckte. War ich so lange weg gewesen oder wollten sie mich nur auf den Arm nehmen?

»He, Jungs, ich bin's doch nur. Habt ihr mich schon

vergessen?«, versuchte ich das verlorene Vertrauen zurückzugewinnen. Ganz allmählich trauten sie sich wieder nach vorne.

»Hier, ein paar Karotten für euch«, wusste ich genau, womit ich sie bestechen konnte. Und siehe da, auf einmal war ich der beste Freund.

Nachdem ich die Tränken überprüft hatte, konnte ich meine externen Termine wahrnehmen. Als Erstes fuhr ich zur Werkstatt, damit die Mechaniker pünktlich das Wochenende einläuten konnten. Die Reparatur kostete satte fünfhundert Piepen, die ich zähneknirschend mit Poszilnys Geld bezahlte. Anschließend ging es mit dem neuen alten Golf zum Hotel, wo ich meinen Krempel abholte und die Rechnung beglich.

Wieder zu Hause, grübelte ich eine geschlagene Stunde über der Spesenabrechnung. Dreitausendfünfhundert Euro fand ich letztendlich angemessen, wobei die Hälfte Spesen waren. Wolfgang würde schlucken, aber zahlen. Das war so sicher wie das Amen nach dem Halleluja.

Kurz nach eins. Warum die Party nicht gleich heute steigen lassen? Das Wetter war blendend und es war Samstag.

Streng alphabetisch arbeitete ich die Gästeliste ab. Bis auf Karin und Sabine sagten alle zu. Karin wollte es sich noch überlegen, und Sabine hatte bereits eine Verabredung, würde aber vielleicht später vorbeikommen. Aufgrund des tollen Wetters beschloss ich, die Fete im Hof zu veranstalten. Ich blätterte die Gelben Seiten durch und beauftragte einen Partyservice mit der Beköstigung.

Als auch das geklärt war, tippte ich die nächste Nummer ins Handy: Schulden eintreiben war angesagt.

»Megabyte Eckolt«, meldete sich Wolfgang nach dem dritten Klingeln.

»Nannen. Ich würde gern bei Ihnen vorbeischauen, um eine Kleinigkeit zu besprechen. Haben Sie Zeit?«, fragte ich.

»Nein«, kam die schroffe Antwort.

»Bis in zwanzig Minuten«, ließ ich mich nicht abwimmeln.

Ich legte auf, steckte die Rechnung ein und fuhr in Richtung Dülmen. Nach genau siebzehn Minuten saß ich vor Wolfgangs Schreibtisch.

»Gestern ist Ihr Sohn ermordet worden und heute sind Sie schon wieder an der Schüppe?«, war ich ein wenig erstaunt über seinen Geschäftssinn.

»Sind Sie gekommen, um mir bei der Trauerbewältigung zu helfen? Dann zischen Sie ab, denn dafür ist meine Zeit zu kostbar«, antwortete er warmherzig wie immer.

»Ich habe auftragsgemäß den Mörder Ihres Vaters aufgespürt. Jetzt möchte ich bezahlt werden«, ließ ich mich nicht beeindrucken. Ich hatte zwar nicht damit gerechnet, dass er ohne Zögern den Scheck ausstellte, aber diese Reaktion hatte ich nicht erwartet: Er prustete los.

»Sie sind wirklich lustig.« Dann wurde er mit einem Schlag ernst. »Hören Sie zu, Sie Knalltüte. Erstens habe nicht ich Sie engagiert und zweitens sind Sie an Heikos Tod mitschuldig. Wenn Sie nicht sofort verschwinden, vergess ich mich.«

Zur Untermauerung der markigen Worte öffnete er eine Schublade und legte einen Revolver auf den Tisch: »Gerd hat mir erzählt, dass Sie einiges über uns herausgefunden haben. Dann dürften Sie sicher auch wissen, dass wir keine Skrupel kennen.«

»Entspannen Sie sich«, antwortete ich so cool, wie man im Angesicht einer Waffe bleiben konnte. »Ich trage keine Schuld am Tod Ihres Sohnes. Außerdem habe ich Ihrer Frau einige Details verschwiegen, die Sie interessieren könnten.«

Ich erzählte ihm die komplette Geschichte, wobei sich sein Kopf immer mehr verfärbte, bis er dunkelrot leuchtete.

»Habe ich Sie richtig verstanden? Gerd hat Heiko gezwungen, seinen Großvater umzubringen?«

»Jap.«

»Gerd sammelt Druckmittel gegen mich?«

»Jap.«

»Geben Sie mir die Rechnung.«

Ein exzellenter Geschäftsmann. Situation erkannt und innerhalb von Sekundenbruchteilen eine Entscheidung gefällt. Die Kostenaufstellung studierte er nur oberflächlich, man sah ihm an, dass er gedanklich bereits mit anderen Dingen beschäftigt war.

»Fünftausend, wenn Sie kein Sterbenswort über die Sache verlauten lassen«, zog er ein Bündel Banknoten aus der Schublade und zählte zehn Fünfhunderter ab.

»Sie haben mich niedergeschlagen«, sah ich das Ende der Fahnenstange noch nicht erreicht.

»Zehntausend und wir sind quitt«, zählte er noch mal zehn Lappen dazu. So schlecht schienen die Geschäfte doch nicht zu laufen, wenn er über ein derartiges Bargeldkontingent verfügte. »Und jetzt raus«, wies er mir freundlich den Weg zur Tür.

Okay, mit zehntausend Schleifen in der Tasche konnte ich auf die Etikette verzichten.

31

Gegen vier rollte der Golf auf meinen Hof. Vor der Tür stand der Freund des Schäfers, der jünger war als bei unserer letzten und einzigen Begegnung geschätzt. Er konnte kaum älter als dreißig sein. Mit der Nickelbrille sah er eher nach Theologiestudent als nach Hirte aus. Na ja, irgendwie waren die Berufe ja ähnlich, was Potthoff zweifelsfrei bewiesen hatte.

»Vielen Dank«, schüttelte er mir energisch die Hand. »Ohne Ihre Hilfe säße ich noch immer im Bau. Ich bin übrigens Dirk Simoneit.«

»Kein Problem«, wehrte ich das Übermaß an Lob ab. »Das war eine Selbstverständlichkeit. Außerdem habe ich ein Geschenk für Sie.«

»Herr Reichert hat so was angedeutet«, grinste er. »Ich kann mir denken, um was es sich handelt. Ich nehm es gerne an.«

Schien ein helles Köpfchen zu sein. »Sie ziehen mit der Herde weiter?«, fragte ich dennoch sicherheitshalber.

»Es ist meine Pflicht dem toten Freund gegenüber«, machte er mich glücklich.

»Da bin ich aber erleichtert«, fielen mir siebenunddreißig Steine vom Herzen. »Wissen Sie, ich liebe Tiere, aber Ferkel und Kaninchen sind mehr als genug. Bei meinem Beruf. Außerdem kenne ich mich mit Schafen überhaupt nicht aus.«

»Da haben wir wohl beide Glück im Unglück«, strahlte Dirk.

»Sie sagen es. Wollen Sie noch die Nacht bei mir bleiben, bevor Sie weiterziehen? Ich schmeiße eine kleine Fete. Sie sind herzlich eingeladen.«

»Ich würde gerne, aber …«

»Kein Aber. Sie bleiben. Dafür müssen Sie mir beim Aufbau helfen«, verband ich das Angenehme mit dem Nützlichen.

»Okay. Die Kollegen im Knast waren doch sehr gewöhnungsbedürftig. Nach dem Haftaufenthalt bin ich froh, wieder unter normale Leute zu kommen.« Normal? Wenn er sich da mal nicht irrte, kamen mir Stefan und Gurkennase in den Sinn.

Dann grinste ich in mich hinein: Endlich war ich die blökenden Schafe los. Das Universum meinte es wieder gut mit mir. Ich instruierte den Hammelhüter, wo Tisch und Stühle zu positionieren waren. Dann erinnerte ich mich, wie letzte Ostern ein Kaninchen ausgebüxt und ich bei der Jagd durch die Stallungen über eine Lampionkette gestolpert war. Die sollte er suchen, während ich mir eine Dusche gönnen wollte.

Als ich bis auf die Boxershorts entkleidet war, klingelte das Telefon. Fluchend latschte ich ins Wohnzimmer und riss den Hörer von der Gabel. »Nannen!«

»Ich will Ihnen nur mitteilen, dass Sie der größte Schwachkopf sind, der mir je über den Weg gelaufen ist.« Poszilny.

»Wenn Sie unbedingt jemanden beleidigen müssen, um Ihre persönlichen Defizite auszuleben, empfehle ich den NPD-Parteitag. Da gibt es mehr Deppen Ihres Kalibers.«

Gerd lachte: »Von denen nur wenige den Tod eines Mitmenschen verschuldet haben. Nannen, Sie amüsieren mich jedes Mal. Im Mittelalter wären Sie als Hofnarr ganz groß rausgekommen.«

Langsam nervte der Puffkopp. »Ist es mein Problem, wenn irgendwelche Leute ausflippen?«

Poszilny lachte noch lauter. »Wenn Heiko noch leben würde, müsste er Sie wegen übler Nachrede verklagen. Da er tot ist, interessiert ihn das nicht mehr. So müssen Sie nur mit der Schuld leben, den Jungen auf dem Gewissen zu haben.«

»Was meinen Sie damit?«, fiel mir fast der Hörer aus der Hand.

»Was meinen Sie damit?«, äffte er mich nach. »Wann begreifen Sie endlich: Heiko hat mein Thaigemüse gebumst, mehr nicht. Und dafür hat er bezahlt«, lachte er höhnisch.

»Mit dem Mord an Eckolt«, war meine Stimme um einige Dezibel leiser geworden.

»Sie sind so blöd, dass es wehtut. Mit Kohle, womit sonst. Den alten Sack hab ich erledigt«, ließ er meine kleine heile Welt zusammenstürzen.

»Erzählen Sie keinen Mist. Alle Fakten sprechen dafür, dass Heiko seinen Opa umgebracht hat«, wehrte ich mich tapfer gegen das Offensichtliche.

»Welche gottverdammten Fakten, Sie Hirnamputierter? Glauben Sie alles, was der Märchenonkel erzählt?«, kriegte er sich vor Lachen nicht mehr ein.

»Zum Beispiel das Video«, warf ich einen Trumpf auf den Tisch.

»Sie sind doch komplett irre«, wurde er schlagartig ernst. »Sie waren so erpicht darauf, den Fall abzuschließen, dass Sie mir alles geglaubt haben. Auf dem Tape ist tatsächlich Heiko, aber nicht im Haus seines Großvaters, sondern im Puff auf einer Thainutte. Sie sind eine Schande für Ihren Berufsstand.«

Ich hätte mich am liebsten selbst in den Arsch getreten, so ärgerte es mich, dass er recht hatte.

»Aber spätestens wenn ich mir Heiko vorgeknöpft

hätte, wäre Ihr Bluff doch aufgeflogen«, klammerte ich mich an einen kurzen Strohhalm, um meine berufliche Ehre zu retten.

»Leiden Sie unter Intelligenzallergie? Ich wollte nur Zeit gewinnen. Ich hätte Heiko liquidiert, schön als Selbstmord getarnt natürlich, und alles wäre in Ordnung gewesen. Leider haben Sie uns wirklich gut gefesselt, aber dank Ihrer Raffinesse hat sich die Geschichte von selbst erledigt. Warum sind Sie eigentlich Detektiv geworden? Schweine versuchen sich doch auch nicht am Stabhochsprung«, amüsierte er sich königlich auf meine Kosten.

»Sie haben verdammt hoch gepokert«, musste ich trotz allem anerkennen.

»Ach, Nannen«, kam es fast mitleidig aus dem Hörer. »Ich bin ganz andere Risiken gewohnt. Über einen kleinen Fisch wie Sie kann ich nur lachen.«

»Ich kann Ihren Laden problemlos auffliegen lassen«, wollte ich so leicht nicht aufgeben.

»Da bin ich aber richtig gespannt«, ließ Gerd ein kehliges Lachen vom Stapel. »Sprechen Sie vielleicht von den Dateien? Jeder, der mir ans Bein pinkeln will, kann Poszilny als Benutzernamen in seinen PC eingeben und wild irgendwelche Dateien erstellen. Was Sie da unter Eigenschaften finden, ist keine digitale Signatur, also vor Gericht vollkommen wertlos. Gehen Sie also ruhig zu den Bullen. Wenn die meine Geschäftsräume durchsuchen, werden sie nichts Illegales finden. Glauben Sie, ich mache so was erst seit gestern?«

»Weiß Wolfgang, was Sie mit seinem Sohn gemacht haben?«, spielte ich den letzten Trumpf aus.

»Natürlich nicht, aber Wolles Computerbude ist mehr als pleite. Wenn ich ihn rausschmeiße, versiegt seine einzige Einnahmequelle. Der wird mir nicht ans Bein pinkeln. Übrigens liegen hier fünftausend Schleifen. Können Sie sich denken, wofür? Nein? Gleich werde ich einer unangenehmen Person einen interessanten Auftrag erteilen.«

Plötzlich zitterte ich am ganzen Körper. War ja nicht schwer zu erraten, um welchen Auftrag es sich handeln würde: Auf Wiedersehen, Dieter R. Nannen.

»Sie sind ein toter Mann. Ich werde jedoch Anweisung geben, es kurz und schmerzlos zu machen. Immerhin haben Sie mir eine Menge Spaß bereitet«, schickte er ein Bewerbungsschreiben für eine dieser verkackten Comedy-Shows los.

»Lassen Sie uns noch mal über die Sache reden«, versuchte ich zu retten, was nicht mehr zu retten war.

»Zu spät«, täuschte er Bedauern vor. »Ist nichts Persönliches, falls es Sie tröstet, aber wenn es sich herumspricht, dass mir ein Wackeldackel wie Sie ans Bein pinkeln darf, ist mein Ruf ruiniert. Eine Sekunde, es hat geklingelt.«

Der Hörer wurde auf den Tisch gelegt.

»Ah, Wolfgang, schön, dich zu sehen«, hörte ich ihn von weitem schwadronieren. »Ich hab gerade deinen Kumpel …« Ein Schuss ließ mein Trommelfell erzittern. Dann war es still, totenstill. Völlig konsterniert presste ich noch eine Weile die Muschel gegen das Ohr, dann drückte ich die Off-Taste. Schließlich wollte ich Poszilnys Telefonrechnung nicht unnötig in die Höhe treiben. Die Telekom würde so oder so genug Probleme haben, die Mücken einzutreiben.

Was nun? Eckolt hatte Poszilny erledigt, was mich vor dem gleichen Schicksal bewahrte. Danke, Wolfgang. Andererseits war das vorherige Telefongespräch mit Gerd nicht dazu geeignet, gleich himmelhoch jauchzend die Party zu genießen. Heiko war unschuldig; ich hatte

Poszilnys Aussage für bare Münze genommen. Dämlicher konnte man sich wirklich nicht anstellen, und mit ein wenig mehr Sorgfalt wäre Heiko noch am Leben.

Aber worüber machte ich mir Gedanken? Wer mit dem Bösen paktierte, musste die Strafe des Himmels fürchten, fand ich eine kosmologische Rechtfertigung für meinen Flüchtigkeitsfehler. Schließlich hinterließ Heiko keine große Lücke in der Menschheit. Und letztendlich hatte ich weiß Gott nicht ahnen können, dass Kerner ausflippen und ihn erstechen würde. Das Leben war halt nicht immer fair.

Aber jetzt wartete die Fete. Schließlich musste das schwer verdiente Geld wieder dem volkswirtschaftlichen Kreislauf zugeführt werden.

32

Um halb acht klingelte es an der Tür. Ich beendete die Rasur, klatschte mir ein wenig Aftershave ins Gesicht und schlurfte zur Haustür.

»Mahlzeit. Partyservice Dülmen! Ihre Bestellung.«

Ein vollschlanker Endfünfziger schnippte seine Fluppe auf den Boden. Der andere, ein adoleszentes Zielgruppenmitglied der Clearasilwerbung, brach unter der Last einer Kühlbox fast zusammen.

»Sie sind eine Stunde zu spät«, gab es sofort den ersten Anschiss.

»Glauben Sie, Sie sind der einzige Kunde?«, pflaumte

er zurück. »Nee, Meister, so läuft das nicht. Wir sind seit dem frühen Morgen auf den Beinen.«

»Bauen Sie das Zeug hinterm Haus unter den Lampions auf«, winkte ich ab.

»Alles klar, Cheffe«, nickte der Alte und brüllte seinen Kollegen an: »Oleg, hasse gehört?«

»Bin ja nicht schwerhörig«, knurrte dieser zurück. Dann schoben sie ab. Ich folgte ihnen und beobachtete Oleg beim Aufbau und seinen Chef beim Kommandieren.

Kurz darauf drängelten sich mehrere Salatschüsseln, zwei Tabletts mit Baguettes sowie Plastikbesteck und Plastikgeschirr auf dem Gartentisch. Simoneit half eifrig mit und schloss einen Elektrotopf mit Gulaschsuppe ans Netz. Währenddessen baute Oleg die Zapfanlage auf. Leckeres Köpi. Mir lief schon das Wasser im Mund zusammen.

»Alles klar, Maestro«, verabschiedete sich der Kommandant, nachdem ich den Lieferschein unterschrieben und den vereinbarten Betrag gelöhnt hatte. Dann waren die beiden auch schon unterwegs zum nächsten Termin.

Mit einem frisch gezapften Pils bewaffnet ließ ich mich zufrieden auf einem der Campingstühle nieder. Ich kam jedoch nicht dazu, die Gerstenkaltschale zu genießen, denn plötzlich stach ein Finger gegen meinen Hinterkopf.

»Du bist ein toter Mann, Django.«

Als Meisterdetektiv untersuchte ich die Stimme sofort auf spezifische Charakteristika und ordnete sie einem mir bekannten Gangster zu: »Paleface Baumeister.«

»O Gott, ich bin enttarnt«, jammerte Otto. Er zapfte sich ebenfalls ein Bier und ließ sich neben mir nieder. »Mir ist eine großartige Idee gekommen: Ich könnte aus dem Seniorenheim aus- und bei dir einziehen. Dann bin ich immer zur Stelle, wenn du Hilfe brauchst. Ich kann auch die Fälle übernehmen, die für dich zu popelig sind. Was hältst du davon?«

Zum Glück enthob mich Grabowskis Ankunft von der Pflicht, diesen glorreichen Vorschlag zu kommentieren. Als ich Peters Bier gezapft hatte und mich wieder setzen wollte, trafen Stefan und Klaus ein. Letzterer erzählte mir mit einem Augenzwinkern, dass er Stefan in der Einfahrt begegnet sei und ihm bisher keiner so treffend den biologischen Unterschied zwischen Schaf und Schwein erklärt habe.

»Schwein tut lauter pupen«, verkündete Stefan stolz.

Da ich endlich in Ruhe mein Bier trinken wollte, eröffnete ich das Büfett. Das ließ sich Grabowski nicht zweimal sagen. Er bepackte seinen Teller, als wollte er seine komplette Studentinnen-WG durchfüttern. Kaum hatte er sich wieder hingesetzt, verwickelte Otto ihn in ein Gespräch über seine Erfahrungen im Detektivbusiness. Baumeister erzählte in epischer Breite, wie die zukünftige Kooperation mit mir aussehen würde.

Die Party war zumindest kulinarisch ein voller Erfolg, denn das blonde Nass schmeckte vorzüglich, und bis auf Stefan, der in aller Frühe die Kühe melken musste, hielt sich niemand bei der Erhöhung des Alkoholpegels zurück. Als ich ins Haus wanderte, um einen Lautsprecher ins Fenster zu stellen, schwankte ich bereits beachtlich. Ich schob eine Beastie-Boys-Scheiblette in den CD-Player und gesellte mich wieder zu den Gästen. Als mein Blick zufällig auf die Armbanduhr fiel, stellte ich erstaunt fest, dass wir bereits seit drei Stunden feierten. Kinder, wie die Zeit vergeht!

»Bin ich hier richtig oder ist das ein reiner Männerabend?« Jawoll: Karin hatte doch den Weg zu mir gefunden.

»Mensch, Mädel. Hier bist du goldrichtig. Komm zu Onkel Peter. Der gibt jeder Zuckerschnitte einen aus. Wirt! Eine Runde auf meine Rechnung«, fielen Grabowski fast die Augen aus dem Kopf.

Schumann grinste mich an und tat das Schlimmstmögliche: Sie drückte Gurkennase einen fetten Schmatzer auf die stoppelige Wange. »Solche Männer liebe ich«, strahlte sie ihn an, wobei sie mich aus den Augenwinkeln beobachtete. Während sich mein Magen vor Eifersucht zusammenzog, fühlte sich Peter wie der König von Buldern.

»Mensch, was ist los? Lass uns das Dorf rocken. Bring der Lady ein Bier, oder muss das der Brad Pitt von Essen selbst machen?«

»Wer ist denn der Brad Pitt von Essen?«, fragte Karin unschuldig.

»Wer wohl, Puppe? Peter S. Grabowski natürlich, der Traum aller Frauen«, litt er nicht unter mangelndem Selbstbewusstsein.

Diese Posse ging mir zu weit. Ab ins Haus, um die Wunden mit Whiskey zu desinfizieren. Im Keller wurde ich fündig und nahm ein paar kräftige Hiebe. Als ich sämtlichen Ärger runtergespült hatte, traute ich mich wieder nach draußen.

Stefan, Klaus und Otto mussten bereits den Heimweg angetreten haben, denn ihre Stühle waren verwaist. Grabowskis Alkoholpegel hatte inzwischen ein selbst für seine Verhältnisse gigantisches Maß erreicht. Er versuchte nämlich, auf einem Schaf zu reiten, wobei er ständig vom bockigen Tier abgeworfen wurde. Karin und Simoneit bedachten seine peinlichen Versuche mit Applaus und lautstarken Anfeuerungsrufen. Schließlich gab er auf. Er reckte die Arme zum Himmel und brüllte: »Rock das Dorf, ich bin so heiß«, was das Publikum in pure Ekstase versetzte.

Danach ging er auf Karin zu, fiel fast auf ihren Schoß und flüsterte ihr etwas ins Ohr, woraufhin sie wie ein Schulmädchen kicherte. Von dieser Party hatte ich gestrichen die Nase voll. Ich ging zum Traumpaar des Jahres und haute Peter auf die Schulter.

»Pass auf, Gurkennase. Das ist meine Frau, klar?«, artikulierte ich nicht besonders deutlich. Grabowski schüttelte meine Hand ab.

»Mensch, Nannen. Die Lady steht auf mich. Sonst ist nur noch klar, dass du voll wie eine Windel bist. Ich bring Karin gleich nach Hause. Dort wenden wir uns anderen Vergnügungen zu«, dröhnte er los, begleitet von einem mittelschweren Rülpser.

»Du bist selbst bis zum Anschlag voll!«, hielt ich das Gespräch auf hohem Niveau.

Unterdessen hatte Simoneit das Schaf wieder auf die Koppel geführt. »Ihr kommt ja ohne mich klar«, verabschiedete er sich grinsend.

»Frag doch Karin, von wem sie ins Bett gebracht werden will«, gab der Spritkopf einfach keine Ruhe.

Da brannte eine Sicherung bei mir durch. Ich zerrte Grabowski von Karins Schoß und schleuderte ihn auf den Tisch, wo er unsanft zwischen Kartoffel- und Nudelsalat landete. Mehr als einen ungläubigen Blick brachte er nicht zustande, denn er war dermaßen abgefüllt, dass er nicht mehr aufstehen konnte.

Mich hatte die Aktion allerdings ebenfalls umgerissen, denn der Zustand der Nüchternheit lag weit weit hinter mir. Madame stierte uns nur fassungslos an. Nach einer kurzen Orientierungsphase packte ich die Gelegenheit beim Schopf und ergriff ungelenk ihre Hand, um sie aus dem Stuhl zu bugsieren.

Mehr schlecht als recht wankten wir ins Haus und ließen uns aufs Sofa fallen.

»Tut mir leid«, streichelte ihre warme Handfläche über meine Wange, nachdem wir uns endlich entknotet hatten. »Ich hab wohl etwas übertrieben. Aber die Geschichte mit der Diskette war wirklich übel. Ich dachte, du magst mich, und dann setzt du mich so einer Gefahr aus.«

Es war mir hier eindeutig zu ruhig, deswegen stand ich schweren Herzens noch mal auf und torkelte zur Anlage. Slayer? Zu hart; Fields Of The Nephilim? Zu depressiv; Kettcar? Zu deutsch. Endlich fand ich die passende CD und kurz darauf besang Julian Cope die Vorzüge seiner *Charlotte Anne*. Ob Grabowski noch immer im Nudelsalat lag? Egal. Mit erheblichen Schwierigkeiten fand ich zur Couch zurück und legte ungeschickt meinen Arm um eine weibliche Schulter. Es war einfach zu viel Whiskey gewesen. Oh, ein roter Mund näherte sich. Unsere Lippen waren nur zwei Millimeter voneinander entfernt. Wie lange hatte ich auf diesen Augenblick gewartet?

»Guck mal da!«, schreckte Schumann urplötzlich hoch und zeigte auf die Stelle, wo der Maurer das Loch gelassen hatte.

»Was ischt denn, Liebling?«, drehte ich gezwungenermaßen den Kopf.

»Da sitzen zwei Kaninchen auf der Türschwelle.« Der Teufel hat den Schnaps gemacht.

»Ischt egal«, nuschelte ich. »Komm, lass unsch weitermachen.«

Ich zog Karin zurück auf die Couch und versiegelte

ihre Lippen mit einem Kuss, der keine Wünsche offen ließ.

»Isch liebe disch«, vermittelte ich das Gefühl von Romantik pur.

»Ich liebe dich auch.«

Der folgende Kuss übertraf den ersten bei weitem. Dann löste sich Schumann. Mein verzweifelter Versuch, sie festzuhalten, ging ins Leere und ich krachte fast vom Sofa.

»Wir müssen zuerst die Kaninchen einfangen«, übertrieb sie die Tierliebe, zumindest meiner bescheidenen Meinung nach.

»Isch glaube kaum, dass isch in meinem Zustand hinter den Langohren hinterherhecheln kann. Sie werden schon nischt weglaufen, und wenn, ischt auch egal«, legte ich detailliert meine Sicht der Dinge dar.

»Typisch für dich«, wich sinnliche Romantik nacktem Pragmatismus. »Warte hier.«

Schwups, war ich allein auf dem Sofa, während Schumann sich an die verfluchten Langohren heranschlich. Diese witterten sofort die drohende Gefahr – schließlich waren es ausgebildete Detektivkaninchen – und hoppelten nach draußen; Karin hinterher. Wehmütig sah ich ihr nach.

Als Julian Cope das traumhaft schöne *China Doll* anstimmte, legte sich tiefe Dunkelheit sanft über meine müden Augen. Mein Unterbewusstsein registrierte nur noch, wie jemand meinen Namen rief. Der Rest war Schweigen.

33

Abgesehen von einigen vergeblichen Versuchen, Schumann an die Strippe zu kriegen, schlief ich den kompletten Sonntag durch. Den Orgeldienst hatte ich vorsorglich schon am Samstag abgesagt.

Am Montag besorgte ich mir als Erstes den *Dülmener Kurier*. Zu Hause schlug ich sofort den Lokalteil auf.

»Blutbad im Maklerbüro – amerikanische Verhältnisse in Münster?

Am Samstagabend wurde der gebürtige Dülmener Makler Gerd Poszilny in seinem Münsteraner Büro (Lessingstraße 57) ermordet aufgefunden. Ein aufmerksamer Nachbar hatte einen Schuss gehört und sofort die Polizei verständigt. Die Beamten erwartete ein Bild des Schreckens. Poszilny lag inmitten einer Blutlache auf dem Boden. Der Polizeiarzt gab auf Nachfrage des DK an, dass Poszilny mit einem Schuss ins Herz getroffen wurde, was zum sofortigen Tod führte. Tathergang und Motiv liegen bisher völlig im Dunkeln, da ein Raub ausgeschlossen werden kann, so Hauptkommissar Götz Schimanski.

Poszilny galt als angesehener Bürger und war karitativ sehr engagiert. Bürgermeister Röcken sagte anlässlich der grausigen Tat: ›Gerds Tod ist ein großer Verlust für die Stadt. Ich kann immer noch nicht fassen, warum ein so warmherziger Bürger ein solch schreckliches Ende finden musste.‹ Erste Ermittlungsergebnisse sollen auf der Pressekonferenz heute Nachmittag bekanntgegeben werden.«

Ich warf die Zeitung in den Papierkorb und steckte mir eine dicke Zigarre an.

ENDE

Die Sau
und der Mörder

I

Ihr Vater hat den Dackel totgeschlagen?«

»Ein Bauer aus der Nachbarschaft hatte Welpen aus einem Wurf über. Da ich ihm oft nach der Schule bei der Ernte geholfen habe, hat er mir Zorro geschenkt. Ein Blick in die treuen braunen Hundeaugen, ein Streicheln über die zarten Rückenhärchen, und ich war hin und weg. Stolz wie Oskar bin ich mit meinem neuen Freund nach Hause gestromert. Unterwegs haben wir am Bach im lauen Sommerwind gespielt, na, zum Stöckeapportieren war er noch ein bisschen zu jung, aber er sprang immer freudig auf der Stelle und blickte sehnsuchtsvoll den Knüppeln in der Luft hinterher. Kurz vor unserem Haus verlangsamten sich meine Schritte. Ein kalter Schauer fuhr mir das Rückgrat hinunter, und ich fühlte mich wie gelähmt. Wie würde mein unberechenbarer Vater reagieren?«

Dramaturgische Pause. Ich ließ meinen Blick unstet über den abgeblätterten Wandputz im Versammlungsraum gleiten, als wäre ich in Gedanken verloren. Dabei bewunderte ich die dekorativen Poster, auf denen Ghettokids demonstrativ ihre Zeigefinger auf den Betrachter richteten. In Sprechblasen verkündigten sie

»Keine Macht den Drogen«, »Gewalt macht schlapp« und »Schule ist endgeil«. Diese Kampagne des Familienministeriums würde die Jugend retten. Klar.

»Sie hatten bereits eine Vorahnung?«, hüstelte Schulz in seinen Rollkragenpulli.

»Mein Vater hatte keinen Beruf erlernt und verbrachte den Großteil des Tages vor dem Fernseher oder in der Kneipe. Ich kann mich nicht erinnern, ihn einmal nüchtern erlebt zu haben. Kaum hatte ich den Wohnungsschlüssel umgedreht, ließ sein Schrei Zorro und mich zusammenzucken. ›Wo bist du gewesen, Blag, und was schleppst du so eine Scheißtöle hier an? Ich raste aus.‹«

Vierzehn Augenpaare starrten mich gebannt an. Man hätte eine Schneeflocke zu Boden rieseln hören können.

»Und, Alter?«, röhrte Harry Zenker durch seinen struppigen Vollbart und knautschte nervös sein Motörhead-Shirt.

»Er hat Zorro die Bierflasche auf den Schädel gehämmert, bis er sich nicht mehr bewegt hat. ›Diese Bazillenschleuder will ich nicht in meinem Haus sehen‹, hat er mich angebrüllt«, kam ich zur Pointe und ließ eine Träne in Zeitlupentempo die Wange herunterkullern.

»Echt krass, der Penner. Wenn ich den in die Finger kriege, quetsch ich ihn zu Brei«, schlug sich Zenker mit einer Faust in die Handfläche.

»Ruhig, Herr Zenker, ganz ruhig«, redete Schulz mit seditativem Timbre auf meinen Leidensgenossen ein, doch auch die anderen Kollegen ereiferten sich.

»Bitte«, klatschte ich in die Hände, »mittlerweile bin

ich fast drüber weg.« Sofort legte sich eine Aura anerkennender Ruhe auf den Raum.

»Du bist ein Held«, strahlte Tattoo-Kalle mich bewundernd an. »So 'ne Scheiße hab noch nicht mal ich mitgemacht, und mein Alter sitzt lebenslänglich wegen mehrfacher Vergewaltigung.«

»Genau«, nickte Friedhelm Schulz anerkennend. Der Diplompsychologe in Diensten des Dülmener Amtsgerichts blickte verträumt auf das Dutschkeporträt auf seinem Pult. »Da haben wir die Ursache Ihrer Aggressionen klar vor uns liegen, Herr Nannen. Der kleine Dieter hat es nie verwinden können, dass der übermächtige Vater ihm das Liebste auf der Welt genommen hat. Das Fehlverhalten des Vaters äußert sich nun in Ihrem Hass gegen das unschuldige Objekt, den Hund. Ein typischer Verdrängungsmechanismus, den wir transformieren müssen.«

Er grinste noch immer das Rudifoto an, als würde der Guru durch optische Fixierung wieder zum Leben erwachen.

»Wie kann ich diese Transformation in die Tat umsetzen?«, fragte ich mit vor Demut triefender Stimme, als würde die Last der ganzen Welt auf meine Schultern drücken.

Mühsam richtete Schulle seinen Blick von Dutschke auf mich, dabei zwinkerten seine blassgrauen Augen.

»Eine gute Frage. Sie müssen sich mit Ihrem Vater aussöhnen, ihm vergeben. Verzeihen ist einer der wichtigsten Prozesse, mit dem wir unserer Psyche Gutes tun können. Rudolf Dutschke hat auch Josef Bachmann verziehen. Sind Sie dazu bereit?«

Irgendwie gefiel mir sein beseelter Blick nicht. Dennoch beeilte ich mich, »meinem Vater sei vergeben« zu murmeln.

Schulz nickte andächtig. »Sie befinden sich auf einem guten Weg. Das war ein Meilenstein in Ihrer psychischen Genesung. Herr Zenker, warum sind Sie hier?«

Während Zenker erzählte, warum er die drei Libanesen zusammengeschlagen und ihr Auto geklaut hatte, mit dem er dann ins Schaufenster von Erna-Moden gebrettert war, wo er zwölf Damenschlüpfer entwendete, fragte ich mich zum millionsten Mal, womit ich diese Tortur verdient hatte. *Esther Hicks* vertrat in ihrem Bestseller *Ask and it is given* die Theorie, dass sich all unsere Gedanken in der materiellen Welt manifestierten. Aber so viel schlechtes Karma hatte ich doch unmöglich in meinem jetzigen oder den vorherigen Leben anhäufen können? Musste Knastcharge unter Pol Pot gewesen sein.

Angefangen hatte die unappetitliche Angelegenheit an einem ganz normalen Herbsttag. Lauer Wind, bunte Blätter, milde Sonne; ein Tag, an dem ich gerne mein Haus verließ. Vor allem, wenn ein entspannter Routinefall darauf wartete, von mir behaglich abgeschlossen zu werden. Bauer Josef Hisker betrog seine angetraute Gisela Maria. Konnte ich ihm nicht verdenken, denn die Namensvetterin der Mutter Gottes trug einen Damenbart über der Lippe und auf den Zähnen. Allerdings hatte mich die Hofeigentümerin mit der Aufgabe betraut, Beweise für die außerehelichen Aktivitäten des Landwirts zu erbringen. Pecunia non olet, wie der Münsterländer Volksmund nach einigen Wacholdern gern zum Besten gab, und so war ich hinter Josefs Trecker durch die Landschaft gezuckelt. Sehr gemütlich, bis zu dem Zeitpunkt, wo der testosterongesteuerte Bauer eine dunkelgelbe Ampel überquerte. Blieb mir nichts übrig, als ihm bei Kirschgrün zu folgen. Dabei übersah ich leider das schwarze Wollknäuel, das eine ältere Dame hinter sich herzerrte. Künstlerpech. Im Rückspiegel hatte ich noch registriert, wie sich die Oma über die schwarze Masse gebeugt hatte, dann hatte Hisker wieder oberste Priorität genossen. Nur der Vollständigkeit halber sei erwähnt, dass mir vom Tennenfenster optimale Schnappschüsse von Jupp auf der Nachbarsbäuerin gelungen waren. Pikanter als zwanzig Jahre alter französischer Ziegenkäse.

Ich hatte die Angelegenheit bereits vergessen, als ich eines nicht ganz so schönen Herbstmorgens Post von der Dülmener Polizei erhielt. Frau Erna Rehwald hatte Anzeige erstattet. Ich hätte absichtlich ihren Pudel Wilma überfahren und Fahrerflucht begangen. Es gäbe sieben Zeuginnen für die Tat. Die Vornamen lauteten Luzi, Elisabeth, Hannelore, Else, Hertha, Hedwig und Alma. Alles klar? Die Gute hatte ihren gesamten Häkelverein mit selbst gebackenen Nussecken als Zeuginnen gekauft. Darüber hatte ich nur grinsen können. Das Lachen war mir jedoch zur Grimasse gefroren, als ein verknöcherter Richter die Zeuginnen als uneingeschränkt glaubwürdig befunden hatte. Dabei hatten drei der betagten Damen geschworen, der Täter hätte einen Vollbart getragen. Zwei hatten im fahrenden Auto meine Glatze blitzen sehen, und Hertha hatte sich an meinen bayrischen Trachtenanzug mit Baseballschläger in der Hosentasche erinnert. Die in meinen blauen Augen funkelnde Mordlust hatten aber alle beobachtet. Folgerichtig verurteilte mich der Intendant des Komödienstadls zu vierzig Sozialstunden und zehn Gruppentherapiesitzungen.

In den Arbeitsstunden musste ich mit Kaufhausdieben, Schulschwänzern und anderen Randgruppenexistenzen die städtische Flora von Zigarettenkippen und Junkiespritzen säubern; in der Therapie durfte ich den Leidensgenossen aus meiner schweren Kindheit erzählen. Anfangs hatte ich dichtgemacht. Was ging den Schulz meine überaus glückliche Jugend an? Als er sich aber auf mich eingeschossen und mit Verlängerung der Strafe wegen vollkommener Uneinsichtigkeit gedroht hatte, war ich gezwungen, meine Strategie zu ändern. In jeder Sitzung erfand ich eine neue Leidensgeschichte und hoffte, dass mein Vater auf seiner mallorquinischen Finca nie erfahren würde, was Sohnemann für Lügen über den pensionierten Vorstandsvorsitzenden eines Frankfurter Bankhauses verbreitete. Ich kam mir wie eine Reinkarnation der Gebrüder Grimm vor, aber Schulz schien es zu gefallen. Stand anscheinend auf Märchen.

Meine Strafe galt als verbüßt, wenn ich keine Arbeitsstunde versäumte und eine positive Prognose vom Psychoheini ausgestellt bekam. Glücklicherweise hatte ich das Martyrium so gut wie hinter mir. Nur noch ein Arbeitseinsatz trennte mich von der geliebten Freiheit.

»Und nun stehen wir alle auf und geloben: Wir sind mutig und stark, widerstehen dem Bösen und sorgen dafür, dass die Welt ein besserer Ort wird«, riss mich Schullis Pathos aus einem Anflug von Selbstmitleid.

Während wir vor Inbrunst bebend die Worte der

Weisheit und Erleuchtung deklamierten, taxierte Schulz einen nach dem anderen. Hastig pappte ich meine Rechte aufs Herz und ließ meine Augen fanatisch glühen, wofür ich ein wohlwollendes Nicken erntete.

Als die Kollegen den Raum verließen und dabei strunzten, wie viele Frauen sie mit wie viel Promille in der letzten Nacht flachgelegt hatten, suchte ich das Gespräch mit Friedel Freud.

»Wie Sie sicherlich wissen, bin ich heute zum letzten Mal hier«, buckelte ich.

»Woher wollen Sie das wissen? Sie kennen Ihre Sozialprognose noch nicht«, musterte Schulz mich durchdringend. Sollte die ganze Heuchelei für die sprichwörtliche Katz gewesen sein?

»Wie lautet sie denn?«, fragte ich ungewohnt kleinlaut. Auf meiner inneren Leinwand sah ich den siebzigjährigen Dieter Nannen im Rollstuhl durch den Stadtpark gurken und benutzte Kondome vom Boden klauben.

»Gut«, verzog sich Friedhelms Mund zu so was wie dem Anflug eines Lächelns. »Sie haben sich der Tat gestellt und Ihre Handlungsmechanismen analysiert. Da Sie Ihrem Vater verziehen haben, denke ich, dass Sie auf dem Weg der inneren Heilung sind. Ich glaube nicht, dass Sie erneut straffällig werden. Allerdings bitte ich Sie, Ihre Biographie und Lernerfahrungen in der Gruppe zu protokollieren und dem Amtsgericht zu meinen Händen einzureichen. Ihr Fall ist interessant. Legen Sie einfach das dar, was Sie uns in den Sitzungen erzählt haben. Chronologisch. Erst dann kann ich den Abschlussbericht erstellen.«

Wie bitte? Woher sollte ich noch wissen, was ich in den Therapiestunden zusammenimprovisiert hatte.

»Welchen Umfang sollen die Ausführungen haben?«

»Sie sind ein intelligenter Mensch und haben in Ihrem Leben viel mitgemacht«, wölbten sich die buschigen Augenbrauen des Psychologen nachdenklich. »So um die fünfzig Seiten, würde ich sagen. Allein die Geschichte, wie Sie in der Notunterkunft für Obdachlose fast ermordet worden sind und diese seelische Krise mit Hilfe ihres israelischen Kung-Fu-Lehrers gemeistert haben, muss ausführlich dargestellt werden. Sie sind ein sehr komplexer Charakter, Herr Nannen. Faszinierend.«

Hätte ich den Ball doch lieber flachgehalten, verfluchte ich mein Geschwätz.

»Das täuscht. Ich bin nur ein einfacher Mann, der viel Pech im Leben hatte. Reicht nicht vielleicht die Hälfte? Schließlich muss ich auch noch arbeiten, um den hart erkämpften Platz in der Gesellschaft halten zu können«, feilschte ich wie auf dem Kreuzberger Basar.

Schulz rieb sich mit seiner schwitzigen Hand über die Halbglatze, die nun auch feucht glänzte.

»Sie haben recht«, überlegte er zu meinen Gunsten. »Der Weg der Resozialisierung ist ein gläserner Pfad über eine tiefe Schlucht. Bereits ein Windhauch kann zum tiefen Fall führen. Beschränken Sie die Ausarbeitung auf dreißig Seiten. Die müssen aber nächste Woche auf meinem Schreibtisch liegen.«

Er drückte meine Hand und blickte mir ernst in die Augen: »Bereits im Voraus alles Gute für Ihr weiteres Leben. Ich hoffe, Sie hier nie wiederzusehen.«

Da waren wir völlig einer Meinung. Ich bedankte

mich für die Einsichten in mein Seelenleben und verabschiedete mich. Vier Stunden Plackerei und dreißig Seiten Lügenprosa, dann konnte ich dieses unangenehme Kapitel endgültig schließen.

Eine Handballhalbzeit später rollte mein Golf auf den Hof meines Kottens. Meine Schrottkiste brauchte diesmal den Abend nicht alleine zu verbringen, denn ein rostiger schwarzer Polo mit verdreckter Heckscheibe parkte vor dem Schweinestall. Als ich den Motor in den wohlverdienten Feierabend schickte, wurde die Fahrertür aufgerissen.

Ein hochgewachsener Mann, Anfang dreißig, dürrer als ein Taliban im Hungerstreik, mit halblangen schwarz gefärbten Locken, beugte sich ins Auto. Er trug einen Schottenrock, dazu ein buntgeflicktes Hemd. Auf dem Kopf thronte eine rote Zipfelmütze. Eine Tasche seines giftgrünen Mantels war halb abgerissen und offenbarte freien Blick auf ein schwarzes Seidentuch, auf dem verkrusteter Schnodder klebte. Guten Appetit. Die Silberkette mit einem Rosenanhänger komplettierte das dezente Erscheinungsbild, während sein Patschuliduft den Güllegestank vom Nachbarfeld übertünchte. Leider. Ich erlitt einen Anfall akuter Klaustrophobie.

»Bon jour, bon jour, ich bin hocherfreut, dem Meister endlich persönlich ins Antlitz blicken zu dürfen«, streckte er mir eine mit Fledermaus- und Drachenringen geschmückte Hand vor die Brust.

»Darf ich bitte aussteigen?«, drängte ich ihn aus der Tür, wobei er stolperte, aber kurz vor der harten Landung auf dem Pflaster die Balance wiederfand.

»Mein teurer Freund, Sie sind ja ungestüm wie ein

junges Füllen, wenn mir die Metapher gestattet ist«, strahlte er mich bewundernd an.

»Sie wünschen?«, gab ich mich kürzer als ein beschnittener Meerschweinchenschwanz.

»Ich habe zwei Stunden dem Gotte Chronos geopfert, um vom König der Münsterländer Kriminalistik eine Audienz gewährt zu bekommen«, wischte er imaginären Staub von der Kleidung. »Dabei habe ich mir einige luftige Zeilen Hölderlin zu Gemüte geführt. Empfinden Sie nicht auch, dass ein erfrischender Odem durch seine Verse weht? Tatamtatam, tatamtatam, tatam. Einfach und raffiniert zugleich.«

Wer war der Kerl, und was wollte er von mir? Zuerst hatte ich vermutet, dass seine Eltern Geschwister gewesen waren. Jetzt drängte sich mir der Verdacht auf, dass ich gerade Opfer einer dieser urkomischen Versteckte-Kamera-Shows wurde. Argwöhnisch blickte ich aus den Augenwinkeln neben den Stall. Kein Frank Elstner, der in wenigen Augenblicken feixend hinter dem Misthaufen hervorspringen und »Verstehen Sie Spaß?« brüllen würde.

»Kommen Sie zur Sache«, knurrte ich.

»Ich habe einen Auftrag, will Sie auf eine Mission schicken, Wertester. Ich will Ihren Spürsinn reizen, Sie wie einen Bluthund auf die Fährte setzen, dass Sie sich in die Lenden des Mörders verbeißen und ihn reißen wie ein Wolf. Gestatten, dass ich mich vorstelle. Xtra Vaganz, Extra ohne E«, redete sich der Paradiesvogel in Rage.

Obwohl ich mit einem nicht gerade kleinen Mundwerk gesegnet war, fehlten mir die Worte. Der Kerl war ja verrückter als der Schafhirte Potthoff, der vor nicht allzu langer Zeit mein Gehöft zum Marientempel umgewandelt hatte.

»Bitte?«

»Mein Künstlername«, klopfte sich mein Besucher stolz auf die Brust. »Mon nom est mon programme, wie ich zu sagen pflege. Sie haben bestimmt von mir gehört: Ich bin von Beruf oder besser gesagt Berufung Dichter.«

»Nein, bedaure«, dankte ich Gott, dass er mir die Werke dieses Kais aus der Acid-Kiste vorenthalten hatte.

»Nun, momentan kursieren meine Werke in Internetforen, aber im nächsten Jahr plane ich diverse Publikationen. Ich bin sehr vielseitig. Naturlyrik über die atemberaubende Ästhetik unserer Region und ein Geisterjägerroman, den ich nach Aleister Crowleys Tarotdeck komponiert habe. Zudem übersetze ich unbekannte Autoren und Fachliteratur über den Sexus in Esperanto. Mein …«

»Lassen Sie uns ins Haus gehen, und Sie erläutern mir in Ruhe den Auftrag. Mir ist kalt«, unterbrach ich den Redeschwall. Zwar war mir der Typ auf Anhieb zutiefst unsympathisch, aber wenn er zahlte, konnte er von mir aus stundenlang über Brieftauben, Straßenbeläge oder seine dichterischen Werke dozieren.

»Ein fabulöser Vorschlag, maître«, verzückte sich Xtra. Während er voranschritt, konnte ich beobachten, dass seine knochigen Hüften beim Gehen wackelten, als wollte er damit die Auermann vom Pariser Laufsteg schubsen.

In meiner Diele fesselte ihn der Bücherschrank, ein dunkles Eichenmöbel aus dem 18. Jahrhundert.

»Heiliges Kruzifix! Da steht ja der komplette Rilke. Welch formvollendete Wortschöpfungen dieser Genius vollbracht hat. Sapperlot, mon ami, da haben Sie ja eine wahre Schatztruhe«, griff er sich den ersten Band der Insel-Jubiläumsausgabe und knutschte ihn wie einen aus der Kriegsgefangenschaft heimgekehrten Bruder.

»Möchten Sie einen Kaffee?«, lenkte ich unser Gespräch in eine pragmatische Richtung.

»Ich trinke nur Tee aus der Fulon-Provinz, sonnengereift, handverlesen und mit einer halben Süßstoffpille veredelt«, hob er den Zeigefinger, als hätte ich seine Vorlieben der Tagespresse entnehmen müssen.

»Zurzeit aus«, enttäuschte ich ihn. »Kann nur mit einem Darjeeling dienen.«

Angewidert verzog Vaganz das Stupsnäschen. »Was den Mund des Meisters erfrischt, wird für mich nichtswürdigen Diener gut genug sein«, ließ er sich dennoch herab.

Während er es sich mit dem Rilkeband im Wohnzimmer bequem machte, befüllte ich in der Küche den Kocher mit Wasser.

»Oh, dieses Pantherpoem, marveleuse«, vernahm ich, wie er sich auf die Schenkel klopfte. »Darf ich eines meiner bescheidenen Werke rezitieren? Es ist eine Hommage an Rainier.«

»Nein«, bat ich inständig, aber zu leise.

»Der Hamster,
seine kurzen Beine wackeln wild,
ein Gefühl von Sehnsucht in der Brust,
nach Größe streben,
ein eindrucksvolles Bild,

eine kleine Wunde mit geschorfter Krust'
lässt mein zart Gemüt erbeben«,

deklamierte Vaganz mit der Inbrunst eines starkbiergestählten Lokalpolitikers beim Schützenfest.

»Wie fanden Sie es, frère?«, lugte er um die Ecke in die Küche, wo ich gerade das Wasser in ein Teeglas goss. »Ich nenne diese Kunst hermetische Poesie, weil der Sinn dem gemeinen Geist verschlossen bleibt.« Verschlossen wie ein mit Imodium Akut morphiumisierter Darm.

»Sehr ansprechend«, log ich und scheuchte den Dichter mit eindeutiger Handbewegung in die Stube zurück.

»Sie wollten mich beauftragen. Worum geht es?«, hängte ich einen Teebeutel ins kochende Wasser.

»Bon, ad hoc in medias res, so gefällt mir das«, tönte es aus dem Wohnzimmer. »In der Tat. Ich muss Ihnen von einem abscheulichen Verbrechen berichten. Hermann Grutz wurde dahingemeuchelt.«

Grutz, Grutz? Irgendein leises Glöckchen läutete da in einer Gehirnwindung.

»Der Autor?«, fragte ich. »Die Presse hat geschrieben, dass er sich das Leben genommen hat. Vergiftet, oder?« Der Dülmener Kurier hatte eine längere Abhandlung über den Schreiberling gebracht. In Fachkreisen galt er als renommierter Lyriker; musste aber Heftchenromane schreiben, um sich über Wasser zu halten. Daran war er laut Mutmaßung des Journalisten innerlich zerbrochen.

Ich rührte mit dem Teebeutel das Wasser um. Langsam färbte es sich dunkel.

»Diese Journalisten sind gehässige Lästermäuler«, ereiferte sich Vaganz. »Hermann und Selbstmord, ich bitte Sie. Exclusée. Seine Poesie ist von lebensspendendem Odem durchwebt. Eine westfälische Frohnatur.«

Wenn Grutz eine ähnliche Schwatzbacke wie Xtra gewesen war, konnte er recht haben. Ein Akustikallergiker hätte ihn bei so viel phonetischem Abfall mit der Faust ins Jenseits befördert.

»Wie ist Herr Grutz von uns gegangen?«, zog ich den Beutel aus der trüben Flüssigkeit und beförderte ihn in den Abfall.

»Dazu muss ich etwas ausholen«, hüstelte Vaganz geziert. »Hermann war wie ich und sieben weitere Poeten Mitglied der Dülmener Serapionsbrüder, einer Gemeinschaft, die es sich zum Ziel gesetzt hat, die hochwertige heimische Literatur zu fördern. Die Wiederbelebung eines romantischen Dichterzirkels. Hermann war unser Aushängeschild. Er konnte den Eichendorffpreis für seinen Lyrikband *Ich saß auf einem Stein*, einer Dekonstruktion des lyrischen Egos, auf seinem Erfolgskonto verbuchen. Verzeihen Sie die ökonomische Ausdrucksweise. Natürlich hat er auch Brotarbeiten verfasst.«

Ich kehrte ins Wohnzimmer zurück und platzierte das Aufgussgetränk vor meinen Besucher.

»Schundromane wie *Chefarzt Dr. Mutschke* oder *Steffis Weg ins Glück*. Wer will es ihm verdenken, schließlich leben wir nicht von der Luft allein«, strafte sein griesgrämiger Blick seine Worte Lügen. »Dennoch empfinde ich es als degoutant, sich zur Hure des literaturkonsumierenden Blödzeitungslesers herabzulassen. Ich will aber über einen Toten nichts Schlechtes reden«, zog er mit dem Zeigefinger ein Pentagramm.

»Um auf Ihre Eingangsfrage zurückzukommen: Hermann wurde am Montag tot in seiner Wohnung aufgefunden. Auf dem Schreibtisch lag ein Abschiedsbrief. Der Druck des Ruhmes und die Feindseligkeit der Masse gegenüber revolutionären Ideen hätten ihn des Lebens überdrüssig gemacht. Eine schiefe Metapher tapste in die nächste. Gar nicht Hermanns Stil. Überhaupt war er kein Jammerlappen. Er schlürfte gerne Sektchen und nippte Canapés. Lebensbejahend, frohgemut und genießend, das sind die Attribute, die mir zu meinem Freund und Mentor in den Sinn kommen.«

»Wer könnte ein Interesse an seinem Tod haben?«, spulte ich das Standardrepertoire ab.

Vaganz nippte an der Tasse, sein Gesicht verzog sich vor Ekel, und er spuckte den Tee auf den Wohnzimmertisch. Gut, dass eine abwaschbare Plastikdecke aufgelegt war.

»Haben Sie komplett den Verstand verloren?«, riss mir nun der zunächst endlos scheinende Geduldsfaden.

»Das ist Spülwasser. Wollen Sie mich ebenfalls unter die Erde bringen?«, jaulte mein Gegenüber. Mit einem seidenen Taschentuch betupfte er das malträtierte Geschmacksorgan.

»Ich glaube nicht, dass wir zusammenkommen«, beendete ich die Schmierenkomödie. »In Münster gibt es sicher Kollegen, die Ihnen weiterhelfen können. Für dieses Beratungsgespräch berechne ich nichts.«

»Lentement, contenance, mon chère«, beschwichtigte Xtra. »Meine Geschmacksnerven sind zart besaitet. Wir wollen nur Sie. Hermann schrieb einen Enthüllungsroman, müssen Sie wissen. Wallraff-Stil. In seinem neuesten Werk *Die gestohlene Prostata* hat er sich mit der Organmafia auseinandergesetzt. In einem Krankenhaus werden Patienten ermordet, um ihre Innereien für beaucoup d'argent zu verscherbeln. Es liegt der Verdacht nahe, dass es sich um das Dülmener Hospital handelt. Hermann hatte sich dort einquartiert, um Material zu sammeln. Hat diesen Gaunern anscheinend gehörige Angst eingejagt.«

»Das reicht fürs Erste. Ich bekomme zwei …«, ich packte rasch einen Fuffi Schmerzensgeld für die Ohrenkrebsgefahr drauf, »300 Euro pro Tag zuzüglich Spesen und Märchensteuer.«

Vaganz dankte mir überschwänglich und gab mir ein parfümiertes Briefkuvert mit tausend Euro. Die Serapionsbrüder hatten ihre Schatulle geöffnet, um Hermanns Tod zu sühnen. Sollte mir recht sein. Routiniert steckte ich den Umschlag ein und setzte Xtra an die frische Luft.

Endlich wieder ein handfester Mordfall. Durchaus ein angemessener Grund, die Flasche Schampus zu köpfen, die ich zusätzlich zum Scheck über 1500 Euro von der betrogenen Bäuerin erhalten hatte.

Die imposante Wanduhr, deren Uhrglas und Minutenzeiger schon vor langer Zeit Adieu gesagt hatten, schlug zweimal. Meine Armbanduhr, die ihrem Pendant an der Wand in Sachen Ausstattung deutlich überlegen war – sie besaß sogar einen Sekundenzeiger –, signalisierte mir, dass ich wie so häufig vergessen hatte, den Koloss aufzuziehen. Es war bereits Viertel nach drei.

Just als ich die Kurbel, die mehr wog als sämtliche jemals überfahrenen Hunde, in die dafür vorgesehene Öffnung steckte, um das hochmoderne Erbstück noch ein Stück älter zu machen, klopfte es an der nicht minder alten Tür. Wahrscheinlich Vaganz, der sich über den Ermittlungsstand informieren wollte.

Irrtum! Vor mir stand Claudia Schiffer, allerdings mit zwölfmal so langen Haaren, achtmal so langem Rock und einer viermal so langen Nase. Ich überlegte gerade, ob die Kelly Family jetzt ihre CDs an der Tür verramschte, als das noch nicht durch Alzheimer infizierte Erinnerungsvermögen eines vitalen Einunddreißigjährigen zeigte, was es drauf hatte: Bettina.

Für Menschen, die mit meinem bisherigen Leben nicht vertraut sind, Folgendes: Bettina, mit Mädchennamen Klimke, war damals auf dem besten Wege gewesen, Letzteren gegen Nannen einzutauschen. Als ich vor drei Jahren noch in Essen gelebt hatte, war sie die Frau an meiner Seite gewesen. Ich hatte sogar einen respektablen Posten im Unternehmen ihres Vaters bekleidet, bis klar wurde, dass unsere Lebenseinstellungen ein wenig divergierten, was sie offenbar mehr gestört hatte als mich. Anders ließ sich ihre Entscheidung, mich aus der Firma, der Wohnung und ihrem Leben zu verbannen, nicht deuten. Ohne Job, Bleibe und Kohle hatte ich nach dem letzten Strohhalm gegriffen und das Erbe meines verstorbenen Onkels Hugo angetreten, einen heruntergekommenen Kotten in der tiefsten Münsterländer Provinz.

Seit unserer uneinvernehmlichen Trennung war der Kontakt völlig abgebrochen, sowohl persönlich, fernmündlich, fernschriftlich als auch spirituell. Folgerichtig drängte sich die Frage auf, was Tine hier zu suchen hatte.

Exakt diese stellte ich ihr, nachdem wir uns überschwänglich (Bettina Klimke) beziehungsweise distanziert (Dieter Nannen) begrüßt hatten.

»Ich wollte dich einfach mal wiedersehen. Oh, du hast die Kamera noch, die ich dir zum vierten Kennenlerntag geschenkt habe?«, deutete sie auf den Küchentisch. Was war denn hier los? Alte Zeiten auffrischen, oder was?

»Warum hast du dich nie gemeldet, seit du nach Buldern gezogen bist?«, fuhr sie fort und strich eine ihrer zehntausend Haarsträhnen aus dem Gesicht. Leider genau die, die ihre Nase verdeckt hatte.

»Warte mal, nicht dass ich da was durcheinanderbringe. Wenn ich mich richtig erinnere, hast du mich vor die Tür gesetzt«, kam ich mir wie in einem schlechten Film vor.

»Ich habe mit deinem Freund Peter Grabowski gesprochen«, ignorierte sie den Einwurf. »Er hat mir berichtet, dass du hier einen Bauernhof bewirtschaftest und nebenbei Privatdetektiv bist.«

»Andersherum wird ein Schuh draus. Und genau aus diesem Grund muss ich gleich los, denn ich habe eine Kleinigkeit wie einen Mord aufzuklären«, verband ich ein wenig Strunzerei mit dem Wunsch, Bettina zügig loszuwerden.

»Ich mache den weiten Weg hierher, und du willst mich einfach so abspeisen?«, verzog sie den hübschen Mund.

»Für den weiten Weg hast du maximal eine Dreiviertelstunde gebraucht. Wenn's unbedingt sein muss, spendier ich noch einen Kaffee, obwohl …« – musterte ich den beigefarbenen Kaftan – »… du wahrscheinlich lieber Mate-Tee trinkst, right?«

»Kaffee ist okay«, stammelte sie völlig verblüfft ob meiner schroffen Art. »Hör mal, ich weiß, dass du verärgert warst, als ich dich verlassen habe, aber man kann doch mal einen Fehler machen, oder etwa nicht?«

»Welche Drogen hast du denn genommen?«, hatte sie mit dem Verärgertsein durchaus recht, aber aus gänzlich anderen Gründen. Es musste doch selbst ihr klar sein, was sie hier für ein Affentheater veranstaltete. »Schon mal was von Telefon gehört?«

»Du hättest bestimmt sofort aufgelegt«, setzte sie an.

»Korrekt«, bestätigte ich ihre Menschenkenntnis. »Ich habe mir hier ein phantastisches Leben aufgebaut, bin der gefragteste Schnüffler weit und breit« – nicht schwer bei der hohen Detektivdichte in der Gegend – »und bewirtschafte nebenbei einen kleinen, aber feinen Kotten. Ich bin nah der Glückseligkeit, wozu sollte ich eine Frau Klimke brauchen?«

»Sei nicht so garstig, Dieter. Ich habe mein Leben geändert, glaub mir.«

»Mir geht's aber primär um mein Leben, und da ist für Verflossene kein Platz«, rief ich aus der Küche und schüppte Kaffeepulver in einen Filter.

Während der Zubereitung und Vertilgung des Koffeingemischs ließ Bettina ihre Post-Dieter-Ära Revue passieren:

1. Sie war aus der Firma ihres Vaters ausgestiegen, weil sie den Kapitalismus verachtete (nach dem Besuch bei einem spirituellen Lehrer aus Indien, der für

eine einstündige Beratung das sagenhaft günstige Honorar von 500 Euro kassiert hatte, das er selbstverständlich an bedürftige Kinder im Ganges-Delta spendete).

2. Es war vielleicht ein Fehler, Dieter R. Nannen zu verlassen, mit Betonung auf »vielleicht«.
3. Sie hatte beim Frühjahrsputz meine German-Thrash-Demotapes aus den 80ern gefunden, sie auf CD gebrannt und mit einem liebevollen Cover versehen.
4. Sie hatte nach mir keinen Mann mehr gehabt.
5. Sie wollte aussteigen und aus diesem Grund eine Testwoche auf meinem Hof verbringen. (Andere Aussteiger gingen nach Neuseeland oder Kanada, warum nicht sie?)
6. Sie hatte noch ein Kuvert mit ausstehenden Gehältern in Höhe von 8350 Euro, das sie mir nach den Ferien auf dem Bauernhof überreichen wollte.

So mein Destillat aus zwei Stunden blumiger Prosa.

»Gut, lassen wir es auf einen Versuch ankommen. Die Pension Nannen steht dir von Freitagmittag bis Mittwochmorgen zur Verfügung. Aber eines ist von vornherein klar: Ich erwarte, dass du sämtliche bäuerlichen Pflichten wahrnimmst. Zu hundertzwanzig Prozent. Ansonsten kannst du dich gleich in die Bummellock Richtung Essen setzen.«

Diesen Luxusurlaub hatte meine Ex lediglich den Punkten drei und sechs ihrer Litanei zu verdanken. Und da sollte einer noch behaupten, Männer wären gegenüber emotionalen Argumenten nicht aufgeschlossen.

»Natürlich, Dieter. Ich will meinen Lebensunterhalt

mit meiner Hände Arbeit verdienen. Anders können wir das System nicht zum Besseren verwandeln.«

Nach einigen freundlichen Plattitüden meinerseits und weiterem Sozigesabbel ihrerseits komplimentierte ich sie zur Tür hinaus. Jetzt aber ran an den Bericht für den Psychodoc.

Nach acht Tassen Kaffee und einer Schachtel Zigaretten hatte ich die geforderten dreißig Seiten Phantastik zu Papier gebracht. Die Geschichten über mein hartes, ungerechtes Leben waren mir geradezu aus den malträtierten Fingern geflossen.

Da ich gerade ein kreatives Hoch durchlebte, plante ich meine ersten Schritte für den neuen Auftrag. Vaganz war sicherlich keine zuverlässige Informationsquelle, also erst mal Freunde und Bekannte des Toten interviewen. Wenn alles nichts half, musste ich mir wohl oder übel Hermanns literarisches Vermächtnis zu Gemüte führen. 300 Euro Schnüfflerlohn war vielleicht doch zu karg bemessen.

Das Klingeln des Telefons schreckte mich hoch, es war bereits halb elf.

»Nannen.«

»Sie untersuchen den Tod von Hermann Grutz?«, drang eine verzerrte Stimme an mein Ohr.

»Wer ist da?«, konnte ich mich spontan an keinen Bekannten erinnern, der am Bahnhof oder Flughafen die Verspätungen durchgab.

»Knöpfen Sie sich mal den Bruhns vor, Gisbert Bruhns. Ist nicht besonders gut weggekommen in Hermanns Büchern. Ende der Durchsage.« Die Leitung war tot. Ich überprüfte das Display, aber die Nummer war unterdrückt worden. Ein ganz Schlauer.

Jetzt kam Leben in die Bude. Vor wenigen Stunden beauftragt, meldete sich bereits die erste anonyme Dreckschleuder. Ich notierte mir den Namen Gisbert Bruhns auf einen Zettelblock, rauchte eine Gutenachtkippe und verabschiedete mich vom Freitag.

2

Vier Stunden nach dem ersten Hahnenschrei befreite ich zwei Vollkornschnitten aus dem Brotkorb sowie Butterkäse aus dem Kühlschrank. Ein wahrer Held. Leider musste ich sie anschließend vernichten; so brutal konnte das Leben sein. Nachdem ich die aktuellen Nachrichten sowohl in der Zeitung gelesen als auch im Radio gehört hatte, ließen sich die bäuerlichen Pflichten nicht länger aufschieben.

Zusätzlich zu den acht Kaninchen, die zu Onkel Hugos Erbmasse gehört hatten, und meinem Schwein Pedder musste ich seit drei Tagen auch noch den Ziegenbock Henry durchfüttern. Er gehörte meiner hübschen Nachbarin Karin Schumann, die einen Biogemüsehof bewirtschaftete. Ziegenmilch schien eine Marktlücke zu sein, denn alle anderen Bulderner Bauern verkauften nur das konventionelle Kuhgesöff. Karins Kundschaft rekrutierte sich dabei aus Damen, deren Alter nur mit Hilfe des großen Einmaleins bestimmt werden konnte. Viele schworen, dass der Zaubertrank eine verjüngende Wirkung hätte.

Henry war vor einer Woche krank geworden, und Karin befürchtete eine Epidemie. Ihre Bitte, das Tier bis zur Genesung bei mir unterzubringen, konnte ich nicht abschlagen. Zum einen hatte sie meinen Einwand, das meckernde Etwas könnte meine Langohren oder Pedder infizieren, mit etlichen veterinärmedizinischen Fachausdrücken beiseitegewischt, zum anderen fand ich Schumann sympathisch.

Nachdem das Viehzeug per Ohrenschlackern, Grunzen und Meckern verkündet hatte, dass die Mahlzeit mundete, marschierte ich ins Haus zurück, schüttete den Rest Kaffee in die Tasse und suchte im Telefonbuch die Vaganznummer. Glücklicherweise hieß er nicht »Schmidt«.

»Xtra Vaganz am Apparat.«

»Nannen. Ich benötige noch einige Infos.«

»Ich würde mich glücklich schätzen, wenn ich Ihnen weiterhelfen könnte, mon ami. Habe gerade einige Verse über die Metamorphose zwischen Huhn und Weizenkorn verfasst. Mehr als gelungen. Wenn Sie möchten, deklamiere ich sie für Sie.«

»Lebte Grutz allein, oder war er verheiratet?«, ignorierte ich sein Angebot.

»Weder das eine noch das andere. Er hatte eine Lebensabschnittspartnerin.«

»Wohnten sie zusammen?«, sprudelte ich vor intelligenter Fragen regelrecht über.

»Hermann hatte eine schmucke Wohnung im Wacholderweg 17, seine Lebensgefährtin lebt zusammen mit ihrem kranken Vater in Ihrem pittoresken Dörfchen Buldern. Es kam aber vor, dass Cornelia für einige Tage bei Hermann einzog, wenn es der Gesundheitszustand ihres Vaters zuließ. Ihre Mutter, Gott habe sie selig, ist vor zwei Jahren an einem Lungenödem gestorben. Seitdem muss Cornelia immer auf …«

»Wie heißt diese Cornelia mit Nachnamen, und wie lautet ihre Adresse?«, unterbrach ich ihn, während ich über eine Telefon-Flatrate nachdachte.

»Lienen. Ein ganz patentes Frauenzimmer. Hat es immer schwer gehabt im Leben und trotzdem …«

»Die Adresse, Herr Vaganz.« Gleich morgen würde ich das Antragsformular ausfüllen.

»Am Fliederbusch 3, schräg gegenüber der Bulderner Kirche. So ein nettes Mädchen. Ich hätte alles darum gegeben, ihr diesen Schicksalsschlag zu ersparen. Haben Sie schon Ihre Fühler im Krankenhaus ausgestreckt?«

»Wie stellen Sie sich das vor? Soll ich dort reinspazieren und sagen: »Gestatten, ich bin Dieter Nannen und möchte der Organmafia in den Arsch treten«? Haben Sie vielleicht ein Problem mit meinen Ermittlungsmethoden?« Vor dem Anruf hatte ich mir fest vorgenommen, mich nicht aus der Ruhe bringen zu lassen, aber offensichtlich funktionierte das nicht.

»Non, non. Eher würde ich mir die Zunge abbeißen, als Ihre Arbeitsweise zu kritisieren. Ihre Erfolge geben Ihnen schließlich recht.«

»Könnten Sie mir dann bitte Namen und Adressen der übrigen Serapionsbrüder geben?«

Xtra nannte mir die Anschriften sämtlicher Möchtegerndichter. Einer der Herren wohnte in Buldern, die anderen waren über Dülmen, Senden und Appelhülsen verstreut. Der angeschwärzte Gisbert Bruhns war auch darunter. Da meine Nerven bereits zum Zerreißen gespannt waren, verzichtete ich aber darauf, Vaganz von dem anonymen Anruf zu berichten.

»Ich bedanke mich«, war ich froh, das Gespräch beenden zu können.

»Zu guter Letzt meine Verse. Ich habe den Arbeitstitel *Huhnaphrodite* gewählt.«

»Auf Wiederhören«, klickte ich die Schwatzbacke weg.

Jetzt besaß ich etliche Namen und Adressen. Auf die Serapionsbrüder hatte ich momentan aus unerfindlichen Gründen keine Lust, deswegen entschied ich mich für Cornelia Lienen. Hermanns Freundin wusste mit Sicherheit Näheres über die Tatumstände. Auch würde sie als Krankenschwester kaum so schräg durch die Gegend schwallen wie der Dichterfürst.

Mit legerer Garderobe verließ ich das Haus und klemmte mich hinters Steuer. Es waren zwar nur zwei Kilometer bis zum Bulderner Dom, aber mein Drahtesel hatte einen Platten, und ich konnte mir schönere Dinge vorstellen, als einen Fahrradschlauch zu flicken.

Nach dem Genuss der neuesten Madonna-Auskopplung stellte ich den Golf auf dem Kirchplatz ab und lenkte meine Schritte in Richtung Fliederbusch. Familie Lienen wohnte in einem schmucken Fachwerkhaus, das gut in Schuss war. Das Einzige, was nicht zum historischen Gebäude passte, waren die Thermopenfensterscheiben.

Flott den sorgfältig geharkten Kiesweg entlangspaziert und geklingelt. Nichts. Als sich bereits Hornhaut auf dem Daumen zu bilden begann, machte ich kehrt und stiefelte ums Gebäude herum.

In einem Garten, in dem sich alle Dülmener Wildpferde – es gab ungefähr 300 – verlaufen hätten, entdeckte ich eine rund dreißigjährige Frau und einen doppelt so alten Mann. Beide stützten ihre Oberkörper auf Gartengeräten ab, die ich als erfahrener Agronom als Spaten und Schüppe identifizierte.

»Guten Tag zusammen«, wanderte ich gemächlichen Schrittes über den lehmigen Gartenweg.

»Guten Tag alleine«, ergriff Cornelia das Wort.

Vor kurzem hatte ich das »Wilde Leben« gesehen, eine Hommage an das erste deutsche Groupie Uschi Obermaier. Cornelia musste ihre Tochter sein. Die Kurven an den richtigen Stellen, Wimpern, für die man einen Waffenschein benötigte, und Lippen, für die man den zweiten Waffenschein benötigte. Die braunen Locken waren zu einem Pferdeschwanz zusammengebunden, gemeinsam mit der Arbeitshose und dem grünen ärmellosen T-Shirt wohl eine Konzession ans Gärtnerdasein. Den rechten Oberarm schmückte ein Tattoo, irgend so ein Tribal-Teil. Auch wenn das nicht meine Baustelle war, machte es sich ganz gut auf der sonnengebräunten Haut. Hermanns Gedichte mussten es ganz schön in sich haben, wenn er solch eine Frau an Land ziehen konnte. Vielleicht sollte ich auch mal einige Verse zu Papier bringen. Schnüfflerpoesie, ein völlig neues Genre.

»Dieter Nannen. Ich untersuche den Tod von Hermann Grutz und würde Ihnen gerne einige Fragen stellen. Natürlich nur, wenn es Ihnen nichts ausmacht«, wandte ich mich an Madame Obermaier.

»Was gibt's da zu untersuchen? Sind Sie von der Versicherung oder was?«, polterte ihr Vater los. Er kratzte seinen kurzen Schnäuzer, der an eine tragische Gestalt deutscher Geschichte erinnerte.

»Ich bin Privatdetektiv. Mein Klient geht davon aus, dass es entgegen der offiziellen Version kein Selbstmord war.«

»Wollen Sie meine Tochter unnötig quälen? Sie hat in den letzten Tagen genug durchgemacht«, zog der Alte ein Taschentuch aus der Gärtnerkluft und wischte sich damit über die Stirn. »Ich weiß nicht, was es da zu beschnüffeln gibt«, fuhr er fort. »Grutz hat Hand an sich gelegt, das ist doch sonnenklar.«

»Herr Lienen. Ich möchte mich jetzt mit Ihrer Tochter unterhalten. Ihre schlauen Sprüche können Sie sich für den Stammtisch aufheben.« Eines war klar: Zwischen uns beiden lag eine Freundschaft in weiter Ferne.

»Sie unverschämter Kerl. Verlassen Sie sofort mein Grundstück.«

»Vadder, bleib mal geschmeidig. Der Macker hier hat höflich gefragt, ob er mich aushorchen darf. Kein Grund, ihn anzusaugen.« Salopper Umgang mit der Sprache. Respekt. Aber in Kombination mit der lispelnden Aussprache wirkten die Kraftausdrücke niedlich.

Entrüstet drehte Lienen sich zu seiner Tochter um und riss den Mund auf. Statt eines Kommentars folgte jedoch eine entsetzliche Hustenattacke. Ich trat vor und klopfte ihm auf den Rücken.

»Fass mich nicht an, Schnüffler.«

»Wie sieht's aus?«, wandte ich mich an Cornelia. »Hätten Sie kurz Zeit für mich? Ich verspreche auch, Sie nicht lange von der Arbeit abzuhalten.«

Cornelia bot mir einen Sitzplatz an, den ich dankend ablehnte. Anders der alte Herr, der sich unter starkem Ächzen auf einen Gartenstuhl fallen ließ und den Stummen mimte.

»Sie waren die Freundin des Verstorbenen?«, startete ich die Befragung.

»Na ja, was man so Freundin nennt, Meister« – mein Gott, war das Lispeln süß –, »der Hermann war schon ein cooler Typ, und wir sind ein paar Mal in die Federn gehüpft. Wir haben uns bei einer Wohltätigkeitsveranstaltung im Dülmener Hospital kennengelernt, wo ich als Krankenschwester arbeite. Hermann hat einige Gedichte abgelassen und seine Romane signiert«, blickte sie in die Ferne. »Zufällig haben wir uns beim Schützenfest wiedergesehen, und seitdem lief da was.«

»Wann haben Sie Herrn Grutz das letzte Mal gesehen?«, wollte ich Cornelias Redefluss ausnutzen.

»Am Tag seines Todes. Ich hatte bei ihm gepennt.«

»Um welche Zeit haben Sie die Wohnung verlassen?«

»Kurz vor acht. Ich musste zum Dienst, obwohl ich kaum krauchen konnte«, zwinkerte sie mir zu, »Sie wissen schon.« Nee, auch meine Vorstellungskraft hatte Grenzen.

»Jetzt habe ich aber auch eine Frage«, lispelte sie fort: »Wie kommen Sie darauf, dass es kein Selbstmord war?«

»Mein Klient geht davon aus. Er kannte Hermann als lebenslustigen Menschen. Ist es für Sie denn plausibel, dass Herr Grutz Selbstmord begangen hat?«

»Nie im Leben. Ich war völlig geschockt. Als ich bei

Hermann weg bin, wollte er grad das letzte Kapitel zu Ende schreiben. Abends wollten wir dann einen draufmachen. War ein cooler Typ«, kullerte eine Träne die Wange herunter.

»Kennen Sie denn den neuen Roman schon?«

»Nein. Er hat seine Bücher immer erst komplett geschrieben, bevor ich drüberlesen durfte.«

»Kommen wir noch mal auf den besagten Tag zurück. Sie haben Herrn Grutz gegen acht verlassen und sind anschließend zum Krankenhaus gefahren?«

»Das hat sie Ihnen doch bereits erzählt, Sie Schwachkopf!«, hatte der Alte offensichtlich aufmerksam zugehört.

»Herr Lienen. Wenn ich Fragen an Sie habe, werde ich es Sie wissen lassen. Bis dahin halten Sie Ihren Mund.« Irgendwann war Schluss mit lustig.

»Das ist eine Unverschämtheit! Cornelia, du erlaubst diesem Schnüffler, mich derart zu beleidigen? Schick ihn zum Teufel!« Wieder eine Hustenattacke.

»Ist besser, Sie verziehen sich jetzt. Wenn Sie nichts dagegen haben, bin ich heute um acht bei Ihnen, dann können wir weiterquatschen, okay?«, knuffte sie mich in die Seite.

Das war durchaus okay. Wenn es sich tatsächlich um Uschi Obermaiers Tochter handelte, musste sie sich auf meinem Kotten pudelwohl fühlen, auch wenn ich keinen VW-Bus besaß. Ich gab ihr meine Visitenkarte, dann sah ich zu, dass ich neutrales Terrain erreichte.

3

Das Münsterland zeigte sich von seiner schönsten Seite. Kaum aus den mehligen Nebelschwaden des Morgens geschält, offenbarte sich ein bernsteinfarbener Mittag. Das ließ einen abenteuerlich bunten Nachmittag gefolgt von einem wohlig dunklen Abend erhoffen.

In Dülmen steuerte ich das Büchereck an, die größere der beiden Buchhandlungen. In der Auslage schliefen die neuesten Münsterlandkrimis in der stillen Sehnsucht, einen harmlosen Kick ins Bürgerleben bringen zu dürfen. Mich beschlich der Eindruck, dass hinter jeder Kuh ein Killer lauerte, der mit Fladengeschossen die Spießerexistenzen zurück in die Anarchie ballern wollte. *Das Geheimnis von Appelhuisen*, *Der Henker von Hörstel* oder *Guido und die achtzehnte Generation – ein Emsdettenkrimi* versprachen Lesegenuss, der mir wohlige Gefühlsschauer das Rückgrat hinunterjagte. Ganz große Spannungsdramaturgie.

Als beim Öffnen der Eingangstür eine Klingel schrillte, schneckte eine etwa fünfzigjährige Verkäuferin aus der Kinderbuchecke in meine Richtung los. Mir kam es jedenfalls vor, als ob ihr Tempo sich unterhalb der Zweistundenmetermarke bewegte. Nach drei gefühlten Mondzyklen stand sie vor mir. Ihre buschigen Augenbrauen grenzten das kugelrunde Gesicht zur Prinzessin-Eisenherz-Frisur ab. Das mit weißen Nelken verzierte Kleid stammte aus Ommas Mottenkiste. Trotzdem nicht unsympathisch.

»Kann ich Ihnen helfen?«, eierte sie nach etlichen

Bedenkminuten heraus. Naja, ich hätte für einen so originellen Spruch ähnlich lange gebraucht.

»Ich möchte einen Roman von Hermann Grutz. Haben Sie da was auf Lager?«, hoffte ich, sie nicht durch rhetorische Rasanz zu überfordern.

»Wir führen nur seine Gedichtsbände, glaube ich. Nein, dass er auch Romane geschrieben hat, entzieht sich meiner Kenntnis. Nein, also richtige Romane ...«

»Schwesterherz, die hat er unter einem Pseudonym verfasst.« Hinter einem Regal mit Harry-Potter-Servietten, -Klopapier, -Kondomen und anderen Produkten, die nicht die Welt, aber der hartgesottene Zauberschülerfan benötigte, tauchte die nächste Vettel auf. Musste die Zwillingsschwester sein, denn sie glichen einander wie ein Ei dem anderen. Allerdings egalisierte sie die Langsamkeit der Blutsverwandten durch übertriebene Hektik.

In der nächsten Sekunde drückte sie mir wortlos zappelnd zwei Schwarten in die Hand, als würde sie sich sonst daran verbrennen.

»Bitte, *Heiße Liebe im kalten Schnee* und *Die Liebe ist ein einzigartig Ding*. Ich kann Ihnen aber wirklich nur abraten. Seine Lyrik diskutieren wir gerne im Literaturzirkel, aber diese seichte Effektschreiberei ist so gar nicht mein Fall«, maulte die Langsame.

»Weiß man schon etwas über sein neuestes Werk?«, interessierte mich ihre Meinung über die Qualität der Grutz'schen Genüsse nicht die Bohne.

»Tut mir leid. Der Verlag macht ein großes Geheimnis daraus. Aber was bietet Grutz schon Abenteuerliches? Ein Skilehrer verliebt sich in eine verheiratete Frau, ein Arzt in eine schwangere Patientin. Immer das gleiche Strickmuster«, bewegten beide die Finger zu den Worten, als würden sie Nadeln in Wollknäueln schwingen.

Das *einzigartig Ding* ließ ich mir nicht ausreden, der andere Schmöker durfte zurück ins Regal. Die Nötigung, auch einen Gedichtband mitzunehmen, überhörte ich.

In meinen vier Wänden öffnete ich ein Bier und machte mich über das unterwegs erstandene Zigeunerschnitzel mit Pommes her. Widerwillig griff ich mir den Grutz. Ein hübsches, einfaches Mädchen namens Cindy hatte einfach kein Glück mit den Männern. Jeder betrog sie nach kurzer Zeit, während sie als Putzfrau knechten musste. Ich wischte mir einige Tränen von der Wange, als Hoffnung am Horizont auftauchte. Cindy beschloss, ihr Schicksal selbst in die Hand zu nehmen und am Casting für »Deutschland sucht den Gigastar« teilzunehmen. Dort passierte es: Sie blieb zusammen mit Alfredo, dem Sambakönig aus Rio, im Fahrstuhl stecken. Zwischen ihren Augen flogen die Funken wie stählerne Glut in einer Kokerei. So eine große Liebe hätte ich mir auch erträumt. Leider stürzte Alfredo bei einer Pirouette unglücklich und war fortan querschnittsgelähmt. Daraufhin schaute ihn die dumme Liese nicht mal mehr mit dem Allerwertesten an, da sie von Diddi Bollo entdeckt wurde und zum gefeierten Schlagerstar avancierte. Doch dann kam der schicksalsträchtige Weltsuperstargesangscontest. Um sein großes Herz zu beweisen, hatte Bollo den im Rollstuhl sitzenden Alfredo eingeladen. Würde es ihm gelingen, erneut Cindys Herz zu gewinnen?

War ich ein schlechter Mensch, dass ich mich fragte, wer sich mit solchem Müll die Seele verquirlte. Kaum zu glauben, dass Grutz Anspruchsvolleres verfasst haben sollte.

Apropos Verfasser: Schnell das Notizbuch hervorgekramt und die Adresse des Bulderner Serapionsbruders rausgesucht. Er wohnte auf der Hauptstraße der Metropole, wenn man das asphaltierte Etwas als solche bezeichnen konnte. Immerhin lagen auf diesem Boulevard of Horse Apples der Tante-Emmas-Oma-Laden, der Dorffigaro und die Pommesbude. Damit waren drei Viertel der Bulderner Geschäftswelt dort ansässig, was wiederum die Bezeichnung Hauptstraße rechtfertigte. Einzig eine winzige Metzgerei, die auch Back- und Kurzwaren für einen Euro anbot, residierte in einer Seitenstraße.

Franz Spodens Dichterklause, oder wie sich so was heute schimpfte, war das letzte Haus auf der heimischen Champs-Élysées. Wenn Spoden die Hand aus dem Fenster streckte, konnte er das Ortsausgangsschild blankputzen. Das schmucke Fachwerkhaus war dem Lienen'schen Domizil nicht unähnlich. Die Steine schimmerten rötlich braun, die wuchtigen Stützbalken prangten in tiefem Schwarz. Er hatte sich sogar den Luxus kupferner Dachrinnen erlaubt. In dieser wohnlichen Idylle mussten sich Verse geradezu aufdrängen.

Auf mein Klingeln begannen im Innern Hunde zu kläffen.

»Vishnu und Shiva, würdet ihr die Güte besitzen, eure göttlichen Stimmen zu dämpfen?«, drang eine helle Stimme mit der beseelten Heiterkeit einer Mozartsonate an mein Ohr, woraufhin die Tölen abrupt verstummten. Die Pforte wurde geöffnet.

»Ich bin Bhagwan«, klimperte Spodens Sopran wie ein Glockenspiel. Das Outfit des Serapionsbruders verschlug mir glatt die Stimme. Jeder hatte bei einem Namen festgelegte Assoziationen, noch bevor er den Träger kennenlernte. Unter Franz Spoden hatte ich mir einen wohlbeleibten Münsterländer vorgestellt, der rechts wählte und lebte. Panhasliebhaber, Schützenvereinsmitglied und Fremdstecher auf der Kegeltour. Für notleidende ghanaische Kinder warf er zwei Euro in den Klingelbeutel und duzte sich mit dem Kaplan. Spoden erfüllte keine meiner Vorstellungen.

Franzens asketische Figur wurde von einem orangefarbenen Kaftan umhüllt. Das Haupthaar war abrasiert; nur am Hinterkopf baumelte ein langer grauer Zopf, an dessen Ende bunte Perlen eingeflochten waren, die vor sich hin klimperten, wenn er sich geschmeidig wie eine Raubkatze bewegte. Er mochte um die sechzig sein, wahrscheinlich Frührentner, und strahlte heller als ein ukrainischer Atomreaktor.

»Dieter Nannen«, ergriff ich wie paralysiert die knochigen Finger. »Bin ich hier richtig bei Franz Spoden?«

»Das war mein Name im weltlichen Leben«, gruben sich seine Nagelspitzen in meine Hand. »Bhagwan kommt aus dem Sanskrit und bedeutet Gesegneter, ein Name von Meister Osho, was meinen Lebenszweck eher wiedergibt als Franz. Dieser Name kommt aus dem Althochdeutschen und bedeutet so viel wie frei. Inwiefern sind wir Menschen frei inmitten der karmischen Mühlen, frage ich dich, mein Sohn. Doch ich habe einen Weg gefunden, das kosmische Drama zu überlisten.«

»Ihr Serapionsbruder Grutz hat vor kurzem die Ebene der Seelenmanifestation gewechselt«, versuchte ich mich in Eso-Slang.

»Ah, du bist der Erleuchtete, der Hermanns Mörder seiner irdischen Gerechtigkeit zuführen soll. Tritt ein in meine bescheidenen Hallen.«

Bhagwan schwebte voran in eine Diele, in der mich zwei braun gefleckte Mischlingshunde neugierig beschnupperten. Obwohl ihr letztes Bad am Tage von Meister Oshos Eintritt ins Nirwana stattgefunden haben musste, streichelte ich sie.

»Vishnu und Shiva sind meine Gefährten auf dem Weg zur Erleuchtung. Wir helfen uns gegenseitig, uns höher zu inkarnieren«, verlor er sich ins Kryptische.

Die Diele war zugestellt mit Statuen jeglicher Größe. Buddhas und indische Gottheiten mit fünfzehn Armen oder Tierköpfen. Räucherstäbchen verbreiteten Sandelholzduft. Ich war mir sicher, dass meine jüngst auferstandene Ex Bettina und Franz ein ideales Paar abgeben würden.

Wir gelangten in ein lichtdurchflutetes Wohnzimmer. Auch hier die bekannten Devotionalien. Dazu Pyramiden aus Alabaster und Onyx. Statt Stühlen waren einige Kissen im Sixties-Retro-Look im Kreis drapiert. Dazwischen qualmte aus einer Schale Salbeiräucherwerk. Ich war schon ganz benebelt. Noch einige Stunden hier, und ich würde genau wie Bhagwan die Welt aus dem irdischen Jammertal hinausleuchten.

»Ich bitte dich, meiner niedrigen Behausung durch deine Anwesenheit Glanz zu verleihen«, wies Franz auf ein Kissen. Schwerfällig ließ ich mich auf das Möbelsubstitut sinken, während mein Gegenüber seine Beine geschmeidig im Yogisitz verknotete.

»Darf mein Tee deine Lippen benetzen, Bruder?«, bat der Poet. Dankend lehnte ich ab.

»Du wirkst dehydriert. Daher wirkt deine Aura etwas matt. Du solltest Flüssigkeit zu dir nehmen«, zeigte sich Franz besorgt und stellte eine mit Sanskrit-Hieroglyphen bepinselte Tasse vor mich. »Dieser Fenchel-Brennnessel-Tee wird dich reinigen.«

»Sie wissen, warum ich hier bin?«, ignorierte ich Spodens Gesabber, um den Fokus wieder auf den Zweck meiner Visite zu lenken.

»Du suchst deinen Weg und hast einen Lehrer gefunden«, verlangsamte sich Bhagwans Stimme hypnotisch. »Folge meinem Pfad des violetten Lichts, und dein Leiden wird beendet sein.«

»Wir reden über Mord, nicht über Unendlichkeit. Könnte mir gut vorstellen, dass Grutz unter den Serapionsbrüdern nicht nur Freunde hatte.«

»Falls du mich verdächtigen solltest, mein Sohn: Meine Botschaft ist die Liebe, nicht der Hass. Du projizierst deine niedrigen Schwingungen auf mich«, lächelte Franz breiter als die Grinsekatze aus *Alice in Wonderland*. Der Kerl war komplett verstrahlt.

»Grutz hat allerdings noch niedriger als du geschwungen«, schien er mir nun doch etwas Brauchbares zu bieten. »Ich habe ihm mein Buch *Pfad zum Licht* gegeben. Er hat es nicht kapiert. Nun reinkarniert der Gute in einer niedrigen Existenz.«

Genussvoll nippte er an der Tasse mit dem übel stinkenden Gesöff, ohne seinen eigenen sprachlichen Fauxpas auch nur zu registrieren: *Kapiert* reimt sich zwar auf reinkarniert, hat aber doch im Esosprech nichts zu suchen. Welch hässliche Vokabel, so ganz ohne lebensübergreifende Komponente. Kein Wunder, dass Grutz jetzt tot war.

»Haben Sie vielleicht nachgeholfen, weil seine Gedankenwelt noch nicht bereit war, sich Ihren Weisheiten gegenüber zu öffnen?«, machte ich ihm vor, wie's ging.

Spoden gackerte hysterisch und prustete Tee in die Luft. Einige Spritzer landeten auf meinem Hemd.

»Zu köstlich. Hermanns Weg wurde im Buch des Lebens vorgeschrieben und hat sich erfüllt. Ich habe ihm die Möglichkeit geboten, seinem Leben eine Wendung zu geben. Nur die Liebe zählt«, zitierte er den Titel einer abgeschmackten Fernsehshow. »Ich umarme den ganzen Tag das Universum mit meiner Liebe, einer der Schritte ins Licht. Hermann hat nur abfällig darüber gelacht; du siehst, was er davon hatte«, schlich sich ein gehässiger Unterton in die Predigt.

Unser erfüllendes Gespräch wurde von einem Gong unterbrochen.

»Tritt ein, Angebetete, mein Yang, meine Venus«, jubilierte Bhagwan.

Eine dunkelhaarige ausgemergelte Frau, etwa halb so alt wie der Guru, tänzelte in den Raum. Sie trug einen weißen Kaftan, der einen Blick auf ihren zierlichen Busen offenbarte.

»Ich glaube, ich habe genug erfahren«, versuchte ich aufzustehen, doch die Lady war bereits hinter mir und drückte mich zurück aufs Kissen.

»Geliebter Bhagwan, wen hast du heute eingeladen, damit ich ihn mit Liebe einhülle?«, trillerte sie.

»Einen Suchenden voller Sehnsucht, einen Jünger auf dem Pfad ins Licht«, sang Bhagwan. »Zeige ihm Deine Schönheit und vereinige Dich mit ihm, o holde Aphra.«

Mit der einen Hand fixierte mich die Dame auf dem Polster, mit der anderen streifte sie ihr Gewand ab, so dass sie völlig nackt vor mir stand. Trotz der benebelnden Wirkung des Salbeirauchs befreite ich mich mit einer unwirschen Handbewegung. Aphra stolperte und fiel auf den Teppich. Katzengleich fuhr sie mit der Zunge über die Lippen und kroch auf mich zu.

»Schnapp ihn dir, nur der ungebremste Sexus transformiert zur Liebe«, brüllte Spoden ekstatisch. Nichts wie raus. Ich ergriff eine Tasse und schüttete der Alten das Gesöff ins Gesicht. Sie schleckte sich über die Wangen und funkelte mich lüstern an. Die geschlossene Psychiatrie war im Vergleich zu diesem Tollhaus ein gutbürgerliches Familienidyll. Sie hechtete nach vorn und erwischte mich am Knöchel, worauf ich in die Räucherschale stürzte. Spoden klatschte in die Hände und tönte: »Lasst es raus, lasst es raus. Verschmelzt eure Körper.« Ich stieß ihn vor die Brust, fiel dabei aber direkt auf die Nackte. »Schlag mich fester, ich steh drauf«, stöhnte Phaedra durch die blutleeren Lippen. Als sie ihre Beutetour fortsetzen wollte, sprang ich auf und stürzte nach draußen. Hinter mir hörte ich Spoden irre kreischen und seine Gespielin wütend fauchen.

An der frischen Luft atmete ich durch und ordnete meine Kleidung. Was war das denn gewesen? Nichts erfahren und fast vergewaltigt worden. Super Job, Nannen.

Bisher hatte ich zwei Serapionsbrüder kennengelernt. Also noch fünf weitere, fiel ich wie betäubt und Selbstgespräche führend in den Autositz. Nun gut, schlussendlich gab es immer noch die Option, mir die Pulsadern aufzuschneiden.

4

Dreiundfünfzig Minuten vor 19:23 Uhr erreichte ich meinen Kotten, genügend Zeit also, noch etwas aufzuräumen. Schließlich erwartete ich Damenbesuch in Gestalt von Uschi Obermaier junior aka Cornelia Lienen. Geschmeidig einen Stapel gewaschener, aber ungebügelter Wäsche vom Küchentisch in die Abstellkammer transferiert, mit einem Handtuch die Möbelstücke, die es am dringendsten brauchten, vom gröbsten Staub befreit und das dreckige Geschirr in sauberes verwandelt. Anschließend den Kamin angezündet und eine mit Sternen bestickte Decke auf den Wohnzimmertisch drapiert; irgendwo hatte ich gelesen, dass die holde Weiblichkeit nicht auf Brandlöcher im Mobiliar abfuhr. Nach so viel schweißtreibender Arbeit gönnte ich mir eine Wechseldusche und schlüpfte in Jeans und ein langärmliges T-Shirt der Drei-Streifen-Marke in dezentem Grün.

Als ich im Flurspiegel mein Ebenbild überprüfte, klopfte es an der Tür.

»Immer nur herein, es ist offen.«

Fast wäre ich hintenübergefallen, als Lienen über die Schwelle trat, denn sie hatte wenig Ähnlichkeit mit der Person, die ich schuftend im Garten gesehen hatte. Für die Lederkombi hatten einige Kühe ihr Leben lassen müssen, und der silberne Helm unter ihrem Arm ließ mich fast erblinden.

»Sie fahren Motorrad?«, fragte ich das Offensichtliche.

»Da können Sie einen drauf lassen«, ließ sowohl das Lispeln als auch die gewählte Ausdrucksweise darauf schließen, dass es tatsächlich dieselbe Person war.

»Dann zeigen Sie mal Ihre Karre«, war ich wirklich neugierig.

Kurz darauf durfte ich eine Elfhunderter Kawasaki in leuchtendem Rot bestaunen. Kein Vergleich zu dem Hobel, den ich früher besessen hatte, eine Honda 500 GPX. Nach zwei Unfällen, die mich auch genauso gut *six feet under* hätten bringen können, hatte ich die Maschine an einen Kumpel verscherbelt, der nur eine Woche später die zwei hintereinanderliegenden gegen zwei nebeneinanderliegende Reifen hatte eintauschen müssen.

»Wie wär's mit einem Ritt?«, hatte Lienen meine leuchtenden Augen richtig gedeutet.

»Aber hallo, nichts lieber als das, ich hole mir eben eine Jacke.«

Fünf Wimpernschläge später war ich wieder draußen.

»Keinen Helm?«, guckte sie mich erstaunt an. Musste man schließlich haben als Autofahrer.

»Nein, aber diese Gegend zeichnet sich nicht unbedingt durch eine hohe Polizistendichte aus.« Zwar hatten mich die grünen Männchen schon mehrmals besucht, aber diese Zusammentreffen hatten beileibe nichts mit Verkehrsdelikten zu tun gehabt.

»Dann schwingen Sie mal Ihren Knackarsch auf den Sozius, es geht los«, stopfte Lienen ihre Lockenpracht unter den Helm.

Ich tat wie geheißen, und sie ließ den Motor aufheulen. Nächstes Mal Ohropax, schoss es mir durch den Kopf. Nach einer eleganten Rechtswende rollten wir auf die Straße, wo Cornelia zeigte, was in der Kawa steckte. Die rasante Beschleunigung riss mich fast vom Bock, doch bald hatte ich mich an die Geschwindigkeit gewöhnt. Wir heizten zu Karins Hof und drehten dann um. Während der Fahrt schmiegte ich mich immer enger an sie, der geneigte Leser mag erahnen, warum.

Für die rund vier Kilometer musste der Minutenzeiger nur zwei Runden drehen. Zurück auf dem Hof rubbelte ich erst mal meinen Kopf warm, denn Fahren ohne Helm bei diesen Temperaturen erweckt nur bei Masochisten Wonnegefühle.

»Jetzt einen Kaffee zum Aufwärmen. Wie ist es mit Ihnen?«, war mein Schädel noch immer nicht auf Betriebstemperatur.

»Immer. Hauptsache, schön stark.«

»In der Suppe bleiben sogar Ihre Zündkerzen stecken«, ließ ich einen wahren Kracher vor dem Herrn los.

Während sich die Bikerbraut auf der Couch niederließ, führte ich die erforderlichen Handgriffe zur Zubereitung eines zündkerzensteckenbleibkompatiblen Kaffees durch. Als das wenige Wasser durch die zwei Kilo Pulver tröpfelte, durchstöberte ich meine CD-

Sammlung und schob schließlich eine *Steppenwolf*-Scheibe in den Schacht. Erschien mir passend.

Dann befreite ich das dampfende Koffeingemisch aus der Kanne und stellte mit Entzücken fest, dass Lienen eine Schachtel Lucky Strike aus der Jacke zog. Hatte sich also gelohnt, den Aschenbecher zu spülen.

»Darf ich hier qualmen?«

»Wonach sieht das denn hier aus?«, deutete ich auf den blitzblanken Zigarettenfriedhof.

»Haben Sie Feuer?«, steckte sie eine Fluppe zwischen die Lippen.

»Sie haben sich versprochen. Das muss heißen: Hast du Feuer, Dieter.«

»Cornelia. Da du dich so tapfer auf dem Motorrad gehalten hast, darfst du mich Connie nennen.«

»Mir fehlen die Worte. Noch nie habe ich eine größere Gnade erfahren.«

Sie lachte, und ich konnte nicht behaupten, dass es mir missfiel. Just als ich überlegte, den Fall bis morgen ruhen zu lassen und mich stattdessen intensiv um meinen Gast zu kümmern, nahm sie mir die Entscheidung ab.

»Fangen wir mit dem Unangenehmen an. Du möchtest mir sicherlich einige Fragen stellen.«

»Wenn ich dich so anschaue, möchte ich lieber gleich zu den Annehmlichkeiten kommen …«

»Keine Anzüglichkeiten bitte!«, zwinkerte sie mir ziemlich anzüglich zu.

»Du hast heute Mittag gesagt, dass du im Dülmener Krankenhaus arbeitest. Vaganz hat behauptet, dass Herr Grutz getötet wurde, weil er dort unsaubere Machenschaften aufgedeckt hat und veröffentlichen wollte.«

»Was meinst du mit unsauberen Machenschaften?«, drückte Connie etwas Lippenstift auf die Kaffeetasse.

»Illegaler Organhandel. Angeblich sollen dort menschliche Innereien nicht ganz freiwillig gespendet worden sein«, gönnte auch ich mir einen Hieb und musste konstatieren, dass mir die Brühe besonders gut gelungen war. Und das mit einer Kaffeemaschine, die ich für zwanzig Euronen bei Aldi geschossen hatte.

»Ich maloche seit einer halben Ewigkeit dort, aber derartige Sauereien sind mir nicht zu Ohren gekommen.« Entweder würde Connie für den nächsten Oscar nominiert werden, oder sie war tatsächlich so ahnungslos, wie sie mich ansah.

»Herr Grutz hat keinerlei Andeutungen gemacht, die Vaganz' Verdacht bestätigen?«, war ich doch ein wenig enttäuscht.

»Njet.«

»Mist. Wüsste wirklich allzu gern, ob Xtra mit seinem Verdacht richtig liegt oder ob er nur ein Spinner ist.«

»Ich tippe auf den Spinner. Er ist nur ein kleines Licht, das sich wichtig machen will.« Allzu weit lagen unsere Meinungen nicht auseinander.

»Viel scheinst du nicht von Hermanns Kollegen zu halten.«

»Du müsstest mal ihre Gedichte lesen, heilige Scheiße. Alles Möchtegernpoeten, bei denen Anspruch und Wirklichkeit meilenweit auseinanderklaffen«, zog sie in bester Billy-Idol-Manier einen Mundwinkel nach oben.

»Kennst du einen gewissen Franz Spoden?«, schüttelte ich mich innerlich.

»Total durchgeknallt, aber eine Seele von Mensch. Von ihm hat Hermann literarisch noch am meisten gehalten, auch wenn sie privat nichts miteinander zu tun hatten«, kam die lapidare Antwort.

»Noch mal zurück: Du glaubst also nicht, dass der Verstorbene irgendwas im Krankenhaus aufgedeckt hat?«, erhob ich mich und legte drei Scheite aufs Feuer.

»Erneut njet. Warum sollte er für einen Kitschroman derartige Mühen auf sich nehmen?«, schüttelte sie den Kopf.

»Du sprichst aber nicht sehr wohlwollend von seinen Bestsellern«, stocherte ich ein wenig in der Glut herum.

»Mit seinen Gedichten kann ich nichts anfangen, reimen sich nicht mal. Der Rest ist blumiger Müll für frustrierte Hausfrauen. Er hat sich dafür gehasst, aber andere Jobs hasste er noch mehr.«

»Darf ich eine indiskrete Frage stellen?«, hatte ich wieder auf der Couch Platz genommen.

»Nur zu, ich liebe indiskrete Fragen.«

»Herr Grutz ist erst seit wenigen Tagen tot, und du sprichst schon so offen über alles. Wie kommt das?«

»Schätze, dass ich ihn doch nicht so stark geliebt habe, wie ich dachte. Mir ist jetzt auch zum ersten Mal bewusst geworden, dass er fast zehn Jahre älter war als ich.«

»Halt dich lieber an Männer deines Alters«, schob ich flapsig ein.

Genau in diesem Moment hatten Steppenwolf ausgeheult. Als ich zwecks CD-Wechsel aufstand und dabei mein Blick durchs Fenster über den Hof streifte, fiel mir ein unverzeihliches Versäumnis ein: »Kannst du mich kurz entschuldigen? Ich muss noch das Vieh füttern.«

»Du hast Tiere?«, schaute sie mich ungläubig an.

»Als Dorfbewohner muss man mindestens acht Kaninchen, ein Schwein und eine Ziege besitzen. Als Bulderner Bürger bin ich der Pflege der ländlichen Idylle verpflichtet.«

»Ich komme mit«, war sie bereits halb zur Tür hinaus.

Gemeinsam servierten wir Löwenzahngemüse und Heusnacks. Dabei streichelte Cornelia ausgiebig jedes einzelne der Langohren. Ein wenig befremdlich, von der Motorradbraut Wörter wie »süß« und »niedlich« zu hören.

Ich ließ sie im Stall zurück und holte eine Flasche Rotwein aus dem Keller. Nachdem ich die Luft aus zwei Gläsern vertrieben und die *Antics* von *Interpol* im CD-Schacht versenkt hatte, beförderte ich mein Hinterteil wieder aufs Sofa und wartete auf die Kaninchenflüsterin. Lange wurde meine Geduld nicht auf die Probe gestellt.

»Wir haben vergessen, auf unsere Bekanntschaft anzustoßen«, prostete ich ihr zu, kaum dass sie den Raum betreten hatte.

»Her mit dem Traubensaft«, zog sie die Lederjacke aus und präsentierte ein Shirt mit Harley-Davidson-Schriftzug. Einige der Lettern, genaugenommen a-r-l-e und v-i-d-s, stachen deutlich hervor. War das vielleicht eine versteckte Botschaft oder ein geheimer Code?, musste ich etwas schlucken.

»Eine Bitte noch«, verzichtete ich zunächst auf die Dechiffrierung und lenkte meine Blicke wieder in

Connies graugrüne Augen, »könntest du arrangieren, dass ich in Hermanns Wohnung komme? Ich möchte sie ein bisschen genauer unter die Lupe nehmen.«

»Morgen habe ich Spätschicht, da können wir vorher bei ihm vorbeizuckeln. Ich muss sowieso ein paar Klamotten holen.«

»Einverstanden«, machte ich Anstalten, ihr nachzuschenken, doch sie hielt die Hand über das Glas.

»Keinen Alkohol mehr. Ich muss noch fahren.«

»Unsinn. Du bleibst heute Nacht hier. Ich penne auf der Couch.«

Lienen hielt die Abmachung ein und blieb. Ich hingegen ignorierte die Vereinbarung und schlief nicht auf dem Sofa. So fand ich in den nächsten Stunden heraus, dass sie neben dem Tattoo auf dem Oberarm noch sechs weitere besaß, manche an durchaus exponierten Stellen. Gegen vier schlossen wir erschöpft von den neuen Eindrücken unsere Äuglein.

Als ich wenig später ihren gleichmäßigen Atem vernahm, sinnierte ich, ob ich mich vielleicht ein wenig verknallt hatte. Kurz vor der Antwort übermannte mich der Schlaf.

5

Bin nach Hause gezischt und mach meinem Alten was zu futtern. Kannst gegen eins vorbeikommen, dann können wir zu Hermanns Wohnung düsen. Bis auf deine entsetzliche Schnarcherei war die Nacht ganz ordentlich.«

Ich legte den Zettel beiseite. Entweder hatte sich Pedder ins Bett geschlichen, oder Cornelia litt unter Hörstörungen. Ich und schnarchen, lachhaft.

Der Wecker zeigte elf. Zeit fürs Frühstück, zwei Portionen Cornflakes und vier Toasts mit Kirschmarmelade. Da allein essen fett macht, lud ich meine animalischen Kameraden zu einem opulenten Brunch ein. Als ich nach Entgegennahme der Huldigungen aus dem Stall heraustrat, sauste Schumanns Toyota auf den Hof.

»Hallo, Karin. Was führt dich zu mir?«, freute ich mich über den Gast.

»Ich wollte nach Henry schauen. Wahrscheinlich liegt er halbverhungert in seinem Verschlag und erfleht den Gnadenschuss.«

»Komm, ich lade dich zum Essen ein. Es gibt Geißbockbraten.«

»Witzig, Nannen«, schaute sie leicht säuerlich.

Während Karin sich über Henrys Gesundheitszustand informierte, rauchte ich draußen eine Selbstgedrehte. Lange musste ich nicht warten, bis Schumann zurückkehrte.

»Die Box muss ausgemistet werden.«

»Mistgabel und Schubkarre stehen im Schuppen, frisches Stroh ist im Stall.«

Karin verzog den hübschen Mund, als etwas Zigarettenqualm in ihre Augen zog. Es war offensichtlich, dass sie nicht primär wegen der Ziege gekommen war, denn sie stand etwas verloren vor mir und blickte auf den Boden.

Ich beschloss, es ihr leicht zu machen: »Hast du mich gestern auf dem Motorrad vorbeiplästern sehen?«

»Sie waren ja nicht zu übersehen, so ganz ohne Helm. Wer war die Frau, bei der Sie mitgefahren sind?«, wurde sie immer leiser.

Hatte ich doch gewusst, woher der Wind wehte.

»Eine Zeugin bei einem Mordfall. Ich musste ihr einige Fragen stellen.«

»Das hat aber lange gedauert. Heute Morgen stand das Moped immer noch auf Ihrem Hof.«

»Du bist aber gar nicht neugierig. Außerdem, wieso bist du überhaupt hier vorbeigekommen?«, war ich gespannt auf ihre Ausrede.

»Ich musste einkaufen.« Das gab's doch nicht: Schumann errötete.

»Erzähl keine Märchen. Heute ist Sonntag.«

Karins Gesichtsfarbe machte nun einer Tomate Konkurrenz, und zwar einer deutschen und nicht dieser wässrigen aus Holland.

»Ist dir nicht gut, oder machst du jetzt Werbung für Heinz Ketchup?«, ließ ich sie nicht von der Leine.

»Treiben Sie nur Ihre Späße mit mir.«

Nun gut, nett war das nicht gewesen, aber eine Frage hatte ich doch noch: »Wieso siezt du mich eigentlich? Ich dachte, wir wären befreundet?«

»Das dachte ich auch, aber anscheinend verbringst du die Nächte lieber mit anderen Damen«, war sie zumindest wieder zum Du übergegangen.

»Humbug. Meinst du, ich würde deine Ziege beherbergen, wenn du mir nicht so viel bedeuten würdest?«, knuffte ich sie in die Seite. Ich musste aufpassen, dass Karin nichts von den nächtlichen Turnübungen erfuhr, denn sie war mir in der Tat alles andere als gleichgültig. Mein Liebesleben wurde allmählich kompliziert, und wie jeder Mann hasste ich Komplikationen.

»Du darfst nicht so kratzbürstig sein, dann sieht die Welt sofort anders aus«, knuffte ich sie in die andere Seite, damit diese nicht auch noch eifersüchtig wurde.

»Ich bin nicht kratzbürstig. Ich habe gewisse Gefühle dir gegenüber, obwohl ich keinen blassen Schimmer habe, warum. Erinnerst du dich noch an deine Einweihungsfete?«

Und ob. An besagtem Abend war ich sehr betrunken gewesen, und das Letzte, an das ich mich entsinnen konnte, war eine überwältigende Kussszene auf der Nannen'schen Couch mit Karin und mir in den Hauptrollen gewesen. Dann waren auf einmal die Kaninchen im Zimmer herumgehüpft, und Schumann hatte sich nicht davon abbringen lassen, sie einzufangen. Am nächsten Morgen war ich in sitzender Position auf der Couch aufgewacht. Allein.

»Klar erinnere ich mich. Ich glaube nur, dass du die gestrige Nacht überinterpretierst. Die Zeugin fühlte sich nicht wohl, nachdem ich ihr deinen Ziegenbock gezeigt hatte, und so habe ich ihr angeboten, bei mir zu übernachten. Ich habe selbstverständlich auf dem Sofa geschlafen. Wenn ich nicht ein ordentlicher Mensch wäre und schon wieder aufgeräumt hätte, könnte ich dir noch das Bettzeug zeigen, in dem ich in Morpheus' Armen gelegen habe.«

Das war dünn, aber Karin schien zufriedengestellt, denn sie erkundigte sich, ob ich am nächsten Sonntag wieder im Bulderner Dom Orgel spielen würde. Es entwickelte sich ein netter Smalltalk, der bis kurz nach zwölf dauerte.

Wenn Schumann geahnt hätte, zu wem ich gleich aufbrechen würde, hätte sie unser Gespräch mit Sicherheit ausgedehnt. So aber verabschiedete sie sich mit einem Lächeln, bestieg die japanische Luxuskarosse und brauste los in Richtung Ziegenfarm.

Die verbleibende Zeit studierte ich den Sportteil der Tageszeitung, und um Punkt eins stand ich bei Lienen auf der Matte. Im Vorgarten war Cornelias Vater damit beschäftigt, den Zaun zu streichen, und das am hochheiligen Sonntag.

»Ist Ihre Tochter zu Hause? Ich bin mit ihr verabredet«, hielt ich mich nicht mit langen Vorreden auf.

»Die ist im Krankenhaus. Muss für eine Kollegin einspringen. Ich soll Ihnen das hier geben.«

Er warf mir einen Schlüssel zu, den ich gekonnt auffing. Offensichtlich war für ihn damit das Gespräch beendet, denn er tunkte den Pinsel wieder in den Farbeimer und würdigte mich keines weiteren Blickes. Ich drehte auf dem Absatz um und machte mich auf den Weg zu Hermanns Wohnung.

Dülmen hatte sich seit meinem letzten Besuch nicht verändert. Mit Hilfe des Stadtplans war Hermanns Residenz im Wacholderweg 17 schnell gefunden. Er bewohnte den zweiten Stock eines dreigeschossigen Mietshauses, das vor kurzem renoviert worden war. Die beigefarbene Gebäudewand war frisch gestrichen, und das in Weiß gehaltene Treppenhaus ging beinah als klinisch rein durch.

Als ich die Wohnungstür öffnete, schlug mir ein

muffiger Geruch entgegen, nicht weiter verwunderlich, da die Fenster seit geraumer Zeit nicht geöffnet worden waren. Zu meiner Linken lag die Küche, die ich unbeachtet passierte, genauso wie das Schlafzimmer auf der gegenüberliegenden Seite.

Vorbei an großformatigen Postern aus der Serie *langweilige Schlösser und Burgen* marschierte ich in den letzten Raum, das Arbeitszimmer. Nichts für den Feng-Shui-Fetischisten, denn der Raum war voller als das Bulderner Pfarrheim bei einem Rolling-Stones-Gratiskonzert. Ich fühlte mich wie im Lagerhaus von Amazon, denn jede freie Stelle war mit Schmökern oder Kopien von Publikationen vollgestopft. In dem Chaos versuchte sich ein schmaler Schreibtisch zu behaupten, auf dem immerhin noch ein Desktop mit 19-Zoll-Flatscreen und ein Drucker Platz fanden.

Die Schubladen auf der rechten Seite weckten mein Interesse. Die erste Lade enthielt weißes Papier und Druckerpatronen. Die zweite Schublade war bis auf eine tote Spinne leer. Das dritte Fach war noch leerer als das zweite.

Bei dem geringen vorhandenen Stauraum waren die beiden Schubladen mit Sicherheit nicht als Friedhof für Wandkrabbler konzipiert worden. Offensichtlich hatte jemand den Inhalt verschwinden lassen. Das wiederum sprach für Xtras Theorie, dass Grutz belastendes Material gesammelt hatte.

Die folgende Razzia förderte weder Manuskripte der bereits veröffentlichten Bücher noch des neuen Romans zutage; auch fand ich nicht einen Hinweis auf kriminelle Machenschaften im Dülmener Hospital.

Also die On-Taste des PCs gedrückt und mich

freundlich von Windows Vista begrüßen lassen. Weiter kam ich nicht, da die Kiste unverschämterweise ein Passwort verlangte. Nach einigen Fehlversuchen gab ich auf, es war sinnlos. Bei nächster Gelegenheit musste ich Connie nach dem Ticket zu Hermanns Gedankenwelt fragen.

Übelst gelaunt verließ ich das Arbeitszimmer und durchforstete das Schlafgemach, das in luftigem Blau gehalten war. Im Schrank waren ausschließlich Kleidungsstücke, unter dem Bett ausschließlich Staub. Die letzte Chance auf einen erfolgreichen Nachmittag bot mir der Nachttisch, der durch ein Schloss gesichert war. Mit Hilfe des vorsorglich eingesteckten Dietrichs knackte ich den Verschluss in einer Zeit, die Carl Lewis zu seinen besten Zeiten für die Hundert-Meter-Distanz benötigt hatte. Unter einer Billy-Boy-Packung der Sorte Kirschgeschmack mit Noppen stapelten sich Hunderte engbeschriebene Seiten. Beim oberflächlichen Durchblättern stieß ich auf den Titel des Romans, den ich gestern in der Buchhandlung erworben hatte. Auf dem Fußboden lag freundlicherweise eine leere Ikea-Papiertüte, so dass ich den Packen vernünftig verstauen konnte; Lektüre für die langen Winterabende.

Schon wieder besserer Laune kontrollierte ich noch die Küche, obwohl ich mir nichts davon versprach. Die Schränke enthielten das, was ein vernünftiger Singlehaushalt mit gelegentlichem Damenbesuch benötigt – nicht mehr und nicht weniger. Neben dem Fenster, das dringend geputzt werden musste, war mehr schlecht als recht eine Pinnwand befestigt worden. Daran hingen ein Beleg, eine Notiz und eine maschinengeschriebene Liste.

Der Beleg war von der Reinigung »Frisch & Adrett«, die Notiz sollte Grutz erinnern, einen Tisch für das Abendessen mit Cornelia zu reservieren. Hatte sich erledigt. Den Reinigungswisch steckte ich in die Tüte; man konnte nie wissen, wozu etwas gut war.

Auf der Liste waren sämtliche Serapionsbrüdertreffen der nächsten Monate festgehalten. Schau an, gleich um fünf stand die nächste Zusammenkunft an. Eine bessere Gelegenheit gab es wohl kaum, die komplette Sippe auf einen Schlag zu erwischen. Gisbert Bruhns war der Gastgeber. In Anbetracht des anonymen Anrufs konnte es nicht schaden, zeitig dort aufzulaufen. Die Liste übergab ich ebenfalls dem schwedischen Möbelriesen. Mit einem Drittel des brasilianischen Regenwalds in der Hand verließ ich den Ort des Verbrechens.

6

Zwölf Stunden später als drei Uhr morgens parkte mein Golf vor dem Geranienweg 3 in Appelhülsen. Gisberts Mietshaus ähnelte dem Grutz'schen, nur unrenoviert. In Anbetracht der Gebäudesubstanz war es jedoch eher ein Fall für eine Restaurierung. Bruhns' Klingelschild war das oberste, also Dachgeschoss, ohne Fahrstuhl. Nun gut, ein kleiner Workout konnte nicht schaden.

Als ich die oberste Etage erreichte, schallte mir dezente Musik mit hundert Dezibel entgegen, mindestens. Ich glaubte, meinen Ohren nicht zu trauen: *Pur* mit *Abenteuerland*, das war doch mal was.

Schnell das Türschild kontrolliert, ich war richtig. Nachdem ich mit Hilfe einer Luftschutzsirene auf mich aufmerksam gemacht hatte, wurde prompt geöffnet.

Mir gegenüber stand ein rund vierzigjähriger Mann in feinstem Zwirn: rosa Hemd, gestreifte Krawatte und dunkelblauer Nadelstreifenanzug. Alles okay so weit, mochte man denken, aber weit gefehlt, denn das Haupt krönte ein imposanter Iro in leuchtendem Grün, der fast die Zimmerdecke kitzelte. Das war das Schöne am Schnüfflerbusiness: Man traf Leute, die gab es gar nicht, oder ist jemandem schon mal eine Mischung aus Jupp Ackermann und Wattie von Exploited über den Weg gelaufen?

»Wo sind all die Indianer hin?«, versuchte ich die Lautstärke zu übertönen.

Bruhns drückte auf die Fernbedienung in seiner Linken und zwinkerte mir zu: »Fette Scheiße, einer mit Checke. Trotzdem sollte ich erst mal fragen, was du hier zu suchen hast, oder?«

»Eine legitime Frage«, ließ ich den Blick durch den Flur schweifen. Live-Pics von Hartmut Engler, Herbert und Marius in bestechender Qualität hingen einträchtig neben teuer wirkenden Lithographien von Hornby, Boyle und Palahniuk. Jedes einzelne Kunstwerk wurde durch einen separaten Spot angestrahlt. Summa summarum sechzehn Deckenstrahler auf fünf Quadratmetern. Bruhns musste definitiv sowohl Besitzer der Platincard beim Appelhülsener Baumarkt als auch im Vorstand des örtlichen Stromversorgers sein.

»Dieter Nannen mein Name. Xtra Vaganz hat mich mit der Untersuchung von Hermann Grutz' Ableben beauftragt.« Sah so ein Mörder aus, schoss mir der anonyme Anruf durch den Kopf, während Gisbert am Ring in seiner Unterlippe herumfummelte.

»So, so, du bist dieser Privatschnüffler«, hatten wir bereits ein inniges Verhältnis entwickelt. Vielleicht war mein Siez-Verständnis aber auch nur antiquiert.

»Wo wir so nett beim Duzen sind«, nahm ich den Faden auf, »hast du ein paar Minuten Zeit für mich, oder musst du noch irgendwas vorbereiten?«

»Oh, du weißt, dass gleich ein Serapionsbrüdertreffen stattfindet?«, zeigte er sich leicht überrascht.

»Privatdetektiv, schon vergessen?«, machte ich einen auf dicke Hose.

»Komm mit. Kaffee, Bier, Wasser, was willste haben?«

»Ein Pilleck wäre nicht verkehrt«, trottete ich ihm hinterher. Wir gelangten ins, nennen wir es mal Wohnzimmer. Linker Hand eine Regalwand, vollgestopft mit Büchern. Die gegenüberliegende Seite war komplett mit Schallplatten zugepflastert, erste grobe Schätzungen ergaben viertausend. Unter dem Fenster waren Schreibtisch und Stereoanlage platziert. Sofort fühlte ich mich fünf Jahre zurückgebeamt, als ich in Essen Betriebswirtschaft studiert hatte. Allerdings war meine Bude um achtzig Prozent kleiner gewesen.

»Hau dich hin«, wies Gisbert auf die Designersitzgruppe von Rolf Benz, »ich besorg die Drinks.«

Ich haute mich hin und hielt Ausschau nach einem Aschenbecher. Entweder den auf dem Boden, oder den direkt neben mir auf dem Sofa, oder den auf dem Plattenspieler, oder vielleicht doch den auf dem Glastisch. Mensch, immer diese Entscheidungen.

»Okay, Mann, was geht ab?«, drückte Bruhns mir ein Fiege-Pils in die Flosse.

Um den geneigten Leser nicht zu langweilen, kürze ich etwas ab: Ja, Gisbert war auch von Hermanns Tod überrascht worden, nein, es konnte definitiv kein Selbstmord gewesen sein, ja, die Serapionsbrüder hatten zusammengeschmissen, um den Mörder zu fassen, nein, ihm fiel kein Verdächtiger ein.

Ich berichtete von dem anonymen Anruf.

»Kollege, das ist doch wohl ein Witz. Welches Drecksschwein macht denn so was?«, war er zu Recht ein wenig erzürnt.

»Keine Ahnung, aber du hast doch bestimmt ein Alibi für die Tatzeit«, versuchte ich die Frage nicht provokant klingen zu lassen.

»Gerade hatte ich angefangen, dich zu mögen, und jetzt kommst du mit so einer Scheiße«, ließ er die Finger knacken. Also doch einen VHS-Kurs in Diplomatie.

»Ich muss was tun für dein Geld, also?«, ließ ich nicht locker.

»Das ist doch tagsüber passiert, right?«, animierte er mich zu einem Nicken, »dann habe ich gearbeitet. Ich bin Trader bei einer namhaften deutschen Bank.«

»Trader?«, tätschelte ich meine Haarpracht.

»Wer gut ist, kann sich einiges erlauben«, brummte er, »und ich bin der Beste.« Keine Ahnung, wieso, aber ich mochte den Vogel.

»Und der Iro bedeutet nicht, dass man mit irgendwelchen verlausten Tölen vor Jugendzentren rumhängt und Wodka in sich reinschüttet, sondern dass man aufrecht durchs Leben geht und sich von keinem ansaugen lässt«, setzte er zur Bergpredigt an. »Und um die nächste Frage gleich mit zu beantworten: Ein Iro bedeutet auch nicht, dass man maximal einen Satz unfallfrei sprechen kann, und deswegen bin ich Mitglied in diesem Verein.«

»Kannst du dir denn vorstellen, wer dich derart belasten könnte?«, kam ich auf das leidige Thema zurück.

»So, wie's aussieht, einer aus unserem Kreis«, kombinierte er gar nicht schlecht. »Dabei habe ich eigentlich gedacht, das seien alles harmlose Spinner.«

»So kann man sich täuschen, oder vielleicht auch nicht«, mimte ich den Weisen, setzte die Bierflasche an und leerte sie.

»Pass auf, Nannen, begraben wir das Kriegsbeil. Ich werde Herrn Fiege bitten, zwei weitere Blonde zu brauen, und anschließend spiel ich dir meine neueste Errungenschaft vor.«

Wenig später lauschten wir mit Bier und Zigarette bewaffnet den Klängen von *Heinz Rudolf Kunze*, einen Meister seines Fachs, wie Bruhns mir versicherte. Da es sich um einen Bootleg übelster Qualität handelte – irgendein Bochumer Konzert von vor zwanzig Jahren –, konnte man wenigstens nicht alles verstehen, was der Knabe so absonderte. Was für eine Verschwendung, diese Zehntausend-Euro-High-End-Anlage mit so einem Müll zu füttern. Ich machte gute Miene zum bösen Spiel, denn ansonsten konnte man mit Gisbert ganz gut plauschen.

Zu den Klängen von sexy Marius, der nach *Theo gegen den Rest der Welt* lieber Schauspieler geblieben wäre, stellten wir Gläser und Knabbereien auf den Tisch, denn der Ansturm der Poeten stand bevor.

Innerhalb der folgenden Viertelstunde trafen alle Möchtegerndichter ein. Als Letztes beglückte uns ein hutzeliges Männchen, das sich als Augustus Strass vorstellte.

»Ziemlich bourgeoises Outfit für einen Schnüffler«, blieb sein Blick an meinem Jackett haften. »Fühlen Sie sich etwa nicht der Arbeiterklasse verbunden? Es reicht doch wohl, dass Gisbert so rumläuft.« Der Abend versprach einen hohen Unterhaltungswert. Alle Mitglieder des Dichterkreises schienen in die Klapse zu gehören.

»Ich habe ein holistisches Weltbild, Herr Strass. Ich glaube, dass alle Menschen auf einer metaphysischen Ebene miteinander verbunden sind. Daher darf auch ein Arbeiterfreund ein Sakko tragen, wie schon Hegel, der Vater der Dialektik, zu sagen pflegte.«

»Das hat Hegel gesagt?«, blickte er mich ungläubig an.

»Phänomenologie des Geistes, Seite hundertsiebzehn, zehnte Zeile, Reclamausgabe«, log ich das Blaue vom Himmel herunter. »Kennen Sie das Werk etwa nicht?«

»Doch, natürlich, ich erinnere mich wieder. Ich heiße Sie herzlich willkommen zum heutigen Zirkel.«

Gemeinsam durchschritten wir den Flur und gelangten ins Wohnzimmer, in dem sich bereits Vaganz, Spoden, Bruhns und zwei weitere Männer um den Couchtisch gruppiert hatten. Sie stopften Knabberzeug in sich hinein, als ob morgen die Chips-Prohibition ausgerufen werden würde.

Frank Spoden konnte wieder einiges an Boden gutmachen. Zum einen hatte er die lüsterne Schrapnelle zu Hause gelassen, wo sie sich vermutlich mit den Hunden vergnügte, zum anderen war er in Jeans und Hemd gewandet und hatte den Zopf unter einer Baskenmütze verborgen.

Als Xtra mich erblickte, sprang er wie von der Tarantel gestochen auf und schüttelte mir überschwänglich die Hand: »Herr Nannen. Welche Freude, Sie hier zu haben. Welcher Grund hat Ihre Schritte zu unserer im Weltgeschehen so unbedeutenden Sitzung gelenkt?«, tat er so, als ob wir uns nicht bereits im Flur begrüßt hätten.

»Ich möchte Ihre Kollegen kennenlernen. Vielleicht kann ich den einen oder anderen Hinweis aufschnappen«, nahm ich mir erneut vor, mich nicht durch sein Kauderwelsch aus der Fassung bringen zu lassen.

»Eine gute Idee, eine vortreffliche Idee. Leider sind wir heute nur zu sechst, da Gustl Stremberg von einem tückischen Virus befallen ist. Wissen Sie was? Ich werde Sie jetzt unverzüglich einführen, und dann integrieren Sie sich ganz unauffällig in die Lesung. Gleich werde ich das neueste Produkt meiner poetischen Eingebung preisgeben und bin überzeugt, dass Sie in dieser Nacht vor Ergriffenheit nicht werden schlafen können.«

»Hmh, hmh«, blieb ich geheimnisvoll.

Xtra stellte alle Anwesenden vor: Frank Spoden, Gisbert Bruhns, Augustus Strass, Heiner Hein und Peter Cellert. Ich pflanzte mich neben Hein, einen älteren Herrn, der genauso bourgeois gekleidet war wie ich. Dann schnappte ich mir ein Bier und lauschte Bruhns, der das Wort ergriffen hatte.

»Hiermit eröffne ich die heutige Sitzung der Dülmener Serapionsbrüder. Vorgetragen und diskutiert werden Werke der Herren Strass, Bruhns und Vaginowski.«

»Wer ist Vaginowski?«, wandte ich mich leise an Hein, gar nicht so leicht, wenn man kurz vorm Losprusten stand.

»Xtra Vaganz heißt mit bürgerlichem Namen Anton Vaginowski«, grinste er mich fett an. »Durch ein klangvolles Pseudonym will er sein sinnentleertes Geschreibsel aufwerten, wobei der Nachname tatsächlich eine Strafe ist. Bruhns nennt ihn immer Vaginowski, weil er ihn damit bis zur Weißglut reizen kann. Sind nicht gerade die besten Freunde, müssen Sie wissen.«

Strass, der bereits aufgestanden war, hatte mitbekommen, dass wir ihm nicht unsere ungeteilte Aufmerksamkeit zukommen ließen, und blickte mich strafend an: »Sie dürfen es als große Ehre betrachten, unserer Lesung beizuwohnen. Da können Sie zumindest zuhören«, hob er tadelnd scinen Zeigefinger. Ich beteuerte, mir der Ehre bewusst zu sein, und bat um Absolution, die mir mit einem gnädigen Nicken erteilt wurde.

»Wie ich schon vor Herrn Nannens Störung sagte, habe ich diesen Text in der letzten Woche verfasst. Er lautet *Großer Ast*:

Ein abgesoffener Ford wurde auf die Hebebühne gestemmt.
Irgendeiner hatte ihm einen dunkelhellbraunen Ast in den Auspuff geklemmt.
Als ich vom Getriebe aus
unter der Karosserie

mit einer langen Zange
Antriebswelle und Kolben herausschraubte,
muss ich ihn angestoßen haben, denn er glitt
in den nebenliegenden Motor.
Ich packte ihn dem Wagen unter die Scheibenwischer
zwischen das Gummi,
als ich dieses erneuerte.
Bleibe fest stecken vor der Scheibe!
Ruhe sanft,
großer Ast.«

Ich nahm einen großen Schluck Bier, um das Zucken meiner Mundwinkel zu verbergen.

Vaganz ließ sich als Erster zu einem Kommentar herab: »Augustus, mein Bruder. Sie haben sich wieder selbst übertroffen. Formal brillant: Eine gekonnte Umgehung von Metrum und Reim. Aber müssen Sie immer dermaßen hässliche Themen abhandeln? Die Reparatur eines Automobils ist wahrhaftig kein angemessener Gegenstand lyrischer Betrachtung.«

»Sie Ignorant! Aber Sie sind entschuldigt: Anders als bei Ihren Feld-, Wald- und Wiesengedichten erschließt sich die Intention meiner Werke so einfach strukturierten Menschen nicht ohne Nachhilfe. Dieser Text behandelt das Verhältnis des produzierenden Individuums zur Natur. Es ist so in den Arbeitsprozess eingespannt, dass es Natur nur noch während der beruflichen Tätigkeit rezipieren kann. Ein Aufruf zum Widerstand gegen die herrschende Klasse.«

Vaginowski hatte schon den Mund geöffnet, um etwas zu entgegnen, als ihm Cellert zuvorkam. Er war mit Abstand der Jüngste in der Runde. Wäre sein Gesicht nicht durch Aknenarben entstellt gewesen, hätte er gute Chancen besessen, als Starschnitt in der Bravo zu landen. Sein schwarzes Haar fiel lockig auf die Schultern. Kleine Grübchen unter den Augen nahmen seinem Gesicht den Ernst, den die anderen Dichter an den Tag legten.

»Vielleicht sollten wir uns heute kürzer halten, damit Herr Nannen seine Fragen stellen kann.«

Etwas beleidigt gab Vaganz zu, dass dies eine magnifikante Idee sei, und Gisbert verzichtete mit sichtlichem Bedauern auf seinen Vortrag. Soweit wollte Vaginowski allerdings nicht gehen. Den letzten Zuwachs seines Œuvres müsse er einfach zum Besten geben, wo Herr Nannen sich so darauf gefreut habe. Da ich wusste, dass Widerspruch zwecklos war, ließ ich ihn gewähren.

Mein Auftraggeber faltete einen rosafarbenen Zettel auseinander und erhob sich mit einer pathetischen Geste:

»Ode ans Elysium

Mir war, als hätt der Orpheus
Eurydike still geküsst.
Dass sie im Blütenzimmer
Nur von ihm träumen müsst.

Die Lüfte, Frücht der Fächer,
Schimären zogen bedacht,
Vor der Tür gar viele Dächer,
So lieblich, ach, so sacht.

Und meine Seele rannte
Weit aus dem Spann heraus,
Gelobt sei frei, andante,
Schönheit Münsteraner Himmelblaus.«

»Sie jämmerlicher Epigone wagen es, uns dieses Konglomerat aus Brentano und Vaginowski vorzusetzen?«, hatte Strass' Kopf eine dunkelrote Färbung angenommen. »Sie hätten den Anstreicherberuf nicht aufgeben sollen, als Dichter taugen Sie nämlich nicht die Bohne. Sie greifen meinen *Großen Ast* an und lesen selbst etwas teilweise wörtlich Abgeschriebenes vor. Sie haben es nicht verdient, sich Dülmener Serapionsbruder zu nennen!«

Vaganz sah aus, als stünde er kurz vor einem Infarkt: »Sie sind degoutant, mon ami. Meine Verse lobpreisen unser herrliches Westfalen. Dies ist in der langen Historie Münsterländer Dichtung noch nie so gekonnt vorgekommen. Allein das Versmaß ist revolutionär antitraditionell eingesetzt. Ich nenne es den jambischen Dreisprung. Ein Novum, eine Weltsensation. Eine Frechheit, mich bloßstellen zu wollen. Noch Generationen werden inniglich verzückt meine Worte memorieren. Aber fragen wir einen neutralen Beobachter: Herr Nannen, was halten Sie von meinem Poem?«

Den Mandanten verärgern oder lügen, dass das Gebälk zusammenkrachte?

»Wenn Sie mich so direkt fragen: Ich persönlich kann Herrn Strass nicht recht geben«, ließ ich Xtra um einige Zentimeter wachsen und triumphierend in die Runde blicken. »Sie haben nicht von Brentano, sondern von Eichendorff abgeschrieben.«

»Ich hatte Sie für einen Freund gehalten, aber Sie stoßen mir den Dolch in die klaffende Wunde. Ich kenne Sie nicht mehr, meine Herren!« Im Sturmschritt verließ der vor Wut kochende Poet den Raum, und kurz darauf fiel die Haustür mit einem lauten Knall ins Schloss.

»Es ist jedes Mal dasselbe«, hatte Strass sich noch immer nicht abgeregt. »Der werte Herr ist einfach nicht fähig, auch nur die leiseste Kritik an seinen Ergüssen zu ertragen.«

»Sie sollten seine Gedichte nicht andauernd in der Luft zerreißen«, meldete sich Cellert zu Wort. »Bedenken Sie, dass Vaganz nach Grutz' Ableben unser größter Hoffnungsträger ist. Viele Leser lieben seine Poesie abgöttisch, und ich schätze, dass ihm am ehesten der kommerzielle Durchbruch gelingen könnte.«

»Aber es ist doch alles abgeschrieben! Wenn selbst Herr Nannen, der, mit Verlaub, literarischer Laie ist, seine Werke richtig einzuordnen weiß, dann kann es die Fachwelt auch. Und auf die kommt es uns doch an.«

»Was stört mich die Fachwelt? Ich will meine Schmöker verkaufen, und wenn ich mich dafür mit Vaganz gut stellen muss, dann ist er halt ein zweiter Goethe.«

Es wurde Zeit, von vereinsinternen Grundsatzdiskussionen wegzukommen und Hermanns Rolle in dieser Gemeinschaft zu erörtern: »War Grutz ein ebenso begabter Dichter wie Vaganz?«

»Nannen!«, polterte auf einmal Heiner Hein los. »Eben haben Sie noch durch fundierte literaturgeschichtliche Kenntnisse geglänzt, und jetzt begehen Sie den Fauxpas, Grutz und Vaganz auf eine Stufe zu stellen. Ebenso gut könnten Sie das gemeine Gänseblümchen mit der stolzen Rose in einem Atemzug nennen.« Mannmannmann, war ich hier eigentlich bei den Serapions- oder bei den Sensibelbrüdern?

»Leider habe ich noch nichts von Grutz gelesen«, erwiderte ich mit sanfter Stimme. Einer musste ja in diesem Affenstall die Ruhe bewahren.

»Das sollten Sie aber, Herr Nannen, das sollten Sie! Grutz hat die Lyrik der neunziger Jahre revolutioniert. Er ist, bis auf meine Wenigkeit, der bedeutendste Poet, den Dülmen hervorgebracht hat.«

Mich wunderte, dass niemand Cellerts Eigenlob störte. Vielleicht lag es daran, dass er mit der Geschwindigkeit eines Wasserfalls sprach.

»Ich trage Ihnen jetzt ein Gedicht von Hermann Grutz vor. Dann können Sie sich selbst ein Urteil bilden. Es heißt *strauchdunkel.*

strauchdunkel, lila, die berge
bluten gen firmament, der stachel
wirbt gegen verletzung, es klingelt
darin am abend, das nichts nichtzt,
das sein zum nichts, wiederum nichts,
der blutegel spuckt dich zu, nichtsend.

trocken, versandet,
das brett hinter dir verschläft
die stunden unten im meer, milchiges
priel schmatzt in der wäschetrommel,
steingequassel oben, klafft ins gefels,
leuchtende vergänglichkeit, morgen mittag,
morgen, morgen, morgen, morgen.

Nun, was halten Sie davon?«

Was sollte ich davon halten? Mir persönlich gefiel *strauchdunkel* genauso gut wie Xtras Pennälerverse. Wenn man Grutz für diesen Sermon den Eichendorffpreis verliehen hatte, war es um die zeitgenössische Lyrik arm bestellt. Aber ich war sowieso eher prosaisch veranlagt, traf mich fundamentale Selbsterkenntnis wie ein Blitzschlag.

»Die Verbindung von moderner Existenz in Rückgriff auf Heideggers Seinsbegriff wurde hervorragend herausgearbeitet. Chapeau, Hermann. Aber kommen wir jetzt zu meinem Spezialgebiet: Herr Vaganz hat erwähnt, dass Grutz sich bei den Recherchen zu seinem neuen Roman ›Die Gestohlene Prostata‹ viele Feinde gemacht haben soll. Halten Sie das für wahrscheinlich?«

»Ich kenne dieses Buch nicht«, wurde Strass allmählich wieder ruhiger. Die anderen pflichteten ihm bei.

»Und warum glauben Sie dann, dass der Selbstmord keiner war?«, wandte ich mich direkt an Augustus.

»Ich wüsste keinen Grund, warum Hermann des Lebens überdrüssig geworden sein soll. Er hatte keine finanziellen Sorgen, besaß eine ihn abgöttisch liebende Freundin und erfuhr in unserer Gemeinschaft die ihm gebührende Anerkennung.«

»Wie kommt Vaganz dann dazu, mir von einem Buch über Organhandel zu erzählen?«

»Möglicherweise handelt es sich dabei um das Werk, an dem Hermann vor seinem Tod gearbeitet hat. Mit uns hat er nie über seine Belletristik gesprochen. Vielleicht hat er sich mit Anton darüber unterhalten. Erstaunlicherweise waren die beiden die besten Freunde. Ganz im Vertrauen: Wir vermuten, dass Hermann ihn zum Intimus erkoren hat, weil dieser am wenigsten mit ihm konkurrieren konnte.«

»Dann muss ich Vaginowski wohl erneut löchern, falls er überhaupt noch mit mir redet«, sah meine Zukunft nicht rosig aus. Ein Fluch auf meinen Hang zur Ehrlichkeit.

»Darüber würde ich mir keine grauen Haare wachsen lassen.« Hein schien immer zu grinsen, wenn über Vaganz geredet wurde. »Nach jeder Lesung rennt er beleidigt hinaus. Zum Glück oder besser zum Unglück legt sich sein Ärger schnell. Er kann es sich halt nicht leisten, die einzigen Leute zu verlieren, die sich sein Gesülze noch anhören.«

Da es den Anschein hatte, dass hier nichts Brauchbares mehr zu erfahren war, erhob ich mich: »Vielen Dank für den Einblick in das Wirken der Serapionsbrüder. Meine Herren! Ich werde Sie auf dem Laufenden halten.«

Strass begleitete mich zur Tür, da der Gastgeber gerade auf dem Lokus weilte. Ich konnte es ihm nicht verdenken, mir war das Ganze auch auf den Magen geschlagen.

»Sie dürfen mir das Missverständnis von vorhin nicht übelnehmen. Ich hege halt eine Abneigung gegen Leute, die sich ihrer Klassenzugehörigkeit nicht bewusst sind«, klopfte er mir auf die Schulter.

»Schon okay. Was sind Sie von Beruf? Ich kann mir nicht vorstellen, dass Sie von der Dichtung leben können.«

»Da haben Sie leider recht«, seufzte Augustus, »ich unterrichte Deutsch und Geschichte an der Sendener Hauptschule.« Wahrscheinlich beherrschten seine

Schüler nicht einmal die fundamentalsten Rechtschreibregeln, kannten dafür aber »Das Kapital« in- und auswendig.

Ich verabschiedete mich, kletterte nach unten und trat ins Freie. Es musste geregnet haben, denn die Wiese im Vorgarten schimmerte feucht. Als ich federnden Schrittes auf den Fußabtreter trat, bewegte er sich eine Stufe abwärts. Ich ebenso. Der Rest war strauchdunkel.

7

Ein unsanftes Holpern riss mich aus einem Traum, in dem Vaganz sein zwanzig Bände umfassendes Gesamtwerk rezitierte; ich saß gelähmt in einem Rollstuhl mit platten Reifen und arretierten Bremsen. Schweißgebadet schlug ich die Augen auf und fand mich auf der Rückbank eines Autos wieder.

»Wohin verschleppen Sie mich?«, krächzte ich den Fahrer an, dessen Hinterkopf große Ähnlichkeit mit Strass' Schädel hatte.

»Sie sind gestürzt und waren kurzzeitig ohne Bewusstsein. Ich bringe Sie ins Dülmener Hospital.« Der PKW hielt an, und Augustus fuhr fort: »Jetzt bitte still sein, damit ich den Wagen unbeschadet in die Parklücke manövrieren kann.«

Bis auf den brummenden Hirnkasten fühlte ich mich fit, warum also ein Krankenhaus? Andererseits stand laut Xtras Aussage der Mord in enger Verbindung zu eben dieser Klinik. Eine bessere Gelegenheit, sich dort umzusehen, würde es in diesem Leben nicht mehr geben. Ich benötigte nur ein Leiden, das stationäre Behandlung erforderte, zum Bleistift eine starke Gehirnerschütterung.

»Soll ich Sie stützen? Sie sehen ziemlich benebelt aus«, hatte Strass die Droschke ohne nennenswerte Karambolage eingeparkt.

»Von mir aus. Aber vor allem eines: Egal, was ich gleich von mir gebe: Kein Kommentar von Ihnen!«, verpflichtete ich ihn zum Stillschweigen, für einen Serapionsbruder keine leichte Aufgabe.

»Wie Sie wollen, Sie sind der Detektiv. Außerdem ist es an der Zeit, dass jemand bei diesen neureichen Schmarotzern aufräumt.«

Die Notaufnahme war bis auf eine unscheinbare Frau und ihren plärrenden Sprössling patientenfreie Zone.

»Hat die Silberpolitur geschluckt, weil er sie für Brause hielt. Kinder sind ja so arglos«, kämpfte sie mit den Tränen.

»Die Brause, der Brause, der Brause, die Brause, die Brausen, der Brausen, den Brausen, die Brausen«, testete ich meine neue Rolle.

»Wollen Sie mich auf den Arm nehmen? Ich erzähle höflich, was meinem Paul fehlt, und Sie machen sich darüber lustig.«

Augustus schwieg eisern, obwohl sein verkniffener Gesichtsausdruck deutlich erkennen ließ, dass ihm die Show entschieden gegen den Strich ging.

»Der Nächste bitte!«, war eine Krankenschwester

ins Wartezimmer getreten. Kein Vergleich zu Cornelia, vermutlich nahm das hausbackene Mädel die Krankenakten mit nach Hause, als Gute-Nacht-Lektüre.

»Also, mein Paul …«

»Entschuldigen Sie, aber unser Fall ist dringender«, wollte Strass die Geschichte so schnell wie möglich hinter sich bringen und steuerte aufs Behandlungszimmer zu. Ich folgte ihm mit einer Mimik, die Jack Nicholson nicht besser hinbekommen hätte.

»Wenn die Dame früher da war, ist sie auch vorher dran«, waren wir an eine Gerechtigkeitsfanatikerin geraten.

»Ich lasse, du lässt, er lässt, wir lassen, ihr lasst, sie lassen«, simulierte ich zusätzlich weiche Knie und einen flackernden Blick.

»In Ordnung. Sie dürfen zuerst zum Doktor. Was ist denn mit dem armen Mann passiert?«, wandte sich die Frau in Weiß an den Mann in Schwarz.

»Er ist auf den Hinterkopf gefallen. Seitdem konjugiert beziehungsweise dekliniert er sämtliche Wörter, die er aufschnappt. Ich mache mir große Sorgen«, spielte Augustus seine Rolle hervorragend.

Im Behandlungszimmer streckte ich mich brav auf der Liege aus. Strass musste draußen warten, was er sich nicht zweimal sagen ließ. War ihm wohl peinlich.

Als ich vom Neonlicht fast erblindet war, betrat der Doc den Raum. Ohne Arztkittel und Stethoskop hätte man ihn für Quasimodo halten können, das Namensschild wies ihn als Dr. Grunwald aus. Die Schwester, ich taufte sie Esmeralda, flüsterte ihm etwas ins Ohr. Ich blickte auf meine Uhr: Tatsächlich, zwei vor acht; gleich musste er die Glocken läuten.

»Gut, Schwester Gesine. Veranlassen Sie die üblichen Routineuntersuchungen. Danach werde ich über die Einweisung entscheiden.«

Endlich wandte er sich mir zu: »Guten Abend, Herr Nannen. Wie geht es uns denn?«

»Ich gehe, du gehst, er geht, wir gehen ...« Machte richtig Spaß.

»Das reicht. Bringen Sie ihn zum Röntgen.«

Meine Komödie schien zu funktionieren. Ich musste nur aufpassen, dass ich nicht übertrieb, sonst würde ich mich noch in der Geschlossenen wiederfinden.

Nach unzähligen Untersuchungen fixierte ich Grunwalds Buckel, während er die Befunde studierte. Esmeralda war natürlich auch dabei.

»Keine Brüche, nur eine starke Prellung des Hinterkopfs sowie eine leichte Gehirnerschütterung. Woher der verwirrte Geisteszustand herrührt, ist mir ein Rätsel. Vermutlich hat der Patient eine schwache Konstitution. Wir werden ihn zur Beobachtung hierbehalten. Herr Nannen, wir sehen uns morgen.«

»Ich sehe, du siehst, er sieht ...«

Das Zimmer musste ich mit drei Leidensgenossen teilen. Ein Teenie mit eingegipstem Bein schlief am Fenster. Die beiden kartenspielenden Rentner in Unterwäsche schienen ihn nicht zu stören.

»Jetzt haben wir endlich unseren dritten Mann zum Skatkloppen, Fred.«

»Meine Herren, legen Sie die Karten weg und ziehen Sie bitte die Nachthemden an. Ich geniere mich sonst.« So wie die Schwester aussah, musste bereits ein Polo-Shirt ihr Schamgefühl verletzen.

»Noch nie einen gutgebauten Männerkörper gesehen, Kindchen? Normalerweise bezahlen die Frauen dafür, mich in Unterwäsche zu sehen.«

»Herr Muschinski! Ihre Späße gehen zu weit. Und dass Sie mir nicht den Herrn Nannen belästigen. Er muss sich von einer schweren Kopfverletzung erholen.«

»Mensch, Franz. Die haben uns einen Bekloppten aufs Zimmer gelegt«, ließ Fred ein kehliges Lachen ertönen.

»Herr Lück! Ich muss doch sehr bitten!«, hob Quasimodos Freundin den Zeigefinger.

Während ich meinen Luxuskörper in ein schickes Krankenhausleibchen steckte, hielten die beiden Zocker Gott sei Dank den Mund.

»Gute Nacht zusammen. Jetzt will ich keinen Mucks mehr hören«, und weg war sie.

Kaum dass sie die Tür geschlossen hatte, holten Fred und Franz wieder die Karten heraus und quasselten, als wären sie soeben aus einem Schweigeorden entlassen worden.

Jetzt war ich wie gewollt im Dülmener Lazarett, aber was nun? Ohne einen Fingerzeig Vaginowskis war ich aufgeschmissen. Also ruckzuck das Handy gezückt, Verbotsschild hin oder her, und dem Dichter auf Band gesprochen, dass ich morgen früh mit einem Krankenbesuch rechnete.

Dann versuchte ich in den Schlaf zu finden. Dies gelang jedoch erst, als sich die beiden Alten bequemten, das Licht zu löschen.

8

Guten Morgen, die Herren! Hoch die Fott«, riss mich eine vertraute Stimme aus dem Schlaf.

»Siehe da, unsere Station hat Zuwachs bekommen«, beugte Connie sich über mich. »Sie sind bestimmt der Herr Nannen. Können Sie mich verstehen?«

»Geben Sie sich keine Mühe, Schwesterchen. Der ist nicht ganz dicht.«

»Immer geschmeidig bleiben, Herr Lück, wer weiß, was Herrn Nannen passiert ist.« Ein bisschen härter könnte sie die Knacker ruhig anfassen, schoss mir durch den Kopf.

»Der kriegt doch nichts mit. Bis jetzt hat er kein Wort geredet, sondern nur geschnarcht wie ein Mähdrescher.« Fred war wirklich ein sympathischer Zeitgenosse. Log auch noch, dass sich die Balken bogen, denn wie gesagt: ich und schnarchen.

»Lück, Lücke, Heimtücke. Ich zerdrücke Mücke mit Krücke«, eröffnete ich die Konversation mit der Zimmerdecke.

»Ich komm dir gleich dahin, du Vollidiot! Von so einem Spastiker lass ich mich nicht verarschen.«

»Reißen Sie sich zusammen, verdammt noch mal! Kommen Sie bitte, Herr Nannen, ich bringe Sie zur Toilette«, und zu Lück gewandt: »Wenn ich zurückkomme, gibt's 'ne fette Spritze.«

Connie führte mich ins nächste Badezimmer und schloss die Tür. Die folgenden Minuten fielen unter die Schweigepflicht.

»Ich nehme an, dass du an der Organmafiaidee festhältst und deshalb auf verrückt machst?«, hatte sie als Erste die Stimme wiedergefunden.

»Korrekt.«

»Erstaunlich, dass Grunwald deine Einweisung genehmigt hat. Du zeigst nämlich seltsame Symptome für eine Gehirnerschütterung.«

»Wahrscheinlich fürchtet er sich vor einem Kunstfehler und den Schadensersatzforderungen in Millionenhöhe«, berichtete ich in aller Kürze vom gestrigen Abend und meinen Plänen. »Kannst du dich ein bisschen umhören? Seltsame Todesfälle, Beschwerden von Hinterbliebenen und so weiter?«

»Für dich doch immer. Ist zwar nicht einfach, aber ich gebe mein Bestes. Und jetzt zurück aufs Zimmer, ich habe auch noch zu malochen.« Die Rückkehr verzögerte sich etwas, ihr wisst schon, Schweigepflicht.

Als Lück die Injektion erhielt, fluchte er wie ein Bierkutscher; bei gesetzlich Versicherten benutzte man wohl Stricknadeln. Dann gab's Frühstück, falls man den Fraß so bezeichnen wollte. Statt Kaffee bekamen wir eine rötliche Flüssigkeit vorgesetzt, die meine Geschmacksknospen als Hagebuttentee identifizierte. Zudem durften wir unsere Mägen mit hartem Graubrot vollschlagen. Die Erdbeermarmelade bestand zu neunundneunzig Prozent aus Zucker.

Nachdem ich von der Morgenzigarette im abgeschmackten Raucherzimmer zurückgekehrt war, musste ich Muschinskis Lebensgeschichte mit anhören, die er Gipsbein-Thorsten in epischer Breite erzählte. Dauerte nicht länger als fünf Minuten.

Dann der Höhepunkt des Tages: Visite. Sie besaß

unverkennbare Parallelen zu einem Besuch des Bundespräsidenten. Ein gewisser Professor Gumbrecht schleppte einen kompletten Hofstaat an Assistenzärzten und Schwestern hinter sich her. Zunächst wechselte er einige Worte mit meinen Zimmergenossen, dann war ich an der Reihe.

»Wie geht es uns?«, blickte er väterlich auf mich herab.

»Sind Sie der Koch? Dann sehen Sie mal schleunigst zu, dass der Speiseplan überarbeitet wird. Nach diesem Frühstück graut es mir schon vor dem Mittagessen.«

Für einen Sekundenbruchteil blickte er verdutzt aus der Wäsche, dann war er wieder die personifizierte Souveränität: »Zumindest hat unser Herr Nannen seine Forschungen auf dem Gebiet der Morphologie aufgegeben«, ließ er seinen Tross schmunzeln.

»Das wird schon wieder, mein Lieber, das wird schon wieder«, tätschelte er mir den Kopf und verschwand samt hundertköpfigem Anhang.

Allerdings dauerte es nicht lange, bis die Tür erneut geöffnet wurde.

»Was machen Sie denn für Geschichten? Hätte ich geahnt, dass Sie mein Gedicht dermaßen erregt, hätte ich eines meiner beschaulicheren Poeme vorgetragen.« Vaganz sollte auch mal auf der Fußmatte ausrutschen; auf dem Himalaya.

»Dieter will Kaffee trinken«, musste ich ihn an einen Ort lotsen, wo wir ungestört waren.

»Mon pauvre ami! Es muss Sie schwer erwischt haben, wenn Sie es für unnötig erachten, den unbestimmten Artikel, eine der poetisch wirksamsten Wortgattungen der deutschen Sprache, zu gebrauchen. Es heißt: *Einen* Kaffee, Herr Nannen, *einen* Kaffee!«

»Bringen Sie mich zur Cafeteria, Sie Idiot!«, zischte ich leise und zog dabei ernsthaft in Betracht, Krankenhaus gegen Gefängnis einzutauschen, indem ich ihn auf der Stelle erwürgte. »Schon mal was von verdeckter Ermittlung gehört?«

»Naturellement. Mea culpa, mea culpa. Lassen Sie uns aufbrechen.«

Während ich mich umzog, wurden wir hervorragend unterhalten: »Noch ein Bekloppter. Wenn das so weitergeht, haben wir hier das reinste Irrenhaus«, klatschte Fred sich mit der flachen Hand vor die Stirn. »Die sind selbst für die Klapse zu bescheuert«, gluckste Franz.

In der Cafeteria ließ ich mir ein Kännchen Kaffee, eine Frikadelle mit Senf und eine Schachtel Camel spendieren. Nachdem ich den Fleischklops vertilgt und eine brennende Kippe zwischen die Lippen gesteckt hatte, war ich für das Gespräch mit Xtra gerüstet.

»Woher kennen Sie Grutz' neuen Roman? Kein anderer hat bisher davon gehört«, ging ich sofort in die Vollen.

»Habe ich in meiner unverzeihlichen Geistesabwesenheit nicht erwähnt, dass Hermann mich zwei Tage vor seinem Tod um Rat gefragt hat? Er war sich nicht sicher, ob der Stoff nicht zu brisant sei.«

»Na schön, nicht so wichtig. Wichtig hingegen sind die Namen der beteiligten Ärzte. Wenn ich von Ihnen keine Anhaltspunkte erhalte, muss ich im Trüben fischen, was die Aufklärung erheblich verzögern wird.«

Vaginowski runzelte nachdenklich die Stirn: »Mein Gedächtnis besitzt auch nicht mehr die Kraft, der es sich früher erfreute. O Jugend, wohin bist du gegangen?«

»Soll ich Ihnen auf die Sprünge helfen? Bis jetzt habe ich Doktor Grunwald und Professor Gumbrecht kennengelernt.«

»Gumbrecht!«, begannen seine Augen zu leuchten. »Er ist der Drahtzieher, wenn ich mich Ihrer Terminologie bedienen darf. Im Buch heißt er zwar Professor Grubecht, aber das soll uns nicht täuschen. Heften Sie sich an seine Fersen, und Sie haben den Mörder!«

Das war doch was. Jetzt brauchte ich keine wertvolle Zeit zu verschwenden, denn allzu lange würde man mich kaum hierbehalten. Nachdem ich Xtra gebeten hatte, Karin Schumann mit der Pflege meiner Tiere zu betrauen, ging es zurück aufs Zimmer.

9

Der langweilige Nachmittag wurde nur durch Connies Besuch unterbrochen, die mir Schlafanzug, Bademantel, Jeans und T-Shirt vorbeibrachte. Der anschließende Flirt unterschritt die Fünf-Minuten-Marke, da sie ihren Vater aus der Bücherei abholen musste.

Meine anfängliche Euphorie über die Einweisung war mittlerweile verflogen. Als Patient war mein Aktionsradius doch sehr eingeschränkt. Eigentlich blieb zum Herumschnüffeln nur die Nacht übrig, wenn die

Personaldecke dünner war und kaum Gefahr bestand, dass sich andere Mitbewohner außerhalb ihrer Zimmer befanden.

Um die bevorstehende Aufgabe ausgeruht angehen zu können, versuchte ich ein wenig zu schlafen. Kein Problem, da sich die Zimmergenossen in den Fernsehraum verzogen hatten.

Gegen acht wurde ich unsanft von der Gutenachtspritze geweckt. Lück und Muschinski bildeten sich mit Groschenheftchen fort, Thorsten daddelte auf einem Gameboy herum. Als gegen neun das Licht gelöscht wurde, lauschten wir andächtig unseren Atemstößen, bevor ich erneut ins Land der Träume abglitt.

Um Mitternacht ließ ich mich vom Handy via Vibration wecken und kleidete mich lautlos an.

Wie erwartet war der Korridor so verlassen wie eine Würstchenbude im Vegetariercamp. Im Bett hatte ich im Geiste eine Münze geworfen, ob ich nach rechts (Zahl) oder links (Kopf) gehen sollte. Zahl hatte oben gelegen. Nach wenigen Schritten wurde schräg vor mir eine Tür aufgerissen. Ich hechtete hinter eines der Rollbetten, die in Massen herumstanden.

Durch die Gitterstäbe des Fußendes konnte ich einen weißen Kittel erspähen, der ins Badezimmer verschwand.

Meine große Chance. Aus einem Wandschrank klaubte ich ein Paket Mull und umwickelte meinen Kopf, Augen exklusive. Dann schnappte ich zwei weitere Pakete Verbandszeug und eine Rolle Klebeband und folgte dem Arzt.

Die aus der Kabine dringenden Geräusche ließen auf ein großes Geschäft schließen. Flugs in die Nachbarbox geschlüpft und einen Striptease hingelegt; die Unterhose blieb selbstverständlich am Mann.

Als die Spülung einsetzte und die Tür geöffnet wurde, sprang ich hervor und versetzte dem feinen Herrn einen Schlag vor den Hals. Dieser blickte mich den Bruchteil einer Sekunde erstaunt an, dann sackte er zusammen. Geschickt fing ich den erschlafften Körper auf, zog ihn in meine Kabine und verschloss die Tür.

Schneller als die Morgentoilette einer Eintagsfliege tauschte ich unser Outfit.

Nachdem ich den Arzt gefesselt und geknebelt hatte, kletterte ich in die Nachbarkabine und gelangte von dort ins Freie. Im Spiegel kontrollierte ich mein Äußeres und huschte auf den Gang. Das Namensschild an meiner Brust wies mich als Dr. Leonhardt aus.

Ich hatte mir eine Erkundungsfrist von zwei Stunden gesetzt. Sollte reichen, denn schließlich brauchte ich in diesem kleinen Etablissement nur die Stelle zu finden, wo Hermanns Mörder sein Geständnis hinterlegt hatte.

Drei Türen später erreichte ich das Ärztezimmer der Station C. Der Leiter war Dr. Grunwald, also genau derjenige, der mich gestern in der Notaufnahme untersucht hatte; ich war sein Assi. Mit der natürlichen Arroganz eines Gottes in Weiß verzichtete ich aufs Anklopfen und betrat energischen Schrittes den Raum.

Ich war allein. Das einzig Lebendige hier war der Dampf, der von einer Kaffeetasse in Richtung Decke zog. Da die Brühe bis zur Rückkehr des echten Leonhardts eh kalt sein würde, genehmigte ich mir einen Schluck, dann machte ich mich an die Arbeit.

Direkt vor mir befand sich ein überdimensionaler

Aktenschrank, der abgeschlossen war; nicht weiter tragisch, da der zugehörige Schlüssel auf dem Schreibtisch lag. Kaum hatte ich die erste Schublade herausgezogen, vernahm ich Schritte auf dem Gang. Zeitgleich schrillte das Telefon. Mit der mir angeborenen Spritzigkeit hechtete ich ins winzige Nachbarzimmer, das mit einer abgewetzten Sitzgruppe, leeren Tassen und überquellenden Aschenbechern erschöpfend ausgestattet war.

»Elisabeth-Krankenhaus, Dr. Müller am Apparat.« Ich lag hinter einem versifften Sessel und war ganz Ohr.

»...«

»Habe wieder ein paar Kisten für euch. Aber Beeilung, in einer Stunde werde ich abgelöst.«

»...«

»Okay, bis dann.«

Der Hörer wurde auf die Gabel geworfen, und Müllers Schritte entfernten sich. Ich schlüpfte aus dem muffigen Raum und spähte auf den Gang, der Doc bog gerade um die Ecke. Über das Treppenhaus gelangten wir in den Keller. Falls er mich bemerkt haben sollte, ließ er sich nichts anmerken. Unsere Rallye endete in einem Lagerraum, in dem sich Unmengen an Kisten stapelten. Als Müller sich umdrehte, um eine Kippe anzustecken, huschte ich hinter einen Stapel Kartons, laut Aufschrift vollgestopft mit Mullbinden. Ich befand mich zwischen Eingang und Arzt und hatte einen phantastischen Überblick.

Mein Beschattungsopfer hatte gerade seine Zichte ausgetreten, als ein Mann den Raum betrat, der so viel wog wie Müller und ich zusammen. Im Mundwinkel klemmte ein Zigarrenstumpen.

»Hallo, Tobias. Wo sind die Klamotten?« Bruce Lows Stimme war nichts gegen diesen Bass.

»Da hinten in der Ecke. Los, Beeilung.«

Gemeinsam beförderten sie ein halbes Dutzend Kartons in einen Kleintransporter, der vor der Kellertür geparkt war, dann überreichte der Fahrer einen braunen Umschlag an Tobias, der ihn ungeöffnet im Kittel verschwinden ließ.

»Wann kann ich die nächste Ladung abholen?«, wandte sich der Unbekannte an Müller.

»Übermorgen um die gleiche Zeit.«

Mister X verschwand nach draußen, der Lieferwagen wurde gestartet und fuhr davon. Dr. Müller zog den Umschlag aus der Tasche, riss ihn auf und inspizierte den Inhalt. Zufrieden räusperte er sich und trat den Heimweg an.

Im Erdgeschoss trennten sich unsere Wege. Tobias lenkte seine Schritte in Richtung Station B, ich musste aufs Klo.

Dr. Leonhardt war immer noch bewusstlos. Ich zog meine Klamotten an, löste seine Fesseln und verließ die Box.

Kurze Zeit später lag ich im Bett. Ich hatte aber auch ein Schwein: Kaum auf die Suche gemacht, präsentierten sich die Gauner formschön auf dem Silbertablett. Danke Fortuna, und gute Nacht.

10

Die Morgenspritze vertrieb den Rest Müdigkeit aus meinem Körper. Nachdem ich geduscht und die Zähne geputzt hatte, schnappte ich mir eine Schachtel Zigaretten und suchte den Aufenthaltsraum auf. Hier konnte ich in Ruhe nachdenken, ohne von Muschinski und Lück gestört zu werden.

Ich klopfte mir auf die Schulter, denn Glück hatte bekanntlich nur der Tüchtige. Demnach musste ich ja die Perfektion darstellen. Mein ursprüngliches Vorhaben, die Durchsuchung des Ärztezimmers, hatte ich zwar nicht in die Tat umsetzen können, doch stattdessen hatte ich weitaus Interessanteres entdeckt.

Offensichtlich zog Müller Diebstähle im großen Stil ab. Das hatte zwar mit Organhandel nichts zu tun, war aber immerhin eine Spur, die ich weiterverfolgen konnte.

Was war in den Kisten gewesen? Das Etikett mit der Aufschrift »Medizinischer Bedarf« war keine große Hilfe.

Erst mal einen anständigen Kaffee. Ich warf fünfzig Cent in den Automaten und erhielt dafür eine dampfende schwarze Flüssigkeit. Die Slapsticknummern über defekte Kaffeeautomaten hatte ich nie verstanden, denn bisher war ich von diesen Wunderwerken der Technik immer gut behandelt worden.

Ich stellte den Koffeinsaft auf den Tisch, zog den Aschenbecher in Reichweite und legte die Füße hoch. Just als ich die Zigarette anzündete, ging die Tür auf und Karin trat ein.

»Hallo, Mäuschen.«

»Dir scheint's wirklich dreckig zu gehen«, blickte Schumann mich entsetzt an.

»Was hast du erwartet? Einen Todkranken, der an Schläuchen hängt und nur noch durch Apparate am Leben gehalten wird? Hast wohl gehofft, meinen florierenden Bauernhof übernehmen zu können.«

»Ich habe gestern mehr auf deinem Hof geschuftet als du während der gesamten Zeit in unserem hübschen Buldern«, stemmte sie die Hände in die Hüften.

»Du bist ein Schatz, dass du während dieser schwierigen Zeit meine Tiere versorgst«, erhob ich mich und drückte ihr einen Kuss auf die Wange.

»Was soll das?«, wischte sie ihn mit dem Handrücken weg.

»Ich wollte mich nur für deine Hilfe bedanken«, zauberte ich mein schönstes Lächeln ins Gesicht. »Was versteckst du da hinter deinem Rücken?«

»Zu einem Krankenbesuch nehme ich immer eine Kleinigkeit mit. Da ich an dir aber nicht die Spur eines Leidens feststellen kann, verwahre ich es lieber, bis es dir wirklich mal schlecht geht.«

»Ich habe eine schwere Gehirnerschütterung«, ließ ich meine Stimme etwas zittern.

»Wo nichts ist, kann nichts erschüttert werden.«

»Wenn du mir das Geschenk nicht gibst, erschütterst du meinen Glauben an die liebenswerte Karin Schumann.«

»Deine Freundlichkeit schockiert mich. Hier bitte«, zauberte sie ein Päckchen hervor, das Ähnlichkeit mit einem Buch besaß.

Ich ließ mich wieder in den Sessel fallen; Karin

nahm gegenüber Platz. Nachdem ich mich mit einem Schluck Kaffee gestärkt hatte, löste ich vorsichtig das Geschenkpapier.

»Ein Bildband über Rot Weiß Essen. So ein schönes Geschenk habe ich seit Jahren nicht mehr bekommen«, war ich richtig gerührt und zugleich überrascht, dass Karin über meinen Lieblingsfußballverein Bescheid wusste.

Dafür gab es den zweiten Kuss. Diesmal verfehlte ich jedoch die Wange und traf genau ihren Mund. Irgendwie hatten wir eine seltsame Beziehung. Wir kannten uns seit meiner Ankunft in Buldern und fanden uns nicht unsympathisch. Genau genommen hatte ich ein absolutes Faible für die Biobäuerin, und ihre Eifersucht in Bezug auf Connie Lienen hatte gezeigt, dass auch ich ihr alles andere als gleichgültig war. Allerdings hatte das Schicksal uns stets einen Strich durch die Rechnung gemacht. Jedes Mal, wenn wir uns annäherten, passierte ein Missgeschick, das alles wieder über den Haufen warf. Ich war schon richtig gespannt.

»Ich sehe, du hast dich gut erholt«, drang eine andere weibliche Stimme an mein Ohr. Wusste ich's doch.

»Hallo, Cornelia. Die Medikamente, die ich mir verschrieben habe, wirken Wunder«, deutete ich auf die Camel-Schachtel und den leeren Becher. »Bald kann ich den Krankenhausmief wieder gegen frische Landluft eintauschen.«

»Ich scheine überflüssig zu sein«, schabte Schumanns Kinnlade übers Linoleum.

»Nein, bleiben Sie bitte. Ich bin Cornelia Lienen, Dieters Krankenschwester.«

»Karin Schumann, zuständig für die Bewirtschaftung seines Hofes.« Sie blickte auf die Uhr. »Oh, so spät schon. Ich muss los, die Tiere versorgen. Auf Wiedersehen.«

Bevor ich intervenieren konnte, hatte Karin den Aufenthaltsraum verlassen. Als Trost gab's erst mal einen dicken Kuss. Wenn das so weiterging, würde mich niemand mehr hier wegkriegen, und wenn ich mein Leben lang deklinieren musste.

»Erhalten alle Patienten diese Art von Behandlung?«, hatte ich mich mit der neuen Situation glänzend arrangiert.

»Maximal die Hälfte. Bist du weitergekommen?«

»Ja.«

»Jetzt mal Butter bei die Fische, oder vertraust du mir nicht?«, hatte Lienen offensichtlich eine ausführlichere Antwort erwartet.

»Mit mangelndem Vertrauen hat das nichts zu tun. Ich muss das Ganze nur erst auf die Reihe bringen.«

»Wie du willst. Gibt's wenigstens einen Abschiedsschmatzer, außerhalb der Reihe?«

Diese Bitte konnte ich nicht abschlagen. Während wir die Mund-zu-Mund-Beatmung probten, fiel mir etwas ein: »Könntest du bei Gerhard Schulz in Dülmen anrufen und ihm mitteilen, dass ich zurzeit keine Sozialstunden ableisten kann?«

»Wie bitte?«

»Ich bin der gefürchtete Bulderner Hundekiller«, erläuterte ich in schillernden Farben mein Alter Ego und die tragischen Konsequenzen.

»Wird erledigt«, zockelte sie ab, und ich konnte endlich wieder die Füße auf den Tisch legen. Nach einem weiteren Kaffee musste ich feststellen, dass sich

Frauenbesuche negativ auf die Gehirnleistung auswirkten; ich war zu keinem vernünftigen Gedanken fähig.

Eines war jedoch klar: Hier hielt mich nichts mehr. Ich hatte mit Müller einen veritablen Verdächtigen, und obendrein war nicht ausgeschlossen, dass Leonhardt mich trotz aller Vorsicht erkannt hatte.

Ich puhlte weitere fünfzig Cent aus dem Portemonnaie und fütterte den Automaten. Kaum hatte ich mich wieder in der Wellness-Ecke niedergelassen, flog die Tür auf. Mein Bulderner Kumpel Stefan Jahnknecht. Der lebende Beweis für die Existenz von Menschen mit negativem IQ blickte mich mit treuen Augen an. Stefan war mein erster Kontakt mit den Einheimischen gewesen, als ich aus dem kochenden Ruhrpott ins kühle Münsterland gezogen war. Auch wenn er nicht fehlerfrei bis fünf zählen konnte, war mir der Dreißigjährige ans Herz gewachsen.

»Karin hat mich gesagt, du sein in Krankenhaus«, hielt mir Bauer Steinmanns Knecht seine riesige Pranke hin, die ich gerne ergriff.

»Danke, Stefan, aber mir geht's schon wieder besser. Wahrscheinlich werde ich morgen auschecken.«

Ich spendierte ihm einen heißen Kakao und erhielt das nächste Geschenk. Als ich das Diddl-Papier entfernt hatte, war ich noch gerührter als über Karins RWE-Bildband: ein Kaninchen, ein Schwein und eine Ziege von Schleich!

»Danke, mein Freund«, umarmte ich den Zwei-Meter-Kerl mit dem falsch geknöpften Hemd und der löchrigen Cordhose.

»Ich gedenkt haben, du sein traurig ohne dein Vieh,

und haben drei Tiere von meinen Bauernhof eingepackt für dich als Geschenk«, ließ er unsichtbare Tränen meine Wange herunterlaufen. Denn mir war bewusst, dass Stefan den größten Schleich-Bauernhof der Welt sein Eigen nannte und ihn heiß und innig liebte. Da steckte Herzblut drin.

Danach unterhielten wir uns eine knappe Stunde über alles Mögliche wie Fruchtwechsel, Treckermotoren und Handball – er war nämlich Torwart des örtlichen Handballvereins –, und zu guter Letzt erklärte ich ihm noch die Weihnachtsgeschichte. Dann trennten sich unsere Wege; er musste zurück zum Hof, ich aufs Zimmer.

Lück und Muschinski lagen in ihren Betten und verfolgten *Jerry Cottons* spannende Abenteuer.

»Eh, Franz. Der Spasti ist wieder da.«

Genug war genug. Zuerst die Geschenke im Spind verstaut, dann ging's los.

»Hör genau zu, alter Mann«, schwang ich mich auf Lücks Matratze, das Stöhnen bedingt durch die Landung auf seinem lädierten Bein ignorierend, »ich gebe kurz meinen Lebenslauf durch: Mit zwölf von zu Hause abgehauen und fünf Jahre lang gedealt. Mit sechzehn den ersten Kerl zusammengeschlagen; einen Bullen. Mit zwanzig wegen Mordes in den Knast gekommen, Scheidung war zu teuer, und vor zwei Jahren entlassen worden. Bis jetzt habe ich euer dämliches Gequatsche über mich ergehen lassen, weil ich untertauchen musste. Vor zehn Minuten habe ich erfahren, dass die Luft rein ist.«

Während des Monologs war Fred immer tiefer in die

Kissen gesunken, auch schien das Bein nicht mehr zu schmerzen. Sein Gesicht hatte die Farbe frisch gezapfter Milch angenommen.

»Die Namen Fred Lück und Franz Muschinski sind notiert«, drückte ich auf seinen Solarplexus. »Gebt bei der Entlassung schon mal Bescheid, dass Ihr postwendend zurückkehren werdet.«

»So war das doch nicht gemeint« presste Fred zwischen den Zähnen hervor. »Man kann doch mal Spaß machen.«

»Ich brauche was zu lesen und Zigaretten.«

Muschinski, der alles mitbekommen hatte, hechtete aus dem Bett und zog seinen Bademantel über.

»Welche Sorte?«

»Camel ohne. Eine Stange.«

Als Franz zurückkehrte, lag ich bereits wieder im Bett. Was hatten wir denn da Schönes? Bildzeitung, Stern, Spiegel, Kicker und zwei Zigarettenstangen. Da er kein Geld verlangte, gab ich ihm auch keins.

Um halb zwei kam der Stationsarzt, zum Glück nicht Leonhardt, um sich nach dem werten Befinden zu erkundigen. Ich zeigte mich von meiner besten Seite, und nach einigen medizinischen Tests einigten wir uns, dass ich dem Lazarett morgen den Rücken kehren konnte. Zur Feier dieser erfreulichen Nachricht schickte ich Franz los, ein Sixpack Bier zu organisieren. Zwei Dosen für jeden, denn Thorsten blieb der Hagebuttenplörre treu.

Am späten Nachmittag schaute Connie nach uns. Angesichts meines glücklichen Gesichts und des Versprechens, morgen Abend bei ihr vorbeizuschauen, ignorierte sie die Alkoholfahne. Unter den ungläubigen

Blicken der beiden Alten knutschten wir ein bisschen rum, um nicht aus der Übung zu kommen.

»Warum so ruhig? Keine anzüglichen Bemerkungen? Sie sind doch nicht etwa krank?«, wandte Cornelia sich an die Rentner.

»Wir sind müde«, kam es unisono zurück.

Als Lienen den Raum verlassen hatte, stierten mich vier wässrige Augen an.

»Ist früher als Pferdchen für mich gelaufen. Hat dann einen anständigen Beruf ergriffen, aber sie kann sich einfach nicht zurückhalten, wenn sie ihren Exboss trifft.«

»Steiler Zahn«, nickten meine neuen Kumpel anerkennend.

»Vergreifen wir uns nicht im Ton, Muschi?«, musste er zur Strafe eine weitere Palette Pils heranschaffen, dann war ich versöhnt.

»Bis morgen will ich keinen Mucks von euch hören, capice?«, ließ ich den Brando raushängen.

Den Abend und die darauffolgende Nacht konnte sich der Pate von Buldern ungestört entspannen.

II

Am nächsten Morgen packte ich meine Habseligkeiten in eine Aldi-Plastiktüte und verabschiedete mich stilgerecht von den Zimmergenossen: »Auf Wiedersehen, meine Freunde«, ließ ich in meinen Worten und mit der Art, wie ich die Kollegen musterte, eine unbestimmte Drohung mitschwingen.

»Wollen Sie uns wirklich Schläger auf den Hals hetzen?«, senkte Muschi devot den Blick.

Ich räusperte mich betont gelangweilt: »Ihr verfügt über Potential. Eines Tages, ich weiß nicht wann, werde ich euch um einen Gefallen bitten. Und ihr werdet ihn mir nicht abschlagen, denn ich weiß, wo ihr und eure Familien wohnen«, gab ich weiter den Paten.

»Auf keinen Fall, Herr Nannen. Zählen Sie auf uns«, krächzte Lück mit belegter Stimme.

»Es kann sein, dass euch bald einer meiner Freunde anspricht. Es mag ein Tankstellenkassierer oder der Zeitungsbote sein, ein Spaziergänger oder eine Politesse. Dann seid gerüstet, denn euer Leben wird nichts mehr mit dem zu tun haben, das ihr bis dahin geführt habt.«

Ich sah in ihren Augen Träume von schnellen Flitzern, scharfen Weibern und tonnenschwerem Zaster. Begleitet von respektvoller Furcht.

»Wir sind dabei«, hauchte Muschinski. Brando hätte sich bei mir wirklich eine Scheibe abschneiden können.

Ohne ein weiteres Wort zu verlieren, verließ ich die Desperados.

Zu Hause stellte ich als Erstes Stefans Tiere auf meinen Nachttisch, dann brühte ich eine Kanne Kaffee auf. Während das Wasser durch den Filter tropfte, inspizierte ich die Post der letzten Tage. Eine Einladung zur Butterfahrt, bei der ich 500 Euro und einen Wurstkorb geschenkt bekommen sollte. Zudem einige Prospekte, die mir weismachen wollten, Geiz wäre geil. Geiles Deutschland. Just als ich den Papierkorb mit den Werbungsexkrementen fütterte, klingelte das Telefon.

»Nannen.«

»Schulz. Wo bleiben Sie? Der Anruf Ihrer Freundin reicht nicht aus. Sie haben zu erscheinen.«

Der letzte Arbeitseinsatz. Ich hätte um halb acht beim Grünflächenamt antanzen müssen.

»Entschuldigen Sie, ich bin erst vor einer halben Stunde aus dem Krankenhaus entlassen worden. Ich mach mich auf den Weg.«

»Kein Problem. Ich habe mir was Besonderes für Sie einfallen lassen, sozusagen eine Abschlussprüfung. Um neun an der Wasserstraße 25. Dort werden wir uns weiter unterhalten. Bringen Sie den Aufsatz mit.«

Klang nicht gut. Einige Stunden Zigarettenklauben waren eine lösbare Aufgabe, aber was wartete jetzt auf mich?

Eine Viertelstunde später parkte ich an der besagten Adresse. Auf dem Bürgersteig stand Ali, ein Leidensgenosse aus der Delinquentengang, und fingerte sich nervös eine Marlboro aus der Jogginghose.

»Alter«, grinste er erleichtert, als ich aus dem Wagen stieg. »Dachte, ich wäre heute allein. Hammer, was Keule?« Er trug ein weißes Ballonseidenkostüm, um den Hals baumelte eine Goldkette mit Daimler-Stern.

»Weißt du, was wir hier sollen?«, fragte ich und gab ihm High Five.

»Alter, keinen Plan. Das ist die Schule, wo sich mein kleiner Bruder rumtreibt. Hab keinen Bock, dass der mitkriegt, was ich für Scheiße gebaut habe.«

Schule? Ich blickte auf die andere Straßenseite. Tatsächlich. Käthe-Kollwitz-Primarschule. Und Schulz trat aus der Tür und winkte uns zu sich.

»Meine Herren«, begrüßte er uns grinsend, »zunächst Ihre Elaborate, wenn ich bitten darf.«

Ich reichte ihm meinen Roman, Ali eine handgeschriebene Seite.

»Mensch, Kollege«, starrte er verwirrt auf meinen Aufsatz. »Du kennst ja viele Wörter. Biste so was wie ein Lexikon?«

»Herr Arslan und Herr Nannen. Sie dürfen sich freuen, Teilnehmer eines Pilotprojektes zu sein. Die Idee stammt aus den Staaten, nennt sich ›Großer Bruder‹. Straffällige berichten Schülern von ihrem Lebensweg und motivieren sie, den geraden Pfad durch das Gestrüpp des Lebens einzuschlagen.«

Eine Märchenstunde vor Kindern? Kein Problem.

»Wenn Sie die Kleinen von Ihrer Läuterung überzeugen, gelten Sie als rehabilitiert. Kleine Kinder haben eine hervorragende Intuition und sind noch nicht von unseren gesellschaftlichen Prägungen verzogen«, sinnierte der Pädagoge.

»Sie unterwerfen uns dem Urteil von Schulkindern?«, fragte ich ungläubig.

»Wenn ich mich vor meinem Bruder blamiere, klatsch ich den Alten um«, raunzte mir Ali ins Ohr.

»Was haben Sie gesagt, Herr Arslan?«, fragte Schulz schneidend.

»Ali hält Ihr Konzept genau wie ich für sehr interessant«, antwortete ich rasch.

»Gut, dann folgen Sie mir.«

»Danke, Kollege«, legte mir Ali den Arm um die Schulter. »Mit dir würd ich meine Freundin teilen.

Wenn ich eine hätte«, fügte er den Tränen nahe hinzu. »Dir kann ich's ja sagen, Alter. Den Kollegen erzähl ich, dass ich jeden Abend 'ne andere flachlege, aber in Wirklichkeit ist tote Hose. Wer will schon einen Loser wie mich.«

»Wird schon«, tröstete ich ihn. »Lass uns das Ding durchziehen, du packst das«, spielte ich Jürgen Höller vor seiner Knastzeit.

»Voll cool, Nannen. Wenn du mal gedisst wirst, hau ich den Typen ein paar in die Fresse. Dein Feind ist mein Feind«, hämmerte er mit der Faust vor seine Brust wie ein Orang-Utan beim Balzen. Bewunderung kann anstrengend sein.

Wir stolzierten durch eine lichtdurchflutete Eingangshalle an abstrakten Kinderzeichnungen von grünen Himmeln und deformierten Strichmännchen hindurch zur Klasse 3b, wie das Schild neben der Tür verriet.

Das Türklopfen wurde mit einem vielstimmigen »herein« erwidert.

Etwa dreißig Kinderaugen und die braunen Augen einer jungen Frau mit Pferdeschwanz musterten uns neugierig.

»Guten Tag, Kinder, guten Tag, Frau Stengel«, grüßte Schulz.

»Wir haben Sie schon sehnsüchtig erwartet«, erwiderte Fräulein Lehrerin mit sonorer Altstimme. Sympathisch, schade, dass ich heute als Depp herhalten musste.

»Seid ihr die Brecher?«, fragte ein kleiner Rothaariger vorlaut, worauf die Hälfte der Klasse in schallendes Gelächter ausbrach.

»Es heißt Verbrecher«, verbesserte ihn ein blonder Zweikäsehoch.

»Marvin ist manchmal sehr direkt«, entschuldigte Stengel ihn und sich.

»Wohnt ihr im Gefängnis?«, platzte ein kleines türkisches Mädchen vor Wissbegier.

»Das werden euch Onkel Ali und Onkel Dieter selber erzählen«, glänzten Schulz' Augen vor Vorfreude.

»Au ja, endgeil«, jubelte die Meute.

»Dieter und Ali sind keine Verbrecher, sie haben nur etwas Pech im Leben gehabt«, streichelte Stengelchens mitleidiger Blick unsere Häupter. Konzentrierte Erniedrigung. »Aber zunächst begrüßen wir unsere Gäste mit einem Lied. Singen Sie doch bitte mit.«

Die Kiddies erhoben sich und schmetterten los. Wir bewegten die Lippen dazu. »Wenn die Frühlingssonne lacht und das Primelchen erwacht, ist die Winterzeit vorbei, juchhei, juchhei.«

Als die Kinderchen sich wieder setzten, wurde Ali von Schulz vor die Tafel geschoben.

»Herr Arslan, erzählen Sie den Kindern, wie Sie auf die schiefe Bahn geraten sind und warum Sie jetzt wieder auf den Pfad der Tugend zurückgefunden haben«, schwülzte er. Sozialarbeiter, muss ich mehr sagen?

Verlegen trippelte der bullige Bruder auf die Showbühne.

»Hallo Kinder, ich bin A-a-a-li«, stotterte er und nestelte nervös an seiner Kette.

»Das wissen wir«, brüllte ein braunhaariges Mädchen. »Erzähl uns vom Gefängnis. Gibt's da trockenes Brot?«

»Ich, ich, ich …«, sah Ali hilflos zum Sozialpädagogen rüber.

»Beantworten Sie die Frage der Schülerin.« Ein Gladiatorenkampf gegen zwanzig bengalische Tiger erschien mir gegen diese Veranstaltung hier wie ein Frauenfrühstück im Kirchencafé.

»Ich war nicht im Knast, Alter«, fasste sich Ali ein Herz.

»Wie heißt du, junge Dame?«, unterbrach Friedel den Türken.

»Anabel«, antwortete sie selbstbewusst.

»Anabel, Herr Arslan, nicht Alter«, wurde Ali gemaßregelt.

»Okay, Anabel, ich weiß nicht, wie es im Knast ist. Hab die falschen Kollegen gehabt, hab Scheiße gebaut. Krass daneben. Schule, null Bock drauf gehabt. Hab ein paar echt heiße Schlitten geknackt. Aber die Bullen haben uns gepackt, totaler Dreck. Echt beknackte Situation, mach so was nie wieder. Will nicht in den Bau.«

»Was für Kisten habt ihr denn abgegriffen?«, interessierte sich ein Dreikäsehoch mit Tommi-Gottschalk-Lockenmähne.

»Ein paar echt geile GTIs und sogar einen Porsche«, strahlte Ali vor Euphorie, und auch die Kinderaugen leuchteten. »Cool«, quietschte der Kleine.

»Danke«, unterbrach Schulz schneidend die Karriereberatung. »Die Kinder konnten sich ein Bild von Ihrer gelungenen Resozialisierung machen. Herr Nannen, darf ich bitten!«

Eine leidende Miene aufgesetzt und ab auf den Catwalk.

»Ich bin Dieter«, seufzte ich, als hätte ich zweiunddreißig Jahre Christi Kreuz geschleppt. Gott sei Dank schien mir die Draculabrut den Simon von Kyrene abzunehmen. Gebannt hingen sie an meinen Lippen.

»Ich war ein fröhliches kleines Kind wie ihr. Aber mein Papa war böse, er hat Alkohol getrunken und wusste nicht mehr, was er tat. Er hat meinen Hund erschlagen, das unschuldigste Wesen auf der Welt. Und ich wollte immer seine Liebe.« Bei einigen Mädchen flossen Tränen.

»Um meinem Vater zu gefallen, hab ich dann selber einen Hund überfahren. Ich weiß jetzt, dass das sehr böse war, und ich werde es nie, nie wieder tun«, ließ der Gedanke an den Tod meines Großvaters bei mir einige Tränen kullern. Vielleicht sollte ich es als Schauspieler versuchen, für die Westfalenklinik reichte mein Talent alle Male.

»Dieter ist ein armer Mann«, stellte ein Mädchen mit Nickelbrille fest. »Gut, dass mein Papa lieb ist.« Der Großteil der Kinder nickte traurig.

»Ich danke euch«, wischte Schulz über seine Wange, als ob meine warmen Worte auch sein Herz erwärmt hätten. »Nehmt euch an Dieter ein Beispiel. Er hat seine Tat wirklich als solche akzeptiert und wird nie wieder vom rechten Pfad abweichen.«

Die Kinder schauten nur verwirrt. Ich wusste bei Schulles vielen Pfaden auch nicht mehr, ob ich rechts oder links schreiten sollte. Frau Stengel mischte sich ein: »Wir danken Ihnen allen für die interessanten Einblicke in Ihre Schicksale. Möchten Sie noch ein Lied mit uns anstimmen?« Das wollten weder Schulz noch wir, und so verabschiedeten wir uns.

»Was ist mit meiner Bewährung, Meister?«, fragte Ali, als wir vor der Tür standen.

»Sie haben mich nicht überzeugt, dass Sie wirklich in die Gesellschaft zurück wollen. Da brauch ich noch mehr Engagement, Herr Arslan. Ich werde beantragen, dass Sie sich wöchentlich bei Ihrem Bewährungshelfer melden müssen. Herr Nannen, für Sie gibt's keine Auflagen.«

Mitleidig legte ich meinem türkischen Kompagnon den Arm um die Schulter und drückte Schulz die Hand: »Auf Wiedersehen, oder besser auf Nimmerwiedersehen.«

»Davon geh ich aus«, mahnte er. Ali gab mir zum Abschied die obligatorischen High Five. »Du bist mein Homie, Alter. Kannst immer auf mich zählen.« Von diesem Angebot würde ich ganz sicher niemals Gebrauch machen.

Als ich wenig später die Haustür öffnete, fand ich auf dem Fußabtreter einen Umschlag: *»Habe eine halbe Stunde auf dich gewartet. Fahr jetzt zur Arbeit. Bin gegen fünf wieder da. Tausend Küsse, Connie.«*

Voller Vorfreude ließ ich ein mariniertes Steak in die Pfanne gleiten und stellte einen Topf mit Erbsen und Möhren daneben. Nach einer guten Stunde waren sowohl mein Magen als auch die Spüle bis an die Kapazitätsgrenzen gefüllt. Da bis zu Connies Eintreffen etwas Zeit blieb, schnappte ich meine Joggingschuhe und warf mich in Sportlerkluft.

Ich trabte an Feldern, Äckern, Wiesen und wiederum Feldern vorbei. Ab und an begegneten mir Dorfbewohner, die mich westfälisch grüßten: Sie blickten zur Seite. Hatte man nicht den Kopf ins selbe Taufwasser getaucht, blieb man hier für immer ein Fremder.

Ein laues Lüftchen kühlte meinen erhitzten Körper, so dass mein Puls nicht kollabierte, sondern angenehm vor sich hin tuckerte.

In Dülmen besuchte ich den CD-Laden und freute mich über die neue Type-O-Negative-Scheibe. Leider musste ich feststellen, dass ich mein Portemonnaie zu Hause gelassen hatte. Was soll's, dachte ich und machte mich auf den Rückweg. Nach etlichen neuen Kuhbekanntschaften, Pferdeäpfeltretminen und Mückenattacken traf ich im gemütlichen Halbdunkel zu Hause ein. Connies Maschine stand bereits im Hof. Viertel nach fünf, verriet die Uhr, die akademische Viertelstunde.

In der Diele zündete ich eine Kerze an. Willkommen im Romantik-Hotel Münsterland. Die Holzbalkendecken knarzten, anscheinend wandelten die Würmer auch auf Freiersfüßen. »Bin zu Hause«, rief ich bestens gelaunt in die Tiefen der Wohnung.

Keine Antwort. »Connie? Wo steckst du?« Keine Antwort. Eine Kerze später entdeckte ich Handtasche und Motorradschlüssel auf dem Wohnzimmertisch. Im Badezimmer brannte Licht. Vielleicht wollte sie mich in der Badewanne überraschen.

Auf meine Detektivnase konnte ich mich verlassen. Connie lag tatsächlich in der Wanne, nackt bis auf das Messer in ihrem Hals.

12

Der Küchentisch war ebenfalls nackt bis auf eine Whiskeyflasche nebst Pinnchen. Ein halbes Dutzend Mal hatte ich schon nachgeschenkt. Ich fühlte mich miserabel, müde, ausgelaugt, kurzum beschissen. Die Tränen waren mittlerweile versiegt, doch mein Herz würde noch einige Zeit weiterweinen. Der zynische Gedanke, dass ich mich nun nicht mehr zwischen Connie und Karin entscheiden musste, unterstrich nur meine Seelenpein.

Warum hatte Cornelia sterben müssen? Warum in meiner Wanne? Warum war ich nicht pünktlich gewesen? Ich schleuderte die Pulle gegen die Wand und rief die Bullen an.

Irgendwann später war meine Bude voller Grünbefrackter, Ludger Reichert war auch dabei. Dieses Abziehbild eines Polizisten war im Laufe der Zeit zu meinem Intimfeind avanciert.

»Wer ist die Tote, und was hatte sie hier zu suchen?«, zwirbelte Reichert an seinem Kaiser-Wilhelm-Gedächtnis-Schnäuzer herum.

»Eine Freundin, sie heißt Cornelia Lienen und wohnt in Buldern.«

»Ihre Sexualpraktiken gefallen mir nicht«, grinste er über alle vier Backen.

»Sie sind ein Schwein«, war ich drauf und dran, ihm eine zu pflastern, ungeachtet der Konsequenzen.

»Es sind Fingerabdrücke auf der Tatwaffe«, gesellte sich ein Milchbubi mit zartem Flaum über der Lippe zu uns und entschärfte damit die Situation.

»Jetzt bist du dran, Nannen«, grinste Reichert hämisch. »Nehmen Sie seine Fingerabdrücke ab.« Immer gern, lag so doch bald der Beweis meiner Unschuld vor.

»Ich muss Sie laufen lassen«, war der schmierige Sack am Boden zerstört. »Aber aufgeschoben ist nicht aufgehoben.«

»Stecken Sie sich Ihre Sprüche sonstwohin und machen Sie sich an die Arbeit«, blieb ich todernst.

Allmählich schien Reichert aufzugehen, dass wir hier nicht im Quatsch Comedy Club waren, denn er startete die Befragung: »Hatte Frau Lienen Feinde?«

»Keine Ahnung.«

»Könnte es sich um Einbruch handeln? Vermissen Sie etwas?«

»Bis jetzt nicht.«

»Nun ja«, runzelte er die Stirn, »vielleicht ein Sexualverbrechen. Der Mörder ist Ihrer Freundin nachgeschlichen und wollte die Gunst der Stunde nutzen. In dieser Gegend treibt sich allerlei krankes Volk herum; Anwesende eingeschlossen.«

»Wie wär's, wenn Sie zur Abwechslung arbeiten und das nachprüfen würden?«, sehnte ich den Whiskey herbei. Zu dumm, dass ich die Flasche zerdeppert hatte.

»Wir werden sehen, was die Autopsie ergibt. Sie hören von uns.«

Ein Blechsarg wurde vorbeigetragen, dann war der Kastanienweg 14 wieder bullenfreie Zone. Leider hatten sie ein Andenken in Form eines Siegels an der Badezimmertür hinterlassen, wie ich wenig später feststellen durfte.

Ich fegte die Scherben in der Küche auf und zückte das Handy: »Können Sie mir erklären, wo ich mich waschen soll?«, fuhr ich Ludger an.

»Bin ich die Auskunft? Das Badezimmer ist Schauplatz eines Verbrechens, und bis zur endgültigen Beweisaufnahme darf dort nichts verändert werden.«

»Wie lange wird das dauern?«

»Habe ich Löcher in den Händen? Kann ich über Wasser gehen? Ich weiß es nicht.«

Reichert legte auf. Ich legte auf.

Das mit dem Waschen war nicht weiter tragisch, da ich noch über eine Keramikabteilung im Keller verfügte. Schlimm daran war, dass ich nicht rumschnüffeln konnte.

»Nannen«, hatte das Telefon erneut geklingelt.

»Sind Sie in den Besitz neuer Erkenntnisse bezüglich Hermanns Ableben gelangt?« Vaginowski.

»Ich muss Sie bitten, die Leitung nicht zu blockieren. Frau Lienen ist ermordet worden.«

»Pardon?«

Ich drückte die Off-Taste, stiefelte ins Schlafzimmer, legte mich in voller Montur aufs Bett und versuchte, die Fakten zu ordnen.

Am Montag letzter Woche war der Schriftsteller Hermann Grutz vergiftet in seiner Wohnung aufgefunden worden, und am Freitag hatte Xtra mich engagiert. Als einzige Spur bekam ich den Hinweis auf ein Buch über Organhandel, mit dem Grutz sich Feinde im Dülmener Spital gemacht haben sollte. Dieses Werk hatte ich bis jetzt noch nicht zu Gesicht bekommen. Vor drei Tagen hatte mir ein Zufall die Einlieferung in ebendieses Krankenhaus beschert, wo ich auf nicht ganz koschere

Geschäfte zwischen einem Doktor Tobias Müller und einem unbekannten Komplizen gestoßen war. Heute war ich entlassen worden und hatte Cornelia Lienen in blutleerem Zustand vorgefunden. Dieser Umstand bestätigte die These der Serapionsbrüder, dass es sich bei Grutz' Suizid um Mord handelte, denn ein Zusammenhang zwischen den Todesfällen war mehr als wahrscheinlich.

Ich hatte Connie gebeten, ein wenig herumzuschnüffeln, vielleicht ein fataler Fehler. Kein Fehler war es, selbst den Mörder zu finden, denn einerseits war der Polizei wenig zuzutrauen, andererseits war ich persönlich betroffen. Dass die Motorradbraut in meiner Wanne Adieu gesagt hatte, konnte kein Zufall sein.

Heute Nacht stand wieder ein Transport in der Dülmener Klinik an. Ehrensache, dass Dieter R. Nannen am Start sein würde.

Der Wecker zeigte bereits elf, höchste Zeit für die Kostümierung: schwarze Jeans, schwarzer Motörhead-Kapuzenpulli, Lederjacke in, sagen wir mal, Schwarz, und Doc Martens, die deutlich dunkler als braun waren. Dazu meine schmucke Handfeuerwaffe in … Silber. Immer tanzte einer aus der Reihe.

Die Strecke zwischen Buldern und Dülmen war um diese Zeit PKW-frei. Kurz vor der Stadtgrenze heftete sich dann doch ein Wagen an meine Fersen, bog aber wenig später in eine Reihenhaussiedlung ein.

Als die Autoheizung endlich Betriebstemperatur erreicht hatte, musste ich raus. Es hatte sich empfindlich abgekühlt in den letzten Tagen, so dass die Warterei hinter einem Rhododendronstrauch am Lieferanteneingang kein Zuckerschlecken war, zumal sich Connie auch wieder in mein Bewusstsein schlich. Irgendeiner würde büßen, schwor ich mir.

Endlich fuhr der Lieferwagen vor. Der Dicke stieg aus, öffnete die Kellertür und verschwand im Innern. Wenig später kam er in Begleitung Müllers und einer Holzkiste wieder zum Vorschein.

Dieses Rein-Raus-Spielchen wiederholte sich einige Male, dann wechselte ein Briefumschlag den Besitzer.

»Wann kommst du wieder? In dieser Woche fällt wenig an.«

»Sagen wir in zehn Tagen, zwei Tage vor Heiligabend.«

Das war's, der Dicke stieg ins Führerhaus, und Müller wurde von der Dunkelheit verschluckt. Ich spurtete zum Golf, und an der nächsten Kreuzung hatte ich den Lieferwagen eingeholt. Wir verließen die Stadt, und kurz vor Nottuln bogen wir in einen Waldweg ein, an dessen Ende ein Gehöft lag. Ich ließ meine Schrottkiste am Waldrand stehen und schlich bis zu dem Holzzaun, der den Hof umgrenzte.

Das Grundstück war etwas größer als meines. Ans Haupthaus grenzte ein weiteres Gebäude, wahrscheinlich die Stallungen, daneben die Scheune. Das komplette Anwesen machte einen heruntergekommenen Eindruck. Die Fensterscheiben waren teilweise zersplittert und das Mauerwerk an einigen Stellen gewaltig am Bröckeln, wie der Essener sagt.

Die Kisten wanderten gerade aus dem vor der Scheune abgestellten Transporter ins Innere. Nach geleisteter Arbeit verschwand der übergewichtige Mann im Haupthaus, Zeit, mal ein Ohr zu riskieren. Ich hängte mich unters Fenster und konnte aufgrund der fehlenden Scheibe hervorragend lauschen.

»Hallo, Piet. Heute ist eine neue Ladung reingekommen.«

Ich lugte vorsichtig durchs Fenster, der Dieb telefonierte am anderen Ende des Raums.

»Ein Treffen lohnt erst übermorgen. Dann hab ich auch die Sachen aus Münster rangeschafft. Adios.«

Er klickte das Gespräch weg und ließ sich ächzend in einen zerschlissenen Sessel fallen. Das war die Chance: Ich schlich in die Scheune und hatte die freie Auswahl. Um die vierzig Kisten waren ordentlich in eine Ecke gestapelt. Wie Weihnachten. Los ging es mit der Bescherung. Geschenkpapier gelöst und hineingelugt.

Eine Palette mit roten Äpfeln grinste mich höhnisch an. Das durfte nicht wahr sein. Müller und Konsorten plünderten die Vorräte der Krankenhauskantine. Gemäß des belauschten Telefonats wurden auch die Patienten anderer Krankenhäuser ihrer Vitaminversorgung beraubt. Wollten wir doch mal sehen. Ich hob die Palette hoch, und voilà, darunter steckte eine Blechkiste.

»Pfoten hoch, Freundchen«, stach mir etwas in den Rücken, was mich veranlasste, die Hände gen Himmel zu strecken.

»Was soll das? Ich bin ein Wandervogel und habe seit 72 Stunden nichts zwischen die Kiemen bekommen.« Etwas lahm, aber mir war auf die Schnelle nichts Besseres eingefallen.

»Erzähl das deiner verkommenen Mutter«, tastete eine Hand meinen Körper ab und zog die Pistole heraus.

»Ein Wandervogel mit Ballermann, ganz was Neues?«, lachte einer dreckig; ich war's nicht. »Dreh dich um, die Flossen bleiben oben.«

Als ich der Aufforderung Folge leistete, sah ich zuerst das Gewehr, das auf meinen Bauch zielte, dann meinen Konversationspartner. Ein wahrhaft hübscher Junge. Kahlrasierter Schädel, die Oberarme mit Totenköpfen, barbusigen Frauen und Motorrädern übersät. Das dunkelblaue T-Shirt steckte in einer speckigen Lederhose.

»Egon, komma!«

»Watt is, Claude?«, kam der Dicke in die Scheune gestürzt.

»Haben Besuch bekommen. Der Kerl hier hat die Kisten durchwühlt, außerdem trägt er eine Kanone.«

»Scheiße!«, gefolgt von einer entsetzlichen Hustenattacke. Zur Regeneration der Lungenbläschen flugs eine neue Zigarre angesteckt.

»Ich brauche was zu beißen«, versuchte ich es noch einmal.

»Laber keinen Scheiß«, wurde mir das Sch-Wort für eine gediegene Konversation deutlich zu häufig benutzt.

»Bist du ein Bulle?«

»Nein, Schlosser bei Thyssen.«

»Hast du seine Papiere gecheckt?«, sah ich meine Schlosserkarriere den Bach runtergehen.

Claude reichte Egon das Gewehr, zog mein Portemonnaie aus der Hosentasche und begutachtete den Inhalt.

»Scheiße, ein Schnüffler. Was nun?«, erfreute sich die Lizenz besonderem Interesse.

»Leg ihn erst mal auf Eis. Alles Weitere muss ich mit dem Boss bequatschen.«

Claude drehte sich um, dabei verirrte sich eine Faust in meinen Magen. Ich riss die Hände hoch, doch eine rechte Gerade ließ alle Kampfstrategien im Nebel der Bewusstlosigkeit verschwinden.

13

Etwas Warmes stupste gegen mein Gesicht.

Ich schlug die Augen auf. Der Blick durch die Landschaft offenbarte das ganze Dilemma: Ich lag an Händen und Füßen gefesselt in einer Schweinebox, liebevoll umgarnt von vier Ferkeln und eifersüchtig gemustert von der Muttersau. Nach der Menge des Mistes zu schließen, erfreute sich die Viehwirtschaft auf diesem Hof nur untergeordnetem Interesse.

Die Armbanduhr zeigte Viertel nach neun; folglich war ich mehrere Stunden bewusstlos gewesen.

Was nun? Durch die Hanfseile besaßen meine Gliedmaßen die Bewegungsfreiheit von Siamesischen Zwillingen. Der Versuch, die Arme auseinanderzudrücken, scheiterte kläglich; die Stricke gaben keinen Millimeter nach. Weitere Gedanken über unnützen Kräfteverschleiß brauchte ich mir nicht zu machen, denn die Tür öffnete sich.

»Schon mit Gerda angefreundet? Gleich und gleich gesellt sich gern«, stolzierte Claude auf mich zu.

»Ich glaube, du passt besser hierher. Fraglich ist nur, ob sie den Gestank aushält.«

»Für einen Toten riskierst du eine verdammt dicke Lippe.«

Er schloss die Tür und legte den Balken davor. Dann zog er mich aus der Schweinebox und durchtrennte die Fesseln mit seinem Messer. Ein mächtiger Faustschlag ließ mich wieder in der Horizontalen landen. Während ich die Wirkung des Schlags verdaute, schleuderte Claude das Messer vor meine Füße.

»Deine letzte Chance«, trat er drei Schritte zurück und zückte ein Springmesser. Ziemlich pubertär. Ein Profi hätte mich ohne großes Geschwätz um die Ecke gebracht und anschließend seine Kids in die Sonntagsschule gefahren. Aber sollte mich das jucken?

Ich richtete mich umständlich auf, um Zeit zu gewinnen, und schätzte die Situation ein. Es war klar, dass ich gegen den tätowierten Glatzkopf nicht den Hauch einer Chance hatte. Während ich ein Messer höchstens zum Brotschneiden benutzte, hielt er die Waffe dermaßen geschickt in der Hand, als wäre er damit auf die Welt gekommen.

Also Flucht; leichter gesagt als getan. Die Tür war verrammelt. Die einzige Möglichkeit war ein kleines Fenster, durch das ich mit einem gewagten Sprung ins Freie gelangen konnte. Das Einzige, was mich davon abhielt, wog zwei Zentner und stand mit mordlüsterner Miene zwischen mir und der Freiheit versprechenden Öffnung.

»Ist Egon mit der Exekutierung einverstanden?«, versuchte ich mich in Ablenkung.

»Was interessiert mich der Dicke«, ließ er den rechten Arm kreisen. »Der sitzt in der Küche und haut sich den Wanst mit Erbsensuppe voll.«

Ich nahm alle Kraft zusammen und hechtete los; allerdings nicht in Richtung Fenster, sondern zurück in den Schweinekoben. Volltreffer! Das Ferkel quiekte herzzerreißend und verkroch sich hinter seiner Mutter.

»Komm raus, du Arsch. Hab keine Lust, mich dreckig zu machen.«

»Leck mich.«

Glatze legte die Lederjacke ab und stürzte in den Schweinestall. Im Weg stehende Ferkel wurden einfach zur Seite getreten. Die folgende Minute bestand aus einem Minimum an Bewegung und einem Maximum an Belauerung. Er musste meine Absicht erraten haben, durchs Fenster zu fliehen.

Urplötzlich griff er an. Ich katapultierte mich vom Rücken der Muttersau über das Gatter und landete unsanft in der Stallgasse. Jetzt standen wir uns wieder wie vor dem Ausflug in den Schweinemist gegenüber. Der einzige Effekt der Aktion war gewesen, dass Claude nun auch mit Dreck besudelt war, und ich eine Minute länger gelebt hatte.

Jetzt war mir alles egal. Wenn der tätowierte Kerl einen Kampf wollte, sollte er ihn bekommen. Als Claude sich langsam auf mich zubewegte, hielt ich die Klinge in Brusthöhe und zauberte einen blutrünstigen Ausdruck aufs Gesicht. Mit einer Geschwindigkeit, die ich dem Kahlschädel nicht zugetraut hatte, riss er sein Bein nach oben, und mein Messer fiel klirrend zu Boden.

Ich ließ mein Bein hochschnellen, doch seine Behändigkeit verblüffte mich erneut. Er machte einen

Satz nach hinten und starrte mich wütend an, während ich vom Schwung des Trittes umgerissen wurde.

»Connie, ich komme«, dachte ich, als sich der Glatzkopf breitbeinig über mich stellte und das Messer in Richtung meiner Kehle führte.

Dann fiel ein Schuss.

»Connie, du musst noch ein bisschen warten«, bekreuzigte ich mich innerlich. Der Killer riss die Augen auf, dann knickten seine Beine weg, und er begrub mich unter sich. Als ich den leblosen Körper herunterwuchtete, entdeckte ich das Loch im Hinterkopf. Sofort glitt mein Blick zum Fenster; die vormals intakte Glasscheibe war zersplittert.

Mehr Zeit zur Einschätzung der Situation blieb mir nicht, denn jemand polterte heftig gegen das Holz: »Mein Name ist Kasimir Hollek, ich bin Privatdetektiv. Machen Sie auf!«

Was hatte ich zu verlieren? Also entriegelte ich die Tür und ließ den Kollegen herein, ein kleines Männlein, kaum größer als eine Parkuhr, bewaffnet mit Cordhose, kariertem Hemd, einer hübschen Hornbrille und einem hässlichen Gewehr.

»Der andere ist in den Wald geflüchtet. Will bestimmt zur Hauptstraße. Schnappen Sie ihn.«

»Immer langsam mit die alte Oma, ich habe noch einige Fragen. Außerdem verspüre ich keine Lust, unbewaffnet hinter diesem Irren herzulaufen.«

»Hier«, zog er meine Pistole aus der Westentasche. »Jetzt los. Fragen werden später beantwortet.«

Da er das Gewehr in meine Richtung schwenkte, lenkte ich notgedrungen ein.

»Und was machen Sie in der Zwischenzeit?«

»Gleich muss der Chef der Bande auftauchen, und ich werde mich um ihn kümmern. Wenn ich jetzt bitten dürfte«, zeigte er mit der Kanone in Richtung Stalltür. Seine entschlossene Miene duldete keinen Widerspruch.

Ich verabschiedete mich mit einem Nicken und taperte in den Wald. Zu allem Überfluss hatte es zu schneien begonnen. Rund tausend Fußstapfen später blickte ich mich um, das Gehöft war nicht mehr zu sehen. Der Baumstumpf zu meiner Linken sah einladend aus, so dass ich mich dort niederließ und die Situation überdachte. Falls Kasimir geglaubt hatte, ich würde den Dicken suchen, der bewaffnet hinter einem Baum auf der Lauer lag, hatte er sich geschnitten. Zudem verspürte ich nicht die geringste Lust, hinter einem Lakaien herzurennen, während Hollek den Chef der Bande kassierte. Schließlich war das mein Fall.

Stets auf der Hut machte ich einen großen Bogen, um von hinten an den Bauernhof heranzukommen. Nach einem endlosen Marsch durch immer dichter werdenden Schneefall erblickte ich das Gehöft.

Nachdem meine Sinnesorgane einige Minuten lang bis an die Leistungsgrenze strapaziert worden waren, schlich ich vorsichtig zur Rückseite des Hauptgebäudes; die Schneeschicht dämpfte meine Schritte. Die schmale Tür war angelehnt. Gerade als ich meinen Mut zusammengenommen hatte und sie öffnen wollte, wurde auf dem Hof ein Wagen angelassen. Schneller als der Schall sprintete ich ums Haus herum zur Vorderseite.

Im Schneetreiben erkannte ich Rücklichter, die sich langsam fortbewegten. Da mein Auto zu weit entfernt parkte und mittlerweile dermaßen von Flocken bedeckt sein musste, dass ich nach Gehör hätte fahren müssen, gab es nur eine Möglichkeit, den Lieferwagen zu stoppen.

Wie Wyatt Earp zu seinen besten Zeiten die Waffe gezückt, auf die Reifen des Transporters gezielt und abgedrückt. Nichts. Ich zog mehrere Male den Abzug durch, das Resultat blieb das gleiche. Ein Blick ins Innenleben lüftete das Geheimnis. Selbst der weltbeste Schütze hätte ohne Patronen erhebliche Schwierigkeiten gehabt, den Wagen aufzuhalten.

Der Flüchtling, nennen wir ihn mal Egon, war entkommen. Stellte sich die Frage, was mit Kasimir passiert war. Entweder war er über oder aber unter alle Berge.

Wie ursprünglich geplant, schlüpfte ich durch den Hintereingang in eine muffige Abstellkammer, in der sich ein Waschbecken, verrostetes Werkzeug, zwei Regenjacken und ein Paar Gummistiefel befanden. Zwei Türen gingen ab. Hinter der linken vermeinte ich ein leises Röcheln zu vernehmen. Ich spannte die Lauscher auf, und tatsächlich: Jemand stöhnte, und es hörte sich alles andere als lustvoll an. Hatte ich also mal wieder recht gehabt: Egon hatte Hollek überwältigt und war geflohen.

Vorsichtig schlich ich ins Zimmer und erlebte eine Überraschung.

14

Mich starrten Egons glasige Augen an. Er hatte eine satte Ladung Blei in den Bauch bekommen und war kurz vor dem Eintritt in die ewigen Jagdgründe. Das Blut sickerte unaufhaltsam zwischen seinen Fingern hindurch.

»Wer war das? Hollek?«

Er presste etwas zwischen den Zähnen hervor. Ich beugte mich herunter, um sein Gemurmel verstehen zu können, stets darauf bedacht, die Mistkomposition auf meinen Klamotten nicht noch um Blut zu ergänzen.

»Die… die… die…ses … Schw…schwein.«

»Wen meinst du?«, hob ich seinen Kopf hoch.

»Schw…schw…schwein … Kin…kin…kin… kin…«

»Kin was? Los, rede, verdammt!«

»Ke…ke…ker.«

»Was sagst du? Kinker?«

Ein Zittern durchlief seinen Körper, dann hatte sich die Anzahl der Leichen hier verdoppelt.

Bevor ich mir Egons Gestammel durch den Kopf gehen ließ, musste ich erst mal zwischen zwei Alternativen wählen: entweder die Bullen rufen oder sämtliche Finger- und Fußabdrücke im Umkreis von einem halben Kilometer verwischen. Die Faulheit siegte, und so tippte ich meine Lieblingsnummer ins Handy, das dankenswerterweise auf dem Tisch lag.

»Polizeidienststelle Dülmen, Reichert am Apparat«, wurde bereits nach dem zehnten Läuten abgenommen.

»Schicken Sie den Totengräber los, er hat Kundschaft.«

»Nannen! Sie wollen doch nicht etwa andeuten, dass Sie wieder über eine Leiche gestolpert sind?«, brummte es mir entgegen.

»Bei Ihrer Kombinationsgabe steht Ihnen eine glänzende Karriere bevor. Haben Sie was zu schreiben?«, erklärte ich aus dem Gedächtnis den Weg zu meinem Aufenthaltsort.

»Kann dauern, bis wir dort sind. Dieser Drecksschnee hat ein mittleres Verkehrschaos ausgelöst. Bewegen Sie sich nicht von der Stelle, und rühren Sie auf keinen Fall etwas an.«

»Werd schon nicht weglaufen«, klickte ich das Gespräch weg. Wenn sich das Eintreffen der Polizei verzögerte, umso besser. Ich wanderte in den Lagerraum und stellte fest, dass das Interieur arg dezimiert war. Von den Kisten fehlte jede Spur, nur zwei prallvolle Kartoffelsäcke waren gegen die Rückwand gelehnt. Festkochend. Vorwiegend.

Entweder waren die Kisten weggeschafft worden, als ich bewusstlos im Schweinestall gelegen hatte, oder Kasimir hatte die Ladung abtransportiert.

Für den Moment verzichtete ich auf eine tiefschürfende Pros&Cons-Analyse, denn zuerst musste ich eine gute Geschichte für Reichert erfinden.

Als ich zu meinem Auto stapfte, um Kippen zu holen, fiel mir ein zugeschneiter Ford Ka auf, der einsam am Waldrain stand. Obwohl nicht abgeschlossen, widerstand ich dem Drang, das Innere zu durchsuchen, denn ich wollte den Bullen nicht noch mehr Material gegen mich in die Hand geben. Würde auch so schwierig genug werden, mit einem blauen Auge davonzukommen.

Stattdessen wischte ich das Nummernschild frei und prägte mir das Coesfelder Kennzeichen ein, was nicht schwer war, entsprachen die Buchstaben doch meinen Initialen und die Nummer meinem Alter.

Zurück auf dem Hof postierte ich mich unter dem Vordach, steckte eine Fluppe an und dachte über eine gute Geschichte für Reichert nach.

Gefühlte zwölf Jahre später knirschten drei Streifenwagen über den schneebedeckten Boden und spuckten vier Beamte aus.

»Wo ist Ihr Opfer, Nannen?«, verzichtete Reichert wie üblich auf die förmliche Anrede.

»Es sind zwei. Der eine namens Claude liegt im Stall, der andere mit dem progressiven Namen Egon hier«, zeigte ich aufs Hauptgebäude.

»Lassen Sie hören«, fixierte er mich mit stahlblauem Blick, während seine Kollegen loszogen, die Überreste einzusammeln.

»Im Rahmen einer routinemäßigen Überwachung wurde ich entdeckt, überwältigt, niedergeschlagen und in eine Schweinebox gesteckt«, hatte ich bisher noch nicht lügen müssen.

»Wo Sie hingehören.« Haha, war der Kerl lustig.

»Wenn Sie mich beleidigen, könnte es mir in den Sinn kommen, Ihnen einen Haufen Lügen aufzutischen.«

»Seit wir uns kennen, haben Sie mir nichts als Märchen aufgetischt. Trotzdem zeige ich guten Willen und biete Ihnen die Chance, weiterhin einen Polizeibeamten zum Narren zu halten. Fahren Sie fort.«

»Der tätowierte Kerl im Schweinestall wollte mich umbringen. Anstatt jedoch schnell abzudrücken, hat er mir ein Messer in die Hand gedrückt und ein Duell Mann gegen Mann gefordert. War wohl ein verkappter Romantiker.«

»Natürlich haben Sie gewonnen«, runzelte mein Gegenüber die Stirn.

»Nee, eigentlich hatte ich schon mit dem Leben abgeschlossen, als dieser Claude durch einen sauberen Schuss niedergestreckt wurde. Er war sofort tot.«

»Klar, warum auch nicht, und anschließend hat sich sein Kollege reumütig umgebracht«, ging mir der Grünbefrackte erheblich auf den Senkel.

»Bei dem Schützen handelte es sich nicht um Egon, sondern um einen Privatdetektiv namens Kasimir Hollek.«

»Ein Berufskollege, soso?«, zwirbelte Ludger an seinem monströsen Schnäuzer herum.

»Nach den durchlittenen Strapazen hatte ich natürlich keinen in den Stall gelassen. Hollek hat seine Schnüfflerlizenz unter der Tür durchgeschoben, und ich habe nichts an ihr auszusetzen gehabt.«

»Was geschah dann? Soviel ich weiß, liegen hier zwei Leichen«, schien Reichert alles andere als überzeugt zu sein.

Ich erzählte den Rest, und musste erstaunlicherweise immer noch nicht lügen.

»Ich fasse Ihre Aussage zusammen: Sie haben zwei Leute mit Namen Claude und Egon bis zu diesem Hof verfolgt. Dann taucht ein Privatdetektiv namens Kasimir Hollek auf, legt beide um und macht sich aus dem Staub.«

»Exakt. Bei Ihrem Talent könnten Sie glatt Polizist werden.«

»Noch mal von vorn.«

Ich durfte die Geschichte noch dreimal erzählen, bis Reichert sich zufrieden zeigte, immer unterbrochen durch die anderen Uniformierten, die den Big Boss mit Infos fütterten.

»Warum haben Sie die beiden denn beschattet? Und wer ist Ihr Auftraggeber?«, kam jetzt endlich der haarige Part.

»Sie wissen genau, dass ich darauf nicht antworten muss, aber ich will mal nicht so sein. Ich bin mein eigener Auftraggeber. Die tote Frau in der Wanne war eine gute Freundin. Dieser Egon war mir aufgefallen, weil er vor ihrem Haus und vor meinem Hof herumlungerte.«

»Sehr glaubwürdig.«

»Reichert. Mir ist völlig egal, ob Sie mir glauben oder nicht. Sie haben Ihre Methoden, und ich meine. Kümmern Sie sich um Ihre Arbeit und lassen mich in Ruhe.«

»Das würde Ihnen so passen«, klappte auch er sein Visier herunter.

»Und ob mir das passt. In weniger als einer Minute werde ich verschwunden sein. Ich habe keine Lust, die gleiche Geschichte hundertmal zu erzählen. Entweder Sie legen mir Handschellen an, oder ich bin weg. Sammeln Sie Fakten, drehen Sie jeden Stein um, überprüfen Sie meine Aussage, machen Sie all das, was ein gewissenhafter Polizist tun muss. Wenn alles erledigt ist, können Sie mich morgen gerne weiter befragen. Also?«, streckte ich die Arme aus.

»Wir sprechen uns noch«, erweckte Reichert nicht den Anschein, als ob er mich in Ketten legen würde.

Ich drehte mich um, stapfte zum Golf, kratzte drei Tonnen Schnee von der Karosserie, hievte mein Hinterteil auf den Fahrersitz und startete. Selbst der Gedanke, dass Reichert bei diesem Sauwetter auf dem Hof herumstöbern musste, konnte mich nicht aufheitern. Dafür war ich einfach zu kaputt.

15

Hallo Dieter.« Zu Hause hatte ich mich ins Bett verkrochen und war sofort weggeratzt.

»Dieter!« Wer wagte es, meinen wohlverdienten Schlaf zu stören?

»Wach auf, du Penntüte!« Eine weibliche Stimme, die mir bekannt vorkam. Das Hochklappen der Augenlider offenbarte das ganze Ausmaß der Katastrophe: Bettina! Ich schloss die Klüsen wieder und drehte mich zur Seite.

»Was ist los mit dir, Sportsfreund, aufstehen«, wurde es plötzlich empfindlich kühl. Konnte passieren, wenn einem die Bettdecke weggezogen wurde und man bis auf die Boxershorts nackt war.

»Sehe ich da etwa einen Bauchansatz?«, gluckste das Zottelmädchen an meiner Koje.

»Du siehst gleich Sterne, wenn du mich nicht weiterpennen lässt«, hatte mich der Blick auf den Wecker und die daraus abgeleitete Erkenntnis, dass ich nur 81 Minuten geschlafen hatte, meine gute Kinderstube vergessen lassen.

»Hast du unsere Abmachung vergessen? Ich bin heute wie verabredet auf dem Nannen'schen Gut eingetroffen, um das Landleben kennenzulernen. Du hast übrigens Flusen im Bauchnabel. Ich entferne die mal.«

»Untersteh dich«, wehrte ich ihre Hand ab. »Gib mir zehn Minuten zum Wachwerden. Kannst ja schon mal das Vieh füttern«, war ich immer noch wie in Trance.

Es funktionierte, denn meine langhaarige Ex zockelte ab. Nur noch kurz die Augen schließen …

»Dieter, jetzt reicht's aber!« Oh, schon wieder zwei Stunden vergangen, war ich wohl doch noch mal eingenickt. »Ich habe was zu essen gemacht und die Küche aufgeräumt. Kaffee ist auch frisch gekocht.«

Das waren gewichtige Argumente, und so saß ich nach einer belebenden Wechseldusche in einem Satz frischer Klamotten am Küchentisch und trank Blümchenkaffee, während Tine die Spaghetti bearbeitete. Hatte ich mich zunächst über das warme Abendessen gefreut, kam schnell die Erinnerung zurück, als ich in die matschigen Nudeln mit der angebrannten Sauce biss: Meine Verflossene war die schlechteste Köchin unter Gottes Sonne.

Seit der Beziehung mit Bettina brauchte ich mir nie mehr Gedanken über einen verdorbenen Magen oder Sodbrennen zu machen, denn wer ihre Kochkünste drei Jahre lang überlebt hatte, war immun. Die Angebotspalette reichte von delikaten Meeresgerichten, wo die Gräten besser als der Fisch schmeckten, über halbe

Hähnchen, bei denen das Fleisch knuspriger war als die Haut, bis hin zu Püree aus ungeschälten Kartoffeln. Nur der Nachtisch war stets ein Highlight gewesen, denn da gab es Mousse au Chocolat aus dem Supermarkt.

Nichtsdestotrotz verputzte ich den ganzen Teller, schließlich hatte ich seit ungefähr Ostern nichts mehr gegessen.

»Sei mir nicht böse, Tine, aber ich muss wieder ins Bett«, schilderte ich in bunten Farben die vergangenen Stunden. Frau Klimke zog zwar einen Flunsch, hatte aber nach meiner Erzählung keine gewichtigen Gründe, meine Bitte zu verweigern. Ich führte sie kurz durch die Räumlichkeiten und versorgte sie mit frischem Bettzeug, dann wünschten wir eine Gute Nacht, und das Bett hatte mich wieder.

Den ersten potentiellen »Wir quatschen über alte Zeiten«-Abend hatte ich somit vermieden, ein durchaus gewünschter Nebeneffekt. Erschöpft schlief ich ein.

Um Mitternacht wachte ich auf; Kaffeedurst. Als ich sicher war, dass Bettina nicht mehr auf den Beinen war, stiefelte ich in die Küche und setzte Kaffee auf.

Es hatte aufgehört zu schneien, aber während des Schönheitsschlafs war noch einiges an Schnee gefallen, denn das Mondlicht offenbarte draußen einen schimmernden weißen Teppich.

Mit der gefüllten Gary-Larson-Tasse ließ ich mich vor dem Kamin nieder und aktivierte die grauen Zellen: Vor genau einer Woche hatte ich einen auf den ersten Blick harmlosen Fall übernommen, der langsam, aber sicher in ein Massaker ausartete. Vier Tote in dieser kurzen Zeit waren für Chicago vielleicht normal, nicht jedoch fürs Münsterland. Anfänglich sollte ich nur Hermanns Selbstmord untersuchen, weil seine Dichterkollegen einen Mord vermuteten. Sie hatten wohl recht gehabt. Mein Auftraggeber Anton Vaginowski alias Xtra Vaganz hatte von Schweinereien im Dülmener Elisabeth-Krankenhaus berichtet, denen Hermann auf der Spur gewesen war, und es deutete sich an, dass er richtig lag. Es bestand wenig Zweifel, dass Müller und Konsorten Grutz auf dem Gewissen hatten.

Mehr Kopfzerbrechen bereitete mir Opfer Nummer zwei, Cornelia Lienen. Sie passte insofern in die Geschichte, als sie Hermanns Freundin gewesen war. Vielleicht hatte Grutz sie eingeweiht, die Mörder wollten auf Nummer sicher gehen und hatten auch sie kurzerhand beseitigt. Wenn man von der Theorie ausging, dass Hermann dunkle Geschäfte aufgedeckt und Connie darüber unterrichtet hatte, waren die beiden Morde logisch verkettet. Andererseits hatte Cornelia beteuert, dass sie nichts von kriminellen Machenschaften bei ihrem Arbeitgeber wusste, und ich sah derzeit keinen Grund, warum sie hätte lügen sollen.

Jetzt kamen die nächsten Leichen ins Spiel, Egon und Claude. Während der nächtlichen Verfolgungsjagd war ich sicher gewesen, dass der Fall aufgeklärt war, doch dann hatte ein gewisser Kasimir Hollek die beiden weggeblasen und war abgehauen.

Wer war der Kerl? War er wirklich ein Schnüffler oder verfolgte er andere Ziele? Was hatten Egons letzte Worte »dieses Schwein Kinker« zu bedeuten? Wieso hatte Hollek die beiden erledigt?

Fragen über Fragen, jetzt galt es, Antworten zu finden. Ich kannte das Autokennzeichen von Holleks Wagen und den Namen des Arztes, der in die kriminellen Geschäfte verwickelt war. Ferner hatte ich den Namen »Kinker«, mit dem sich vielleicht etwas anfangen ließ.

Ich kippte den letzten Schluck Kaffee runter und schlich wieder ins Bettchen, bevor Bettina auftauchte. Das letzte Bild vorm Einschlafen war Connie, die blutverschmiert in der Wanne lag. Entsprechend angenehm waren meine Träume.

16

Könnten Sie mir den Halter des Fahrzeugs mit dem Coesfelder Kennzeichen ›DN-32‹ nennen?«

Nach einem ausgiebigen Frühstück – Tine hatte in aller Herrgottsfrühe Brötchen besorgt – und einem kurzweiligen Plausch mit der Verflossenen nebst Instruktionen für den Tag – Tiere füttern, Ställe ausmisten, Schnee schippen – hatte ich beim Straßenverkehrsamt angerufen. Nach unzähligen »ich verbinde Sie weiter, bitten warten Sie« war ich endlich bei der zuständigen Dame gelandet.

»Wir sind nicht befugt, derartige Auskünfte zu geben.«

»Ich habe gestern beim Einparken das Rücklicht dieses Wagens beschädigt. Leider hatte ich keinen Zettel zur Hand, um dem Fahrer meine Adresse zu hinterlassen. Als ich später zurückgekommen bin, um das Versäumte nachzuholen, war der PKW verschwunden. Es war zwar nur ein geringer Schaden, aber nichtsdestotrotz möchte ich ihn begleichen.«

»Wie war gleich Ihr Name?«, schürte sie meine Hoffnungen.

»Vaginowski, Anton Vaginowski.«

»Herr Vaginowski«, unterdrückte sie ein Kichern, »aufgrund dieses wunderschönen Wintermorgens gebe ich mir einen Ruck und Ihnen die Auskunft. Warten Sie bitte einen Moment.«

Wenn ihre Stimme nicht darauf hätte schließen lassen, dass sie jenseits der vierzig war, hätte ich sie glatt zum Essen eingeladen.

»Da bin ich wieder. Der Halter des Fahrzeugs ist ein Herr Theodor Kubentz.«

»Ich möchte Ihre Liebenswürdigkeit nicht überstrapazieren, aber könnten Sie mir seine Adresse geben?« Kubentz schien mir kein so außergewöhnlicher Name, als dass er nur einmal im Telefonbuch auftauchen würde.

»Poststraße 44 in Dülmen.«

»Vielen Dank«, drückte ich zufrieden das Gespräch weg und zog das Örtliche aus der Schublade. Wenig später tippte ich die Ziffern in die Tasten.

»Kubentz.« Die Zeit, die Theo für die vollständige Aussprache dieses Wortes benötigte, brauchten andere, um das komplette Vaterunser herunterzubeten.

»Es geht um Ihren Wagen.«

»Haben Sie ihn gefunden?«

»Haben Sie ihn verloren?«, versuchte ich die mutwillig verschwendete Zeit wieder wettzumachen.

»Ich wusste gleich, dass sich unter der schmierigen Schale eines Bullen ein humorvoller Kern verbirgt«, konnte er auf einmal richtig schnell sprechen. »Trotzdem muss ich Ihnen sagen, dass mir diese Art von Humor nicht zusagt. Ich habe vor zwei Tagen gemeldet, dass mein Wagen gestohlen wurde, und Ihr Scheißpolypen habt nichts anderes im Sinn, als einen ehrbaren Bürger zu verarschen, anstatt sein Auto wiederzubeschaffen.«

»Ihr Wagen ist gestohlen worden?«

»Ja sicher, das habe ich doch schon ...« Kubentz stockte: »Sie sind doch von der Polizei, oder?«

»Ich bin Mitarbeiter eines Meinungsforschungsinstituts. Wir untersuchen, welches Ansehen die Polizei in der deutschen Bevölkerung genießt«, hackte ich auf die Off-Taste. Kasimir wurde immer mysteriöser. Der Verdacht, dass Hollek kein Privatschnüffler war, verstärkte sich. Nicht nur, dass er zwei Leute kaltblütig abgeknallt hatte, er war auch mit einem gestohlenen Fahrzeug unterwegs gewesen. Ich bezeichnete mich auch nicht gerade als konventionellen Detektiv, doch zum einen hatte ich die Waffe nicht so locker hängen wie Kasimir, zum anderen würde ich nie das Risiko eingehen, mit einem geklauten Wagen eine Beschattung durchzuführen.

Meine Spuren hatten sich um das Autokennzeichen vermindert. Jetzt gab es nur noch drei Namen: Kasimir Hollek, Dr. Tobias Müller und Kinker.

Erneut nahm ich das Telefon in die Hand, nachdem ich vorher das Örtliche vergeblich nach Kasimir Hollek durchforstet hatte. Kinker gab es zuhauf, aber noch hatte ich keine Flatrate.

»Elisabeth-Krankenhaus Dülmen.« Draußen hatte Bettina mit dem Schneeschippen begonnen. Sah ganz knackig aus das Mädel, mit einer anständigen Frisur könnte sie jeden um den Finger wickeln.

»Verbinden Sie mich mit Dr. Müller.«

»Einen Augenblick, bitte.« Nicht zu vergessen die Nase, die immer wieder Löcher im Schnee hinterließ.

»Vorzimmer Dr. Müller, Schwester Gerda.«

»Theo Kubentz am Apparat. Ich möchte Herrn Müller sprechen.« Und natürlich die sonore Stimme, die jeden Hyperaktiven zum Schlafwandler werden ließ.

»Herr Dr. Müller hat heute seinen freien Tag. Er ist erst morgen wieder im Hause.«

»Es ist aber dringend. Ich habe gestern auf dem Krankenhausparkplatz seinen Wagen touchiert. Ehe er die Polizei verständigt und mich wegen Fahrerflucht anzeigt, möchte ich die Angelegenheit ins Reine bringen.« Mann, war ich einfallsreich.

Nach einem kurzen Zögern war es geschafft: »Wir haben strikte Anweisung, die Privatadressen unserer Ärzte nicht weiterzugeben. Aber bei Ihnen mache ich eine Ausnahme, weil Sie so ehrlich sind.«

»Danke, Schwester«, hörte ich sie eine Schublade öffnen.

»Geibelstraße 11 in Dülmen. Die Telefonnummer lautet 2812.«

Ich bedankte mich erneut und legte auf.

Nachdem ich mich versichert hatte, dass Bettina gut vorankam, machte ich mich auf den Weg.

Die Geibelstraße lag im Villenviertel der Kleinstadt. Zweistöckige Prachtbauten aus der Zeit der Jahrhundertwende beherbergten Rechtsanwälte, Geschäftsleute und Ärzte. Ich konnte mir hier sicherlich auch ein Haus leisten, musste nur beweisen, dass *Roy Black* noch lebte und zusammen mit *Elvis* Konzerte auf den Fidschi-Inseln gab.

Ich befleckte den Seitenstreifen mit meinem Golf und stieg aus. Müllers Palast war von einer hohen Steinmauer umgeben. Ich drückte auf den goldenen Knopf der Gegensprechanlage und wartete.

»Ja?« Eine weibliche Stimme.

»Ich möchte zu Herrn Müller.«

»Wie heißen Sie, und in welcher Angelegenheit wünschen Sie Herrn Dr. Müller zu sprechen?«

»Werner Kemper. Sagen Sie Herrn Müller, dass ich ein Freund von Egon bin.«

»Einen Moment, Herr Kemper.«

Meine Füße hatten sich der Temperatur des Schnees angeglichen, als sich das Portal mit einem Summen öffnete. Ich schritt durch eine von Hibiskussträuchern gesäumte Allee auf den Arztpalast zu.

Eine ältere Dame ganz in Schwarz öffnete.

»Guten Tag. Gehen Sie bitte geradeaus in den Salon.«

Ich spazierte über Perserteppiche durch einen langgezogenen Flur, von dessen Wänden mich ausgestopfte Hirschköpfe anstarrten. Die Tür zum Salon wurde von zwei Säulen eingerahmt. Der Hausherr schien begeisterter Jäger zu sein, denn dort standen weitere ausgestopfte Tiere: Füchse, Fasane, sogar ein Leopard. Um einen Glastisch, der nur zwei Zentimeter über dem Boden schwebte, saßen zwei Frauen und futterten Croissants.

Die Ältere stand auf. Sie trug ein rotes Kostüm, rote Schuhe und rote Strumpfhosen. Ihre wasserstoffblonden Haare waren zu einem Knoten zusammengesteckt. Ihr Alter lag definitiv jenseits der vierzig.

»Guten Tag, Herr Kemper. Ich bin Eleonore Müller. Mein Mann ist heute zur Jagd, aber meine Schwägerin Sarah kennt einen Egon. Vielleicht kann sie Ihnen weiterhelfen. Nehmen Sie doch bitte Platz.«

Ich tat wie geheißen. Müllers Schwester war in meinem Alter. Sie hatte langes, braunes Haar, das in Wellen über die Schultern fiel. Der beigefarbene Body enthüllte mehr, als er verbarg.

»Sie sind also ein Freund von Egon«, musterten mich ihre grünen Augen neugierig.

Ich nahm nicht an, dass wir denselben Egon meinten. Da ich aber davon ausging, dass Eleonore ihrem Mann von meinem Besuch erzählen würde, beschloss ich, eine Andeutung zu machen. Vorher aber ein Croissant gegriffen und herzhaft hineingebissen.

»Kaffee dazu?«, blickte Sarah mich amüsiert an.

»Ich wäre Ihnen sehr verbunden.«

Als auch das erledigt war, legte ich los: »Ich bin wie Egon im Medizinbedarfshandel tätig. Egon sagte mir, dass Ihr Bruder an Proben interessiert sei.«

Sie blickte mich nachdenklich an: »So, Ihr Egon ist Vertreter. Meiner ist Rechtsanwalt, Egon Mareck.« Sie kannte den Dicken nicht.

»Ich kann mir auch nicht vorstellen, dass eine Frau Ihres Niveaus mit Medikamentenvertretern verkehrt.«

»Auch wenn ich Ihren Kollegen nicht kenne, heißt das nicht, dass ich auf Vertreter herabblicke«, straften ihre Augen die Aussage Lügen.

»Wenn sich das so verhält, darf ich Sie heute Abend sicherlich zum Essen einladen, um die Annäherung der Gesellschaftsschichten weiterzudiskutieren.«

»Sie dürfen. Aber warum sollte ich annehmen?«, zwirbelte sie an einer Haarsträhne herum.

»Sind meine blauen Augen nicht Grund genug?«

»Überredet. Um acht im Palmenpalast«, klingelte ihr Lachen in meinen Ohren.

Ich schickte den Rest Kaffee in die dafür vorgesehenen Organe, schnappte mir noch ein Croissant und machte mich vom Acker.

Heute Nachmittag hatten sich Glück und Pech wie so oft im Leben die Waage gehalten: Pech, weil Tobias zurzeit Hirschen und Wildschweinen das Lebenslicht auspustete, Glück, weil ich ein Date mit seiner Schwester hatte. Sie konnte man bestimmt ein wenig ausquetschen, und außerdem gefiel sie mir.

Bettina hatte den Hof freigeschippt, braves Mädchen. Die Haustür stand offen, nicht die beste Idee bei den heutigen Temperaturen gepaart mit den derzeitigen Energiepreisen. Mit einem »Habt ihr bei euch Säcke vor den Türen?« betrat ich die gute Stube und wurde von zwei reizenden Ladys empfangen, Tine und Karin. Allerdings fielen sie mir nicht freudestrahlend um den Hals, sondern saßen still nebeneinander vor dem Kamin. Das Sprechen und »Um den Hals fallen« fiel auch nicht leicht, wenn man gefesselt und geknebelt war.

Hinter mir bewegte sich ein Schatten, dann verirrte sich ein stumpfer Gegenstand auf meinen Hinterkopf. Während ich mich im freien Fall dem Boden näherte, überlegte ich, warum immer ich als Sandsack missbraucht wurde.

17

Mein gewaltsam geöffneter Mund wurde mit einer ätzenden Flüssigkeit gefoltert. Ich schlug hustend um mich. Dabei floss die Säure über mein Gesicht. Als ich die Augen öffnete, brannten sie im chemischen Bad wie eine Bibel im Talibanfolterstübchen. Als sich meine Schnittstellen zur visuellen Welt regeneriert hatten, ortete ich das Marterinstrument: Old Smugglers, ein Whiskeyverschnitt der untersten Preiskategorie. Dieser befand sich in einer halbleeren Flasche in der linken Hand eines guten Freundes.

»Gestern retten Sie mir das Leben und heute schlagen Sie mich zusammen. Bei Ihrer Geburt sind einige Synapsen falsch verdrahtet worden«, öffnete ich mein Ärgerventil.

»Warum sind Sie in meine Wohnung eingebrochen? Und binden Sie die beiden Damen los.« Während Karin und Bettina wild an ihren Fesseln zerrten, erhob ich mich wütend.

»Schnauze! Setz dich hin«, fauchte Hollek unbeeindruckt. Diplomatisch folgte ich seiner Bitte. Das unschlagbare Argument war die Knarre in seiner rechten Hand. Ein Überzeugungsgenie. Missmutig versuchte er, sich auf die Lehne des Ledersessels hochzuhieven. Vergeblich. Verfluchte bestimmt täglich die Oskar-Matzerath-Statur. In die Stoppelrasur grummelnd, platzierte er sich dann doch wie ein gesitteter Gast in den Sessel.

Währenddessen inspizierte ich vorsichtig die Wohnung. Eine Müllhalde wirkte dagegen wie ein Schrebergarten in Kleinspießersdorf. Sämtliche Schubladen waren aus den Schränken gerissen und auf den Boden geleert worden. Papiere, Porzellan, Obst, Schrauben. Er hatte nichts ausgelassen. Ein Pedant des Chaos. Zum Glück auf den nackten Boden, denn die Teppiche hatte er aufgerollt.

»Du hast mich reingelegt«, nahm er einen tiefen Schluck aus der Flasche. »Wo steckt die Beute?«

»Befreie erst die Frauen«, spielte ich den Helden.

»Sei froh, dass ich die Perlen verpackt habe«, grinste der Knilch. »Steh einfach nicht auf Ökotanten. Die eine ist ja ganz schnuckelig«, zeigte er auf Karin, »aber das Zottelvieh« – hey, Bettina war immerhin meine Ex – »ist unerträglich. Aber kannst ja nix für deinen grottigen Geschmack.«

Beide Frauen bewegten sich wild, als wollten sie Hollek an die Gurgel.

»Genug an Lebenshilfe. Wo ist das Zeug?«, vernichtete er einen weiteren Milliliter Fusel.

»Welches Zeug?«, nervte mich Holleks Quizshow.

»Stell dich nicht dümmer, als du bist. Die Kisten waren leer«, kicherte er irre. »Sie enthielten zumindest nicht, was mich interessierte«, riss er die Kanone hoch, und meine Deckenlampe war Geschichte. Bettinas und Karins Gesichter verloren simultan jegliche Farbe, so dass sie als Gespensterpärchen in einer Geisterbahn hätten jobben können.

»Du siehst, ich scherze nicht. Wenn du dich nicht persönlich mit Kobra unterhalten willst«, tätschelte er liebevoll die Waffe, »plauderst du besser.«

Ich überlegte blitzschnell. Falls Hollek nicht bekam, was er wollte, würde er uns alle erschießen. Mit Tina und Karin als Trio bei Petrus um Einlass bitten? Nein danke. In der Ewigkeit wollte ich einfach nur Ruhe. Ich hatte nur ein kleines Problem. Nämlich keinen blassen Schimmer, wovon Hollek faselte. Da half nur beten und bluffen.

»Runter mit der Knarre«, vertraute ich der hypnotischen Wirkung meiner Stimme. »Wir ziehen am selben Strang. Wenn ich den Inhalt der Kisten hätte, säße ich nicht hier, sondern würde mich an einem hawaiianischen Strand in der Sonne aalen.«

Ziemlich schlapp, reichte aber für Mr. Pistolizer, denn Kobra senkte sich um einen Millimeter.

»Schon auf die Idee gekommen, dass sie woanders lagern könnten«, fuhr ich fort. »Wir haben schlicht und einfach am falschen Ort gesucht. Trial and error, so läuft's«, öffnete ich die Schatztruhe meiner Lebenserfahrung.

»Du meinst, das Material ist nie in Nottuln gewesen?«, ließ er sich schnell auf die Sprünge helfen.

»Bingo. Schätze, Müller hat sie selber weggekarrt.«

Hollek winkte wissend ab: »Der Doc ist nur ein kleines Licht.«

»Dann halten wir uns an den Chef«, schlaumeierte ich eine Spur zu stark. Die Knarre hob sich wieder. Doktorandenkolloquien waren nicht Holleks Ding.

»Super Idee, Spasti«, funkelten seine Augen böse. »Bin ich schon selber drauf gekommen. Weißt du, wer der Boss ist? Ich nicht. Beschatte das Gesocks seit drei Monaten, aber den Typen hab ich noch nie zu Gesicht bekommen.«

Die Mädels staunten nur mit großen Augen. Meine rhetorische Brillanz faszinierte mich aber auch selber.

»Was hältst du von einer Kooperation? Zwei Köpfe denken schneller als einer. Außerdem«, zauberte ich einen Trumpf aus dem Ärmel, »besitze ich Unterlagen eines Mannes, der im Krankenhaus recherchiert hat. Er ist der Bande auf die Schliche gekommen und kurzerhand exekutiert worden. Bin noch nicht zum Lesen gekommen, aber da sind hundertpro Hinweise auf die Hintermänner enthalten.«

Kasimir nickte. Zum Glück war er kein Mensaclubmitglied, hatte meine Argumentation doch einige Lücken.

»Das wäre eine Möglichkeit. Aber wieso sollte ich dir trauen?«

»Du hast zwei Männer umgelegt. Ich bin doch nicht so wahnsinnig, mich mit dir anzulegen«, machte ich auf devot.

»Mehr als zwei Männer und« – blickte er amüsiert zu Bettina und Karin – »auch einige Frauen. Eine krumme Tour …«, beendete Kobras explosiver Bariton den markigen Spruch.

»Gib mir deine Adresse. Wenn ich das Buch gelesen habe, komme ich vorbei und wir bequatschen die nächsten Schritte.«

Hollek lachte herzhaft. »Könnte dir so passen. Ich geb dir meine Adresse, und du schickst mir die Bullen auf den Hals. Es reicht, dass ich weiß, wo du wohnst. Morgen will ich Resultate sehen.« Er steckte die Whiskeyflasche in die Tasche seines Ledermantels und hüpfte auf den Boden. Wenig später fiel die Haustür zu.

Wen zuerst befreien? Ich erwählte Karin. Mein Gott, Hollek hatte meine Nachbarin festgezurrt, dass sich kein Mikropartikel zwischen Seil und Haut befinden durfte. Zum Glück hatte ich ein scharfes Messer in der Schublade. Als ich den Knebel aus feinstem Tempotaschentuch aus ihrem Mund zog, spuckte sie wie eine vorm Ertrinken Errettete.

»Dieter, das war so ekelhaft«, warf sie sich mir um den Hals. »Der hat uns seine gebrauchten Rotzfahnen in den Mund gestopft. Dieser Zwerg ist einfach nur abartig.«

Dem konnte ich nur beipflichten. Bettina ruckelte unterdessen, als würden Hornissen ihren Hintern nach Honig abtasten. Sanft befreite ich mich von Karin und widmete mich der zweiten Inhaftierten. Ich benötigte mehrere Minuten, weil das zum Fesseln verwendete Seil länger als Tinas Haarpracht war, stramme Leistung. Karin brabbelte unterdessen Kauderwelsch, wahrscheinlich der Schock.

»Wer ist die Tusse?«, lauteten Bettinas undamenhafte erste Worte.

»Danke, Dieter«, wies ich auf meine Retterverdienste hin. Schien nicht anzukommen.

»WER IST DIESE FRAU? Wie kommt sie in deine Wohnung? Erklär mir das sofort!«

Heiliges Kruzifix, kam jetzt eine Eifersuchtsszene?

»Gute Frage. Ich möchte auch wissen, wie dieses Woodstock-Relikt hierherkommt«, brachte sich Schumann in die Diskussion ein. Hollek schien uninteressant zu sein.

»Darf ich vorstellen: Bettina, meine Exfreundin – Karin, meine Nachbarin«, quetschte ich genervt durch die Weisheitszähne.

»Hättet ihr die Güte mir zu erzählen, warum ihr beide einträchtig nebeneinander gefesselt in meinem Haus liegt?«

Beide schwiegen verlegen.

»Bitte!«

War schon skurril, die Wutblitze zwischen den Grazien zu verfolgen. Die eine in einem jutesackähnlichen Büßergewand, die andere in einem mit Teddybären bestickten Blaumann. Waren sie Vorboten der Apokalypse?

»Also ich kann da kaum was zu sagen«, machte schließlich Tine den Anfang, »es geschah alles so schnell. Habe draußen gewirtschaftet, die Energien gereinigt. Dann wollte ich uns einen schönen Abend bereiten. Hab Tofu und knackige Sojakeimlinge in die Pfanne geschmissen, eine Kanne Brennnesseltee aufgesetzt und schließlich Wasser in die Wanne laufen lassen. Auf einmal hörte ich ein Geräusch hinter mir. Als ich mich umdrehen wollte, fühlte ich mich, als wäre ich gegen einen Zug gelaufen. Dann war ich wohl weg. Als ich die Augen öffnete, saß ich gefesselt neben dieser Schrapnelle.«

»Schrapnelle?«, fauchte Karin. »Die Trulla hat deine gesamte Wohnung auf den Kopf gestellt. Ich bin zufällig vorbeigekommen und hab mitgekriegt, wie sie den Hof gefegt hat. Mit Handfeger und Kehrblech, so was hab ich noch nie gesehen. Ich muss zugeben, ich war neugierig. Als sie über ihre Haare hinweg ins Haus geschlurft ist, hab ich durchs Fenster gelinst. Dort hat sie Grünzeug geschnippelt und abgeschmackte Sixties-Oldies geträllert. *If you're going to San Francisco* und *The birds and the bees*. Als wäre sie gerade aus einer Hippiekommune vertrieben worden. Als sie *Happy Together* schallernd im Badezimmer verschwand, wurde ich von hinten umklammert, dass ich mich nicht bewegen konnte. Dabei drückte mir dieser Hollek die Popelfahne in den Mund, dass mir das Würgen kam.«

Auf einmal vernahm ich lautes Schweinequieken aus dem Stall; als ob Pedder massakriert würde. Ich riet den Damen, sich einen Tee zur Beruhigung zu brauen, und schlich nach draußen. Pedder grunzte jetzt nur noch; klang aber ziemlich ungehalten. Im Stall leuchtete jemand mit einer Taschenlampe umher. Schnell wurde klar, wer der Eindringling war.

»Halt die gottverdammte Schnauze, Borstenvieh. Sonst gibt's Blei«, fluchte Hollek, während ich mich hinter der Stallwand versteckte. Vermutlich war der Zwerg auf die Idee gekommen, ich hätte das Objekt seiner Begierde im Stall verbuddelt. Kurze Zeit später kam er über und über mit Schweinemist bedeckt um die Ecke und stiefelte schlechtgelaunt zu seinem Auto. Er trat gegen die Büsche, als würden diese wie im Märchen eine Pforte öffnen, wo der Schatz der Weisen, oder was immer er suchte, herauspurzelte.

Ich folgte ihm bis zum Straßenrand, wo ein grüner Ford Escort parkte, der schon bessere Tage gesehen hatte. Bei meiner Ankunft war er mir nicht aufgefallen. Sollte ich jemals ein Buch über die Detektivkunst verfassen, wäre »Augen auf« meine erste Kardinalregel. Nur sollte der Meister sie auch befolgen.

Ich schwang mich in meinen Golf und startete das

Gefährt, nachdem Kasimir um die Wegbiegung verschwunden war. An der Kirche, Ausstellungsplatz der einzigen Bulderner Ampel, holte ich ihn ein.

Unser Ausflug führte uns ins vierzig Kilometer entfernte Münster. An der B 219 bogen wir im Stadtteil Kinderhaus ab, einem sozialen Brennpunkt, in dem die Mülltonnen auch tagsüber brannten. Kaum verwunderlich, dass bei Gründung dieses Fleckchens nur ein Lepraheim, eine Kirche und wenige Bauernhöfe existiert hatten. Die schlechten Schwingungen hatten sich jedenfalls vom Mittelalter bis heute gehalten.

Vielleicht trog mein Eindruck, aber jedes Haus schien eine Spur grauer und trister als das vorherige zu sein. Immerhin brachte der Abfall auf den Bürgersteigen Farbtupfer in die städtebauliche Depression. Wahrscheinlich wurde die Gegend nur einmal jährlich unter Polizeischutz gekehrt.

In der Erhardstraße stellte Hollek seinen Wagen im absoluten Halteverbot ab. Störte eh keinen. Als er aus dem Wagen stieg, klopfte er den Schweinekot von der Hose, setzte die Hornbrille ab und steckte sie in die Westentasche. Dann rotzte er in die Hände und rieb sich den Schnodder in die Haare. Mit einem Kamm frisierte er sich und überprüfte das Ergebnis im Seitenspiegel. Sah aber immer noch mehr nach Mini-Buddy-Holly als nach Elvis aus. Dann überquerte er strammen Schrittes die Straße, geradewegs auf ein Bordell namens Nophretete zu. Vor dem Laden quatschten rudimentär bekleidete Mädchen die Passanten an. Die meisten schüttelten amüsiert den Kopf und flanierten weiter.

Hollek baute sich vor einer rassigen Schwarzhaarigen im Tigerkostüm auf. Zum Küssen würde er eine

Leiter benötigen, aber zum Küssen war er nicht hier. Er zog einen Hunderter aus der Börse und fächelte dem Bauchnabel der Nutte Luft zu. Allerdings ignorierte sie ihn völlig und sprach stattdessen einen korpulenten Kerl mit Gamsbarthut an, mit dem sie nach kurzer Verhandlung ins Innere des Liebestempels verschwand.

Hollek ging nun die Mädchen der Reihe nach ab, doch keines schien Lust auf ein Schäferstündchen zu haben. Eine Rothaarige schlug ihm sogar ihr Täschchen um die Ohren. Kasi wich zurück, spuckte sie an und betrat fluchend den Laden ohne Begleitung.

Ich stieg aus und schlenderte den Bürgersteig entlang bis zur roten Zora. Ihr Bauchausschnitt bot freie Sicht auf Speckwülste.

»Hallo, strammer Hengst. Soll ich dich zureiten? Fünfzig Schleifen, aber nur weil du mir gefällst«, säuselte sie süßlicher als abgestandene Fanta. Derart geschmeichelt hatte ich mich lange nicht mehr gefühlt.

»Wir sind im Geschäft, Baby«, schnalzte ich mit der Zunge.

»Dann lass uns reingehen und ein Piccolöchen zu uns nehmen.«

»Mein Auto wär mir lieber, stehe mehr auf Naturvögeln. Kenn da ein lauschiges Plätzchen, an dem wir uns ungestört vergnügen können.«

»Das kostet dreißig mehr«, hatte sie nur kurz überlegt, »aber du wirst es nicht bereuen, mein wilder Stier.« Ich war gespannt, mit welchen Tieren sie mich noch vergleichen würde. Beim scharfen Pavian würde ich intervenieren.

»Fahren wir jetzt los, oder stehst du auf Spanner?«, wurde sie sofort ungeduldig, als wir im Wagen saßen, ich aber keine Anstalten machte, den Anlasser zu betätigen. Hey, wo blieb da die Romantik?

Nachdem sich ihre Linke routiniert an meinem Reißverschluss zu schaffen machte und ich sie genauso routiniert weggeschoben hatte, wechselte ich den Tonfall: »Warum hast du dem Mann im karierten Hemd eine verpasst?«

»Was geht dich das an, bist du ein Bulle oder was?«

Als Antwort hielt ich ihr für den Bruchteil einer Sekunde die Marke unter die Nase, die ich auf der Cranger Kirmes an einer Schießbude gewonnen hatte.

»Sitte.«

»Nun gut, ist ja kein Geheimnis. Der Kerl ist krank. Lässt sich immer was Neues einfallen; heute hat er zum Beispiel nach Schweinestall gestunken. Ich bin einmal mit ihm nach Hause gefahren. Nie wieder. Hat mich ans Bett gefesselt und ziemlich widerliche Sachen veranstaltet. Bezahlt hat er auch nicht. Mich wundert, dass er sich überhaupt noch hierher traut, denn die anderen Mädels haben ähnliche Erfahrungen gemacht. Scheint ein Freund vom Chef zu sein. Als ich erzählt habe, dass er keine Kohle abgedrückt hat, meinte er, ich soll es gut sein lassen. Balthasar würde die Mücken schon rüberwachsen lassen. Ist mir egal, der Kerl kommt mir nicht mehr an die Bluse«, schüttelte sie ihre rote Mähne.

»Kennst du seinen vollen Namen?«

»Kinker, Balthasar Kinker. Ist er jetzt endlich fällig?«

»Adresse?« Jaja, die Jungs von der Sitte sind nicht sehr höflich.

»Dülmen, Geschwister-Scholl-Straße. Habe ich mir nur gemerkt, weil dort eine gute Freundin wohnt. Die

Hausnummer kenn ich aber nicht«, zeigte sie außerordentlich viel Engagement. Kinker schien wirklich eine üble Bazille zu sein.

»Das reicht, geh wieder arbeiten«, entließ ich sie. Als ich kurz darauf die Lustmeile entlangfuhr, hatte sich bereits eine wild gestikulierende Traube um das Mädel gebildet.

Hollek und Kinker waren also identisch, wenig überraschend. Auf nach Dülmen zu den Widerstandskämpfern. Vielleicht fand ich in seiner Wohnung etwas, das mir zumindest die Richtung anzeigte, wonach er das ganze Münsterland durchkämmte. Wenn ich nämlich nicht bald aus den Puschen kam, würde ich Claude und Egon im Fegefeuer Gesellschaft leisten, keine schöne Aussicht bei meiner Hitzeallergie.

Nach zehn Minuten harter Ermittlungsarbeit hatte ich die Geschwister-Scholl-Straße, nach weiteren zehn Kinkers Haus gefunden. Es war ein sechsstöckiger Altbau mit Ornamenten aus der Gründerzeit. Balthasar wohnte direkt unterm Dach. Ich japste hundertzwanzig Treppenstufen hoch und verfluchte den Hauseigentümer, der am Aufzug gespart hatte. Neben Kinker bewohnten zwei weitere Parteien das Dachgeschoss.

Just als ich den ersten Dietrich testen wollte, trat ein Rentner aus der Nachbarstür. Ein trotz seines hohen Alters drahtiger Typ mit gepflegtem Schnäuzer und einem Mops an der Leine.

»Erzherzog Ferdinand, bei Fuß«, befahl er mit strenger Stimme. Dieser parierte aber nicht, sondern watschelte kläffend auf mich zu, während ich Freund Dietrich in der Hosentasche verschwinden ließ.

»Das ist kein Happi-Happi«, versuchte er derweilen die Töle zu beruhigen. »Wir haben vorhin Lassie gesehen. Da ist der Junge immer außer Rand und Band.«

Ich nickte wissend.

»Wenn Sie zum Kinker wollen, der ist nicht da. Er hat um elf Uhr sieben das Haus verlassen.«

Ich hatte den Haussheriff getroffen. Empfand ich privat für solche Leute nur Abscheu, war ich beruflich auf sie angewiesen.

»Ist schon ein seltsamer Vogel, der Kinker. Kommt jede Woche mit einem neuen Wagen an. Und Frauen schleppt der auf seine Bude. Ich sag Ihnen, da wird man ganz neidisch. Und das bei seinem Äußeren. Statt sich einen attraktiven Kerl wie mich zu angeln, fliegen die auf den kleinen Furz. Dabei würde sich Erzherzog Ferdinand so über ein Frauchen freuen. Hab ich recht, Ferdi?«

Moppelmops knurrte, was alles und nichts bedeuten konnte.

»Unangenehm, dass Herr Kinker nicht zu Hause ist. Ich bin Privatdetektiv und arbeite für den Gerichtsvollzieher der Stadt Dülmen. Wir vermuten, dass Herr Kinker Prostituierte ohne Aufenthaltsgenehmigung beschäftigt. Von Steuerhinterziehung ganz zu schweigen. Dem Gerichtsvollzieher hat er angegeben, arm wie eine Kirchenmaus zu sein. Ich soll mich daher einmal in seiner Wohnung nach Anhaltspunkten umsehen.«

Die Geschichte war löchriger als Emmentaler, aber der Blockwart würde sie bestimmt bereitwilliger schlucken als seine Blutdruckpräparate. Und richtig. Die Augen des Opas begannen zu leuchten.

»Hab ich es mir doch gedacht. Noch gestern hab ich zu Frau Schmittobreik gesagt: Der Herr Kinker kommt mir nicht ganz koscher vor. Der …«

»Mein Chef bringt mich um, wenn ich ohne konkrete Ergebnisse zurückkomme«, unterbrach ich ihn. »Hat irgendjemand in diesem Haus einen Schlüssel für die Wohnung?«

»Sie haben Glück, junger Mann«, schwoll dem Rentner die Brust. »Der Eigentümer hat mich zum Verwalter dieses Objekts ernannt. Ich muss auf die Einhaltung der Hausordnung achten. Eine schwierige Aufgabe, wie Sie sehen. Sie müssen nicht unverrichteter Dinge abziehen. Ich habe Ersatzschlüssel für jede Wohnung. Vielleicht wollen Sie sich auch die Wohnung von Frau Ledermüller im Erdgeschoss ansehen. Die kommt mir sehr verdächtig vor. Noch gestern habe ich zu Frau Schmittobreik gesagt …«

»Würden Sie den Schlüssel bitte holen? Ich habe viel zu tun«, unterbrach ich ihn, bevor ich noch das ganze Viertel inspizieren sollte.

»Natürlich. Adolf Bisanz dient dem Vaterland, wann immer es ruft«, schwoll die Hühnerbrust noch ein Stück.

Adolf verschwand samt Adelsanhang in seiner Wohnung und kam kurz darauf ohne Köter, dafür mit einem Schlüsselbund zurück.

»Noch eines …«, fragte er etwas verlegen. »Dürfte ich bitte Ihren Ausweis sehen. Es muss schließlich alles seine Richtigkeit haben.«

Ich gewährte ihm einen kurzen Blick auf die Cranger-Kirmes-2004-Marke. Reichte nicht.

»Und der Durchsuchungsbefehl? Bei der Soko Leipzig muss der immer vorgezeigt werden. Oder war es bei der Soko Darmstadt?«, faltete sich nachdenklich sein Gesicht.

»Herr Bisanz. Durchsuchungsbefehle sind eine Erfindung des Fernsehens. Im wirklichen Leben reicht eine mündliche Vollmacht der Behörden. Damit darf ich sogar Merkels Stullendose inspizieren«, bewegte ich mich auf immer dünnerem Eis. Rück die Schlüssel raus und verzieh dich.

»Wirklich? Da möchte ich mich lieber bei Ihrem Vorgesetzten erkundigen. Diese Fernsehkrimis erfinden so was doch nicht. Und mit dem Kinker ist nicht gut Kirschen essen. Wenn ich Sie hereinlasse ...«

Schnell in die Menschenkenntnistrickkiste gegriffen. »Aber Herr Oberst. Wir Soldaten vertrauen doch einander. Einer für alle, alle für einen.«

»Nur Gefreiter, Herr ...«

»Nannen, Dieter Nannen.«

»Sieht man mir an, dass ich gedient habe?«, platzte sein Oberkörper fast vor Stolz.

»Das Militär prägt den Menschen fürs ganze Leben. Aufrechter Gang, gestochener Schritt, ehrlicher Blick, Muskeln aus Stahl. Diese Eigenschaften findet man nur bei Kameraden«, sonderte ich Sermon auf Landserheft-Niveau ab.

»Muskeln aus Stahl«, nickte Bisanz versonnen, »das war einmal. Leider durfte ich nur im Zweiten Weltkrieg dem Iwan zeigen, wo die germanischen Glocken hängen. Wo haben Sie gedient mit welchem Rang, wenn ich fragen darf?«

»Erstes Fliegerbataillon, dritte Kompanie, Kaiserslautern, Oberstleutnant«, leierte ich mir spontan aus dem Skelett. Was wusste ich Zivi denn, was es da für Ränge gab?

»Dann sind Sie mein Vorgesetzter«, war ich in Adolfs Achtung gestiegen.

»Leider a. D. Sparmaßnahmen. Würden Sie mir trotzdem aufschließen?«

»Zu Befehl, Herr Oberstleutnant!«, presste er die Kniekehlen zusammen, drückte den Brustkorb heraus und salutierte zackig. Danach wimmerte er kurz.

»Bandscheibe. Bin leider nicht mehr so drahtig wie damals im Wolgakampf.«

»Sie können abtreten, Gefreiter Bisanz. Sobald ich fertig bin, liefere ich den Schlüssel ab.«

»Jawoll, Herr Oberstleutnant.«

Mit beseeltem Gesichtsausdruck kehrte Bisanz in seine Wohnung zurück.

Schnell die Tür geöffnet und die Diele betreten. Kinkers Wohnung erwies sich als ebenso außergewöhnlich wie ihr Bewohner. Die Wände waren mit Fotos von bedeutenden Schauspielern geziert: Arnold Schwarzenegger, Sylvester Stallone und Jean-Claude van Damme. Charles Bronson und Steven Seagull erfreuten sich sogar der Ehre von Ölporträts. Die Szene zeigte die Stars im Dschungelkampf gegen Asiaten oder Aliens. Jedem Tierle sein Plaisierle, dachte ich plötzlich schwäbisch.

Ich verließ die Hall of Fame der Oscaraspiranten und sah mich im Schlafzimmer um. In der Mitte des Raumes thronte ein Himmelbett mit geblümtem Baldachin. Das war es aber schon an Gemütlichkeit. An den Bettpfosten hingen Handschellen, und in einer Vitrine befand sich eine opulente Peitschensammlung. Ich zählte drei Dutzend verschiedene Schlaginstrumente aus Rosshaar, Leder, Rohr, Fischbein und nicht näher bestimmbaren Materialien.

Das Bemerkenswerteste war aber der Altar. Vier elektrische Kerzen beleuchteten den Gott, dem diese Kultstätte geweiht war: Balthasar Kinker.

Das Männchen posierte in knallgelber Unterhose auf einer Dschungellichtung. Den Kopf mit einem Stirnband der Vereinigten Staaten umwickelt, um den Hals eine Kette mit Paprikaschoten. In der Rechten ein Maschinengewehr, in der Linken einen Totenkopf, übertraf er seine Idole an Coolness. Es fröstelte mich leicht.

Hier hatte ich genug gesehen. Neugierig stiefelte ich ins Wohnzimmer. Als ich durch den Türrahmen trat, erstrahlte ich in einem Scheinwerferspot. Instinktiv hob ich die Fäuste in Abwehrhaltung. Unnötig. Lediglich begann die Hi-Fi-Station Richard Strauß' *Also sprach Zarathustra* zu dröhnen. In das orchestrale Pathos hinein sprach ein Chor »die Gefallenen aller Kriege grüßen dich, Balthasar Kinker, Beherrscher der Welt, Richter über Leben und Tod«. Ich untersuchte den Türpfosten. In Höhe der Kniekehlen war eine Lichtschranke angebracht, die durch ein Kabel mit Stereoanlage und Scheinwerfer verbunden war. Die Musik verstummte.

Auf einem Wandregal fand ich haufenweise DVDs, ausschließlich Porno-, Action- und Splatterstreifen. *Spermaallee* und *Teeny-Fleisch* waren noch die harmloseren Titel. Ich öffnete eine Schublade des Wandschranks und fand ein Dutzend Fahrzeugscheine und diverse Personalausweise. Sie waren auf die Namen Kasimir Hollek, Engelbert Holle, Hannibal Hohl und Christopherus Hohlbein ausgestellt. Doch der Mann auf den Fotos war stets derselbe: Balthasar Kinker. Das Innenministerium warnte permanent vor islamistischen Terroristen, doch wer schützte die Bürger vor Psychos wie Balthasar?

Neben dem Telefon schlummerte ein Anrufbeantworter. Play. Das Band rauschte, als hätte es im Dschungelkampf mit seinem Herren einige Streifschüsse abbekommen. Dann ertönte Kinkers Stimme: »Hinterlasse eine Nachricht auf dem Aufzeichnungsgerät, oder ich schicke dich persönlich in die Hölle. Bin im Vietcong und rotte Schlitzaugen aus. Sobald alle vernichtet sind, rufe ich zurück.«

Im Vergleich zu Kinker war Hannibal Lector ein pubertierender Schuljunge. Angewidert schüttelte ich mich.

»Lass dir mal 'nen neuen Spruch einfallen. Eddi fragt, ob der Schatz geborgen ist. Er wird langsam ungeduldig. Morgen bringt der Kunde die Kohle. Bis dahin muss Eddi Zugriff auf den Stoff haben. Gib Gummi, Alter. Tod den Kommunisten!«

Kinker schien die Wahrheit gesagt zu haben. Müller und Konsorten stahlen irgendwas mit einem ziemlichen Wert. Leider hatte der Anrufer nicht verraten, um was es sich handelte.

Piep.

»Wir müssen uns treffen, Kinker. Wir haben keinerlei Interesse, unsere Leute von Ihnen massakrieren zu lassen. Wir zahlen großzügig, wenn Sie uns in Ruhe lassen. Rufen Sie mich an.«

Müller. Das war doch mal ein erfreulicher Fund. Wenn die beiden sich treffen würden, könnte ich sie festnageln und erfuhr den Namen des Mannes im Hintergrund, der die Morde an Connie und Grutz in Auftrag gegeben hatte.

Ich hörte den Rest des Bandes ab, das aber nur die Rückfrage des Dominastudios Angelique enthielt, wann Balti seine nächste Lektion in absolutem Gehorsam erhalten wolle.

Schnell das Band auf ein Tape überspielt, das vorher die coolsten Waffensounds enthalten hatte. Obwohl Tonbandaufnahmen vor Gericht als Beweis nicht zugelassen waren, konnte der Besitz nicht schaden.

Just als ich das Zimmer verlassen wollte, drehte sich der Schlüssel im Schloss. Hastig schaltete ich den Scheinwerfer ab und hüllte die Wohnung in tiefes Dunkel. Die Tür ging auf, und Schritte näherten sich.

Wenn Kinker mich erwischte, konnte ich mein Testament machen, denn bedauerlicherweise hatte ich meine Waffe im Wagen gelassen. Ich huschte hinter die Wohnzimmertür, die Scheinwerfer erstrahlten, und Kinker wurde von dem Totenchor gegrüßt. Neben mir entdeckte ich auf einem Beistelltischchen eine Vase mit Chrysanthemen. In Ermangelung einer besseren Waffe griff ich sie mir.

Als Balthasar vor mir auftauchte, ließ ich das Porzellangefäß mit aller Wucht auf seinen Schädel krachen. Kinker stürzte zu Boden und landete in Scherben, Wasser und Blumen. Seine Augen schimmerten glasig und aus seinem Mund troff Speichel. Hoffentlich hatte ich nicht zu fest zugeschlagen und den Knirps ins Nirwana befördert. Ich befühlte den Puls. Er schlug noch.

Dann knallte ein Vorschlaghammer auf meinen Hinterkopf. Während ich niedersank, war ich nicht sicher, ob Wagners Lohengrin-Ouvertüre nur in meiner

Phantasie spielte. Schöpfer, gleich stehe ich vor dir und blicke in dein Antlitz.

18

Verschwommene Schemen geometrischer Figuren belästigten mich. Ich zog einen Golfschläger aus der Hosentasche und zerschmetterte sie.

Schauplatz Urwald. Pinguine auf den Rücken von Dromedaren kletterten matrixförmige Lianen herunter und umzingelten mich. Ich öffnete den Mund und spuckte Dynamitstangen auf die Meute, die in blauem Rauch explodierte.

Grüne, weiße und lilafarbene Noten flirrten von Gitarren. Lagerfeuerromantik.

Ein chinesischer Geist quälte sich aus einer Taschenlampe: »Du hast drei Wünsche frei.«

»Reichtum, Gesundheit und ein langes Leben.«

Mit einem irren Kichern verwandelte sich der Geist in einen Zwerg mit Hornbrille: »Dein letzter Wunsch wird zuerst erfüllt. Du wirst ewig leben.«

Eine Maschinengewehrsalve durchsiebte meine Augen. Raben flogen aus den Höhlen und spuckten auf mein Skelett, das zu Asche zerfiel. Dunkelheit und Leere.

Ich hatte das Gefühl, dass Tausende von Bergleuten meine Nervenstränge mit Spitzhacken bearbeiteten.

Zumindest hatten die Alpträume aufgehört. Millimeter um Millimeter öffneten sich meine Augenlider.

»Er kommt zu sich.«

»Danke, Doc, dass Sie ihn wieder hinbekommen haben. Können Sie mich verstehen?«

Durch einen grauen Schleier erkannte ich Reicherts Visage. Der Alptraum war noch nicht zu Ende.

»Was machen Sie hier? Ich kann mich nicht erinnern, Sie eingeladen zu haben.«

»Gerade von den Toten auferstanden und schon reißt er Witze. Diesmal sind Sie reif, Nannen.«

»Werden Sie nie aufgeben, mir an die Karre fahren zu wollen? Sie haben immer den Kürzeren gezogen, und daran wird sich auch nichts ändern«, hatte sich mein Mundwerk trotz der prekären Situation selbständig gemacht.

»Diesmal werden Sie es nicht schaffen, Ihren Hals aus der Schlinge zu ziehen. Blicken Sie bitte nach rechts.«

Neben mir lag Kinker. Wenn es sich bei der roten Flüssigkeit auf seinem Hemd um eine weitere Halluzination handelte, war sie täuschend echt.

»Ein Herr Bisanz hat uns vor einer Stunde angerufen. Ein hoher Offizier namens Nannen habe ihm befohlen, die Nachbarwohnung aufzuschließen. Als Sie nach zwei Stunden den Schlüssel noch nicht zurückgebracht hatten, hat Bisanz nach dem Rechten geschaut. Und was hat er gefunden? Sie und Kinker nebeneinander auf dem Boden; der eine tot, der andere mit Drogen vollgepumpt.« Erstaunlich, dass Ludger vor Freude nicht wie Rumpelstilzchen auf- und abhüpfte.

Die Leiche wurde zur Gerichtsmedizin, ich zur Polizeiwache chauffiert.

»Kaffee?«, hielt mir der Grünbefrackte einen Pappbecher unter die Nase. Als ich meinen Arm ausstreckte, zog er ihn wieder weg. Die billigen Krimiserien im TV zeigten Wirkung.

»Was haben Sie heute gemacht? Ich will alles wissen, sogar, wann Sie gehustet haben.«

»Ich habe Ihnen doch von Hollek erzählt«, hatte ich mittlerweile meine Sinne wieder beisammen.

»Helfen Sie mir auf die Sprünge.«

»Hollek ist der Kerl, der die beiden Typen auf dem Bauernhof erledigt hat. Er ist gestern bei mir aufgetaucht, hat meine Wohnung verwüstet und mich massiv bedroht. Dafür kann ich Ihnen sogar zwei Zeugen benennen. Um Zeit zu gewinnen, habe ich ihn überredet, mit mir zusammenzuarbeiten. Zum Glück ist er darauf eingegangen und hat mir ein Treffen in seiner Wohnung vorgeschlagen, zu dem ich dann brav hingedackelt bin. Als auf mein Klingeln keiner geöffnet hat, hat Herr Bisanz mir angeboten, die Wohnung aufzuschließen. Dort habe ich Hollek bewusstlos vorgefunden. Just als ich Sie verständigen wollte, habe ich einen Schlag auf den Kopf erhalten. An mehr kann ich mich nicht erinnern. Die Drogen muss mir der Mörder verabreicht haben.«

»Hollek und Kinker sind demnach ein und dieselbe Person?«, runzelte mein Gegenüber die Stirn.

»Yep.«

»Bullshit. Sie haben Egon Pappritz und Claude Weller umgelegt, zwei Gauner, die sich mit Diebstählen über Wasser gehalten haben. Kinker hat Sie beobachtet, dann erpresst, und Sie haben ihn kaltgemacht.«

»Und mich neben die Leiche gelegt, damit es unauffälliger ist.«

»Sie haben sich vorher mit LSD vollgepumpt. Vielleicht gibt Ihnen erst die Kombination von Drogen und Töten den richtigen Kick.«

»Das glauben Sie doch selbst nicht. Außerdem gibt's für Ihre Behauptungen nicht den geringsten Beweis.«

Reichert grinste über beide Ohren, während er ein Plastiktütchen aus der Schublade zog und andächtig auf den Schreibtisch legte: »Was ist das?«

»Ein Revolver.« Mir schwante Übles.

»Genauer, Schnüffler.«

»Eine Browning. Wollen Sie etwa andeuten ...«, ließ ich den Satz unvollendet.

»Ich deute nicht nur an. Wir haben sie in Ihrer Hand gefunden und die Registriernummer überprüft. Die gerichtsmedizinische Untersuchung wird ergeben, dass Kinker mit Ihrer Waffe ermordet worden ist«, freute Reichert sich wie ein Kind vor der Weihnachtsbescherung.

»Der Mörder muss die Knarre aus meinem Wagen gestohlen haben.«

»Erzählen Sie das dem Richter. Sie sind festgenommen. Sie haben das Recht, die Aussage zu verweigern. Alles, was Sie sagen, kann ...«

»Sparen Sie sich den Sermon. Ich möchte meinen Anwalt anrufen.«

»Soll ich Ihnen Bossis Nummer raussuchen? Der ist auf aussichtslose Fälle spezialisiert.«

Reicherts Spott konnte mich nicht aus der Fassung

bringen, denn dafür hatten bereits die erdrückenden Indizien gesorgt. Klaus Lindner war Anwalt und mein Freund. Er würde das Unmögliche möglich machen.

Ich nahm das Telefon und tippte Lindners Nummer in die Tasten. Währenddessen schwang Ludger die Füße auf den Schreibtisch, entzündete ein Zigarillo und blies mir Rauchkringel ins Gesicht.

»Der Klausi kann nicht ans Telefon kommen. Ist gerade schwer beschäftigt«, kicherte eine weibliche Stimme.

»Hol sofort den Anwalt an den Apparat.«

»Piano, piano«, schüttelte der Bulle den Kopf.

»Huch, was für ein harter Bursche. Der lässt sich nicht abwimmeln, Klausi«, quietschte es aus dem Hörer.

»Äh, Lindner. Mit wem spreche ich?«

»Dieter. Ich sitze in der Scheiße und brauche deine Hilfe.« Schnell die Geschichte runtergeleiert, die auch Reichert zu hören bekommen hatte. Lindner versprach, morgen vorbeizukommen. Heute Abend könne er nichts mehr unternehmen.

Nach einem matten Danke ergriff Reichert wieder das Wort: »Dann wollen wir mal zur Besichtigung Ihres Zimmers schreiten. Damit es nicht zu langweilig wird, haben wir extra noch einen Totschläger eingebuchtet.«

Als ich die Zelle betrat, traf mich fast der Schlag. Auf der linken Pritsche hatte sich ein Typ ausgestreckt, der leidenschaftlich in der Nase popelte und Josef Hisker hieß. Kein Zweifel möglich: Es handelte sich um den Bauern, den ich im letzten Herbst – mir kam es wie eine Ewigkeit vor – beschattet und des Ehebruchs überführt hatte. Konnte nur hoffen, dass er nicht wusste, wer ihn ans Messer geliefert hatte, denn immerhin saß er hier wegen Totschlags, wenn Reichert keinen Mist erzählt hatte.

Ich knallte mich auf meine Pritsche, ohne den Seitenspringer zu beachten.

»Josef Hisker, habe meine geliebte Gisela Maria die Treppe runtergestoßen, weil sie sich scheiden lässt«, polterte er plötzlich los, während er ein besonders prächtiges Exemplar aus der Nase zog.

»Dieter Nannen, ich soll drei Leute gekillt haben«, brauchte ich nicht mal zu lügen, um mir Respekt zu verschaffen. Eine Frau die Treppe runterschubsen, dafür hatte ich als dreifacher Mörder nur ein Achselzucken übrig. Immerhin schien Jupp nicht zu wissen, dass ich seine Alte mit den delikaten Fotos versorgt hatte.

»Und jetzt möchte ich pennen, klar?«, spielte ich meine Rolle als harten Hund weiter. Funktionierte tadellos, denn Hisker schloss den Mund und ließ die Finger wieder auf Entdeckungsreise gehen.

Ich hingegen konzentrierte mich darauf, die Spinnen in der Zelle zu zählen. Es waren acht. Wurde wohl wöchentlich gereinigt, das Drecksloch.

Das war ganz schön starker Tobak gewesen in den letzten Tagen. Ordentliche Action, etliche Leichen, Drogen, schöne Frauen, Knast. Alles drin, was das Leben interessant gestaltete.

Nichtsdestotrotz hätte ich momentan gern mit einem Mitarbeiter des Katasteramtes getauscht. Insbesondere Kinkers Ermordung mit meiner Waffe sorgte für ein starkes Grummeln in der Magengegend.

Da ich zurzeit aber nichts an der Situation ändern

konnte, versuchte ich Hisker zu kopieren, der mit der Lautstärke eines Mähdreschers schnarchte. Berufskrankheit. Aufgrund völliger psychischer und physischer Erschöpfung gelang mir dies auch mühelos.

Mitten in der Nacht erwachte ich und blickte sofort zu meinem Zellenkumpan hinüber. Dieser gab schweißgebadet seltsame Geräusche von sich, wobei sein Gestammel nach kurzer Eingewöhnungsphase immer deutlicher zu verstehen war.

»Naomi, komm, drück ordentlich was raus, oder willst du uns alle in den Ruin treiben mit den drei Tropfen.« Urplötzlich richtete Hisker sich auf: »Claudia, hast du schon wieder Durchfall? Diese verdammte Silage.« Dann sackte er in sich zusammen und knallte mit dem Kopf heftig auf die Pritsche, ohne jedoch aufzuwachen. »Heidi, jetzt ist auch noch dein Euter entzündet, so ein verdammter Mist.« Gab's das? Jupp Hisker redete im Schlaf mit seinen Kühen, denen er zu allem Überfluss auch noch Model-Namen gegeben hatte.

»Kate, wenn ich das Schwein erwische, dass mich bei meiner Frau verpfiffen hat, dann darfst du es platttreten.« Schöne Schlagzeile: Magersüchtige Moss trampelt Bulderner Privatschnüffler tot. »Katarina, keine Sorge, du bist auch herzlich eingeladen, und anschließend gibt es frisches Gras für alle«, fuhr der Bauer fort.

Was blieb mir anderes übrig, als wieder einzuschlafen?

Um sieben erhielten wir Waschzeug von einem jungen Polizisten mit Vokuhila, aber ohne Oliba, und durften uns der Körperpflege widmen. Anschließend wurde mit den Worten »ich hoffe, es schmeckt, Frau Reichert höchstpersönlich hat es zubereitet« das Frühstück serviert.

Das Ei war zu weich, das Brot zu hart. Die Leberwurst schmeckte ranzig und der Kaffee nach Spülwasser. Wenn Reichert mit diesem Fraß in den Tag geschickt wurde, war es kein Wunder, dass er ein Ekel war. Generös überließ ich Hisker meine Portion, der sich überschwänglich bedankte.

»Wann kann ich mit meinem Anwalt reden?«, sprach ich den Grünbefrackten an, als er das Geschirr abholte.

»Gegen elf liegt der Bericht von Gerichtsmedizin und Ballistik vor. Dann entscheidet Reichert über die Beantragung des Haftbefehls. Ihr Rechtsbeistand wird zugegen sein.«

Punkt elf wurde ich abgeholt und in Ludgers Büro geführt. Dieser kauerte hinter dem Schreibtisch und starrte missmutig in die Gegend. Klaus Lindner, der ein eingerahmtes RAF-Fahndungsplakat geradegerückt hatte, schritt mit ausgestreckter Hand auf mich zu: »Lass uns abhauen.«

Während ich seine Flosse schüttelte, verstand ich die Welt nicht mehr.

»Was ist passiert? Gestern noch wurde mir der Elektrische Stuhl in Aussicht gestellt, und jetzt kann ich mich einfach vom Acker machen?«, schwenkte mein Blick zwischen Klaus und Ludger hin und her.

»Der Ballistiker hat zwar bestätigt, dass Kinker mit Ihrer Pistole erschossen worden ist, aber Sie können es nicht gewesen sein«, räusperte Reichert sich. »Der Polizeiarzt hat Kinkers Tod auf siebzehn Uhr terminiert.

Die Blutprobe hat jedoch ergeben, dass Sie zu diesem Zeitpunkt so zugedröhnt waren, dass Sie als Täter nicht in Frage kommen.«

»Wenn ihr mich unbedingt loswerden wollt, nur zu«, stießen meine Mundwinkel an die Ohren.

»Sie sind ein Glückspilz«, knurrte Reichert. »Wenn es nach mir gegangen wäre, hätten wir Sie behalten. Immerhin haben Sie sich unter Vorspielung falscher Tatsachen Zutritt zu einer fremden Wohnung verschafft.«

»Bestellen Sie Ihrer Gattin schöne Grüße«, ging ich nicht auf sein Gelaber ein. »Das Frühstück war phantastisch.«

»Das glauben Sie doch selbst nicht«, hatte er aber so was von Recht.

Hier hielt mich nichts mehr. Ich sammelte meine Siebensachen ein, dann verließ ich zusammen mit Lindner die Wache. Draußen bedankte ich mich bei Klaus für die Hilfe. Er war zwar umsonst gekommen, aber er war gekommen.

19

Beim Betreten meiner Kemenate fand ich meinen Glauben wieder, und zwar den Glauben an Heinzelmännchen, denn von der gestrigen Verwüstung war nichts mehr zu sehen. Schön, eine Frau im Haus zu haben.

Glauben war ein gutes Stichwort, hatte ich doch

heute meinen Auftritt als Organist im Bulderner Dom. Um fünf hatte der liebe Gott in Gestalt des Dorfpfarrers Wilpert eine Adventsandacht angesetzt, und aufgrund der kurzfristigen Absage von Frau Schwöppke, einer nicht mehr ganz taufrischen Lady, deren Rentnerdasein bereits länger andauerte als ihr erfülltes berufliches Wirken in der örtlichen Metzgerei, musste ich heute ran.

Höchst suspekt, dass die sogenannte kurzfristige Absage der Orgelvirtuosin mit den gichtkranken Griffeln bereits vor mehr als einem Monat erfolgt war, aber Schwamm drüber. Die Landbevölkerung dankte es mir mit etlichen Vergünstigungen – konnte mich nicht erinnern, wann ich das letzte Mal für frische Vollmilch oder Eier aus Freilandhaltung gelöhnt hatte –, und tief im Innern träumte ich immer noch von einer Karriere als Keyboarder in einer Rockband und war froh, dass die Finger nicht einrosteten.

»Bettina!«, rief ich in die Tiefen der Wohnung und wurde vom Echo fast gegen die Haustür geschleudert. Kein Wunder, stand doch kein Krempel herum, der den Schall hätte schlucken können.

»Mache mir im Badezimmer die Haare«, kam es zurück. Da hatte ich ja reichlich Zeit; mindestens eine halbe Stunde bei der Zottelmähne. Erst mal geschmeidig einen Kaffee aufgesetzt und dann mit gefüllter Tasse auf die Couch verkrochen. Natürlich war ich nach wenigen Sekunden wieder in den Fall versunken.

Am Anfang der Ermittlungen hatte es einen Toten gegeben, Hermann Grutz. Seitdem ich mitmischte, hatte sich die Anzahl der Leichen verfünffacht: Grutz, Egon, Claude, Kinker und Connie.

Am meisten zu schaffen machte mir meine Unfähigkeit, die Morde zueinander in Beziehung zu setzen. Am einfachsten wäre es gewesen, alle Todesfälle der Organmafia zuzuschreiben. Doch Kinker wurde erst nach Claudes und Egons Tod umgelegt, und diesen beiden hätte ich die Morde am ehesten zugetraut. Es lag natürlich auf der Hand, dass die Organisation wesentlich größer war, als ich ermessen konnte. Wenn ich mich recht erinnerte, hatte Egon auf dem Nottulner Gehöft von Ware aus Münster gesprochen. Ziemlich komplexe Aufgabe für einen einsamen Privatdetektiv.

Die Lösung lag auf der Hand: Ich würde Balthasar Kinker als Hermanns Mörder präsentieren. Die Serapionsbrüder wären zufrieden, weil ihr Idol durch den Tod des Mörders gerächt war. Die Polizei wäre zufrieden, weil ich nicht mehr in deren Arbeit pfuschen würde. Ich wäre zufrieden, weil ich mir vom Honorar einen neuen Wagen leisten konnte.

Es klingelte. Mühsam aus dem Sofa befreit und die Tür geöffnet. Sofort stürmte Vaganz an mir vorbei, drapierte seinen Mantel über die Sessellehne und ließ sich ungefragt auf der Couch nieder.

Er war jedoch nicht der einzige Gast, denn Sarah Müller lehnte im Türrahmen: »Darf man eintreten?«

»Nur zu.«

Sie setzte sich neben Xtra, der eine Zeitung auf den Tisch warf.

»Herr Nannen, cher ami, in was sind Sie nur hineingeraten? Das Schicksal lässt auch nichts unversucht, Ihnen Knüppel zwischen die Gliedmaßen zu werfen. Gestern noch der Maestro, das Genie, der Gott der lokalen Detektivprofession, heute ein Strauchdieb, ein Mörder, ein Gesetzloser. Ich verstehe nicht …«

»Was brabbeln Sie da vor sich hin?«, unterbrach ich ihn.

»Soll ich nun schweigen oder meinen Worten freien Lauf lassen?«, verzog er beleidigt den Mund. »Ich lasse mich nicht herumschubsen wie ein unmündiges *enfant*. Sie sollten sich freuen, dass ich Ihre Gesellschaft nicht meide. Schließlich bin ich als Poet dem Guten, Schönen, Wahren verpflichtet. Lauter Werte, die in Ihrem begrenzten Wortschatz fehlen dürften.«

Meine Faust verirrte sich in Xtras Gesicht, genug war genug.

»Ich verklage Sie, Sie Mörder. Das war ein Attentat auf die Poesie. Ich werde in den nächsten Wochen, ach, was sage ich, Monaten keine Zeile mehr zu Papier bringen können.«

»Entschuldigen Sie bitte, Fräulein Müller, normalerweise ist es nicht meine Art, Gäste zusammenzuschlagen«, achtete ich nicht auf Vaginowskis Gewimmere.

»Haben Sie etwa noch keine Zeitung gelesen?«, schenkte sie mir ein bezauberndes Lächeln.

Auf mein horizontales Nicken reichte sie mir den Dülmener Kurier, den Xtra auf den Tisch gelegt hatte. Mein Konterfei zierte die Titelseite. Ich lag mit der Waffe in der Hand neben dem toten Kinker.

Bekannter Privatdetektiv mordet im Rausch – Der tiefe Fall des Dieter N.

Der in Buldern ansässige Privatdetektiv Dieter N. wechselte gestern Nacht die Seiten des Gesetzes. Schon seit längerer Zeit ist bekannt, dass N. mit dem Erfolgsdruck nicht fertig wurde. Im Herbst diesen Jahres war er zum ersten Mal straffällig geworden. Das Opfer: ein Pudel, der arg-

los seinen Weg kreuzte. N. sah rot und trat das Gaspedal seines amerikanischen Sportwagens durch. Strafe: vierzig läppische Sozialstunden. Abschreckende Wirkung: null. In der letzten Woche wurde N.s Geliebte Cornelia L. in seiner Wohnung erstochen aufgefunden, doch N. konnte nichts nachgewiesen werden. Gestern Nacht pflasterte eine weitere Leiche N.s Weg. Balthasar Kinker, ein unbescholtener Bürger unserer Stadt, beging den Fehler, N. in seine Wohnung zu lassen. N., mit Drogen bis zur Halskrause vollgepumpt, ermordete ihn auf bestialische Weise. Das Motiv bleibt unklar, da der Dülmener Polizeichef Theo Hartmann zu keinem Kommentar bereit war. Hoffen wir, dass er für immer weggesperrt wird, ansonsten drohen Dülmen weitere Morde durch N.

Unterzeichnet war der Sermon mit Gerhard Tilke, pikanterweise Karin Schumanns Bruder. Ich hatte ihm damals exklusiv die Story meines ersten Falles verkauft, und nun hatte ich ihm erneut eine Schlagzeile geliefert.

»Glauben Sie mir, Fräulein Müller: Die Geschichte ist von vorne bis hinten erstunken und erlogen.«

»Das gedruckte Wort lügt nicht, das gedruckte Wort lügt nicht!«, keifte Vaganz dazwischen. »Sie haben das Vertrauen der Serapionsbrüder auf das Schmählichste missbraucht und unseren Namen in den Schmutz gezogen.«

»Sparen Sie sich das Gequatsche, Sie Schmierenpoet. Der Mord an Grutz ist aufgeklärt.«

Sofort war Ruhe im Karton.

»Sie wissen, wer Hermann umgebracht hat? Sie treiben Ihren Schabernack zu weit, Herr Nannen.«

»Der Kerl heißt Balthasar Kinker und ist der Tote auf dem Foto.«

»Und wer, wenn nicht Ihre Wenigkeit …?«

»Keine Ahnung. Als ich Kinkers Geständnis erhalten hatte, fiel ein Schuss. Bevor ich mich umdrehen konnte, kriegte ich eins auf die Rübe. Der Rest ist uninteressant.«

»Ich sehe, ich muss Ihnen mein aufrichtiges Pardon anbieten. Obwohl ich befürchte, dass Sie es ablehnen werden«, starrte Vaginowski mich ehrfürchtig an.

»Ich akzeptiere«, erklärte ich großzügig.

»Und warum hat dieser Kinker unseren großartigen Hermann ermordet?«, ließ er nicht locker.

»Hass auf Literatur. Ihm wurde der Hauptschulabschluss verwehrt, weil er ein Gedicht von Grutz missinterpretiert hatte. Er hatte es sich zur Aufgabe gemacht, ihn und alle seine Freunde umzubringen. Es gibt sogar eine Liste mit den Todeskandidaten. Sie wären der Nächste gewesen.«

»Dann habe ich Ihnen mein Leben zu verdanken, mein teurer Freund.«

»In der Tat. Kinkers Abschussliste werde ich dem Bericht beifügen. Dann können Sie sich ein Bild von der Gefahr machen, in der Sie geschwebt haben. Sie haben verteufeltes Glück gehabt, dass Kinker umgelegt wurde. Ansonsten wäre die deutsche Literatur um ein weiteres Glanzlicht ärmer gewesen«, trug ich dick auf.

»Ich bin Ihnen auf ewig dankbar. Mein nächstes Werk wird Ihnen gewidmet sein. Ich werde einen Odenzyklus auf den Heroen verfassen, der mich vor physischer Vernichtung errettet hat. Lass dich umarmen, Bruder.«

Ehe ich mich in Sicherheit bringen konnte, schnellte Vaganz hoch, umklammerte mich und küsste mich auf beide Wangen. Aus den Augenwinkeln sah ich, wie sich Sarah einen grinste.

Mit einem Gewaltakt riss ich mich los: »Es reicht. Ich habe nur meinen Job erledigt. Zeigen Sie Ihre Dankbarkeit durch die pünktliche Überweisung des Honorars.«

»Naturellement. Ich werde sofort zur Bank eilen und pecunia auf dein Konto fließen lassen.«

Entgegen der Ankündigung unternahm er aber wieder Anstalten, sich hinzusetzen.

»Dann machen Sie das sofort«, wollte ich ihn endlich aus der Wohnung haben.

»Nun gut«, griff er sich den Mantel, rückte den Schlips zurecht und ging in Richtung Tür.

»Du kannst auf mich zählen, Dietrio. Wir müssen unbedingt zusammen speisen. Ich kenne einen Schlemmertempel, da gibt es gar köstlich zubereitete Schneckchen, die selbst vor deinem gestrengen Gaumen bestehen dürften. Und, übrigens …«

»Ja, bitte?«, kam es genervt aus dem Munde des berühmten Privatschnüfflers.

»Denke bitte an den Bericht. Nicht, dass ich drängen will, aber die anderen Serapionsbrüder …«

»Übermorgen wird er auf Ihrem Schreibtisch liegen.«

Bevor Vaganz seinen Abschied weiter verzögerte, schob ich ihn durch die Tür und verschloss sie hinter ihm.

»Puh, den bin ich los. Würden Sie mich für einen Moment entschuldigen?«

»Natürlich, Dietrio.«

»Lachen Sie nur. Ich ertrage den Kerl seit einer Woche.«

»Sie Armer.«

Sarahs Gelächter begleitete mich bis ins Schlafzimmer, wo ich mich ankleidete. Ein flüchtiger Blick ins Badezimmer überzeugte mich, dass Bettina von den beiden Gästen nichts mitbekommen hatte. Sie war vollauf damit beschäftigt, unter lautem Föhngeheule ihre Kopfbedeckung zu bändigen. Zurück im Wohnzimmer fand ich Müller beim Studium des Hundekillerberichts, den ich vor Abgabe an Schulz kopiert hatte; man konnte nie wissen.

»Sie müssen eine furchtbare Kindheit gehabt haben. Ihr Vater hat den Hund erschlagen, den Sie sich so sehnlichst gewünscht haben.«

»Alles Humbug. Hunde verbreiten Flöhe und anderes Ungeziefer. Ein Mandant hat einen Köter überfahren und muss für den Gerichtspsychologen einen Bericht verfassen. Da der Klient die deutsche Sprache nur ansatzweise beherrscht, habe ich mich bereit erklärt, ihm unter die Arme zu greifen.«

»Sie sind anscheinend barmherziger als ein Samariter. Sie haben sogar Ihren Namen auf das Titelblatt gesetzt. Dadurch verwirren Sie den Psychologen so, dass er Ihren Mandanten für vollkommen unzurechnungsfähig und damit für schuldunfähig erklärt.«

»Eh, Sie sagen es. Wollen wir uns nicht wieder setzen?«

»Bitte. Sie sind der Hausherr.« Wir nahmen Platz.

»Darf ich erfahren, welchen Umständen ich Ihren Besuch zu verdanken habe?«

»Nach Ihrer forschen Einladung war ich enttäuscht, dass Sie mich versetzt haben. Heute Morgen schlage ich die Zeitung auf und sehe Werner Kemper in Umarmung mit einem Toten auf der Titelseite. Allerdings heißt er auf einmal Dieter N. Das hat natürlich meine Neugier geweckt, also schnell im Telefonbuch nachgeschlagen, und da bin ich nun.«

»Sorry für die kleine Notlüge. Mein Beruf lässt es nicht immer zu, die Wahrheit zu sagen.«

»Haben Sie meinen Bruder aus beruflichen Gründen aufgesucht?«

»Ja, leider. Ein Unfall mit Fahrerflucht. Ein roter Camaro hat gestern früh den Wagen eines Klienten gestreift. Er glaubt, Ihren Bruder erkannt zu haben.«

»Mein Bruder fährt keinen roten Camaro.«

»Das habe ich dem Klienten bereits mitgeteilt. Der Fall ist abgeschlossen.«

»Sie erwähnten einen gewissen Egon.«

»Der Vorname des Mandanten. Ich wollte Ihre Reaktion auf den Namen testen. Wenn Ihr Bruder Egons Wagen angefahren hätte, wäre es möglich gewesen, dass er es Ihnen erzählt hat.«

»Ich hatte mir die Detektivarbeit komplizierter vorgestellt.«

»Genug über mich gequatscht. Erzählen Sie mal einen Schwank aus Ihrem Leben.«

»Das machen wir heute Abend. Ich hole Sie um halb acht ab, damit Sie nicht in Versuchung kommen, sich in einen neuen Mordfall zu stürzen und mich erneut sitzenzulassen.«

»Wo geht's hin?«

»Das ist eine Überraschung«, lächelte sie mich an.

»Aber wir sollten uns duzen, das wird das Gelingen des Abends begünstigen.«

»Okay, Sarah.«

»Dann bis gleich, Dieter.«

Nachdem ihr Wagen den Hof verlassen hatte, kehrte ich ins Haus zurück. Während ich eine Zigarette drehte, wählte ich die Nummer des Dülmener Schmierenblattes.

»Dülmener Kurier, Menning am Apparat«, flötete ein Mezzosopran in die Muschel.

»Verbinde mich mit Tilke, Schätzchen. Hier spricht der Killerdetektiv!«, fauchte ich zurück.

»Hören Sie mal, Sie Grobian. Sie haben kein Recht, in solch einem Ton mit einer Frau zu reden. Wenn Sie mich noch einmal Schätzchen nennen, zeige ich Sie an.«

»Ich bin nicht zu Späßchen aufgelegt, Menning. Wenn Ihnen mein Ton nicht passt, geben Sie den Hörer an jemanden weiter, der mir sagen kann …«

Ein Knacken verriet, dass die Leitung unterbrochen worden war. Ich drückte auf die Wahlwiederholungstaste.

»Ich bin es wieder. Geben Sie mir …«

»Wenn Sie mich noch einmal belästigen, lasse ich eine Fangschaltung legen. Dann sind Sie erledigt.«

Zack. Der Hörer knallte erneut auf die Gabel. Blieb mir nichts anderes übrig, als Tilke persönlich aufzusuchen. Eine Schlittenfahrt später betrat ich die Redaktion, ohne mich am Getuschel der Reporter zu stören. Tilke war in seinem Büro. Er blickte über die Schulter einer zwanzigjährigen Brünetten, die auf seinem Platz saß und auf die Tastatur einhackte.

»Die Beschreibung des Siegergockels ist pulitzerpreisverdächtig, Frau Menning. Der Leser bekommt das Gefühl, als wäre er bei der Jahressitzung unseres Hühnerzuchtvereins dabei gewesen. Besonders gut gefällt mir die Passage: Mit stolzgeschwellter Brust betritt Hannibal, Matador unter lauter Pikadores, den schweißgetränkten Laufsteg. Eine plastische und lebendige Schilderung. Ich kann nur sagen: Weiter so.«

Während er seinen Psalm auf die Reportage herunterbetete, streichelte er ihre Schulter. Der Knabe verstand was von Personalmotivation.

»Ich habe nur geschrieben, was ich gesehen habe. Wie Sie es mich gelehrt haben«, legte sie eine dicke Schleimspur.

»Was machen Sie denn hier?«, hatte Tilke mich endlich wahrgenommen.

»Wir müssen uns unterhalten. Ernsthaft unterhalten.«

»Das ist der Wahnsinnige vom Telefon!«, keifte Menning dazwischen. »Soll ich die Polizei verständigen?«

»Nein, nein. Lassen Sie uns bitte allein.«

Beim Hinausgehen warf ich ihr eine Kusshand zu, was mit einem entrüsteten Schnaufen quittiert wurde.

»Ich höre«, hatte ich mich vor Tilke aufgebaut.

»Die Öffentlichkeit hat ein Recht auf Information«, glänzte seine Stirn feucht.

»Wenn diese Information der Wahrheit entspricht.«

»Unsere Zeitung veröffentlicht ausschließlich gründlich recherchierte Artikel.«

»Es interessiert mich nicht, wie Sie das Presserecht missbrauchen. Ich möchte wissen, wie Sie an die Infos gekommen sind«, löste ich Erleichterung beim Gegenüber aus. Wahrscheinlich hatte er mit einer deftigen Abreibung gerechnet.

»Gestern Abend haben wir einen Umschlag im Redaktionsbriefkasten gefunden. Er enthielt einen Brief, in dem Sie des Mordes an diesem Kinker beschuldigt wurden, und das Foto. Daraufhin habe ich Herrn Reichert angerufen, der sich aber nicht zu dem Fall äußern wollte. Er hat mir jedoch von dem überfahrenen Pudel und Ihrer toten Freundin berichtet. Natürlich haben wir sofort den Druck der Auflage gestoppt und den Artikel hineingenommen. Da die Faktenlage in der kurzen Zeit nicht hundertprozentig geklärt werden konnte, haben wir bewusst von direkten Anschuldigungen abgesehen. Der Artikel sollte den Leser nur zum Nachdenken anregen. Ich persönlich weiß, dass Sie niemals zu so etwas fähig wären.« Er hob bedauernd die Schultern. »Ein hartes Geschäft verlangt harte Bandagen.«

»Ich weiß Ihre hohe Meinung von mir zu schätzen. Jetzt her mit dem Wisch.«

Ohne Widerrede öffnete er eine Schreibtischschublade, entnahm einen gelben DIN-A4-Umschlag und reichte ihn mir. Er enthielt das abgedruckte Foto und einen maschinengeschriebenen Brief.

»Der Privatdetektiv Dieter Nannen hat heute in berauschtem Zustand Balthasar Kinker, wohnhaft in der Geschwister-Scholl-Straße 15, ermordet. Gäbe das nicht eine gute Titelstory ab?«

»He, was machen Sie da?«, hatte ich alles in die Jackentasche gestopft.

»Ich suche Kinkers Mörder.«

»Sie können daraus Schlüsse auf den Täter ziehen?«,

glänzten seine Augen in Erwartung einer weiteren Reißerstory.

»Natürlich.«

»Und? Wer war es?«

»Hat Ihr Schmierenblatt nicht mich zum Schlachter erkoren?«

»Ich muss mich entschuldigen, Herr Nannen. Wir haben einen Fehler gemacht.« Der Vorteil an Leuten wie Tilke war, dass sie leicht auszurechnen waren. Warf man ihnen einen Köder hin, schnappten sie danach.

»Sie haben meinen guten Namen in den Dreck gezogen und mich beruflich ruiniert. Von der menschlichen Enttäuschung ganz zu schweigen.«

»Ich habe den Artikel doch nicht selbst geschrieben. Fräulein Menning hat ihn verfasst und einfach meinen Namen darunter gesetzt. Ich habe geglaubt, dass alles seine Richtigkeit hätte. Natürlich hätte man Ihre Darstellung des Sachverhalts hören müssen. Also, wer hat Kinker umgebracht?«

»Es ist zu früh, um Namen zu nennen. Ich brauche den letzten Beweis. Ob ich aber meine Erkenntnisse dem Dülmener Kurier zugutekommen lasse, ist mehr als fraglich.«

»Wovon hängt es ab?«, rutschte der Fatzke auf dem Stuhl hin und her.

»Ich will eine Richtigstellung in der nächsten Ausgabe, und zwar auf der Titelseite.«

»Wird sofort verfasst. Ich hoffe, unserer geschäftlichen Vereinbarung steht damit nichts mehr im Wege.«

»Ich werde mich mit Ihnen in Verbindung setzen. Vorausgesetzt, der Artikel findet mein Wohlwollen.«

Voller Zufriedenheit verließ ich die Redaktion.

Tilkes Hoffnung auf einen Scoop verschaffte mir die Rehabilitation.

Draußen war es stockdunkel. Unheilverkündende Wolken hatten sich vor die lustlos vor sich hin scheinende Wintersonne geschoben. Just als ich die Wagentür aufschloss, fielen die ersten Tropfen; für neuen Schnee war es zu warm.

Jetzt zur Kirche und den Wettergott anbeten. Vier Minuten vor Beginn der Andacht holte ich den Liederzettel in der Sakristei ab, bevor ich pünktlich zum Glockengeläut das Lied zum dritten Advent anstimmte. Der Bulderner Dom war nur spärlich gefüllt, und in Anbetracht des Durchschnittsalters der Gläubigen musste man froh sein, wenn es am Ende nicht noch weniger waren.

Ich reduzierte die Lautstärke, damit die Gemeinde überhaupt eine Chance hatte, Gott zu lobpreisen, ohne von der Orgelphonzahl erschlagen zu werden. Pfarrer Wilpert hielt die übliche Predigt über Besinnung, Abstinenz und Verdammnis, woraufhin zwei Greise in der hintersten Bank glatt wegknackten. Als ich das Schlusslied anstimmte, kehrten sie jedoch dank einiger eingestreuter Dissonanzen wieder unter die Lebenden zurück.

Als ich zu Hause die Wagentür abschloss, schüttete es wie aus Kübeln. Ich holte einen Ostfriesennerz aus dem Schuppen und ging mit Trockenfutter und Möhren bewaffnet zu meinen Freunden. Die Mümmelmänner starrten mich hungrig an. Nachdem ich ihnen erklärt hatte, dass Karotten gesünder sind als Menschenfleisch, ließen sie meine Hand in Ruhe und widmeten sich voller Inbrunst der Vegetariermahlzeit. Auch Henry und Pedder waren leicht zufriedenzustellen. Eine Fuhre Heu für den einen und Kartoffeln und Möhren für den anderen, schon war Ruhe im Stall.

20

»Was soll das sein?«

Wir saßen in einem Club, wo die Preise hoch und die Gäste dementsprechend waren. Sarah hatte mich wie verabredet um halb acht abgeholt. In einem schnuckligen Fischrestaurant hatten wir zu Abend gegessen. Da wir erwachsen waren und somit nicht um zehn zu Hause sein mussten, waren wir noch in den Club Tropical gefahren, um einen oder zwei Drinks zu verkosten. Als großer Alice-Schwarzer-Fan hatte ich mich sofort einverstanden erklärt, dass Sarah für die Getränke aufkommen wollte.

»Schau doch nach.«

Die Mitte der Bar nahm eine kreisrunde Theke ein, hinter der zwei Mixer die Wünsche der Kunden zu erfüllen versuchten, was ihnen mühelos gelang. Noch nie hatte ich einen solchen Cuba Libre genossen. Müller und ich hatten es uns in einer gemütlichen Nische bei Kerzenschein gemütlich gemacht und läuteten gerade die dritte Runde ein. Aus Sarahs Umgang mit dem Personal war abzuleiten, dass sie hier nicht zum ersten Mal gastierte.

»Das sind zweitausend Schleifen«, glaubte ich meinen Augen nicht zu trauen.

»Könntest glatt bei der Sparkasse anfangen.«

Müller hatte einen Umschlag über den Tisch geschoben. Für den Inhalt musste ein Fließbandarbeiter bei Opel vier Wochen Akkord arbeiten, Sonntagsarbeit inklusive.

»Wen soll ich umlegen?«, versuchte ich zu scherzen.

»Den Barmann, der diese scheußlichen Drinks mixt.«

»Erstens sind die Drinks ausgezeichnet, zweitens habe ich meine Kanone zu Hause gelassen, und drittens ist mein Bedarf an Leichen für Dezember gedeckt. Also, wofür ist das Geld?«

»Finde den Mörder von Cornelia Lienen.«

»So schnell habe ich noch nie zwei Lappen verdient. Der Mörder heißt Balthasar Kinker und ist tot. Du warst doch dabei, als ich Vaganz meine Untersuchungsergebnisse mitgeteilt habe.«

»Kinker war es nicht. Suchst du jetzt den Kerl, der meine Freundin umgebracht hat?«

»Cornelia ist deine Freundin?« Und da hatte ich geglaubt, ich wäre nicht mehr so leicht zu schockieren.

»Wir kennen uns seit der Schulzeit. Also, was ist?«

»Sarah, da du im Moment offensichtlich nicht weißt, was du redest, lass es mich erklären: Vor einigen Tagen ist der Dichter Hermann Grutz ermordet worden. Das glauben auf jeden Fall seine Kollegen, denn von offizieller Seite wurde sein Tod als Selbstmord deklariert. Vaganz hat mich beauftragt, den Mörder zu schnappen. Im Verlauf der Ermittlungen habe ich Cornelia Lienen kennengelernt, die mit Hermann zusammen war. Wenig später ist sie ebenfalls getötet worden, und zwar in meiner Badewanne. Grutz wollte ein Buch über schmutzige Geschäfte im Dülmener Krankenhaus veröffentlichen und ist dabei wohl einigen auf die Füße getreten. Im Laufe der Ermittlungen bin ich zusammengeschlagen, fast getötet und von der Presse zum Schlächter gestempelt worden. Außerdem gibt es mittlerweile fünf Leichen, und ich will nicht die sechste sein. Ich weiß nicht, ob Kinker die beiden getötet hat, aber es ist durchaus möglich, zumal dieser Irre auf jeden Fall in die Organgangstergeschichte verwickelt ist.«

Sarah unterbrach meinen Monolog durch lautes Gelächter: »Organgangster, das ist gut.«

»Darf ich zu Ende berichten?«, war ich allmählich angesäuert.

»Entschuldige.«

»Ich habe schon zig Mordfälle bearbeitet, und nicht selten war dabei mein Leben in Gefahr. Aber mit dieser Bande ist nicht zu spaßen. Ich kann nur von Glück reden, dass ich nicht schon unter der Erde liege oder im Knast versauere. Deswegen ist Kinker der Mörder, denn er kann nicht mehr widersprechen. So sind alle Beteiligten glücklich: Ich kassiere mein Honorar und werde hundert Jahre alt; Vaganz hat die Bestätigung, dass Grutz keinen Selbstmord begangen hat, und einen Täter. Jetzt können alle fröhlich weiterleben, und wenn sie nicht gestorben sind …«, lehnte ich mich zurück und nippte am Drink.

»Bin ich jetzt dran?«

»Nur zu«, gefiel mir ihr kalter Gesichtsausdruck überhaupt nicht.

»Kinker war zwar ein unberechenbarer Geisteskranker, aber er hat Grutz und Cornelia nicht auf dem Gewissen. Ich verstehe deine Beweggründe, den Fall so abzuschließen, aber es gibt keine Organgangster, die dir nach dem Leben trachten.«

»Ich habe sie mit eigenen Augen beobachtet.«

»Wie sie Organe gestohlen haben?« Kalt, kälter, Müller.

Ich beschloss, mit offenen Karten zu spielen, bevor ich hier noch erfror: »Dein Bruder ist in die Geschäfte verwickelt.«

»Ich weiß. Du hast eine Menge herausgefunden und viel Staub aufgewirbelt, kurzum: Du bist ein verdammt guter Schnüffler. Dieser Tatsache allein hast du zu verdanken, dass ich dich leben lasse.«

21

Geschockt sackte ich in die Polster. Das war einfach zu viel. Ich winkte die Kellnerin herbei und bestellte einen dreifachen Whiskey. Während der Wartezeit verfolgten wir schweigend das Flackern der Flamme.

Als ich den ersten Schluck des Malzwassers in meinem Körper verstaut hatte, setzten sich Müllers Lippen in Bewegung: »Momentan habe ich nur ein Ziel, nämlich den Mörder meiner besten Freundin zu finden. Wie dir mittlerweile aufgegangen sein dürfte, bin ich der Kopf einer Organisation, die diverse illegale Geschäfte tätigt. Organhandel zählt aber nicht dazu.«

»Und die Sache im Dülmener Hospital?«, war ich überrascht, dass meine Stimme relativ fest klang.

»Morphium und Ähnliches. Es gibt einen großen Markt für diese Drogen, und unter anderem stehlen wir die Sachen aus Krankenhäusern; Dülmen ist nicht das einzige.«

»Du bist der Anführer dieser Truppe?«

»Du hast es erfasst.« Mein Gott, war der Whiskey schon wieder leer?

»Dann hast du auf dem Gehöft meine Exekution befohlen?«

»Lass mich zu meiner Entschuldigung sagen, dass du ein lästiger Schnüffler warst, der uns gefährlich werden konnte.«

»Wie lange habe ich noch zu leben? Tauchen gleich zwei Männer in langen Mänteln auf und schießen mich über den Haufen?« Hatte mich schon mal wohler gefühlt in meiner Haut.

»Du hast nichts zu befürchten, vorausgesetzt, du findest Cornelias Mörder. Auch wenn meine Moralvorstellungen von der Norm abweichen und ich einen toughen Job habe, gibt es auch wunde Punkte. Einer davon ist Cornelia. Ich würde alles dafür geben, ihren Mörder in die Finger zu bekommen …«

»Und ihn umzulegen«, unterbrach ich sie.

»Deine Aufgabe ist, das Schwein zu liefern. Alles Weitere hat dich nicht zu interessieren.«

»Warum ich?«

»Weil in meiner Organisation nur Schwachköpfe sind, die zwar Handlangerarbeiten erledigen können, aber sobald es ans Denken geht, hapert es. Außerdem hast du meine Truppe um einiges reduziert.«

Zwar war es Kinker, der Egon und Claude auf dem Gewissen hatte, aber sie musste ja nicht alles wissen.

»Was ist für mich drin?«, gewann meine praktische Seite wieder die Oberhand.

»Fünftausend und ein langes Leben.«

Ich nahm den Auftrag an, was blieb mir auch anderes übrig? Während eine frische Ladung Hot Fever – meine Geschmacksnerven identifizierten Limone, Papaya, Mango und Rum, viel Rum – gebracht wurde, erfuhr ich, dass Balthasar Kinker ein ehemaliges Mitglied der Bande war. Schnell hatte er jedoch angefangen, sein eigenes Süppchen zu kochen, und stand seitdem auf der Abschussliste. Als ein Mordanschlag auf ihn fehlgeschlagen war, hatte er Rache geschworen und sich zum Ziel gesetzt, die ganze Sippe auszurotten. Allerdings wussten weder er noch die übrigen Gauner, dass Sarah der Kopf der Truppe war; selbst ihr Bruder nicht. Ich war nun der Einzige, der ihr Alter Ego kannte. Allerdings machte sie mir unmissverständlich klar, was im Falle eines übertriebenen Kommunikationsbedürfnisses meinerseits mit mir geschehen würde. Weiterhin versicherte sie, dass Hermanns Ermordung nicht auf ihr Konto ginge. Angeblich wusste sie nichts von einem Buch über die Dülmener Klinik.

»Wer hat Kinker ermordet? War es einer von deinen Leuten?«

»Das werde ich bald wissen, denn ich hatte eine Prämie auf seinen Kopf ausgesetzt. Ich sage Bescheid, sobald ich Genaueres weiß.«

»Sehr liebenswürdig. Prost.«

Wir vernichteten die Drinks, und Müller beglich die Zeche. Die Abschiedsszene unterschied sich deutlich vom Ende eines Rosamunde-Pilcher-Romans, und so glitt ich wenig später verwirrt in meinen Fahrersitz. Das feine Fräulein Müller bekleidete eine leitende Stellung im kriminellen Milieu. Kaum zu glauben. Aber genauso wenig passten die skurrilen Mitglieder der Dichtergilde ins Merkel-Deutschland, wo ein guter Bürger aus Angst vor Hartz IV oder dem Anstieg der Spritpreise den Feinrippslip nässte. Ein seltsames Universum und Don Dieter mittendrin.

Wie in Tieftrance glitten die Felder in der Dunkelheit an mir vorüber. Lost Highways im westfälischen Nirgendwo. Die chillige Musik des Radios senkte ebenfalls die Frequenz meiner Gehirnwellen, so dass ich halb wegdröselte.

»Und zu später Stunde macht Rockenberg vom Radio Münsterland wieder Menschen glücklich. Führt zusammen, was zusammengehört, spielt Amor für zwei Liebende.«

Mit einem Schlag war ich wieder wach. Das konnte lustig werden. Welche arme Fackel vertraute den Medien, ihr Schicksal zum Besseren zu lenken? Ob Frauentausch, zählende Liebe oder Super-Nanny. Menschen präsentierten gerne einem Millionenpublikum die eigene Beschränktheit.

»Mein heutiger Gast ist eine junge Frau, sehr attraktiv, langes blondes Haar und strahlend blaue Augen. Ich kann mir nicht vorstellen, dass jemand wie du Nachhilfe in Sachen Liebe braucht. Da leckt sich ja jeder Mann die Finger nach. Aber stell dich ruhig mal vor«, schleimte der Moderator durch die Botanik.

»Ich heiße Bettina, bin zweiunddreißig und komme aus Essen.«

Mein rechter Fuß machte sich selbständig und legte eine Vollbremsung hin. Mit äußerster Mühe konnten meine Hände den Wagen auf den Seitenstreifen bugsieren. Kerzengerade saß ich im Sitz, Augen und Ohren scheunenweit offen.

»Mich hat die Liebe ins Münsterland verschlagen, denn hier wohnt mein vergöttertes Juwel.«

»Wer ist denn der Glückliche?«

»Dieter Nannen. Er wohnt in Buldern und arbeitet als Privatdetektiv. Es ist alles meine Schuld«, schluchzte Bettina plötzlich los.

Instinktiv duckte ich mich in den Sitz, als könnte ich mich so dieser Bloßstellung entziehen. Dann dreimal mein Haupt Richtung Mekka geneigt: »Allah, hab zwar noch nie mit dir gesprochen, aber lass bitte keinen Kunden zuhören.«

»Es war der größte Fehler meines Lebens«, plärrte Tine weiter. »Er hat mich hingebungsvoll geliebt, und ich habe dieses Geschenk mit Füßen getreten.«

»Was ist denn passiert?«, fragte Rockenberg gespielt teilnahmsvoll.

Vor lauter Schluchzerei war zunächst kein Wort zu verstehen, dann fasste sie sich ein wenig: »Dieter hat sich für die Firma meiner Eltern krummgeschuftet, hat als Prokurist alle Verantwortung auf sich geladen. Hat das Büro als Erster betreten und abends das Licht ausgemacht. Krank war er vor Stress. Und ich, ich habe das damals nicht gewürdigt. Dieter, wenn du mich hörst, verzeih mir. Bitte!« Dazu Geheule, schlimmer als Celine Dion beim Untergang der Titanic.

Bettinas Realitätswahrnehmung schien etwas verzerrt zu sein, denn wenn ich mich recht an meine Essener Zeit erinnerte, hatte ich eher eine ruhige Kugel geschoben.

»Nun komm wieder runter«, wurde es auch Rockenberg zu viel, »das ist lange her. Wie soll die Zukunft aussehen? Du möchtest Dieter etwas sagen.«

»Genau, genau. Mein Herzallerliebster: Verzeih mir meine Fehler und Unzulänglichkeiten. Mein Schatz, bitte komm zu mir zurück.«

Was hatte ich falsch gemacht? Nichts hatte in den letzten Tagen darauf schließen lassen, dass ich auch nur einen Hauch von Interesse an Tine hatte. Schade, da musste ich wohl die Strategie des subtilen Desinteresses verlassen und deutlicher werden. Adieu, ihr 8000 Flocken.

»Dieter«, tönte Moderator Rockenberg, »du Bulderner Womanizer: Deine Braut weint sich die Augen aus dem Kopf, also denk drüber nach. Damit ihr wieder zusammenfindet, spendiert euch Radio Münsterland einen Trip zum Feldhausener Movie-Park und 20 Euro für ein gemeinsames Dinner in einem Restaurant eurer Wahl. Mögen eure Träume dort Realität werden.« 20 Kröten für ein Dinner, Romantik pur in der Bulderner Pommesbude, oder was?

»Danke, Rockenberg«, hauchte meine Ex.

»Und jetzt *I want to know what love is* für Bettina und Dieter aus Buldern. Ich liebe euch und rockt mal richtig das Dorf.«

Ob *Lou Gramm* beim Schreiben des Songs an Tine und mich gedacht hatte, bezweifelte ich. Klärende Worte waren jetzt unumgänglich.

Eine Beruhigungszigarette und etliche Kilometer durch vom Neumond erhellte Felder später rollte mein Wagen aufs heimische Gehöft. In der Stube brannte noch Licht. Im Geiste legte ich mir die richtigen Worte zurecht: »Bettina, verzieh dich.« Hart, aber fair.

Als ich wild entschlossen die Haustür öffnete, gab's eine Überraschung: Damit waren weniger die Kerzen gemeint, die die Stube in romantisches Licht tauchten, und auch nicht die Räucherstäbchen, die unangenehmen Sandelholzduft verströmten. Nein, auch nicht, dass Tine vor dem Kamin saß und verzückt an einer Tasse Tee nippte. Die Überraschung saß ihr gegenüber und hörte auf den bürgerlichen Namen Franz Spoden.

»Hallo, Dieter«, begrüßte sie mich beseelt.

»Meine Liebe sei mit dir«, lächelte Spoden mich an, als wäre ich der auferstandene Christus.

»Was verschafft mir die Ehre?«, überwog mich eine Welle des Misstrauens.

»Jedes Volk der Welt glaubt, dass die Drei eine besondere Zahl ist. Sie repräsentiert das Göttliche, bildet die wahre Einheit. Mich haben jedoch nur zwei Gründe in deinen Tempel geführt«, schnappte Franz aka Bhagwan sich ein Räucherstäbchen und wedelte damit durch die Gegend.

»Ich muss eine Sünde gestehen und dein Heim von dem Schmutz reinigen, mit dem ich dich befleckt habe«, schwadronierte der konvertierte Dichter.

»Ich steh nicht auf diesen Mist, also spuck's schon aus«, knurrte ich langsam genervt. Schließlich stand die Aussprache mit Tine bevor.

»Ich habe dich angerufen«, stellte er das nach Toilettenstein duftende Hölzchen zurück in den Halter.

»Und? Viele Leute rufen mich an«, hatte sich mein Gesicht zu einem Fragezeichen verformt.

»Mmh«, wirkte Bhagwan zum ersten Mal ein wenig verlegen, »aber nicht anonym.«

Langsam fiel der Groschen, 'tschuldigung, die 5-Cent-Münze.

»Du hast Gisbert Bruhns denunziert?«

»Ich bin einige Male mit ihm angeeckt«, wirkte er erleichtert, dass ich es ausgesprochen hatte. »Er mag meine Lebensweise nicht, meine Poesie noch weniger. Als Vaganz dich beauftragt hat, war das eine Gelegenheit, es ihm heimzuzahlen. Besonders erleuchtet war das allerdings nicht, und deshalb musste ich es dir beichten.«

Pater Dieter, warum nicht?

Die Frage war nun natürlich, ob er Grutz auf dem Gewissen hatte. Aber warum sollte er mir dann den Anruf gestehen? Andererseits war jeder der Serapionsbrüder bekloppter als Bauer Steinmanns schizophrenes Pferd Freddy. Das hatte sich beim Erwachsenwerden an der Obersau Hanne statt an anderen Gäulen orientiert. Freddy wälzte sich mit größtem Vergnügen im Dreck und gab grunzähnliche Laute von sich. Sowohl anatomisch als auch psychologisch ein Wunder.

»Und der zweite Grund deines Besuchs?«, outete ich mich als guter Zuhörer.

Bettina räusperte sich und brach dann in wildes Geschluchze aus. Ziemlich theatralisch.

»Dieter, wir müssen reden.«

»Da kannst du einen drauf lassen, insbesondere nach deinem grandiosen Radioauftritt. Um es ein für alle Mal klarzustellen: Der Keks ist gegessen, der Drops ist gelutscht, die Messe ist gelesen. Capito?«

»Ich hoffe, du bist nicht verletzt«, schniefte sie.

»Häh?«, verstand ich die Welt nun gar nicht mehr.

»Erst die Liebeserklärung, nun die Trennung. Ich versteh mich ja selbst nicht.«

»Erklär's mir, aber ganz langsam«, ließ ich mich auf die Couch fallen und rang um Fassung. »Ich bin nur ein einfacher Junge aus dem Pott und komm da nicht mehr mit.«

»Ich war heute Morgen schon hier«, brachte Spoden sich ein.

»Das ist ja superinteressant«, wandelte sich Fassungslosigkeit in Verärgerung.

»Du warst nicht da, dafür aber Bettina. Wir haben sofort die gegenseitige Anziehung gespürt. Geradezu alchimistisch. Sie wird bei mir einziehen, noch heute Nacht. Verzeih, aber unsere Libido war einfach übermächtig.«

»Ja«, fiel Tine vor mir auf die Knie, »verzeih mir. Du musst dir vollkommen ausgenutzt vorkommen. Mein armer Freund. Aber Franz repräsentiert genau das, wonach ich immer gesucht habe.«

Janis Joplin und Bhagwan, das war mal ein nettes Gespann. Aber hatte ich nicht eine Vorahnung gehabt? Vielleicht sollte ich mich mal als Guru versuchen? Da gab es bestimmt die eine oder andere Mücke zu verdienen.

»Und die Liebesschwüre im Radio? Nur erstunken und erlogen?«, war meine Eitelkeit doch ein wenig gekränkt.

»Nein, die kamen von Herzen. Aber da war ich Bhagwan noch nicht begegnet«, tupfte sie mit einem Tempo die Wangen trocken. »Komm mal bitte mit, ich hab noch was für dich. Franz, entschuldigst du uns kurz?«

Bettina schwebte voran in Richtung Schlafgemächer, ich hinterher, des lieben Friedens willen. Auf ihrem Bett stand ein Postpaket, und auf ihr Geheiß hin klappte ich den Deckel auf. Wahnsinn! Unter einem prall gefüllten Briefumschlag lümmelten zig CDs vor sich hin; ich identifizierte sofort die Cover des ersten *Violent Force*-Demos und des *Witching Metal*-Demos von *Sodom*. Im Sichtfenster des Kuverts posierte ein Fünfhunderter; Weihnachten und Geburtstag zugleich.

Ich verzichtete aufs Nachzählen, drehte mich stattdessen zu meiner Ex um und zack, trafen sich unsere Lippen. Eines musste man Bettina lassen: Sie küsste phantastisch. Allerdings hatte Spoden noch einiges an Arbeit vor sich, bevor er in den vollen Genuss kam, denn bei ihrer phänomenalen Nase hatten wir damals ein Jahr gebraucht, bis wir die adäquate Kussposition gefunden hatten.

Als wir uns nach rund sechs Stunden voneinander lösten, blickten wir uns verdutzt und völlig atemlos an.

»Danke«, fand ich als Erster die Sprache wieder. »Soll ich dir beim Packen helfen?«

»Schon erledigt«, fing sie wieder an zu flennen.

Ich widerstand dem Impuls, sie in die Arme zu nehmen, und redete leise auf sie ein: »Ich wünsch dir alles Gute, aber pass bitte auf: Dein neuer Freund könnte gefährlich sein.«

»Ist lieb von dir«, war der Tränenstrom noch immer nicht versiegt, »aber er ist kein Mörder. Er ist ein außergewöhnlicher Mann und die Liebe meines Lebens. Komm, lass uns zurückgehen.«

Nichts lieber als das. Spoden trippelte schon nervös herum, als wir die gute Stube betraten. Tines Tränen waren mittlerweile versiegt, sie hatte nur noch Augen für Meister Bhagwan.

Ich trank noch einen Tee mit den beiden Turteltauben, half beim Einladen der Siebensachen, dann zog der Tross gen Sahmadi.

22

Am nächsten Morgen erwachte ich mit einem Gefühl der Freiheit. Irgendwie hatte Bettina mich doch eingeengt, nun konnte ich wieder atmen. Doch die Gedanken an die Arbeit bereiteten mir Magenschmerzen. Nee, bis zum Mittag wollte ich sie verdrängen. Ich gab dem Kamin Feuer und schnappte mir die Zeitungen der letzten Tage, um mich über die neuesten Entwicklungen in Politik, Kultur und Sport zu informieren. Die große Koalition wollte den Rauchern an den Kragen. Sofort steckte ich mir eine an, solange das noch in den eigenen vier Wänden erlaubt war. Nachher litten die Stubenfliegen unter Impotenz und die Tierschutzlobby verklagte mich. Der königsblaue Vorortverein von Wanne-Eickel vergeigte wieder die Meisterschaft, und Oldieshows erfreuten sich im Fernsehen steigender Beliebtheit. Dermaßen geupdated sortierte ich die heiligen CD-Schätze ins Regal und zählte die Kohle: Mannmannmann, 8350 Euro fürs Nichtstun.

Warum nicht ein wenig davon abgeben? Karin Schumann hatte einen kleinen Verein zur Förderung geistig behinderter Jugendlicher gegründet, Proteen e. V. Ich suchte die Kontodaten heraus und machte eine Überweisung über 500 Euronen fertig. Vielleicht bekam ja Stefan Jahnknecht was von der Kohle.

Anschließend säuberte ich die Ställe und unterhielt mich mit dem Viehzeug, doch Pedder, Henry und die Karnickel wussten nichts Aufsehenerregendes oder Tröstendes zu berichten. Ziemlich einseitige Gespräche. Nachdem ich auch noch Holz für die nächsten zwei Wochen gehackt hatte, trennte mich nur noch eine Dusche von der unangenehmen Konfrontation mit dem Fall Cornelia Lienen. Obwohl ich jede Pore einzeln schrubbte, war der Tag immer noch nicht rum, also nahm ich mich an die Kandare. Schichtbeginn.

Mit Block und Kuli bewaffnet ließ ich mich vor dem Kamin nieder. Zwei Zigaretten später war der Kuli noch immer nicht übers Papier gefahren, zu viele Gedanken schwirrten im Kopf herum: Hermann Grutz, Connie Lienen, die beiden Handlanger Claude und Egon, außerdem der geisteskranke Kinker; fünf Leichen innerhalb von zwölf Tagen, kein schlechter Schnitt. Das schaffte höchstens Sammy Spade.

Welcher der Herren stand in einer wie auch immer gearteten Verbindung zu Cornelia? Wenn Sarah die Wahrheit gesagt hatte, schieden Claude, Egon und Balthasar als Badewannenmörder aus. Die drei Bandenmitglieder hatten regelmäßig Krankenhäuser aufgesucht, obwohl sie kerngesund waren. Meine liebe Connie war zwar in einer der Kliniken als Krankenschwester tätig gewesen, hatte aber nichts von der umtriebigen Morphiumclique gewusst; das sagte mir meine Menschenkenntnis.

Das Handy schlug Alarm. Erleichtert über die Unterbrechung hüpfte ich aus dem Sessel und puhlte das technische Wunderwerk aus der Jackentasche.

»Nannen.«

»Sarah hier. Nur zur Info: Kinker wurde von einem meiner Leute umgelegt. Das Kopfgeld wurde soeben eingefordert.«

»Wer war es noch gleich?«, hatte ich das Drogenexperiment und den Knastaufenthalt noch in leidvoller Erinnerung.

»Ich bitte dich. Nur weil ich nachmittags anrufe, heißt das nicht, dass ich ein Kaffeekränzchen veranstalten will.«

»Mach's mir nicht so schwer. Schließlich hat mich der Knabe zusammengeschlagen, mit LSD vollgepumpt und den Bullen zum Fraß vorgeworfen. Muss ich den Namen wohl allein rausbekommen.«

»Du findest Connies Mörder, und von allem anderen lässt du die Finger, capito?« Trotz des prasselnden Kaminfeuers fröstelte es mich.

»Vielleicht stoße ich bei meinen Recherchen auf Hinweise, dass Kinkers und Cornelias Mörder identisch sind.«

»Treib keine Spielchen mit mir. Noch mal zum Mitschreiben: Der Kerl, der Kinker erledigt hat, hat mit Connies Tod nichts zu tun. Wenn mir zu Ohren kommen sollte, dass du dich auf einen Rachefeldzug begibst, machst du dein Viehzeug zu Vollwaisen.«

Das hatte gesessen. Ich bedankte mich, klickte das Gespräch weg und ließ mich mit einem noch flaueren

Gefühl im Magen wieder vor den brennenden Holzscheiten nieder.

Müller hatte meine Vermutung bestätigt: Von ihrer Bande hatte keiner was mit Lienens Tod zu schaffen. Da sie mir ebenso versichert hatte, dass sie nicht für Hermanns Ableben verantwortlich war, spielte die Müllertruppe keine Rolle im »Der Dichter und sein Henker«-Stück. Das wiederum bedeutete, dass ich mit meinen Erkenntnissen exakt so weit war wie bei der Engagierung durch Vaganz.

Standen die Morde am Dichter und der Krankenschwester überhaupt in einem Zusammenhang? Da es aber so was von unwahrscheinlich war, dass innerhalb kürzester Zeit zwei nahestehende Personen von unterschiedlichen Tätern ermordet worden waren, musste ich diese Frage mit ja beantworten. Es gab nur einen Killer.

Wer war in den Fall involviert? Zunächst mein Auftraggeber Xtra Vaganz. Er hatte hinter dem angeblichen Selbstmord seines Freundes einen Mord vermutet. Insofern konnte ich ihn vorläufig als Täter ausschließen, denn so dämlich war selbst Vaginowski nicht, einen Schnüffler für eine Morduntersuchung anzuheuern, die von offizieller Seite so gut wie abgeschlossen war.

Andererseits machte mich einiges stutzig. Vaganz kannte als einziger Grutz' neuestes Werk. Zunächst hatte sich seine Vermutung bezüglich des Dülmener Hospitals als richtig herausgestellt, bei genauerer Betrachtung ergaben sich jedoch Fragen:

Warum hatte nur er Kenntnis von dem Roman? Weder seine Dichterkollegen noch Hermanns Freundin konnten etwas über das neue Buch sagen.

Was hatte es mit den Organgangstern auf sich? Wenig wahrscheinlich, dass im Elisabeth-Hospital neben der Morphiumbande eine weitere Truppe Patienten umbrachte, um deren Innereien zu verticken.

Siedend heiß fielen mir die Unterlagen ein, die ich bei Hermanns Hausdurchsuchung eingesteckt hatte. In der ganzen Hektik war ich gar nicht dazu gekommen, die Sachen zu inspizieren. Also schnell den Papierstapel aus Schrank und Plastiktüte befreit und an den Wohnzimmertisch gesetzt.

Das erste flüchtige Durchblättern zeigte, dass sich die Anordnung der Seiten mit keiner der mir bekannten Ordnungstheorien deckte, nichtsdestotrotz fand ich vier Cover, auf denen Titel, Autor und eine Jahreszahl abgedruckt waren. Der Autor war stets der gleiche: Wilhelm von Gallen, aka Hermann Grutz. Sein erstes Buch, *Ein Mann zwischen zwei Frauen*, datierte von 2004. In den beiden darauffolgenden Jahren folgten *Heiße Liebe im kalten Schnee* und das mir bekannte *Die Liebe ist ein einzigartig Ding*. Laut Buchhändlerin stellten diese drei Romane sein komplettes Schaffen im Kitschromansektor dar.

Vor mir lag nun das vierte Deckblatt mit der Jahreszahl 2007; Hermanns aktueller Output. Der Titel lautete aber weder *Die gestohlene Prostata* noch ließ er irgendwelche Schlüsse auf kriminelle Aktivitäten im Dülmener Krankenhaus zu. »Sonne in dunkler Nacht« prangte in großen Lettern auf dem Zettel.

Schnell die Blätter geordnet, und zehn geschwärzte Finger später lagen knapp 200 engbeschriebene Seiten vor mir. Das Detektivleben hatte auch seine dunklen Momente, schoss es mir durch den Kopf, denn ich musste den kompletten Sermon wohl oder übel lesen, obwohl ich jetzt überzeugt war, dass weder Organhandel noch andere krumme Sachen auftauchen würden.

Aber Nannen wäre nicht Nannen, würde er nicht das Nützliche mit dem Angenehmen verbinden, und so hatte ich nach Eingabe einer wohlbekannten Ziffernfolge Karin Schumann an der nicht vorhandenen Strippe.

»Was hältst du davon, mit mir zusammen das Werk eines der begnadetsten Poeten der Gegenwart zu lesen?«, legte ich nach der Begrüßungszeremonie los.

»Frag doch deine Bettina. Außerdem möchte ich erst mal wissen, wie es Henry geht, und danach, warum du so mir nichts dir nichts abgehauen bist, nachdem du uns losgebunden hattest.«

»Ich werde alles erzählen, aber nicht am Telefon. Henry ging es nie besser. Du wirst arge Schwierigkeiten haben, ihn auf deinen Hof zurückzuholen. Komm vorbei und überzeug dich selbst. Außerdem hat sich Bettina gestern mit ihrem Lover aus dem Staub gemacht.« War es Einbildung, oder vernahm meine Ohrmuschel ein erleichtertes Seufzen?

»Als ob mich interessiert, was deine Ex macht. Jetzt noch mal von vorne: Was hast du da von einem Buch gefaselt? Ist doch bestimmt nur ein Vorwand, mich zu dir zu locken und zu verführen?«

»Würdest du kommen, wenn ich diese Frage bejahen würde?«, ging ich auf den Flirtversuch ein.

»Nein.«

»Hatte ich befürchtet. Pass auf: Wie du selbst live und in Farbe mitbekommen hast, muss ich den Tod eines berühmten Dichters aufklären. Jetzt ist mir das brandaktuelle Manuskript zugespielt worden, wo wichtige Anhaltspunkte versteckt sein könnten. Somit hast du die einmalige Chance, als Erste sein neuestes Werk zu lesen und zugleich bei der Aufklärung mitzuhelfen.«

Ich legte eine Kunstpause ein, da Schumann jedoch ebenfalls schwieg, fuhr ich fort: »Ich hatte an einen beschaulichen Abend mit Glühwein, Kerzen, schöner Musik und hoher Literatur gedacht. Wenn du jedoch keine Lust auf deinen Nachbarn und vielgeplagten Schnüffler hast, muss ich mich anderweitig umsehen.« Kunstpause zweiter Teil.

»Du hast Glück«, beließ sie es dieses Mal nicht bei einem Schweigen, »zum einen möchte ich mich persönlich überzeugen, wie es Henry geht, zum anderen stehe ich auf Gedichte. Sagen wir, um acht bei dir.« Hatte irgendeiner was von Gedichten gesagt?

Ich schlinzte auf die Uhr: noch zwei Stunden. Zeit genug, ein bisschen aufzuräumen, den Tieren und da vor allem der Ziege genügend Futter in den Trog zu werfen und mich frisch zu machen.

»Dann bis gleich«, drückte ich das Gespräch weg und marschierte in den Keller, wo ich eine Kiste Glühwein und Kerzen aus dem selbstgezimmerten Regal befreite. Jawoll, selbstgezimmert! Bevor jetzt aber meine Leser in Ehrfurcht erstarren, muss ich ehrlicherweise gestehen, dass meine handwerklichen Fähigkeiten in diesem Fall zur Folge hatten, dass ich acht Konservendosen und eine 10er-Packung Toilettenpapier nicht herausziehen durfte, sonst wäre das komplette Konstrukt in sich zusammengefallen. Das hatte aber wiederum zur Folge, dass ich in vierzig Jahren meine Rente erheblich aufbessern konnte, indem ich bei eBay Unox-Suppen für vierstellige Beträge vertickte. Bekloppte Sammler gab es schließlich zur Genüge.

Genug abgeschweift. Im Vorratsschrank steckten zwei Tüten Erdnüsse und ein Paket Spekulatius, Überbleibsel vom letztjährigen Weihnachtsfest. Ich schaffte alles nach oben und verbrachte die nächste Dreiviertelstunde mit Aufräumarbeiten. Anschließend ging es in den Stall. Die Schufterei heute Morgen hatte sich gelohnt. So sauber waren die Boxen höchstens beim Bau des Stalles im 19. Jahrhundert gewesen, und Henry bekundete dies durch freudiges Meckern. Dafür bekam er die doppelte Futterration, und auch bei den Kaninchen und Pedder ließ ich mich nicht lumpen. Um halb acht stand ich unter der Dusche, und zwanzig Minuten später präsentierte das Spiegelbild einen wohlduftenden und blendend aussehenden Privatdetektiv. Als Kleidung wählte ich eine schwarze Jeans und ein modisches Hemd im Knitterlook, dazu Sneakers von Doc Martens.

Nachdem ich die aktuelle *Katatonia*-CD und zwei weitere Holzscheite aufgelegt hatte, war ich bereit für den hohen Besuch. Prompt klingelte es.

Beim Öffnen der Tür glaubte ich zunächst meinen Augen nicht zu trauen. Karin sah umwerfend aus. Sie trug ein enganliegendes dunkelblaues Kostüm und hochhackige Pumps. Stilvoll, was man über ihren früheren Geschmack nicht gerade hätte sagen können. Damals hatten die wildesten Kombinationen meine zarten Augen geblendet. Für die größte Veränderung hatte jedoch ihr Friseur gesorgt. Das Gros der vormals halblangen Haare war der Schere zum Opfer gefallen, wodurch ihre wunderschönen Augen noch stärker zur Geltung kamen. Ich musste mich stark zurückhalten, um ihr nicht sofort um den Hals zu fallen und einen Heiratsantrag zu machen.

»Du siehst toll aus. Womit hat ein durchschnittlicher Schnüffler einen solchen Anblick verdient?«

»Du alter Charmeur. Wüsste ich nicht, dass du ein Schablonenschwätzer bist, würde ...«

»Jedes einzelne Wort war ernst gemeint«, ließ ich ihr keine Chance auf Diskreditierung.

»Meinst du wirklich, dass mir die neue Frisur steht?«

»Aber absolut. Wer sich bei diesem Anblick nicht sofort in dich verliebt, ist entweder blind oder schwul.«

»Wie poetisch. Dein neuer Fall hat Spuren hinterlassen.«

»Geht das wieder los? Ich tue alles für einen harmonischen Abend, und du fängst wieder mit der Stichelei an.«

»Also war es doch gelogen, dass meine neue Frisur gut aussieht.«

»Genau. Ich wollte die Stimmung nicht durch Ehrlichkeit vermiesen.«

Abrupt drehte Karin sich um und stöckelte zur Tür. Als ihre Hand die Klinke umklammerte, war ich bei ihr, legte meine fünf Finger auf ihre, gab ihr einen Kuss auf die Wange und flüsterte: »Was ich gesagt habe, meine ich Wort für Wort, du siehst einfach phantastisch aus.«

Sie drehte sich um, unsere Gesichter waren nur Millimeter voneinander entfernt. Ich glaubte, eine kleine Träne unter ihrem rechten Auge zu erkennen, und wischte sie weg.

»Warum stehen wir hier wie zwei Blödmänner rum und halten die Türklinke fest«, winkte ich Karin zurück zum Kamin, »anstatt uns endlich den schönen Künsten zu widmen?«

Ich manövrierte die Biobäuerin zur Couch und stellte einen Topf mit Glühwein auf den Ofen.

»Ach, hatte ich ganz vergessen: Wir müssen doch noch gucken, wie es Henry geht«, reichte ich ihr die Hand, um sie wieder hochzuziehen.

»Es wird ihm schon gutgehen, sonst hättest du das Thema nicht angeschnitten.«

Da hatte ich mich krummgeschuftet, und Madame wollte nicht mal das Ergebnis bewundern?

»Komm mit!« Das Mädel gepackt und in den saubersten Stall Bulderns geschleift.

Fünf Minuten später waren wir wieder in der warmen Stube, und ich konnte endlich Glühwein einschenken.

»Hab mich wohl tatsächlich in dir getäuscht. Henry hat mir zugemeckert, dass er sich richtig wohlfühlt.«

»Er darf sogar in meinem Bett schlafen. Hat für mich den Vorteil, dass ich mich in den langen Winternächten nicht so einsam fühle.«

»Du und einsam, dass ich nicht lache. Wenn ich nur an die Motorradbraut denke, die hier übernachtet hat, oder an deine Ex.«

»Auf die Motorradbraut brauchst du nicht eifersüchtig zu sein: Sie ist tot«, hatte ich sofort wieder Connie vor meinem geistigen Auge; blutleer in der Wanne.

Karin hatte die Veränderung in meinem Blick bemerkt und studierte betreten ihre Fingernägel. Zeit also für eine kleine Geschichtsstunde: Zunächst noch stockend, plapperte ich bald wie ein Wasserfall über die Geschehnisse der letzten Tage. Schumann war eine gute Zuhörerin und ließ dadurch immer mehr Wärme in mein Herz strömen. Gleichzeitig erfüllte es mich mit Stolz, diese tolle Frau heute Abend bei mir haben zu dürfen. Zeitgleich mit dem Ende der Vergangenheitsbewältigung verstummte die Musik; ich hatte eine halbe Stunde lang geredet.

Da ich wusste, dass die Biobäuerin auf Hardrock abfuhr, zog ich Thin Lizzys *Live & Dangerous*-LP aus dem Regal und warf den Plattenspieler an.

Während ich Glühwein nachschenkte, machte ich Karin heiß: Gleich würde sie nicht nur das Werk eines bedeutenden Dichters lesen, sondern vielleicht sogar den Schlüssel zur Lösung eines Mordfalls finden. Die Wirkung war so eindeutig wie vorhersehbar: In ihre Augen trat ein eigentümlicher Glanz, wie bei einem Jäger, der fette Beute wittert, so dass mich der folgende Satz nicht wirklich überraschte: »Dann lass uns endlich anfangen.«

Ruckzuck das Manuskript in zwei Hälften geteilt, und los ging's.

Nach zehn Sekunden Lektüre sprang meine Nachbarin wie von der Tarantel gestochen hoch und knallte den Packen auf den Tisch.

»Vorsicht, das sind Beweismittel in einem Mordfall.«

»Dieses Geschmiere hat mit Dichtung so viel zu tun wie du mit der Wahrheit. Das ist das Schlechteste, was ich je gelesen habe.«

»Ich habe nie behauptet, dass du heute Abend Lyrik vorgesetzt bekommst. Ich habe gesagt, dass du das neueste Werk eines bedeutenden Dichters lesen kannst, und das ist die reine Wahrheit.« Dazu den treuen Hundeblick aufgesetzt.

»Du hast mich unter Vorspielung falscher Tatsachen hierhergelockt, weil du wusstest, dass ich sonst nicht gekommen wäre.«

Sie hatte recht, Hundeblick hin oder her.

»Du hast dich nicht geändert, und du wirst dich nicht ändern. Ich gehe!« Da sie entgegen ihrer Aussage aber keine Anstalten machte, ihren hübschen Hintern hochzuheben, ließ ich mich neben sie auf die Couch fallen.

»Ich entschuldige mich in aller Form für das Versäumnis, dich nicht über den intellektuellen Gehalt der Grutz'schen Romane informiert zu haben. Ich wollte mit meiner Lieblingsnachbarin bei Glühwein und schöner Musik über diesen geistigen Dünnschiss lachen und nebenbei die Spur des Killers aufnehmen. Nochmals sorry. Da du aber aus verständlichen Gründen gehen möchtest, gönne mir wenigstens noch das Vergnügen eines Abschiedskusses.«

Bevor die erzürnte Schumann reagieren konnte, hatte ich ihr einen Kuss auf die Wange gedrückt; dann schnappte ich mir das Telefon. Als mich eine nette Lady von Taxi Darup freundlich begrüßte, drückte von hinten ein Daumen auf die rote Taste.

»Was soll das?«, flüsterte mir eine weibliche Stimme ins Ohr.

»Ich bestell ein Taxi. Glühwein und Autofahren vertragen sich nicht.«

»Ich nehme deine Entschuldigung an. Lass uns weiterlesen.«

Sollte einer die Frauen verstehen. War es meine Entschuldigungsrede gewesen oder der Kuss, der den Sinneswandel bewirkt hatte? Ich würde es wohl niemals erfahren.

Als die Wanduhr zwölfmal schlug, waren wir durch. Normalerweise wären wir schneller fertig gewesen, aber besonders gelungene Passagen waren abwechselnd laut rezitiert worden, gefolgt von heftigen Lachsalven.

»Bist du immer noch böse auf mich?«, ließ ich die letzte Seite auf den Tisch gleiten.

»Ich muss zugeben, dass trotz anfänglicher Bedenken ein ganz passabler Abend rausgekommen ist. Nein, im Ernst: So viel Spaß hatte ich lange nicht mehr.«

»Lust, kurz über den Inhalt zu sprechen?«, machte ich der Schnüfflerzunft alle Ehre.

»Um den Mordfall aufzuklären?«

»Yep.«

»Stellen Sie Ihre Fragen, Herr Meisterdetektiv.« Ganz flüssig kam der Satz aber nicht mehr über die Lippen.

»Tauchte in deinem Part das Elisabeth-Hospital auf?«

»Nein. Nur ein Nobelhotel auf Ibiza.« Schnell die Gläser gefüllt.

»Wirkte ein Dr. Müller, ein Professor Gumbrecht oder irgendein anderer Arzt mit?«

»Nein. Nur Wirtschaftsbosse, ein charmanter Tennislehrer und ein gutaussehender Rettungsschwimmer.« Darauf erst mal einen Hieb vom heißen Gesöff.

»Und was ist mit dem hübschen Mädchen, das von ihrem reichen Macker furchtbar schlecht behandelt worden ist?«

»Oh, ich vergaß«, entschuldigte sie sich. Der Wein ging aber auch runter wie Öl.

»Irgendwelche kriminellen Aktivitäten?«

»Ja. Ehebruch, Falschspiel und Zimmerbuchungen unter falschem Namen.«

»Wenn ich zusammenfassen dürfte: Bei Hermanns neuem Epos handelt es sich um einen Kitschroman erster Güte, der in Verbindung mit der richtigen Menge Glühwein zwar große Freude bereitet, aber kaum eine Gefahr für eine Bande darstellt, die in einem Krankenhaus Organe stiehlt.« Und hoch die Tassen.

»Vorzüglich kombiniert. Was bedeutet das für deine Ermittlungen?«

»Dass ich wieder am Anfang stehe. Aber von dieser Kleinigkeit werde ich mir nicht die Laune verderben lassen. Noch einen Drink?«

»Ich kann nicht mehr.«

»Na los, als Schlummertrunk.«

»Was soll das heißen?«, blickten mich zwei große Augen an.

»Dass du heute in der Nannen'schen Residenz übernachtest. Ein Taxi um diese Zeit kannst du vergessen. Und keine Angst, ich schlafe auf dem Sofa.«

Mit diesen Worten kippte ich den letzten Rest vom Schützenfest in die Gläser, legte die *Magic*-Scheibe von *Bruce Springsteen* auf und platzierte mich direkt neben meine holde Nachbarin. Sie hatte keine Einwände.

»Ein Toast, dass sich meine Traumfrau bereit erklärt hat, mit mir einen Abend zu verbringen, und ihn dadurch unvergesslich gemacht hat.« Keine schlechte Leistung bei dem Alkoholpegel; sollte vielleicht auch mit dem Schreiben von Kitschromanen anfangen.

Dann wurde nicht mehr gesprochen, da wir unsere Münder für andere Dinge benötigten. Schumann fühlte sich phantastisch an. Als meine Hände ihren BH gelöst hatten und über ihre Brüste wanderten, gaben sie ans Gehirn die Botschaft weiter, dass Karin es sehr genoss. Als meine Hände jedoch tiefer glitten und eine Stelle erreichten, die aus jugendschutzrechtlichen Gründen nicht näher spezifiziert wird, wurden sie behutsam beiseitegeschoben.

»Es geht nicht.«

»Was?« Wie gesagt, mit Reden war nicht mehr viel.

»Hast du schon von Ereignissen gehört, die monatlich bei einer Frau auftreten? Ich möchte, dass das erste Mal wunderschön wird. Dafür bringe ich heute leider nicht die Voraussetzungen mit.«

»Ist schon okay.« War es natürlich nicht. »Sollen wir schlafen gehen?«

»Ich möchte in deinem Bett schlafen.«

»Als Gentleman nächtige ich selbstverständlich auf dem Sofa.«

»Ich möchte mit dir in deinem Bett schlafen.«

Hoppla. So forsch hatte ich Karin noch nicht erlebt. Zwanzig Minuten später lagen wir in den Federn.

»Nette Tiere«, deutete sie auf meinen Nachttisch.

»Ein Geschenk von Stefan«, fühlte ich mich ein bisschen stolz. Dann löschte ich das Licht.

»Wie liegt es sich in meinem Pyjama?«

»Er ist zu groß.«

»Gute Nacht, Karin.«

»Gute Nacht, Dieter. Tut mir leid, dass wir …«

»Psst.« Ein Kuss brachte sie zum Schweigen.

23

Um neun schlug ich die Äuglein auf; Karin schlummerte noch selig. Ich zog mich leise an, tätigte eine Katzenwäsche und krallte mir die Autoschlüssel.

Dann ließ ich die Bulderner Geschäftswelt frohlocken: Bäckerei, Fleischerei und der Tante-Emma-Laden waren hocherfreut, Lebensmittel gegen Bares einzutauschen. Nachdem ich die Kofferraumklappe mit äußerster Mühe geschlossen hatte, fuhr ich bei Karin vorbei und warf den ausgehungerten Ziegen köstliche Heu- und Trockenfuttersnacks in die Tröge. Dermaßen in Schwung, erstickte ich wenig später etwaige Neidgefühle meiner Tiere im Keim, indem ich ihnen ein Gourmetfrühstück par excellence kredenzte. Pedder grunzte vor Freude, dass einem fast die Ohren abfielen. Anschließend riss ich mit knurrendem Magen die Fenster im Wohnhaus auf, beseitigte die Spuren des gestrigen Abends, deckte den Tisch, kochte eine Kanne Kaffee und entzündete den Kamin.

Bevor ich Karin weckte, gestattete ich mir eine Zigarette, die erste an diesem Morgen. Seltsamerweise ging ich dafür sogar nach draußen.

Als ich den Blick über die schneebedeckten Felder schweifen ließ, begann ich zu sinnieren: Was war aus dem eisenharten Schnüffler geworden? Ich war frühmorgens ins Dorf gefahren, um für Wurst und Käse anzustehen. Ich hatte Tiere versorgt, die nicht die meinigen waren. Ich hatte meine erste Kippe erst eine Stunde nach dem Aufstehen geraucht, dazu noch in eisiger Kälte. Ich hatte den Frühstückstisch gedeckt inklusive lustiger Weihnachtsservietten und freute mich darauf, eine Frau gleich mit einem Kuss zu wecken.

Ich war eindeutig krank. Die andere Möglichkeit war, dass ich verlie... nein, das konnte nicht sein. Ich zermalmte die Kippe mit dem Absatz, putzte mir die Zähne und schlich ins Schlafzimmer.

Schumann hatte ihre Position verändert, so dass ich problemlos ihren Mund erreichen konnte. Als unsere Lippen aufeinander trafen, schlug sie die Augen auf.

»Aufstehen, du Schlafmütze, Frühstück ist fertig.« Mein Gott, war die Braut schnucklig.

»Guten Morgen. Dachte schon, du kommst nie mehr zurück.«

»Du bist die ganze Zeit wach gewesen?« War das zu fassen?

»Ja. Du hast so süß ausgesehen, als du beim Sockenanziehen fast hingeflogen bist.«

»Aha. Während ich durch die Weltgeschichte zuckel, drückst du deinen hübschen Kopf ins Kissen und gibst dich Tagträumen hin. Aber damit ist Schluss. Du stehst sofort auf und leistest mir beim Frühstück Gesellschaft.«

Es bedurfte sechs weiterer Küsse und des Versprechens auf mehr in der Küche, sie aus dem Bett zu kriegen.

»Was hast du heute vor?«, ließ ich nach der Brötchenvertilgungsorgie meine Smalltalk-Künste aufblitzen.

»Um zwölf treffe ich mich mit einem Pferdezüchter, der sich für ein Stück Land interessiert. Ich habe mehr Fläche, als ich bewirtschaften kann, und für einen guten Preis werde ich verkaufen.«

»Es ist bereits Viertel vor«, zeigte ich auf das monströse Erbstück an der Wand.

»Herrje, dann muss ich schleunigst los. Wann sehen wir uns wieder?«, wollte sie wohl die Suppe löffeln, solange sie heiß war.

»Ich ruf dich an, muss jetzt erst mal einen Mörder fangen.«

»Heute Abend?«

»Müsste hinhauen«, war ich ob ihres Tempos ein wenig überrascht.

Die Verabschiedung nahm weitere fünf Minuten in Anspruch, und es waren nicht die unangenehmsten. Als Schumann vom Hof fuhr, winkte ich ihr nach.

Ich musste handeln. Vaganz hatte mich belogen, so viel stand nach der gestrigen Lektüre fest. Ich war richtig gespannt auf seine Ausrede, dachte ich, während ich seine Nummer in die Tasten hackte. Nach dem sechsten Läuten wurde das Freizeichen erlöst.

»Bei Vaganz.« Eine weibliche Stimme, die die Ohren klingeln ließ.

»Könnte ich bitte Herrn Vaganz sprechen?«

»Wer spricht denn dort?«, ging mir das Frauenzimmer bereits nach wenigen Worten auf den Senkel.

»Dieter Nannen, Privatdetektiv. Herr Vaganz hat mich engagiert.«

»Tut mir leid. Herr Vaganz hält heute eine Dichterlesung an der Paderborner Universität und dürfte erst gegen Abend zurückkehren.«

»Sind Sie seine Frau?«, bereitete ich mich auf ein Gefühl des Mitleids vor.

»Seine Haushälterin. Herr Vaganz ist Junggeselle.«

»Könnten Sie ihm ausrichten, dass er mich anrufen soll, sobald er zurück ist? Er hat meine Nummer.«

»Selbstverständlich.«

Damit hatte die Telekom genug verdient.

Was nun? Einen weiteren Nachmittag mit Grübeln verschwenden? Nee, bevor ich zu Hause versauerte, wollte ich lieber irgendwas tun, selbst wenn es sinnlos war. Alibiüberprüfung hörte sich genau nach dieser Art Aktivität an. Mit Hilfe einer vergilbten Münsterlandkarte arbeitete ich die benzintechnisch kostengünstigste Route aus und stapfte mit dicker Daunenjacke bewaffnet zu meinem Wagen. Schnell die Scheiben freigekratzt, den Anlasser ordentlich orgeln lassen, und schon war ich *on the road*, einem weiteren unproduktiven Arbeitstag entgegenblickend.

Als ich in Buldern an Connies Elternhaus vorbeischlidderte, kam mir eine Idee: Warum nicht die Hütte inspizieren? Hatte zwar zur Folge, dass ich mich mit ihrem keifenden Vater auseinandersetzen musste, aber ich war ja hart im Nehmen. Also flugs eine Chicagowende hingelegt und die Karre abgestellt. Zehn Sekunden später malträtierte mein Daumen die Lienen'sche Klingel.

Auch auf das siebte Schellen wurde mir kein Einlass gewährt. Obwohl es bei diesem Wetter unwahrscheinlich war, dass sich der Alte im Garten vergnügte, stapfte ich dorthin; natürlich vergeblich.

Also zum Nachbarhaus getrottet.

»Ja, bitte?«, wurde die Tür einen Spalt geöffnet; über eine mächtige Eisenkette hinweg starrte mich ein betagtes Damengesicht an.

»Frau …«, blickte ich auf die Schelle, »Allekotte,

mein Name ist Nannen, ich bin Privatdetektiv. Tut mir leid, dass ich Sie störe, aber ich bin auf der Suche nach Herrn Lienen.«

»Haben Sie einen Durchsuchungsbefehl?«

»Frau Allekotte, ich bin nicht gekommen, um Ihre Wohnung zu inspizieren. Ich muss Herrn Lienen einige Fragen stellen, aber anscheinend ist er nicht zu Hause.«

»Untersuchen Sie den abscheulichen Mord an seiner Tochter?«, wurde ihre Mimik um eine Nuance freundlicher.

»So ist es.«

»Könnte ich bitte Ihren Ausweis sehen?«

»Selbstverständlich«, kramte ich die Lizenz heraus. Nachdem sie das Dokument ausgiebig begutachtet hatte, löste sie die Kette und ließ mich endlich herein.

Im muffigen Wohnzimmer wies sie mir einen abgewetzten Cordsessel zu, in dem ihr Mann wahrscheinlich vor zehn Jahren gestorben und erst vor kurzem entfernt worden war. Frau Allekotte musste weit über achtzig sein. Die neunzig würde sie nicht mehr erreichen.

»Ich habe gerade Tee gekocht. Trinken Sie eine Tasse mit?«

»Gerne«, log ich.

Drei Minuten später saßen wir uns gegenüber und nippten am köstlichen Kamillentee.

»Eine abscheuliche Sache, Herr …?«

»Nannen.«

»Herr Nannen, die arme Cornelia, ein so lebensfrohes und grundanständiges Mädchen. Ich kenne sie seit ihrer Geburt, habe ihr damals sogar Kommunionsunterricht gegeben. Wussten Sie das?«

»Nein, das wusste ich nicht.«

»Ich kann immer noch nicht fassen, dass dieses liebe Kind umgebracht worden ist.«

»Wir leben in einer bösen Welt, Frau Allekotte.«

»Da haben Sie recht, junger Mann. Wissen Sie, ein Freund meines Enkels, meines jüngsten Enkels, Peter, ich habe noch drei weitere, er hat ein Eisenwarengeschäft in Böckinghausen, direkt neben dem Friseur, wissen Sie … wo war ich jetzt …«

»Der Freund Ihres Enkels.«

Ich erfuhr einiges darüber, wie hart manche Menschen vom Schicksal getroffen worden waren, welche Noten ihre Enkel auf der Schule hatten – es waren immerhin acht –, wie bedauernswert es war, dass die Tante-Emma-Läden beinahe von der Bildfläche verschwunden waren, und so fort. Sie plauschte so viel, dass ich bald nicht mehr wusste, weswegen ich gekommen war.

»Wissen Sie, wann Herr Lienen wieder zu Hause ist?«, fiel es mir zum Glück in einer Atempause wieder ein.

»Das dürfte einige Zeit dauern, er wurde nämlich heute Nacht ins Elisabeth-Krankenhaus eingeliefert, Verkehrsunfall, wissen Sie?«

Wusste ich nicht, sonst wäre ich wohl kaum hier.

»Fährt er denn noch Auto?«

»Das nicht. Seine Tochter, dieses arme Geschöpf, hat ihn immer chauffiert. Seinen Führerschein hat er nach seinem ersten Herzinfarkt abgegeben, das muss 1997, nein warten Sie, 1998 gewesen sein. Seitdem geht er zu Fuß oder lässt sich kutschieren. Er fährt nicht einmal mehr mit dem Fahrrad, seitdem …«

»Ich danke Ihnen, Sie haben mir sehr geholfen. Und

der Kamillentee war sehr lecker«, hoffte ich auf Grauen Star, denn meine Tasse war noch mehr als halbvoll.

Die Verabschiedung nahm weitere zwanzig Minuten in Anspruch, da sie kurz vor der Tür erkannte, dass ich der Organist ihrer Gemeinde war, und mir wertvolle Tipps zur Vervollkommnung meiner Spieltechnik gab, da sie schließlich während ihrer Schulzeit selbst Orgel gespielt hatte.

Ich sah zu, dass ich wegkam, bevor sie weitere Dönekes aus ihrem erfüllten Leben zum Besten gab.

24

»Wo finde ich Herrn Lienen?«

Es war kurz nach vier und ich befand mich im Elisabeth-Hospital, dieses Mal als Besucher. Die Schwester bediente den Computer mit einer Geschwindigkeit, die jede Sekretärin an Selbstmord denken ließ.

»Station B, Zimmer 37.«

Der alte Lienen lag allein in einem Dreibettzimmer. Sein Kopf war bandagiert, der linke Arm war eingegipst. Der restliche Körper wurde von der Bettdecke verborgen.

»Guten Tag«, ließ ich mich auf den wackligen Stuhl zu seiner Rechten fallen.

»Was wollen Sie hier?«, begrüßte er mich gewohnt höflich.

»Ich wurde beauftragt, den Mord an Ihrer Tochter aufzuklären.«

»Verschwinde, Schnüffler! Ohne Sie würde Cornelia noch leben.« Er versuchte sich aufzurichten, scheiterte aber kläglich. Dafür bedachte er mich mit einem Blick, der eine Mixtur aus abgrundtiefer Abneigung und purem Hass transportierte.

»Was ist passiert?«, klopfte ich auf den Gips.

»Bin die Treppe runtergefallen.«

»Ziemlich schwere Verletzungen für einen Treppensturz. Außerdem hat mir Frau Allekotte was anderes erzählt«, blickte ich dem Alten fest in die Augen.

»Ich höre«, begannen seine Lider plötzlich zu flattern.

»Sie sollen in einen Verkehrsunfall verwickelt gewesen sein.«

»Sie ticken doch nicht ganz sauber. Außerdem: Was geht Sie das an?«

Der alte Knacker hatte eine Heidenangst.

»Scheren Sie sich zum Teufel«, war seine Antwort auf ebendiese Frage. Allerdings war seine Stimme nur noch ein Flüstern.

Also weiterbohren: »Wer hat Sie angefahren? Haben Sie den Wagen erkannt?«

Treffer! Selten in ein derart entsetztes Gesicht geblickt.

»Hören Sie, Nannen«, hatte er sich schnell wieder gefangen. »Nur damit Sie endlich Ruhe geben: Gestern Abend bin ich vor die Tür gegangen, um frische Luft zu schnappen. Plötzlich kam ein Wagen um die Ecke gerast. Mit meinen alten Knochen konnte ich leider nicht schnell genug ausweichen. Besoffene Jugendliche«, log er, dass sich die Balken bogen, aber wie an ihn rankommen?

Einfach mal einen Schuss ins Blaue versuchen: »Dieser Mordversuch ist fehlgeschlagen, der nächste wird es nicht.«

»Raus hier! Raus!«, hatte ich richtig getippt. In Lienens Visage stand die nackte Angst.

»Schwester! Schwester!«, drehte er sich panisch von mir weg und hämmerte auf die Notschelle.

»Durch Ihre Halsstarrigkeit schützen Sie Connies Mörder und gefährden sich und andere«, redete ich sanft auf ihn ein.

Mit Schwung wurde die Tür aufgerissen, und ein Drachen von Schwester stürmte ins Zimmer.

»Schämen Sie sich nicht, den alten Herrn so aufzuregen?«, stemmte sie die Arme in die breiten Hüften.

»Er hat mich geschlagen, Schwester Mathilde.«

Ehe ich piep sagen konnte, hatte mich das Monster am Kragen gepackt und in Richtung Tür geschleift.

»Da schlägt's dreizehn. Will sich an einem hilflosen Mann vergreifen, der sein Vater sein könnte«, brummte sie im tiefsten Bass.

»Sie liegen falsch, Schwesterchen, ich …«

»Ruhe!«, herrschte sie mich an, zog mich über die Schwelle und knallte die Tür hinter uns zu, ohne Rücksicht auf die armen Kranken.

»Sie erhalten lebenslängliches Stationsverbot«, ließ sie mich endlich vom Haken. »Wenn Sie sich noch einmal hier blicken lassen, lernen Sie mich von meiner unfreundlichen Seite kennen.«

Das war doch mal 'ne Ansage. Da sie mir jedoch nur Stations- und kein Hausverbot erteilt hatte, stand ich zwanzig Wimpernschläge später an der Rezeption, wo ich unter Aufbietung aller Überredungskünste Lienens Unfallstelle aus der Schwester herauskitzelte.

Also wieder durch den Schneematsch gekämpft – nach Abschluss des Falls waren definitiv Winterreifen fällig – und die Karre in der Kapellenstraße abgestellt, ganz in der Nähe des Lienen'schen Wohnsitzes. Die Straße erstreckte sich zwar über eine Länge von einer halben Meile, aber nur die ersten fünfzig Meter wurden von Häusern gesäumt. Nach sechs Befragungen wusste ich, welches Auto den alten Lienen über den Haufen gefahren hatte: Es war ein brauner, roter oder metallicschwarzer Renault, Passat oder Kadett, in dem zwei, drei oder fünf Personen saßen. Das Nummernschild deutete unmissverständlich darauf hin, dass es sich um eine hiesige Zulassung handelte, es sei denn, Haus Nummer zwei hatte recht. Dann wäre der Wagen aus Frankfurt gekommen. Allerdings durfte man bei der Analyse den Förster aus dem letzten Haus nicht ignorieren, der Stein und Bein schwor, dass es sich um ein Bremer Nummernschild gehandelt hatte, da er unzweifelhaft ein »B« erkannt hatte. Einige Zeugen hatten sogar die Ziffern parat, »die letzte Zahl war mit Sicherheit eine fünf«, »ich konnte zwar die Buchstaben nicht erkennen, aber hinten stand 318«, »die Ziffern konnte ich zwar nicht so schnell lesen, aber es waren zweifellos vier«.

Deprimiert hockte ich mich ins Auto und legte eine *Ramones*-Kassette ein. Der einsetzende Schneefall verstärkte meine Stimmung.

Nach dem vierten Song waren meine trüben Gedanken wie weggeblasen, und ich konnte mich konstruktiv mit dem Fall beschäftigen: Wenn Lienen vorsätzlich über den Haufen gefahren worden war, und davon musste man nach seinem hysterischen Verhalten ausgehen, würde der Mörder alles daransetzen, seinen Fehler auszubügeln und den Alten endgültig ins Jenseits zu befördern.

Also Personenschutz für den ungeliebten Rentner. Verstand sich natürlich von selbst, dass ich wenig Lust verspürte, für unbestimmte Zeit auf einem harten Stuhl sitzend den Krankenhausmief einzuatmen, aber da mein Hirn auf Hochtouren lief, war eine Lösung schnell gefunden: Peter Gurkennase Grabowski, ein Kumpel aus Essener Tagen, mit dem ich so manche Kneipentour durch die Ruhrpottmetropole unternommen hatte. Man konnte ihn als liebenswerten Versager bezeichnen, der sich zu viel mit den falschen Sachen im Leben beschäftigte: zu viel Schnaps, zu viel Poker, zu viel Schulden, zu viel Pech. Da er jedoch aus besagten Gründen für Geld alles machte, war es keine Schwierigkeit, ihn für Aufgaben anzuheuern, für die mich jeder Normalsterbliche zum Teufel gewünscht hätte.

Handy ans Ohr und die nächste halbe Stunde damit verbracht, Grabowskis mögliche Aufenthaltsorte abzugrasen. In einer Borbecker Spielhalle wurde ich fündig.

»Klar ist der Pedder da, Moment ma«, dröhnte es mir entgegen. Nach einem kräftigen Kurssprung der Vodafone-Aktien hatte ich Gurkennase endlich am Apparat.

»Wer auch immer dran ist: Du hast meine Gewinnsträhne unterbrochen, und das nehme ich dir verdammt übel«, wurde ich freundlich begrüßt.

»Bist du vom gepflegten Poker zu den Niederungen der Daddelkisten herabgesunken?«

»Mensch, Dieter. Hab ja seit Adam und Eva nichts mehr von dir gehört. Was macht die Karnickelzucht?«, konnte ich sein breites Grinsen förmlich sehen.

»Habe ich auf den Hausgebrauch beschränkt. Ziegenmilch ist der Renner der Saison. Die Szeneclubs rennen mir die Bude ein.«

»Grad gestern hab ich noch 'nen Eimer weggezogen. Übrigens, ich arbeite jetzt bei der Zeitung. Wir haben auch tolle Fachzeitschriften für Privatdetektive und Bauern im Programm. Wenn du willst, schick ich dir ein Probeexemplar.«

Sein Job bestand also darin, von Haustür zu Haustür zu walzen und Heftchen zu verticken, die das Papier nicht wert waren. Für Peter bedeutete dies einen echten Karrieresprung.

»Wie viel verdienst du?«

»Könnte mehr sein. Letzten Monat hatte ich 'ne Bänderdehnung und bin nur gekrochen.«

»Ich biete dir zehn Euro die Stunde.«

»Mann, dafür würde ich meine Mutter an den Leibhaftigen verscherbeln«, entfuhr es ihm. Dann wurde er vorsichtig: »Hat doch nichts mit Maloche zu tun?«

»Deine größte Anstrengung wird darin bestehen, die Beine hochzulegen und wachzubleiben.«

»Prima.« Dann machte sich wieder Misstrauen in seiner Stimme breit. »Und dieser Job ist zehn Öcken die Stunde wert?«

»Meiner Mandantin. Aber genug gequatscht. In anderthalb Stunden erwarte ich dich vor dem Dülmener Krankenhaus.«

Er handelte mich auf zwei Stunden herauf, da er noch einen fahrbaren Untersatz organisieren musste. Nach Beendigung des Gesprächs tippte ich Sarahs Nummer in die Tastatur und informierte sie über meinen Plan. Er fand ihre Zustimmung. Ihren Vorschlag, die Station von ihrem Bruder über Grabowskis Aufgabe ins Bild setzen zu lassen, nahm ich dankend an.

25

Die Zeit bis zu Peters Ankunft verbrachte ich im Café gegenüber der Münsterlandklinik. Während ich eine Flüssigkeit in mich hineinschüttete, die bestenfalls neben Kaffeebohnen gestanden hatte, plärrten Marianne und Michael ein Geburtstagslied für Oma. Beim Studium des Sportteils versuchte ich, die Ohren auf Durchzug zu stellen.

Nach gefühlten 800 Volksliedern fand die Qual ein Ende. Ein Taxi mit Essener Nummernschild kam mit quietschenden Bremsen und qualmenden Reifen zum Stehen, und Grabowski schwankte heraus. Schien während der Fahrt ordentlich mit Johnny Walker geplaudert zu haben. Ich drückte der Bedienung zehn Euro in die Hand, verbunden mit dem Ratschlag, das Trinkgeld in neue CDs zu investieren.

»Und mit *Taxi fahren – gewusst wie* steigere ich meinen Umsatz um 300 Prozent?«

»Wenn Onkel Peter das sagt. Hab selber jahrelang

Leute durch die Gegend kutschiert. Mit Hilfe des Heftes habe ich fünf Scheine am Tag kassiert.«

»Wow.« Der Taxifahrer, ein junger Türke mit umgedrehter Baseballkappe und exotisch rasiertem Bart, wirkte beeindruckt. »Dann will ich den Wisch mal ausfüllen.«

Grabowski reichte ihm ein Formular und einen Kugelschreiber: »Zweimal Achmed drunterschreiben, und in einem Jahr hast du dein eigenes Taxiunternehmen.«

Erst jetzt bemerkte er mich: »Hallo, Dieter. Bezahlst du den Kollegen? Hatte leider so schnell kein Auto am Mann.«

Zähneknirschend drückte ich dem Fuhrparkeigentümer in spe sechzig Euro in die Hand.

»Alles klar, Cheffe, und heißen Dank für den Tipp.« Und los ging's, einer goldenen Zukunft entgegen.

»Da bin ich also«, klopfte Gurkennase mir auf die Schulter.

»Grabowski, du bist stinkbesoffen«, schob ich seine Pranke weg.

»Mensch, Alter, du spuckst doch selber nicht ins Glas.«

Er zog eine Flasche Wodka aus der Manteltasche und nahm einen kräftigen Hieb. Blitzschnell sackte ich die Pulle ein und ließ den Inhalt auf den Asphalt plätschern.

»Hey, was soll das? Das Teil hab ich dem Achmed aus dem Kreuz geleiert. Schon heftig, was die Mohammeds alles trinken dürfen.«

»Wenn du den Job erledigt hast, gibt's 'ne neue. Während der Arbeit bleibst du nüchtern.«

»Drecksjob«, quetschte er zwischen den Zähnen hervor, folgte mir aber zum Krankenhaus.

»Was hast du da eigentlich für einen Koffer in den Knochen? Du wechselst die Wäsche doch nur wöchentlich«, deutete ich auf das schweinelederne Etwas in Peters Hand.

»Alles voll mit Heften, Kollege, und deine Probeexemplare sind auch dabei«, machte er Anstalten, die Schnallen zu lösen.

»Jetzt nicht, komm mit«, schob ich ihn durch den Haupteingang.

Bis auf einen Hundertjährigen, der sich mit einem Gehwagen über den Flur quälte, war Lienens Station wie leergefegt. Im Schwesternzimmer arbeitete sich die Spätschicht mit der Vernichtung von Kaffee und Zigaretten tot. Zum Glück fehlte Mathilde in der trauten Runde. Auf die Frage nach der diensthabenden Schwester drückte eine Brünette ihre Fluppe aus und bat uns in den Nebenraum.

»Hat Dr. Müller Sie unterrichtet?«

»Ja. Entsetzlich, was mit Connie passiert ist. Ich hoffe, Sie schnappen den Mistkerl.«

»Ich gebe mein Bestes.«

Nachdem ich mehrfach versichert hatte, dass für die anderen Patienten keine Gefahr bestehe, schleppten wir einen Stuhl vor Lienens Zimmer. Die Schwester zog ab, und ich gab Gurkennase die letzten Instruktionen.

Dann ging's nach Hause zur Viehfütterung. Ich selbst gönnte mir chinesische Gemüsesuppe aus der Dose und haute mich eine Weile aufs Ohr. Um Mitternacht holte ich meine Allzwecktasche aus dem Schrank, ein unfreiwilliges Geschenk eines Einbrechers, den ich auf frischer Tat ertappt hatte. Für Detektivarbeit war die Tasche nicht weniger geeignet.

Eine Tagesschaulänge später war ich in Buldern-City. Während ich im Café auf Gurkennase gewartet hatte, war mir der grandiose Gedanke gekommen, Lienens Haus einer genaueren Untersuchung zu unterziehen.

Ich parkte den Wagen in der Kapellenstraße und gelangte durch den Garten zur Terrassentür, die erstaunlicherweise nicht verriegelt war.

Den Grund erfuhr ich, als ich ins Haus schlüpfte und den Strahl der Taschenlampe durch den Raum wandern ließ: Lienens Wohnzimmer glich meinem nach Kinkers Stippvisite. Das Bücherregal stand entblößt an der Wand, der Inhalt war im ganzen Zimmer verstreut. Nachdem ich einige Einbände studiert hatte, steckte ich nichts für die eigene Bibliothek ein.

Der Einbrecher schien nicht nur eine starke Abneigung gegen die Literatur zu hegen, auch die Malerei stand nicht hoch im Kurs. Alle Bilder waren aus den Rahmen gerissen und konnten höchstens einen Anhänger des Destruktionismus erfreuen, falls es diese Kunstrichtung gab.

Ich machte einen Rundgang durch die restlichen Räume. Auch dort sah es chaotischer aus als bei Hempels unterm Sofa. Der andere Eindringling hatte das Gesuchte nicht gefunden, sonst hätte es zumindest eine halbwegs ordentliche Ecke in diesem Haus gegeben.

Der leidgeprüfte Privatschnüffler ließ sich jedoch nicht entmutigen und startete selbst eine Durchsuchung. Als Startpunkt wählte ich den überschaubarsten Raum, das Badezimmer. Nach einer guten Viertelstunde hatte ich selbst die Packungen mit Zahnersatzhaftcreme kontrolliert, ohne Erfolg. In Connies Schlafzimmer entdeckte ich auch nichts Aufsehenerregendes, abgesehen von einigen wirklich scharfen Dessous.

Ich trottete ins Wohnzimmer zurück und ließ den Strahl der Taschenlampe durch den Raum gleiten. Bingo. In einer Ecke war ein kleiner Tresor in die Wand eingelassen. Der Haken über dem Safe verriet, dass dieser origineller weise unter einem Bild versteckt gewesen war, die offene Tür, dass der Einbrecher ihn nicht übersehen hatte. Innen lagen nur die üblichen Papiere: Grundstücksurkunde, Versicherungsunterlagen und Sparbücher, deren Guthaben meinen Bankeinlagen entsprachen, das war's.

Langsam stieg Wut in mir hoch. Ich stellte das Haus von oben bis unten auf den Kopf, blätterte jedes Buch durch, rückte Schränke ab, hob Fernseher und CD-Spieler hoch, doch das Ergebnis stand in keinem Verhältnis zum Aufwand.

Resigniert ging ich in die Küche, schnappte mir eine Flasche Brohler von der Anrichte und befeuchtete meinen ausgetrockneten Mund mit Mineralwasser. Pfui Deibel! Warm und ohne Kohlensäure. Also Kühlschrank auf, wo mich eine volle Pulle anstrahlte. Doch nicht nur das: Der Kühlschrank war aufgeräumt. Immer diese Amateure: Stellten das komplette Haus auf den Kopf und vergaßen das Wichtigste.

Die Joghurtpackungen und Milchtüten waren verschlossen. Auch die Tupperdosen machten den Anschein, als seien sie seit Christi Geburt nicht geöffnet worden. Wahrscheinlich hatte sich der Alte nach Connies Tod auf die Zubereitung von Wurstbroten beschränkt. Ich ignorierte den Verwesungsgestank und öffnete eine Dose mit Gulasch. Da es auf ein bisschen Durcheinander mehr oder weniger nicht ankam, entleerte ich sie im Spülbecken. Das gleiche Schicksal ereilte Blumenkohl und Wirsing.

Fündig wurde ich bei der letzten Dose, die mit Erbsensuppe beschriftet war. Aber hallo! Ein kleines Büchlein war nicht gerade das, was man dort erwartete. Was mir aber wirklich den Atem verschlug, waren die Fünfziger und Hunderter, die in der Kladde steckten. Ein schnelles Durchzählen ergab fünftausend Euro, nicht schlecht für eine Portion Eintopf.

Die Strazze enthielt zum Glück keine lyrischen Ergüsse, sondern die prosaische Lebensbeichte des Hausherrn: Lienens Tagebuch. Bisher hatte ich angenommen, dass nur pubertierende Adoleszenten ihr Seelenleben auf Papier bannten. Na gut, *Grass* hatte es auch getan, aber der hatte sich bei der zahlenden Leserschaft in Erinnerung bringen wollen.

Ich schlug die erste Seite auf. Sie datierte vom 14. März diesen Jahres:

»Mein liebes Tagebuch,
heute machte mir mein Zipperlein schwer zu schaffen. Es biss und zwickte in allen Gliedern. Ich bat Cornelia, meinen von der Last des Alters und der Gram des in vielen Jahren Erlebten gebeugten Rücken mit Dr. Knochenmanns Rheumasalbe einzureiben. Sie entgegnete, dass Dr. Knochenmann zum einen nur ein Quacksalber sei, der sich auf Kosten der werbungsgläubigen Senioren eine goldene Nase verdiene, und dass ich mich zum anderen wie ein Kleinkind benähme, das

bei einer Schramme dächte, es würde verbluten. Die hat gut reden, das Fräulein Krankenschwester. Soll sie erst einmal in mein Alter kommen. Wo ich dir gerade von Cornelia erzähle. Sie hat seit gestern einen neuen Lover!!!, wie sie sich ausdrückte. Was für ein Wort. Wir hätten früher gesagt, dass wir die Bekanntschaft eines jungen Herrn gemacht hätten. Aber was beklage ich mich? Besser als der langhaarige Hippie, über den ich mich im letzten Monat bei dir beschwert habe, ist er schon.

Heute habe ich ihn kennengelernt. Schreibt Gedichte und Romane, der Kerl. Gedichte interessieren mich nicht, aber seine Bücher habe ich mir sofort in der Pfarrbücherei ausgeliehen. Gar nicht mal schlecht. Der Junge kennt das Leben. Ob er aber mit der Schreiberei eine Familie ernähren kann, bezweifle ich. Gute Romane werden in unserem Land nicht geschätzt. Wir haben uns über Politik unterhalten. Grutz, so heißt er, meinte, mein Vorschlag zur Lösung des Asylantenproblems sei sehr interessant. Überhaupt, man solle viel häufiger auf die Meinung älterer Mitbürger hören. Sie hätten schließlich die größere Lebenserfahrung. Siehst du, habe ich zu Cornelia gesagt, dieser Mann versteht etwas von Politik. Ich habe Grutz einige Anekdoten aus meinem erfüllten Leben erzählt, und er hat ganz gespannt zugehört. Er hat sogar gefragt, ob er die Geschichten für seine Bücher verwenden dürfe. Natürlich …«

Lienen musste sich einsam fühlen. Einen anderen Grund für dieses Geschreibsel konnte ich mir nicht vorstellen. Die nächsten Seiten überflog ich im Schnelldurchgang, konnte aber nichts Brauchbares entdecken.

Interessant wurde es erst am 6. Dezember, Grutz' Todestag. Nach dem Überfliegen der ersten Zeilen wusste ich, dass ich schnell handeln musste.

26

Ich steckte Kladde und Geld in die Jacke, schnappte die unbenutzte Allzwecktasche, lief zum Wagen, warf mich hinters Steuer und das Werkzeug auf den Beifahrersitz. Schneller als jeder Notarzt war ich am Krankenhaus, ohne Blaulicht und Sirene. Der Eingang war geschlossen. Ich klingelte den Pförtner heraus, und nach eingehender Ausweiskontrolle ließ er mich endlich herein. Das Versprechen, seine Punkte in Flensburg zu streichen, ging mir leicht von den Lippen.

Der Stuhl vor Lienens Zimmer war verlassen, das Zimmer bis auf den im Bett liegenden Alten ebenfalls. Ich hätte mir denken können, dass auf Grabowski kein Verlass war, und fragte eine Schwester, die lustlos einen verwaisten Rollstuhl vor sich herschob, wo er abgeblieben sei. Sie zuckte nur mit den Schultern.

Ich ging die angrenzenden Räume durch; im vierten wurde ich fündig. Peter steckte gerade seinen Kugelschreiber in die Jackentasche.

»In zwei Wochen haben Sie *Garten & Blumen* auf dem Tisch, Herr Deubert.«

Der Greis, der seinem Aussehen nach nie mehr in einem Garten stehen würde, lächelte selig.

»Es hat mich gefreut, den Züchter der Colorado-Rose persönlich kennengelernt zu haben«, ergriff er mit beiden Händen Gurkennases Rechte.

»Grabowski!«, unterbrach ich das Zeremoniell und zog den Drücker aus dem Raum.

»Was fällt dir ein, mitten in der Nacht Abos zu verscherbeln? Ich nehme an, du hast den Attentäter bereits erwischt und dingfest gemacht?«

»Nein, wieso?«, blinzelte Peter unschuldig wie die unbefleckte Empfängnis. »War die ganze Zeit tote Hose. Der Kerl schlägt doch heute sowieso nicht mehr zu, also hab ich die Zeit zu einem kleinen Verkaufsgespräch genutzt. Oder glaubst du etwa, dein krümeliger Lohn reicht für meine Rente?«

Ich war dicht davor, Peters wahrlich stattliche Nase zu plätten, als uns ein gellender Schrei zusammenzucken ließ. Schneller als ein Windhund in einem Porsche erreichte ich Lienens Zimmer. Eine gedrungene Schwester beugte sich über das Bett des Alten.

»Was ist passiert?«, keuchte ich ihren Stiernacken an.

»Herr Lienen ist tot«, drehte sie sich um.

Das Entsetzen stand ihr ins Gesicht geschrieben. Lienen ebenfalls. Die verzerrten Gesichtszüge und die bläuliche Gesichtsfarbe ließen auf keinen angenehmen Tod schließen. Ich ergriff seine schlaffe Hand; die Leiche war noch warm.

»Haben Sie in den letzten Minuten jemanden auf dem Flur gesehen, der nicht zur Station gehört?«, wandte ich mich ans Schwesterlein.

»Nur Doktor Beyer, aber ich kann mir nicht vorstellen, dass …«

»Veranlassen Sie alles Nötige«, schnitt ich ihr mit einer unwirschen Handbewegung das Wort ab.

Mit wehendem Kittel eilte sie hinaus. Ich schaute mich um. Bis auf Lienens durchwühlte Kleidung, die vor statt im Schrank lag, fiel mir nichts auf. Doch irgendwas stimmte nicht. Als mein Blick noch mal durch den Raum schweifte, fiel es mir plötzlich wie Schuppen aus den Haaren: Das Fenster klapperte leise vor sich hin. Ich zog den giftgrünen Vorhang zur Seite; es war geöffnet. Mit einem waghalsigen Sprung gelangte ich in den spärlich beleuchteten Krankenhauspark, der verlassen war wie Münster an einem fahrradfreien Sonntag. Ich rannte, was Beine und Lunge hergaben, und gelangte zu den Parkplätzen. Bis auf wenige Autos, darunter meines, war nichts zu sehen.

Plötzlich jaulte der letzte Wagen in der Reihe auf, setzte zurück, wendete und schoss ohne Abblendlicht an mir vorbei.

Als mein Golf die Straße erreichte, war die Karre natürlich über alle Berge. Nur eine Ente mit betrunkenen Studenten schlingerte über den Asphalt. Das frühzeitige Ende der Verfolgungsjagd störte mich nicht weiter. Ich wusste, wo ich zu suchen hatte.

Eine Viertelstunde später stand ich vor der Tür des Hauses Lippweg 8. Der Architekt hatte ungeschickt verschiedene Epochen miteinander vermischt. Klassizistische Säulen, verspielte Rokokoerker und mit Bauernmalerei verzierte Fensterläden ergaben ein für den Ästheten ungenießbares Konglomerat. Ich schellte. Als die Schneedecke um weitere zehn Zentimeter angewachsen war, drang Licht durch eine Ritze und schwere Schritte schlurften zur Tür. Dann wurde geöffnet.

Der Hausherr stand im schwarzen, mit asiatischen Schriftzeichen bestickten Morgenmantel und einer Schlafmütze vor mir und rieb sich die Augen.

»Herr Nannen? So viel Plaisir mir sonst eine Begegnung mit Ihnen bereitet, finden Sie nicht, dass dies eine reichlich unpassende Uhrzeit ist, mir eine Aufwartung zu machen? Sie haben mich aus einem inspirierenden Traum gerissen. Bonne nuit.«

Bevor er die Tür zuschlagen konnte, hatte ich mich in die Diele geschlängelt.

»Monsieur, das geht zu weit. Ich ziehe ernsthaft in Erwägung, die Polizei zu rufen, obwohl das meinem Naturell zuwiderlaufen würde.«

Ich warf meine Jacke über eine Eichendorffbüste und schlenderte in die Richtung, in der ich das Wohnzimmer vermutete.

»Hat Ihre gewalttätige Profession Ihnen den letzten Funken Verstand geraubt? Sie zerstören den Frieden meiner Dichterklause«, schrillte Vaganz.

Ich störte mich nicht an dem Gekeife, sondern betrat einen Raum, der als Gesellschafts- und Arbeitszimmer zu dienen schien. Die Stühle waren vergoldet und wirkten wie Kopien französischer Herrscherstühle aus dem 18. Jahrhundert. Sie waren um eine hölzerne Tafel gruppiert, an der gut und gerne ein komplettes Fußballteam Platz fand, Auswechselspieler inklusive. Die Bücherregale mit den verstaubten Antiquariatsbeständen boten Nahrung für mehrere Holzwurmdynastien. Ich ließ mich auf den Bürostuhl vor den mit Papieren übersäten Schreibtisch fallen.

»Wenn Sie mir nicht sofort die Gründe dieser Ruhestörung explizieren, werde ich nicht umhinkönnen, unsere Ordnungshüter zu verständigen«, hatte Vaginowski sich drohend vor mir aufgebaut.

»Haben Sie die französischen Existenzialisten gelesen?«, sah ich ihm kalt in die Augen.

»Ich verabscheue dieses Pack von Atheisten und Kommunisten zutiefst«, wich er meinem Blick aus. »Wenn Sie wollen, kann ich Ihnen einen Aufsatz von mir zu dieser Epoche der Unliteratur geben.«

»*Sartre* hat 1947 ein Drehbuch namens ›Les jeux sont faits‹ verfasst. Kennen Sie es?«, ließ ich mich nicht aus der Ruhe bringen.

»Naturellement! Was soll das alles?«

»Der Titel beschreibt exakt Ihre derzeitige Situation. Wo waren Sie in den letzten Stunden?«

Xtras Augen bekamen einen lauernden Blick: »Im Bett. Ich ließ es Sie bereits wissen.«

Ich sprang auf und riss den Morgenmantel auf: »Schläft es sich gut in Hemd und Bundfaltenhose?«

Wenn Blicke töten könnten, wäre es um mich geschehen gewesen. Da dies aber nicht der Fall war, versuchte Vaganz, mich auf andere Weise außer Gefecht zu setzen. Ehe ich mich versah, hatte mich eine ansatzlose Linke zu Boden gestreckt. Als der Dichter ansetzte, mich ins Land der Träume zu befördern, rammte ich ihm mein Bein in den Bauch und knallte ihm eine satte Gerade vor den Latz. Die Wucht schleuderte ihn nach hinten auf einen der Stühle, der krachend in seine Bestandteile zerfiel.

Bevor er sich aufrappeln konnte, war ich über ihm und streichelte seine Schläfe mit meiner Faust. Die beabsichtigte narkotisierende Wirkung blieb nicht aus.

Ich riss zwei Kordeln von der Gardinenstange und

verschnürte den Bewusstlosen fachgerecht. Als ich sicher war, dass er sich nicht befreien konnte, holte ich eine Schüssel Wasser aus der Küche und schüttete ihm das belebende Nass ins malträtierte Gesicht. Leider rutschte mir die Schüssel aus den Händen und knallte vor seine Stirn. Als er prustend die Augen aufschlug und mich erkannte, wollte er mir gleich an die Kehle springen. Hatte wohl nicht an die Kordeln gedacht. Resigniert sackte er zusammen.

Ich ging geschmeidig zur Hausbar, entschied mich für Whiskey, füllte ein Glas und prostete dem Gefesselten zu.

»Mit trockener Kehle lässt sich schwer plaudern. Wo waren wir vor Ihrem ungestümen Angriff stehengeblieben?«

Da Xtra ausnahmsweise nicht zum Reden aufgelegt war, fuhr ich fort: »Sie wollten mir erzählen, was Sie in den letzten Stunden getrieben haben.«

Immer noch stumm wie ein Fisch; na gut, nass genug war er ja auch.

»Dann sage ich es Ihnen: Sie haben vor weniger als einer Stunde den alten Lienen umgebracht.«

»Merde. Ich soll Herrn Lienen getötet haben? Warum wollen Sie mir solche Gräueltaten in die Schuhe schieben, und wie wollen Sie diese üblen Unterstellungen verifizieren?«

»Zu Frage Nummer eins: Wir beide wissen, dass ich recht habe. Zu Frage zwei: Den Mord an Lienen kann ich leider nicht beweisen. Dafür aber zwei andere Morde, die Sie begangen haben.«

»Sie belieben zu scherzen. Ich bin ein unbescholtener Bürger und hatte überhaupt kein Motiv, Herrn

Lienen, den ich nur oberflächlich kannte, zu töten. Dahingegen werden Sie wegen Freiheitsberaubung hinter Schwedische Gardinen wandern«, ereiferte er sich, als läge ich gefesselt am Boden und nicht er.

»Warum haben Sie Grutz getötet? Weil er Ruhm und Tantiemen einheimste, während Sie nur sein Anhängsel waren? Weil er sein Bett mit schönen Frauen teilte, während Sie sich mit der Kohlsuppe Ihrer Haushälterin zufriedengeben mussten? Oder weil er Vorsitzender der Serapionsbrüder war, während Sie bei den Kollegen nur Spott und Häme ernten?«

»Es ist leicht, über einen Wehrlosen Kübel voller Gülle auszuleeren. Wenn Sie mich provozieren wollen, haben Sie sich geschnitten. Ich sage nichts.«

»Ist auch nicht nötig«, lachte ich abfällig. »Ich habe wasserdichte Beweise für den Mord an Grutz.«

Ich zog Lienens Tagebuch aus der Jacke und hielt es dem Gefangenen unter die Nase: »Dies ist Lienens Vermächtnis und zugleich Ihr Verhängnis. Hier sind die Geschehnisse des Mordtages und der folgenden minutiös aufgezeichnet. Um Zeit zu sparen und weil ich mich so gerne reden höre, fasse ich das Wesentliche zusammen: Am 6. Dezember parkte Connie Lienen ihren Wagen vor Hermanns Wohnung. Ihr Vater benötigte Tabletten aus der gegenüberliegenden Apotheke, und Connie nutzte die Gelegenheit, bei Hermann vorbeizuschauen. Auf ihr Klingeln öffnete niemand. Nicht weiter verwunderlich, weil er zu dieser Zeit bereits das Zeitliche gesegnet hatte. Sie waren der einzige Lebendige in der Wohnung und hatten berechtigtes Interesse, die Tür nicht zu öffnen. Der alte Lienen hat Sie aber am Fenster gesehen, dachte sich allerdings zunächst nichts dabei. Am nächsten Morgen las er dann in der Zeitung, dass Grutz exakt zu dieser Zeit Selbstmord begangen haben soll. Welch seltsamer Zufall. Statt mit seinem Wissen zur Polizei zu marschieren, sah er die Chance auf Verbesserung seiner Rente. Er wusste, dass Sie keine Reichtümer besitzen, aber einige Tausender wollte er aus Ihnen herausmelken. Es sind fünf geworden.« Erst mal Luft holen nach dem Monolog.

»Leeres Gewäsch«, stieß Xtra zwischen den Zähnen hervor. »Beweise, Beweise.«

»Ich kenne den Direktor Ihrer Bank. Er hat mir anvertraut, dass Sie wenige Tage nach dem Mord einen Kredit über fünftausend Euro aufgenommen hätten. Bei großen Barbeträgen werden die Nummern der Scheine notiert. Und siehe da: Die Geldscheine, die ich bei Lienen fand, sind mit identischen Nummern geschmückt.«

»Sie lügen! Ich habe alles durchsucht.«

Vaginowski schien diesen Ausbruch sofort zu bereuen. Er sah aus, als hätte er sich am liebsten die Zunge abgebissen.

»Sie haben den Kühlschrank vergessen. Warum musste Grutz sterben?«

»Dieser Dreckskerl hat mich als untalentiertesten Schreiberling, der ihm je vor die Augen gekommen sei, bezeichnet. Er würde mich nur zur Belustigung an seiner Seite dulden. Außerdem hätte er bemerkt, dass ich ein Auge auf Connie geworfen hatte. Als ob ein Schlappschwanz wie ich eine solche Frau erobern könnte. Als er dann höhnisch grinsend gemeint hatte, so wäre das Leben, es müsste auch Verlierer geben, stand mein Entschluss endgültig fest, ihn umzubringen.«

Tränen liefen ihm die Wangen herunter.

»Ich hatte Gift in ein Nasentropfenfläschchen gefüllt und es zu unserem monatlichen Treffen mitgenommen. Als Hermann einige Gläser Wein intus hatte und wieder in seinen Beleidigungsmodus verfiel, habe ich die Behauptung aufgestellt, der bessere Dichter zu sein.«

Xtras Redefluss war nicht mehr zu stoppen.

»Er war wie erwartet sofort Feuer und Flamme. Jeder von uns sollte in einer Viertelstunde einen Text verfassen. Wessen Erzählung gedruckt werden würde, der hätte gewonnen. Ich schlug vor, uns auf unbekanntes Terrain zu wagen. Der Abschiedsbrief eines Selbstmörders wäre ein gutes Thema. Als Hermann sein eigenes Todesurteil verfasst hatte, habe ich das Gift ins Weinglas geträufelt. C'est ça.«

»Ein raffinierter Plan«, heuchelte ich.

»Nicht wahr? Ganze fünf Minuten hat er für den Brief benötigt. Fünf Minuten später war er tot.«

»Warum Connie?«, stieg wieder Trauer und Wut in mir hoch.

Vaganz' Gesicht legte sich in Falten: »Als kurz nach Hermanns Ableben die Schelle ertönte, habe ich aus dem Fenster gespäht und Cornelias Wagen ausgemacht. Zwei Tage später erhielt ich einen aus Zeitungslettern zusammengesetzten Brief, in dem ich aufgefordert wurde, 5000 Euro am Hagelkreuz zu hinterlegen, welches nur wenige Schritte von Connies Haus entfernt liegt. Ich war völlig geschockt. Schon seit längerem hatte ich eine amouröse Zuneigung für sie empfunden, und dann so etwas: Die Frau meiner Huld erpresste mich. Ich habe das Geld am angegebenen Ort hinterlegt und bin dann schnell zu ihrem Haus, um sie auf frischer

Tat zu ertappen. Und tatsächlich: Kurz darauf kam sie heraus und fuhr los, allerdings nicht zum Hagelkreuz, sondern zu Ihnen.«

Der Tränenstrom wurde wieder stärker.

»Ich habe zunächst am Straßenrand gewartet, bin dann aber nervös geworden und ihr gefolgt. Sie lag in der Badewanne und hat mich angeschrien, dass ich verschwinden solle. Ich habe sie gefragt, warum sie mir so etwas antut, schließlich würde ich sie lieben. Ausgelacht hat sie mich. Ob ich sie lieben oder in Oberhausen eine Currywurst platzen würde, hätte die gleiche Bedeutung. Wie von Sinnen habe ich ein Messer aus der Küche geholt und gedroht, mir die Pulsadern aufzuschneiden, wenn sie meine Liebe nicht erwidern würde. Nur zu, hat sie gesagt, ich solle nur nicht so herumsauen. Das war einfach zu viel.«

Vaganz sackte erschöpft zusammen.

»Lienen schreibt, er hätte Sie angerufen.«

»Ja, einen Tag nach Cornelias Tod. Er verlangte weitere 5000 Euro. Stellen Sie sich das vor: Ich hatte gedacht, durch Connies Tod zumindest die Erpressung beendet zu haben, und dann das! Zum Schmerz gesellte sich nun auch noch das Gefühl, völlig sinnlos einen Menschen umgebracht zu haben.«

Xtras Worte waren kaum zu verstehen, so sehr vermischten sie sich mit Schluchzen. Schließlich riss er sich zusammen und redete wieder etwas klarer: »Ich wusste, dass Lienen häufig abends einen Spaziergang macht. Als die Gelegenheit günstig war, habe ich ihn über den Haufen gefahren. Fatalement war er nicht tot. Seine Wohnung habe ich nach belastendem Material durchsucht, konnte aber nichts finden. Ich wusste nicht, was ich tun sollte. Die Angst, Lienen würde mich weiter erpressen oder ans Messer liefern, lähmte meine dichterische Schaffenskraft. Nicht eine einzige Metapher fiel mir ein. Ich musste ihn einfach ausschalten.«

Vaganz seufzte: »Werden Sie mich der Polizei ausliefern?«

»Zunächst noch zwei Fragen. Warum haben Sie mich beauftragt? Die Polizei hatte sich doch schon mit dem Selbstmord arrangiert.«

»Hein wollte unbedingt einen Detektiv einschalten, weil er nicht an die Suizidtheorie geglaubt hat. Als ich mich aus verständlichen Gründen dagegen aussprach, waren auf einmal alle dafür. Um nicht in Verdacht zu geraten, habe ich mich bereit erklärt, die Engagierung zu übernehmen. Außerdem war ich so immer über den neuesten Stand der Ermittlungen informiert.«

»Gut. Und wie sind Sie auf diese Organmafiaklamotte gekommen?«

»Letztes Jahr wurden mir im Elisabeth-Krankenhaus die Mandeln entfernt. Dabei habe ich ein Gespräch unter Schwestern belauscht, das sich um verbrecherische Umtriebe in ebendiesem Hospital drehte. War zwar wahrscheinlich alles nur Weibergewäsch, aber ich dachte, wenn Sie Ihre Ermittlungen auf das Krankenhaus lenken und dort irgendetwas Unkoscheres entdecken, bin ich aus dem Schneider.«

»Eine gute Idee. Leider hat sie nicht funktioniert.« Ich erhob mich. »Jetzt mach ich mich vom Acker.«

Xtra versuchte sich aufzurichten, was kläglich scheiterte.

»Was geschieht mit mir? Lassen Sie uns über alles reden. Nächste Woche erhalte ich Tantiemen für einen

Gedichtband. Ich zahle jede Summe, die in meiner Macht steht.«

»Auf Wiedersehen.«

Während Vaganz mir immer phantastischere Beträge hinterherbrüllte, ging ich in die Diele, nahm den Hörer von einem Art-déco-Dobermann und tippte Sarahs Nummer in die gefletschten Zähne.

Irgendetwas hielt mich jedoch zurück, die grüne Bestätigungstaste zu drücken. Klar, Vaginowski hatte Connie auf dem Gewissen, und gewisse Hassgefühle meinerseits ließen sich deshalb nicht leugnen. Aber dieser Anruf würde Xtras Tod bedeuten, und das war mir moralisch nun doch zu heikel. Was also tun?

Ein ohrenbetäubender Knall zerriss die nachdenkliche Stille. Scheiße. Ich stopfte dem Dobermann den Hörer ins Maul und spurtete ins Nachbarzimmer. Kein schönes Bild: Der große Dichterfürst lag etwas kopflos auf dem dicken Teppich. Irgendwie war es ihm gelungen, die Kordeln zu lösen, und dann hatte er sich eine Pistole an den Schädel gehalten und abgedrückt. Nichts wie weg hier.

Während der Rückfahrt zu meinem Kotten rief ich Sarah Müller an, die sich zwar grundsätzlich erfreut über meine detektivischen Fähigkeiten zeigte, Vaganz aber gerne selbst erledigt hätte. Ich war diesen Dreck satt, deshalb teilte ich ihr mit, wohin sie den Scheck schicken sollte, und legte auf.

Zu Hause fiel ich wie ein Stein ins Bett.

27

Ich schlief bis in die Puppen. Als ich gegen Mittag endlich aus dem Bett gekrochen und eine leckere Tiefkühlmahlzeit vertilgt hatte, widmete ich mich meinem Bücher- und Tonträgerfundus. Den gesamten Tag verbrachte ich mit der Lektüre einiger Klassiker bei anständiger Musikbeschallung; Bettinas liebevoll gestaltete CDs spielten dabei die Hauptrolle. Nach all den aufregenden Tagen genoss ich den Müßiggang in vollen Zügen. Nachdem ich mir im Sportkanal die *Bundesliga Classics* der Saison 1997/1998 angeschaut hatte, war der produktive Donnerstag auch schon wieder vorbei.

Am nächsten Morgen weckte mich das Klappern des Briefkastens. Mit Pantoffeln und Bademantel bewaffnet schlurfte ich zur Tür. Im Schlitz steckten der Dülmener Kurier und mehrere Briefe. Als Erstes riss ich ein unbeschriftetes, unfrankiertes Kuvert auf, und heraus segelte ein Verrechnungsscheck über 7000 Euro für investigative Dienstleistungen; ausgestellt von einer Export-Import-Firma mit dem sinnigen Namen »Transnett«. Das waren 2000 Euro über der vereinbarten Summe. Zusammen mit den 5000 Strippen aus Lienens Kühlschrank, die ich selbstverständlich nicht dem Direktor der Dülmener Sparkasse gemeldet hatte, und Vaginowskis Überweisung ergab das ein Sümmchen, für das eine alte Frau lange stricken musste. Nicht zu vergessen die Penunzen, die ich von Bettina bekommen hatte.

Ich war reich!

Flott die Zeitungsbeilagen durchblättern, was ich mir jetzt so alles leisten konnte. In diesem Zusammenhang konnte ich auch gleich mal den Lokalteil studieren.

Bingo!

Ein an Erfüllung reiches Leben fand ein tragisches Ende
von Gerhard Tilke.

Der Dülmener Kurier beklagt den Tod seines langjährigen freien Mitarbeiters Xtra Vaganz. Vaganz wurde gestern Nacht erschossen in seiner Wohnung aufgefunden. Die Polizei, so Oberwachtmeister Ludger Reichert gegenüber dem DK, geht von Suizid aus.

Xtra Vaganz machte sich mit den Gedichtbänden Es grünt im Grünen Grünes grün *und* Orchideen durchbrechen Asphalt *einen Namen in der zeitgenössischen Literaturlandschaft. »Sein Tod ist ein unermesslicher Verlust für die Dülmener und die bundesdeutsche Literatur«, erklärte Vaganz' Kollege und Freund Heiner Hein.*

Den Lesern des DK werden Xtras lyrische Kleinode wie Sing lauter, kleine Nachtigall *oder* Hochgewachsene Muse im Abendkleid *in unvergesslicher Erinnerung bleiben. Zum Gedenken werden wir in den kommenden Wochenendbeilagen Gedichte unseres lieben Verstorbenen abdrucken.*

Unter dem Nachruf befand sich ein Gedicht namens *Puste dem Sensenmann mutig ins Gesicht*, das Vaginowski eine Woche vor seinem Tod verfasst hatte. Tilke warf die literaturgeschichtlich wichtige Frage auf, ob

Vaganz seinen gewaltsamen Tod erahnt hatte. Da mich die Antwort nicht interessierte, faltete ich das Käseblatt zusammen.

Bei den übrigen Briefen handelte es sich ausschließlich um Prospekte von Autofirmen, die ich angeschrieben hatte. Jetzt konnte ich es mir ja leisten.

Es polterte an der Tür. Schnell in Jeans und T-Shirt geschlüpft und kalte Luft in die Wohnung gelassen. Überraschung! Grabowski stand in Begleitung einer durchaus ansehnlichen jungen Dame auf dem nicht vorhandenen Fußabtreter.

»Du hast mich heute Nacht sitzen gelassen, du Judas«, fauchte Gurkennase mich zur Begrüßung an.

»Willst du mir nicht erst mal deine Begleiterin vorstellen?«

»Ach ja«, hellte sich Peters Miene schlagartig auf. »Schwester Renate. Sie hat den armen Herrn Lienen als Letzte lebend gesehen und war ganz verzweifelt. Ich habe sie getröstet und durfte freundlicherweise bei ihr übernachten.«

Nach einem finsteren Blick seitens Renate fügte er »auf der Couch natürlich« hinzu.

Ich geleitete die beiden ins Wohnzimmer. Noch bevor ich Getränke anbieten konnte, fragte Peter nach seinem Lohn für seine grandiose Arbeit. Da ich weiß Gott genug an diesem Fall verdient hatte, zahlte ich anstandslos und legte sogar eine anständige Prämie drauf.

Dann rückte er damit heraus, dass Renate zur Verarbeitung des Schocks drei Wochen Urlaub genommen habe. Diese Zeit wollten die beiden für eine Kreuzfahrt in der Karibik nutzen.

Das brachte mich auf eine Idee, die mir bei längerer Überlegung immer besser gefiel: Auch ich hatte Erholung dringend nötig. Warum nicht auch den Mann von Welt herauskehren, rote und grüne Drinks in mich hineinkippen und frische Seeluft schnuppern?

Blieb die Frage nach der Begleitung, denn lieber würde ich im mondänen Buldern bleiben als in der Rolle des dritten Wagenrads über den Teich zu schippern.

Unschwer zu erraten, mit wem ich kurz darauf fernmündlich verbunden war: »Findest du jemanden, der für drei Wochen deine Ziegen füttert?«

Nach Beendigung des Telefonats erteilte ich Gurkennase den Auftrag, für vier Personen zu buchen.

ENDE